Zuweilen hielt er den Mondwanderer wohl gar für seinen Urgroßvater, was aber mit voller Strenge aus dem Gebiete des Möglichen zu verweisen ist. Er selbst wußte ganz genau, aus mancherlei Unterweisung, daß es sich weitläufiger verhielt. Nicht so weitläufig freilich, daß jener Erdengewaltige, dessen mit Tierkreisbildern bedeckte Grenzsteine der Ur-Mann hinter sich gelassen, wirklich Nimrod gewesen wäre, der erste König auf Erden, der den Bel von Sinear gezeugt hatte. Vielmehr war es nach den Tafeln Chammuragasch, der Gesetzgeber, gewesen, Erneuerer jener Mond- und Sonnenburgen, und wenn der junge Joseph ihn dem vorfrühen Nimrod gleichsetzte, so war das ein Gedankenspiel, das seinen Geist recht anmutig kleidete, dem unsrigen aber als unschicklich verwehrt ist. Ebenso lag es mit seiner gelegentlichen Verwechslung des Ur-Mannes mit seines Vaters Ältervater, der ähnlich oder ebenso geheißen hatte wie jener. Zwischen dem Knaben Joseph und der Wanderschaft des geistigleiblichen Vorfahren lagen, zeitrechnerischer Ordnung zufolge, an der es seiner Epoche und Gesittungssphäre keineswegs fehlte, gut und gern zwanzig Geschlechter, rund sechshundert babylonische Umlaufsjahre, eine Spanne, so weit wie von uns zurück ins gotische Mittelalter – so weit und auch wieder nicht.

Denn haben wir die mathematische Sternenzeit auch unverändert von dort und damals übernommen, das heißt aus Tagen weit vor dem Wandel des Mannes aus Ur, und werden wir sie ebenso auch noch den spätesten Enkeln vererben, so ist doch Bedeutung, Schwergewicht und Erfülltheit der Erdenzeit nicht immer und überall ein und dieselbe; die Zeit hat ungleiches Maß, trotz aller chaldäischen Sachlichkeit ihrer Bemessung; sechshundert Jahre wollten dazumal und unter jenem Himmel nicht das besagen, was sie in unserer abendlichen Geschichte sind; sie waren ein stilleres, stummeres, gleicheres Zeitgebreite; die Zeit war minder tätig, die ändernde Wirksamkeit ihrer steten Arbeit an Dingen und Welt geringer und milder, – wiewohl sie natürlich in diesen zwanzig Menschenaltern Veränderungen und

Umwälzungen beträchtlicher Art betätigt hatte, natürliche Umwälzungen sogar, Veränderungen der Erdoberfläche in Josephs engerem Kreise, wie wir wissen, und wie er wußte. Denn wo waren zu seiner Zeit Gomorra und Lots aus Charran, des in des Ur-Mannes enge Verwandtschaft Aufgenommenen, Wohnsitz: Sodom, die wollüstigen Städte? Der bleierne Laugensee lag dort, wo ihre Unzucht geblüht hatte, kraft einer Umkehrung der Gegend in pechig-schweflichter Feuerflut, so fürchterlich und scheinbar alles vertilgend, daß Lots beizeiten mit ihm entwichene Töchter, dieselben, die er anstatt gewisser ernster Besucher der Begierde der Sodomiten hatte anbieten wollen, – daß sie, in dem Wahne, es sei außer ihnen kein Mensch mehr auf Erden, sich in weiblicher Sorge um das Fortbestehen des Menschengeschlechts mit ihrem Vater vermischt hatten.

So sichtbare Umgestaltungen also hatten die Läufe immerhin hinterlassen. Es hatte Segenszeiten gegeben und Fluchzeiten, Fülle und Dürre, Kriegszüge, wechselnde Herrschaft und neue Götter. Und doch war im ganzen die Zeit erhaltenderen Sinnes gewesen als unsere; Josephs Lebensform, Denkungsart und Gewohnheiten unterschieden sich von denen des Ahnen weit weniger als die unsrigen von denen der Kreuzfahrer; die Erinnerung, auf mündlicher Überlieferung von Geschlecht zu Geschlecht beruhend, war unmittelbarer und zutraulich-ungehinderter, die Zeit einheitlicher und darum von kürzerem Durchblick; kurzum, es war dem jungen Joseph nicht zu verargen, wenn er sie träumerisch zusammenzog und, manchmal wenigstens, bei minder genauer Geistesverfassung, des Nachts etwa, bei Mondlicht, den Ur-Mann für seines Vaters Großvater hielt – bei welcher Ungenauigkeit es nicht einmal sein Bewenden hatte. Denn wahrscheinlich, wie wir nun hinzufügen wollen, war der Ur-Mann gar nicht der eigentliche und wirkliche Mann aus Ur. Wahrscheinlich (auch dem jungen Joseph war es in genauen Stunden, am Tage, wahrscheinlich) hatte dieser die Mondburg von Uru niemals gesehen, sondern *sein* Vater schon war es gewesen, der von dort ausgewandert war, gen Norden, nach Charran im Lande Naharin, und aus Charran also erst war der fälschlich so genannte Ur-Mann, auf Weisung des Herrn der Götter, nach Amoriterland aufgebrochen, zusammen mit jenem später zu Sodom ansässigen Lot, den die Gemeinschaftsüberlieferung träumerischerweise für des Ur-Mannes Brudersohn erklärte, und zwar insofern er ›der Sohn Charrans‹ gewesen sei. Gewiß, Lot von Sodom war ein Sohn Charrans, da er von dort stammte, so gut wie der Ur-Mann. Aber aus Charran, der Stadt des Weges, einen Bruder des Ur-Mannes und also aus dem Proselyten Lot einen Neffen von ihm zu machen, war eitel Träumerei und Gedankenspiel, bei Tage nicht haltbar, doch recht danach angetan, zu erklären, wie es dem jungen Joseph so leichtfiel, seine kleinen Verwechselungen zu vollziehn.

Er tat es mit demselben guten Gewissen, mit welchem etwa die Sternendiener und -deuter von Sinear bei ihren Wahrsagungen nach dem Grundsatz der Gestirnvertretung handelten und einen Himmelskörper für den anderen setzten, zum Beispiel die Sonne, wenn sie untergegangen war, mit dem Staats- und Kriegsplaneten Ninurtu, oder den Planeten Mardug mit dem Skorpionbilde vertauschten, indem sie dieses dann schlankerhand ›Mardug‹ und den Ninurtu ›Sonne‹ nannten; er tat es im Sinne praktischen Notbehelfs, denn sein Wunsch, dem Geschehen, dem er angehörte, einen Anfang zu setzen, begegnete derselben Schwierigkeit, auf welche ein solches Bemühen immer stößt: der Schwierigkeit eben, daß jeder einen Vater hat und daß kein Ding zuerst und von selber ist, Ursache seiner selbst, sondern ein jedes gezeugt ist und rückwärts weist, tiefer hinab in die Anfangsgründe, die Gründe und Abgründe des Brunnens der Vergangenheit. Joseph wußte natürlich, daß auch des Ur-Mannes Vater, der wahre Mann von Uru also, einen Vater gehabt haben mußte, mit welchem also eigentlich seine persönliche Geschichte begonnen hätte, und so immer fort, bis etwa zu Jabel, dem Sohne Ada's, dem Urahnen derer, die in Zelten wohnen und Viehzucht treiben. Aber der Auszug aus Sinear bedeutete ihm ja auch eben nur einen bedingten und besonderen Urbeginn, und er war wohlunterrichtet darüber, durch Lied und Lehre, wie es dahinter ins Allgemeine weiter und weiter ging, über viele Geschichten, bis zurück zu Adapa oder Adama, dem ersten Menschen, welcher nach einer babylonischen Vers- und Lügenkunde, die Joseph teilweise sogar auswendig wußte, der Sohn Ea's, Gottes der Weisheit und der Wassertiefe, gewesen sein und den Göttern als Bäcker und Mundschenk gedient haben sollte, von dem aber Joseph Heiligeres und Genaueres wußte; zurück zu dem Garten im Osten, worin die beiden Bäume, das Lebensholz und der unkeusche Baum des Todes, gestanden hatten; zurück zum Anfang, zur Entstehung der Welt, der Himmel und des irdischen Alls aus Tohu und Bohu durch das Wort, das frei über der Urflut schwebte und Gott war. Aber war nicht auch dies nur ein bedingter, besonderer Anfang der Dinge? Wesen hatten damals dem Schöpfer bewundernd und auch verwundert zugeschaut: Söhne Gottes, Gestirnengel, von denen Joseph manche merkwürdige und selbst lustige Geschichte kannte, und widrige Dämonen. Sie mußten aus einem vergangenen Welt-Äon stammen, das einst zu Tohu- und Bohu-Rohstoff geworden war bei seinem Altersuntergange – und war nun dieses das Allererste gewesen?

Hier schwindelte es den jungen Joseph, genau wie uns, indem wir uns über den Brunnenrand neigen, und trotz kleiner uns unzukömmlicher Ungenauigkeiten, die sein hübscher und schöner Kopf sich erlaubte, fühlen wir uns ihm nahe und zeitgenössisch in Hinsicht auf die Unterweltschlünde von Vergangenheit, in die auch er, der Ferne, schon blickte. Ein Mensch wie wir war er, so kommt uns vor, und trotz seiner Frühe von den Anfangsgründen des Menschlichen (um vom Anfange der Dinge überhaupt nun wieder ganz zu schweigen) mathematisch genommen ebenso weit entfernt wie wir, da diese tatsächlich im Abgründig-Dunklen des Brunnenschlundes liegen und wir bei unserem Forschen uns entweder an bedingte Scheinanfänge zu halten haben, die wir mit dem wirklichen Anfange auf dieselbe Art verwechseln, wie Joseph den Wanderer aus Ur einerseits mit dessen Vater und andererseits mit seinem eigenen Urgroßvater verwechselte, oder von einer Küstenkulisse zur anderen rückwärts und aber rückwärts ins Unermeßliche gelockt werden.

3

Wir erwähnten zum Beispiel, daß Joseph schöne babylonische Verse auswendig wußte, die aus einem großen und schriftlich vorliegenden Zusammenhange voll lügenhafter Weisheit stammten. Er hatte sie von Reisenden gelernt, die Hebron berührten und mit denen er in seiner umgänglichen Art Zwiesprache hielt, und von seinem Hauslehrer, dem alten Eliezer, einem Freigelassenen seines Vaters, – nicht zu verwechseln (wie es dem Joseph zuweilen geschah und wie es auch der Alte selbst sich wohl gern einmal geschehen ließ) mit Eliezer, des Ur-Wanderers Ältestem Knechte, der einst die Tochter Bethuels am Brunnen für Isaak gefreit hatte. Nun denn, wir kennen diese Verse und Mären; wir besitzen Tafeltexte davon, die im Palaste Assurbanipals, Königes der Gesamtheit, Sohnes des Assarhaddon, Sohnes des Sinacherib, zu Niniveh gefunden worden und von denen einige die Ur-Kunde der großen Flut, mit welcher der Herr die erste Menschheit um ihrer Verderbtheit willen vertilgt und die auch in Josephs persönlicher Überlieferung eine so bedeutende Rolle spielte, in zierlicher Keilschrift auf graugelbem Tone darbieten. Offen gestanden ist aber das Wort ›Urkunde‹, wenigstens seinem ersten und eindrucksvollsten Bestandteile nach, nicht ganz genau am Platze; denn jene schadhaften Täfelchen stellen Abschriften dar, die Assurbanipal, ein der Schrift und dem befestigten Gedanken sehr holder Herr, ein ›Erzgescheiter‹, wie die babylonische Redensart lautete, und eifriger Sammler von Gütern der Gescheitheit, nur einige sechshundert Jahre vor unserer Zeitrechnung von gelehrten Sklaven herstellen ließ, und zwar nach einem Original, das reichlich eintausend Jahre älter war, also aus den Tagen des Gesetzgebers und des Mondwanderers stammte, für Assurbanipals Tafelschreiber ungefähr so leicht oder schwer zu lesen und zu verstehen wie für uns Heutige ein Manuskript aus Caroli Magni Zeiten. In einem ganz überholten und unentwickelten Duktus ausgefertigt, ein hieratisches Schriftstück, muß es schon damals schwer zu entziffern gewesen sein, und ob seine

Bedeutungen bei der Abschrift so ganz zu ihrem Rechte gekommen sind, bleibt zweifelhaft.

Nun war aber dies Original nicht eigentlich ein Original, nicht das Original, wenn man es recht betrachtete. Es war selbst schon die Abschrift eines Dokumentes aus Gott weiß welcher Vorzeit, bei dem man denn also, ohne recht zu wissen, wo, als bei dem wahren Originale haltmachen könnte, wenn es nicht seinerseits bereits mit Glossen und Zusätzen von Schreiberhand versehen gewesen wäre, die dem besseren Verständnis eines wiederum urweit zurückliegenden Textes dienen sollten, wahrscheinlich aber im Gegenteil der modernen Verballhornung seiner Weisheit dienten – und so könnten wir fortfahren, wenn wir nicht hoffen dürften, daß unsere Zuhörer schon hier erfassen, was wir im Sinne haben, wenn wir von Küstenkulissen und Brunnenschlund reden.

Die Leute Ägyptenlandes hatten dafür ein Wort, das Joseph kannte und gelegentlich verwendete. Denn obgleich auf Jaakobs Hof keine Chamiten geduldet wurden, ihres Ahnen wegen, des Vaterschänders, der über und über schwarz geworden war, und weiterhin weil Jaakob die Sitten von Mizraim religiös mißbilligte, so verkehrte der Jüngling nach seiner neugierigen Art in den Städten, in Kirjath Arba sowohl wie in Sichem, doch öfters mit Ägyptern und fing auch dies und jenes von ihrer Sprache auf, in der er sich später so glänzend vervollkommnen sollte. Von einem Dinge also, das unbestimmten und sehr hohen, kurz: unvordenklichen Alters war, sagten sie: »Es stammt aus den Tagen des Set« – womit nämlich einer ihrer Götter gemeint war, der tückische Bruder ihres Mardug oder Tammuz, den sie Usiri, den Dulder, nannten: mit diesem Beinamen, weil Set ihn erstens in eine Sarglade gelockt und in den Fluß geworfen, dann ihn aber auch noch wie ein wildes Tier in Stücke gerissen und völlig gemordet hatte, so daß Usir, das Opfer, nun als Herr der Toten und König der Ewigkeit in der Unterwelt waltete... ›Aus den Tagen des Set‹ – die Leute von Mizraim hatten allerlei Verwendung für ihre Redensart, denn all ihrer Dinge Ursprung verlor sich auf unnachweisliche Art in jenem Dunkel.

Am Rande der Libyschen Wüste, nahe bei Memphis, lagerte, aus dem Felsen gehauen, der dreiundfünfzig Meter hohe Koloß-Zwitter aus Löwe und Jungfrau, mit Weibesbrüsten, Manneskinnbart und der sich bäumenden Königsschlange am Kopftuch, vor sich hingestreckt die riesigen Pranken seines Katzenleibes, die Nase kurz abgestumpft vom Zeitenfraße. Er hatte dort immer gelagert und immer schon mit von der Zeit gestumpfter Nase, und daß diese Nase jemals noch ungestumpft oder etwa gar der Sphinx selbst noch nicht vorhanden gewesen wäre, war unerinnerlich. Thutmose der Vierte, der Goldsperber und starke Stier, König von Ober- und Unterägypten, geliebt von der Göttin der Wahrheit, aus demselben achtzehnten Hause, dem auch jener Amun-ist-zufrieden entstammte, ließ ihn auf Grund einer Weisung, die er vor seiner Thronbesteigung im Traum empfangen, aus dem Wüstensande graben, von welchem die übergroße Skulptur schon weitgehend verweht und verschüttet gewesen war. Aber König Chufu bereits, anderthalbtausend Jahre vorher, aus dem vierten Hause, welcher nahebei sich die große Pyramide zum Grabmal erbaute und dem Sphinx Opfer darbrachte, hatte ihn als halbe Ruine vorgefunden, und von einer Zeit, die ihn nicht vorgefunden oder auch nur mit ganzer Nase vorgefunden hätte, wußte niemand.

Hatte Set selbst das Wundertier, das Spätere für ein Bild des Sonnengottes erachteten und ›Hor im Lichtberge‹ hießen, aus dem Steine gehauen? Das war wohl möglich, denn wahrscheinlich war Set, wie auch Usiri, das Opfer, nicht immer ein Gott gewesen, sondern einmal ein Mensch, und zwar ein König über Ägypterland. An der nicht selten vernommenen Belehrung, ein gewisser Menes oder Hor-Meni habe, ungefähr sechstausend Jahre vor unserer Zeitrechnung, die erste ägyptische Dynastie gegründet und vorher sei ›vordynastische Zeit‹ gewesen –; er, Meni, habe zuerst die Lande, das untere und obere, den Papyrus und die Lilie, die rote und die weiße Krone vereinigt und als erster König über Ägypten geherrscht, dessen Geschichte mit seiner Regierung beginne –, an dieser Aussage ist wahrscheinlich jedes Wort falsch, und für den schärfer zudringenden Blick wird Urkönig Meni zu einer bloßen Zeitenkulisse. Dem Herodot erklärten ägyptische Priester, die geschriebene Geschichte ihres Landes reiche 11 340 Jahre vor seine Ära zurück, was ungefähr vierzehntausend Jahre für uns bedeutet und eine Angabe darstellt, die König Meni's Gestalt ihres urhaften Charakters weitgehend zu entkleiden geeignet ist. Die Geschichte Ägyptens zerfällt in Perioden der Spaltung und Ohnmacht und solche der Macht und des Glanzes, in Epochen der Herrschaftslosigkeit und der Vielherrschaft und in solche der majestätischen Sammlung aller Kräfte, und immer deutlicher wird, daß diese Daseinsformen zu oft gewechselt haben, als daß König Meni der erste Vertreter der Einheit gewesen sein könnte. Der Zerrissenheit, die er heilte, war ältere Einheit vorausgegangen, und dieser ältere Zerrissenheit; wie oft es aber hier ›älter‹, ›wieder‹ und ›weiter‹ zu heißen hat, ist nicht zu sagen, sondern nur dies, daß erste Einheit unter Götterdynastien blühte, deren Söhne mutmaßlich jene Set und Usiri waren, und daß die Geschichte von Usirs, des Opfers, Ermordung und Zerstückelung auf Thronstreitigkeiten, welche damals mit List und Verbrechen ausgetragen wurden, sagenhaft anspielte. Es war das eine bis zur Vergeistigung und Geisterhaftigkeit tiefe, mythisch und theologisch gewordene Vergangenheit, welche zur Gegenwart und zum Gegenstand pietätvoller Verehrung wurde in Gestalt gewissen Getieres, einiger Falken und Schakale, die man in den alten Hauptstädten der Länder, Buto und Enchab, hegte und in denen die Seelen jener Vorzeit-Wesen sich geheimnisvoll bewahren sollten.

4

›Aus den Tagen des Set‹ – die Wendung gefiel dem jungen Joseph, und wir teilen sein Vergnügen daran; denn auch wir, wie die Leute Ägyptenlandes, finden sie höchst verwendbar und schlechthin auf alles passend, – ja, wohin wir nur blicken im Bereiche des Menschlichen, legt sie sich uns nahe, und aller

Dinge Ursprung verliert sich bei schärferem Hinsehen in den Tagen des Set.

Zu dem Zeitpunkt, da unsere Erzählung beginnt – ein ziemlich beliebiger Zeitpunkt, aber irgendwo müssen wir ansetzen und das andre zurücklassen, da wir sonst selbst »in den Tagen des Set« beginnen müßten –, war Joseph schon ein Hirte des Viehs mit seinen Brüdern, wenn auch in schonenden Grenzen zu dieser Leistung berufen: er hütete, wenn es ihm Freude machte, mit ihnen auf den Weiden von Hebron seines Vaters Schafe, Ziegen und Rinder. Wie sahen diese Tiere aus, und worin unterschieden sie sich von denen, die wir halten und hüten? In gar nichts. Es waren dieselben befreundeten und gefriedeten Geschöpfe, auf derselben Stufe ihrer Züchtung, wie wir sie kennen, und die ganze Zuchtgeschichte etwa des Rindes aus seinen wilden Büffel-Formen war in des jungen Joseph Tagen seit so langem zurückgelegt, daß ›längst‹ ein schlechthin lächerlicher Ausdruck ist für diese Strecken: das Rind war nachweislich gezüchtet schon in der Frühe jener Gesittungsepoche der Steinwerkzeuge, die dem Eisen-, dem Bronzezeitalter voranging und von welcher der babylonisch-ägyptisch gebildete Amurru-Knabe Joseph fast ebenso weit abstand wie wir Heutigen, – der Unterschied ist verschwindend.

Erkundigen wir uns nach dem wilden Schafe, aus welchem das unsrige und Jaakobs Herdenschaf ›einst‹ gezüchtet worden, so wird uns bedeutet, daß es ausgestorben ist. ›Längst‹ kommt es nicht mehr vor. Seine Verhäuslichung muß sich in den Tagen des Set vollzogen haben, und die Züchtung des Pferdes, des Esels, der Ziege und die des Schweines aus dem wilden Eber, der Tammuz, den Schäfer, zerriß, ist desselben nebelhaften Datums. Unsere geschichtlichen Aufzeichnungen reichen ungefähr siebentausend Jahre zurück; während dieser Zeit ist jedenfalls kein wildes Tier mehr nutzbar und häuslich gemacht worden. Das liegt vor jeder Erinnerung.

Ebendort liegt die Veredelung wilder und tauber Gräser zum brottragenden Korne. Unsere Getreidearten, mit denen auch Joseph sich nährte, die Gerste, den Hafer, Roggen, Mais und Weizen, auf ihre wildwachsenden Originale zurückzuführen, erklärt unsere Pflanzenkunde sich mit dem größten Bedauern außerstande, und kein Volk kann sich rühmen, sie zuerst entwickelt und gebaut zu haben. Wir hören, daß es zur Steinzeit in Europa fünf verschiedene Arten des Weizens und drei Arten Gerste gab. Und was die Züchtung des wilden Weines aus der Rebe betrifft, eine Tat sondergleichen, als menschliche Leistung genommen, wie man auch sonst darüber denken möge, so schreibt die abgründig weit herhallende Überlieferung sie Noah, dem Gerechten, zu, dem Überlebenden der Flut, demselben, den die Babylonier Utnapischtim und dazu Atrachasis, den Hochgescheiten, nannten und der seinem späten Enkel, Gilgamesch, dem Helden jener Tafel-Mären, die anfänglichen Dinge berichtete. Dieser Gerechte also hatte, wie auch Joseph wußte, zuallererst Weinberge gepflanzt, – was Joseph nicht sehr gerecht fand. Denn konnte er nicht pflanzen, was von Nutzen wäre? Feigenbäume oder Ölbäume? Nein, sondern Wein stellte er erstmals her, ward trunken davon und in der Trunkenheit verhöhnt und verschnitten. Wenn aber Joseph meinte, das sei gar nicht so lange her, daß das Ungeheuere geschehen und die Edelrebe entwickelt worden, etwa ein Dutzend Geschlechter vor seinem ›Urgroßvater‹, so war das ein ganz träumerischer Irrtum und eine fromme Heranziehung unausdenklicher Urferne, – wobei nur mit blassem Staunen darauf hinzuweisen bleibt, daß diese Urferne ihrerseits schon so spät, in solchem Abstande von den Ursprüngen des Menschengeschlechtes gelegen war, daß sie eine Hochgescheitheit zeitigen konnte, die solcher Gesittungstat wie der Veredelung des wilden Weines fähig war.

Wo liegen die Anfangsgründe der menschlichen Gesittung? Wie alt ist diese? Wir fragen so in Hinsicht auf den fernen Joseph, dessen Entwicklungsstufe sich, abgesehen von kleinen träumerischen Ungenauigkeiten, über die wir freundschaftlich lächeln, von der unsrigen schon nicht mehr wesentlich unterschied. Diese Frage aber eben braucht nur gestellt zu werden, damit das Gebiet der Dünenkulissen sich äffend eröffne. Sprechen wir vom ›Altertum‹, so meinen wir meistens die griechisch-römische Lebenswelt und damit eine solche von vergleichsweise blitzblanker Neuzeitlichkeit. Zurückgehend auf die sogenannte griechische ›Urbevölkerung‹, die Pelasger, gewahren wir, daß, ehe sie die Inseln in Besitz nahmen, diese von der eigentlichen Urbevölkerung bewohnt waren, einem Menschenschlage, der den Phöniziern in der Beherrschung des Meeres voranging, somit diese in ihrer Eigenschaft als ›erste Seeräuber‹ zu einer bloßen Kulisse macht. Damit nicht genug, neigt die Wissenschaft in zunehmendem Grade zu der Vermutung und Überzeugung, daß diese ›Barbaren‹ Kolonisten von Atlantis waren, des versunkenen Erdteils jenseits der Säulen des Herkules, der vor Zeiten Europa und Amerika verband. Ob aber dieser die vom Menschen erstbesiedelte Gegend der Erde war, steht so sehr dahin, daß es sich der Unwahrscheinlichkeit nähert und vielmehr wahrscheinlich wird, daß die Frühgeschichte der Gesittung und auch diejenige Noahs, des Hochgescheiten, an weit ältere, schon viel früher dem Untergange verfallene Landgebiete anzuknüpfen ist.

Das sind nicht zu erwandernde Vorgebirge, auf welche nur mit jener ägyptischen Redensart unbestimmt hinzudeuten ist, und die Völker des Ostens handelten so klug wie fromm, wenn sie ihre erste Erziehung zum Kulturleben den Göttern zuschrieben. Die rötlichen Leute von Mizraim sahen in jenem Dulder Usiri den Wohltäter, der sie zuerst im Ackerbau unterrichtet und ihnen Gesetze gegeben hatte, worin er eben nur durch den tückischen Anschlag des Set unterbrochen worden war, der sich dann wie ein reißender Eber gegen ihn benahm. Und die Chinesen erblicken den Gründer ihres Reiches in einem kaiserlichen Halbgott namens Fu-hi, welcher das Rind bei ihnen eingeführt und sie die köstliche Schreibkunst gelehrt habe. Die Astronomie zu empfangen erachtete dieses Wesen sie damals, 2852 vor unserer Zeitrechnung, offenbar noch nicht für reif, denn ihren Annalen zufolge wurde sie ihnen erst ungefähr dreizehnhundert Jahre später durch den großen Fremdenkaiser Tai-Ko-Fokee vermittelt, während die Gestirnpriester von Sinear sich auf die Zeichen des Tierkreises bestimmt schon mehrere hundert Jahre früher verstanden und uns sogar berichtet wird, daß ein Mann, der

Alexander, den Mazedonier, nach Babylon begleitete, dem Aristoteles astronomische Aufzeichnungen der Chaldäer übersandte, deren Angaben, in gebackenen Ton geritzt, heute 4160 Jahre alt wären. Das hat bequemste Möglichkeit; denn es ist wahrscheinlich, daß Himmelsbeobachtung und kalendarische Berechnungen schon im Lande Atlantis geübt wurden, dessen Untergang nach Solon neuntausend Jahre vor den Lebzeiten dieses Gelehrten datierte, und daß also gut elfeinhalbtausend Jahre vor unserer Zeitrechnung der Mensch bereits zur Pflege dieser hohen Künste gediehen war.

Daß die Schreibkunst nicht jünger, sehr möglicher Weise aber viel älter ist, leuchtet ein. Wir reden davon, weil Joseph ihr so besonders lebhaft zugetan war und sich, im Gegensatz zu allen seinen Geschwistern und anfangs mit Eliezers Beihilfe, früh darin vervollkommnete, nämlich sowohl in babylonischer wie in phönizischer und chetitischer Schriftart. Er hegte geradezu eine Vorliebe und Schwäche für den Gott oder Abgott, den man im Osten Nabu, den Geschichtsschreiber, in Tyrus und Sidon aber Taut nannte und in dem man hier wie dort den Erfinder der Zeichen und den Chronisten der Uranfänge sah: den ägyptischen Thot von Schmun, den Briefschreiber der Götter und Schutzherrn der Wissenschaft, dessen Amt dort unten für höher geachtet wurde als alle Ämter, – diesen wahrhaften, mäßigen und sorgsamen Gott, der zuweilen ein Affe mit weißem Haare war, von lieblicher Gestalt, zuweilen auch ibisköpfig erschien und, wiederum ganz nach Josephs Sinn, sehr zarte und feierliche Beziehungen zum Mondgestirn unterhielt. Dem Jaakob, seinem Vater, durfte der junge Mann diese Neigung nicht einmal eingestehen, da dieser das Liebäugeln mit solchem Götzengezüchte unbeugsam verpönte und also sich wohl strenger erwies als gewisse höchste Stellen selbst, denen seine Strenge geweiht war; denn Josephs Geschichte lehrt, daß diese ihm solche kleinen Abschweifungen ins eigentlich Unerlaubte nicht ernstlich oder wenigstens nicht auf die Dauer verübelten.

Die Schreibkunst angehend, so ließe sich, um ihre verschwimmende Herkunft anzudeuten, von ihr in leichter Abwandlung jener ägyptischen Wendung besser sagen, sie stamme aus den Tagen des Thot. Die Schriftrolle als Abbildung findet sich in den ältesten ägyptischen Denkmälern, und wir kennen den Papyrus, der Hor-Sendi, einem Könige der zweiten dortigen Dynastie, sechstausend Jahre vor uns, gehörte, damals aber bereits für so alt galt, daß man sagte, Sendi habe ihn von Set ererbt. Als Snofru und jener Chufu, Sonnensöhne des vierten Hauses, herrschten und die Pyramiden von Gizeh erbaut wurden, war die Kenntnis der Schrift im niederen Volke so gang und gäbe, daß man heute die einfältigen Inschriften studiert, mit denen Arbeitsleute die riesigen Baublöcke bekritzelt. Daß aber zu derart entlegener Zeit die Wissenschaft so gemein geworden, kann nicht wundernehmen, wenn man sich jener priesterlichen Relation über das Alter der geschriebenen Geschichte Ägyptens erinnert.

Sind nun die Tage der befestigten Zeichensprache so ungezählt – in welchen mögen dann die Anfänge der Sprache des Mundes zu suchen sein? Die älteste Sprache, die Ursprache, sagt man, sei das Indogermanische, Indoeuropäische, das Sanskrit. Aber es ist so gut wie gewiß, daß das ein ›Ur‹ ist, so vorschnell wie manches andere, und daß es eine wieder ältere Muttersprache gegeben hat, welche die Wurzeln der arischen sowohl wie auch der semitischen und chamitischen Mundarten in sich beschloß. Wahrscheinlich ist sie auf Atlantis gesprochen worden, dessen Silhouette die letzte im Fernendunst undeutlich noch sichtbare Vorgebirgskulisse der Vergangenheit bildet, das aber selbst wohl kaum die Ur-Heimat des sprechenden Menschen ist.

5

Gewisse Funde bestimmen die Experten der Erdgeschichte, das Alter der Menschenspezies auf fünfhunderttausend Jahre zu schätzen. Das ist knapp gerechnet, erstens in Anbetracht dessen, was die Wissenschaft heute für wahr lehrt: daß nämlich der Mensch in seiner Eigenschaft als Tier das älteste aller Säugetiere sei und schon in Zeiten späterer Lebensfrühe, vor aller Großhirnentfaltung, in verschiedenen zoologischen Modetrachten, amphibischen und reptilischen, auf Erden sein Wesen getrieben habe; zweitens aber wenn man erwägt, welche unabsehbaren Zeitstrecken erforderlich gewesen sein müssen, damit aus dem halbaufrechten, traumwandlerischen und von einer Art Vor-Vernunft durchzuckten Beuteltiertypus mit verwachsenen Fingern, welchen der Mensch vor dem Erscheinen Noah-Utnapischtims, des Hochgescheiten, verkörpert haben muß, der Erfinder von Pfeil und Bogen, der Nutznießer des Feuers, der Meteoreisenschmied, der Züchter des Korns, der Haustiere und des Weines wurde – mit einem Worte das altkluge, kunstfertige und in jeder entscheidenden Hinsicht moderne Wesen, als das der Mensch uns beim ersten Morgengrauen der Geschichte bereits entgegentritt. Ein Tempelweiser zu Sais erläuterte dem Solon die griechische Überlieferung vom Phaethon durch das menschliche Erlebnis einer Abweichung im Laufe der Körper, die sich um die Erde im Himmelsraume bewegen und die eine verheerende Feuersbrunst auf Erden hervorgerufen hätten. Und wirklich wird immer gewisser, daß des Menschen Traumerinnerung, formlos, aber immer aufs neue sagenhaft nachgeformt, hinaufreicht bis zu den Katastrophen ungeheueren Alters, deren Überlieferung, gespeist durch spätere und kleinere Vorkommnisse ähnlicher Art, von verschiedenen Völkern bei sich zu Hause angesiedelt wurde und so jene Kulissenbildung bewirkte, die den Zeitenwanderer lockt und reizt.

Die Tafelverse, die man dem Joseph vorgesagt und die er sehr gut behalten hatte, kündeten unter anderm die Geschichte der großen Flut. Er würde von dieser Geschichte gewußt haben, auch wenn sie ihm nicht in babylonischer Sprache und Gestaltung zugekommen wäre; denn sie war lebendig in seinem Westlande überhaupt und unter den Seinen im besonderen, wenn auch in etwas anderer Form und mit anderen Einzelheiten, als man sie im Stromlande wahrhaben wollte. Gerade in seiner Jugendzeit war sie im Begriffe, sich bei ihm zu Hause in einer von der östlichen abweichenden Sondergestalt zu befestigen, und Joseph wußte wohl, wie es zugegangen war damals, als alles Fleisch, die Tiere nicht ausgenommen, seinen Weg in unbeschreiblicher Weise verderbt hatte, ja selbst die Erde Hurerei trieb und Schwindelhafer hervorbrachte, wenn man Weizen säte, – und dies alles trotz der Warnungen Noahs, so daß der Herr und Schöpfer, der sogar seine Engel in diese Greuel verwickelt sehen mußte, es schließlich, nach einer letzten Gelduldsfrist von hundertzwanzig Jahren, nicht länger verantworten und ertragen konnte und zu seinem Schmerz das Schwemmgericht hatte walten lassen müssen. Und wie er in seiner gewaltigen Gutmütigkeit (welche die Engel keineswegs teilten) dem Leben ein Hintertürchen, um zu entwischen, gelassen hatte in Gestalt des verpichten Kastens, den Noah mit dem Getiere bestieg! Joseph wußte es auch, und er kannte den Tag, an dem die Geschöpfe den Kasten betreten: der Zehnte des Monats Cheschwan war es gewesen, und am siebzehnten war die Flut ausgebrochen, zur Zeit der Frühjahrsschmelze, wenn der Siriusstern am Tage aufgeht und die Wasserbrunnen zu schwellen anfangen. An diesem Tage also – Joseph hatte das Datum vom alten Eliezer. Wie oft aber war dieser Jahrestag seitdem wohl wiedergekehrt? Das bedachte er nicht, das bedachte auch der alte Eliezer nicht, und hier beginnen die Zusammenziehungen, Verwechselungen und Durchblickstäuschungen, welche die Überlieferung beherrschen.

Der Himmel weiß, wann jener ertränkende Übergriff des zu Unregelmäßigkeit und Gewaltsamkeit immer geneigten Euphratstromes oder auch jener Einbruch des Persischen Meerbusens unter Wirbelsturm und Erdbeben in das weite Land sich ereignet hatte, der die Flut-Überlieferung nicht etwa gestiftet, aber ihr zum letzten Male Nahrung zugeführt, sie mit entsetzlicher Wirklichkeitsanschauung belebt hatte und nachkommenden Geschlechtern nun als *die* Sintflut galt. Vielleicht war der jüngste Schreckenszwischenfall dieser Art wirklich nicht lange her, und je näher er lag, desto stärkeren Reiz gewinnt die Frage, ob und wie es dem Geschlechte, das ihn am eigenen Leibe erlebte, gelang, diese gegenwärtige Heimsuchung mit dem Gegenstande einer Überlieferung, mit *der* Sintflut zu verwechseln. Dies geschah, und daß es geschah, gibt keinerlei Anlaß zur Verwunderung und geistigen Geringschätzung. Das Erlebnis bestand weniger darin, daß etwas Vergangenes sich wiederholte, als darin, daß es gegenwärtig wurde. Daß es aber Gegenwart gewinnen konnte, beruhte darauf, daß die Umstände, die es herbeigeführt hatten, jederzeit gegenwärtig waren. Jederzeit waren die Wege des Fleisches verderbt oder konnten es bei aller Frömmigkeit sein; denn wissen auch die Menschen, ob sie es gut oder schlecht machen vor Gott und ob nicht, was ihnen gut scheint, den Himmlischen ein Greuel ist? Die blöden Menschen kennen Gott nicht und nicht den Ratschluß der Unterwelt; jederzeit kann die Nachsicht sich als erschöpft erweisen, das Gericht in Kraft treten, und an einem Warner hat es wohl auch nicht gefehlt, einem Wissenden und Hochgescheiten, welcher die Zeichen zu deuten wußte und durch kluge Vorkehrungen als einziger von Zehntausenden dem Verderben entrinnt – nicht ohne zuvor die Tafeln des Wissens als Samen zukünftiger Weisheit der Erde anvertraut zu haben, damit, wenn die Wasser sich verlaufen, aus dieser Schriftsaat alles wieder beginnen könne. Jederzeit, das ist das Wort des Geheimnisses. Das Geheimnis hat keine Zeit; aber die Form der Zeitlosigkeit ist das Jetzt und Hier.

Die Sintflut spielte also am Euphrat, aber in China spielte sie auch. Um das Jahr 1300 vor unserer Zeitrechnung gab es dort eine fürchterliche Ausschreitung des Hoang-Ho, die übrigens zur Regulierung des Stromes Anlaß gab, und in der die große Flut wiederkehrte, welche ungefähr tausendundfünfzig Jahre früher, unter dem fünften Kaiser, stattgefunden hatte und deren Noah Yau hieß, die aber, zeitlich genommen, noch lange nicht die wahre, die erste Sintflut war, denn die Erinnerung an diesen Originalvorgang ist den Völkern gemeinsam. Genau wie die babylonische Fluterzählung, die Joseph kannte, nur eine Nachschrift älterer und immer älterer Originale war, ebenso ist das Fluterlebnis selbst auf immer entlegenere Urbilder zurückzuführen, und besonders gründlich glaubt man zu sein, wenn man als letztes und wahres Original das Versinken des Landes Atlantis in den Meeresfluten bezeichnet, wovon die grauenvolle Kunde in alle einst von dorther besiedelten Gegenden der Erde gedrungen sei und sich als wandelbare Überlieferung für immer im Gedächtnis der Menschen befestigt habe. Das ist jedoch nur ein Scheinhalt und vorläufiges Wegesziel. Eine chaldäische Berechnung ergibt, daß zwischen der Sintflut und der ersten geschichtlichen Dynastie des Zweistromlandes ein Zeitraum von 39180 Jahren lag. Folglich kann der Atlantis-Untergang, nur neuntausend Jahre vor Solon gelegen und unter dem erdgeschichtlichen Gesichtswinkel betrachtet eine sehr junge Katastrophe, bei weitem nicht die Sintflut gewesen sein. Auch er war nur eine Wiederholung, das Gegenwärtigwerden von etwas tief Vergangenem, eine fürchterliche Gedächtnisauffrischung; und der Geschichte eigentlicher Ursprung ist mindestens bis zu dem unberechenbaren Zeitpunkt zurückzuverlegen, wo die ›Lemuria‹ genannte Festlandinsel, die ihrerseits nur ein Überrest des alten Gondwanakontinentes war, in den Wogen des Indischen Ozeans verschwand.

Was uns beschäftigt, ist nicht die bezifferbare Zeit. Es ist vielmehr ihre Aufhebung im Geheimnis der Vertauschung von Überlieferung und Prophezeiung, welche dem Worte ›Einst‹ seinen Doppelsinn von Vergangenheit und Zukunft und damit seine Ladung potentieller Gegenwart verleiht. Hier hat die Idee der Wiederverkörperung ihre Wurzeln. Die Könige von Babel und beider Ägypten, jener bartlockige Kurigalzu sowohl wie der Horus im Palaste zu Theben, genannt Amun-ist-zufrieden, und alle ihre Vorgänger und Nachfolger w a r e n Erscheinungen des Sonnengottes im Fleische – das heißt, der Mythus wurde in ihnen zum Mysterium, und zwischen Sein und Bedeuten fehlte es an jedem Unterscheidungsraum. Zeiten, in denen man darüber streiten konnte, ob die Oblate der Leib des Opfers ›sei‹ oder ihn nur ›bedeute‹, sollten erst dreitausend Jahre später sich einstellen; aber auch diese höchst müßigen Erörterungen haben nichts daran zu ändern vermocht, daß das Wesen des Geheimnisses zeitlose Gegenwart ist und bleibt. Das ist der Sinn des Begängnisses, des Festes. Jede Weihnacht wieder wird das welterrettende Wiegenkind zur Erde geboren, das bestimmt ist, zu leiden, zu sterben und aufzufahren. Und wenn Joseph zu Sichem oder Beth-Lahama um die Mittsommerzeit beim ›Fest der weinenden Frauen‹, dem ›Fest des Lampenbrennens‹, dem Tammuzfest den Mordtod des ›vermißten Sohnes‹, des Jüngling-Gottes, Usir-Adonai's, und seine Auferstehung unter viel Flötengeschluchz und Freudengeschrei in ausführlicher Gegenwart erlebte, dann waltete ebenjene Aufhebung der Zeit im Geheimnis, die uns angeht, weil sie alle logische Anstößigkeit entfernt von einem Denken, welches in jeder Heimsuchung durch Wassersnot einfach die Sintflut erkannte.

6

Der Geschichte der Flut zur Seite steht diejenige des Großen Turmes. Gemeingut gleich jener, besaß sie örtliche Gegenwart da und dort und bot ebensoviel Anlaß zur Kulissenbildung und träumerischen Vertauschung wie sie. Daß zum Beispiel Joseph den Sonnen-Tempelturm von Babel, genannt Esagila oder Haus der Haupterhebung, schlechthin für den Großen Turm selber hielt, ist ebenso gewiß wie entschuldbar. Schon der Wanderer aus Ur hatte ihn zweifellos dafür gehalten, und nicht nur in Josephs Lebenskreis, sondern vor allem im Lande Sinear selbst hielt man ihn unbedingt dafür. Allen Chaldäern bedeutete der uralte und ungeheuere, nach ihrer Meinung von Bel, dem Schöpfer, selbst mit Hilfe der erst geschaffenen Schwarzköpfigen erbaute, von Chammuragasch, dem Gesetzgeber, aufgefrischte und ergänzte sieben Stockwerk hohe Terrassenturm Esagila's, von dessen bunt emaillierter Pracht Joseph eine Vorstellung hatte, das Anschaulichwerden und gegenwärtige Erlebnis eines urweither übermachten Inbegriffs: Des Turmes, des bis an den Himmel ragenden Bauwerks von Menschenhand. Daß in Josephs besonderer Welt die Turm-Märe sich mit weiteren und eigentlich unzugehörigen Vorstellungen, mit der Idee der ›Zerstreuung‹ etwa, verband, ist allein aus des Mondmannes persönlichem Verhalten, seiner Ärgernisnahme und Auswanderung zu erklären; denn für die Leute von Sinear hatten die Migdals oder Burgtürme ihrer Städte durchaus nichts mit jenem Begriff zu schaffen, sondern im Gegenteil hatte Chammuragasch, der Gesetzgeber, ausdrücklich aufschreiben lassen, er habe ihre Spitzen hoch gemacht, um das zerfahren auseinanderstrebende Volk unter seiner, des Gesandten, Herrschaft ›wieder zusammenzubringen‹. Aber der Mondmann hatte daran im Sinne der Gottheit Ärgernis genommen und sich gegen Nimrods königliche Sammlungsabsichten zerstreut; dadurch gewann in Josephs Heimat das Vergangene, das in Gestalt Esagila's gegenwärtig war, einen Einschlag des Zukünftigen und der Prophetie: Ein Gericht schwebte über dem himmelan getürmten Trotzmal von Nimrods Königsvermessenheit; kein Ziegel sollte davon auf dem anderen bleiben und seine Erbauer verwirrt und zerstreut werden vom Herrn der Götter. So lehrte der alte Eliezer es den Sohn Jaakobs und wahrte so den Doppelsinn des ›Einst‹, seine Mischung aus Mär und Verkündigung, deren Ergebnis das zeitlos Gegenwärtige, der Turm der Chaldäer war.

An ihn also heftete sich für Joseph die Kunde vom Großen Turm. Aber es ist ja klar, daß Esagila nur einer Dünenkulisse gleichkommt auf der unermeßlichen Wanderung nach diesem – eine wie andere mehr. Auch die Leute von Mizraim schauten den Turm als Gegenwart, in Gestalt von König Chufu's erstaunlichem Wüstengrabmal. Und in Landen, von deren Existenz weder Joseph noch der alte Eliezer die blasseste Ahnung hatten, mitten in Amerika nämlich, hatten die Leute auch ihren ›Turm‹ oder ihr Gleichnis des Turmes, die große Pyramide von Cholula, deren Ruinen Ausmaße zeigen, welche den Ärger und Neid König Chufu's notwendig hätten erregen müssen. Die Leute von Cholula haben immer bestritten, dies Riesenwerk selbst errichtet zu haben. Sie erklärten es wirklich für Riesenwerk: Einwanderer aus dem Osten, versicherten sie, überlegenes Volk, das von trunkener Sehnsucht nach der Sonne erfüllt gewesen, hätten es mit Begeisterungskraft aus Ton und Erdharz aufgetürmt, um sich dem geliebten Gestirn zu nähern. Mehreres spricht für die Vermutung, daß die fortgeschrittenen Fremden atlantische Kolonisten gewesen sind, und es scheint, daß diese Sonnenverehrer und eingefleischten Astronomen überall, wohin sie kamen, nichts Eiligeres zu tun hatten, als vor den Augen der staunenden Ureinwohner mächtige Gestirnwarten zu errichten, nach dem Vorbilde heimischer Hochbauten und namentlich des ragenden Götterberges inmitten ihres Landes, von welchem Plato erzählt. In Atlantis also mag das Urbild des Großen Turmes zu suchen sein. Jedenfalls vermögen wir seine Geschichte nicht weiter zurückzuverfolgen und beenden hier unsere Studien über diesen seltsamen Gegenstand.

7

Wo aber lag das Paradies? Der ›Garten im Osten‹? Der Ort der Ruhe und des Glückes, die Heimat des Menschen, wo er vom schlimmen Baume gekostet und von wo er vertrieben worden war oder eigentlich sich selbst vertrieben und sich zerstreut hatte? Der junge Joseph wußte es so gut, wie er von der Flut wußte, und aus denselben Quellen. Er mußte etwas lächeln, wenn er syrische Wüstenbewohner dafürhalten hörte, die große Oase Damaskus sei das Paradies – denn Himmlischeres könne man nicht erträumen, als wie sie gebettet sei zwischen königlichem Gebirg und Wiesenseen in Obstwald und lieblich bewässerte Gärten, wimmelnd von allerlei Volk und voll üppigen Austausches. Auch zuckte er aus Höflichkeit zwar nicht mit den Achseln, tat es aber innerlich, wenn Männer von Mizraim erklärten, die Stätte des Gartens sei selbstverständlich Ägypten gewesen, denn dieses sei Mitte und Nabel der Welt. Das meinten die bartlockigen Männer von Sinear wohl auch, daß ihre Königsstadt, die sie ›Pforte Gottes‹ und ›Band Himmels und der Erde‹ nannten (der Knabe Joseph sprach es ihnen in ihrer weltläufigen Mundart nach: »Bab-ilu, markas šamê u irsitim«, sagte er gewandt) – daß also Babel der Welt heiliger Mittelpunkt sei. Aber Joseph hatte über diese Frage des Weltnabels nähere und wahrere Nachrichten, und zwar aus der Lebensgeschichte seines guten, sinnenden und feierlichen Vaters, welcher, ein junger Mann noch, auf der Reise von ›Siebenbrunnen‹, der Seinen Wohnsitz, gen Naharajim zum Oheim nach Charran ganz unverhofft und unwissend auf die wirkliche Pforte des Himmels, den wahren Weltnabel gestoßen war: auf die Hügelstätte Luz mit ihrem heiligen Steinkreise, die er dann Beth-el, Haus Gottes, geheißen hatte, weil ihm hier, dem vor Esau Flüchtigen, die schauerlich größte Offenbarung seines Lebens zuteil geworden. Hier oben, wo Jaakob das steinerne Kopfkissen aufgerichtet hatte als ein Mal und es mit Öl begossen, hier war fortan für Die um Joseph die Mitte der Welt und dieser Ort das Mutterband Himmels und der Erde; aber das Paradies hatte auch hier nicht gelegen, sondern in Gegenden des Anfangs und der Heimat, irgendwo dort, nach Josephs kindlicher Überzeugung, die übrigens eine viel angenommene Überzeugung war, von wo der Mann der Mondstadt einst ausgezogen, im unteren Sinear, dort, wo der Strom sich auflöste und das feuchte Land zwischen seinen Armen noch heute von Süßkost tragenden Bäumen strotzte.

Daß hier, im südlichen Babylonien irgendwo, Eden zu suchen und Adams Leib aus babylonischer Erde gemacht worden sei, ist lange die bevorzugte Lehre der theologischen Wissenschaft geblieben. Dennoch handelt es sich noch einmal um die uns schon vertraute Kulissenwirkung, um jenes System von Vorlagerungen, örtlichen Ansiedelungen und Zurückverweisungen, das wir mehrfach zu studieren Gelegenheit hatten, – nur daß es sich hier auf eine überbesondere, im wörtlichsten Sinn verlockende, über das Irdische hinaus lockende und hinüberschreitende Art darum handelt; nur daß der Brunnenschlund der Menschengeschichte hier seine ganze Tiefe erweist, die keine zu messende Tiefe ist, – eine Bodenlosigkeit vielmehr, auf welche endlich weder der Begriff der Tiefe noch derjenige der Finsternis mehr Anwendung findet, sondern im Gegenteil die Vorstellung der Höhe und des Lichtes: der lichten Höhe nämlich, aus welcher der F a l l geschehen konnte, dessen Geschichte mit der Erinnerung unserer Seele an den Garten des Glückes untrennbar verbunden ist.

Die überlieferte Ortsbeschreibung des Paradieses ist in einer Hinsicht genau. Es sei, heißt es, von Eden ausgegangen ein Strom, zu tränken den Garten, und habe sich von da in vier Weltwasser geteilt: den Pison, Gihon, Euphrat und Hiddekel. Der Pison, so fügt die Auslegung hinzu, sei auch Ganges genannt; er fließe um das ganze Inderland und bringe mit sich das Gold. Der Gihon, das sei der Nilus, der größte Strom der Welt, der fließe um das Mohrenland. Doch Hiddekel, der pfeilschnelle Strom, sei der Tigris, der vor Assyrien fließt. Dies letztere ist unbestritten. Bestritten aber, und von ansehnlicher Seite, ist die Einerleiheit des Pison und Gihon mit Ganges und Nil. Gemeint seien vielmehr der Araxes, der ins Kaspische Meer, und der Halys, der in das Schwarze geht, wie denn die Stätte des Paradieses in Wahrheit zwar im babylonischen Gesichtskreise, aber nicht in Babylonien, sondern in dem armenischen Alpenlande nördlich der Mesopotamischen Ebene zu denken sei, wo jene Ströme nahe beieinander entspringen.

Nicht ohne vernünftigen Beifall vernimmt man die Lehre. Denn falls, wie ehrwürdigste Nachricht es will, der ›Phrat‹ oder Euphrat im Paradiese entsprang, so ist die Annahme nicht haltbar, daß dieses in seinem Mündungsgebiet gelegen gewesen sei. Mit solcher Einsicht aber und indem man dem Lande Armenien die Palme reichte, wäre höchstens der Schritt zur nächstfolgenden Wahrheit getan; man hielte eben nur eine Kulisse und Verwechselung weiter.

Vier Seiten, so lehrte schon der alte Eliezer es den Joseph, hat Gott der Welt verliehen: Morgen, Abend, Mittag und Mitternacht, bewacht am Stuhle der Herrschaft selbst von vier heiligen Tieren und vier Engelswächtern, welche auf diese Grundbedingung ein unbewegliches Auge haben. Wendeten nicht auch die unterägyptischen Pyramiden ihre mit glänzendem Zement bedeckten Breitseiten genau nach den vier Weltrichtungen? So war die Anordnung der Paradiesesströme gedacht. Sie sind ihrem Laufe nach gleich Schlangen vorzustellen, deren Schwanzspitzen sich berühren und deren Mündungshäupter weit voneinander liegen, so daß sie denn nach den vier Himmelsrichtungen auseinanderstreben. Das nun ist eine offenkundige Übertragung. Es ist die nach Vorderasien verlegte Wiederholung einer Geographie, die uns von anderer, abhanden gekommener Stelle her wohlvertraut ist: von Atlantis nämlich, woselbst, nach Plato's Mitteilung und Beschreibung, von dem inmitten der Insel aufragenden Götterberge dieselben vier Ströme auf dieselbe Art, das heißt kreuzweise, nach den vier Weltseiten ausgingen. Jeder gelehrte Streit über der ›Hauptwasser‹ erdkundliche Bedeutung und über die Stätte des Gartens selbst hat das beschwichtigende Gepräge des Müßigen gewonnen durch eine Zurückführung, aus der erhellt, daß der da und dort angesiedelte Paradiesgedanke seine Anschaulichkeit aus der Erinnerung der Völker an ein entschwundenes Land bezog, wo eine weise fortgeschrittene Menschheit in ebenso milder wie heiliger Ordnung glückselige Zeiten verbracht hatte. Daß hier eine Vermengung der Überlieferung vom eigentlichen Paradiese mit der Sage eines Goldenen Zeitalters der Menschheit walte, ist nicht zu verkennen. Mit vielem Recht, wie es scheint, nimmt die Erinnerung an ein solches auf das hesperische Land Bezug, wo, wenn nicht alle Nachrichten trügen, ein großes Volk unter Bedingungen von nicht wieder erreichter Gunst sein kluges und frommes Wesen getrieben hat. Der ›Garten in Eden‹ aber, die Stätte der Heimat und des Falles, war es mitnichten; auf der zeitlich-räumlichen Wanderung nach dem Paradiese bildet es nur ein kulissenhaft scheinbares Wegesziel; denn den Urmenschen, den Adamiten, sucht die erdgeschichtliche Altertumskunde in Zeiten und Räumen, deren Untergang vor der Besiedelung von Atlantis liegt.

Blendwerk und hinlockende Fopperei einer Wanderschaft! Denn war es möglich, war es verzeihlich, wenn auch betrüglich, das Land der goldenen Äpfel, in dem die vier Ströme gingen, dem Paradiese gleichzusetzen, – wie sollte ein solcher Irrtum, noch bei dem besten Willen zur Selbsttäuschung, statthaben können angesichts der lemurischen Welt, welche die nächste, die fernste Vorlagerung bildet und wo die gequälte Larve des Menschenwesens, ein Bild, in welchem das eigene wiederzuerkennen der hübsche und schöne Joseph sich mit begreiflichster Entrüstung geweigert haben würde, im Verzweiflungskampf mit gepanzerten Fleischgebirgen von Raubmolchen und fliegenden Echsen seinen Lust- und Angsttraum vom Leben erlitt? Das war der ›Garten in Eden‹ nicht, es war die Hölle. Vielmehr es war der erste, verfluchte Zustand nach dem Fall. Nicht hier, nicht am Anfange von Zeit und Raum wurde die Frucht vom Baume der Lust und des Todes gebrochen und gekostet. Das liegt vorher. Der Brunnen der Zeiten erweist sich als ausgelotet, bevor das End- und Anfangsziel erreicht wird, das wir erstreben; die Geschichte des Menschen ist älter als die materielle Welt, die seines Willens Werk ist, älter als das Leben, das auf seinem Willen steht.

8

Eine lange, auf wahrster Selbstempfindung des Menschen beruhende Denküberlieferung, entsprungen in frühen Tagen, als Erbgut eingegangen in die Religionen, Prophetien und einander ablösenden Erkenntnislehren des Ostens, in Avesta, Islam, Manichäertum, Gnosis und Hellenistik, betrifft die Gestalt des ersten oder des vollkommenen Menschen, des hebräischen adam kadmon, zu fassen als ein Jünglingswesen aus reinem Licht, geschaffen vor Weltbeginn als Urbild und Inbegriff der Menschheit, an welches sich wandelbare, doch im Entscheidenden übereinstimmende Lehren und Berichte knüpfen. Der Urmensch, heißt es, sei zu allem Anfange der erkorene Streiter Gottes im Kampfe gegen das in die junge Schöpfung eindringende Böse gewesen, sei aber dabei zu Schaden gekommen, von den Dämonen gefesselt, in die Materie verhaftet, seinem Ursprung entfremdet, durch einen zweiten Abgesandten der Gottheit jedoch, der geheimnisvollerweise wieder er selbst, sein eigenes höheres Selbst gewesen sei, aus der Finsternis der irdisch-leiblichen Existenz befreit und in die Lichtwelt zurückgeführt worden, wobei er aber Teile seines Lichtes habe zurücklassen müssen, die zur

Bildung der materiellen Welt und der Erdenmenschen mitbenutzt worden seien: Wunderbare Geschichten, in denen ein freilich schon hörbares erlösungsreligiöses Element noch hinter kosmogonischen Absichten zurücktritt; denn wir hören, der urmenschliche Gottessohn habe in seinem Lichtkörper die sieben Metalle enthalten, denen die sieben Planeten entsprechen und aus denen die Welt aufgebaut sei. Dies wird auch so ausgedrückt, daß jenes aus dem väterlichen Urgrunde hervorgegangene Licht-Menschenwesen durch die sieben Planetensphären herabgestiegen sei und von jedem der Sphärenherrscher Anteil an dessen Natur erhalten habe. Dann aber habe er niederschauend sein Spiegelbild in der Materie erblickt, habe es liebgewonnen, sich zu ihm hinabgelassen und sei so in die Bande der niederen Natur geraten. Eben hierdurch erkläre sich die Doppelnatur des Menschen, welche die Merkmale göttlicher Herkunft und wesentlicher Freiheit mit schwerer Verfesselung in die niedere Welt unentwirrbar vereinige.

In diesem narzissischen Bilde voll tragischer Anmut beginnt der Sinn der Überlieferung sich zu reinigen; denn solche Sinnesreinigung vollzieht sich in dem Augenblick, wo der Niederstieg des Gotteskindes aus seiner Lichtwelt in die Natur aufhört, bloße Gehorsamsfolge eines höheren Auftrages, folglich schuldlos zu sein, und dafür das Gepräge einer selbständig-freiwilligen Sehnsuchtstat, also das der Schuldhaftigkeit gewinnt. Zugleich beginnt die Bedeutung jenes ›zweiten Abgesandten‹ sich zu enträtseln, der, mit dem Lichtmenschen in höherem Sinne identisch, gekommen sei, ihn aus der Verstrickung ins Finstere wieder zu befreien und heimzuführen. Denn nun schreitet die Lehre zu einer Scheidung der Welt in die drei personalen Elemente der Materie, der Seele und des Geistes fort, zwischen denen, im Zusammenspiel mit der Gottheit, jener Roman sich entspinnt, dessen eigentlicher Held die abenteuernde und im Abenteuer schöpferische Seele des Menschen ist und der, ein voller Mythus in seiner Vereinigung von Ur-Kunde und Prophetie des Letzten, über den wahren Ort des Paradieses und die Geschichte des ›Falles‹ klare Auskunft gibt.

Es wird ausgesagt, daß die Seele, das ist: das Urmenschliche, wie die Materie, eines der anfänglich gesetzten Prinzipien war und daß sie Leben, aber kein Wissen besaß. Dies in der Tat so wenig, daß sie, die in Gottes Nähe in einer Hochwelt der Ruhe und des Glückes wohnte, sich von der Neigung – dies Wort im genauen Richtungssinne genommen – zur noch formlosen Materie beunruhigen und verwirren ließ, begierig, sich mit ihr zu vermischen und Formen aus ihr hervorzurufen, an denen sie körperliche Lüste erlangen könnte. Lust und Pein ihrer Leidenschaft aber nahmen, nachdem die Seele sich zum Niedersteigen aus ihrer Heimat hatte verführen lassen, nicht ab, sondern verstärkten sich sogar noch zur Qual durch den Umstand, daß die Materie, eigenwillig und träge, in ihrem gestaltlosen Urzustande durchaus zu verharren wünschte, schlechterdings nichts davon wissen wollte, zum Vergnügen der Seele Form anzunehmen, und der Gestaltung durch sie die erdenklichsten Widerstände entgegensetzte. Hier war es Gott, der eingriff, da er wohl fand, daß ihm bei solchem Stande der Dinge nichts übrigbleibe, als der Seele, seiner abwegigen Mitgegebenheit, zu Hilfe zu kommen. In ihrem Liebesringen mit der widerspenstigen Materie unterstützte er sie; er schuf die Welt, das heißt: dem Urmenschlichen behilflich, brachte er feste, langlebige Formen in ihr hervor, damit die Seele an diesen Formen körperliche Lüste erlange und Menschen erzeuge. Gleich danach aber, in weiterer Verfolgung eines überlegen ersonnenen Planes, tat er ein Zweites. Er sandte, so heißt es wörtlich in dem Referat, das wir anziehen, aus der Substanz seiner Göttlichkeit den G e i s t zum Menschen in diese Welt, damit er die Seele im Gehäuse des Menschen aus ihrem Schlafe wecke und ihr auf Befehl seines Vaters zeige, daß diese Welt nicht ihre Statt und ihr sinnliches Leidenschaftsunternehmen eine Sünde gewesen sei, als deren Folge die Erschaffung dieser Welt betrachtet werden müsse. Was in Wahrheit der Geist der in die Materie verhafteten Menschenseele beständig klarzumachen sucht und woran er sie immerdar zu mahnen hat, ist eben dies, daß erst durch ihre törichte Vermischung mit der Materie die Bildung der Welt erfolgt ist und daß, wenn sie sich von dieser trennt, der Formenwelt alsbald keine Existenz mehr bleibt. Die Seele zu dieser Einsicht zu erwecken, ist also der Auftrag des Geistes, und es geht sein Hoffen und Betreiben dahin, die leidenschaftliche Seele werde, von diesem ganzen Sachverhalt in Kenntnis gesetzt, die heimatliche Hochwelt endlich wiedererkennen, sich die niedere Welt aus dem Sinne schlagen und ihre eigene, die Sphäre der Ruhe und des Glückes wieder erstreben, um dorthin heimzugelangen. In demselben Augenblick, wo dies geschieht, wird diese niedere Welt sich aufheben; die Materie wird ihren trägen Eigenwillen zurückerhalten; sie wird aus der Formgebundenheit gelöst werden, sich der Formlosigkeit wieder erfreuen dürfen wie in Urewigkeit und also ebenfalls auf ihre Art wieder glücklich sein.

So weit die Lehre und der Roman der Seele. Es ist kein Zweifel, daß hier das letzte ›Zurück‹ erreicht, die höchste Vergangenheit des Menschen gewonnen, das Paradies bestimmt und die Geschichte des Sündenfalls, der Erkenntnis und des Todes auf ihre reine Wahrheitsform zurückgeführt ist. Die Urmenschenseele ist das Älteste, genauer ein Ältestes, denn sie war immer, vor der Zeit und den Formen, wie Gott immer war und auch die Materie. Was den Geist betrifft, in dem wir den zur Heimführung der Seele befohlenen ›zweiten Abgesandten‹ erkennen, so ist er ihr zwar auf unbestimmte Art hochverwandt, doch nicht sie selbst noch einmal, denn er ist jünger: eine Aussendung Gottes zum Zweck ihrer Belehrung und Befreiung und damit zur Aufhebung der Formenwelt. Wenn in gewissen Wendungen der Lehre die höhere Einerleiheit von Seele und Geist behauptet oder allegorisch angedeutet ist, so hat das gleichwohl seinen guten Sinn, welcher sich nicht etwa darin erschöpft, daß die Urmenschenseele anfänglich als Streiter Gottes gegen das Böse in der Welt gefaßt und die ihr zugeschriebene Rolle also derjenigen sehr verwandt ist, welche später dem zu ihrer eignen Befreiung entsandten Geiste zufällt. Vielmehr läßt die Lehre es an der Erläuterung jenes Sinnes darum fehlen, weil sie nicht zur vollständigen Ausgestaltung der Rolle gelangt, die *der Geist* in dem

Roman der Seele spielt, und nach dieser Richtung deutlich der Ergänzung bedarf.

Der Auftrag des Geistes in dieser aus der hochzeitlichen Erkenntnis von Seele und Materie entstandenen Welt der Formen und des Todes ist vollkommen eindeutig und klar umrissen. Seine Sendung besteht darin, der selbstvergessen in Form und Tod verstrickten Seele das Gedächtnis ihrer höheren Herkunft zu wecken; sie zu überzeugen, daß es ein Fehler war, sich mit der Materie einzulassen und so die Welt hervorzurufen; endlich ihr das Heimweh bis zu dem Grade zu verstärken, daß sie sich eines Tages völlig aus Weh und Wollust löst und nach Hause schwebt – womit ohne weiteres das Ende der Welt erreicht, der Materie ihre alte Freiheit zurückgegeben und der Tod aus der Welt geschafft wäre. Wie es nun aber geschieht, daß der Gesandte eines Königreiches bei einem anderen, feindlichen, wenn er sich lange dort aufhält, im Sinne seines eigenen Landes der Verderbnis verfällt, indem er nämlich auf dem Wege der Einbürgerung und der Angleichung und Abfärbung unvermerkt in die Denkweise und auf den Interessenstandpunkt des feindlichen hinübergleitet, so daß er zur Vertretung der heimischen Interessen untauglich wird und abberufen werden muß: so oder ähnlich ergeht es in seiner Sendung dem Geiste. Je länger sie währt, je länger er sich hier unten diplomatisch betätigt, desto deutlicher erfährt – vermöge jener Gesandtenverderbnis – seine Tätigkeit einen inneren Bruch, der in höherer Sphäre kaum verborgen geblieben sein dürfte und aller Mutmaßung nach schon zu seiner Abberufung geführt hätte, wenn die Frage eines zweckmäßigen Ersatzes leichter zu lösen wäre, als sie es anscheinend ist.

Es unterliegt keinem Zweifel, daß seine Rolle als Vernichter und Totengräber der Welt den Geist auf die Länge des Spieles schwer zu genieren beginnt. So nämlich wandelt sich unter dem abfärbenden Einfluß seines Aufenthaltes der Gesichtswinkel, unter dem er die Dinge erblickt, daß er, nach seiner Auffassung gesandt, den Tod aus der Welt zu schaffen, sich nun im Gegenteil als das tödliche Prinzip empfinden lernt, als das, welches den Tod über die Welt bringt. Das ist in der Tat eine Frage des Gesichtspunktes und der Auffassung; man kann es so beurteilen und auch wieder so. Nur sollte man wissen, welches Denkverhalten einem zukommt und zu welchem man von Hause verpflichtet ist, sonst greift ebenjene Erscheinung Platz, die wir sachlich Verderbnis nannten, und man entfremdet sich seinen natürlichen Aufgaben. Eine gewisse Charakterschwäche des Geistes tritt hier zutage, dergestalt, daß er seinen Ruf, das tödliche und auf Zerstörung der Formen ausgehende Prinzip zu sein – diesen Ruf, in welchen zudem er selbst aus eigenem Wesen, aus eigenem, auch gegen sich selbst sich richtenden Urteilsdrange größten Teiles sich gebracht hat –, sehr schlecht erträgt und seine Ehre daransetzt, ihn loszuwerden. Nicht, daß er vorsätzlich zum Verräter an seiner Sendung würde; aber gegen seine Absicht, unter dem Zwange jenes Antriebes und einer Regung, die man als unerlaubte Verliebtheit in die Seele und ihr leidenschaftliches Treiben bezeichnen könnte, drehen sich ihm die Worte im Munde um, so daß sie der Seele und ihrem Unternehmen zu Gefallen lauten und, aus einer Art von neigungsvollem Witz gegen seine eigenen reinen Ziele, zugunsten des Lebens und der Formen sprechen. Ob freilich dem Geiste ein solches verräterisches oder verratähnliches Verhalten auch nur nützt; ob er nicht jedenfalls und sogar noch auf diese Weise gar nicht umhinkann, dem Zwecke zu dienen, dessentwegen er gesandt ist, nämlich der Aufhebung der materiellen Welt durch die Lösung der Seele aus ihr, und ob er nicht dies auch selbst ganz genau weiß, also nur deshalb so handelt, weil er im Grunde gewiß ist, es sich erlauben zu können, – die Frage bleibt offen. Auf jeden Fall kann man in dieser witzig-selbstverleugnerischen Vereinigung seines Willens mit dem der Seele die Erläuterung jener allegorischen Wendung der Lehre erblicken, der ›zweite Abgesandte‹ sei ein anderes Selbst des zur Bekämpfung des Bösen entsandten Lichtmenschen gewesen. Ja, es ist möglich, daß in dieser Wendung eine prophetische Hindeutung auf geheime Ratschlüsse Gottes verborgen liegt, die von seiten der Lehre für zu heilig und undurchsichtig erachtet wurden, um geradehin ausgesprochen zu werden.

9

Alles mit Ruhe betrachtet, kann von einem ›Sündenfall‹ der Seele oder des uranfänglichen Lichtmenschen nur bei starker moralischer Überspitzung die Rede sein. Versündigt hat die Seele sich allenfalls an sich selbst: durch die leichtsinnige Opferung ihres ursprünglich ruhigen und glücklichen Zustandes, aber nicht an Gott, indem sie etwa durch ihr leidenschaftliches Verhalten gegen sein Verbot verstoßen hätte. Ein solches Verbot war, wenigstens der von uns angenommenen Lehre zufolge, nicht ergangen. Wenn fromme Überlieferung dennoch davon berichtet, nämlich von dem Verbote Gottes an die ersten Menschen, vom Baum der Erkenntnis ›Gutes und Böses‹ zu essen, so ist erstens zu bedenken, daß es sich hier um einen sekundären und schon irdischen Vorgang handelt, um die Menschen, welche unter Gottes eigener schöpferischer Beihilfe aus der Erkenntnis der Materie durch die Seele entstanden waren; und wenn Gott wirklich mit ihnen diese Probe anstellte, so ist kein Zweifel darüber zulässig, daß er sich über den Ausgang im voraus im klaren war, und dunkel bleibt nur, warum er es nicht lieber vermied, durch Erlassung eines Verbotes, dessen Nichtbefolgung sicher war, die Schadenfreude seiner dem Menschentum sehr mißgünstig gesinnten englischen Umgebung zu erregen. Da aber zweitens die Wendung ›Gutes und Böses‹ ohne jeden Zweifel und anerkanntermaßen Glosse und Zusatz zum reinen Texte ist und es sich in Wahrheit um Erkenntnis schlechthin handelt, welche nicht das moralische Unterscheidungsvermögen zwischen Gut und Böse, sondern den Tod zur Folge hat: so stehen der Erklärung kaum Bedenken entgegen, daß auch die Nachricht vom ›Verbote‹ schon einen wohlgemeinten, aber unzutreffenden Zusatz dieser Art vorstellt.

Hierfür spricht geradezu alles, in der Hauptsache aber dies, daß Gott sich über die sehnsüchtige Handlungsweise der Seele nicht etwa erzürnte, sie nicht verstieß oder ihr irgendeine Strafe zufügte, welche über das Maß von Leid, das sie sich selber freiwillig zuzog und das freilich durch Lust aufgewogen wurde, hinausgegangen wäre. Vielmehr ist deutlich, daß er beim Anblick der Passion der Seele, wenn nicht von Sympathie, so doch von Mitleid ergriffen wurde; denn sofort kam er ihr ungerufen zu Hilfe, griff persönlich in ihren erkennenden Liebeskampf mit der Materie ein, indem er die Todeswelt der Formen daraus hervorgehen ließ, damit die Seele ihre Lust daran finden könne: ein Verhalten Gottes, worin in der Tat Mitleid von Sympathie sehr schwer oder überhaupt nicht zu unterscheiden ist.

Von Sünde im Sinn einer Verletzung Gottes und seines ausgesprochenen Willens kann in solchem Zusammenhang nur halb zutreffend gesprochen werden, besonders wenn man die eigentümliche Angelegentlichkeit des Verhältnisses Gottes zu dem Geschlecht in Erwägung zieht, das aus der Vermischung von Seele und Materie entstanden war, dem Menschenwesen, welches unverkennbar und aus guten Gründen von Anfang an ein Gegenstand der Eifersucht der Engel war. Auf Joseph machte es tiefen Eindruck, wenn der alte Eliezer ihm von diesen Beziehungen sprach, und dieser sprach davon ganz in dem Sinn, wie wir es noch heute in hebräischen Kommentaren zur Urgeschichte lesen. Hätte, heißt es dort, Gott nicht verschwiegen und weislich für sich behalten, daß nicht nur Gerechte, sondern auch Böse vom Menschen herkommen würden, so wäre vom Reich der Strenge die Erschaffung des Menschen gar nicht zugelassen worden. Solche Worte gewähren einen bedeutenden Einblick in die Verhältnisse. Sie lehren vor allem, daß ›Strenge‹ nicht sowohl Gottes eigene Sache, als vielmehr die seiner Umgebung ist – von der er in einem gewissen, wenn auch natürlich nicht ausschlaggebenden Grade abhängig zu sein scheint, da er es, aus Besorgnis, es möchten ihm von dieser Seite Schwierigkeiten gemacht werden, lieber unterließ, ihr über das, was im Werke war, reinen Wein einzuschenken, und nur einiges anzeigte, anderes aber verschwieg. Deutet aber dies nicht vielmehr darauf hin, daß ihm an der Weltschöpfung gelegen war, als darauf, daß sie ihm entgegen gewesen wäre? Wenn also die Seele zu ihrem Unternehmen von Gott nicht geradezu aufgefordert und ermutigt worden sein sollte – gegen seinen Sinn handelte sie keineswegs, sondern nur gegen den der Engel, deren wenig freundliche Gesinnung gegen den Menschen freilich von vornherein feststeht. Gottes Schöpfung der guten und bösen Lebenswelt und seine Teilnahme für sie erscheint ihnen als majestätische Schrulle, über die sie pikiert sind, da sie, wahrscheinlich mit mehr Recht als Unrecht, Überdruß an ihrer lobsingenden Reinheit dahinter vermuten. Erstaunte und vorwurfsvolle Fragen, wie: »Was ist der Mensch, o Herr, daß du sein gedenkest?«, schweben ihnen beständig auf den Lippen, und Gott antwortet ihnen schonend, begütigend, ausweichend, zuweilen auch gereizt und in einem für sie entschieden demütigenden Sinn. Der Sturz Semaels, eines sehr großen Fürsten unter den Engeln, da er zwölf Paar Flügel besaß, die heiligen Tiere und die Seraphim aber nur je sechs, ist gewiß nicht einfach zu begründen, muß aber unmittelbar auf diese Konflikte zurückgeleitet werden, wie es unter Josephs gespannter Aufmerksamkeit aus Eliezers Belehrungen hervorging. Semael war es namentlich immer gewesen, der die Empfindlichkeit der Engel gegen den Menschen, oder eigentlich über Gottes Teilnahme für diesen, geschürt hatte; und als eines Tages Gott die Heerscharen aufforderte, sich vor Adam, seiner Vernunft wegen und weil er alle Dinge bei Namen zu nennen wußte, zu verbeugen, kamen zwar sie, wenn auch teils mit heimlichem Lächeln, teils mit zusammengezogenen Brauen, dieser Anordnung nach, Semael aber tat es nicht. Denn er erklärte mit wilder Offenheit, es sei Unsinn, daß die aus dem Glanz der Herrlichkeit Erschaffenen vor dem aus Staub und Erde Gemachten niedersänken, – und eben bei dieser Gelegenheit wurde er gestürzt, was nach Eliezers Beschreibung von weitem ausgesehen hatte, wie wenn ein Stern fällt. Aber war es auch den übrigen Engeln gewiß auf immer in die Glieder gefahren, und ließen sie von da an in betreff des Menschen äußerste Vorsicht walten, so bleibt doch klar und deutlich, daß jedes Überhandnehmen der Sündhaftigkeit auf Erden, wie etwa vor der Flut und zu Sodom und Gomorra, regelmäßig einen Triumph für die heilige Umgebung und eine Verlegenheit für den Schöpfer bedeutet, welcher dann gezwungen ist, fürchterlich aufzuräumen – und zwar weniger nach eigenem Sinn als unter dem moralischen Druck der Himmel. Werden aber diese Dinge mit Recht herausgefühlt: wie steht es dann um die Aufgabe des ›zweiten Abgesandten‹, des Geistes, und ist er wirklich gesandt, die Aufhebung der materiellen Welt durch die Lösung der Seele aus ihr und ihre Heimführung zu betreiben?

Die Vermutung ist möglich, daß dies nicht Gottes Meinung ist und daß der Geist tatsächlich nicht, seinem Rufe gemäß, der Seele nachgesandt wurde, um den Totengräber der von ihr unter gütiger Beihilfe Gottes geschaffenen Formenwelt zu spielen. Das Geheimnis ist vielleicht ein anderes, und vielleicht beruht es in dem Sinn der Lehre, der zweite Gesandte sei der zuerst gegen das Böse entsandte Lichtmensch noch einmal gewesen. Wir wissen längst, daß das Geheimnis die Zeitfälle frei behandelt und sehr wohl in der Vergangenheit sprechen mag, wenn es die Zukunft meint. Es ist möglich, daß die Aussage, Seele und Geist seien eins gewesen, eigentlich aussagen will, daß sie einmal eins werden sollen. Ja, dies erscheint um so denkbarer, als der Geist von sich aus und ganz wesentlich das Prinzip der Zukunft, das Es wird sein, es soll sein, darstellt, während die Frömmigkeit der formverbundenen Seele dem Vergangenen gilt und dem heiligen Es war. Wo hier das Leben ist und wo der Tod, bleibt strittig; denn beide Teile, die naturverflochtene Seele und der außerweltliche Geist, das Prinzip der Vergangenheit und das der Zukunft, nehmen, jedes nach seinem Sinn, in Anspruch, das Wasser des Lebens zu sein, und jedes beschuldigt das andere, es mit dem Tode zu halten: keiner mit Unrecht, da Natur ohne Geist sowohl als Geist ohne Natur wohl schwerlich Leben genannt werden kann. Das Geheimnis aber und die stille Hoffnung Gottes liegt vielleicht in ihrer Vereinigung, nämlich in dem echten Eingehen des Geistes in die Welt der Seele, in der wechselseitigen Durchdringung der beiden Prinzipien und der Heiligung des einen durch das andere zur Gegenwart eines Menschentums, das gesegnet wäre mit Segen oben vom Himmel herab und mit Segen von der Tiefe, die unten liegt.

Dies also wäre als geheime Möglichkeit und letzte Deutung

der Lehre in Betracht zu ziehen, – wenn auch stark zu bezweifeln bleibt, daß jenes vorerwähnte, aus allzu lebhafter Empfänglichkeit für den Vorwurf tödlichen Wesens entspringende, selbstverleugnerische und liebedienerische Gebaren des Geistes der rechte Weg zu einem solchen Ziele ist. Möge er der stummen Leidenschaft der Seele nur seinen Witz leihen, die Gräber feiern, die Vergangenheit den alleinigen Quell des Lebens nennen und sich selbst als den boshaften Zeloten und mörderisch lebenknechtenden Willen bekennen und preisgeben: er bleibt, wie er sich stelle, doch, der er ist: der Bote der Mahnung, das Prinzip der Anstoßnahme, des Widerspruchs und der Wanderschaft, welches die Unruhe übernatürlichen Elendes in der Brust eines einzelnen unter lauter lusthaft Einverstandenen erregt, ihn aus den Toren des Gewordenen und Gegebenen ins abenteuerlich Ungewisse treibt und ihn dem Steine gleichmacht, der, indem er sich löst und rollt, ein unabsehbar wachsendes Rollen und Geschehen einzuleiten bestimmt ist.

10

So bilden sich Anfänge und Vorlagerungen der Vergangenheit, bei denen besondere Erinnerung sich geschichtlich beruhigen mag, wie Joseph bei Ur, der Stadt, und des Ahnen Auszug aus ihr. Eine Überlieferung geistiger Beunruhigung war es, die er im Blute hütete, von der das ihm nahe Leben, Welt und Wandel seines Vaters bestimmt waren und die er wiedererkannte, wenn er die Tafelverse vor sich hinsprach:

> »Warum bestimmtest du Rastlosigkeit
> meinem Sohne Gilgamesch,
> Gabst ihm ein Herz, das von Ruhe nicht weiß?«

Unkenntnis der Ruhe, Fragen, Horchen und Suchen, ein Werben um Gott, ein bitter zweifelvolles Sichmühen um das Wahre und Rechte, das Woher und Wohin, den eigenen Namen, das eigene Wesen, die eigentliche Meinung des Höchsten – wie drückte das alles sich, vom Ur-Wanderer her durch die Geschlechter vermacht, in Jaakobs hochgestirnter Greisenmiene, in dem spähend besorgten Blick seiner braunen Augen aus, und wie vertraulich liebte Joseph dies Wesen, das sein selber als eines Adels und einer Auszeichnung bewußt war und, eben als Selbstbewußtsein höherer Sorge und Kümmernis, der Person des Vaters all die Würde, Gehaltenheit, Feierlichkeit verlieh, die ihre Wirkung vervollständigten! Rastlosigkeit und Würde – das ist das Siegel des Geistes, und mit kindlich scheuloser Neigung erkannte Joseph das überlieferte Gepräge auf der Stirn des väterlichen Gebieters, obgleich seine eigene Prägung nicht diese, sondern, stärker von seiner reizenden Mutter her bestimmt, heiterer und unbesorgter war und seine umgängliche Natur sich leichter in Gespräch und Mitteilsamkeit löste. Wie hätte er aber den sinnenden und sorgenden Vater scheuen sollen, da er sich so sehr von ihm geliebt wußte? Die Gewohnheit, geliebt und vorgezogen zu sein, entschied über sein Wesen und gab ihm die Farbe; sie entschied auch über seine Beziehung zum Höchsten, den er sich, sofern es erlaubt war, ihm eine Gestalt zuzuschreiben, genau wie Jaakob vorstellte, indem er ihn sozusagen als eine höhere Wiederholung des Vaters empfand und von ihm geradeso geliebt zu sein wie von jenem treuherzig überzeugt war. Wir wollen hier vorläufig und noch von weitem sein Verhältnis zum Adon des Himmels als ›bräutlich‹ bezeichnen, – wie denn Joseph von babylonischen Frauen wußte, welche, der Ischtar oder Mylitta heilig, ehelos aber zu frommer Hingabe verpflichtet, in Tempelzellen wohnten und ›Reine‹ oder ›Heilige‹, auch ›Bräute Gottes‹, ›enitu‹, genannt wurden. Vom Lebensgefühl dieser Enitu war etwas in seinem, also auch von Strenge und Verlobtheit etwas, und weiter, im Zusammenhange damit, ein gewisser Einschlag von spielender Phantasterei, der uns zu schaffen machen wird, wenn wir erst unten bei ihm sind, und der die Form sein mochte, in welcher das Erbe des Geistes in seinem Falle sich äußerte.

Dagegen verstand oder billigte er, bei aller Verbundenheit, die Form nicht ganz, die es in seines Vaters Falle angenommen hatte: die Sorge, den Gram, die Unrast, – sich äußernd in unüberwindlicher Abneigung gegen ein gegründet seßhaftes Dasein, wie es seiner Würde doch unbedingt wohl angestanden hätte, in seiner immer nur vorläufigen, beweglich-stegreifmäßigen und halb unbehausten Lebenshaltung. Auch er war doch ohne Zweifel von Ihm geliebt, betreut und vorgezogen – ja, wenn Joseph das war, so sicherlich vor allem um seinetwillen. Gott Saddai hatte ihn reich gemacht in Mesopotamien an Vieh und allerlei Gut, und inmitten der Söhneschar, dem Weibertroß, den Hirten, den Knechten hätte er ein Fürst sein können unter den Fürsten des Landes und war es auch, nicht nur nach äußerem Gewicht, sondern von Geistes wegen, als ›nabi‹, das ist ›Verkünder‹, als ein Wissender, Gotterfahrener und Hochgescheiter, als einer der geistigen Führergreise, auf die das Erbe des Chaldäers gekommen war und in denen man jeweils seine leiblichen Nachkommen erblickt hatte. Nicht anders als in den ausgesuchtesten und umständlichsten Formen verkehrte man mit ihm bei Unterhandlungen und Kaufverträgen, indem man ihn ›mein Herr‹ nannte, von sich selbst aber nur in sehr wegwerfenden Ausdrükken sprach. Warum lebte er nicht mit den Seinen als besitzender Bürger in einer der Städte, in Hebron selbst, Urusalim oder Sichem, in einem festen Hause aus Stein und Holz, unter welchem er seine Toten hätte bestatten können? Warum zeltete er wie ein Ismaelit und Beduine der Wüste außer der Stadt und in offenem Lande, so daß er die Burg von Kirjath Arba nicht einmal sah, bei dem Brunnen, den Höhlengräbern, den Eichen und Terebinthen, in jederzeit aufhebbarem Lager, so, als dürfe er nicht bleiben und wurzeln mit den anderen, als müsse er von Stunde zu Stunde der Weisung gewärtig sein, die ihn antreiben würde, Hütten und Ställe niederzulegen, Gestänge, Filz und Felle den Lastkamelen aufzupacken und weiterzuziehen? Joseph wußte natürlich, warum. Es mußte so sein, weil man einem Gotte diente, dessen Wesen nicht Ruhe und wohnendes Behagen war, einem Gotte der Zukunftspläne, in dessen Willen undeutliche und große, weitreichende Dinge im Werden waren, der eigentlich selbst, zusammen mit seinen brütenden Willens- und Weltplänen, erst im Werden und darum ein Gott der Beunruhigung war, ein Sorgengott, der gesucht sein wollte und für den man sich auf alle Fälle frei, beweglich und in Bereitschaft halten mußte.

Mit einem Worte: es war der Geist, der würdig machende und auch wieder entwürdigende Geist, der es dem Jaakob verwehrte, in städtisch gegründeter Seßhaftigkeit zu leben; und wenn der kleine Joseph, der nicht ohne Sinn für das weltlich Stattliche, ja Pomphafte war, das zuweilen bedauerte, so nehmen wir es wie andere Züge seines Charakters hin, mit denen wieder andere versöhnen. Was uns betrifft, die wir ausziehen, von alldem zu erzählen und uns somit, ohne äußere Not, in ein unabsehbares Abenteuer zu stürzen (dies ›Stürzen‹ im genauen Richtungssinne genommen): so wollen wir kein Hehl machen aus unserem natürlichen und unbegrenzten Verständnis für des Alten unruhigen Widerwillen gegen die Vorstellung des Bleibens und festen Hausens. Kennen denn wir dergleichen? Ist nicht auch uns Rastlosigkeit bestimmt und ein Herz gegeben, das von Ruhe nicht weiß? Des Erzählers Gestirn – ist es nicht der Mond, der Herr des Weges, der Wanderer, der in seinen Stationen zieht, aus jeder sich wieder lösend? Wer erzählt, erwandert unter Abenteuern manche Station; aber nur zeltender Weise verharrt er dort, weiterer Wegesweisung gewärtig, und bald fühlt er sein Herz klopfen, teils vor Lust, teils auch vor Furcht und Fleischesbangen, aber zum Zeichen jedenfalls, daß es schon weitergeht, in neue, genau zu durchlebende Abenteuer, mit unabsehbaren Einzelheiten, nach dem Willen des unruhigen Geistes.

Schon längst sind wir unterwegs und haben die Station, wo wir flüchtig verweilten, schon weit zurückgelassen, sie schon vergessen, uns schon mit der Welt, der wir entgegenblicken, die uns entgegenblickt, nach Reisendenart von weitem in Beziehung gesetzt, um nicht ganz ungeschickte und stiere Fremde zu sein, wenn sie uns aufnimmt. Währt sie schon allzu lange, die Fahrt? Kein Wunder, denn diesmal ist es eine Höllenfahrt! Es geht hinab und tief hinab unter Tag mit uns Erbleichenden, hinab in den nie erloteten Brunnenschlund der Vergangenheit.

Warum erbleichen wir da? Warum klopft uns das Herz, nicht erst seit dem Aufbruch, sondern schon seit Empfang der ersten Weisung zu diesem Aufbruch, vor Lust nicht nur, sondern sehr stark auch vor Fleischesbangen? Ist nicht das Vergangene Element und Lebensluft des Erzählers, ihm als Zeitfall vertraut und gemäß wie dem Fisch das Wasser? Ja, schon gut. Aber warum will unser neugierig-feiges Herz sich nicht stillen lassen von dieser Vernunft? Doch wohl, weil das Element des Vergangenen, von dem uns dahin und weit dahin tragen zu lassen wir freilich gewohnt sind, ein anderes ist als die Vergangenheit, in die wir nun mit Leibziehen fahren, – die Vergangenheit des Lebens, die gewesene, die verstorbene Welt, der auch unser Leben einmal tiefer und tiefer gehören soll, der seine Anfänge schon in ziemlicher Tiefe gehören. Sterben, das heißt freilich die Zeit verlieren und aus ihr fahren, aber es heißt dafür Ewigkeit gewinnen und Allgegenwart, also erst recht das Leben. Denn das Wesen des Lebens ist Gegenwart, und nur mythischer Weise stellt sein Geheimnis sich in den Zeitformen der Vergangenheit und der Zukunft dar. Dies ist gleichsam des Lebens volkstümliche Art, sich zu offenbaren, während das Geheimnis den Eingeweihten gehört. Das Volk sei belehrt, daß die Seele wandere. Dem Wissenden ist bekannt, daß die Lehre nur das Kleid des Geheimnisses ist von der Allgegenwart der Seele und daß ihr das ganze Leben gehört, wenn der Tod ihr Einzelgefängnis brach. Wir kosten vom Tode und seiner Erkenntnis, wenn wir als erzählende Abenteurer in die Vergangenheit fahren: daher unsre Lust und unser bleiches Bangen. Aber lebhafter ist die Lust, und wir verleugnen nicht, daß sie vom Fleische ist, denn ihr Gegenstand ist der erste und letzte unseres Redens und Fragens und all unserer Angelegentlichkeit: das Menschenwesen, das wir in der Unterwelt und im Tode aufsuchen, gleichwie Ischtar den Tammuz dort suchte und Eset den Usiri, um es zu erkennen dort, wo das Vergangene ist.

Denn es ist, ist immer, möge des Volkes Redeweise auch lauten: Es war. So spricht der Mythus, der nur das Kleid des Geheimnisses ist; aber des Geheimnisses Feierkleid ist das Fest, das wiederkehrende, das die Zeitfälle überspannt und das Gewesene und Zukünftige seiend macht für die Sinne des Volks. Was Wunder, daß im Feste immer das Menschliche aufgärte und unter Zustimmung der Sitte unzüchtig ausartete, da darin Tod und Leben einander erkennen? – Fest der Erzählung, du bist des Lebensgeheimnisses Feierkleid, denn du stellst Zeitlosigkeit her für des Volkes Sinne und beschwörst den Mythus, daß er sich abspiele in genauer Gegenwart! Todesfest, Höllenfahrt, bist du wahrlich ein Fest und eine Lustbarkeit der Fleischesseele, welche nicht umsonst dem Vergangenen anhängt, den Gräbern und dem frommen Es war. Aber auch der Geist sei mit dir und gehe ein in dich, damit du gesegnet seiest mit Segen oben vom Himmel herab und mit Segen von der Tiefe, die unten liegt!

Hinab denn und nicht gezagt! Geht es etwa ohne Halt in des Brunnens Unergründlichkeit? Durchaus nicht. Nicht viel tiefer als dreitausend Jahre tief – und was ist das im Vergleich mit dem Bodenlosen? Dort tragen die Leute nicht Stirnaugen und Hornpanzer und kämpfen nicht mit fliegenden Echsen: es sind Menschen wie wir – einige träumerische Ungenauigkeit ihres Denkens als leicht verzeihlich in Abzug gebracht. Ähnlich redet der wenig bewanderte Mann sich zu, der reisen soll und den, da es ernst wird, Fieber und Herzklopfen plagen. Geht es denn schließlich, sagt er zu sich, ans Ende der Welt und aus aller Gewohnheit? Gar nicht, sondern nur da- oder dorthin, wo schon viele waren, einen Tag oder zwei von Hause. So auch wir in Hinsicht des Landes, das unser wartet. Ist es das Land, wo der Pfeffer wächst, das Land Ga-Ga, dermaßen neuartig, daß man sich an den Kopf greift in heller Fassungslosigkeit? Nein, sondern ein Land, wie wir's öfters sahen, ein Mittelmeerland, nicht gerade heimatlich, etwas staubig und steinig, aber durchaus nicht verrückt, und über ihm gehen die Sterne, die wir kennen. So, mit Berg und Tal, mit Städten, Straßen und Rebenhügeln, mit seinem Fluß, der im grünen Dickicht trüb und eilig dahinschießt, breitet es sich in der Vergangenheit gleich den Brunnenwiesen des Märchens. Die Augen auf, wenn ihr sie in der Abfahrt verkniffet! Wir sind zur Stelle. Seht – schattenscharfe Mondnacht über friedlicher Hügellandschaft! Spürt – die milde Frische der sommerlich ausgestirnten Frühlingsnacht!

DIE GESCHICHTEN JAAKOBS

Erstes Hauptstück
Am Brunnen

Ischtar

Es war jenseits der Hügel im Norden von Hebron, ein wenig östlich der Straße, die von Urusalim kam, im Monat Adar, an einem Frühlingsabend, so mondhell, daß man Geschriebenes hätte lesen können und das Laubwerk des ziemlich kurzstämmigen, aber mit starkem Gezweige ausladenden Baumes, einer bejahrten und mächtigen Terebinthe, die hier einzeln stand, nebst ihren traubenförmigen Blüten vom Lichte kleinlich ausgearbeitet erschien, schimmernd versponnen und höchst genau zugleich. Der schöne Baum war heilig: Unterweisung war in seinem Schatten verschiedentlich zu gewinnen, sowohl aus Menschenmund (denn wer über das Göttliche aus Erfahrung etwas mitzuteilen hatte, versammelte Zuhörer unter seinen Zweigen) als auch auf höhere Weise. Wiederholt nämlich war Personen, die, das Haupt an den Stamm gelehnt, einen Schlaf getan hatten, im Traume Verkündigung und Bescheid zuteil geworden, und auch bei Brandopfern, von deren Gebräuchlichkeit an dieser Stelle ein steinerner Schlachttisch mit geschwärzter Platte Zeugnis gab, auf dem eine kleine, leicht rauchende Flamme lebte, war oft im Laufe der Zeit durch das Verhalten des Rauches, durch bedeutsamen Vogelflug und selbst durch Himmelszeichen eine besondere Aufmerksamkeit erhärtet worden, deren solche fromme Handlungen zu Füßen des Baumes sich erfreuten.

In der Umgebung gab es der Bäume mehr, wenn auch so ehrwürdige, wie der gesondert stehende, sonst nicht: von derselben Gattung sowohl, wie auch großbelaubte Feigenbäume und Steineichen, die aus ihren Stämmen Luftwurzeln in den zertretenen Grund entsandten und deren beständiges, vom Monde gebleichtes Grün, zwischen Nadel und Laub die Mitte haltend, dornige Fächer bildete. Hinter den Bäumen, gegen Mittag und in der Richtung des Hügels, welcher die Stadt verdeckte, auch noch ein Stück an seiner Schräge hinauf, waren Wohnungen und Viehställe gelegen, und es tönte von dorther zuweilen das hohle Gebrüll eines Rindes, das Schnauben eines Kamels oder eines Esels mühselig ansetzender Jammer durch die stille Nacht daher. Gegen Mitternacht aber war die Aussicht frei, und hinter einer großfugigen, bemoosten, aus zwei Schichten roh behauener Quadern errichteten Mauerumfriedung, die den Ort um den Orakelbaum einer Terrasse mit niedriger Brüstung ähnlich machte, breitete sich im Schimmer des schon hoch am Himmel stehenden, zu drei Vierteln vollen Gestirnes eben Land in die Weite bis zu langwelligen Hügeln, die den Horizont schlossen: ein mit Ölbäumen und Tamariskengebüsch besetztes und von Feldwegen durchzogenes Gebiet, das weiter hinten zum baumlosen Weideland wurde, in welchem man hie und da ein Hirtenfeuer lodern sah. Zyklamen, deren Lila und Rosa vom Mondlicht gebleicht war, blühten auf der Mauerbrüstung, weißer Krokus und rote Anemonen im Moos und Grase zu Füßen der Bäume. Es roch hier nach den Blüten und aromatischen Kräutern, nach der feuchten Ausdunstung der Bäume, nach Holzrauch und Mist.

Der Himmel war herrlich. Ein weiter Lichtkreis umgab den Mond, dessen Schein in seiner Milde so stark war, daß es fast schmerzte, hineinzuschauen, und gleichsam mit vollen Händen schien Sternensaat ausgeworfen und hingestreut über das offene Firmament, hier spärlicher, dort reich zusammengedrängt in flimmernden Ordnungen. Hell, ein lebendig blau-weißes Feuer, ein Strahlen schießender Edelstein, stach im Südwesten Sirius-Ninurtu hervor und schien mit dem südlich höher stehenden Prokyon im Kleinen Hunde ein Bild auszumachen. Mardug, der König, der bald nach Weggang der Sonne aufgezogen war und die ganze Nacht scheinen würde, wäre ihm gleichgekommen an Pracht, hätte nicht der Mond seinen Glanz überblendet. Nergal war da, nicht weit vom Zenit, ein wenig südöstlich, der siebennamige Feind, der Elamiter, der Pest und Tod verhängt und den wir Mars nennen. Aber früher als er hatte Saturn, der Beständige und Gerechte, sich über den Horizont erhoben und glänzte südlich im Mittagskreis. Prunkvoll, mit seinem roten Hauptlichte, stellte Orions vertraute Figur sich dar, ein Jäger auch er, gegürtet und wohlbewehrt, nach Westen geneigt. Ebendort, nur südlicher, schwebte die Taube. Regulus im Bilde des Löwen grüßte aus voller Höhe, zu der auch das Stiergespann des Wagens schon sich erhoben hatte, während der rotgelbe Arktur im Ochsentreiber noch tief im Nordosten stand und das gelbe Licht der Ziege mit dem Bilde des Fuhrmanns schon tief nach Abend und Mitternacht gesunken war. Doch schöner als diese, feuriger als alle Vorzeichen und das ganze Heer der Kokabim war Ischtar, die Schwester, Gattin und Mutter, Astarte, die Königin, der Sonne folgend, im tiefen Westen. Sie loderte silbern, entsandte verfliegende Strahlen, brannte in Zacken, und eine längere Flamme schien gleich der Spitze eines Speeres oben auf ihr zu stehen.

Ruhm und Gegenwart

Es gab Augen hier, wohlgeübt, dies alles zu unterscheiden und mit Sinn zu betrachten, dunkel emporgerichtete Augen, in denen so vielfältiger Schein sich spiegelte. Sie gingen hin am Damm des Tierkreises, der festen Aufschüttung, welche den Himmelswogen gebot und an dem die Zeitbestimmer wachten; an der heiligen Zeichenordnung, die nach der kurzen Dämmerung dieser Breiten in rascher Folge sichtbar zu werden begonnen hatte: der Stier zuerst; denn da, als jene Augen lebten, die Sonne zu Frühlingsanfang im Zeichen des Widders stand, so war dies Gefüge mit ihr in die Tiefe entrückt. Sie lächelten, die kundigen Augen, den Zwillingen zu, die sich von der Höhe nach Abend wandten; sie fanden mit einem östlich gleitenden Blick die Ähre auf in der Hand der Jungfrau. Aber sie kehrten zurück in den Lichtbereich des Mondes und zu seinem schimmernden Silberschilde, unwiderstehlich angezogen von seiner reinen und weichen Blendung.

Sie waren eines Jünglings, sitzend am Rande eines gemauerten Brunnens, der nahe dem heiligen Baum, von einem steinernen Bügel überwölbt, seine feuchte Tiefe eröffnete. Schadhafte

Rundstufen führten zu diesem empor, und auf ihnen ruhten die bloßen Füße des jungen Menschen, die naß waren, wie an dieser Seite die Stufen selbst, die von vergossenem Wasser troffen. Seitlich, wo es trocken war, lagen sein Oberkleid, das ein breites rostrotes Muster auf gelbem Grunde zeigte, und seine Sandalen aus Rindsleder, die fast Schuhe waren, da sie abfallende Wände hatten, zwischen denen mit Fersen und Knöcheln tief hineinzutreten war. Die weiten Ärmel seines herabgelassenen Hemdes aus zwar weißgebleichtem, aber ländlich grobem Leinen hatte der Jüngling sich um die Hüften geschlungen, und die bräunliche Haut seines Oberkörpers, der etwas zu schwer und voll wirkte im Verhältnis zu dem kindlichen Kopf, mit Schultern, deren Waagerechtheit und hoher Sitz ägyptisch anmutete, glänzte ölig im Mondlicht. Denn nach einer Waschung mit dem sehr kalten Wasser der Zisterne, mehrfachen Übergießungen, bei denen ihm Hebeeimer und Schöpfkelle gedient hatten und die nach einem schon sonnenschweren Tage erwünschte Annehmlichkeit und Vollzug frommer Ordnungsvorschrift zugleich gewesen waren, hatte der Knabe sich aus einem Salbgefäß von undurchsichtig schillerndem Glase, das neben ihm stand und mit Wohlgeruch versetztes Olivenöl enthielt, die Glieder geschmeidigt, wobei er weder den locker geflochtenen Myrtenkranz, den er im Haare trug, noch das Amulett abgelegt hatte, das ihm an einer bronzierten Schnur um den Hals und mitten auf der Brust hing: ein Bündelchen, in das schutzreiche Wurzelfasern eingenäht waren.

Jetzt schien er Andacht zu verrichten, denn, das Gesicht emporgewandt, zum Monde, der es voll beschien, hielt er die beiden Oberarme an den Flanken, die unteren aber aufgerichtet, mit offen nach außen und oben gekehrten Handflächen, und während er sich im Sitzen leicht hin und her schaukelte, gab er halbe, singende Stimme zu Worten oder Lauten, die er mit den Lippen bildete... Er trug einen Ring aus blauer Fayence an der Linken, und seine Finger- und Fußnägel zeigten Spuren einer ziegelroten Färbung mit Henna, die er geckenhafterweise anläßlich seiner Teilnahme an dem jüngsten städtischen Feste mochte vorgenommen haben, um den Weibern auf den Dächern wohlgefällig zu sein – obgleich er dabei auf solche kosmetischen Vorkehrungen hätte verzichten und nur der hübschen Larve hätte vertrauen mögen, die Gott ihm gegeben und die in ihrem noch kindlich vollen Oval und namentlich dank dem weichen Ausdruck der schwarzen, etwas schrägsitzenden Augen wirklich sehr anmutig war. Schöne Leute meinen ihre Natur ja noch zu erhöhen und ›sich schönmachen‹ zu sollen, vermutlich aus einer Art von Gehorsam gegen ihre erfreuliche Rolle und indem sie den empfangenen Gaben einen Dienst widmen, dem man den Sinn der Frömmigkeit beilegen und also gelten lassen mag, während das Sichherausstaffieren der Häßlichen trauriger und närrischer Art ist. Auch ist Schönheit ja nie vollkommen und hält ebendarum zur Eitelkeit an; denn sie macht sich ein Gewissen aus dem, was ihr zum durch sie selbst gegebenen Ideale fehlt – was eben doch wieder irrig ist, da ihr Geheimnis eigentlich in der Anziehungskraft des Unvollkommenen besteht.

Um das Haupt des jungen Menschen, den wir hier in Wirklichkeit vor uns sehen, haben Gerücht und Gedicht einen wahren Strahlenkranz von Schönheitsruhm gewoben, über die uns leicht zu verwundern seine Gegenwart in Fleisch und Blut uns einige Gelegenheit gibt – und zwar obgleich die unsicheren Zauber der Mondnacht ihr mit milder Blendung zu Hilfe kommen. Was ist, als die Tage sich vervielfältigt hatten, in Lied und Legende, in Apokryphen und Pseudoepigraphen nicht alles zum Preise seines Äußeren verkündet und behauptet worden, was uns mit Augen Sehende zum Lächeln bringen könnte! Daß sein Angesicht der Sonne und des Mondes Prangen beschämt hätte, ist noch das mindeste, was da eingeprägt wird. Es heißt buchstäblich, daß er Stirn und Wangen mit einem Schleier habe überhängen müssen, damit des Volkes Herzen nicht in Erdengluten zu dem Gottgesandten entbrannten, und dann, daß diejenigen, die ihn ohne Schleier gesehen hätten, »tief versenkt in seliges Betrachten«, den Jungen nicht mehr gekannt hätten. Die morgenländische Überlieferung zögert nicht, zu erklären, die Hälfte aller überhaupt vorhandenen Schönheit sei diesem Jüngling zugefallen und die andere Hälfte unter den Rest der Menschheit verteilt worden. Ein persischer Sänger von besonderer Autorität übertrumpft diese Aufstellung mit dem exzentrischen Bilde eines einzigen Geldstückes von sechs Lot Gewicht, zu dem die Schönheit dieser Welt zusammengeschmolzen worden wäre, – dann würden, so schwärmt der Dichter, fünf Lot davon auf ihn, den Ausbund, den Unvergleichlichen, gekommen sein.

Ein solcher Ruhm, übermütig und maßlos, weil er nicht mehr damit rechnet, nachgeprüft zu werden, hat etwas Verwirrendes und Bestechendes für den Sehenden, er bildet eine Gefahr für die nüchterne Anschauung der Tatsachen. Es gibt viele Beispiele für die Einflüsterungskraft einer übertriebenen Schätzung, auf die die Menschen sich geeinigt haben und von welcher der einzelne willig, ja mit einer Art von Raserei, sich blenden läßt. Einige zwanzig Jahre vor dem Zeitpunkt, den wir jetzt einnehmen, hielt, wie wir noch hören werden, ein diesem selben Jüngling sehr nahestehender Mann in der Gegend von Charran im Lande Mesopotamien Schafe feil, die er gezüchtet und die sich eines derartigen Rufes erfreuten, daß die Leute dem Manne schlechthin unsinnige Preise für sie bezahlten, obgleich jeder sehen mußte, daß es sich nicht um himmlische, sondern um natürliche und gewöhnliche, wenn auch vortreffliche Schafe handelte. Das ist die Macht des menschlichen Unterwerfungsbedürfnisses! Aber gewillt, uns nicht den Sinn von einem Nachruhm verdunkeln zu lassen, den mit der Realität zu vergleichen wir in die Lage gesetzt sind, dürfen wir uns auch wieder nicht in entgegengesetzte Richtung verirren und uns einer übertriebenen Mäkelsucht überlassen. Ein postumer Enthusiasmus, wie der, von dem wir die Gesundheit unseres Urteils bedroht fühlen, entsteht natürlich nicht aus dem leeren Nichts; er hat seinen Wurzelhalt im Wirklichen und wurde nachweislich zu einem guten Teil schon der lebenden Person entgegengebracht. Wir müssen uns, um das zu verstehen, vor allen Dingen dem Blickpunkt eines gewissen arabisch-dunklen Geschmackes anbequemen, einem ästhetischen Gesichtswinkel, der der praktisch wirksame war und unter dem betrachtet der Junge tatsächlich dermaßen hübsch und schön erschien, daß er auf den ersten Blick mehrmals halb und halb für einen Gott gehalten wurde.

Wir wollen also unsere Worte in Zucht nehmen und, indem wir weder schwächlicher Nachgiebigkeit gegen das Gerücht noch der Hyperkritik verfallen, die Feststellung treffen, daß das Gesicht des jungen Mondschwärmers am Brunnen liebenswürdig war noch in seinen Fehlern. Es waren zum Beispiel die Nüstern seiner ziemlich kurzen und sehr geraden Nase zu dick; aber da hierdurch die Flügel gebläht schienen, trat etwas von Lebhaftigkeit, Affekt und fliegendem Stolz in die Physiognomie, was sich mit der Freundlichkeit der Augen gut zusammenfügte. Den Ausdruck hochmütiger Sinnlichkeit, den aufgeworfene Lippen hervorrufen, wollen wir nicht rügen. Er kann täuschen, und außerdem müssen wir, gerade was die Lippenbildung betrifft, den Blickpunkt von Land und Leuten wahren. Dagegen würden wir uns für berechtigt halten, die Gegend zwischen Mund und Nase zu gewölbt zu finden – wenn nicht ebendamit eine besonders ansprechende Gestaltung der Mundwinkel zusammengehangen hätte, in denen nur durch das Aufeinanderliegen der Lippen und ohne Muskelanziehung ein ruhiges Lächeln entstand. Die Stirne war glatt in ihrer unteren Hälfte, über den starken und schöngezeichneten Brauen, aber ausgebuchtet weiter oben, unter dem dichten, schwarzen, von einem hellen Lederbande umfaßten und außerdem mit dem Myrtenkranz geschmückten Haar, das beutelartig in den Nacken fiel, aber die Ohren frei ließ, mit denen es gute Ordnung gehabt hätte, wenn nicht ihre Läppchen etwas fleischig ausgeartet und in die Länge gezogen gewesen wären, offenbar durch die unnötig großen Silberringe, die man schon in der Kindheit hindurchgezogen hatte.

Betete der Jüngling denn nun? Aber dafür war seine Haltung zu bequem. Er hätte stehen müssen. Sein Murmeln und halblauter Singsang mit erhobenen Händen schien eher eine selbstvergessene Unterhaltung, etwas wie eine leise Zwiesprache mit dem hohen Gestirn zu sein, an das er sich damit wandte. Er lallte schaukelnd: »Abu – Chammu – Aoth – Abaoth – Abirâm – Chaam – mi – ra – am . . .«

In dieser Improvisation gingen alle möglichen Weitläufigkeiten und Ideenverbindungen durcheinander, denn wenn er damit dem Monde babylonische Schmeichelnamen sagte, ihn Abu, Vater, und Chammu, Oheim, nannte, so spielte doch auch der Name Abrams, seines wahren und vermeintlichen Ahnen, hinein, dazu in abwandelnder Erweiterung dieses Namens ein anderer, ehrwürdig überlieferter: Chammurabi's, des Gesetzgebers, legendärer Name, des Sinnes: ›Mein göttlicher Oheim ist erhaben‹, ferner aber Bedeutungslaute, die auf dem Wege des Vater-Gedankens über den Bereich östlich-urheimatlicher Gestirnfrömmigkeit und der Familienerinnerung hinausgingen und sich an dem Neuen, Werdenden, im Geist seiner Nächsten leidenschaftlich Gehegten, Erörterten, Geförderten stammelnd versuchten...

»Jao – Aoth – Abaoth –«, klang sein Singsang. »Jahu, Jahu! Ja – a – we – ilu, Ja – a – um – ilu –« Und während das fortging mit erhobenen Händen, mit Schaukeln, Kopfwiegen und Liebeslächeln zum lichtströmenden Monde empor, war Sonderbares und fast Erschreckendes an dem Einsamen zu beobachten. Seine Andachtsübung, lyrische Unterhaltung oder was es nun war, schien ihn fortzureißen, die wachsende Selbstvergessenheit, in die sein Treiben ihn einlullte, ins nicht mehr ganz Geheuere auszuarten. Er hatte nicht viel Stimme gegeben zu seinem Gesang und hätte nicht viel zu geben gehabt. Sie war spröde und unreif, diese noch scharfe, halb kindliche Stimme von jugendlich unzulänglicher organischer Resonanz. Jetzt aber blieb aller Ton ihm aus, versagte krampfig und abgeschnürt; sein »Jahu, Jahu!« war nur noch ein keuchendes Flüstern bei völlig von Atemluft leerer Lunge, die wieder zu füllen er unterließ, und gleichzeitig entstellte sein Körper sich, die Brust fiel ein, der Bauchmuskel geriet in eigentümlich rotierende Bewegung, Nacken und Schultern stiegen verzerrt, die Hände zitterten, an den Oberarmen trat der Spannmuskel strangartig hervor, und im Nu hatte das Schwarze seiner Augen sich weggedreht – das leere Weiß schimmerte unheimlich im einfallenden Mondlicht.

Man muß hier sagen, daß niemand sich leicht einer solchen Unordnung im Betragen des Jungen versehen hätte. Sein Anfall, oder wie man es nennen wollte, wirkte als Unstimmigkeit und besorgniserregende Überraschung, er stand zu dem Eindruck freundlich verständiger Gesittung, den seine wohlgefällige und allenfalls etwas zu stutzerhafte Person auf den ersten Blick und überzeugend vermittelte, in unwahrscheinlichem Gegensatz. War es Ernst damit, so fragte sich nur, wessen Sache es war, sich um seine Seele zu kümmern, die in diesem Falle vielleicht als berufen, aber jedenfalls als gefährdet zu gelten hatte. Handelte es sich um Spielerei und Laune, so blieb die Sache bedenklich genug, – und daß dergleichen hier zum mindesten einschlägig war, schien aus dem Verhalten des jungen Mondnarren unter folgenden Umständen hervorzugehen.

Der Vater

Aus der Richtung des Hügels und der Wohnungen wurde sein Name gerufen: »Joseph! Joseph!«, zweimal und dreimal, in einer Entfernung, die sich verminderte. Er hörte den Ruf beim drittenmal, gab wenigstens erst beim drittenmal zu, daß er ihn vernommen habe, und löste rasch seinen Zustand, indem er »hier bin ich« murmelte. Seine Augen kehrten zurück, er ließ die Arme, das Haupt fallen und lächelte verschämt auf seine Brust herab. Es war seines Vaters milde und wie immer gefühlsbewegte, leicht klagende Stimme, die rief. Bereits klang sie nahebei. Er wiederholte, obgleich er den Sohn schon am Brunnen gewahrt hatte: »Joseph, wo bist du?«

Da er lange Kleider trug, da außerdem das Mondlicht in seiner Scheingenauigkeit und phantastischen Klarheit übertriebene Vorstellungen begünstigt, so erschien Jaakob – oder Jaakow ben Jizchak, wie er schrieb, wenn er seinen Namen zu zeichnen hatte – von majestätischer und fast übermenschlicher Größe, wie er dort zwischen Brunnen und Unterweisungsbaum stand, näher bei diesem, dessen Blätterschatten seine Gewänder sprenkelte.

Noch eindrucksvoller – sei es bewußt oder unbewußt – wurde seine Gestalt durch ihre Haltung, denn er stützte sich auf einen langen Stab, den er sehr hoch umfaßt hielt, so daß der weite Ärmel des großfaltigen, schmal und blaßfarbig gestreiften Übergewandes oder Mantels aus einer Art von Wollmusselin, den er trug, von dem über das Haupt erhobenen, schon greisenhaften, am Handgelenk mit einem kupfernen Reifen geschmückten Arme zurückfiel. Esau's vorgezogener Zwillingsbruder zählte damals siebenundsechzig Jahre. Sein Bart, dünn, aber lang und breit (denn er stand ihm, ins Schläfenhaar übergehend, seitlich in leichten Strähnen von den Wangen ab und fiel in dieser Breite zur Brust), frei wachsend, ungelockt, in keiner Weise geformt und zusammengefaßt, schimmerte silbern im Mondlicht. Seine schmalen Lippen waren sichtbar darin. Tiefe Furchen liefen von den Flügeln der dünnrückigen Nase in den Bart hinab. Seine Augen, unter einer Stirn, die halb verhüllt war von dem Kapuzenschal aus dunkelbuntem kanaanitischen Tuchgewirk, der ihm in Falten auf die Brust hing und über die Schulter geworfen war – kleine Augen, braun, blank, mit schlaffer, drüsenzarter Unterlidgegend, schon altersmüde eigentlich und nur seelisch geschärft, spähten besorgt nach dem Knaben am Brunnen. Der Mantel, durch die Armhaltung gerafft und geöffnet, ließ ein Leibgewand aus farbiger Ziegenwolle sehen, dessen Saum bis zu den Spitzen der Stoffschuhe reichte und in langbefransten schräglaufenden Überfällen gearbeitet war, so daß es aussah, als seien es mehrere und eines käme unter dem andern hervor. So war die Kleidung des Greises dicht und vielfach, recht willkürlich im Geschmack und zusammengesetzt: Elemente östlicher Kulturübereinkunft begegneten sich darin mit solchen, die eher dem Ismaelitisch-Beduinischen und der Wüstenwelt zugehörten.

Auf den letzten Anruf antwortete Joseph vernünftigerweise nicht mehr, da die Frage offenbar geschehen war, während sein Vater ihn schon sah. Er begnügte sich, ihm ein Lächeln entgegenzusenden, das seine vollen Lippen trennte und die Zähne aufglänzen ließ – weiß, wie Zähne in einem dunklen Gesicht erscheinen, übrigens nicht nahe beisammen, sondern in Zwischenräumen stehend –, und es mit geläufigen Begrüßungsgebärden zu verbinden. Aufs neue hob er die Hände, wie früher gegen den Mond, wiegte den Kopf und ließ ein Zungenschnalzen hören, das Entzücken und Bewunderung ausdrückte. Dann führte er die Hand zur Stirn, um sie von da, geöffnet, in glatter und eleganter Bewegung gegen den Boden gleiten zu lassen; bedeckte, die Augen halb geschlossen und den Kopf im Nacken, mit beiden Händen sein Herz und deutete aus dieser Gegend mit ihnen, ohne sie zu trennen, mehrfach zu dem Alten hinüber, immer damit zum Herzen zurückkreisend, dem Vater aufwartend gleichsam mit diesem. Auch auf seine Augen wies er mit beiden Zeigefingern, auch seine Knie berührte er, den Scheitel und die Füße und fiel zwischendurch in die anbetende Grußhaltung der Arme und Hände zurück: ein schönes Spiel dies alles, das nach Vorschrift der Wohlerzogenheit leichthin und formelhaft geübt wurde, aber doch auch mit persönlicher Kunst und Anmut – dem Ausdruck einer gefälligen, artigkeitsvollen Natur – und nicht leer von Empfindung. Durch das begleitende Lächeln vertraulich gemacht, war es die Pantomime frommer Unterwürfigkeit vor dem Erzeuger und Herrn, dem Haupte der Sippschaft, wurde aber belebt durch unmittelbare Herzensfreude über die Gelegenheit zur Verehrung, die der Augenblick bot. Joseph wußte wohl, daß der Vater im Leben nicht immer eine würdevolle und heldische Rolle gespielt hatte. Seiner Neigung zum Erhabenen in Wort und Haltung war durch die sanfte Furchtsamkeit seiner Seele zuweilen übel mitgespielt worden; es hatte Stunden der Demütigung, der Flucht, der blassen Angst für ihn gegeben, Lebenslagen, in denen, obgleich gerade sie für die Gnade durchscheinend gewesen waren, derjenige, der seine Liebe trug, sich ihn nur ungern vorstellte. War nun auch dessen Lächeln von Koketterie und eigenem Siegesbewußtsein nicht frei, so wurde es gutenteils doch erzeugt durch die Freude am Bilde des Vaters, an der steigernden Lichtwirkung, der vorteilhaft-königlichen Stellung des Alten am langen Stabe; und in dieser kindlichen Genugtuung äußerte sich viel Sinn für den reinen Effekt, ohne Rücksicht auf tiefere Umstände.

Jaakob verharrte am Platz. Vielleicht war das Vergnügen des Sohnes ihm bemerkbar, und er wünschte es zu verlängern. Seine Stimme, die wir gefühlsbewegt nannten, weil ihr ein Tremolo innerer Bedrängnis eigen war, klang wieder herüber. Sie stellte halb fragend fest:

»Es sitzt das Kind an der Tiefe?«

Sonderbares Wort, das unsicher kam und wie in träumerischem Fehlschlagen. Es klang, als finde der Sprecher es ungehörig oder doch überraschend, daß man in so jungen Jahren an irgendwelcher Tiefe sitze; als paßten ›Kind‹ und ›Tiefe‹ nicht zusammen. Was in Wirklichkeit daraus sprach und auch verstanden zu werden wünschte, war die ammenhafte Besorgnis, Joseph, den der Vater viel kleiner und kindlicher sah, als er nachgerade war, möchte aus Unvorsicht in den Brunnen fallen.

Der Knabe verstärkte sein Lächeln, so daß noch mehr getrennt stehende Zähne sichtbar wurden, und nickte statt einer Antwort. Doch änderte er geschwind seine Miene, denn Jaakobs zweites Wort lautete strenger. Er befahl:

»Decke deine Blöße!«

Joseph blickte, die Arme gehoben und gerundet, mit halb scherzhafter Bestürzung an sich hinunter, löste dann eilig den Ärmelknoten des Hemdes und zog das Leinen über die Schultern. Da schien es wirklich, als habe der Alte sich in Entfernung gehalten, weil sein Sohn nackt war, denn nun trat er näher. Er bediente sich ernstlich des langen Stabes dabei zur Stütze, indem er ihn hob und aufsetzte, denn er hinkte. Seit zwölf Jahren, von einem Reiseabenteuer her, das er unter recht kläglichen Umständen, zu einem Zeitpunkt großer Angst und Bangigkeit bestanden, lahmte er aus einer Hüfte.

Der Mann Jebsche

Es war durchaus nicht lange her, daß die beiden einander gesehen hatten. Wie gewöhnlich hatte Joseph das Nachtmahl in dem nach Moschus und Myrrhe duftenden Wohnzelt seines Vaters eingenommen, zusammen mit denjenigen seiner Brüder oder Halbbrüder, die sich eben hier aufhielten; denn andere weilten zum Zwecke der Beaufsichtigung anderer Herden weiter im Lande, gen Mitternacht, nahe einer Burgschaft und Verehrungsstätte im Tale, auf welches die Berge Ebal und Garizim blickten, und die Sichem, Schekem, ›der Nacken‹, auch wohl Mabartha oder Paß benannt war. Jaakob unterhielt Glaubensbeziehungen zu den Leuten von Schekem; denn obgleich die Gottheit, die man dort anbetete, eine Form des syrischen Schäfers und schönen Herrn, des Adonis und jenes Tammuz war, des blühenden Jünglings, den der Eber verstümmelte und den sie drunten im Unterlande Usiri, das Opfer, nannten, so hatte doch früher schon, zu Zeiten Abrahams bereits und des Priesterkönigs von Sichem, Malkisedek, diese Gottespersönlichkeit ein besonderes Gedankengepräge angenommen, das ihr den Namen El eljon, Baalberit, den Namen des Höchsten also, des Bundesherrn, des Schöpfers und Besitzers von Himmel und Erde, eingetragen hatte. Eine solche Auffassung schien dem Jaakob richtig und angenehm, und er war geneigt, in dem zerrissenen Sohn von Schekem den wahren und höchsten Gott, den Gott Abrahams, und in den Sichemiten Bundesbrüder im Glauben zu erblicken, zumal nach sicherer Überlieferung von Geschlecht zu Geschlecht der Ureinwanderer selbst gesprächsweise, nämlich in einer gelehrten Erörterung mit dem Schulzen von Sodom, den Gott seiner Erkenntnis ›El eljon‹ genannt und ihn also dem Baal und Adon des Malkisedek gleichgesetzt hatte. Jaakob selbst, sein Glaubensenkel, hatte vor Jahren, nach seiner Rückkehr aus Mesopotamien, als er vor Sichem, der Stadt, sein Lager gehabt hatte, diesem Gotte dort einen Altar errichtet. Auch hatte er da einen Brunnen gebaut und Weiderecht mit guten Silberschekeln erworben.

Später hatte es zwischen Sichem und den Jaakobsleuten schwere Mißhelligkeiten gegeben, deren Folgen für die Stadt furchtbar gewesen waren. Aber der Friede war hergestellt und das Verhältnis erneuert, so daß immer ein Teil von Jaakobs Vieh auf den Triften Schekems sich nährte und ein Teil seiner Söhne und Hirten um jener Herden willen seinem Angesicht fernblieb.

An dem Mahle teilgenommen hatten außer Joseph ein paar der Söhne Lea's, nämlich der knochige Issakhar und Sebulun, der das Hirtenleben für nichts achtete, aber auch nicht Ackerbauer hätte sein mögen, sondern einzig und allein Seefahrer. Denn seit er zu Askalun am Meere gewesen war, wußte er nichts Höheres als diesen Beruf und schnitt mächtig auf von Abenteuern und zwittrig-ungeheuerlichen Geschöpfen, welche jenseits der Wasser lebten und die man als Schiffsmann besuchen könne: von Menschenkindern mit Stier- oder Löwenkopf, Zweiköpfern, Doppelgesichtlern, welche gleichzeitig ein Menschenantlitz und das eines Schäferhundes trugen, so daß sie abwechselnd sprächen und bellten, Leuten mit Füßen wie Meeresschwämme und was der Ausnahmen mehr waren. – Ferner Bilha's Sohn, der behende Naphtali, und von Silpa beide: sowohl der gerade Gad als auch Ascher, der wie gewöhnlich nach den besten Stücken getrachtet und aller Welt nach dem Munde geredet hatte. Was Josephs Vollbruder, das Kind Benjamin, betraf, so lebte er noch mit den Weibern und war zu klein, um bei Gastmählern mitzuhalten; denn ein solches war das heutige Abendessen gewesen.

Ein Mann namens Jebsche, der seine Stätte Taanakh nannte und beim Speisen von den Taubenschwärmen und Fischteichen ihres Tempels berichtete, seit einigen Tagen schon unterwegs mit einem Ziegelstein, den der Stadtherr von Taanakh, Aschirat-jaschur, übertriebenerweise König genannt, auf allen Seiten beschrieben hatte für seinen ›Bruder‹, den Fürsten von Gaza, namens Riphath-Baal, mit Worten, dahin gehend, Riphath-Baal möge glücklich leben und alle bedeutenderen Götter möchten zusammenwirken in der Sorge um sein Heil sowie das seines Hauses und seiner Kinder, aber er, Aschirat-jaschur, könne ihm das Holz und das Geld, das jener mit mehr oder weniger Recht von ihm fordere, nicht senden, da er es teils nicht habe, teils selber dringend benötige, schicke ihm aber durch den Mann Jebsche dafür ein ungewöhnlich kräftiges Tonbild seiner persönlichen Schutzherrin und der von Taanakh, nämlich der Göttin Aschera, damit es ihm Segen bringe und ihm über das Verlangen nach dem Holz und dem Geld hinweghelfe: Dieser Jebsche also, spitzbärtig und vom Halse bis zu den Knöcheln in bunte Wolle gewickelt, war bei Jaakob eingekehrt, um seine Meinungen zu erfahren, sein Brot zu brechen und vor der Weiterreise gegen das Meer hinab bei ihm zu übernachten, und Jaakob hatte den Boten gastfrei aufgenommen und ihm nur bedeuten lassen, er möge das Bild der Aschtarti, eine Frauenfigur in Hosen, mit Krone und Schleier, die ihre winzigen Brüste mit beiden Händen erfaßt hielt, nicht in seine Nähe bringen, sondern abseits halten. Sonst aber war er ihm vorurteilslos begegnet, eingedenk einer altüberlieferten Geschichte von Abraham, der einen greisen Götzendiener im Zorne von sich in die Wüste gejagt, wegen seiner Unduldsamkeit aber vom Herrn einen Verweis empfangen und den verblendeten Alten zurückgeholt hatte.

Bedient von zwei Sklaven in frischgewaschenen Leinenkitteln, dem alten Madai und dem jungen Mahalaleël, hatte man, um die Teppichmatte auf Kissen hockend (denn Jaakob hielt an dieser Vätersitte fest und wollte vom Sitzen auf Stühlen, wie es bei den Vornehmen der Städte nach dem Muster der großen Reiche im Osten und Süden gebräuchlich war, nichts wissen), das Nachtmahl genommen: Oliven, ein gebratenes Zicklein und von dem guten Brote Kemach als Zukost, schließlich ein Pflaumen- und Rosinenkompott aus kupfernen Bechern und syrischen Wein dazu aus bunten Glasschalen. Dabei waren zwischen Wirt und Gast besonnene Gespräche geführt worden, denen wenigstens Joseph mit aller Aufmerksamkeit gelauscht hatte, – Gespräche privaten und öffentlichen Charakters, welche das Göttliche sowohl wie das Irdische und auch das politische Gerücht zum Gegenstand gehabt hatten: über des Mannes Jebsche Familienumstände und sein amtliches Verhältnis zu Aschirat-jaschur, dem Herrn der Stadt; über seine Reise, zu der er sich der durch die Ebene Jesreel und das Hochland führenden Straße bedient hatte und die auf des Gebirges gangbarer Wasserscheide zu Esel vonstatten gegangen war, die aber Jebsche von hier hinab gen Philisterland auf einem morgen in Hebron zu erstehenden Kamele fortzusetzen gedachte; über die Vieh- und Kornpreise seiner Heimat; über den Kultus des Blühenden Pfahles, Aschera's von Taanakh, und ihren ›Finger‹, das hieß: ihr Orakel, durch welches sie die Erlaubnis erteilt hatte, eines ihrer Bilder als Aschera des Weges auf Reisen zu schicken, damit es das Herz Riphath-Baals von Gaza erquicke; über ihr Fest, das jüngst mit allgemeinen und ungezügelten Tänzen und einem unmäßigen Fischessen begangen worden und wobei Männer und Weiber zum Zeichen der von den Priestern gelehrten Mann-Weiblichkeit oder Zwiegeschlechtigkeit Aschera's die Kleider getauscht hatten. Hier hatte Jaakob den Bart gestrichen und Zwischenfragen von besonnener Spitzfindigkeit gestellt: so, wie es denn um den Schutz der Stätte Taanakh bestellt sei, solange Aschera's Bild sich auf Reisen befinde; wie der Verstand das Verhältnis des reisenden Bildes zur Herrin der Heimat sich auszulegen habe und ob nicht diese durch die Abwanderung eines Teiles ihrer Wesenheit empfindliche Einbuße an Kraft erleide. Darauf hatte der Mann Jebsche geantwortet, daß, wenn dies der Fall wäre, Aschera's Finger sich kaum in dem Sinne gezeigt haben würde, man möge sie auf den Weg senden, und daß die Priester lehrten, die gesamte Kraft der Gottheit sei in jedem ihrer Bilder gegenwärtig und von gleichmäßig vollkommener Wirksamkeit. Ferner hatte Jaakob milde darauf hingewiesen, daß, wenn Aschirta Mann und Weib, also Baal und Baalat zugleich sei, Göttermutter und Himmelskönig, man sie nicht nur der Ischtar gleichachten müsse, von der man aus Sinear, sowie der Eset, von der man aus dem unreinen Ägypterlande höre, sondern auch dem Schamasch, Schalim, Addu, Adon, Lachama oder Damu, kurzum dem Weltenherrn und höchsten Gotte, und alles laufe darauf hinaus, daß es sich am letzten Ende um El eljon, den Gott Abrahams, den Schöpfer und Vater, handle, den man nicht auf Reisen schicken könne, weil er über allem walte, und dem mit Fischessen gar nicht, sondern nur damit gedient sei, daß man in Reinheit vor ihm wandle und ihn auf dem Angesichte verehre. Doch war er mit solcher Betrachtung bei dem Manne Jebsche nur auf geringes Verständnis gestoßen. Dieser vielmehr hatte erklärt: gleichwie die Sonne stets aus einem bestimmten Wegzeichen wirke und in demselben erscheine, wie sie ihr Licht den Planeten leihe, so daß diese nach ihrer Sonderart das Schicksal der Menschenkinder beeinflußten, so auch vereinzele sich das Göttliche und wandle sich ab in den Gottheiten, unter denen die Herr-Herrin Aschirat, wie bekannt, namentlich diejenige sei, welche die göttliche Kraft im Sinne pflanzlicher Fruchtbarkeit und der natürlichen Auferstehung aus den Banden der Unterwelt verwirkliche, indem sie alljährlich aus einem dürren Pfahle ein blühender werde, bei welcher Gelegenheit etwas ungezügeltes Essen und Tanzen recht wohl am Platze sei und sogar noch weitere, mit dem Feste des Blühenden Pfahles verbundene Freiheit und Lust, wie denn Reinheit einzig der Sonne und dem Ungespalten-Urgöttlichen zuzuschreiben sei, nicht aber seinen planetaren Erscheinungsformen, und der Verstand gar scharf zwischen dem Reinen und dem Heiligen zu unterscheiden habe, wobei er gewahr werde, daß das Heilige mit Reinheit nichts oder nicht notwendig etwas zu tun habe. – Hierauf Jaakob mit höchster Besonnenheit: Er wünsche nicht, irgend jemanden, am wenigsten aber den Gast seiner Hütte und eines mächtigen Königs Busenfreund und Boten in den Überzeugungen zu kränken, welche Eltern und Tafelschreiber ihm eingepflanzt. Aber auch die Sonne sei nur ein Werk aus El eljons Händen und als solches zwar göttlich, aber nicht Gott, was der Verstand zu unterscheiden habe. Es widerstreite diesem und heiße den Grimm und Eifer des Herrn herausfordern, wenn man eines oder das andere seiner Werke statt seiner anbete, und der Gast Jebsche habe eigenen Mundes die Götter des Landes als Abgötter gekennzeichnet, wofür einen ärgeren Namen einzusetzen er, Redner, aus Liebe und Höflichkeit unterlasse. Sei jener Gott, der die Sonne, die Wegesbilder und Wandelsterne sowie die Erde eingerichtet habe, der höchste, so sei er auch der einzige, und von anderen sei in diesem Fall am besten überhaupt nicht die Rede, da man sonst gezwungen sei, sie mit jenem von Jaakob unterdrückten Namen zu belegen, aus dem Grunde eben, weil das Wort und Denkzeichen ›der höchste Gott‹ demjenigen des einzigen Gottes vom Verstande gleichzuachten sei. – An die Frage des Unterschiedes oder Einsinnes denn nun dieser beiden Gedanken, des höchsten und des einzigen, hatte sich eine längere Erörterung geknüpft, von welcher der Gastgeber gar nie genug bekommen haben würde und in der man, wenn es nach ihm gegangen wäre, die halbe oder auch ganze Nacht würde fortgefahren haben. Doch hatte Jebsche die Rede auf Vorkommnisse der Welt und ihrer Reiche hinübergeleitet, auf Händel und Umtriebe, von denen er als Freund und Verwandter eines kanaanäischen Stadtfürsten mehr wußte als der gemeine Mann: daß auf Zypern, welches er Alaschia nannte, die Pest herrsche und viele Menschen weggerafft habe, nicht aber alle, wie der Beherrscher jener Insel dem Pharao des Unterlandes geschrieben habe, um damit die fast restlose Einstellung seines Kupfertributes vorwandweise zu begründen; daß der König des Cheta- oder Chatti-Reiches mit Namen Subbilulima heiße und über eine so große Kriegsmacht gebiete, daß er den König Tuschratta von Mitanni mit Überwältigung und Wegführung seiner Götter bedrohe, obwohl doch dieser mit dem Großen Hause von Theben verschwägert sei; daß der Kassit von Babel vor dem Priesterfürsten von Assur zu zittern begonnen habe, welcher seine Macht aus dem Reiche des Gesetzgebers zu lösen und am Strome Tigris ein besonderes Staatswesen zu gründen strebe; daß Pharao die Priesterschaft seines Gottes Ammun mit syrischem Tributgelde sehr reich gemacht und diesem Gott einen neuen Tempel mit tausend Säulen und Toren erbaut habe, ebenfalls aus den genannten Mitteln, daß aber diese bald genug spärlicher fließen würden, da nicht nur beduinische Räuber die Städte des Landes plünderten, sondern auch die Cheta-Macht von Norden her sich ausbreite, indem sie den Ammunsleuten die Herrschaft in Kanaan streitig mache, während nicht wenige unter den Amoriterfürsten sich mit diesen Auswärtigen gegen Ammun verständen. Hier hatte Jebsche mit einem Auge gezwinkert, wahrscheinlich um unter Freunden anzudeuten, daß auch Aschirat-jaschur solche staatsklugen Wege wandle, doch war des Wirtes Teilnahme an der Unterhaltung stark herabgesetzt, seit nicht länger von Gott die Rede war, das Gespräch war eingeschlafen, und man hatte die Sitzpolster verlassen: Jebsche, um sich zu überzeugen, daß der Astarte des Weges unterdessen nichts zugestoßen sei, und sich dann schlafen zu legen;

Jaakob, um am Stabe einen Rundgang durch das Lager zu machen und nach den Weibern zu sehen und dem Vieh in den Ställen. Was seine Söhne betraf, so hatte Joseph sich vor dem Zelt von den andern fünfen getrennt, obgleich er ursprünglich Miene gemacht hatte, sich zu ihnen zu halten. Aber der gerade Gad hatte unvermittelt zu ihm gesagt:

»Scher dich, Laffe und Hürchen, wir brauchen dich nicht!«

Worauf Joseph schon nach kurzem Besinnen seine Worte geordnet und geantwortet hatte:

»Du bist wie ein Balken Holzes, Gad, über welchen der Hobel noch nicht gegangen, und wie ein stößiger Ziegenbock in der Herde. Bringe ich deine Rede vor den Vater, so wird er dich strafen. Bringe ich sie aber vor Ruben, unseren Bruder, so wird er dich maßregeln in seiner Gerechtigkeit. Sei es jedoch, wie du sagst: Geht ihr zur Rechten, so will ich zur Linken gehen, oder umgekehrt. Denn ich liebe euch zwar, aber meinesteils bin ich leider ein Greuel vor euch und heute besonders, weil der Vater mir vorgelegt hat vom Zicklein und mir freundliche Blicke gegeben. Darum heiße ich deinen Vorschlag gut, damit Ärgernis vermieden werde und ihr nicht unversehens in Sünde fallt. Lebt wohl!«

Dies hatte Gad mit verächtlichem Ausdruck über die Schultern hin angehört, neugierig immerhin, was der Bursche bei dieser Gelegenheit wieder werde zu reden und reimen wissen. Dann hatte er eine derbe Gebärde gemacht und war mit den anderen gegangen, Joseph aber für sich allein.

Er hatte einen kleinen abendlichen Lustwandel unternommen – sofern die Niedergeschlagenheit, in die Gads Grobheit ihn zur Stunde versetzt hatte und die durch die Genugtuung, seine Antwort wohl geformt zu haben, nur teilweise aufgehoben wurde, seinem Wandel Lustigkeit gönnte. Hügelauf war er geschlendert, dort, wo die Anhöhe sich verminderte, gegen Osten, und bald der Kamm und Überblick nach Süden gewonnen war, so daß Joseph die mondweiße Stadt zur Linken im Tal hatte liegen sehen mit ihrer dicken Ummauerung, die vierkantige Ecktürme und Torbauten hatte, mit dem Säulenhof ihres Palastes und dem von einer weiten Terrasse umgebenen Massiv ihres Tempels. Er blickte gern auf die Stadt, in der so viele Menschen wohnten. Auch die Begräbnisstätte der Seinen, die voreinst von Abraham dem chetitischen Manne umständlich abgekaufte zwiefache Höhle, wo die Gebeine der Ahnen, der babylonischen Ur-Mutter und späterer Häupter, ruhten, hatte er andeutungsweise sehen können von hier aus: die Gesimse der steinernen Portalbauten des doppelten Felsengrabes zeichneten sich ganz zur Linken an der Ringmauer ab; und Gefühle der Frömmigkeit, deren Quelle der Tod ist, hatten sich in seiner Brust vermischt mit der Sympathie, die der Anblick der bevölkerten Stadt ihm einflößte. Dann war er zurückgekehrt, hatte den Brunnen gesucht, sich erfrischt, gereinigt und gesalbt und danach mit dem Monde jene etwas ausgeartete Hofmacherei getrieben, bei der der ewig besorgt sich nach ihm umtuende Vater ihn betroffen.

Der Angeber

Nun stand er bei ihm, der Alte, legte ihm die Rechte aufs Haupt, nachdem er den Stab in die Linke hinübergegeben, und blickte mit seinen greisen, aber eindringlichen Augen in die schönen, schwarzen des Jünglings, die dieser anfangs, unter erneutem Vorweisen einer Menge getrennt schimmernden Zahnschmelzes, zu ihm aufschlug, dann aber senkte: aus einfacher Ehrfurcht zum Teil, aber teilweise auch aus schwankendem Schuldgefühl, das mit der Aufforderung des Vaters zusammenhing, er möge sich bekleiden. Tatsächlich hatte er es nicht oder nicht nur der angenehmen Lüftung wegen verschoben, seine Kleider wieder anzulegen, und vermutete, daß sein Vater die Triebe und Auffassungen durchschaute, die ihn bestimmt hatten, seine Begrüßungen halb entblößt nach oben zu richten. Es war so, daß er es süß und hoffnungsvoll gefunden hatte, dem Monde, dem er sich horoskopisch und durch allerlei Ahnung und Spekulation verbunden fühlte, seine junge Nacktheit darzustellen in der Überzeugung, dieser werde Gefallen daran haben, und in der berechneten Absicht, ihn – oder das obere Wesen überhaupt – damit zu bestechen und für sich einzunehmen. Die Empfindung des kühlen Lichtes, das mit der Abendluft seine Schultern berührte, war ihm wie ein Gelingen seines kindlichen Anschlages erschienen, der aus dem Grunde nicht schamlos genannt werden sollte, weil er auf das Opfer der Scham hinauslief. Man muß bedenken, daß die als äußerliche Gepflogenheit aus Ägypterreich übernommene Sitte der Beschneidung in Josephs Sippe und Kreis von langer Hand her eine besondere mystische Bedeutung gewonnen hatte. Sie war die von Gott geforderte und eingesetzte Vermählung des Menschen mit ihr, der Gottheit, vorgenommen an dem Teil des Fleisches, der den Sammelpunkt seines Wesens zu bilden schien und auf den jedes körperliche Gelöbnis getan wurde. Mancher Mann trug den Namen Gottes auf seinem Zeugungsgliede oder schrieb ihn darauf, bevor er ein Weib besaß. Der Treubund mit Gott war geschlechtlich und fügte dadurch, geschlossen mit einem begehrenden und auf Alleinbesitz dringenden Schöpfer und Herrn, dem menschlich Männlichen sittigenderweise eine Abschwächung ins Weibliche zu. Das blutige Opfer der Beschneidung nähert sich in der Idee der Entmannung noch mehr als körperlich. Die Heiligung des Fleisches hat zugleich den Sinn der Keuschheit und ihrer Darbringung: einen weiblichen Sinn also. Außerdem war Joseph, wie er wußte und von jedermann hörte, hübsch und schön – eine Verfassung, die ein gewisses weibliches Bewußtsein ohnedies in sich schließt; und da ›schön‹ das Beiwort war, das man vor allem auf den Mond, und zwar auf den vollen, unverdunkelten und unverhüllten, anzuwenden pflegte, ein Mondwort, das in der himmlischen Sphäre eigentlich zu Hause war und auf den Menschen genaugenommen nur übertragenerweise Anwendung fand, so flossen ihm die Denkbilder ›schön‹ und ›nackt‹ fast ohne Unterschied ineinander über, und es schien ihm klug und fromm, die Schönheit des Gestirnes mit der eigenen Nacktheit zu beantworten, damit Vergnügen und Bewunderung gegenseitig seien.

Wir mögen nicht urteilen, wie nahe oder weit eine gewisse Ausartung seines Betragens mit diesen halbdunklen Gesinnungen zusammenhing. Jedenfalls stammten sie aus dem Ursinn einer vor seinen Augen noch immer gang und gäben kultischen Entblößung und schufen ihm eben darum angesichts des Vaters und seiner Zurechtweisung ein unbestimmtes Schuldgefühl. Denn er liebte und fürchtete des Alten Geistigkeit und ahnte deutlich, daß sie eine Gedankenwelt, mit der er selbst sich, wenn auch nur spielerischerweise, noch verbunden hielt, zum guten Teile als sündhaft verwarf, sie als vorabrahamitisch weit hinter sich wies, sie mit dem Wort ihres furchtbarsten und immer bereiten Tadels, dem Worte ›götzendienerisch‹, traf. Er war auf eine ausdrückliche, die Dinge stark bei Namen nennende Vermahnung solches Sinnes gefaßt. Aber Jaakob zog unter den Sorgen, die ihn, wie immer, um diesen Sohn bewegten, andere vor. Er fing an:

»Wahrlich, es wäre besser, das Kind schliefe schon nach getanem Gebet im Schutz der Hütte. Ich sehe es ungern allein in der Nacht, die zunimmt, und unter den Sternen, die den Guten und Bösen leuchten. Warum hielt es sich nicht zu den Söhnen Lea's und ging nicht, wohin Bilha's Söhne gingen?«

Er wußte wohl, warum Joseph das wieder einmal nicht getan hatte, und auch Joseph wußte, daß nur der Kummer über diese bekannten Verhältnisse ihn zu der Frage zwang. Er antwortete mit vorgeschobenen Lippen:

»Die Brüder und ich, wir haben es abgesprochen und in Frieden also beschlossen.«

Jaakob fuhr fort:

»Es geschieht, daß der Löwe der Wüste, und der im Röhricht des Abflusses wohnt, dort, wo er ins Salzmeer geht, herüberkommt, wenn ihn hungert, und in die Hürden fällt, wenn er nach Blut lechzt, damit er sich Beute hole. Es sind fünf Tage, daß Aldmodad, der Hirte, vor mir auf seinem Bauche lag und gestand, daß ein reißendes Tier vom Jagdvieh zwei Mutterlämmer geschlagen habe in der Nacht und eines weggeschleppt, daß er es verzehre. Aldmodad war rein vor mir ohne Eid, denn er wies die geschlagene Zibbe vor in ihrem Blut, so daß es deutlich war dem Verstande, daß die andere der Löwe gestohlen, und der Schaden kommt auf mein Haupt.«

»Es ist gering«, sagte Joseph schmeichelnd, »und verhältnismäßig gleich nichts, so reich wie der Herr meines Herrn ihn aus Vorliebe gemacht hat in Mesopotamien.«

Jaakob neigte das Haupt und ließ es überdies noch etwas schräg sinken, zum Zeichen, daß er des Segens sich nicht überhebe, obgleich doch dieser nicht ohne kluge Nachhilfe von seiner Seite wirksam gewesen war. Er antwortete:

»Wem viel gegeben wurde, kann viel genommen werden. Hat der Herr mich silbern gemacht, so kann er mich irden und arm machen gleich der Topfscherbe des Kehrichts; denn seine Laune ist mächtig, und wir begreifen nicht die Wege seiner Gerechtigkeit. Silber hat bleiches Licht«, fuhr er fort, indem er es vermied, nach dem Monde zu sehen, dem aber Joseph sofort einen schrägen Blick schickte, »Silber ist Harm, und des Fürchtenden bitterste Furcht ist der Leichtsinn derer, um die ihm schwer ist.«

Der Knabe verband mit bittendem Aufblick eine tröstend liebkosende Gebärde.

Jaakob ließ sie sich nicht vollenden, er sagte:

»Es war dort draußen im Hirtenfelde, hundert Schritte von hier oder zwei, daß der Löwe sich anschlich und der alten Mutter die Lämmer schlug. Das Kind aber sitzt allein am Brunnen bei Nacht, unbesonnen und bloß, ohne Wehr, und vergißt des Vaters. Bist du gemacht für die Gefahr und gewappnet für den Streit? Bist du wie Schimeon und Levi, deine Brüder, Gott soll schützen, die in die Feinde fallen mit Geschrei, das Schwert in der Faust, und die Stätte der Amoriter verbrannten? Oder bist du wie Esau, dein Oheim zu Seïr im wüsten Mittag, – ein Jäger und Mann der Steppe, rot von Haut und rauh wie ein Bock? Nein, sondern fromm bist du und ein Kind der Hütte, denn du bist Fleisch von meinem Fleisch, und als Esau kam an die Furt mit vierhundert Mann und meine Seele nicht wußte, wie alles ausgehen werde vor dem Herrn, da stellte ich die Mägde vorn mit ihren Kindern, deinen Brüdern, dann Lea mit den ihren, und siehe, dich, dich stellte ich ganz hinten an mit Rahel, deiner Mutter...«

Schon hatte er die Augen voll Tränen. Er konnte den Namen der Frau, die er über alles geliebt hatte, nicht nennen, ohne daß ihm so geschah, obgleich es acht Jahre her war, daß Gott sie ihm unverständlicherweise genommen, und seine ohnedies immer bewegte Stimme geriet in schluchzendes Schwanken.

Der Jüngling streckte die Arme nach ihm und führte dann die gefalteten Hände an die Lippen.

»Wie müht sich doch«, sagte er mit zärtlichem Vorwurf, »das Herz meines Väterchens und lieben Herrn so ohne Not, und wie übertrieben ist seine Besorgnis! Als der Gast uns Gesundheit gewünscht, um nach seinem teuren Bilde zu sehen« (er lächelte mokant, um Jaakob zu erfreuen, und fügte hinzu:), »das mir recht arm und ohnmächtig schien und gering zu achten wie unfeine Töpferware auf dem Markt...«

»Du hast es gesehen?« fiel Jaakob ein... Schon dies war ihm mißfällig und verfinsterte ihn.

»Ich habe den Gast ersucht, es mir zu zeigen vor dem Mahl«, sagte Joseph mit Lippenaufwerfen und Achselzucken. »Es ist mäßige Arbeit und die Ohnmacht steht ihm an der Stirn geschrieben... Als ihr zu Ende gesprochen, du und der Gast, bin ich hinaus mit den Brüdern, aber einer der Söhne von Lea's Magd, ich glaube, es war Gad, dessen Art ist bieder und geradezu, hat mir anheimgegeben, meine Füße zu setzen, wo die ihren nicht gingen, und hat mir etwas weh getan an der Seele, weil er mich nicht mit meinem Namen nannte, sondern mit falschen und üblen, auf die ich nicht höre...«

Unversehens und gegen seine Absicht war er ins Angeben hineingeraten, obgleich er diese seiner eigenen Zufriedenheit nur abträgliche Neigung an sich kannte, auch aufrichtig wünschte, ihr zu steuern, und sie vorhin für den Augenblick schon erfolgreich bekämpft hatte. Es war das eine Hemmungslosigkeit seines Mitteilungsbedürfnisses, das mit seinem Mißverhältnis zu den Brüdern einen üblen Kreislauf bildete: denn indem dieses ihn absonderte und an den Vater drängte, schuf es ihm einen Zwischenstand, der ein Sporn war zur Geschichtenträgerei; diese wieder verschärfte die Entfremdung, und so rundherum, so daß nicht zu sagen war, ob mit dem einen oder dem anderen der Schaden begonnen hatte, und jedenfalls die Älteren Rahels Sohn kaum noch sehen konnten, ohne daß ihre Gesichter sich entstellten. Womit es ursprünglich begonnen hatte, das war ohne Zweifel die Vorliebe Jaakobs für das Kind, – eine sachliche Notiz, mit der man dem gefühlvollen Mann nicht zu nahe zu treten wünscht. Aber das Gefühl eben neigt von Natur zur Zügellosigkeit und einem weichlichen Kult seiner selbst; es will sich nicht verbergen, es kennt keine Verschwiegenheit, es trachtet, sich zu bekennen, sich kundzutun, es möchte aller Welt, wie wir sagen, ›unter die Nase gerieben‹ sein, auf daß sie sich damit beschäftige. Dies ist die Unenthaltsamkeit der Gefühlvollen; und Jaakob fand sich in ihr noch ermutigt durch die seine Überlieferung und seinen Stamm beherrschende Vorstellung von Gottes eigener Unenthaltsamkeit und majestätischer Launenhaftigkeit in Gefühlsdingen und Dingen der Vorliebe: El eljons Auserwählung und Bevorzugung einzelner ohne oder jedenfalls über ihr Verdienst war großherrlich, schwer begreiflich und nach menschlichem Begriffe ungerecht, eine erhabene Gefühlsgegebenheit, an der nicht zu deuteln war, sondern die es mit Schrecken und Begeisterung im Staub zu verehren galt; und Jaakob, selbst ein bewußter – wenn auch in Demut und Bangen bewußter – Gegenstand solcher Prädilektion, ahmte Gott nach, indem er auf der seinen üppig bestand und ihr die Zügel schießen ließ.

Des Gefühlsmenschen weiche Unbeherrschtheit war das Erbe, das Joseph vom Vater überkommen hatte. Wir werden von dem Unvermögen, seine Erfülltheit zu bezähmen, dem Mangel an Takt, der ihm so äußerst gefährlich wurde, noch zu berichten haben. Er war es gewesen, der, neunjährig, ein Kind noch, den stürmischen, aber guten Ruben beim Vater verklagt hatte, weil jener, im Jähzorn darüber, daß Jaakob nach Rahels Tod sein Bett nicht bei Lea, Rubens Mutter, die immer mit ihren roten Augen verschmäht im Zelte kauerte, sondern bei Bilha, der Magd, aufschlug und diese zur Lieblingsfrau machte, das väterliche Lager von der neuen Stätte gerissen und es unter Verwünschungen mißhandelt hatte. Es war eine rasche Tat, begangen aus beleidigtem Sohnesstolz, begangen für Lea und bald bereut. Man hätte das Bett in der Stille wieder aufrichten können, und Jaakob hätte von dem Geschehenen nichts zu erfahren brauchen. Aber Joseph, der Zeuge gewesen, hatte nichts Eiligeres zu tun gehabt, als es dem Vater zu hinterbringen, und es war seit dieser Stunde, daß Jaakob, der selbst die Erstgeburt nicht von Natur, sondern nur dem Namen nach und rechtlich besaß, den Plan erwog, Ruben der seinen durch Fluchspruch zu entkleiden, nicht aber etwa den Nächstältesten, Lea's Zweiten, also Schimeon, in diese Würde nachrücken zu lassen, sondern, in willkürlichster Gefühlsfreiheit, Rahels Erstling, den Joseph.

Die Brüder taten dem Jungen unrecht, wenn sie behaupteten, seine Schwatzhaftigkeit habe auf solche väterlichen Entschlüsse abgezielt. Er hatte eben nur nicht schweigen können. Daß er es aber, da ihm nun Vorhaben und Vorwurf bekannt waren, bei nächster Gelegenheit wieder nicht konnte, war desto schwerer verzeihlich und gab dem Verdachte der Älteren die stärkste Nahrung. Es ist wenig bekannt, wie Jaakob es erfuhr, daß Ruben mit Bilha ›gescherzt‹ habe.

Da war eine Geschichte, viel schlimmer als die mit der Lagerstatt, geschehen, noch bevor man bei Hebron sich niederließ, an einer Station zwischen diesem und Beth-El. Ruben, damals einundzwanzigjährig, hatte sich im Überschwall seiner Kräfte und Triebe des Weibes seines Vaters nicht zu enthalten vermocht, – derselben Bilha, der er doch um der zurückgesetzten Lea willen so bitter gram war. Er hatte sie im Bade belauscht, ursprünglich aus Zufall, dann aus dem Vergnügen, sie ohne ihr Wissen zu demütigen, dann mit überhandnehmender Lust. Eine jähe und brutale Begierde nach Bilha's reifen, aber kunstvoll unterhaltenen Reizen, nach ihren noch starren Brüsten, ihrem zierlichen Bauch, hatte den starken Jüngling gepackt, und seine Besessenheit war durch keine Magd, keine seinem Wink gehorsame Sklavin zu stillen gewesen. Er schlich sich ein bei seines Vaters Kebsweib und gegenwärtiger Lieblingsfrau, er überrumpelte sie, und wenn er ihr nicht Gewalt antat, so verführte er die vor Jaakob Zitternde doch durch seine strotzende Kraft und Jugend.

Von dieser Szene der Leidenschaft, der Angst und des Fehltrittes hatte der müßig, wenn auch nicht gerade mit der Absicht, zu spionieren, herumlungernde Knabe Joseph genug erlauscht, um dem Vater mit einfältigem Eifer, als eine mitteilenswerte Seltsamkeit, berichten zu können, Ruben habe mit Bilha »gescherzt« und »gelacht«. Er gebrauchte diese Ausdrücke, die ihrem Wortsinn nach weniger besagten, als er verstanden hatte, nach ihrer landläufigen zweiten Bedeutung aber alles. Jaakob erbleichte und keuchte. Wenige Minuten, nachdem der Knabe ausgeschwatzt, lag Bilha wimmernd vor dem Stammesherrn und gestand, indem sie sich mit den Nägeln die Brüste zerriß, die Ruben verwirrt hatten und die nun für ihren Gebieter auf immer befleckt und unberührbar waren. Dann aber lag dort der Missetäter selbst, zum Zeichen der Demütigung und Preisgabe nur mit einem Sacke gegürtet, und ließ, indem er die Hände über das weggewühlte, mit Staub bestreute Haupt erhob, in wahrster Zerknirschung das feierliche Gewitter des väterlichen Zornes über sich ergehen. Jaakob nannte ihn Cham, Vaterschänder, Chaosdrache, Behemoth und schamloses Flußpferd, dies letztere unter dem Einfluß eines ägyptischen Gerüchtes, das Flußpferd habe die wüste Gewohnheit, seinen Vater zu töten und sich gewaltsam mit seiner Mutter zu paaren. Indem er so tat, als sei Bilha wirklich Rubens Mutter, nur weil er selber mit ihr schlief, ließ er über seinen Donnerreden die alte und dunkle Auffassung walten, Ruben habe sich, indem er seiner Mutter beiwohnte, zum Herrn über alles und alle machen wollen – und verkündete ihm statt dessen das Gegenteil. Denn mit ausgestreckten Armen entriß er dem Stöhnenden die Erstgeburt – nahm sie freilich nur an sich, ohne das Würdengut vorderhand weiterzuvergeben, so daß seit damals in dieser Beziehung ein Schwebezustand herrschte, in der des Vaters innig-majestätische Vorliebe für Joseph bis auf weiteres die Stelle rechtlicher Tatsachen vertrat.

Das Merkwürdige war, daß Ruben dem Knaben diese Dinge nicht nachtrug, sondern sich unter allen Brüdern am duldsamsten zu ihm verhielt. Ganz zutreffend achtete er sein Tun nicht für reine Bosheit und sprach ihm innerlich das Recht zu, um die Ehre eines für ihn so liebevollen Vaters besorgt zu sein und ihn mit Vorgängen bekannt zu machen, deren Schändlichkeit zu bestreiten ihm, Ruben, sehr fernlag. Im Bewußtsein seiner Fehlbarkeit war Re'uben gutmütig und gerecht. Außerdem war er, für seine Person bei großer Körperkraft, wie alle Lea-Söhne, ziemlich häßlich (die blöden Augen hatte auch er von der Mutter und salbte sich viel, wenn auch ohne Nutzen, die zur Eiterung neigenden Lider), der allgemein bewunderten Anmut Josephs zugänglicher als die anderen, empfand sie in seiner Plumpheit als rührend und hatte ein Gefühl dafür, daß das wandernde Erbe der Stammeshäupter und großen Väter, die Erwähltheit, der Gottessegen, eher auf den Knaben als auf ihn oder einen andern unter den Zwölfen übergegangen sei. Dies hatte ihm die väterlichen Wünsche und Pläne, die Erstgeburt betreffend, so schwer sie ihn trafen, immer begreiflich erscheinen lassen.

So hatte Joseph wohl gewußt, warum er dem Sohn der Silpa, der übrigens in seiner Geradheit auch nicht der Schlimmste war, mit Rubens Gerechtigkeit gedroht hatte. Oft schon hatte dieser unter den Brüdern für Joseph, wenn auch in wegwerfender Weise, zum Guten geredet, mehrmals ihn mit Armeskraft vor Mißhandlung geschützt und sie gescholten, wenn sie, wütend über eine seiner Verrätereien, sich rächend hatten über ihn hermachen wollen. Denn der Gimpel hatte aus den frühen und schweren Vorkommnissen mit Ruben nichts gelernt, zeigte sich auch durch dessen Großmut nicht gebessert und war, herangewachsen, ein gefährlicherer Beobachter und Zwischenträger denn als Kind. Gefährlich auch für ihn selbst, und dies namentlich; denn die Rolle, die zu spielen er sich gewöhnt hatte, verschärfte täglich seine Acht und Ausgeschlossenheit, beeinträchtigte sein Glück, lud ihm einen Haß auf, den zu tragen seiner Natur nicht im geringsten gemäß war, und schuf ihm allen Grund, sich vor den Brüdern zu fürchten, was denn nun wieder neue Versuchung bedeutete, sich bei dem Vater wohldienerisch gegen sie zu sichern – und alles dies trotz oft gefaßter Vorsätze, doch endlich sein Verhältnis zu den Zehnen, von denen keiner ein Bösewicht war und mit deren durch ihn und seinen kleinen Bruder sich ergänzenden Tierkreiszahl er sich im Grunde heilig verbunden fühlte, nur durch die Enthaltsamkeit seiner Zunge vom Gift genesen zu lassen.

Umsonst. Wann immer Schimeon und Levi, die hitzige Leute waren, mit fremden Hirten oder gar mit Bewohnern der Städte eine Schlägerei vom Zaune gebrochen hatten, welche dem Stamme schadete; wann immer Jehuda, ein stolzer, aber leidender Mensch, den Ischtar plagte und der in dem, was anderen ein Lachen war, nichts zu lachen fand, mit Töchtern des Landes in heimliche Geschichten verstrickt war, mißfällig dem Jaakob; wann immer unter den Brüdern einer vor dem Einen und Höchsten schuldig geworden war, indem er hinterrücks einem Bilde geräuchert und so die Fruchtbarkeit der Herden gefährdet und Pocken, Räude oder Drehsucht über sie heraufbeschworen hatte; oder wann immer die Söhne, sei es hier oder vor Schekem, sich beim Verkaufe von Brackvieh einen still zu verteilenden Vorteil über Jaakobs Nutzen hinaus zu sichern versucht hatten: der Vater erfuhr es von seinem Gunstkind. Er erfuhr von ihm sogar Falsches, was gar keinen Verstand hatte und was er Josephs schönen Augen dennoch zu glauben geneigt war. Dieser behauptete, von den Brüdern hätten etliche wiederholt aus dem Fleische lebender Widder und Schafe Stücke herausgeschnitten, um sie zu essen, und das hätten die vier von den Kebsweibern getan, in besonderer Ausgiebigkeit aber Ascher, der in der Tat ein Vielfraß war. Aschers Appetit war das einzige, was für eine Bezichtigung sprach, die an und für sich höchst unglaubwürdig erschien und deren Wahrheit den vieren auch niemals hatte nachgewiesen werden können. Es war eine Verleumdung, sachlich gesprochen. Von Joseph aus gesehen, verdiente der Fall diesen Namen vielleicht nicht ganz. Wahrscheinlich hatte ihm die Geschichte geträumt; oder richtiger, zu einem Zeitpunkt, da er mit Fug und Recht auf Prügel gefaßt gewesen, hatte er sie sich träumen lassen, um hinter ihr beim Vater Schutz gegen solche Absichten zu suchen, und zwischen Wahrheit und bloßem Gesicht dann nicht recht unterscheiden können und wollen. Es versteht sich aber, daß in diesem Falle die Entrüstung der Brüder sich besonders üppig gebärdete. Sie führte den Freibrief der Unschuld und pochte auf ihn fast etwas zu stürmisch, wie wenn er doch nicht ganz unbedingt gelautet und den Einbildungen Josephs dennoch irgend etwas Wahres zum Grunde gelegen hätte. Wir erbittern uns am meisten über Beschuldigungen, die zwar falsch sind, aber nicht gänzlich. –

Der Name

Jaakob hatte auffahren wollen bei der Nachricht von üblen Namen, die Gad dem Joseph gegeben und die der Alte sofort als eine strafbare Mißachtung seines heiligen Gefühles zu betrachten bereit war. Aber Joseph hatte eine so reizende Art, mit rasch erheiterter Miene und gewandten Wortes einzulenken, abzuwiegeln und weiterzugehen, daß Jaakobs Zorn sich legte, ehe er sich recht erhoben, und er nur fortfahren konnte, mit verträumtem Lächeln in die schwarzen und etwas schiefen, von süßer List verkleinerten Augen des Sprechenden zu blicken.

»Es war nichts«, hörte er die herbe und schmächtige Stimme sagen, die er liebte, da viel von Rahels Stimmklang in ihr war. »Ich habe ihm seine Rauhigkeit brüderlich verwiesen, und da er sich die Mahnung mit Einsicht gefallen ließ, so ist es sein Verdienst, daß wir sanft auseinander kamen. Ich bin gegangen, die Stadt zu sehen vom Hügel und Ephrons doppeltes Haus; ich habe mich hier mit Wasser gereinigt und im Gebet, und was den Löwen betrifft, mit welchem das Väterchen mich zu bedrohen geruhte, den Unterwelts-Wüstling, die Schwarzmond-Brut, so ist er geblieben im Dickicht des Jardên« (er sprach den Namen des Flusses mit anderen Vokalen als wir, nannte ihn »Jardên«, indem er das r zwar am Gaumen bildete, aber nicht rollen ließ und das e ziemlich offen nahm) »und hat sein Nachtmahl gefunden in den Schlüften des Absturzes, und des Kindes Augen haben ihn nicht erblickt, weder nah noch fern.«

Er nannte sich selber ›das Kind‹, weil er wußte, daß er den Vater mit diesem Namen, der ihm aus früheren Tagen geblieben war, besonders rührte. Er fuhr fort:

»Wäre er aber gekommen mit schlagendem Schweif, und hätte seine Stimme vor Hunger gedröhnt wie die Stimmen der Seraphim beim Lobgesang, so hätte der Knabe sich doch nur leicht entsetzt oder gar nicht vor seinem Grimm. Denn gewiß hätte er sich wieder ans Lämmlein gemacht, der Räuber, gesetzt, daß Aldmodad ihn nicht vertrieben hätte mit Rasseln und Feuerflammen, und hätte den Menschenknaben klüglich gemieden. Weiß denn mein Väterchen nicht, daß die Tiere den Menschen scheuen und meiden, darum, daß Gott ihm den Geist des Verstandes verlieh und ihm eingab die Ordnungen, unter welche das einzelne fällt, und weiß er nicht, wie Semael schrie, als der Erdmensch die Schöpfung zu nennen wußte, als ob er ihr Meister und Urheber sei, und wie alle feurigen Diener sich verwunderten und die Augen niederschlugen, weil sie zwar sehr gut ›Heilig, heilig!‹ zu rufen vermögen in abgestuften Chören, von den Ordnungen und Überordnungen aber gar nichts verstehen? Auch die Tiere schämen sich und kneifen den Schwanz ein, weil wir sie wissen und über ihren Namen befehlen und die brüllende Gegenwart ihres Einzeltums entkräften, indem wir ihn ihr entgegenhalten. Wäre er nur gekommen mit Fauchen und gehässiger Nase, lang, schleichenden Trittes, so hätte er mir doch den Sinn nicht geraubt mit seinem Schrecken und mich nicht erbleichen lassen vor seinem Rätsel. ›Ist dein Name wohl Blutdurst?‹ hätte ich gefragt, um mir einen Spaß mit ihm zu machen. ›Oder heißest du etwa Mordsprung?‹ Aber dann hätte ich mich recht aufgesetzt und gerufen: ›Löwe! Siehe, ein Löwe bist du nach deiner Art und Unterart, und dein Geheimnis liegt bloß vor mir, daß ich es aussage und abtue lachenden Mundes.‹ Und er hätte geblinzelt vor dem Namen und sich weggeduckt vor dem Wort, ohnmächtig, mir zu erwidern. Denn er ist ganz ohne Unterricht und weiß nichts vom Schreibzeug...«

Er fing an, Wortwitz zu treiben, was ihn jederzeit freute, wozu er aber im Augenblick griff, um, eben wie mit den vorangegangenen Prahlereien, den Vater damit zu zerstreuen. Sein Name klang an das Wort Sefer, Buch und Schreibzeug, an – zu seiner beständigen Genugtuung übrigens, denn im Gegensatz zu allen seinen Brüdern, von denen keiner schreiben konnte, liebte er die stilistische Beschäftigung und besaß so viel Gewandtheit darin, daß er recht wohl an einer Stätte der Urkundensammlung, wie Kirjath Sefer oder Gebal, als Schreibämtling hätte dienen können, wenn an die Zustimmung Jaakobs zu einer solchen Berufsübung hätte gedacht werden können.

»Wollte doch«, fuhr er fort, »das Väterchen sich herbeilassen und sich zwanglos und bequem zum Sohn an die Tiefe setzen, beispielsweise hier auf den Rand, während das buchgelehrte Kind etwas tiefer rücken und zu seinen Füßen sitzen würde, was eine recht liebliche Anordnung ergäbe. Dann würde es seinen Herrn unterhalten und ihm eine kleine Nachricht und Fabel vom Namen erzählen, die es gelernt hat und ansprechend vorzutragen weiß. Denn es war zur Zeit der Geschlechter der Flut, daß der Engel Semhazai auf Erden eine Dirne sah namens Ischchara und an ihrer Schönheit zum Narren ward, so daß er sprach: ›Höre auf mich!‹ Sie aber antwortete und sprach: ›Es ist gar kein Gedanke daran, daß ich auf dich höre, außer du lehrtest mich zuvor den wahrhaften und unverstellten Namen Gottes, kraft dessen du auffährst, wenn du ihn aussprichst.‹ Da lehrte der Bote Semhazai in seiner Narrheit sie wirklich den Namen, weil er gar so brünstiglich wünschte, daß sie auf ihn höre. Kaum aber sah Ischchara sich in diesem Besitz, was denkt das Väterchen wohl, daß sie tat und wie die Reine dem zudringlichen Boten ein Schnippchen schlug? Dies ist der Augenblick der höchsten Spannung innerhalb der Geschichte, aber ich sehe leider, daß das Väterchen nicht lauscht, sondern daß seine Ohren verschlossen sind von Gedanken und er eingegangen ist in tiefes Sinnen?«

Wirklich hörte Jaakob nicht zu, sondern ›sann‹. Es war ein gewaltig ausdrucksvolles Sinnen, das Sinnen selbst, sozusagen wie es im Buche steht, der höchste Grad pathetisch vertiefter Abwesenheit – darunter tat er es nicht; wenn er sann, so mußte es auch ein rechtes und auf hundert Schritte anschauliches Sinnen sein, großartig und stark, so daß nicht allein jedem deutlich wurde, Jaakob sei in Sinnen versunken, sondern auch jeder überhaupt erst erfuhr, was das eigentlich sei, eine wahre Versonnenheit, und jeden Ehrfurcht anwandelte vor diesem Zustand und Bilde: der Alte am hohen, mit beiden Händen erfaßten Stabe lehnend, das über den Arm gebeugte Haupt, die innig träumerische Bitternis der Lippen im Silberbart, die in die Tiefe der Erinnerung und des Gedankens drängenden und sich wühlenden braunen Greisenaugen, deren in sich gewendeter und tauber Blick so sehr von unten kam, daß er sich in den überhängenden Brauen fast verfing... Gefühlsmenschen sind ausdrucksvoll, denn Ausdruck entspringt dem Geltungsbedürfnis des Gefühls, das unverschwiegen und ohne Hemmung hervortritt; er ist das Erzeugnis einer weichen Seelengröße, in welcher das Schlaffe und das Kühne, das Unkeusche und Hochherzige, das Natürliche und Gewollte zur würdigsten Schauspielerei sich mischen und deren menschliche Wirkung eine zu leichter Heiterkeit geneigte Ehrfurcht sein mag. Jaakob war sehr eindrucksvoll – zur Freude Josephs, der diese bewegte Hochgestimmtheit liebte und stolz darauf war, aber zur Beängstigung und Erschütterung anderer, die in Handel und Wandel mit ihm zu tun hatten, und namentlich seiner übrigen Söhne, die bei jeder Unstimmigkeit zwischen ihnen und dem Vater nichts so sehr fürchteten als eben seine Ausdruckskraft. So Ruben, als er anläßlich der schlimmen Geschichte mit Bilha sich dem Alten hatte stellen müssen. Denn obgleich Schrecken und Ehrfurcht vor dem hochgetriebenen Ausdruck damals tiefer und dunkler waren als unter uns, so erfüllte den Alltagsmenschen, dem solche Wirkungen drohten, auch damals das Gefühl banausischer Abwehr, das wir in die Worte kleiden würden: »Um des Himmels willen, das kann gut werden!«

Jaakobs Ausdrucksmacht nun aber, auch die Bewegtheit seiner Stimme, die Gehobenheit seiner Sprache, die Feierlichkeit seines Wesens überhaupt – hing mit der Anlage und Neigung zusammen, die zugleich der Grund war, weshalb man den starken und malerischen Ausdruck des Sinnes so oft an ihm zu beobachten hatte. Es war der Hang zur Gedankenverbindung, welcher sein Innenleben in dem Grade beherrschte, daß er geradezu seine Form ausmachte und sein Denken fast schlechthin aufging in solchen Assoziationen. Auf Schritt und Tritt wurde seine Seele durch Anklänge und Entsprechungen betroffen gemacht, abgelenkt und ins Weitläufige entführt, die Vergangenes und Verkündetes in den Augenblick mischten und den Blick eben dergestalt verschwimmen und sich brechen ließen, wie es beim Grübeln geschieht. Das war beinahe ein Leiden, aber nicht ihm allein zuzuschreiben, sondern sehr weit verbreitet, wenn auch in verschiedenem Grade, so daß sich sagen ließe, in Jaakobs Welt habe geistige Würde und ›Bedeutung‹ – das Wort nach seinem eigentlichsten Sinne genommen – sich nach dem Reichtum an mythischen Ideenverbindungen und nach der Kraft bestimmt, mit der sie den Augenblick durchdrangen. Wie hatte es doch so seltsam, hochgestimmt und bedeutsam geklungen, als der Alte mit halbem Worte seiner Besorgnis Ausdruck gegeben hatte, Joseph möchte in die Zisterne stürzen! Das kam aber daher, daß er die Brunnentiefe nicht denken konnte, ohne daß die Idee der Unterwelt und des Totenreiches sich in den Gedanken, ihn vertiefend und heiligend, einmengte, – diese Idee, die zwar nicht in seinen religiösen Meinungen, wohl aber in den Tiefen seiner Seele und Einbildungskraft, uralt mythisches Erbgut der Völker, das sie war, eine wichtige Rolle spielte: die Vorstellung des unteren Landes, in dem Usiri, der Zerstückelte, herrschte, des Ortes Namtars, des Pestgottes, des Königreichs der Schrecken, woher alle üblen Geister und Seuchen stammten. Es war die Welt, wohin die Gestirne hinabtauchten bei ihrem Untergange, um zur geregelten Stunde wieder daraus emporzusteigen, während kein Sterblicher, der zu diesem Hause den Pfad gewandelt, ihn wieder zurückfand. Es war der Ort des Kotes und der Exkremente, aber auch des Goldes und Reichtums; der Schoß, in den man das Samenkorn bettete und aus dem es als nährendes Getreide emporsproßte, das Land des Schwarzmondes, des Winters und verkohlten Sommers, wohin Tammuz, der lenzliche

Schäfer, gesunken war und alljährlich wieder sank, wenn ihn der Eber geschlagen, so daß alle Zeugung versiegte und die beweinte Welt dürre lag, bis Ischtar, die Gattin und Mutter, Höllenfahrt hielt, ihn zu suchen, die staubbedeckten Riegel des Gefängnisses brach und den geliebten Schönen unter großem Lachen aus Höhle und Grube hervorführte, als Herrn der neuen Zeit und der frisch beblümten Flur.

Wie hätte Jaakobs Stimme nicht gefühlsbewegt beben und wie seine Frage nicht seltsam bedeutenden Widerhall gewinnen sollen, da er doch, nicht seiner Meinung, aber seinem Gefühle nach, im Brunnen einen Eingang zur Unterwelt sah und da dies alles und noch mehr in ihm anklang beim Stichwort der Tiefe? Ein Dummer und Ungebildeter von bedeutungsloser Seele mochte ein solches Wort stumpfsinnig und ohne Beziehung hinsprechen, nichts als das Nächste und Eigentliche dabei im Sinne haben. Dem Wesen Jaakobs verlieh es Würde und geistige Feierlichkeit, machte es ausdrucksvoll bis zur Beängstigung. Es ist nicht zu sagen, wie es dem fehlbaren Ruben durch Mark und Bein gegangen war, als der Vater ihm seinerzeit den anrüchigen Namen des Cham entgegengeschleudert hatte. Denn Jaakob war nicht der Mann, sich dieses Schimpfs etwa nur im Sinne einer matten Anspielung zu bedienen. Seine Geistesmacht bewirkte ein furchtbares Aufgehen der Gegenwart im Vergangenen, das völlige Wiederinkrafttreten des einst Geschehenen, seine, des Jaakob, persönliche Einerleiheit mit Noah, dem belauschten, verhöhnten, von Sohneshand entehrten Vater; und Ruben hatte auch im voraus gewußt, daß es so sein und daß er ganz wirklich und eigentlich als Cham vor Noah liegen werde, und ebendeshalb hatte ihm so gründlich vor dem Auftritt gegraust.

Was gegenwärtig denn nun den Alten in so augenfälliges Sinnen versetzte, waren Erinnerungen, zu denen das Geplauder des Sohnes vom ›Namen‹ seinen Geist aufgerufen hatte, – traumschwere, hohe und ängstliche Erinnerungen aus alten Tagen, da er in großer Körperfurcht, der Wiederbegegnung mit dem geprellten und zweifellos rachbegierigen Wüstenbruder gewärtig, so inbrunstvoll nach geistiger Macht getrachtet und mit dem besonderen Manne, der ihn überfallen, um den Namen gerungen hatte. Ein schwerer, schrecklicher und hochwollüstiger Traum von verzweifelter Süße, aber kein luftiger und vergehender, von dem nichts erübrigte, sondern ein Traum, so körperheiß und wirklichkeitsdicht, daß doppelte Lebenshinterlassenschaft von ihm liegengeblieben war, wie Meeresfrucht am Land bei der Ebbe: das Gebrechen von Jaakobs Hüfte, des Pfannengelenks, daraus er hinkte, seit der Besondere es im Ringen verrenkt hatte, und zweitens der Name – aber nicht des eigentümlichen Mannes Name: der war aufs äußerste verweigert worden, bis in die Morgenröte, bis in die Gefahr der peinlichsten Verspätung, wie keuchend heiß und unablässig gewalttätig Jaakob ihn auch von ihm gefordert hatte; nein, sondern sein eigener anderer und zweiter Name, der Beiname, den der Fremde ihm im Kampfe vermacht, damit er von ihm ließe vor Sonnenaufgang und ihn vor peinlicher Verspätung bewahrte, der Ehrentitel, den man ihm seitdem beilegte, wenn man ihm schmeicheln, ihn lächeln sehen wollte: Jisrael, ›Gott führt Krieg‹ ... Er sah die Furt des Jabbok wieder vor sich, an deren buschigem Zugang er in Einsamkeit verblieben war, nachdem er die Frauen, die Elfe und die für Esau ausgesonderten Sühngeschenke an Vieh schon hindurchgeführt; sah die unruhig bewölkte Nacht, in der er, zwischen zwei Schlummerversuchen, unruhevoll wie der Himmel, umhergestrichen war, noch zitternd von der mit Gottes Hilfe leidlich verlaufenen Auseinandersetzung mit Rahels überlistetem Vater und schon wieder gequält von schwerer Besorgnis vor dem Anrücken eines anderen Betrogenen und Verkürzten. Wie er die Elohim betend ermahnt, sie geradezu zur Pflicht gerufen hatte, ihm beizustehen! Und auch den Mann, mit dem er, Gott wußte, wie, unversehens in ein Ringen auf Leben und Tod geraten war, sah er in dem plötzlich grell aus Wolken tretenden Monde von damals wieder so nahe, wie Brust an Brust: seine weit auseinanderstehenden Rindsaugen, die nicht nickten, sein Gesicht, das, wie auch die Schultern, poliertem Steine glich; und etwas von der grausamen Lust trat wieder in sein Herz, die er damals verspürt, als er ihm mit ächzendem Flüstern den Namen abgefordert... Wie stark er gewesen war! Verzweifelt traumstark und ausdauernd aus unvermuteten Kraftvorräten der Seele. Die ganze Nacht hatte er ausgehalten, bis ins Morgenrot, bis er sah, daß es dem Manne zu spät wurde, bis der verlegen gebeten hatte: »Laß mich gehn!« Keiner hatte den anderen übermocht, aber hieß das nicht obgesiegt haben für Jaakob, der kein eigentümlicher Mann war, sondern ein Mann von hier, aus der Menschen Samen? Ihm war, als habe der Weitäugige seine Zweifel daran gehabt. Der schmerzhafte Schlag und Griff nach der Hüfte hatte wie eine Untersuchung ausgesehen. Vielleicht hatte er der Feststellung dienen sollen, ob das da eine Gelenkkugel sei, beweglich und nicht etwa unbeweglich, wie bei seinesgleichen, der nicht zum Sitzen eingerichtet war... Und dann hatte der Mann die Sache so zu wenden gewußt, daß er sich zwar nicht seines Namens entäußert, aber dafür dem Jaakob einen verliehen hatte. Deutlich wie damals hörte dieser im Sinnen die hohe und erzene Stimme, die zu ihm gesprochen: »Fortan sollst du Jisrael heißen« – woraufhin er den Inhaber dieser besonderen Stimme aus seinen Armen entlassen hatte, so daß er denn hoffentlich mit knapper Not noch mochte zur Zeit gekommen sein...

Vom äffischen Ägypterland

Die Art, in der der feierliche Alte sein Sinnen beendete und aus tiefer Abwesenheit zurückkehrte, war nicht weniger ausdrucksvoll als sein Versinken darein. Hoch aufseufzend, mit schwerer Würde, richtete er sich daraus empor, schüttelte es von sich und blickte erhobenen Hauptes groß im Leeren umher wie ein Erwachender, sinnfälligst sich sammelnd und sich in die Gegenwart wieder findend. Der Vorschlag Josephs, sich zu ihm niederzulassen, schien überhört. Auch war es nicht der Augenblick für ansprechende Histörchen, wie dieser zu seiner Beschämung erkennen mußte. Der Alte hatte noch ein und das andere ernste Wort mit ihm zu reden. Die Sorge wegen des Löwen war nicht seine einzige gewesen; Joseph hatte Anlaß zu weiteren gegeben, und nichts war ihm geschenkt. Er hörte:

»Es ist ein Land weit unten, das Land Hagars, der Magd, Chams Land oder das schwarze geheißen, das äffische Ägypterland. Denn seine Leute sind schwarz an der Seele, wenn auch rötlich von Angesicht, und kommen alt aus Mutterleib, so daß ihre Säuglinge kleinen Greisen gleichen und schon nach einer Stunde anfangen, vom Tode zu lallen. Sie tragen, wie ich vernahm, ihres Gottes Mannheit drei Ellen lang durch die Gassen mit Trommeln und Saitenspiel und buhlen in Gräbern mit geschminkten Leichnamen. Ohne Ausnahme sind sie dünkelhaft, lüstern und traurig. Sie kleiden sich nach dem Fluche, der Cham getroffen, welcher nackt gehen sollte mit bloßer Scham, denn Leinewand, dünn wie Spinnenwerk, bedeckt ihre Blöße, ohne sie zu verbergen, und damit wissen sie sich noch gar viel und sagen, sie trügen gewebte Luft. Denn sie schämen sich nicht ihres Fleisches und haben für die Sünde weder Wort noch Verstand. Die Bäuche ihrer Toten stopfen sie mit Spezereien und legen an die Stelle des Herzens mit Recht das Bild eines Mistkäfers. Sie sind reich und unflätig wie Sodoms und Amorras Leute. Nach Belieben stellen sie ihre Betten mit denen der Nachbarn zusammen und tauschen die Weiber aus. Geht eine Frau über den Markt und sieht einen Jüngling, nach dem es sie gelüstet, so legt sie sich zu ihm. Sie sind wie Tiere und bücken sich vor Tieren im Innersten ihrer uralten Tempel, und ich bin berichtet, daß ein bis dahin reines Mädchen sich dort vor allem Volke von einem Bock namens Bindidi hat bespringen lassen. Billigt mein Sohn diese Sitten?«

Da Joseph einsah, auf welchen Verstoß sich solche Worte bezogen, ließ er Kopf und Unterlippe hängen, wie ein kleiner Junge, der gescholten wird. In dem Ausdruck halb schmollender Bußfertigkeit aber verbarg er ein Lächeln; denn er wußte, daß Jaakobs Schilderung der Sitten von Mizraim starke Verallgemeinerungen, Einseitigkeiten und Übertreibungen enthielt. Nach einigem zerknirschten Verstummen schlug er, zur Antwort angehalten, bittende Augen auf, die in denen des Vaters nach dem ersten Schein eines Lächelns der Versöhnung forschten und es durch vorsichtiges Entgegenkommen, ein abwechselndes Sichvorwagen und Sichwiederzurücknehmen eigener Lustigkeit herauszulocken suchten. Vermittelnde Rede trieb schon ihr Spiel darin, bevor er sagte:

»Wenn dem so ist dort unten, lieber Herr, so hütet dies unvollkommene Kind hier sich wohl in seinem Herzen, es gutzuheißen. Immerhin scheint mir, daß die Feinheit der ägyptischen Leinwand, und daß sie wie Luft ist, von der Geschicklichkeit jener greisen Mistkäfer im Handwerk ein Zeugnis ablegt, welches von einer anderen Seite her und bedingungsweis für sie einnehmen könnte. Und wenn ihr Fleisch ihnen keine Scham macht, so könnte jemand, der in der Nachsicht überweit gehen wollte, vielleicht zu ihrer Entschuldigung anführen, daß sie meistens recht mager am Leibe sind und spärlichen Fleisches, daß aber feistes Fleisch mehr Anlaß hat, sich zu schämen, als dürres, und zwar...«

Da war es nun Jaakobs Sache, sich ernst zu halten. Er versetzte mit einer Stimme, in der scheltende Ungeduld und Zärtlichkeit einen bewegten Kampf führten:

»Du sprichst wie ein Kind! Du weißt die Worte zu fügen, und deine Rede ist einnehmend wie eines listigen Kamelhändlers beim Feilschen, ihr Sinn jedoch überaus kindisch. Ich will nicht glauben, daß du beabsichtigst, meiner Bangigkeit zu spotten, die mich zittern läßt, du möchtest dem Herrn mißfallen und seinen Eifer erregen über dich und Abrahams Samen. Meine Augen haben gesehen, daß du nackt saßest unter dem Monde, als ob nicht der Höchste in unser Herz gegeben hätte das Wissen der Sünde, und als ob nicht die Nächte des Frühjahrs kühl wären auf diesen Höhen nach des Tages Hitze und nicht der böse Fluß dich befallen könnte über Nacht und Fieber dich sinnlos machen, ehe der Hahn kräht. Darum will ich, daß du sogleich deinen Oberrock anlegst zu dem Hemd nach der Frömmigkeit der Kinder Sems. Denn es ist wollen, und ein Wind gehet von Gilead. Und ich will, daß du mich nicht ängstigest, denn meine Augen haben noch mehr gesehen, und ich fürchte, sie sahen, daß du den Gestirnen Kußhände zuwarfst...«

»Mitnichten!« rief Joseph, heftig erschrocken. Er war aufgesprungen vom Brunnenrande, um in seinen knielangen, braun und gelben Kittel zu fahren, den der Vater genommen und ihm hingereicht; aber die rasche Bewegung und das Aufrechtstehen schien zugleich seine Abwehr ausdrücken zu sollen gegen des Alten Verdacht, den es um jeden Preis zu entkräften galt – und mit allen Mitteln. Geben wir acht, hier war alles sehr kennzeichnend! Jaakobs mehrfach geschichtete und beziehungshaft verschränkte Denkweise bewährte sich in der Art, wie er drei Vorwürfe zu einem machte: den der hygienischen Unvorsichtigkeit, des Mangels an Schamhaftigkeit und des religiösen Rückfalls. Der letztere war die unterste und schlimmste Lage des Besorgniskomplexes, und Joseph, beide Arme halb in den Ärmeln des Kittels, dessen Kopfloch er in der Aufregung nicht finden konnte, zog seinen Kampf mit dem Kleidungsstück mit heran, um anschaulich zu machen, wie sehr ihm daran gelegen war, ein Verhalten abzuleugnen, das er zugleich auf die verschmitzteste Art zu rechtfertigen wußte.

»Dies nie und nimmer! Das ganz und gar nicht!« beteuerte er, während sein hübscher und schöner Kopf den Weg durch des Kittels Ausschnitt fand; und bestrebt, die Überzeugungskraft seiner Verwahrung durch die Gewähltheit seiner Redewendungen zu erhöhen, fügte er hinzu:

»Des Väterchens Meinung ist, das versichere ich, in der betrübendsten Weise vom Irrtum umdunkelt!«

Er rückte erregt den Rock mit den Schultern zurecht und zog ihn mit beiden Händen hinunter, griff nach dem Myrtenzweiggebinde auf seinem Kopf, um das Zerzauste beiseitezuwerfen, und begann ohne Hinblicken an den Schnüren zu nesteln, mit denen der Rock unter dem Halsausschnitt zu schließen war. »Von Kußhänden kann auch nicht im entferntesten... Wie sollte ich ein solch großes Übel tun? Habe mein teurer Herr doch die Gnade, meine Fehler nachzurechnen, und siehe, er wird finden, daß sie nicht zählen! Ich blickte empor, gewiß, das trifft zu. Ich sah das Licht strahlen, es prächtig dahinziehen, und meine von den Feuerpfeilen der Sonne verletzten Augen haben sich gekühlt in dem linden Schein des Gebildes der Nacht. Denn so heißt es im Liede und gehet unter den Menschen von Mund zu Mund:

›Dich, Sin, ließ er glänzen. Die Zeit zu bestimmen,
In Wechsel und Wandel, vermählt' er die Nacht dir
Und krönte mit Hoheit dein festlich Vollenden.‹«

Er litaneite das, um eine Brunnenstufe über den Alten erhöht, die Hände aufgestellt, indem er den Oberkörper bei jedem ersten Halbvers nach einer Seite und bei dem zweiten nach der anderen sinken ließ.

»Schapattu«, sagte er. »Das ist der Tag des festlichen Vollendens, der Tag der Schönheit. Er steht nahe bevor, morgen oder zweimal morgen wird er eintreten. Aber auch am Sabbat werde ich nicht daran denken, dem Zeitbestimmer auch nur die kleinste und versteckteste Kußhand zu werfen, denn es heißt nicht, daß er von selber glänzte, sondern daß Er ihn glänzen ließ und ihm die Krone verlieh...«

»Wer?« fragte Jaakob leise. »Wer ließ ihn glänzen?«

»Mardug-Bel!« rief Joseph vorschnell, ließ dem aber sogleich ein langgezogenes »Eh –« folgen, währenddessen er austilgend den Kopf schüttelte, und fuhr fort:

»... wie sie ihn nennen in den Geschichten. Es ist jedoch – das Väterchen muß das nicht von diesem erbärmlichen Kinde erfahren – der Herr der Götter, welcher stärker ist denn alle Anunnaki und die Baale der Völker, der Gott Abrahams, der den Drachen schlug und die dreifache Welt erschuf. Wenn er zürnend sich abkehrt, wendet er nicht wieder seinen Nacken, und wenn er ergrimmt, tritt kein anderer Gott seiner Wut entgegen. Der Hochherzige ist er, umfassenden Sinnes, Frevler und Sünder sind ein Gestank seiner Nase, aber dem, der da zog aus Ur, hat er sich zugeneigt und einen Bund mit ihm errichtet, daß er sein Gott sein wolle, sein und seines Samens. Und sein Segen ist gekommen auf Jaakob, meinen Herrn, welchem bekanntlich als schöner Name der Titel Jisrael gebührt und der da ist ein großer Verkünder, aller Einsicht voll, und sehr weit entfernt, seine Kinder so fehlerhaft zu unterweisen, daß sie es sich beikommen ließen, den Gestirnen Kußhände zuzuwerfen, wie solche doch einzig dem Herrn gebühren würden unter der zu verneinenden Voraussetzung, daß sie sich schicken würden ihm gegenüber, was aber so wenig der Fall ist, daß man sagen könnte, immer noch im Vergleich sei es schicklicher, sie den blanken Gestirnen zu werfen. Aber wenn man dies sagen könnte, so sage doch ich es nicht, und wenn ich die Finger zum Munde geführt habe zu irgendeiner Kußhand, so will ich sie nicht wieder dahin führen, um zu essen, so daß ich verhungere. Und ich will auch dann nicht mehr essen, sondern es vorziehen, zu verhungern, wenn das Väterchen es sich nicht augenblicklich bequem macht und sich zum Sohne niedersetzt auf den Rand der Tiefe. Ohnedies steht mein Herr schon viel zu lange auf seinen Füßen, da er doch an der Hüfte eine heilige Schwäche hat, von der man sehr wohl weiß, auf welche hocheigentümliche Weise er dazu gekommen –«

Er wagte es, zu dem Alten niederzutreten und behutsam den Arm um seine Schultern zu legen, überzeugt, ihn durch sein Geschwätz verzaubert und besänftigt zu haben; und Jaakob, der, mit der kleinen steinernen Siegelwalze spielend, die ihm auf der Brust hing, in Gottesgrübeleien gestanden hatte, gab aufseufzend dem leichten Drucke nach, setzte den Fuß auf die Rundstufe und setzte sich auf den Brunnenrand nieder, indem er den Stab in den Arm lehnte, sein Kleid ordnete und nun seinerseits das Gesicht dem Monde zuwandte, der klar seine zarte Greisenmajestät erhellte und seine klug besorgten kastanienbraunen Augen spiegelig glänzen ließ. Zu seinen Füßen saß Joseph dem Bilde gemäß, das er schon früher ersehen und empfohlen hatte. Und während er Jaakobs Hand auf seinem Haare spürte, die sich in streichelnder Bewegung, dem Alten wohl unbewußt, darauf niedergelassen, fuhr er mit leiserer Stimme zu sprechen fort:

»Siehe, so ist es fein und lieblich, und alle drei Nachtwachen lang möchte ich so sitzen, wie ich es mir schon längst gewünscht. Mein Herr blickt empor in das Antlitz droben, und ich habe es ebenso gut, da ich mit dem äußersten Vergnügen in das seine blicke, das ich ebenfalls sehe wie eines Gottes Antlitz und das da leuchtet vom Widerschein. Sage, hast du nicht meines rauhen Oheims Esau Angesicht gesehen wie des Mondes Angesicht, als er so unverhofft sanft und brüderlich dir begegnete an der Furt, gemäß deinem Berichte? Aber auch das war nur ein Widerschein der Milde auf einem rauh glühenden Angesicht, deines Antlitzes Widerschein, lieber Herr, das zu sehen ist wie des Mondes und wie Habels, des Hirten, dessen Opfer dem Herrn wohlgefällig war und nicht wie Kains und Esau's, deren Gesichter sind wie der Acker, wenn ihn die Sonne zerreißt, und wie die Scholle, wenn sie vor Dürre rissig wird. Ja, du bist Habel, der Mond und der Hirt, und alle die Deinen, wir sind Hirten und Schäfersleute und nicht Leute der ackerbauenden Sonne, wie die Bauern des Landes, die schwitzend hinter dem Pflugholze gehen und hinter dem Rindvieh des Pfluges und zu den Baalim des Landes beten. Wir aber blicken auf zum Herrn des Weges, dem Wanderer, der da ziehet im weißen Gewande glänzend herauf... Sage mir doch«, fuhr er in einem Zuge fort, beinahe ohne sich Atem zu gönnen, »ist nicht Abiram, unser Vater, ausgezogen von Ur in Chaldäa im Verdruß, und hat er nicht hinter sich gelassen die Mondburg seiner Stätte im Zorn, weil der Gesetzgeber seinem Gotte Marudug, der da ist der Sonnenbrand, mächtig das Haupt erhoben und ihn erhöht hatte über alle Götter von Sinear zum Verdruß der Leute des Sin? Und sage mir doch, nennen seine Leute dort draußen ihn nicht auch Sem, wenn sie ihn recht erhöhen wollen – so wie da hieß Noahs Sohn, des Kinder sind schwarz, aber lieblich, wie Rahel war, und wohnen zu Elam, Assur, Arpachsad, Lud und Edom? Warte und höre, denn dem Kinde fällt etwas ein! Hieß nicht Abrams Weib Sahar, das ist der Mond? Siehe nun einmal an, ich werde dir eine kleine Rechnung machen. Sieben mal fünfzig Tage sind die Tage des Kreislaufs und vier darüber. In jedem Monat aber sind es drei Tage, daß die Menschen den Mond nicht sehen. Vermindere nun, mein Herr, wenn ich bitten darf, jene dreihundertvierundfünfzig um diese drei mal zwölf, und es sind dreihundertachtzehn Nächte des sichtbaren Mondes. Aber dreihundertachtzehn hausbürtige Knechte waren es an der Zahl, mit denen Abraham schlug die Könige aus Osten und sie trieb bis über Damask und Lot, seinen Bruder, befreite aus der Hand Kudur-Laomers, des Elamiten. Siehe doch an, so hat Abiram, unser Vater, den Mond geliebt, und so fromm war er ihm, daß er zum Kampfe abzählte seine Knechte genau nach den Tagen seines Scheines. Und gesetzt, ich hätte ihm Kußhände geworfen, nicht eine, sondern dreihundertachtzehn, während ich ihm in Wahrheit ja gar keine warf, sage doch, wäre das ein so großes Übel gewesen?«

Die Prüfung

»Du bist klug«, sagte Jaakob, indem er die Hand auf Josephs Haupt, die er während der Rechnung hatte ruhen lassen, wieder in Bewegung setzte, und sogar in lebhaftere als vorher, »du bist klug, Jaschup, mein Sohn. Dein Kopf ist außen hübsch und schön, wie Mami's war« (er gebrauchte den Kosenamen, mit dem der kleine Joseph die Mutter genannt hatte und der babylonischer Herkunft war: der irdisch-trauliche Name der Ischtar), »und innen gar scharf und fromm. So lustig war auch der meine, als ich nicht mehr Umläufe zählte als du, aber er ist schon etwas müde worden von den Geschichten, nicht nur von den neuen, sondern auch von den alten, die auf uns gekommen sind und die es zu bedenken gilt; ferner von den Schwierigkeiten und von Abrahams Erbe, das mir ein Sinnen ist, denn der Herr ist nicht deutlich. Möge immerhin sein Antlitz zu sehen sein wie das Antlitz der Milde, so ist es doch auch zu sehen wie Sonnenbrand und wie die lohe Flamme; und hat Sodom zerstört mit Glut, und es geht der Mensch hindurch durch das Feuer des Herrn, um sich zu reinigen. Die fressende Flamme ist er, die das Fett des Erstlings verzehrt am Fest der Tagesgleiche, draußen vor dem Zelt, wenn es dunkel ward und wir innen sitzen mit Zagen und vom Lamme essen, dessen Blut die Pfosten färbt, weil der Würger vorübergeht...«

Er unterbrach sich, und seine Hand wich von Josephs Haar.

Der blickte auf und mußte sehen, daß der Greis das Gesicht mit den Händen bedeckt hielt und daß er zuckte.

»Was ist meinem Herrn!« rief er bestürzt, indem er sich eilig herumwarf und mit den Händen gegen die des Alten hinaufstrebte, ohne eine Berührung zu wagen. Er hatte zu warten und noch einmal zu bitten. Jaakob veränderte seine Stellung nur zögernd. Als er sein Gesicht enthüllte, schien es zügig vergrämt und drang mit mühseligen Augen neben dem Knaben hin ins Leere.

»Ich gedachte Gottes mit Schrecken«, sagte er, und seine Lippen schienen schwer beweglich. »Da war mir, als sei meine Hand die Hand Abrahams und läge auf Jizchaks Haupt. Und als erginge seine Stimme an mich und sein Befehl...«

»Sein Befehl«, fragte Joseph mit einer vogelhaft kurzen und herausfordernden Kopfbewegung...

»Der Befehl und die Weisung, du weißt es, denn du kennst die Geschichten«, antwortete Jaakob versagenden Tones und saß vorgebeugt, die Stirn gegen die Hand gelehnt, in der er den Stab hielt. »Ich habe sie vernommen, denn ist Er geringer als Melech, der Baale Stierkönig, dem sie der Menschen Erstgeburt bringen in der Not und überliefern bei heimlichem Fest die Kindlein in seine Arme? Und darf er nicht fordern von den Seinen, was Melech fordert von denen, die ihn glauben? Da forderte er es denn, und ich vernahm seine Stimme und sprach: ›Hier bin ich!‹ Und mein Herz stand still, mein Atem ging nicht. Und gürtete einen Esel in der Frühe und nahm dich mit mir. Denn du warst Isaak, mein Spätling und Erstling, und ein Lachen hatte der Herr uns zugerichtet, als er dich anzeigte, und warst mein ein und alles, und auf deinem Haupte lag alle Zukunft. Und nun forderte er dich mit Recht, wenn auch gegen die Zukunft. Da spaltete ich Holz zum Brandopfer und legte es auf den Esel und setzte das Kind dazu und zog aus mit den Hausknechten von Beerscheba drei Tage weit hinab gegen Edom und das Land Muzri und gegen Horeb, seinen Berg. Und als ich den Berg des Herrn von ferne sah und den Gipfel des Berges, ließ ich den Esel zurück mit den Knaben, daß sie auf uns warteten, und legte auf dich das

Holz zum Brandopfer und nahm das Feuer und Messer, und wir gingen allein. Und als du mich ansprachst: ›Mein Vater?‹, da vermochte ich nicht zu sagen: ›Hier bin ich‹, sondern meine Kehle winselte unversehens. Und als du mit deiner Stimme sagtest: ›Wir haben Feuer und Holz; wo ist aber das Schaf zum Brandopfer?‹, da konnte ich nicht antworten, wie ich hätte müssen, daß der Herr sich schon ersehen werde ein Schaf, sondern mir wurde so weh und übel, daß ich hätte mögen meine Seele aus mir speien mit Tränen, und winselte neuerdings, so daß du mit deinen Augen nach mir blicktest von der Seite. Und da wir zur Stätte kamen, baute ich den Schlachttisch aus Steinen und legte das Holz darauf und band das Kind mit Stricken und legte es obenauf. Und nahm das Messer und bedeckte mit der Linken dein Augenpaar. Und wie ich das Messer zückte und des Messers Schneide gegen deine Kehle, siehe, da versagte ich vor dem Herrn, und es fiel mir der Arm von der Schulter, und das Messer fiel, und ich stürzte zu Boden hin auf mein Angesicht und biß in die Erde und in das Gras der Erde und schlug sie mit Füßen und Fäusten und schrie: ›Schlachte ihn, schlachte ihn Du, o Herr und Würger, denn er ist mein ein und alles, und ich bin nicht Abraham, und meine Seele versagt vor dir!‹ Und während ich schlug und schrie, so rollte ein Donner hin von der Stelle den Himmel entlang und verrollte weit. Und ich hatte das Kind und hatte den Herrn nicht mehr, denn ich hatte es nicht vermocht, für ihn, nein, nein, nicht vermocht«, stöhnte er und schüttelte die Stirne an der Hand am Stabe.

»Im letzten Augenblick«, fragte Joseph mit hohen Brauen, »versagte die Seele dir? Denn im nächsten«, so fuhr er fort, da der Alte nur schweigend den Kopf etwas wandte, »im allernächsten wäre ja die Stimme erschollen und hätte dir zugerufen: ›Lege deine Hand nicht an den Knaben und tu ihm nichts!‹, und hättest den Widder gesehen in der Hecke.«

»Ich wußte es nicht«, sagte der Greis, »denn ich war wie Abraham, und die Geschichte war noch nicht geschehen.«

»Ei, sagtest du nicht, du hättest gerufen: ›Ich bin nicht Abraham‹?« versetzte Joseph lächelnd. »Warst du aber nicht er, so warst du Jaakob, mein Väterchen, und die Geschichte war alt, und du kanntest den Ausgang. War es doch auch nicht der Knabe Jizchak, den du bandest und schlachten wolltest«, fügte er, wieder mit jener zierlichen Kopfbewegung, hinzu. – »Das ist aber der Vorteil der späten Tage, daß wir die Kreisläufe schon kennen, in denen die Welt abrollt, und die Geschichten, in denen sie sich zuträgt und die die Väter begründeten. Du hättest mögen auf die Stimme und auf den Widder vertrauen.«

»Deine Rede ist gewitzt, aber unzutreffend«, erwiderte der Alte, der seinen Schmerz über dem Streitfall vergaß. »Zum ersten nämlich, wenn ich denn Jaakob war und nicht Abraham, so war nicht gewiß, daß es gehen werde wie damals, und ich wußte nicht, ob der Herr nicht wolle zu Ende geschehen lassen, was er einst aufgehalten. Zum zweiten, siehe doch an: Was wäre meine Stärke gewesen vor dem Herrn, wenn sie mir gekommen wäre aus der Rechnung auf den Engel und auf den Widder und nicht vielmehr aus dem großen Gehorsam und aus dem Glauben, daß Gott kann die Zukunft hindurchgehen lassen durch das Feuer unversehrt und sprengen die Riegel des Todes und Herr ist der Auferstehung? Zum dritten aber – hat denn Gott mich geprüft? Nein, er hat Abraham geprüft, der bestand. Mich aber habe ich selbst geprüft mit der Prüfung Abrahams, und mir hat die Seele versagt, denn meine Liebe war stärker denn mein Glaube, und ich vermochte es nicht«, klagte er wiederum und neigte aufs neue die Stirn zum Stab; denn nachdem er seinen Verstand gerechtfertigt, überließ er sich wieder dem Gefühl.

»Sicherlich habe ich Ungereimtes gesprochen«, sagte Joseph demütig, »meine Dummheit ist zweifellos größer als des Großteils der Schafe, und ein Kamel gleicht an Einsicht gewiß Noah, dem Hochgescheiten, im Vergleich zu diesem sinnlosen Knaben. Meine Antwort auf deine beschämende Zurechtweisung wird nicht erleuchteter sein, aber dem blöden Kinde scheint, daß, wenn du dich selber prüftest, du weder Abraham noch Jaakob warst, sondern – es ist ängstlich zu sagen – du warst der Herr, der Jaakob prüfte mit der Prüfung Abrahams, und du hattest die Weisheit des Herrn und wußtest, welche Prüfung er dem

Jaakob aufzuerlegen gesonnen war, nämlich die, welche den Abraham zu Ende bestehen zu lassen er nicht gesonnen gewesen ist. Denn er sprach zu ihm: ›Ich bin Melech, der Baale Stierkönig. Bringe mir deine Erstgeburt!‹ Als aber Abraham sich anschickte, sie zu bringen, da sprach der Herr: ›Unterstehe dich! Bin ich Melech, der Baale Stierkönig? Nein, sondern ich bin Abrahams Gott, des Angesicht ist nicht zu sehen wie der Acker, wenn ihn die Sonne zerreißt, sondern vielmehr wie des Mondes Angesicht, und was ich befahl, habe ich nicht befohlen, auf daß du es tuest, sondern auf daß du erfahrest, daß du es nicht tun sollst, weil es schlechthin ein Greuel ist vor meinem Angesicht, und hier hast du übrigens einen Widder.‹ Mein Väterchen hat sich damit unterhalten, daß er sich prüfte, ob er zu tun vermöchte, was der Herr dem Abraham verbot, und grämt sich, weil er fand, daß er das nie und nimmer vermöchte.«

»Wie ein Engel«, sagte Jaakob, indem er sich aufrichtete und gerührt den Kopf schüttelte. »Wie ein Engel aus der Nähe des Sitzes sprichst du, Jehosiph, mein Gottesknabe! Ich wollte, Mami könnte dich hören; sie würde in die Hände klatschen, und ihre Augen, die du hast, würden vor Lachen schimmern. Nur die Hälfte der Wahrheit ist bei deinen Worten, und zur anderen Hälfte bleibt es bei dem, was ich sagte, denn ich habe mich schwach erwiesen in der Zuversicht. Aber dein Teil Wahrheit hast du angetan mit Anmut und gesalbt mit dem Salböl des Witzes, so daß es ein Spaß war für den Verstand und ein Balsam für mein Herz. Wie kommt es dem Kinde nur, daß seine Rede gewitzt ist durch und durch, so daß sie lustig fällt über den Felsen der Wahrheit und ins Herz plätschert, daß es vor Freude hüpft?«

Vom Öl, vom Wein und von der Feige

»Das verhält sich, wie folgt«, antwortete Joseph, »es hat der Witz die Natur des Sendboten hin und her und des Unterhändlers zwischen Sonne und Mond und zwischen Schamaschs Macht und Sins Macht über den Körper und das Gemüt des

Menschen. So hat es mich Eliezer gelehrt, dein weiser Knecht, als er mir anzeigte die Wissenschaft der Sterne und ihrer Begegnungen und ihrer Macht über die Stunde, je wie sie sich anschauen. Und als er mir stellte den Stundenzeiger meiner Geburt zu Charran in Mesopotamien im Tammuz-Monat um Mittag, da Schamasch im Scheitel stand und im Zeichen der Zwillinge und im Osten heraufkam das Zeichen der Jungfrau.« Er wies hinaufschauend mit dem Finger nach den Sternbildern, von denen das eine sich aus der Höhe gegen Westen neigte, das andere auch jetzt im östlichen Aufsteigen begriffen war, und fuhr fort: »Das ist ein Nabuzeichen, muß das Väterchen wissen, ein Zeichen Thots, des Tafelschreibers, das ist ein leichter, beweglicher Gott, als welcher zwischen den Dingen zum Guten redet und fördert den Austausch. Und auch die Sonne stand also in einem Zeichen Nabu's, der war der Herr der Stunde und hatte eine Zusammenkunft mit dem Mond, ihm wohltätig nach der Erfahrung der Priester und Deuter, denn seine Gewitztheit empfängt Milde durch eine solche und sein Herz Weichheit. Es erhielt jedoch Nabu, der Mittler, einen Gegenschein von Nergal, dem Unheilstifter und Fuchs, durch welchen seiner Herrschaft ein hartes Gepräge zuteil wird und gestempelt wird mit der Siegelrolle des Schicksals. So auch Ischtar, deren Teil ist Maß und Anmut, Liebe und Gnade, und die gipfelte um jene Stunde und sah sich mit Sin und Nabu freundlich an. Auch stand sie im Stiere, und die Erfahrung lehrt, daß das Gelassenheit gebe und ausharrende Tapferkeit und den Verstand ergötzlich gestalte. Aber auch sie empfing, so sagt Eliezer, einen Gedrittschein von Nergal im Ziegenfisch, und Eliezer freute sich darob, denn ihre Süßigkeit, meinte er, schmeckte nicht fade infolgedessen, sondern wie Honigseim nach der Würze des Feldes. Es stand der Mond im Zeichen Krebs, seinem eigenen, und alle Dolmetscher standen, wenn nicht im eigenen, so doch in befreundeten Zeichen. Trifft aber zum stark gestellten Monde Nabu, der Gescheite, so wird weit ausgegriffen in der Welt. Und hat, wie zu jener Stunde, die Sonne einen Gedrittschein zu Ninurtu, dem Krieger und Jäger, so ist es ein Fingerzeig auf Anteil an den Geschehnissen in den Reichen der Erde und an der Handhabung der Herrschaft. So wäre es kein übler Stundenzeiger gewesen nach den Regeln, wenn nicht durch die Albernheit des mißlungenen Kindes alles verdorben würde.«

»Hm«, machte der Alte, ließ seine Hand behutsam über Josephs Haar gehen und sah beiseite. »Das steht beim Herrn«, sagte er, »der die Sterne lenkt. Was er aber anzeigt mit ihnen, kann nicht jedesmal das gleiche besagen. Wärest du eines Großen Sohn und eines Gewaltigen in der Welt, so wäre vielleicht zu lesen, daß du Anteil haben sollst an Staatswesen und Regiment. Da du aber nur ein Hirte bist und eines Hirten Sohn, so liegt dem Verstande offen, daß es anders zu deuten sein muß, in verjüngtem Maßstabe. Wie ist es aber mit dem Witz als einem Sendboten hin und her?«

»Darauf komme ich nunmehr«, antwortete Joseph, »und lenke meine Rede in diese Richtung. Denn meines Vaters Segen, das war die Geburtssonne im Zenit mit ihrem Scheine zu Mardug in der Waage und zu Ninurtu im elften Zeichen, und dazu kam noch der Schein, den diese beiden väterlichen Dolmetscher, der König und der Gewappnete, miteinander tauschten. Das ist ein starker Segen! Aber es erkenne mein Herr, wie mächtig auch der mütterliche war und der Mondsegen, an den starken Stellungen von Sin und Ischtar! Da ist es denn wohl der Witz, der erzeugt wird, zum Beispiel in dem Gegenscheine von Nabu zu Nergal, von dem vorherrschenden Schreiber und dem harten Licht des rückläufigen Bösewichts im Ziegenfisch; und wird erzeugt, damit er den Geschäftsträger und Unterhändler mache zwischen Vatererbe und Muttererbe und ausgleiche zwischen Sonnengewalt und Mondesgewalt und den Tagessegen lustig versöhne mit dem Segen der Nacht...«

Das Lächeln, mit dem er abbrach, war etwas verzerrt, aber Jaakob, über und hinter ihm, sah es nicht. Er sagte:

»Eliezer, der Alte, ist vielerfahren und hat mancherlei Weistümer gesammelt und sozusagen Steine gelesen aus der Zeit vor der Flut. Auch hat er dich allerlei Wahres und Würdiges gelehrt von den Anfängen, den Herkünften und Bewandtnissen und allerlei Nützliches, das sich gebrauchen läßt in der Welt. Aber von manchem Dinge ist nicht mit Sicherheit auszusagen, ob es den wahren und nützlichen beizuzählen sei, und mein Herz schwankt in Zweifel, ob er gut tat, dir die Künste anzuzeigen der Sterndeuter und Zauberer von Sinear. Denn ich halte zwar meines Sohnes Kopf für wert alles Wissens, aber ich wüßte nicht, daß unsere Väter in den Sternen gelesen hätten oder daß Gott den Adam angewiesen hätte, es zu tun, und ich besorge und zweifle, ob es nicht etwa dem Lichterdienst gleichkomme und vielleicht ein Greuel sei vor dem Herrn und ein zwiefältig dämonisch Mittelding zwischen Frommheit und Abgötterei.« Er schüttelte bekümmert das Haupt, in seinem persönlichsten Zustand befangen, nämlich in dem des Grames um das Rechte und der sinnenden Sorge um die Undeutlichkeit Gottes.

»Vieles ist zweifelhaft«, antwortete Joseph, wenn das eine Antwort war, was er äußerte. »Ist es beispielsweise die Nacht, die den Tag verbirgt, oder verhält es sich gegenteilig, so daß dieser die Nacht verbärge? Dies zu bestimmen wäre von Wichtigkeit, und oft habe ich es erwogen auf dem Felde und in der Hütte, um, wenn ich zur Gewißheit gelangte, Folgerungen daraus zu ziehen auf die Tugend des Sonnensegens und die Tugend des Mondessegens sowie auf die Schönheit des Vater- und Muttererbes. Denn es ging mein Mütterchen, deren Wangen dufteten wie das Rosenblatt, hinab in die Nacht, da sie mit dem Bruder niederkam, der noch in den Zelten der Weiber wohnt, und wollte ihn sterbend Ben-Oni heißen, zumal bekannt ist, daß zu On in Ägypterland der Sonne liebster Sohn, Usiri, seine Stätte hat, der ist der König der Unteren. Du aber nanntest das Knäblein Ben-Jamin, damit kund werde, daß er ein Sohn der Rechten und Liebsten sei, und auch das ist ein schöner Name. Dennoch gehorche ich dir nicht immer, sondern nenne den Bruder zuweilen Benoni, und er hört gern darauf, weil er weiß, daß Mami scheidend es einen Augenblick so gewollt hat. Die ist nun in der Nacht und liebt uns aus der Nacht, den Kleinen und mich, und ihr Segen ist Mondessegen und ein Segen der Tiefe. Weiß nicht mein Herr von den zwei Bäumen im Garten der Welt? Von dem einen kommt her das Öl, womit man die Könige der Erde salbt, auf daß sie leben. Von dem anderen kommt her die Feige, grün und rosig und voll süßer Granatkerne, und wer davon ißt, der wird des Todes sterben. Aus seinen breiten Blättern machten Adam und Heva sich Schurze, ihre Scham zu bedecken, da Erkennen ihr Teil geworden unter dem Vollmond der Sommersonnenwende, da er seinen Hochzeitspunkt durchschritt, auf daß er abnähme und stürbe. Öl und Wein sind der Sonne heilig, und wohl dem, dessen Stirn vom Öle trieft und dessen Augen trunken schimmern vom roten Wein! Denn seine Worte werden helle sein und ein Lachen und Trost den Völkern, und wird ihnen ersehen den Widder in der Hecke zum Opfer für den Herrn statt der Erstgeburt, so daß sie genesen von Qual und Angst. Aber die süße Feigenfrucht ist dem Monde heilig, und wohl ihm, den das Mütterchen speist aus der Nacht mit ihrem Fleische. Denn er wird wachsen wie an einer Quelle und seine Seele Wurzeln haben, woher die Quellen kommen, und wird sein Wort leibhaft sein und lustig wie der Erdenleib, und bei ihm wird sein der Geist der Weissagung...«

Wie sprach er? Er flüsterte. Es war, wie früher schon einmal, bevor der Vater ihn fand, es war nicht geheuer. Er verstellte die Schultern, die Hände zitterten auf seinen Knien, er lächelte, aber dabei, unpassenderweise, verkehrten die Augäpfel sich ihm ins Weiße. Jaakob sah es nicht, aber er hatte gelauscht. Er neigte sich gegen ihn, und seine Hände waren über und neben dem Kopf des Knaben in vorsichtig entfernter Beschirmung. Dann legte er ihm doch die Linke wieder aufs Haar, wodurch sogleich eine Entspannung von Josephs Zustand bewirkt wurde, und während er mit der anderen die Rechte des Sohnes auf dessen Knien suchte, sagte er mit behutsamer Vertraulichkeit:

»Höre, Jaschup, mein Kind, was ich dich fragen will, da es mir das Herz besorgt macht um des Viehes willen und des Gedeihens der Herden! Es waren die Frühregen angenehm und fielen, bevor noch der Winter kam, und war kein Platzen der Wolken, das den Acker verschwemmt und nur die Brunnen der Unsteten füllt, sondern ein sanftes Rieseln, wohltätig dem Felde.

Aber der Winter war dürr, und es wollte das Meer die Luft seiner Milde nicht schicken, sondern die Winde gingen von Steppe und Wüste, und der Himmel war klar, dem Auge erfreulich, aber eine Besorgnis dem Herzen. Wehe, wenn auch die Spätregen verzögen und ausblieben, denn es wäre geschehen um die Ernte des Landmannes und um die Saaten des Ackerbauers, und das Kraut verdorrte vor seiner Zeit, so daß das Vieh nicht fände, was er fräße, und die Euter der Mütter hingen schlaff. Sage mir doch das Kind einmal, was es von Wind und Wetter hält und den Aussichten des Wetters, und wie ihm zu Sinne ist, die Frage betreffend, ob die Spätregen noch einsetzen werden beizeiten.«

Damit beugte er sich noch tiefer über den Sohn, wandte dabei das Gesicht ab und hielt das Ohr über seinen Kopf.

»Du lauschest über mir«, sagte Joseph, obgleich er es nicht sah, »und das Kind lauscht weiter hin, in das Äußere und in das Innere, und überbringt deinem Lauschen Kunde und Nachricht. Denn es ist ein Tropfen in meinem Ohr von den Zweigen und ein Rieseln über den Gebreiten, obgleich der Mond überklar ist und der Wind geht von Gilead. Denn dies Rauschen ist nicht jetzt in der Zeit, aber nahe in der Zeit, und meine Nase riecht es mit Sicherheit, daß, ehe der Nissan-Mond abgenommen hat um ein Viertel, die Erde wird schwanger werden durch das Manneswasser des Himmels und wird dampfen und dünsten vor Lust, wie ich es rieche, und werden die Anger voll Schafe sein und die Auen dick stehen mit Korn, daß man jauchzet und singt. Ich hörte und lernte, daß ursprünglich die Erde vom Strome Tawi getränkt wurde, der von Babel ausging und sie in vierzig Jahren einmal wässerte. Aber dann bestimmte der Herr, daß sie vom Himmel getränkt werden sollte, aus vier Gründen, von denen einer war, daß aller Augen emporschauen sollten. So werden wir aufblicken mit Dank zum Himmel des Sitzes, in dem die Wettervorrichtungen und die Kammern der Wirbelwinde und Ungewitter sich befinden, wie ich sie im Traume sah, als ich gestern schlummerte unter dem Baum der Unterweisung. Denn ein Cherubu, der sich Jophiel nannte, hatte mich freundlicherweise dorthin geführt an der Hand, damit ich mich umsähe und etwas Einblick nähme. Und ich sah die Höhlen voll Dampf, deren Türen aus Feuer waren, und sah die Geschäftigkeit der Handlanger. Und hörte sie untereinander sagen: ›Befehl ist ergangen in Hinsicht auf das Feste und auf den Wolkenhimmel. Siehe, es herrscht Dürre über dem Westlande und Trockenheit über der Ebene und den Weiden der Hochfläche. Vorkehrungen sind zu treffen, daß es baldigst regne über das Land der Amoriter, Ammoniter und Pheresiter, der Midianiter, Heviter und Jebusiter, namentlich aber über die Gegend der Stätte Hebron auf der Höhe der Wasserscheide, woselbst mein Sohn Jaakob, betitelt Jisrael, seine zahllosen Herden weidet!‹ Dies träumte mir mit einer Lebhaftigkeit, die ihrer nicht spotten läßt, und da es überdies unter dem Baume war, so kann mein Herr getrost und sicher sein in betreff der Tränkung.«

»Gepriesen seien Elohim«, sagte der Alte. »Wir wollen jedenfalls noch Schlachtvieh auslesen zum Brandopfer und ein Mahl halten vor Ihnen und die Eingeweide mit Weihrauch und Honig verbrennen, damit sich bewahrheite, was du sagst. Denn ich fürchte, die Städter und Leute des Landes möchten sonst alles verderben, indem sie es auf ihre Art treiben und eine Wüstheit ansagen zu Ehren der Baalat und ein Paarungsfest mit Cymbeln und Geschrei um der Fruchtbarkeit willen. Er ist schön, daß mein Knabe gesegnet ist mit Träumen; das macht, weil er mein Erstgeborener ist von der Rechten und Liebsten. Auch mir ward viel offenbart, als ich jünger war, – und was ich sah, als ich von Beerscheba reiste wider Willen und, ohne es zu wissen, auf die Stätte und den Zugang gestoßen war, das kann sich wohl messen mit dem, was man dir zeigte. Ich liebe dich, weil du mir Trost gesprochen hast in betreff der Tränkung, aber sage es nicht jedermann, daß du unter dem Baume träumst, sage es nicht den Kindern Lea's und sprich nicht davon zu den Kindern der Mägde, denn sie könnten sich ärgern an deiner Begabung!«

»Darauf lege ich dir die Hand unter die Lende«, erwiderte Joseph. »Dein Wort ist ein Siegel auf meinem Munde. Ich weiß wohl, daß ich ein Schwätzer bin, aber wenn die Vernunft es gebietet, kann ich mich sehr wohl bemeistern; um desto leichter wird es mir fallen, als meine kleinen Gesichte in der Tat nicht der Rede wert sind, verglichen mit dem, was meinem Herrn an der Stätte Luz zuteil wurde, als die Boten auf und nieder stiegen von der Erde zu den Toren und Elohim sich ihm enthüllten...«

Zwiegesang

»Ach, mein Väterchen und lieber Herr!« sagte er, indem er sich glücklich lächelnd umwandte und mit einem Arm den Vater umschlang, den das nicht wenig entzückte. »Wie herrlich ist es, daß Gott uns liebt und Lust zu uns hat und daß er den Rauch unseres Opfers aufsteigen läßt in Seine Nase! Denn obgleich Habel nicht Zeit hatte, Kinder zu zeugen, sondern auf dem Felde erschlagen wurde von Kain, um ihrer Schwester Noema willen, so sind wir doch vom Geschlechte Habels, des Zeltbewohners, und vom Geschlechte Isaaks, des Jüngeren, dem der Segen ward. Darum so haben wir beides, Verstand und Träume, und ist beides eine große Lust. Denn es ist köstlich, Weisheit und Sprache zu besitzen, daß man zu reden und zu erwidern versteht und alles zu nennen weiß. Und es ist gleichermaßen köstlich, ein Narr zu sein vor dem Herrn, so daß man, ganz ohne es zu wissen, auf die Stätte stößt, die ist das Band Himmels und der Erden, und im Schlafe kund wird der Anschläge des Rates und Träume und Gesichte zu deuten weiß, sofern sie Fingerzeige geben, was geschehen wird von Mond zu Mond. So war Noah der Erzgescheite, dem der Herr die Flut ansagte, damit er das Leben rette. So war auch Henoch, der Sohn Jareds, weil er einen reinen Wandel führte und sich in lebendigem Wasser wusch. Das war Hanok, der Knabe, und weißt du von ihm? Ich weiß es genau, wie alles mit ihm verlief, und daß Gottes Liebe zu Habel und Jizchak nur lau war im Vergleich mit seiner Liebe zu ihm. Denn es war Hanok dermaßen klug und fromm und belesen in der Schreibtafel des Geheimnisses, daß er sich von den Menschen sonderte und der Herr ihn hinwegnahm, so daß er nicht mehr gesehen wurde. Und machte ihn zum Engel des Angesichts, und er ward zum Metatron, dem großen Schreiber und Fürsten der Welt...«

Er schwieg und erblaßte. Zuletzt hatte er kurzatmig gesprochen und verbarg nun abbrechend sein Gesicht an des Vaters Brust. Dieser hütete es dort gern. Er sagte über ihm und in die versilberten Lüfte empor:

»Wohl weiß ich von Hanok, der von dem ersten Menschengeschlechte war, dem Sohn Jareds, der da war Mahalaleëls Sohn, dieser aber des Kenan, dieser des Enos und Enos des Set, der war Adams Sohn. Dies ist Henochs Geburt und Geschlecht bis zurück zum Anfang. Aber seines Sohnes Sohnessohn war Noah, der zweite Erste, und er zeugte den Sem, des Kinder sind schwarz, aber lieblich, und von dem Eber kam im vierten Gliede, so daß er der Vater aller Kinder von Eber und aller Ebräer und unser Vater...«

Es war bekannt und nichts Neues, was er da zusammenfaßte. Jeder in Stamm und Sippe hatte die Lehre der Geschlechtsfolge von Kind auf am Schnürchen, und der Alte benutzte nur die Gelegenheit, sie unterhaltungsweise zu wiederholen und zu bezeugen. Joseph verstand, daß das Gespräch ›schön‹ werden sollte, ein ›Schönes Gespräch‹, das hieß: ein solches, das nicht mehr dem nützlichen Austausch diente und der Verständigung über praktische oder geistliche Fragen, sondern der bloßen Aufführung und Aussagung des beiderseits Bekannten, der Erinnerung, Bestätigung und Erbauung, und ein redender Wechselsang war, wie die Hirtenknechte ihn tauschten des Nachts auf dem Felde am Feuer und anfingen: »Weißt du davon? Ich weiß es genau.« So richtete er sich auf und fiel ein:

»Und siehe da, von Eber kam Peleg und zeugte den Serug, des Sohn war Nahor, der Vater Terachs, o Jubel! Der zeugte den Abraham zu Ur in Chaldäa und zog aus mit Abraham, seinem Sohne, und mit seines Sohnes Weib, die hieß Sahar, wie der Mond, und war unfruchtbar, und mit Lot, seines Sohnes Brudersohn. Und nahm sie und führte sie aus Ur und starb zu Charran. Da geschah der Befehl Gottes an Abraham, daß er weiterzöge mit den Seelen, die er dem Herrn gewonnen, über die

Ebene und über das Wasser Phrat auf der Straße, die das Band ist von Sinear und Amurruland.«

»Ich weiß es genau«, sagte Jaakob und nahm das Wort wieder an sich. »Es war das Land, das der Herr ihm weisen wollte. Denn Gottes Freund war Abraham und hatte entdeckt unter den Göttern den höchsten Herrn in der Wahrheit mit seinem Geiste. Und kam gen Damask und zeugte den Eliezer dort mit einer Magd. Dann ging er weiter über das Land mit den Seinen, die Gottes waren, und heiligte neu nach seinem Geist die Anbetungsstätten der Leute des Landes und die Altäre und Steinkreise und unterwies das Volk unter den Bäumen und lehrte es das Kommen der Segenszeit, daß er Zuzug hatte aus den Gegenden und die ägyptische Magd zu ihm kam, Hagar, die Mutter Ismaels. Und kam gen Schekem.«

»Das weiß ich wie du«, sang Joseph, »denn der Vater zog aus dem Tale aufwärts und kam nach der Stätte, die hochberühmt, und die Jaakob fand, und baute Jahu, dem Höchsten, einen Opfertisch zwischen Beth-el und der Zuflucht Ai. Und ging von da gegen Mittag nach dem Lande Negeb, und das ist hier, wo das Gebirge abfällt gen Edom. Da ging er vollends unter und zog in das kotige Ägypterland und das Land Amenemhets, des Königs, und ward da silbern und gülden, daß er sehr reich war an Herden und Schätzen. Und ging wieder auf gen Negeb, da trennte er sich von Lot.«

»Und weißt du, warum?« fragte Jaakob zum Schein. »Weil auch Lot sehr schwer war an Schafen, Rindern und Hütten, und das Land sie beide nicht trug. Siehe nun aber an, wie milde der Vater war, denn da Zank war zwischen ihren Hirten über die Weiden, da war es nicht wie unter den Räubern der Steppe, die kommen und würgen das Volk, dessen Weide und Brunnen sie wollen, sondern er sprach zu Lot, seinem Brudersohn: ›Laß doch lieber nicht Zank sein zwischen den Deinen und Meinen! Weit ist das Land, und wir wollen uns scheiden, daß einer dorthin geht und der andere dahin, ohne Haß.‹ Da zog Lot gegen Aufgang und ersah sich die ganze Jordansaue.«

»So war es in Wahrheit«, trat Joseph wieder ein. »Und Abraham wohnte bei Hebron, der Vierstadt, und heiligte den Baum, der uns Schatten und Träume gibt, und war eine Zuflucht dem Wanderer und eine Herberge dem Obdachlosen. Er gab den Durstenden Wasser und brachte den Verirrten auf den Weg und wehrte den Räubern. Und nahm nicht Lohn noch Dank, sondern lehrte anzubeten seinen Gott El eljon, den Herrn des Hauses, den barmherzigen Vater.«

»Du sagst es recht«, bestätigte Jaakob gesangsweise. »Und es geschah, daß der Herr einen Bund machte mit Abraham, da er opferte bei Sonnenuntergang. Denn er nahm eine Kuh, eine Ziege und einen Widder, alle dreijährig, und eine Turteltaube und eine junge Taube. Und zerteilte, was vierfüßig war, und legte auseinander die Hälften und tat einen Vogel auf jede Seite und ließ offen den Weg des Vertrages zwischen den Teilen und schaute nach den Adlern, die auf die Stücke stießen. Da fiel ein Schlaf über ihn, der war nicht wie andere, und faßten ihn Schrecken und Finsternis. Denn der Herr redete zu ihm im Schlaf und ließ ihn sehen die Fernen der Welt und das Reich, das ausging aus seines Geistes Samen und sich ausbreitete aus der Sorge und Wahrheit seines Geistes, und große Dinge, von denen nichts wußten die Fürsten der Reiche und die Könige von Babel, Assur, Elam, Chatti und Ägypterland. Und ging hindurch in der Nacht als eine Feuerflamme auf dem Weg des Vertrages zwischen den Opferstücken.«

»Du weißt es unübertrefflich«, erhob wieder Joseph die Stimme, »mir aber ist Weiteres bekannt. Denn das ist Abrahams Erbe, das auf die Häupter kam, auf Isaak und auf Jaakob, meinen Herrn: Die Verheißung und der Vertrag. Und es war nicht bei allen Kindern Ebers und ward nicht gegeben den Ammonitern, Moabitern und Edomitern, sondern des Stammes war es allein, den der Herr erwählt und in dem er die Erstgeburt sich ersah, nicht nach dem Fleische und Mutterleibe, sondern dem Geiste nach. Und die Sanften und Klugen waren es, die er erwählte.«

»Ja, ja! Du sagst es aus, wie es war«, sprach Jaakob. »Denn was mit Abraham und Lot geschah, daß sie sich trennten, das geschah wieder, und es schieden sich die Völker. Auf den Weiden Lots blieben nicht beieinander, die er im eigenen Fleische gezeugt, Moab und Ammon, sondern hing dieser der Wüste an und dem Leben der Wüste. Aber auf Isaaks Weiden blieb nicht Esau, sondern zog fort mit Weibern, Söhnen und Töchtern und den Seelen seines Hauses und mit Habe und Vieh in ein anderes Land und ward Edom auf dem Gebirge Seïr. Und was nicht Edom ward, das war Jisrael, und ist ein besonderes Volk, ungleich den Streifenden vom Lande Sinai und lumpigen Räubern vom Lande Arabaja, aber ungleich ebenfalls den Leuten von Kanaan, ungleich den Bauern des Ackers und den Städtern in den Burgen, sondern Herren und Hirten und Freie, die ihre Herden treiben zwischenein und ihre Brunnen hüten und des Herrn gedenken.«

»Und der Herr gedenkt unser und unsrer Besonderheit«, rief Joseph, indem er den Kopf zurückwarf und die Arme ausbreitete in des Vaters Arm. »Des ist des Kindes Herz Jubels voll im Arme des Vaters, es ist entzückt von dem Wohlbekannten und von getauschter Erbauung trunken! Kennst du den süßesten Traum, den ich träume vieltausendmal? Es ist der vom Vorrang und von der Kindschaft. Denn dem Gotteskinde wird vieles beschieden sein, was er beginnt, das soll ihm glücken, er wird Gnade finden in den Augen aller, und die Könige werden ihn loben. Siehe, ich habe Lust zu singen dem Herrn der Heerscharen mit flinker Zunge, flink wie der Griffel des Schreibers! Denn sie sandten mir nach ihren Haß und haben Fangstricke gelegt meinen Schritten, sie gruben ein Grab vor meinen Füßen und stießen mein Leben in die Grube, daß mir zur Wohnung wurde die Finsternis. Aber ich rief seinen Namen aus der Finsternis der Grube, da heilte er mich und hat mich entrissen der Unterwelt. Er machte mich groß unter den Fremden, und ein Volk, das ich nicht kannte, dient mir auf der Stirne. Die Söhne der Fremden sagen mir Schmeicheleien, denn sie würden dahinschmachten ohne mich...«

Seine Brust ging gewaltsam. Jaakob betrachtete ihn mit großen Augen.

»Joseph, was siehst du?« fragte er beunruhigt. »Das Kind redet eindrucksvoll, aber nicht dem Verstande gemäß. Denn was will es sagen, daß das Ausland ihm dient auf dem Angesicht?«

»Das war nur schöne Rede«, antwortete Joseph, »die ich machte, um dem Herrn ein Großes zu sagen. Und es ist der Mond, der mich etwas berückt.«

»Hüte Herz und Sinn und sei klug!« sagte Jaakob mit Innigkeit. »So wird es dir gehen, wie du gesagt hast, daß du wirst Wohlgefallen finden in den Augen aller. Und ich habe vor, dir etwas zu schenken, darüber dein Herz sich freuen und das dich kleiden wird. Denn Gott hat Huld vergossen auf deine Lippen, und ich bete, daß er dich heilige für ewig, mein Lamm!«

Der Mond, schimmernd von reinem Licht, das seine Stofflichkeit verklärte, hatte die hohe Reise fortgesetzt, während sie sprachen, der Sterne Ort sich still gewandelt nach dem Gesetz ihrer Stunde. Die Nacht wob Friede, Geheimnis und Zukunft weit hinaus. Der Alte saß noch eine Weile mit Rahels Knaben am Brunnenrand. Er nannte ihn Damu, ›Kindlein‹, und Dumuzi, ›Wahrhafter Sohn‹, wie die Leute von Sinear den Tammuz nannten. Auch Nezer nannte er ihn mit einem Wort aus der Sprache Kanaans, das ›Sproß‹ und ›blühendes Reis‹ bedeutet, und tat ihm schön. Als sie die Wohnungen aufsuchten, riet er ihm dringlich, sich nicht zu rühmen vor den Brüdern und es nicht anzuzeigen den Lea-Söhnen und den Söhnen der Mägde, daß der Vater so lange mit ihm verweilt und vertrauliche Worte mit ihm getauscht; und Joseph versprach es auch. Aber am nächsten Tage schon sagte er ihnen nicht nur dies, sondern auch von dem Wettertraum plapperte er ohne Besinnen vor ihnen, und es verdroß sie alle um so mehr, als der Traum sich erfüllte; denn die Spätregen waren reichlich und angenehm.

Zweites Hauptstück
Jaakob und Esau

Mondgrammatik

In dem ›Schönen‹ Gespräch, das zu belauschen wir Gelegenheit hatten, jenem abendlichen Wechselgesang zwischen Jaakob und seinem fehlhaften Liebling am Brunnen, hatte der Alte beiläufig auch des Eliezer Erwähnung getan, der dem Ahnen während seines und seines Anhanges Aufenthalt in Damaschki von einer Sklavin geboren worden sei. Nichts ist klarer, als daß er mit diesem Eliezer nicht denjenigen gemeint haben konnte, der – ein gelehrter Greis und freilich ebenfalls der freigelassene Sohn einer Sklavin, wahrscheinlich sogar ein Halbbruder Jaakobs – auf dessen eigenem Hofe lebte, auch allerdings zwei Söhne namens Damasek und Elinos hatte und den Knaben Joseph unter dem Unterweisungsbaum in vielen nützlichen und übernützlichen Kenntnissen zu fördern pflegte. Man kann es wohl sonnenklar nennen, daß der, den er meinte, der Eliezer war, dessen erstgeborenen Sohn Abraham, der Wanderer aus Ur oder Charran, lange Zeit als seinen Erben hatte betrachten müssen: so lange nämlich, bis zuerst Ismael, dann aber, gelächtervollerweise, obgleich es der Sarai schon nicht mehr nach der Weiber Art gegangen und Abraham selbst so alt gewesen war, daß man ihn einen Hundertjährigen nennen konnte, Jizchak oder Isaak, der wahrhafte Sohn, das Licht erblickt hatte. Aber die Klarheit der Sonne ist eine und eine andere des Mondes Klarheit, die ja bei jenem übernützlichen Gespräch wunderbar obgewaltet hatte. In ihr nehmen die Dinge sich anders aus als in jener, und sie mochte diejenige sein, die damals und dort dem Geist als die wahre Klarheit erschien. Darum sei unter uns gesagt und zugegeben, daß Jaakob mit ›Eliezer‹ dennoch seinen eigenen Hausvogt und ersten Knecht gemeint hatte, – auch ihn nämlich, beide auf einmal also, und nicht nur beide, sondern ›den‹ Eliezer überhaupt: denn seit dem ältesten zu seiner Zeit hatte es auf den Höfen der Häupter ihn, den freigelassenen Eliezer, gar oft gegeben, und oft hatte er Söhne mit Namen Damasek und Elinos gehabt.

Diese Meinung und Gesinnung Jaakobs war denn auch – des hatte der Alte sicher sein können – durchaus die Meinung und Gesinnung Josephs gewesen, der weit entfernt war, zwischen Eliezer, dem Ur-Knecht, und seinem alten Lehrer sonnenklar zu unterscheiden, und um so weniger Ursache dazu hatte, als dieser selbst es nicht tat, sondern, wenn er von ›sich‹ sprach, zu einem guten Teil Eliezer, den Knecht Abrahams, meinte. So zum Beispiel hatte er dem Joseph mehr als einmal die Geschichte, wie er, Eliezer, bei des Hauses Verwandten in Mesopotamien Rebekka, die Tochter Bethuels und Labans Schwester, für Jizchak gefreit hatte, haargenau bis auf die kleinen Monde und Mondsicheln, die an den Hälsen seiner zehn Dromedare geklingelt, bis auf den präzisen Schekelwert der Nasenringe, Armspangen, Festkleider und Gewürze, die den Mahlschatz und Kaufpreis für Rebekka, die Jungfrau, gebildet hatten, als seine eigene Geschichte und Lebenserinnerung erzählt und sich nicht genugtun können in der Beschreibung von Rebekka's liebreizender Milde, als sie an jenem Abend am Brunnen vor Nahors Stadt den Krug vom Kopfe auf die Hand herabgelassen und ihn zum Trunke geneigt hatte für ihn, den Durstigen, den sie, was er ihr besonders hoch anrechnete, »Herr« genannt; von dem züchtigen Anstand, mit dem sie beim ersten Anblick Isaaks, der zur Klage um seine kürzlich geschiedene Mutter aufs Feld gegangen, von ihrem Kamel gesprungen war und sich verschleiert hatte. Dem hörte Joseph mit einem Ergötzen zu, das durch keinerlei Befremden über die grammatische Form beeinträchtigt wurde, in der Eliezer es zum besten gab, und dem jede Anstoßnahme fernblieb daran, daß des Alten Ich sich nicht als ganz fest umzirkt erwies, sondern gleichsam nach hinten offenstand, ins Frühere, außer seiner eigenen Individualität Gelegene überfloß und sich Erlebnisstoff einverleibte, dessen Erinnerungs- und Wiedererzeugungsform eigentlich und bei Sonnenlicht betrachtet die dritte

Person statt der ersten hätte sein müssen. Was aber auch heißt denn hier ›eigentlich‹, und ist etwa des Menschen Ich überhaupt ein handfest in sich geschlossen und streng in seine zeitlich-fleischlichen Grenzen abgedichtetes Ding? Gehören nicht viele der Elemente, aus denen es sich aufbaut, der Welt vor und außer ihm an, und ist die Aufstellung, daß jemand kein anderer sei und sonst niemand, nicht nur eine Ordnungs- und Bequemlichkeitsannahme, welche geflissentlich alle Übergänge außer acht läßt, die das Einzelbewußtsein mit dem allgemeinen verbinden? Der Gedanke der Individualität steht zuletzt in derselben Begriffsreihe wie derjenige der Einheit und Ganzheit, der Gesamtheit, des Alls, und die Unterscheidung zwischen Geist überhaupt und individuellem Geist besaß bei weitem nicht immer solche Gewalt über die Gemüter wie in dem Heute, das wir verlassen haben, um von einem anderen zu erzählen, dessen Ausdrucksweise ein getreues Bild seiner Einsicht gab, wenn es für die Idee der ›Persönlichkeit‹ und ›Individualität‹ nur dermaßen sachliche Bezeichnungen kannte wie ›Religion‹ und ›Bekenntnis‹.

Wer Jaakob war

Es geschieht durchaus in diesem Zusammenhang, daß man auf die Entstehung von Abrahams Reichtum die Rede bringt. Als er nämlich (es muß unter der zwölften Dynastie gewesen sein) nach Unterägypten kam, war er noch keineswegs so schwer an Gütern wie zu der Zeit, als er sich von Lot trennte. Mit der außerordentlichen Bereicherung aber, die er dort erfuhr, verhielt es sich so. Von vornherein erfüllte ihn das tiefste Mißtrauen gegen des Volkes Sittlichkeit, die er sich, zutreffend oder nicht, schilfsumpfig dachte, wie einen Mündungsarm des Nilstromes. Er fürchtete sich, und zwar im Hinblick auf Sarai, sein Weib, das ihn begleitete und sehr schön war. Ihn schreckte der lüsterne Eifer der Dortigen, die wahrscheinlich sofort Begierde nach Sarai tragen und ihn erschlagen würden, um sie sich anzueignen; und die Überlieferung hat festgehalten, daß er in diesem Sinn, das heißt in dem der Besorgnis um sein eigenes Wohl, gleich beim Betreten des Landes mit ihr redete und ihr anbefahl, sie möge sich, um die Scheelsucht der schamlosen Bevölkerung von ihm abzulenken, nicht als sein Weib, sondern als seine Schwester bezeichnen, – was sie tun mochte, ohne geradehin zu lügen: denn erstens nannte man, namentlich im Lande Ägypten, die Geliebte gern seine Schwester. Zweitens aber war Sarai eine Schwester Lots, den Abraham als seinen Neffen zu betrachten und Bruder zu nennen pflegte; so konnte er allenfalls Sarai als seine Nichte ansehen und ihr den Schwesternamen im üblicherweise erweiterten Sinne beilegen, wovon er auch zum Zwecke der Irreführung und des Selbstschutzes Gebrauch machte. Was er erwartet, geschah, und mehr, als er vorausgesehen. Sarai's dunkle Schönheit erregt im Lande die Aufmerksamkeit von hoch und nieder, die Nachricht davon dringt bis zum Sitze des Herrschers, und die glutäugige Asiatin wird von ihres ›Bruders‹ Seite genommen – nicht gewaltsam, nicht räuberischerweise, sondern zu einem hohen Preise, – ihm abgekauft also, da sie würdig befunden ist, den erlesenen Bestand von Pharao's Frauenhaus zu bereichern. Dorthin wird sie gebracht, und ihr ›Bruder‹, den man mit dieser Ordnung der Dinge nicht im geringsten zu kränken glaubt, sondern der nach der Meinung aller von Glück sagen mag, darf sich nicht nur in ihrer Nähe halten, sondern wird auch von Hofes wegen mit Wohltaten, Geschenken, Entschädigungen fortlaufend überschüttet, die er denn unverzagt sich gefallen läßt, so daß er bald schwer ist an Schafen, Rindern, Eseln, Sklaven und Sklavinnen, Eselinnen und Kamelen. Unterdessen aber ereignet sich, dem Volke sorgfältig verschwiegen, am Hofe ein Ärgernis sondergleichen. Amenemhet (oder Senwosret; es ist nicht mit letzter Bestimmtheit zu sagen, welcher Besieger Nubiens es war, der eben den beiden Ländern den Segen seiner Herrschaft spendete) – Seine Majestät also, ein Gott in der Blüte seiner Jahre, ist, da er sich anschickt, die Neuigkeit zu versuchen, mit Ohnmacht geschlagen, – nicht einmal, sondern wiederholt, und gleichzeitig, wie sich zögernd herausstellt, unterliegt seine ganze Umgebung, unterliegen die höchsten Würdenträger und Vorsteher des Reiches demselben schmählichen und – wenn man die höhere kosmische Bedeutung der Zeugungskraft in Betracht zieht – überaus erschreckenden Übel. Daß hier etwas nicht stimmt, daß ein Mißgriff geschehen, ein Zauber waltet, ein höherer Widerstand sich bemerkbar macht, liegt auf der Hand. Der Ebräerin Bruder wird vor den Thron beschieden, wird befragt und dringlich befragt und bekennt die Wahrheit. Das Verhalten Seiner Heiligkeit ist an Vernunft und Würde über alles Lob erhaben. »Warum«, fragt er, »hast du mir das getan? Warum mich durch doppelsinnige Rede dem Unannehmlichen ausgesetzt?« Und ohne einen Gedanken daran, den Abraham um irgendeins der Geschenke zu büßen, womit er ihn so freigebig überhäuft, händigt er ihm sein Weib wieder ein und heißt sie in der Götter Namen ihres Weges ziehn, wobei er die Gruppe noch mit sicherem Geleit bis an die Landesgrenze versieht. Der Vater aber, nicht nur im Besitz einer unversehrten Sarai, sondern auch an Habe so viel schwerer als vorher, darf sich eines gelungenen Hirtenstreiches freuen. Denn um so lieber nimmt man an, er habe von vornherein darauf gerechnet, daß Gott die Verunreinigung Sarai's schon so oder so zu verhindern wissen werde, habe auch nur unter dieser bestimmten Voraussetzung die Geschenke eingesteckt und sei sicher gewesen, auf die Weise, wie er es anfing, der ägyptischen Wollust am besten ein Schnippchen zu schlagen, – als unter diesem Aspekt sein Verhalten, die Verleugnung seines Gattentums und die Aufopferung Sarai's um seines eigenen Heiles willen, erst in das rechte Licht, und zwar ein sehr geistreiches, gerückt wird.

Dies die Geschichte, deren Wahrheit die Überlieferung noch besonders dadurch unterstreicht und erhärtet, daß sie sie ein zweites Mal berichtet, mit dem Unterschied, daß sie hier nicht in Ägypten, sondern im Philisterlande und dessen Hauptstadt Gerar, am Hofe des Königs Abimelek, sich zuträgt, wohin der Chaldäer mit Sarai von Hebron gekommen war und wo denn von der Bitte Abrahams an sein Weib bis zum glücklichen Ausgang alles wie oben sich abspielt. Die Wiederholung eines Berichtes als Mittel zu dem Zweck, seine Wahrhaftigkeit zu betonen, ist ungewöhnlich, ohne sehr aufzufallen. Weit merkwürdiger ist, daß, der Überlieferung zufolge, deren schriftliche Befestigung zwar aus spätern Tagen stammt, die aber als Überlieferung natürlich immer bestand und zuletzt auf die Aussagen und Berichte der Väter selbst zurückgeführt werden muß, – daß also dasselbe Erlebnis, zum drittenmal erzählt, dem Isaak zugeschrieben wird und daß folglich er es als sein Erlebnis – oder gleichfalls als das seine – dem Gedächtnis vermacht hat. Denn auch Isaak kam (es war einige Zeit nach der Geburt seiner Zwillinge) aus Anlaß einer Teuerung mit seinem schönen und klugen Weibe in das Philisterland an den Hof von Gerar; auch er gab dort, aus denselben Gründen wie Abraham die Sarai, Rebekka für seine ›Schwester‹ aus – nicht ganz mit Unrecht, da sie die Tochter seines Vetters Bethuel war –, und die Geschichte setzte sich in seinem Falle nun dahin fort, daß König Abimelek ›durchs Fenster‹, das ist: als ein heimlicher Späher und Lauscher, Isaak mit Rebekka ›scherzen‹ sah und von dieser Beobachtung so erschreckt und enttäuscht war, wie ein Liebhaber es nur sein mag, der gewahr wird, daß der Gegenstand seiner Wünsche, den er für frei gehalten, sich in festen Händen befindet. Seine Worte verraten ihn. Denn da Jizchak, zur Rede gestellt, die Wahrheit zugab, rief der Philister vorwurfsvoll: »Welche Gefahr hast du, Fremdling, über uns heraufbeschworen! Wie leicht hätte es geschehen können, daß jemand aus meinem Volk sich mit dem Weibe vertraut gemacht hätte, und welche Schuld wäre somit auf uns gekommen!« Die Wendung »jemand vom Volk« ist unmißverständlich. Das Ende aber war, daß die Gatten sich unter den besonderen und persönlichen Schutz des frommen, wenn auch lüsternen Königs gestellt sahen und daß Isaak unter diesem Schutz im Philisterlande ebenso zunahm wie einst Abraham dort oder in Ägypten und an Vieh und Gesinde dermaßen groß ward, daß es den Philistern sogar zuviel wurde und sie ihn behutsam von dannen nötigten.

Gesetzt, auch Abrahams Abenteuer habe sich in Gerar zugetragen, so ist nicht glaubhaft, daß der Abimelek, mit dem Jizchak es zu tun hatte, noch derselbe war, der sich verhindert gefunden hatte, Sarai's eheliche Reinheit zu verletzen. Die Charaktere sind unterscheidbar; denn während Sarai's fürstlicher Liebhaber diese kurzerhand seinem Harem einverleiben ließ, verhielt Isaaks Abimelek sich weit schüchterner und schamhafter, und die Annahme, sie seien ein und derselbe gewesen, wäre höchstens unter dem Gesichtspunkt zu vertreten, des Königs vorsichtiges Verhalten im Falle Rebekka's sei darauf zurückzuführen, daß er erstens seit Sarai's Tagen viel älter geworden und zweitens durch das Vorkommnis mit ihr bereits gewarnt gewesen sei. Aber nicht auf des Abimelek Person kommt es uns an, sondern auf Isaaks, auf die Frage seines Verhältnisses zu der Frauengeschichte, und auch sie beunruhigt uns, genaugenommen, nur mittelbar, um der weiteren Frage willen, wer Jaakob war: der Jaakob nämlich, den wir mit seinem Söhnchen Joseph, Jaschup oder Jehosiph im Mondschein haben plaudern hören.

Erwägen wir die Möglichkeiten! Entweder hat Jizchak zu Gerar in leichter Abwandlung dasselbe erlebt, was sein Vater ebendort oder in Ägypten erlebt hatte. In diesem Falle liegt eine Erscheinung vor, die wir als Imitation oder Nachfolge bezeichnen möchten, eine Lebensauffassung nämlich, die die Aufgabe des individuellen Daseins darin erblickt, gegebene Formen, ein mythisches Schema, das von den Vätern gegründet wurde, mit Gegenwart auszufüllen und wieder Fleisch werden zu lassen. – Oder aber Rebekka's Gatte hat die Geschichte nicht ›selbst‹, nicht in den engeren fleischlichen Grenzen seines Ichs erlebt, sie aber gleichwohl als zu seiner Lebensgeschichte gehörig betrachtet und den Späteren überliefert, weil er zwischen Ich und Nicht-Ich weniger scharf unterschied, als wir es (mit wie zweifelhaftem Recht, wurde schon angedeutet) zu tun gewohnt sind oder bis zum Eintritt in diese Erzählung zu tun gewohnt waren; weil für ihn das Leben des Einzelwesens sich oberflächlicher von dem des Geschlechtes sonderte, Geburt und Tod ein weniger tiefreichendes Schwanken des Seins bedeutete, – so daß also der schon betrachtete Fall des späten Eliezer vorläge, welcher dem Joseph Abenteuer des Ur-Eliezer in der ersten Person erzählte; die Erscheinung offener Identität, mit einem Wort, die derjenigen der Imitation oder Nachfolge an die Seite tritt und in Verschränkung mit ihr das Selbstgefühl bestimmt.

Wir geben uns keiner Täuschung hin über die Schwierigkeit, von Leuten zu erzählen, die nicht recht wissen, wer sie sind; aber wir zweifeln nicht an der Notwendigkeit, mit einer solchen schwankenden Bewußtseinslage zu rechnen, und wenn der Isaak, der Abrahams ägyptisches Abenteuer wiedererlebte, sich für den Isaak hielt, den der Ur-Wanderer hatte opfern wollen, so ist das für uns kein bündiger Beweis, daß er sich nicht täuschte – es sei denn, die Opfer-Anfechtung habe zum Schema gehört und sich wiederholt zugetragen. Der chaldäische Einwanderer war der Vater Isaaks, den er schlachten wollte, aber so unmöglich es ist, daß dieser der Vater von Josephs Vater war, den wir am Brunnen beobachteten, so möglich ist es, daß der Isaak, der Abrahams Hirtenstreich imitierte oder in sein persönliches Leben einbezog, sich wenigstens zum Teil mit dem um ein Haar geschlachteten Isaak verwechselte, obgleich er in Wirklichkeit ein viel späterer Isaak war und von dem Ur-Abiram generationsweise weit abstand. Es hat unmittelbare Gewißheit und bedarf zwar der Klarstellung, aber keines Beweises, daß die Geschichte von Josephs Vorfahren, wie die Überlieferung sie bietet, eine fromme Abkürzung des wirklichen Sachverhaltes darstellt, das heißt: der Geschlechterfolge, die die Jahrhunderte gefüllt haben muß, welche zwischen dem Jaakob, den wir sahen, und Ur-Abraham liegen; und ebenso wie Ur-Abrahams natürlicher Sohn und Hausvogt Eliezer seit den Tagen, da er für seinen Jungherrn Rebekka gefreit hatte, oft im Fleische gewandelt war, auch wohl oft überm Wasser Euphrat eine Rebekka erworben hatte und jetzt eben wieder, als Josephs Lehrer, sich des Lichtes freute: ebenso hatte seither so mancher Abraham, Isaak und Jaakob die Geburt des Tages aus der Nacht geschaut, ohne daß der einzelne es mit der Zeit und dem Fleische übertrieben genau genommen, seine Gegenwart von ehemaliger Gegenwart sonnenklar unterschieden und die Grenzen seiner ›Individualität‹ gegen die der Individualität früherer Abrahams, Isaaks und Jaakobs sehr deutlich abgesetzt hätte.

Diese Namen waren geschlechtserblich, – wenn das Wort richtig oder genügend ist in Hinsicht auf die Gemeinschaft, in der sie wiederkehrten. Denn das war eine Gemeinschaft, deren Wachstum nicht dasjenige eines Familienstammes war, sondern eines Bündels von solchen, außerdem aber zum guten Teile von jeher auf Seelengewinnung, Glaubenspropagation beruht hatte. Es ist notwendig, Abrahams, des Ur-Einwanderers, Stammvaterschaft hauptsächlich geistig zu verstehen, und ob Joseph wirklich im Fleische mit ihm verwandt war, ob sein Vater es war – und zwar in so gerader Linie, wie sie annahmen –, steht stark dahin. Das tat es übrigens auch für sie selbst; nur daß das Zwielicht ihres und des allgemeinen Bewußtseins ihnen erlaubte, es auf eine träumerische und fromm benommene Weise dahinstehen zu lassen, Worte für Wirklichkeit und Wirklichkeit halb nur für ein Wort zu nehmen und Abraham, den Chaldäer, ungefähr in dem Geiste ihren Groß- und Urgroßvater zu nennen, wie dieser selbst den Lot aus Charran seinen ›Bruder‹ und Sarai seine ›Schwester‹ genannt hatte, was ebenfalls zugleich wahr und nicht wahr gewesen ist. Nicht einmal im Traum aber konnten die Leute El eljons ihrem Zusammenhange Einheit und Reinheit des Blutes zuschreiben. Da war babylonisch-sumerische – also nicht durchaus semitische – Art hindurchgegangen durch arabisches Wüstenwesen, aus Gerar, aus Muzri-Land, aus Ägypten selbst hatten weitere Elemente sich beigemischt, wie in der Person der Sklavin Hagar, die von dem großen Haupte selbst der Beiwohnung gewürdigt worden und deren Sohn wiederum ägyptisch geheiratet hatte; und welchen Verdruß der Rebekka die chetitischen Weiber ihres Esau bereiteten, Töchter eines Stammes, der ebenfalls nicht den Sem seinen Urvater nannte, sondern irgendwann einmal aus Kleinasien, aus ural-altaischer Sphäre nach Syrien vorgedrungen war, – war jederzeit viel zu bekannt, als daß man ein Wort darüber zu verlieren brauchte. Früh waren manche Glieder abgestoßen worden. Es steht fest, daß Ur-Abraham noch nach dem Tode der Sarai Kinder zeugte, nämlich unwählerischerweise mit Ketura, einem kanaanitischen Weibe, während er doch nicht wollte, daß sein Jizchak kanaanitisch heiratete. Ketura's Söhne einer war Midian, dessen Nachkommenschaft südlich vom Edom-Seïr-Lande, dem Esau-Gebiet, am Rande der arabischen Wüste ihr Wesen trieb, wie Ismaels Kinder vor Ägypten; denn Jizchak, der wahrhafte Sohn, war Alleinerbe gewesen, während man die Kinder der Kebsweiber mit Geschenken abgespeist und gen Morgenland abgeschoben hatte, wo sie die Fühlung mit El eljon, wenn sie sich je auf ihn verstanden hatten, ganz verloren und eigenen Göttern dienten. Göttliches aber, die forterbende Arbeit an einem Gottesgedanken war das Band, das bei aller Buntscheckigkeit des Geblütes die geistige Sippschaft zusammenhielt, die unter den andern Ebräern, den Söhnen Moabs, Ammons und Edoms, sich diesen Stammesnamen in einem besonderen und engeren Sinne beilegte, und zwar sofern sie ihn, ebenjetzt, eben zu der Zeit, in die wir eingetreten sind, mit einem anderen Namen, dem Israels, zu verbinden und durch ihn zu bedingen begann.

Denn der Name und Titel, den Jaakob sich einst errungen, war keine Erfindung seines eigentümlichen Gegners gewesen. Gottesstreiter, so hatte sich immer ein räuberisch-kriegerischer Wüstenstamm von äußerst ursprünglichen Sitten genannt, von welchem einzelne Gruppen ihr Kleinvieh beim Weidewechsel durch die Steppe zwischen die Siedelungen des Fruchtlandes getrieben, das rein nomadische Dasein mit einem Zustand lockerer Seßhaftigkeit vertauscht hatten und durch geistliche Werbung und Verständigung zu einem Bestandteil von Abrahams Glaubenssippe geworden waren. Ihr Gott daheim in der Wüste war ein schnaubender Kriegsherr und Wettererreger namens Jahu, ein schwer zu behandelnder Kobold mit mehr dämonischen als göttlichen Zügen, tückisch, tyrannisch und unberechenbar, vor dem sein braunes Volk, übrigens stolz auf ihn, in Angst und Schrecken lebte, indem es durch Zaubermittel und Blutriten das zerfahrene Wesen des Dämons zu ordnen und in nützliche Wege zu lenken suchte. Jahu konnte ohne irgend deutliche Veranlassung bei Nacht auf einen Mann stoßen, dem wohlzuwollen er allen vernünftigen Grund hatte, – um ihn zu erwürgen; doch war er etwa auf die Weise zu bewegen, von seinem wüsten Vorhaben abzulassen, daß des Überfallenen Weib eilig ihren Sohn mit einem Steinmesser beschnitt, des Unholds Scham mit der Vorhaut berührte und ihm dabei eine mystische Formel zuraunte, deren auch nur einigermaßen sinnvolle Übersetzung in unserer Sprache auf bisher unüberwundene Schwierigkeiten stößt, die aber den Würger besänftigte und verscheuchte. Dies nur zur Kennzeichnung Jahu's. Und doch war diesem dunklen, in der gebildeten Welt völlig unbekannten Gotteswesen eine große theologische Laufbahn vorbehalten, ebendadurch nämlich, daß Bruchteile seiner Glaubensträgerschaft in den Bereich von Abrahams Gottesdenken gerieten. Denn wie diese Hirtenfamilien, hineingezogen in die von dem Ur-Wanderer in Gang gesetzte geistige Spekulation, mit ihrem Fleisch und Blut die menschliche Grundlage verstärkten, die des Chaldäers Glaubensüberlieferung trug, so waren Teile der wüstenhaften Wesenheit ihres Gottes nährend eingedrungen in das durch den Geist des Menschen nach Verwirklichung trachtende Gotteswesen, zu dessen Gestaltung ja auch der Usiri des Ostens, Tammuz, sowie Adonai, der zerrissene Sohn und Schäfer Malkisedeks und seiner Sichemiten, Geistesstoff und Farbe geliefert hatten. Haben wir seinen Namen, der einst ein Kriegsgeheul war, nicht lyrisch lallender Weise von hübschen und schönen Lippen kommen hören? Dieser Name war, in der Form, wie die braunen Söhne ihn aus der Wüste gebracht, wie auch in Verkürzungen und Abwandlungen, die ihn zu kanaanitisch-volkstümlichen Gegebenheiten in Beziehung setzten, unter den Lauten, mit denen man sich am Unaussprechlichen versuchte. Denn von alters schon hatte eine Ortschaft hierzulande ›Be-ti-Ja‹, ›Haus des Ja‹, geheißen, nicht anders also als ›Beth-el‹, ›Haus Gottes‹, und es ist bezeugt, daß schon vor den Tagen des Gesetzgebers Amurruleute, welche in Sinear eingewandert waren, Eigennamen geführt hatten, in denen die Gottesbezeichnung ›Ja'we‹ einschlägig war, – ja, schon Ur-Abraham hatte den Baum beim Heiligtum Siebenbrunnen ›Jahwe el olam‹, ›Jahwe ist der Gott aller Zeitläufte‹, genannt. Der Name aber, den Jahu's beduinische Krieger sich zugelegt, sollte zum unterscheidenden Merkmal reineren und höheren Ebräertums, zur Kennzeichnung von Abrahams geistigem Samen werden, ebendadurch, daß Jaakob in schwerer Nacht am Jabbok ihn sich hatte zugestehen lassen...

Eliphas

Für Leute wie Schimeon und Levi, die starken Lea-Söhne, mochte es ein Grund zu heimlichem Lächeln sein, daß der Vater just diesen kühnen und räuberischen Namen sich errungen, ihn sich gleichsam vom Himmel gerissen hatte. Denn Jaakob war nicht kriegerisch. Nie wäre er der Mann gewesen, zu tun, was Ur-Abram tat, als er, da die Söldlinge des Ostens, die Heerhaufen von Elam, Sinear, Larsa und von jenseits des Tigris, um überfälligen Tributes willen das Jordanland heimgesucht, seine Städte geplündert und auch Lot von Sodom gefangen weggeschleppt hatten, keck und treu entschlossen ein paar hundert hausbürtige Knechte und umwohnender Glaubensverwandten, Leute El-berits, des Höchsten, zusammenraffte, mit ihnen in starken Märschen von Hebron aufbrach, die abziehenden Elamiter und Gojim einholte und solche Verwirrung in ihrer Nachhut anrichtete, daß er viele Gefangene befreien und Lot nebst einer Menge geraubter Habe im Triumph nach Hause zurückführen konnte. Nein, dergleichen wäre nicht Jaakobs Sache gewesen, er hätte versagt in einem solchen Fall, und das hatte er sich im stillen auch eingestanden, als Joseph auf die alte, gern erzählte Geschichte zu sprechen gekommen war. Er ›hätte es nicht vermocht‹, sowenig wie er es nach seinem eigenen Bekenntnis vermocht haben würde, mit dem Sohn zu tun, was der Herr verlangte. Lot zu befreien, hätte er Schimeon und Levi überlassen; wenn aber diese, unter dem ihnen bei solchen Gelegenheiten zu Gebote stehenden entsetzenerregenden Geschrei, unter den Mondanbetern ein Blutbad angerichtet hätten, so hätte er sein Angesicht mit dem Schal verhüllt und gesprochen: »Meine Seele komme nicht in ihren Rat!« Denn diese Seele war weich und schreckhaft; sie verabscheute es, Gewalt zuzufügen, sie zitterte davor, welche zu erleiden, und war voll von Erinnerungen an Niederlagen ihres Mannesmutes – Erinnerungen, die ihrer Würde, ihrer Feierlichkeit aber darum nicht Abbruch taten, weil immer und regelmäßig gerade in solchen Lagen physischer Demütigung ein Strahl und Zustrom des Geistes sie getroffen, eine mächtig tröstende und neu bestätigende Offenbarung der Gnade ihr zuteil geworden war, von der sie mit Fug und Recht sich mochte das Haupt erheben lassen, da sie selbst sie aus ihren ungedemütigten Tiefen erzeugt und erzwungen hatte.

Wie war es mit Esau's prächtigem Sohne Eliphas gewesen? Eliphas war dem Esau von einer seiner chetitisch-kanaanitischen Frauen geboren worden, Baalanbeterinnen, die er schon frühzeitig nach Beerscheba heimgeführt hatte und von denen Rebekka, Bethuels Tochter, zu sagen pflegte: »Mich verdrießt es, zu leben vor den Töchtern Heth.« Schon dem Jaakob war es nicht mehr gewiß, welche von ihnen Eliphas seine Mutter genannte; wahrscheinlich war es Ada, die Tochter Elons, gewesen. Auf jeden Fall war Jizchaks dreizehnjähriger, früh erstarkter Enkel ein ungewöhnlich gewinnender junger Mann: einfach von Geist, aber tapfer, freimütig, edeldenkend, gerade gewachsen an Leib und Seele und seinem benachteiligten Vater in stolzer Liebe ergeben. In mehr als einer Beziehung war ihm das Leben schwer gemacht: in Hinsicht sowohl auf die verwickelten Familienverhältnisse wie auch in Glaubensdingen. Denn nicht weniger als drei Bekenntnisse stritten um seine Seele: der El eljon der Großeltern, die Baalim der mütterlichen Sippe und eine gewittrige und pfeilschießende Gottheit namens Kuzach, verehrt von den Gebirglern im Süden, den Seïrim oder Leuten von Edom, zu denen Esau von früh an Beziehungen unterhalten hatte und zu denen er später vollends überging. Des rauhen Mannes ungeheurer Schmerz und ohnmächtige Wut über jene von Rebekka geleiteten einschneidenden Geschehnisse in des augenkranken Großvaters dunkler Zeltwohnung, die Jaakob dann von Hof und Herde in die Fremde trieben, hatten dem Knaben Eliphas furchtbar ans Herz gegriffen, und sein Haß auf den fälschlich gesegneten jungen Oheim hatte geradezu etwas Aufreibendes und für ihn selbst Lebensgefährliches: er schien über die zarten Kräfte seines Alters zu gehen. Zu Hause, angesichts der wachsamen Rebekka, war gegen den Segensdieb überhaupt nichts zu unternehmen. Als sich aber herausstellte, daß Jaakob geflohen war, stürzte Eliphas zu Esau und forderte ihn mit fliegenden Worten auf, dem Verräter nachzusetzen und ihn zu erschlagen.

Aber der zur Wüste verfluchte Esau war viel zu niedergebrochen, von bitterem Weinen über sein unterweltliches Schicksal viel zu geschwächt, um zu der geforderten Tat aufgelegt zu sein. Er weinte, weil es ihm so zukam, weil das seiner Rolle entsprach. Seine Art, die Dinge und sich selbst zu sehen, war durch eingeborene Denkvorschriften bedingt und bestimmt, die ihn banden, wie alle Welt, und ihre Prägung von kosmischen Kreislaufbildern empfangen hatten. Durch des Vaters Segen war Jaakob endgültig zum Mann des vollen und ›schönen‹ Mondes geworden, Esau aber zum Dunkelmond, also zum Sonnenmann, also zum Mann der Unterwelt – und in der Unterwelt weinte man, obgleich man dort möglicherweise sehr reich an Schätzen wurde. Wenn er sich später ganz zu den Leuten des südlichen Gebirges und ihrem Gotte schlug, so tat er es, weil es sich so für ihn schickte, denn der Süden lag im Denklichte des Unterweltlichen, wie übrigens auch die Wüste, in die Isaaks Gegenbruder Ismael hatte abwandern müssen. Beziehungen aber hatte Esau schon längst, schon lange vor Empfang des Fluchspruches von Beerscheba aus, mit den Leuten von Seïr angeknüpft, und das beweist, daß es sich bei Segen und Fluch nur um Bestätigungen handelte, daß sein Charakter, das heißt seine Rolle auf Erden, von langer Hand her festgelegt und er sich ebendieser Charakterrolle von jeher vollkommen bewußt gewesen war. Er war ein Jäger geworden, des offenen Feldes schweifender Gast, zum Unterschiede von Jaakob, der in Zelten wohnte und ein Mondhirt war, – war es geworden nach seiner Natur, auf Grund seiner stark männlichen körperlichen Anlagen, gewiß. Aber man ginge fehl und würde der mythisch-schematischen Bildung seines Geistes nicht gerecht, indem man annähme, Gefühl und Bewußtsein seiner selbst, seiner Rolle als sonnverbrannter Sohn der Unterwelt, sei ihm erst aus seinem Jägerberuf erflossen. Umgekehrt – mindestens so sehr umgekehrt – hatte er diesen Beruf schon darum gewählt, weil es ihm so zukam, aus mythischer Bildung also und Gehorsam gegen das Schema. Faßte man sein Verhältnis zu Jaakob gebildet auf – und das zu tun, war Esau, seiner Rauhigkeit ungeachtet, immer bereit gewesen –, so war es die Wiederkehr und das Gegenwärtigwerden – die zeitlose Gegenwärtigkeit – des Verhältnisses von Kain zu Habel; und in diesem war Esau nun einmal Kain: nämlich bereits in seiner Eigenschaft als älterer Bruder, welchem freilich das neuere Weltrecht ehrend zur Seite stand, der aber wohl fühlte und wußte, daß, aus Zeiten mütterlicher Vorfrühe übermacht, eine tiefe Herzensneigung der Menschheit dem Jüngeren, dem Jüngsten gehörte. Ja, falls eine gewisse Geschichte von einem Linsengericht als wirklich geschehen hinzunehmen und nicht nachträglich, zur Rechtfertigung des Segensbetruges, den Tatsachen sollte hinzugefügt worden sein (weshalb Jaakob immer noch sehr wohl an ihre Wahrheit hätte glauben können), so wäre Esau's scheinbarer Leichtsinn sicherlich aus solchen Empfindungen zu erklären: Indem er dem Bruder die Erstgeburt so leichten Kaufes abtrat, hoffte er, wenigstens die Sympathien, welche herkömmlicherweise dem Jüngeren zufallen, auf seine Seite zu bringen.

Kurzum, der rote, haarige Esau weinte und zeigte sich dem Verfolgungs- und Racheunternehmen entschieden abgeneigt. Er hatte gar keine Lust, den Habel-Bruder auch noch zu erschlagen und so ein Gleichnis auf die Spitze zu treiben, auf das die Eltern ohnehin das ganze Verhältnis von Anfang an hinausgespielt hatten. Als dann aber Eliphas sich erbot oder vielmehr glühend danach verlangte, in diesem Falle selbst den Gesegneten einzuholen und zu töten, hatte Esau nichts dagegen zu erinnern und winkte Erlaubnis unter Tränen. Denn daß der Neffe den Oheim erschlug, bedeutete eine ihm wohltuende Durchbrechung des leidigen Schemas und war eine geschichtliche Neugründung, die späteren Eliphas-Knaben zum Gleichnis werden mochte, ihn aber von der Kainsrolle wenigstens im letzten entlastete.

So raffte Eliphas ein paar Leute zusammen, fünf oder sechs, die zu seinem Vater hielten und ihn bei seinen Ausflügen ins Edom-Land zu begleiten pflegten, bewaffnete sie aus den Beständen des Hofes mit langen Rohrlanzen, die über einem bunten Haarbüschel eine ebenfalls sehr lange, gefährliche Spitze trugen, entwandte vor Morgengrauen Kamele aus Jizchaks Ställen, und ehe der Tag sich wendete, hatte Jaakob, der, dank Rebekka's Fürsorge, nebst zwei Sklaven ebenfalls kamelberitten und mit Mundvorrat und schönen Tauschwerten reichlich ausgestattet war, die Rächerschar auf den Fersen.

Seiner Lebtage vergaß Jaakob nicht den Schrecken, der ihn befallen, als der Sinn dieser Annäherung ihm deutlich wurde. Anfangs, als man die Reiter gesichtet, hatte er sich geschmeichelt, Jizchak habe sein Entweichen etwas zu früh bemerkt und wolle ihn wieder einholen lassen. Als er aber Esau's Sohn erkannt hatte, begriff er den ganzen Ernst der Lage und verzagte. Ein Rennen auf Leben und Tod begann – waagerecht vorgestreckt die Hälse der lang ausgreifenden, inbrünstig grunzenden, von Troddeln und Monden umflogenen Dromedare. Aber Eliphas und die Seinen hatten nicht so hoch aufgepackt wie Jaakob, von Augenblick zu Augenblick sah dieser den Vorsprung, an dem sein Leben hing, zusammenschmelzen, und als die ersten Wurflanzen ihn überholten, winkte er Übergabe, saß ab mit den Seinen und erwartete auf dem Angesicht, die bloßen Hände erhoben, den Verfolger.

Was nun geschah, war das Kläglich-Ehrenrührigste, was überhaupt in Jaakobs Leben vorkam, und wäre wohl geeignet gewesen, die Würde eines anderen Selbstgefühles auf immer zu untergraben. Er mußte, wenn er leben wollte – und das wollte er um jeden Preis, nicht aus gewöhnlicher Feigheit, wie ernstlich erinnert werden soll, sondern weil er geweiht war, weil auf ihm die von Abraham kommende Verheißung lag –, er mußte den zornglühenden Knaben, seinen Neffen, den so viel Jüngeren, ihm so sehr Nachgeordneten, der bereits – und mehr als einmal – das Schwert über ihn erhob, durch Flehen zu erweichen suchen, durch Selbsterniedrigung, durch Tränen, durch Schmeicheleien, durch winselndes Anrufen seiner Großmut, durch tausend Entschuldigungen, mit einem Wort: durch den bündigen Beweis, daß es der Mühe nicht wert war, in ein solches Bündel Elend das Schwert zu stoßen. Das tat er. Er küßte des Kindes Füße wie toll, er warf ganze Hände voll Staub in die Luft, der auf sein Haupt niederfiel, und seine Zunge ging unaufhörlich, bannend, beschwörend, mit einer von der Angst aufs äußerste getriebenen Geläufigkeit, die den verblüfften, ob solchen Redeflusses, solcher Sprachgewandtheit unwillkürlich staunenden Knabensinn von raschen Taten abzuhalten bestimmt und wirklich vermögend war.

Hatte er den Betrug gewollt? Hatte er ihn angeregt, war er seine Erfindung? Seine Därme sollten preisgegeben sein, wenn dem im entferntesten so gewesen war! Die Mutter, die Großmutter allein habe alles erdacht und gewollt, aus übergroßer und unverdienter Liebesschwäche für ihn, und er, Jaakob, habe sich aus allen Kräften gegen den Plan gesperrt und gewehrt, habe ihr vorgehalten, wie die Gefahr so groß und schrecklich sei, daß Isaak alles entdecke und nicht nur ihn verfluche, sondern auch sie, die allzu anschlägige Rebekka. Nicht zu vergessen, daß er ihr mit verzweifelter Eindringlichkeit zu bedenken gegeben habe, wie er dastehen werde vor des erstgeborenen Bruders erhabenem Antlitz, wenn etwa der Anschlag gelinge! Nicht gern, nicht froh und frech, ach, keineswegs, sondern zitternd und zagend habe er mit dem Gericht vom Böcklein und dem Wein in Esau's Festkleid, das Fell um Handgelenke und Hals, des Vaters, des lieben Großvaters Gemach betreten. Der Schweiß sei ihm die Schenkel hinuntergelaufen vor Not und Furcht, die Stimme ihm in der verschnürten Kehle erstorben, als Isaak ihn gefragt, wer er sei, ihn betastet, berochen habe – aber sogar ihn mit Esau's Feldblumenwohlgeruch zu salben habe Rebekka ja nicht vergessen! Ein Betrüger, er? Ein Opfer vielmehr von des Weibes List, Adam, verführt von Heva, der Schlange Freundin! Ach, Eliphas, der Knabe, möge sich hüten sein Leben lang, das mehrere hundert Jahre und länger währen möge, vor des Weibes Ratschlag und weislich umgehen die Fallstricke seiner Schalkheit!

Er, Jaakob, sei gestrauchelt darin, mit ihm sei es nun aus. Ein Gesegneter, er? Aber erstens, was sei denn das für ein Vatersegen, ein irrtümlicher gleich diesem, ein so gegen Wunsch und Willen des Empfängers erschlichener? Habe er Wert und Gewicht? Sei er von Wirkung? (Er wußte genau, daß Segen – Segen war und daß er sein volles Gewicht und volle Wirkung habe, aber er fragte so, um Eliphas zu verwirren.) Und zweitens: habe er, Jaakob, wohl Miene gemacht, des Mißgriffs Nutznießer zu spielen, als Segensträger sich breitzumachen im Hause und Esau, seinen Herrn, zu verdrängen? Ach, ganz mitnichten und gerade im Gegenteil! Das Feld räume er freiwillig dem Bruder, die reuige Rebekka selbst habe ihn fortgetrieben, ins Wildfremde ziehe er auf Nimmerwiederkehr, in die Verbannung, geradeswegs in die Unterwelt, und sein Teil sei Weinen je und je! Ihn wollte Eliphas mit des Schwertes Schärfe schlagen – der Täuberich mit lichten Schwingen, der junge Bergstier in seiner Pracht, der bildschöne Antilopenbock? Da doch der Herr den Noah bedeutet habe, er wolle vergossenes Menschenblut zurückfordern, und da es doch heute nicht mehr sei wie zu Kains und Habels Tagen, sondern Gesetze im Lande herrschten, deren Verletzung Eliphas' edler junger Person aufs höchste gefährlich werden könne? Um diese sei es ihm, dem hinlänglich geschlagenen Oheim, zu tun, und wenn denn er schon nunmehr, vernichtet und leicht gemacht, dahinziehe in ein Land, wo er fremd sein werde und ein Knecht, so solle doch Eliphas schwer sein von Glück und seine Mutter gesegnet unter den Kindern Heth, weil er seine Hand zurückgehalten vom Blute und seine Seele abgewendet von Missetat...

So strömte dem Jaakob die plappernd und bettelnd angstgetriebene Rede, daß es den Eliphas nur so wunderte und ihm der Kopf wirbelte vom Schwall. Er hatte einen lachenden Räuber zu treffen erwartet und fand einen Elenden, dessen Erniedrigung Esau's Würde vollkommen wiederherzustellen schien. Der Knabe Eliphas war gutmütig, wie sein Vater es eigentlich war. Schnell trat in seiner Seele ein feuriges Gefühl an die Stelle des anderen, die Großmut an Stelle des Zornes, und er rief aus, daß er des Oheims schonen wolle, worüber Jaakob vor Freude weinte, indem er den Saum von Eliphas' Kleid und seine Hände und Füße mit Küssen bedeckte. Verlegenheit und leichter Ekel mischten sich in dessen Gehobenheit. Er ärgerte sich gleich ein wenig seines Wankelmutes und bestimmte rauh, das Gepäck der Flüchtlinge müsse ihm aber ausgeliefert werden, was Rebekka dem Onkel zugesteckt, gehöre Esau, dem Gekränkten. Jaakob wollte auch diesen Beschluß noch mit flüssiger Rede wenden, aber Eliphas schrie ihn verächtlich an und ließ ihn so gründlich ausplündern, daß ihm wirklich nichts blieb als das nackte Leben: Die goldenen und silbernen Gefäße, die Krüge mit feinstem Öl und Wein, die Hals- und Armringe aus Malachit und Karneol, der Weihrauch, das Honigkonfekt und was die Mutter ihm an Gewirktem und Gewobenem hatte aufpacken lassen, – alles mußte in Eliphas' Hände geliefert sein; sogar die beiden Hörigen, die flüchtig den Hof verlassen und von denen übrigens einer von einem Lanzenwurf an der Schulter blutete, mußten sich mit ihren Tieren den Verfolgern zur Rückkehr anschließen, – und dann durfte Jaakob allein, nur ein paar irdene Krüge mit Wasser am Sattel, seinen dunklen Weg gen Osten, wer weiß, in welcher Gemütsverfassung, fortsetzen.

Die Haupterhebung

Er hatte sein Leben gerettet, sein kostbares Verheißungsleben, für Gott und die Zukunft, – was wog dagegen wohl Gold und Karneol? Auf das Leben kam hier alles an, und Jung-Eliphas war im Grunde glänzender geprellt als sein Erzeuger, aber was hatte es gekostet! Wohl mehr als das Reisegepäck – die Mannesehre ganz und gar; und geschändeter konnte niemand sein als Jaakob, der vor einem Milchbart auf der Stirn hatte winseln müssen und dessen Gesicht von Tränen und hineingeschmiertem Staube ganz entstellt war. Und dann? Und unmittelbar nach solcher Entwürdigung?

Unmittelbar oder wenige Stunden danach, am Abend, bei

Sternenschein, war er zu der Stätte Luz gelangt, einer Ortschaft, die er nicht kannte, da überhaupt diese ganze Gegend ihm schon fremd war, – gelegen an einem der zumeist terrassierten und mit Wein bepflanzten Hügel, in denen die Landschaft hinschwang. Die wenigen Häuserwürfel des Dorfes drängten sich in halber Höhe des von Pfaden durchlaufenen Abhangs zusammen, und da eine Stimme von innen dem verarmten Reisenden zuredete, hier Nachtquartier zu machen, so trieb er sein über den kläglich-stürmischen Zwischenfall noch ganz erstauntes und bockiges Kamel, vor dem er sich etwas schämte, den Hügel hinan. An dem Brunnen außerhalb der lehmigen Umfassungsmauer tränkte er das Tier und wusch sich selbst die Spuren seiner Schande aus dem Gesicht, wodurch bereits seine Stimmung sich beträchtlich hob. Bei den Leuten von Luz aber Einlaß zu begehren vermied er trotzdem, da er sich als Bettler fühlte, sondern führte den lebenden Besitz, der nun sein alles war, am Zügel über die Ortschaft empor, ganz aufwärts bis zu des Hügels gestumpftem Gipfel, dessen Anblick ihm denn zu bedauern gab, daß er nicht früher, nicht rechtzeitig hierhergelangt war. Denn ein heiliger Steinkreis, ein Gilgal, kennzeichnete den Ort als Freistatt, und dem hier Fußenden hätte Jung-Eliphas, der Straßenräuber, nichts anzuhaben vermocht.

In der Mitte des Gilgals war ein besonderer Stein, kohlschwarz und kegelförmig, aufgerichtet, ein offenbar vom Himmel gefallener, in dem Sternenkräfte schlummerten. Da seine Form an das Zeugungsglied gemahnte, hob Jaakob fromm seine Augen und Hände empor und fühlte sich noch gestärkter. Hier wollte er die Nacht verbringen, bis der Tag sie wieder verbarg. Zur Kopfstütze wählte er einen der Steinklötze des Kreises aus. »Komm«, sprach er, »tröstlicher alter Stein, erhebe dem Friedlosen das Haupt zur Nacht!« Er deckte sein Kopftuch darüber, streckte sich aus, das Haupt gegen den phallischen Himmelsstämmling erhoben, blinzelte noch ein wenig in die Sterne und entschlief.

Da ging es hoch her, da geschah es ihm, da ward ihm wirklich, wohl mitten in der Nacht, nach einigen Stunden des tiefsten

Schlafes, das Haupt erhoben aus jeder Schmach zum hehrsten Gesicht, in welchem sich alles vereinigte, was seine Seele an Vorstellungen des Königlichen und Göttlichen barg und das sie, die gedemütigte, die insgeheim ihrer Demütigung lächelte, sich zu Trost und Befestigung hinausbaute in den Raum ihres Traumes... Er träumte sich nicht von der Stelle. Auch im Traume lag er mit gestütztem Kopfe und schlief. Aber seine Lider waren durchlässig für überschwenglichen Glanz; er sah durch sie, sah Babel, sah das Nabelband von Himmel und Erde, die Treppe zum höchsten Palast, die zahllos feurigen und breiten, mit astralen Wächtern besetzten Stufen, deren ungeheure Rampe emporführte zum obersten Tempel und Herrschersitz. Sie waren nicht steinern noch hölzern, noch sonst aus irdischem Stoff; sie schienen aus glühendem Erz und aus gebautem Sternenfeuer; ihr Planetenglanz verlor sich in maßloser Breite auf Erden und steigerte sich in der Höhe und Weite zu übermächtiger Blendung, die dem offenen Auge unerträglich gewesen wäre und in die nur durch die deckenden Lider zu schauen war. Gefiederte Menschentiere, Cheruben, gekrönte Kühe mit den Gesichtern von Jungfrauen und mit anliegenden Fittichen standen unbeweglich geradeaus blickend zu beiden Seiten, und der Raum zwischen ihren schräg vor- und zurückgestellten Beinen war mit erzenen Flächen gefüllt, in welchen heilige Wortmale glühten. Kauernde Stiergötter, Perlenbänder um die Stirn, mit Ohrlocken, so lang wie die fransenförmigen und unten gerollten Bärte, die von ihren Wangen hingen, wandten die Köpfe nach außen und blickten den Schläfer aus langbewimperten ruhevollen Augen an, – abwechselnd mit Löwenwesen, die auf ihren Schwänzen saßen und deren gewölbte Brust mit feurigen Zotten bedeckt war. Sie schienen aus viereckig aufgerissenen Mäulern zu fauchen, so daß unter ihren grimmigen Stutznasen sich die Schnurrhaare sträubten. Zwischen den Tieren aber wallte die Rampenweite von Dienenden und Boten, hinauf- und hinabziehend in Schritt und Stufentritt, nach langsamer Reigenordnung, die in sich trug das Glück des Sternengesetzes. Ihre Unterkörper waren von Kleidern verhüllt, die mit spitzen Schriftzeichen bedeckt waren, und ihre Brüste schienen zu weich für die von Jünglingen und zu flach für Weiberbrüste. Sie trugen Schalen auf dem Kopf mit erhobenen Armen, oder es lehnte in ihrem gebogenen Arm eine Tafel, auf die sie weisend die Finger legten; viele aber harften und flöteten, schlugen Lauten und Pauken, und Singende hielten sich hinter diesen, die den Raum mit ihren hohen, metallisch sirrenden Stimmen erfüllten und im Takt dazu in die Hände klatschten. So wallte und dröhnte die Weite der Weltenrampe von akkordisch tönendem Schwall, hinab und hinauf bis ins flammendste Licht, wo der schmale Feuerbogen war und die Pforte des Palastes mit Pfeilern und hohen Zinnen. Es waren die Pfeiler aus goldenen Ziegelsteinen, die hervortreten ließen geschuppte Tiere mit Pardelfüßen vorn und Adlersfüßen hinten, und war die Feuerpforte besetzt zu den Seiten von Gebälkträgern auf Stierfüßen, mit vierfach gehörnten Kronen und Edelsteinaugen und gelockten, gebündelten Bärten an ihren Backen. Davor aber stand der Sessel der Königsmacht und der goldene Schemel ihrer Füße und dahinter ein Mann mit Bogen und Köcher, der hielt den Wedel über die Mützenkrone der Macht. Und sie war angetan mit einem Gewande aus Mondlicht, das Fransen hatte aus kleinen Feuersflammen. Überaus nervig von Kraft waren Gottes Arme, und in einer Hand hielt er das Zeichen des Lebens und in der anderen eine Schale zum Trinken. Sein Bart war blau und zusammengefaßt mit ehernen Bändern, und unter hochgewölbten Brauen drohte sein Antlitz in grimmer Güte. Es war vor ihm noch ein Mann mit einem breiten Reif um den Kopf, einem Wesire gleich und einem nächsten Diener am Thron, der blickte in das Angesicht der Macht und wies mit der flachen Hand gegen den Schläfer Jaakob auf Erden. Da nickte der Herr und trat auf seinen nervigen Fuß, und der Oberste bückte sich rasch, den Schemel wegzuziehen, auf daß der Herr stehe. Und Gott stand auf von dem Thron und hielt gegen Jaakob das Zeichen des Lebens und zog ein die Luft in seine Brust, daß sie hoch ward. Und seine Stimme war prachtvoll, da sie tönend einging in das Psaltern und in die Sternenmusik der Auf- und Absteigenden und davon aufgenommen wurde zu mildmächtiger Harmonie. Er sprach aber: »Ich bin! Ich bin Abirams Herr und Jizchaks und der deine. Mein Auge blickt auf dich, Jaakob, mit weitschauender Gunst, denn ich will deinen Samen zahlreich machen wie das Staubkorn der Erde und sollst mir ein Gesegneter sein vor allen und innehaben die Tore deiner Feinde. Ich will dich hüten und hegen, wo du wandelst, und dich reich heimführen auf den Boden, wo du schläfst, und dich niemals verlassen. Ich bin und will!« So verdröhnte des Königs Stimme in Harmonie, und Jaakob erwachte.

War das ein Traumgesicht gewesen und eine Haupterhebung! Jaakob weinte vor Freuden und lachte zwischenein über Eliphas, während er unter den Sternen umherging in dem Kreise von Steinen und denjenigen betrachtete, der ihm zu solchem Schauen den Kopf gestützt. ›Was ist das für eine Stätte‹, dachte er, ›auf die ich zufällig gestoßen bin!‹ Ihn fror von der Frische der Nacht und von tiefster Erregung, er schauderte und sprach: »Mit Recht schaudert mir so, mit Recht! Die Leute von Luz haben nur eine schwache Ahnung davon, was es auf sich hat mit dieser Stätte, denn sie haben zwar ein Asyl daraus gemacht und einen Gilgal geordnet, aber sie wissen sowenig, wie ich es wußte, daß das ja ganz einfach eine Stätte der Gegenwart ist, die Pforte zur Herrlichkeit und das Band Himmels und der Erden!« Er schlief danach noch ein paar Stunden einen starken und stolzen Schlaf, voll heimlichen Lachens, aber bei Tagesgrauen stand er auf und stieg hinab gen Luz und trat vor die Gewölbe. Denn er verwahrte in seiner Gürtelfalte einen Ring mit tiefblauer Lasursteinsiegelplatte, den Eliphas' Knechte nicht gefunden hatten. Den verkaufte er nun unter Preis, gegen etwas Trockenkost und ein paar Krüge Öl, denn namentlich des Öles bedurfte er für das, was er vorhatte und als seine Pflicht erachtete. Bevor er weiterzog nach Osten und gegen das Wasser Naharina, stieg er noch einmal zur Traumstätte empor, richtete den Stein, auf dem er geschlafen, gerade auf, als ein Denkmal, goß reichlich Öl darüber und sprach dabei: »Beth-el, Beth-el soll diese Stätte heißen und nicht Luz, denn sie ist ein Haus der Gegenwart, und Gott, der König, hat sich enthüllt hier dem Erniedrigten und ihm das

Herz gestärkt über alles Maß. Denn es war sicherlich übertrieben und maßlos, was Er in die Harfen rief, daß mein Same zahlreich sein solle wie der Staub und mein Name hochher triumphieren in Ehren. Wird Er aber mit mir sein, wie Er verheißen, und meine Füße bewachen in der Fremde; wird Er mir Brot geben und ein Kleid für meinen Leib und mich heil heimkehren lassen in Jizchaks Haus, dann soll Er mein Gott sein und kein anderer, und ich will Ihm den Zehnten geben von allem, was Er mir gibt. Und bewahrheitet sich überdies, womit Er mir maßloserweise das Herz gestärkt, dann soll Ihm aus diesem Steine ein Heiligtum werden, darin Ihm Nahrung herangebracht werden soll unausgesetzt und außerdem immerfort gesalzen Räucherwerk verbrannt werden für seine Nase. Dies ist ein Gelöbnis und eine Verheißung gegen die andere, und Gott, der König, möge nun tun, was Ihm in Seinem Interesse gelegen dünkt.«

Esau

So war es mit dem prächtigen Eliphas gewesen, der doch nur ein ärmlicher Junge war, verglichen mit Jaakob, dem gedemütigten Opfer seines Stolzes, der kraft seelischer Ersatzvorräte, von denen Eliphas keine Ahnung hatte, spielend triumphierte über Erniedrigungen, welche ein Knabe ihm zuzufügen vermochte, und dem immer gerade aus Zuständen tiefster Kläglichkeit die Offenbarung kam. War es denn anders gegangen mit dem Vater, als es mit dem Sohne gegangen war? Wir meinen jenes Zusammentreffen mit Esau selbst, auf das wir Jaakob gesprächsweise haben anspielen hören. In diesem Falle hatte er die Haupterhebung und große Herzstärkung vorweggenommen, zu Peni-el, in angstvoller Nacht, als er sich den Namen errang, über den Schimeon und Levi etwas lächelten. Und im Besitz des Namens also, ein Sieger im voraus, ging er dem Bruder entgegen – im tiefsten gewappnet gegen jede Erniedrigung, die sich etwa als unvermeidlich erweisen würde, gewappnet auch gegen die Unwürde der eigenen Angst vor einer Begegnung, in der sich das ungleiche Gepräge der Zwillinge so sprechend bewähren sollte.

Er wußte nicht, in welcher Gemütsverfassung Esau, von ihm selbst durch Boten benachrichtigt, weil eine Klärung des Verhältnisses unbedingt notwendig schien, sich ihm näherte. Bekannt war ihm nur durch seine Kundschafter, daß jener an der Spitze komme von vierhundert Mann – was eine Ehrung sein konnte als Wirkung der demütigen Schmeicheleien, die er ihm hatte ausrichten lassen, möglicherweise aber auch eine große Gefahr. Er hatte seine Vorkehrungen getroffen. Er hatte sein Liebstes, Rahel und ihren Fünfjährigen, hinten bei den Lasttieren versteckt, Dina, seine Tochter, das Leakind, als tot in eine Truhe gelegt, darin sie beinahe erstickt wäre, und die anderen Kinder hinter sich ihren Müttern zugeordnet, die Kebsweiber mit den ihren voran. Er staffelte die Viehgeschenke, die er von Hirten vor sich hertreiben ließ, die zweihundert Ziegen und Böcke, die Schafe und Widder in gleicher Zahl, die dreißig säugenden Kamelstuten, die vierzig Kühe mit zehn Farren, die zwanzig Eselinnen mit ihren Füllen. Er ließ sie in Einzelherden treiben und in Abständen, damit Esau bei jeder Herde, der er begegnete, auf seine Frage erführe, das seien Geschenke für ihn, den Herrn, von Jaakob, seinem Knecht. So geschah es auch. Und wenn Esau's Gesinnung gegen den Heimkehrenden beim Aufbruch vom Seïr-Gebirge noch sehr schwankend, zweideutig und ihm selber unklar mochte gewesen sein, so befand er sich, als er Jaakobs selbst nach fünfundzwanzig Jahren zum erstenmal wieder ansichtig wurde, bereits in der heitersten Laune.

Diese Heiterkeit nun aber gerade empfand Jaakob, so sehr er es sich hatte angelegen sein lassen, sie zu erzeugen, als höchst unangenehm, und kaum hatte er begriffen, daß er sich, für den Augenblick wenigstens, nicht zu fürchten brauche, als er auch schon Mühe hatte, seinen Widerwillen gegen Esau's hirnlose Treuherzigkeit zu verbergen. Er vergaß nie seine Annäherung... Rebekka's Zwillinge waren zu jener Zeit fünfundfünfzigjährig – das ›duftige Gras‹ und das ›stachlige Gewächs‹, wie man sie schon als Knaben in der Gegend zwischen Hebron und Beerscheba genannt hatte. Aber das ›duftige Gras‹, der glatthäutige Jaakob, hatte es niemals sehr jugendlich getrieben, zeltfromm, sinnend und zag, wie sich der Knabe schon immer erwiesen. Jetzt aber gar hatte er vieles erlebt, Jaakob, ein Mann auf der Höhe der Jahre, würdig von Geschichten, geistig besorgt und von ihm zugewachsenem Gute schwer, – wohingegen Esau, obgleich ergraut, so gut wie der Bruder, noch immer der gedanken- und bedeutungslose, zwischen Geheul und tierischem Leichtsinn schwankende Naturbursch von ehemals zu sein schien und auch im Antlitz sich gar nicht verändert hatte; wie ja das physiognomische Heranreifen der Mehrzahl unserer Jugendgefährten darin besteht, daß sie einen Bart und auch wohl einige Runzeln in ihr Bubengesicht bekommen, welches dann eben ein Bubengesicht mit Bart und Runzeln ist, sonst aber nichts Neues aufgenommen hat.

Das erste, was Jaakob von Esau vernahm, war dessen Flötenspiel, das ihm von früh her bekannte, hoch-hohle Geträller auf einem Gebinde verschieden langer Rohrpfeifen, die in einer Reihe von Querbändern zusammengehalten waren, – einem bei den Seïr-Gebirglern beliebten und vielleicht von ihnen erfundenen Instrument, das Esau früh von ihnen übernommen hatte und worauf er mit seinen wulstigen Lippen recht kunstreich zu musizieren verstand. Dem Jaakob war die blöde und wüste Idyllik dieses Getöns, das unverantwortliche, im unterweltlichen Südlande beheimatete Tu-rü-li, von jeher verhaßt gewesen, und Verachtung stieg in ihm auf, als es ihm wieder zu Ohren kam. Überdies tanzte Esau. Sein Pfeifenspiel am Munde, den Schießbogen auf dem Rücken und einen Fetzen Ziegenfells um die Lenden, sonst aber ohne Kleider, deren er wirklich auch nicht bedurfte, da er so behaart war, daß ihm das Vlies in grau-roten Zotteln buchstäblich von den Schultern hing, tanzte und sprang er mit seinen spitzen Ohren und seiner platt auf der nackten Oberlippe liegenden Nase über das offene Land hin zu Fuß vor Troß und Mannschaft dem Bruder entgegen, blasend, winkend, lachend und weinend, so daß Jaakob, in Geringschätzung,

Scham, Erbarmen und Abneigung, bei sich etwas dachte wie ›Allmächtiger Gott!‹

Übrigens stieg auch er von seinem Tier, um, so schnell seine geschwollene Hüfte es ihm erlaubte, gerafften Kleides und eifrig sich hinschleppend, auf den musikalischen Bock zuzueilen und schon unterwegs alle Bekundungen der Unterordnung und Selbsterniedrigung zu vollziehen, die er sich vorgesetzt und die er sich nach dem nächtlichen Siege ohne wirkliche Verletzung seines Selbstgefühls leisten konnte. Wohl siebenmal, trotz seiner Schmerzen, warf er sich nieder, indem er die flachen Hände über das gebeugte Haupt erhob, und landete auch so zu Esau's Füßen, auf die er seine Stirne preßte, während seine Hände auf den von Zotteln überhangenen Knien des Bruders emportasteten und sein Mund immerfort die Worte wiederholte, die das Verhältnis trotz Segen und Fluch zu Esau's unbedingten Gunsten kennzeichnen und ihn entwaffnen, versöhnen sollten: »Mein Herr! Dein Knecht!« Aber nicht nur versöhnlich verhielt sich Esau, sondern zärtlich über alles Erwarten und auch wohl über sein eigenes; denn sein Zustand nach Empfang der Nachricht von des Bruders Heimkehr war eine allgemeine und undeutliche Aufregung gewesen, die sich noch kurz vor dem Zusammentreffen ganz leicht ins Wütende statt ins Gerührte hätte wenden können. Gewaltsam hob er Jaakob vom Staube auf, drückte ihn mit geräuschvollem Schluchzen an seine pelzige Brust und küßte ihn schmatzend auf Wange und Mund, so daß es dem also Geherzten bald zuviel wurde. Dennoch weinte auch dieser – teils weil die Spannung der Ungewißheit und Furcht in ihm sich löste, teils auch aus nervöser Weichheit und ganz allgemein über Zeit und Leben und Menschenschicksal. »Bruderherz, Bruderherz«, lallte Esau zwischen den Küssen. »Alles vergessen! Alle Schurkerei soll vergessen sein« – eine peinlich ausdrückliche Hochherzigkeit, eher danach angetan, Jaakobs Tränen sofort zu stillen, als sie inniger fließen zu lassen –, und danach begann er zu fragen, wobei er die Frage, die ihm eigentlich am Herzen lag: wie es nämlich mit den vorangetriebenen Herden gemeint sei, noch zurückstellte und sich zuerst mit hohen Augenbrauen nach den Frauen und Kindern auf den Kamelen hinter Jaakob erkundigte. So wurde denn abgestiegen und vorgestellt: zuerst neigten die Kebsweiber mit ihren vieren sich vor dem Zottelmann, dann Lea mit ihren sechsen, endlich auch die süßäugige Rahel mit Joseph, die man von hinten herbeiholte, und Esau tat bei jeder Namensnennung einen Wulstlippenrutsch auf seinem Flötengebinde, pries die Wohlbeschaffenheit der Kinder und die Brüste der Weiber und bot Lea, über deren Blödgesichtigkeit er sich laut verwunderte, einen edomitischen Kräuterbalsam für ihre wie immer entzündeten Augen an, wofür sie wütenden Herzens dankte, indem sie ihm die Zehenspitzen küßte.

Schon die äußere Verständigung zwischen den Brüdern bot Schwierigkeiten. Beide suchten im Gespräch nach den Worten ihrer Kindheit und fanden sie nur mühsam; denn Esau redete den rauhen Dialekt der Seïr-Leute, der sich von dem in der Landschaft ihrer Kindheit gesprochenen durch sinaiwüstenhafte und midianitische Einschläge unterschied, und Jaakob hatte sich im Lande Naharajim akkadisch zu sprechen gewöhnt. Es war ein gebärdenreiches Sich-behelfen zwischen den beiden, aber in Sachen der fetten Viehherden dort vorn wußte Esau seine Neugier recht wohl zu äußern, und wie er sich zierte, das üppige Geschenk anzunehmen, als Jaakob ihn bedeutete, er hoffe Gnade damit zu finden vorm Angesicht seines Herrn, das zeugte von Lebensart. Er gab dieser Ziererei die Form leichtherziger Gleichgültigkeit gegen Hab und Gut und derlei Beschwer. »Ach, Bruderherz, Unsinn, nicht also!« rief er. »Hab du es und heg's und behalt's, ich schenk' dir's zurück, ich hab's nicht nötig, um zu vergessen und zu verschmerzen die alte dreckige Büberei! Sie ist vergessen und ist verschmerzt, ich hab' mich abgefunden mit meinem Lose und bin vergnügt. Denkst du, wir Unterweltler lassen die Nasen hängen all unsere Tage hin? Eialala und Heissassa, das sind ganz fehlgehende Annahmen! Wir stolzieren zwar nicht einher, den Segen ums Haupt, und verdrehen die Augen, aber wir leben auch und auf unsere Art recht lustig, das glaube du mir! Auch uns tut es süß, beim Weibe zu schlafen, und auch uns ist Liebe ins Herz gegeben zur Kinderbrut. Glaubst du, der Fluch, den ich dir verdanke, du allerliebster Spitzbube, habe mich zum grindigen Bettler gemacht und zum Hungerleider in Edom? Das wäre! Ein Herr bin ich dort und groß unter den Söhnen Seïrs. Ich habe mehr Wein denn Wasser und Honig die Fülle und Öl und Früchte, Gerste und Weizen, mehr als ich verzehren kann. Es liefern mir Gekröpf, die unter mir sind, und schicken mir Brot und Fleisch alle Tage und Geflügel, schon zugerichtet für meine Mahlzeit, und Wildbret habe ich, selbst erlegtes und solches, das sie mir in der Wüste jagen mit ihren Hunden, und Milchspeisen, daß mir aufstößt davon die halbe Nacht. Geschenke? Viehherden als Sühnegaben und Augendecke für die alte Lumperei, die du und das Weib mir angetan? Ich pfeife darauf – Tululüriti« –, und er tat einen Lippenrutsch. »Was braucht's Geschenke zwischen dir und mir? Auf das Herz kommt es an, und mein Herz hat vergeben und vergessen die verjährte Niedertracht und wie du mein Pelzlein nachäfftest vor dem Alten mit Bocksfell um deine Gelenke, du Schalksnarr, darob ich heut lachen muß auf meine alten Tage, ob ich gleich damals blutige Tränen weinte und dir den Eliphas nachschickte zu deinem bleichen Schrecken, du Weiberspott!«

Und er umarmte den Bruder aufs neue und schmatzte wiederum Küsse in sein Gesicht, was Jaakob sich nur leidend gefallen ließ, ohne Druck und Zärtlichkeit zu erwidern. Denn er war gründlich angewidert von Esau's Worten, fand sie höchst peinlich, hirnlos und liederlich und sann auf nichts, als ehetunlichst loszukommen von dem fremden Verwandten, aber nicht ohne endgültig quitt mit ihm geworden zu sein und ihm mit dem gezahlten Tribut die Erstgeburt noch einmal abgekauft zu haben, wozu denn Esau auch nur überredet sein wollte. So gab es neue Höflichkeiten, Demutsbezeigungen und dringliche Anträge, und als Esau endlich eingewilligt hatte, das Geschenk von des Bruders Hand zu nehmen und sich's wohlgefallen zu lassen von dem, da war der gute Teufel dem Gesegneten wirklich im Herzen gewonnen und meinte es mit der Versöhnung viel ernster und redlicher, als dieser sich beikommen ließ zu tun.

»Ach, Bruderherz«, rief er, »nun aber kein Wort mehr von der alten schäbigen Missetat! Sind wir nicht aus derselben Mutter Leib geschlüpft, einer nach dem andern, so gut wie gleichzeitig? Denn du hieltest meine Ferse, wie du weißt, und ich habe dich hinter mir her ans Licht gezogen, als der Stärkere. Wir hatten einander freilich etwas gestoßen im Bauche, und gestoßen haben wir uns auch außerhalb, aber hinfürder sei dessen nicht mehr gedacht! Brüderlich wollen wir miteinander leben und als Zwillinge vor dem Herrn und wollen die Hand in dieselbe Schüssel tauchen und einander nicht mehr von der Seite gehn unser Leben lang! Auf denn, wir ziehen gegen Seïr und wohnen mitsammen!«

›Ich danke!‹ dachte Jaakob. ›Soll ich ein Flötenbock werden zu Edom ebenfalls und ewiglich mit dir hausen, du Tölpel? Das ist nicht Gottes Meinung, noch die meiner Seele. Was du redest, ist peinlich hirnloses Zeug in meinen Ohren, denn was geschah zwischen uns, ist unvergeßlich. Du selbst erwähnst es mit jeder Zungenregung und bildest dir ein in deinem schwachen Kopf, daß du's vergessen kannst und verzeihen?‹ –

»Die Worte meines Herrn«, sagte er laut, »sind entzückend, und jedes einzelne davon ist den geheimsten Wünschen seines Knechtes abgelauscht. Aber mein Herr sieht ja, daß ich halbwüchsige Kinder mit mir führe und kleine, wie diesen hier, fünfjährig, Jehosiph genannt und schwächlich bei Wege; ferner ein totes Kind, leider Gottes, im Kasten, mit dem über Stock und Stein zu eilen nicht fromm wäre, und dazu säugende Lämmer und Kälber. Das würde mir alles dahinsterben, wenn ich es übertriebe. Daher ziehe mein Herr nur voran, und ich will langsam hinten nachtreiben nach den Kräften des Viehs und der Kinder, bis daß auch ich nach Seïr komme ein wenig später, und wir inniglich leben mitsammen.«

Das war eine Absage in geschmeidiger Form, und Esau, etwas glotzend, verstand sie auch gleich so ziemlich als solche. Er machte zwar noch einen Versuch, indem er dem Bruder vorschlug, ein paar Männer bei ihm zu lassen von den Seinen zu Geleit und Bedeckung. Aber Jaakob antwortete, das sei ganz unnötig, falls er nur Gnade finde vor seinem Herrn, – womit denn die Redensartlichkeit seiner Zusage am Tage war. So zuckte Esau die zottigen Schultern, wandte dem Feinen, Falschen den Rücken und zog hin mit Vieh und Troß in seine Berge. Jaakob aber zögerte erst eine Weile hinter ihm drein, schwenkte ab bei erster Gelegenheit und schlug sich beiseite.

Drittes Hauptstück
Die Geschichte Dina's

Das Mägdlein

Da er damals nach Sichem kam, ist hier der Ort, die Geschichten und schweren Wirren dieses Aufenthaltes darzulegen, nämlich so, wie sie sich in Wirklichkeit zutrugen, unter Richtigstellung also jener kleinen Verbesserungen der Wahrheit, die man später bei ›Schönen Gesprächen‹, wenn es hieß: »Weißt du davon? Ich weiß es genau«, daran vornehmen zu sollen meinte und mit denen sie dann in die Stammes- und Weltüberlieferung eingegangen sind. Wenn wir das schlimme und schließlich blutige Geschehen von damals entwickeln, das eingeschrieben war in Jaakobs müde und zügige Greisenmiene, nebst anderen Befahrnissen, mit denen es die Erinnerungswürdenlast seines Alters bildete, so ist es im Verfolg und Zusammenhang unserer Betrachtung seines Seelengepräges, und weil nichts besser als sein Verhalten dabei zu erläutern geeignet ist, warum Schimeon und Levi einander heimlich in die Seiten stießen, wenn der Vater von seinem Ehrennamen und Gottestitel Gebrauch machte.

Die leidende Heldin der Abenteuer von Schekem war Dina, Jaakobs einziges Töchterchen, geboren von Lea, und zwar zu Beginn ihrer zweiten Fruchtbarkeitsperiode – zu Beginn also und nicht am Ende, nicht nach Issakhar und Sebulun, wie, viel später, die schriftliche Nachricht es anordnete. Diese zeitliche Anordnung kann darum nicht zutreffen, weil, wenn sie zuträfe, Dina zur Zeit ihres Unglücks körperlich noch gar nicht reif für dieses, sondern ein Kind gewesen wäre. In Wirklichkeit war sie vier Jahre älter als Joseph, also bei der Ankunft der Jaakobsleute vor Sichem neun und zur Zeit der Katastrophe dreizehn: zwei wichtige Jahre älter, als die rechnerische Nachprüfung der überlieferten Chronologie ergeben würde, denn gerade in diesen beiden Jahren erblühte sie, wurde Weib und so anziehend, wie man es bei einem Leakinde nur irgend erwarten konnte, ja, vorübergehend anziehender, als man es bei diesem kräftigen, aber unschönen Schlage im ganzen hätte erwarten sollen. Sie war ein rechtes Kind der mesopotamischen Steppe, welcher ein früh ausbrechender und überschwenglich blütenreicher Frühling gegeben ist, dem kein lebendiger Sommer folgt; denn schon im Mai ist die ganze Zauberpracht von einer unbarmherzigen Sonne zu Kohle verbrannt. So Dina's körperliche Anlage; und die Ereignisse taten das Ihre, sie vor der Zeit zu einem müden und abgeblühten Weiblein zu machen. Was aber ihren Platz in der Reihe von Jaakobs Nachkommenschaft betrifft, so will es wenig besagen, welchen die Schreiber ihr angewiesen haben. Es war Flüchtigkeit, Gleichgültigkeit, die ihnen den Griffel führte, wenn sie den Namen des Mädchens einfach an das Ende der Leakinderserie setzen, statt an seinen gehörigen Ort: um die Sohnesfolge nicht durch etwas so Unbeträchtliches, ja Störendes wie einen Mädchennamen zu unterbrechen. Wer nähme es genau mit einem Mädchen? Der Unterschied zwischen der Geburt eines solchen und eigentlicher Verschlossenheit war wenig erheblich, und Dina's Erscheinen, richtig eingeordnet, bildete gewissermaßen den Übergang von Lea's kurzer Unfruchtbarkeitsperiode zu neuer Ergiebigkeit ihres Leibes, welche mit Issakhars Austritt erst ernstlich wieder einsetzte. Jedes Schulkind weiß heute noch, daß Jaakob zwölf Söhne besaß, und hat ihre Namen am Schnürchen, während weite Kreise des Publikums von der Existenz der unglücklichen kleinen Dina kaum etwas ahnen und sich überrascht zeigen bei ihrer Erwähnung. Jaakob aber liebte sie so, wie er ein Kind der Unrechten nur zu lieben vermochte, versteckte sie vor Esau in einer Totenlade und trug, als die Zeit kam, schweres Herzeleid um sie.

Israel also, der Gesegnete des Herrn, mit Troß und Habe, mit seinen Herden, von denen allein die Schafe fünfeinhalbtausend Stück ausmachten, mit Weibern und Anwuchs, Sklavinnen, Knechten, Treibern, Hirten, Ziegen, Eseln, Last- und Reitkamelen, – Jaakob, der Vater, vom Jabbok kommend und von der Begegnung mit Esau, überschritt den Jardên und fand sich, froh, der unmäßigen Hitze des Flußtales, den Wildschweinen und Pardelkatzen seines Pappel- und Weidendickichts entronnen zu sein, in einem Lande von mäßiger Gebirgigkeit und fruchtbar blumigen, von Quellen durchrauschten Tälern, wo Gerste wild wuchs und in deren einem er denn auf die Stätte Schekem stieß, eine behäbige Siedlung, beschattet vom Felsen Garizim, jahrhundertealt, mit einer dicken, aus unverbundenen Steinblöcken errichteten Ringmauer, die eine Untere Stadt im Südosten und eine Obere im Nordwesten umschloß: die Obere genannt, weil sie auf einer fünf Doppelellen hohen künstlichen Aufschüttung lag, dann aber auch im übertragen-ehrfürchtigen Sinne so geheißen, weil sie fast ganz aus dem Palast des Stadtfürsten Hemor und aus dem rechteckigen Massiv des Baal-berit-Tempels bestand – welche beiden überragenden Gebäude denn auch das erste waren, was den Jaakobsleuten bei ihrem Eintritt in das Tal und ihrer Annäherung an das östliche Stadttor in die Augen sprang. Schekem hatte rund fünfhundert Einwohner, nicht mitgerechnet einige zwanzig Mann ägyptischer Besatzung, deren Vorsteher, ein blutjunger, aus der Deltagegend gebürtiger Offizier, hier zu dem einzigen Zwecke eingesetzt war, um alljährlich unmittelbar von Hemor, dem Stadtfürsten, und mittelbar von den Großkaufleuten der Unteren Stadt einige Barren Goldes in Ringform einzutreiben, die ihren Weg zur Amunsstadt nehmen mußten und deren Ausbleiben dem jungen Weser-ke-Bastet (dies war der Name des Befehlshabers) große persönliche Unannehmlichkeiten eingetragen haben würde.

Es läßt sich denken, mit wie zweifelhaften Gefühlen die Leute von Schekem, unterrichtet durch ihre Mauerwachen und durch von außen heimkehrende Bürger, von dem Heranschwanken des Wanderstammes Kenntnis nahmen. Man konnte nicht wissen, was diese Schweifenden im Schilde führten, Gutes oder Böses; und in letzterem Falle genügte einige kriegerisch-räuberische Erfahrung und Übung auf ihrer Seite, um die Lage Schekems trotz seiner klotzigen Mauer mißlich zu gestalten. Der Ortsgeist war wenig mannhaft, vielmehr händlerisch, bequem und friedlich, der Stadtfürst Hemor ein grämlicher Greis mit schmerzhaften Knoten an den Gelenken, sein Sohn, der junge Sichem, ein verhätscheltes Herrensöhnchen mit eigenem Harem, ein Teppichlieger und Süßigkeitenschlecker, eine elegante Drohne, – und desto freudiger wäre unter diesen Umständen das Vertrauen der Einwohner in die soldatische Tugend der Besatzungstruppe gewesen, wenn sich zu solchem Vertrauen auch nur die geringste Möglichkeit geboten hätte. Aber diese um eine Falkenstandarte mit Pfauenfedern gescharte Mannschaft, die sich selbst als die ›Abteilung, glänzend wie die Sonnenscheibe‹, bezeichnete, erweckte keinerlei Hoffnungen für den Ernstfall, angefangen bei ihrem Kommandanten, dem erwähnten Weserke-Bastet, der vom Krieger so gut wie gar nichts an sich hatte. Sehr befreundet mit Sichem, dem Burgsöhnchen, war er der Mann zweier Liebhabereien, denen er bis zur Narrheit frönte: es waren die Katzen und die Blumen. Er stammte aus der unterägyptischen Stadt Per-Bastet, deren Namen man sich hierzulande durch die Umformung Pi-Beset mundgerecht gemacht hatte, weshalb die Sichemiten ihn, den Vorsteher, denn auch einfach ›Beset‹ nannten. Die Lokalgottheit seiner Stadt war die katzenköpfige Göttin Bastet, und seine Katzenfrömmigkeit war denn auch ohne Maß: auf Schritt und Tritt war er umgeben von diesen Tieren, nicht nur von lebendigen in allen Farben und Lebensaltern, sondern auch von toten, denn mehrere gewickelte Katzenmumien lehnten an den Wänden seines Quartiers, und weinend brachte er ihnen Mäuse und Milch als Opfergaben dar. Zu dieser Weichheit stimmte seine Blumenliebe, die als Ergänzung und Gegengewicht männlicherer Neigungen hätte ein schöner Zug genannt werden können, aber in Ermangelung solcher entmutigend wirkte. Beständig ging er mit einem breiten Kragen aus frischen Blumen umher, und der untergeordnetste Gegenstand seines Bedarfes mußte mit Blumen umkränzt sein – es war im einzelnen geradezu lächerlich. Seine Kleidung war durchaus bürgerlich: er zeigte sich in weißem Batistrock, durch den man den Unterschurz sah, Arme und Rumpf mit Bändern umschlungen, und nie hatte man ein Panzerkleid, nie eine andere Waffe an ihm beobachtet als ein Stöckchen. Nur auf Grund einer gewissen Schreibfertigkeit war ›Beset‹ überhaupt Offizier geworden.

Was seine Leute betraf, um die er sich übrigens fast nicht kümmerte, so führten sie zwar die Kriegstaten eines früheren Königs ihres Landes, Thutmose's des Dritten, und des ägyptischen Heeres, das unter ihm in siebzehn Feldzügen die Lande bis zum Strome Euphrat erobert hatte, mit inschriftenhafter Prahlerei im Munde, stellten aber selber ihren Mann hauptsächlich beim Vertilgen von Gänsebraten und Bier und hatten sich bei anderen Gelegenheiten, so bei einer Feuersbrunst und bei einem Beduinenüberfall auf die zum Stadtbereich gehörenden offenen Ortschaften, als ausgemachte Feiglinge erwiesen – und zwar namentlich, sofern sie gebürtige Ägypter waren, denn es gab auch einige gelbliche Libyer und sogar ein paar nubische Mohren darunter. Wenn sie, nur um sich sehen zu lassen, mit ihren hölzernen Schilden, ihren Lanzen, Sicheln und dreieckigen Lederblättern vor den Schurzen durch Schekems krumme Gassen, durch das Gedränge der Esel- und Kamelreiter, der Wasser- und Melonenverkäufer, der Feilschenden vor den Gewölben sich einen Weg bahnten, gebückt, im Geschwindschritt, als seien sie auf der Flucht, so verständigten die Bürger sich hinter ihrem Rükken durch wegwerfende Mienen. Im übrigen unterhielten Pharao's Krieger sich mit den Spielen ›Wieviel Finger?‹ und ›Wer hat dich geschlagen?‹ und sangen zwischendurch Lieder vom schwierigen Lose des Soldaten, besonders desjenigen, der gezwungen sei, im elenden Amulande sein Leben zu fristen, statt sich desselben zu freuen an den Ufern des barkenreichen Lebensspenders und unter den bunten Säulen von ›No‹, der Stadt schlechthin, der Stadt ohnegleichen, No Amun, der Gottesstadt. Daß Schicksal und Schutz von Schekem ihnen nicht mehr wog als ein Getreidekorn, konnte leider nicht bezweifelt werden.

Die Zurechtweisung

Die Unruhe der Städter nun aber wäre noch lebhafter gewesen, wenn sie die Gespräche hätten belauschen können, welche die älteren Söhne des heranziehenden Häuptlings untereinander führten, – die Schekem nur allzu nahe angehenden Pläne, die diese verstaubten und unternehmend blickenden jungen Leute mit halben Stimmen erwogen, bevor sie sie vor ihren Vater brachten, der sie ihnen freilich mit aller Entschiedenheit verwies. Ruben oder Re'uben, wie der älteste eigentlich genannt wurde, war um jene Zeit siebzehnjährig, Schimeon und Levi zählten sechzehn und fünfzehn Jahre, Bilha's Dan, ein anschlägiger und tückischer Junge, war ebenfalls fünfzehn und der schlanke und rasche Naphtali so alt wie der starke, aber schwermütige Juda, nämlich vierzehn. Das waren die Jaakob-Söhne, die an jenen Heimlichkeiten teilnahmen. Gad und Ascher, obgleich mit ihren elf und zehn Jahren auch schon stämmige und geistig vollreife Burschen, blieben damals noch außen, zu schweigen von den drei Jüngsten.

Um was ging es? Nun, um das, worüber man sich auch in Schekem Gedanken machte. Die draußen die Köpfe zusammensteckten, diese von der Sonne Naharina's bis zur Schwärzlichkeit gebräunten Gesellen in ihren gegürteten Zottenkitteln und mit ihrem von Fett starrenden Haar, waren ziemlich wild aufgewachsen, bogen- und messerfrohe Steppensöhne und Hirtenjungen, gewöhnt an Begegnungen mit Wildstieren und Löwen, gewöhnt an ausgiebige Raufereien mit fremden Hütern um einen Weideplatz. Von Jaakobs Sanftmut und Gottesdenkertum war wenig auf sie gekommen; ihr Sinn war handfest praktisch gerichtet, voll eines nach Beleidigung und Anlaß zum Kampfe geradezu ausspähenden Jugendtrotzes und Stammesdünkels, welcher auf einen geistlichen Adel pochte, der persönlich gar nicht der ihre war. Seit längerem unbehaust, unterwegs, in wanderndem Zustande, fühlten sie sich gegen die Bewohner des Fruchtlandes, in das sie einzogen, als Nomaden, den Seßhaften überlegen durch Freiheit und Kühnheit, und ihre Gedanken gingen auf Raub. Dan war der erste gewesen, der aus dem Mundwinkel den Vorschlag gemacht hatte, Schekem durch Handstreich einzunehmen und zu plündern. Ruben, ehrbar, aber plötzlichen Antrieben unterworfen seit jeher, war rasch bei der Sache; Schimeon und Levi, die größten Raufbolde, schrien und tanzten vor Vergnügen und Unternehmungslust; den Eifer der anderen erhöhte der Stolz, sich ins Einvernehmen gezogen zu sehen.

Unerhört war es nicht, was sie erwogen. Daß Städte des Landes von lüsternen Eindringlingen der Wüste, südlicher oder östlicher Herkunft, Chabiren oder Beduinen, überfallen und vorübergehend auch eingenommen wurden, war, wenn nicht an der Tagesordnung, so doch ein nicht selten wiederkehrendes Vorkommnis. Die Überlieferung aber, deren Quelle nicht bei den Städtern, sondern bei den Chabiren oder Ibrim im engeren Sinne des Wortes, den bene Israel liegt, verschweigt mit dem besten Gewissen von der Welt, überzeugt von der Erlaubtheit solcher epischer Reinigung der Wirklichkeit, die Tatsache, daß es von Anfang an in Jaakobs Lager auf eine kriegerische Regelung des Verhältnisses zu Schekem abgesehen war und nur der Widerstand des Stammeshauptes die Ausführung dieser Pläne um einige Jahre, das heißt bis zu dem traurigen Zwischenfall mit Dina, verzögerte.

Dieser Widerstand war allerdings majestätisch und unüberwindlich. Jaakob befand sich damals in besonders gehobener Stimmung, und zwar auf Grund seiner Bildung, der Bedeutsamkeit seiner Seele, vermöge seiner Neigung zu weitausgreifender Ideenverbindung. Sein Leben während der letzten fünfundzwanzig Jahre erschien seinem feierlichen Sinnen im Lichte kosmischer Entsprechung, als Gleichnis des Kreislaufs, als ein

Auf und Ab von Himmelfahrt, Höllenfahrt und Wiedererstehen, als eine höchst glückliche Ausfüllung des wachstumsmythischen Schemas. Von Beerscheba war er einst nach Beth-el gelangt, der Stätte des großen Treppengesichtes, das war eine Himmelfahrt. Von dort in die Steppe der Unterwelt, wo er zweimal sieben Jahre hatte dienen, schwitzen und frieren müssen und danach sehr reich geworden war, nämlich durch die Übertölpelung eines zugleich listigen und dummen Teufels namens Laban, – er konnte gebildeterweise nicht umhin, in seinem mesopotamischen Schwiegervater einen Schwarzmonddämonen und schlimmen Drachen zu sehen, der ihn betrogen und den dann er selber gründlich betrogen und bestohlen hatte, worauf er denn nun mit allem Gestohlenen und namentlich mit seiner befreiten Ischtar, der süßäugigen Rahel, das Herz voll großen und frommen Gelächters, die Riegel der Unterwelt gebrochen hatte, aus ihr emporgestiegen und nach Sichem gelangt war. Sichems Tal hätte nicht so blumig zu sein brauchen, wie es wirklich bei seiner Ankunft sich darstellte, um seiner Sinnigkeit als Frühlingspunkt und Kreislaufstation neuen Lebens zu erscheinen; abrahamitische Erinnerungen an diesen Platz taten das Ihre, sein Herz sehr weich und ehrerbietig gegen ihn zu stimmen. Ja, wenn seine Sprößlinge an Abrahams Kriegertum dachten, an seinen kühnen Handstreich gegen die Heere des Ostens und daran, wie er die Zähne der Sternanbeter stumpf gemacht, so dachte er, Jaakob, an Urvaters Freundschaft mit Melchisedek, dem Hohenpriester von Sichem, an den Segen, den er von ihm empfangen, die Sympathie und Anerkennung, die er seiner Gottheit gezollt; – und so war die Aufnahme, die seine großen Jungen bei ihm fanden, als sie auf behutsame und fast poetische Art ihr grobes Vorhaben durchblicken ließen, die allerschlechteste.

»Weichet hinaus von mir«, rief er, »und das auf der Stelle! Söhne Lea's und Bilha's, ihr solltet euch schämen! Sind wir Räuber der Wüste, die da kommen über das Land gleich Heuschrekken und gleich einer Plage Gottes und fressen die Ernte des Ackermannes? Sind wir Gesindel, Ungenannte und Niemandssöhne, daß wir die Wahl hätten, zu betteln oder zu stehlen? War nicht Abraham ein Fürst unter den Fürsten des Landes und ein Bruder der Mächtigen? Oder wolltet ihr euch setzen mit triefendem Schwert zu Herren der Städte und leben in Krieg und Schrecken – wie wolltet ihr weiden unsere Lämmer auf den Triften, die wider euch sind, und unsere Ziegen auf den Bergen, die widerhallen von Haß? Hinweg, Dummköpfe! Untersteht euch! Sehet mir draußen nach dem Rechten, ob die Dreiwöchigen das Fressen annehmen, daß geschont werde die Milch der Mütter. Geht und sammelt das Haar der Kamele, daß wir Grobzeug haben, zu kleiden die Knechte und Hüterknaben, denn es ist die Zeit, da sie's abwerfen. Geht mir, sage ich, und prüfet die Seile der Zelte und die Ösen des Zeltdachs, ob nichts verfault ist, damit kein Unglück geschehe und einstürze das Haus über Israel. Ich aber, daß ihr es wißt, will mich gürten und hingehen unter das Tor der Stadt und reden in Frieden und Weisheit mit den Bürgern und mit Hemor, ihrem Hirten, auf daß wir uns vertragen mit ihnen gültig und schriftlich und Land von ihnen erwerben und Handel treiben mit ihnen zu unserm Nutzen und nicht zum Schaden für jene.«

Der Vertrag

So geschah es. Jaakob hatte sein Lager unweit der Stadt bei einer Gruppe alter Maulbeerbäume und Terebinthen aufgeschlagen, die ihm heilig schien, in einem welligen Gebreite von Wiesen und Ackerland, von wo man auf die kahlen Klippen des Ebalberges blickte und aus dem nahebei der oben felsige, unten aber gesegnete Garizim sich erhob, und von hier sandte er drei Männer mit hübschen Geschenken für Hemor, den Hirten, nach Schekem; ein Bündel Tauben, Brote aus trockenen Früchten gepreßt, eine Lampe in Entenform und ein paar schöne Krüge, die mit Fischen und Vögeln bemalt waren, und ließ sagen, Jaakob, der große Reisende, wolle mit den Oberen der Stadt unterm Tor über Verbleib und Rechte verhandeln. Man war erleichtert und entzückt zu Schekem. Die Stunde der Begegnung ward angesetzt, und da sie erfüllt war, kamen hervor aus dem Osttore Hemor, der Gichtige, mit dem Staat seines Hauses und mit Sichem, seinem Sohn, einem zappligen Jüngling; auch Weser-ke-Bastet im Blumenkragen kam aus Neugierde mit hervor nebst einigen Katzen, und andererseits stellte Jaakow ben Jizchak voller Würde sich ein, begleitet von Eliezer, seinem Ältesten Knechte, umgeben von seinen großjährigen Söhnen, denen er vollkommene Höflichkeit geboten hatte für diese Stunde; und so traf man einander unter dem Tor und hielt Zusammenkunft dort und davor: Denn das Tor war ein schwerer Bau, der vorsprang hallenartig nach außen und innen, und innen war Markt- und Gerichtsplatz, und viel Volks hatte sich hinter den Großen dorthin gedrängt, um zuzusehen der Beratung und dem Geschäfte, das sich mit allen Umständlichkeiten schöner Gesittung einleitete und nur sehr zögernd überhaupt in Angriff genommen wurde, so daß die Zusammenkunft sechs Stunden dauerte und die Händler auf dem Marktplatze drinnen mit dem Volke gute Geschäfte machten. Nach den ersten Reverenzen ließen die Parteien sich, einander gegenüber, auf Feldsesseln, Matten und Tüchern nieder; Erfrischungen wurden gereicht: Würzwein und Dickmilch mit Honig; lange war nur von der Gesundheit der Häupter und ihren Lieben die Rede, dann von den Reiseverhältnissen auf beiden Seiten des ›Abflusses‹, dann von noch fernerliegenden Dingen; dem aber, weswegen man zusammengekommen war, näherte man sich wie widerwillig und mit Achselzucken, mehrmals davon wieder abweichend und auf eine Weise, als schlage man einander vor, doch lieber gar nicht davon zu reden, eben weil es das eigentlich zu Beredende, die Sache, der Gegenstand war, welchem um höherer Menschlichkeit willen der Schein des Verächtlichen notwendig gewahrt bleiben mußte. Ist es doch schlechthin der Luxus der Übersachlichkeit und der Scheinvorrang ehrenhalber der schönen Form, eingerechnet den hochherzig unbekümmerten Zeitverbrauch um ihretwillen, welche das menschlich Würdige, nämlich das mehr als Natürliche und also Gesittete eigentlich ausmachen.

Der Eindruck, den die Städter von der Persönlichkeit Jaakobs empfingen, war der vorzüglichste. Wenn nicht auf den ersten Blick, so doch schon nach wenig Austausch wußten sie, wen sie vor sich hatten. Das war ein Herr und Gottesfürst, vornehm durch Geistesgaben, die auch seine gesellschaftliche Person veredelten. Was hier seine Wirkung übte, war derselbe Adel, der in den Augen des Volkes von jeher das Merkmal der Nachfolge oder Wiederverkörperung Abrahams ausgemacht und, von der Geburt ganz unabhängig, auf Geist und Form beruhend, diesem Mannesschlage die geistliche Führerschaft gesichert hatte. Die ergreifende Sanftheit und Tiefe von Jaakobs Blick, sein vollendeter Anstand, die Ausgesuchtheit seiner Gebärden, das Tremolo seiner Stimme, seine gebildete und blumige, in Satz und Gegensatz, Gedankenreim und mythischer Anspielung sich bewegende Rede nahmen vor allem Hemor, den Gichtigen, so sehr für ihn ein, daß er schon nach kurzem aufstand und hinging, den Scheich zu küssen, und der Beifall des Volks in der inneren Torhalle begleitete die Handlung. Was das Anliegen des Fremdlings betraf, das man im voraus kannte und das auf rechtmäßige Ansiedelung hinausging, so machte es dem Stadthaupte freilich einiges Beschwer, denn eine Anzeige an ferner, höchster Stelle, daß er, Hemor, das Land den Chabiren ausliefere, konnte seinem Alter Unbill bereiten. Allein stille Blicke, die er mit dem Vorsteher der Besatzung tauschte, welcher für sein Teil ebenso erwärmt von Jaakobs Wesen war wie er selbst, beruhigten ihn über diesen Punkt, und so eröffnete er den Handel mit dem schönen und selbstverständlich mit einer Verbeugung zu übergehenden Vorschlage, jener möge Land und Rechte einfach geschenkt nehmen, und rückte dann mit einem gewürzten Preise nach: hundert Schekel Silbers für ein Saatland, so groß wie zwölf ein halb Morgen, forderte er und fügte, gefaßt auf ein zähes Feilschen, die Frage hinzu, was das sei zwischen einem solchem Käufer und ihm! Doch Jaakob feilschte nicht. Seine Seele war bewegt und erhoben von Nachahmung, Wiederkehr, Vergegenwärtigung. Er war Abraham, der von Osten kam und von Ephron den Acker, die doppelte Grabstätte kaufte. Hatte der

Gründer mit Hebrons Haupt und mit den Kindern Heth um den Preis gehadert? Es gab die Jahrhunderte nicht. Was gewesen, war wieder. Der reiche Abraham und Jaakob, der Reiche aus Osten, sie schlugen würdevoll ohne weiteres ein; chaldäische Sklaven schleppten die Standwaage, die Gewichtssteine heran. Eliezer, der Großknecht, trat nahe mit einem Tongefäß voll Ringsilber; es stürzten herzu die Schreiber Hemors, hockten hin und begannen die Friedens- und Handelsurkunde auszufertigen nach Recht und Gesetz. Dargewogen war das Entgelt für Acker und Weide, gültig und heilig der Vertrag, verflucht, wer ihn anfocht. Sichemiten waren die Jaakobsleute, Bürger, Berechtigte. Sie mochten ein- und ausgehen durch das Tor der Stadt nach ihrem Gefallen. Sie mochten das Land durchziehen und Handel treiben im Lande. Ihre Töchter wollten Schekems Söhne zu Weibern nehmen und Schekems Töchter ihre Söhne zum Mann. Von Rechtes wegen; wer sich dawidersetzte, sollte der Ehre bar sein für Lebenszeit. Die Bäume auf dem gekauften Felde waren Jaakobs ebenfalls – ein Feind des Gesetzes, wer es bezweifelte. Weser-ke-Bastet als Zeuge drückte den Käfer seines Ringes in den Ton, Hemor seinen Stein, Jaakob die Siegelwalze an seinem Hals. Es war geschehen. Man tauschte Küsse und Schmeicheleien. Und so geschah Jaakobs Niederlassung bei der Stätte Schekem im Lande Kanaan.

Jaakob wohnt vor Schekem

»Weißt du davon?« – »Ich weiß es genau.« Mitnichten wußten es Israels Hirten noch genau, wenn sie es später am Feuer zum Gegenstand ›Schöner‹ Gespräche machten. Guten Gewissens stellten sie manches um und verschwiegen anderes um der Geschichte Reinheit willen. Sie schwiegen davon, wie schiefe Mäuler die Söhne Jaakobs und namentlich Levi und Schimeon gleich damals zu dem Friedensvertrage gezogen, – und taten, als sei der Vertrag erst errichtet worden, als die Geschichte mit Dina und Sichem, dem Burgsohne, schon begonnen, – und zwar etwas anders begonnen hatte, als sie es ›wußten‹. Sie überlieferten es so, als habe eine gewisse Bedingung, die man dem Sichem in Beziehung auf Jaakobs Tochter stellte, einen Punkt des Verbrüderungsdokumentes ausgemacht, – während diese Bedingung völlig eine Sache für sich war und zu einem ganz anderen Zeitpunkt erstellt wurde, als sie ›genau zu wissen‹ vorgaben. Wir werden es darlegen. Der Vertrag war das erste. Ohne ihn hätte die Ansiedelung der Jaakobsleute gar nicht statthaben und auch das Folgende sich nicht ereignen können. Sie zelteten seit fast vier Jahren vor Schekem, am Eingang des Tals, als die Wirren eintraten; sie bauten ihren Weizen auf dem Acker und ihre Gerste auf der Krume des Feldes; sie ernteten das Öl ihrer Bäume, sie weideten ihre Herden und trieben Handel damit im Lande; sie gruben einen Brunnen dort, wo sie siedelten, vierzehn Ellen tief und sehr breit, mit Mauerwerk gefüttert, den Jaakobsbrunnen... Einen Brunnen – so tief und breit? Was brauchten die Kinder Israel überhaupt einen Brunnen, da doch die befreundeten Städter einen hatten vor dem Tor und das Tal voller Quellen war? Ja, gut, sie brauchten ihn auch nicht gleich, sie legten ihn nicht unmittelbar nach ihrer Niederlassung an, sondern erst etwas später, als sich gezeigt hatte, daß in betreff des Wassers unabhängig zu sein und einen starken Vorrat davon in ihrem eigenen Grunde zu besitzen, nämlich einen solchen, der auch bei größter Trockenheit nicht versiechte, für sie, die Ibrim, eine Lebensnotwendigkeit war. Das Verbrüderungsinstrument war errichtet, und wer daran deutelte, dessen Eingeweide sollten preisgegeben sein. Aber errichtet worden war es von den Häuptern, wenn auch unter dem Stimmungsbeifall des Volks, und Landfremde, Zugewanderte blieben die Jaakobsleute eben doch in den Augen der Leute Schekems – nicht sehr bequeme und harmlose überdies, sondern recht dünkel- und lehrhafte, welche vor aller Welt etwas Geistliches vorauszuhaben meinten, dazu beim Vieh- und Wollhandel in einer Weise auf ihren Vorteil zu sehen wußten, daß schlechthin die Selbstachtung litt im Verkehr mit ihnen. Kurzum, die Verbrüderung war nicht durchgreifend, sie unterlag gewissen Abstrichen, wie eben dem, daß man den

Ebräern die Benutzung der verfügbaren Wasserstellen, deren übrigens auch im Instrumente nicht Erwähnung geschehen, schon nach kurzem verweigerte, um sie etwas einzuschränken – und daher der große Jaakobsbrunnen, welcher als Merkmal dafür zu gelten hat, daß es schon vor den schwereren Wirren zwischen dem Stamme Israel und den Leuten von Schekem so stand, wie es eben zwischen eingelagerten Chabirenstämmen und den altrechtmäßigen Bewohnern des Landes zu stehen pflegte, nicht aber so, wie es gemäß der Sitzung unterm Stadttore hätte stehen sollen.

Jaakob wußte es und wußte es nicht, das heißt: er sah davon ab und hielt seinen sanften Sinn den familiären und den geistlichen Dingen zugewandt. Damals lebte ihm Rahel, die Süßäugige, schwer erworben, fährlich entführt und ins Land der Väter gerettet, die Rechte und Liebste, seines Auges Wonne, seines Herzens Schwelgerei, seiner Sinne Labsal. Joseph, ihr Reis, der wahrhafte Sohn, wuchs heran; er wurde – reizende Zeit! – aus einem Kinde zum Knaben, und zwar zu einem so schönen, witzigen, schmeichelhaften, bezaubernden, daß dem Jaakob die Seele überwallte, wenn er ihn nur sah, und schon damals die Größeren anfingen, Blicke zu wechseln ob der Narretei, die der Alte anstellte mit dem mundfertigen Balg. Übrigens war Jaakob vielfach der Wirtschaft fern, unterwegs, auf Reisen. Er nahm die Beziehungen auf zu den Glaubensverwandten in Stadt und Land, besuchte die dem Gotte Abrahams geheiligten Stätten auf den Höhen und in den Tälern und erörterte in manchem Gespräch das Wesen des Einzig-Höchsten. Es ist sicher, daß er vor allem hinabzog gen Mittag, um nach einer Trennung, die fast ein Menschenalter gewährt, seinen Vater zu umarmen, sich ihm in seiner Fülle zu zeigen und einen Segen bestätigen zu lassen, der ihm so sichtbarlich angeschlagen. Denn Jizchak lebte damals noch, ein uralter Mann und längst völlig blind, während Rebekka vor Jahr und Tag schon ins Totenreich hinabgestiegen war. Dies aber war auch der Grund, weshalb Isaak die Stätte seines Brandopfers von dem Baume ›Jahwe el olam‹ bei Beerscheba hinweg zur Orakel-Terebinthe bei Hebron verlegt hatte:

in die unmittelbare Nähe der ›doppelten Höhle‹ nämlich, in der er die Vetterstochter und Eheschwester zur Ruhe bestattet hatte und wo über ein kleines auch er selbst, Jizchak, das verwehrte Opfer, nach langer und geschichtenvoller Lebensfrist versorgt und beklagt werden sollte von Jaakob und Esau, seinen Söhnen, damals, als Jaakob gebrochen von Beth-el kam, nach Rahels Tode, mit dem kleinen Mörder, dem Neugeborenen, Ben-Oni = Ben-Jamin...

Die Weinlese

Viermal grünten Weizen und Gerste und wurden gelb auf den Äckern von Schekem, viermal blühten und welkten die Anemonen des Tals, und achtmal hatten die Jaakobsleute Schafschur gehalten (denn Jaakobs gesprenkelten Frühlingen wuchs das Vlies so rasch, wie einer die Hand umdreht, und zweimal das Jahr hatte er reichlich Wolle von ihnen: im Siwan sowohl wie auch noch im herbstlichen Tischri): Da geschah es zu Schekem, daß die Einwohner Weinlese hielten und das Fest der Weinlese in der Stadt und an Garizims gestuften Hängen, am Vollmond der Herbsttagesgleiche, da das Jahr sich erneute. Da war nichts als Jauchzen und Umzug und Erntedank in Stadt und Tal, denn sie hatten die Trauben gepflückt unter Gesängen und sie nackend mit Füßen getreten in der Felsenkelter, daß ihre Beine purpurn wurden bis zu den Hüften und das süße Blut durch die Rinne hin in die Kufe floß, wo sie knieten und es lachend in Krüge und Balgschläuche füllten, auf daß es gäre. Da nun der Wein auf Hefen lag, stellten sie das Fest der sieben Tage an, opferten den Zehnten der Erstlinge von Rind und Schaf, von Korn, Most und Öl, schmausten und tranken, brachten Adonai, dem großen Baal, kleinere Götter zur Aufwartung in sein Haus und führten ihn selbst in seinem Schiff auf den Schultern, mit Trommeln und Cymbelglocken, in Prozession über Land, daß er aufs neue segne den Berg und den Acker. Aber mitten im Fest, am dritten Tage, sagten sie eine Musik und einen Reigen an vor der Stadt, in Gegenwart der Burg und jedes, der kommen wollte, Weiber und Kinder nicht ausgenommen. Da kamen heraus Hemor, der Alte, auf einem Stuhl getragen, und der zapplige Sichem, getragen ebenfalls, mit Frauenstaat und Verschnittenen, mit Ämtlingen, Kaufleuten und kleinem Volk, und aus seinem Zeltlager kam Jaakob mit Weibern, Söhnen und Knechten, und sie alle kamen zusammen und ließen sich nieder an dem Ort, wo die Musik erschallte, und an der Stätte, wo der Reigen geschehen sollte: unter Ölbäumen im Tal, wo es weit war, der Berg des Segens geräumig ausbog, oben felsig und lieblich unten, und in der Schlucht des Fluchberges Ziegen nach trockenen Kräutern kletterten. Der Nachmittag war blau und warm, das sinkende Licht kleidete alle Dinge und Menschen wohl und vergoldete die Formen der Tänzerinnen, welche, gestickte Bänder um Hüften und Haar, Metallstaub in den Wimpern ihrer langgeschminkten Augen, mit rollendem Bauch vor den Musikanten tanzten und die Köpfe abwandten von den Handtrommeln, die sie rührten. Die Musikanten hockten und schlugen Leier und Laute, ließen ertönen das scharfe Weinen der Kurzflöten. Andere, hinter den Spielenden, klatschten nur mit den Händen den Takt, und weitere sangen, indem sie mit der Hand ihre Kehle schüttelten, damit es gepreßt und beweglich klinge. Männer kamen auch, zu tanzen; sie waren bärtig und nackt, hatten Tierschwänze umgebunden und sprangen wie Böcke, indem sie die Mädchen zu haschen suchten, welche ausgebogenen Leibes entwischten. Ballspiel gab es ebenfalls, und die Mädchen waren geschickt darin, mehrere Kugeln auf einmal hochauf gaukeln zu lassen bei gekreuzten Armen oder indem die eine sich auf die Hüfte der anderen setzte. Groß war die Zufriedenheit aller, Städter wie Zeltbewohner, und wenn auch Jaakob das Rauschen und Klimpern nicht liebte, da es betäubte und die Gottesbesinnung nahm, so machte er doch behagliche Miene um der Leute willen und schlug aus Höflichkeit manchmal den Takt mit den Händen.

Da nun war es, daß Sichem, der Burgsohn, Dina sah, des Ibrims Tochter, dreizehnjährig, und sie begehren lernte, daß er nie wieder aufhören konnte, sie zu begehren. Sie saß mit Lea, ihrer Mutter, auf der Matte, gleich neben den Musikanten, gegenüber dem Sitze Sichems, und unablässig betrachtete er sie mit verwirrten Augen. Sie war nicht schön, ein Leakind war das, aber ein Reiz ging zu jener Zeit von ihrer Jugend aus, süß, zäh, gleichsam Fäden ziehend wie Dattelhonig, und dem Sichem erging es vom Anschauen alsbald wie der Fliege an der bestrichenen Tüte: er zog die klebenden Beinchen, um zu sehen, ob er hätte loskommen können, wenn er gewollt hätte, wollte es zwar nicht ernstlich, weil die Tüte so süß war, erschrak aber zu Tode, weil er bemerkte, daß er es auch bei dem besten Willen nicht gekonnt hätte, hüpfte auf seinem Feldstühlchen hin und her und verfärbte sich hundertmal. Sie hatte ein dunkles Frätzchen mit schwarzen Haarfransen in der Stirn unter dem Schleiertuch ihres Hauptes, lange finster-süße Augen von klebrigem Schwarz, die unter den Blicken des sich Vergaffenden öfters ins Schielen gerieten, eine breitnüstrige Nase, an deren Scheidewand ein Goldring baumelte, einen ebenfalls breiten, rot aufgehöhten, schmerzlich verzerrten Mund und fast überhaupt kein Kinn. Ihr ungegürteter Hemdrock aus blau und roter Wolle bedeckte nur eine Schulter, und die andere, bloße, war äußerst lieblich in ihrer Schmalheit, die Liebe selbst, – wobei die Sache nicht besser, sondern nur schlimmer wurde, wenn sie den Arm an dieser Schulter hob, um ihn hinter den Kopf zu führen, so daß Sichem das feuchte Gekräusel ihrer kleinen Achselhöhle sah und durch Hemd und Oberkleid die zierlich harten Brüste strotzten. Sehr schlimm waren auch ihre dunklen Füßchen mit kupfernen Knöchelspangen und weichen Goldringen an allen Zehen mit Ausnahme der großen. Aber das Schlimmste fast waren die kleinen, goldbraunen Hände, mit geschminkten Nägeln, wenn sie in ihrem Schoße spielten, ebenfalls mit Ringen bedeckt, kindlich und klug zugleich, und wenn Sichem bedachte, wie es sein müßte, wenn diese Hände ihn liebkosen würden beim Beilager, so taumelten ihm die Sinne und die Luft ging ihm aus.

Ans Beilager aber dachte er gleich und dann an nichts anderes mehr. Mit Dina selbst zu reden und ihr schönzutun anders als mit Blicken, hatte die Sitte ihm nicht erlaubt. Aber alsbald, schon auf dem Heimwege und fortan in der Burg, lag er seinem Vater in den Ohren, er könnte nicht leben und sein Leib müsse verdorren ohne die chabirische Dirne und Hemor, der Alte, möge hinausgehen und sie ihm zum Weibe kaufen für sein Lager, sonst verdorre er schnellstens. Was blieb da Hemor, dem Gichtigen, anderes übrig zu tun, als daß er sich hinaustragen ließ und sich führen von zwei Männern in Jaakobs härenes Haus, als daß er sich vor ihm neigte, ihn Bruder nannte und ihm nach manchem Umschweif von dem starken Herzensgelüste seines Sohnes sprach, auch reiche Morgengabe bot für den Fall, daß Dina's Vater in die Verbindung willige? Jaakob war überrascht und bestürzt. Dieser Antrag weckte ihm zwiespältige Gefühle, setzte ihn in Verlegenheit. Er war, weltlich gesehen, ehrenvoll, zielte auf die Herstellung verwandtschaftlicher Beziehungen zwischen seinem Hause und einem Fürstenhause des Landes ab und konnte ihm und dem Stamme Nutzen tragen. Auch rührte ihn der Vorgang durch die Erinnerung an ferne Tage, an sein eigenes Werben um Rahel bei Laban, dem Teufel, und daran, wie dieser sein Verlangen hingehalten, ausgenutzt und betrogen hatte. Nun war er selber in Labans Rolle eingerückt, sein Kind war es, nach dem ein Jüngling Verlangen trug, und er wünschte nicht, sich in irgendeinem Sinn zu benehmen wie jener. Andererseits waren seine Zweifel an der höheren Schicklichkeit dieser Verbindung sehr rege. Er hatte sich niemals viel um Dina, das Frätzchen, gekümmert, da sein Gefühl dem entzückenden Joseph gehörte, und nie hatte er aus der Höhe irgendeine Weise ihretwegen empfangen. Immerhin war sie seine einzige Tochter, das Begehren des Burgsohnes ließ sie in seinen Augen im Werte steigen, und er bedachte, daß er sich hüten müsse, diesen wenig beachteten Besitz vor Gott zu vertun. Hatte nicht Abraham sich von Eliezer die Hand unter die Hüfte legen lassen darauf, daß er Jizchak, dem wahrhaften Sohn, kein Weib nehmen wolle von den Töchtern der Kanaaniter, unter denen er wohnte, sondern ihm eines holen aus der Heimat im Morgen und aus der Verwandtschaft? Hatte nicht Jizchak das Verbot weitergegeben an ihn selbst, den Rechten, und gesprochen: »Nimm nicht ein Weib von den Töchtern Kanaans!«? Dina war nur ein Mädchen und ein Kind der Unrechten überdies, und so wichtig wie im Falle der Segensträger war es wohl nicht, wie sie sich vermählte. Aber daß man vor Gott auf sich halte, war dennoch geboten.

Die Bedingung

Jaakob rief seine Söhne zu Rate bis herab zu Sebulun, zehn an der Zahl, und sie saßen alle vor Hemor, hoben die Hände und wiegten die Köpfe. Die tonangebenden älteren waren nicht die Männer, zuzugreifen, als hätten sie sich Besseres gar nicht erträumen können. Ohne Verständigung waren sie einig, daß mit Muße bedacht werden müsse, was aus der Lage zu machen sei. Dina? Ihre Schwester? Lea's Tochter, die eben mannbar gewordene, liebreizende, unbezahlbare Dina? Für Sichem, Sohn Hemors? Das war selbstverständlich der reiflichsten Überlegung wert. Sie erbaten Bedenkzeit. Sie taten es aus allgemeiner Handelszähigkeit, aber Schimeon und Levi hatten noch ihre besonderen Hintergedanken und halbbestimmten Hoffnungen dabei. Denn keineswegs hatten sie auf ihre alten Pläne verzichtet, und was die Wasserverweigerung noch nicht herbeigeführt hatte, das wuchs, so dachten sie, hier vielleicht, in Sichems Wünschen und Werbung, heran.

Bedenkzeit also, drei Tage. Und Hemor, etwas beleidigt, ließ sich davontragen. Nach Ablauf der Frist aber kam Sichem selbst ins Lager hinaus auf einem weißen Esel, um seine Sache zu führen, wie der Vater, der keine Lust mehr verspürte, es von ihm verlangt hatte und wie es auch seiner Ungeduld lieb und natürlich war. Er führte sie nicht händlerisch, verstellte sein Herz nicht im mindesten und machte kein Hehl daraus, daß ein wahrer Brand nach Dina, der Dirne, ihn verzehre. »Fordert keck!« sagte er. »Fordert unverschämt, – Geschenke und Morgengabe! Sichem bin ich, der Burgsohn, herrlich gehalten in meines Vaters Haus, und beim Baal, ich will's geben!« Da sagten sie ihm ihre Bedingung, die erfüllt sein müsse, bevor man überhaupt weiterrede, und auf die sie sich unterdessen geeinigt hatten.

Genau ist hier die wahre Reihenfolge der Geschehnisse zu beachten, die anders war, als später die Hirten im ›Schönen Gespräch‹ sie anordneten und weitergaben. Nach ihnen hätte Sichem sofort und unvermittelt das Böse getan und listige Gegengewalttat herausgefordert; in Wirklichkeit aber entschloß er sich erst, vollendete Tatsachen zu schaffen, als die Jaakobsleute sich vor ihm ins Unrecht gesetzt hatten und er sich hingehalten, wenn nicht betrogen sah. Sie sagten ihm also, vor allen Dingen müsse er sich beschneiden lassen. Das sei unumgänglich: wie sie nun einmal seien und wie es um ihre Überzeugung stehe, würde es ein Greuel und eine Schande in ihren Augen sein, ihre Tochter und Schwester einem unbeschnittenen Manne zu geben. Die Brüder waren es, die diese Stipulation dem Vater nahegelegt hatten, und Jaakob, zufrieden, einen Aufschub durch sie zu gewinnen, hatte auch grundsätzlich nicht umhingekonnt, ihr zuzustimmen, obgleich er sich über die Frömmigkeit der Söhne zu wundern hatte.

Sichem lachte heraus und entschuldigte sich dann, indem er den Mund mit den Händen bedeckte. »Weiter nichts?« rief er. Und das sei alles, was sie verlangten? Aber meine Herren! Ein Auge, seine rechte Hand sei er dahin- und daranzugeben bereit für Dina's Besitz – wieviel eher denn also einen so gleichgültigen Körperteil wie die Vorhaut seines Fleisches? Beim Sutech, nein, das biete wirklich gar keine Schwierigkeit! Sein Freund Beset sei auch beschnitten, und nie habe er sich das geringste dabei gedacht. Nicht eine einzige von Sichems kleinen Schwestern im Haus der Spiele und Lüste werde den geringsten Anstoß nehmen an diesem Wegfall. Das sei so gut wie geschehen – von der Hand eines leibeskundigen Priesters vom Tempel des Höchsten! Sobald er geheilt sei am Fleische, komme er wieder! Und er lief hinaus, seinen Sklaven winkend, daß sie den weißen Esel brächten.

Als er sich wieder einstellte, sieben Tage später, so früh wie möglich, kaum noch genesen, behindert noch von dem gebrachten Opfer, doch strahlend von Vertrauen, fand er das Familienhaupt verritten und verreist. Jaakob vermied die Begegnung. Er ließ seine Söhne walten. Er fand sich nun dennoch ganz in Labans, des Teufels, Rolle eingerückt und zog es vor, sie in Abwesenheit zu spielen. Denn was antworteten die Söhne dem armen Sichem auf seine hochgemute Eröffnung, die Bedingung sei erfüllt, es sei keine solche Läpperei gewesen, wie er sich vorgestellt, sondern lästig genug, doch nun sei's geschehen, und er erwarte den süßesten Lohn? Geschehen, ja, antworteten sie. Geschehen möglicherweise, sie wollten es glauben. Aber geschehen nicht in dem rechten Geist, ohne höheren Sinn und Verstand, oberflächlich, bedeutungslos. Geschehen? Vielleicht. Aber geschehen einzig um der Vermählung willen mit Dina, dem Weibe, und nicht im Sinne der Vermählung mit ›Ihm‹. Geschehen außerdem höchstwahrscheinlich nicht mit einem Steinmesser, wie es unumgänglich sei, sondern mit einem metallenen, was allein schon die Sache fragwürdig bis nichtig mache. Ferner besitze Sichem, der Burgsohn, ja schon eine Haupt-Eheschwester, eine Erste und Rechte, Rehuma, die Heviterin, und Dina, Jaakobs Tochter, würde nur eins seiner Kebsweiber abgeben, woran nicht zu denken sei.

Sichem zappelte. Wie sie wissen könnten, rief er, in welchem Geist und Verstand er das Unannehmliche vollzogen, und wie sie jetzt nachträglich mit dem Steinmesser herausrücken möchten, da sie doch verpflichtet gewesen wären, ihn deswegen gleich zu bedeuten. Kebsweib? Aber der König von Mitanni selbst habe seine Tochter, Gulichipa genannt, Pharao zum Weibe gegeben und sie ihm mit großem Gepränge hinabgesandt, nicht als Königin der Länder, Teje, die Göttin, sei Königin der Länder, sondern als Nebenfrau, und wenn also König Schutarna selbst –

Ja, sprachen die Brüder, das seien also Schutarna gewesen und Gulichipa. Hier aber handle es sich um Dina, Tochter Jaakobs, des Gottesfürsten, Abrahams Samen, und daß die nicht Kebsweib sein könne zu Schekem in der Burg, das werde bei besserem Nachdenken wohl sein eigener Verstand ihm sagen.

Und das habe Sichem für ihr letztes Wort zu erachten?

Sie hoben die Achseln, breiteten die Hände aus. Ob sie ihn mit einem Geschenke erfreuen könnten, zwei oder drei Hammeln vielleicht.

Da war es mit seiner Geduld zu Ende. Er hatte viel Ärger und Last gehabt um seines Begehrens willen. Jener Priester vom Tempel hatte sich keineswegs als so leibeskundig erwiesen, wie er von sich ausgesagt, und nicht zu hindern vermocht, daß Hemors Sohn Entzündung, Fieber und arge Schmerzen hatte ausstehen müssen. Dafür nun dies? Er stieß einen Fluch aus, dessen Meinung war, die Existenz der Jaakobssöhne auf die Gewichtlosigkeit von Licht und Luft zurückzuführen, und den sie mit raschen, geschickten Bewegungen von sich abzuleiten trachteten, – und stürzte davon. Vier Tage später war Dina verschwunden.

Die Entführung

»Weißt du davon?« Die Reihenfolge ist zu beachten! Sichem war nur ein schlenkrichter Jüngling, lecker und erzieherisch nicht gewöhnt, sich einen Wunsch seiner Sinne zu versagen. Aber das ist kein Grund, gewisse zweckhafte Hirtenmärlein immerdar zu seinen äußersten Ungunsten wörtlich zu nehmen. Wenn so tiefzügig sich die Geschichte in Jaakobs besorgte Miene einschrieb, so eben darum, weil er, mochte auch er selbst und zuerst sie gestutzt und beschönigt erzählen und sie so glauben, während er sie erzählte, heimlich wohl wußte, wer zuerst auf Raub und Gewalt gesonnen, wer die Geschichte von allem Anfang darauf angelegt, und daß Hemors Sohn keineswegs Dina einfach geraubt, sondern mit redlicher Werbung begonnen und erst als ein Geprellter sich für berechtigt erachtet hatte, sein Glück zur Grundlage weiterer Unterhandlung zu machen. Mit einem Wort, Dina war fort, gestohlen, entführt. Am lichten Tage, auf offenem Feld, ja angesichts der Ihren hatten Männer der Burg sie beschlichen, da sie mit Lämmern spielte, ihr den Mund mit einem Tuche verschlossen, sie auf ein Kamel geworfen und weiten Vorsprung gegen die Stadt mit ihr gehabt, bevor Israel auch nur

Reittiere zum Nachsetzen hatte satteln können. Sie war dahin, verschlossen in Sichems Haus der Spiele und Lüste, wo übrigens ungeahnte städtische Annehmlichkeiten sie umgaben, und Sichem hielt hastig das ersehnte Beilager mit ihr, wogegen sie nicht einmal Gewichtiges einzuwenden hatte. Sie war ein unbedeutendes Ding, ergeben, ohne Urteil und Widersetzlichkeit. Was mit ihr geschah, wenn es klar und energisch geschah, nahm sie als das Gegebene und Natürliche hin. Außerdem fügte Sichem ihr ja kein Übles zu, sondern im Gegenteil, auch seine übrigen Schwestern, Rehuma, die Erste und Rechte, nicht ausgenommen, waren freundlich mit ihr.

Aber die Brüder! Aber Schimeon und Levi, namentlich sie! Ihre Wut schien keine Grenzen zu kennen – Jaakob, verwirrt und niedergeschlagen, hatten das Äußerste von ihnen auszustehen. Entehrt, vergewaltigt, bübisch geschwächt – ihre Schwester, Schwarz-Turteltäubchen, die Allerreinste, die Einzige, Abrahams Samen! Sie zerbrachen den Brustschmuck, zerrissen die Kleider, legten Säcke an, rauften sich Haar und Bart, heulten und brachten sich im Gesicht und am Körper lange Schnittwunden bei, die ihren Anblick gräßlich machten. Sie warfen sich auf die Bäuche, schlugen mit den Fäusten die Erde und schwuren, weder zu essen noch ihren Leib zu entleeren, ehe denn Dina der Wollust der Sodomiter entrissen und die Stätte ihrer Schändung der Wüste gleichgemacht worden sei. Rache, Rache, Überfall, Totschlag, Blut und Marter, das war alles, was sie kannten. Jaakob, erschüttert, tief betreten, in schmerzlicher Verlegenheit, im Gefühle übrigens, sich labanmäßig benommen zu haben, und wohl wissend, daß die Brüder sich am Ziel ihrer ursprünglichen Wünsche sahen, hatte Mühe, sie vorläufig im Zaum zu halten, ohne sich dabei dem Vorwurf mangelnden Ehr- und Vatergefühles auszusetzen. Er beteiligte sich bis zu einem gewissen Grade an den Kundgebungen ihrer Grameswut, indem er ebenfalls ein schmutziges Kleid anlegte und sich etwas zerraufte, gab ihnen dann aber zu bedenken, einen wie geringen Nutzen es verspreche, Dina gewaltsam aus der Burg zu reißen, womit ja die Frage nicht gelöst, sondern erst aufgeworfen sein werde, was man mit der Geschwächten, Geschändeten dann hier anfangen solle. Nachdem sie einmal in Sichems Hände gefallen, sei ihre Rückkehr, wohlüberlegt, nicht wünschenswert, und viel weiser sei es, seinen Kummer mäßigend, etwas zuzuwarten: ein Verhalten, dessen Ratsamkeit er auch aus der Leber eines zu diesem Zweck geschlachteten Schafs andeutungsweise glaube herausgelesen zu haben. Zweifellos, wie auf Grund des Vertrages zwischen der Stadt und dem Stamme alles stehe, werde Sichem über ein kleines von sich hören lassen, neue Vorschläge unterbreiten und die Möglichkeit bieten, einer so häßlichen Sache doch noch ein, wenn nicht schönes, so doch mäßig angenehmes Gesicht zu geben.

Und siehe da, zu Jaakobs eigener Verwunderung gaben die Söhne plötzlich nach und willigten ein, auf die Botschaft der Burg zu warten. Ihr Stillewerden beunruhigte ihn sofort fast mehr als ihr Toben, – was steckte dahinter? Er beobachtete sie mit Sorge, hatte aber an ihrem Rate nicht teil, und er erfuhr ihre neuen Beschlüsse kaum früher als Sichems Sendlinge, die, seiner Erwartung ganz gemäß, nach einigen Tagen sich einstellten: Überbringer eines Briefes, der, auf mehreren Tonscherben in babylonischer Sprache geschrieben, seiner Form nach sehr artig und nach seiner Gesinnung ebenfalls höchst verbindlich und entgegenkommend war. Er lautete:

»An Jaakob, Sohn Jizchaks, des Gottesfürsten, meinen Vater und Herrn, den ich liebe und auf dessen Liebe ich jedes Gewicht lege. Es spricht Sichem, Hemors Sohn, Dein Eidam, der Dich liebt, der Burgerbe, dem das Volk zujauchzt! Ich bin gesund. Mögest Du auch gesund sein! Mögen auch Deine Frauen, Deine Söhne, Dein Hausgesinde, Deine Rinder, Schafe und Ziegen und alles, was Dein ist, sich des äußersten Grades der Gesundheit erfreuen! Siehe, einst hat Hemor, mein Vater, mit Dir, meinem anderen Vater, einen Bund der Freundschaft errichtet und besiegelt, und hat innige Freundschaft bestanden zwischen uns und Euch durch vier Kreisläufe, während welcher ich unausgesetzt dachte: Möchten es doch die Götter so und nicht anders fügen, daß, wie wir jetzt miteinander befreundet sind, es auf

Geheiß meines Gottes Baal-berit und Deines Gottes El eljon, welche beinahe ein und derselbe Gott sind und sich nur in Nebensächlichkeiten voneinander unterscheiden, in alle Ewigkeit und über unendlich viele Jubeljahre so bleibe, wie es jetzt ist, nämlich in betreff der Innigkeit unserer Freundschaft!

Als aber meine Augen Deine Tochter erblickten, Dina, Lea's Kind, der Tochter Labans, des Chaldäers, wünschte ich sehr inständig, daß unsere Freundschaft, unbeschadet ihrer unendlichen Dauer, auch noch dem Grade nach eine Million Male zunehmen möge. Denn Deine Tochter ist wie ein junger Palmbaum am Wasser und wie eine Granatapfelblüte im Garten, und mein Herz zittert in Wollust ihretwegen, so daß ich einsah, daß ohne sie mir der Odem nichts nütze sei. Da ging, wie Du weißt, Hemor, der Stadtfürst, dem das Volk zujauchzt, hinaus zu Dir, um zu reden mit seinem Bruder und zu raten mit meinen Brüdern, Deinen Söhnen, und ging fort, vertröstet. Und da ich selber hinauskam, zu werben um Dina, Dein Kind, und Euch um Odem zu bitten für meine Nase, da sprachet ihr: ›Lieber, Du mußt beschnitten sein an Deinem Fleische, ehe denn Dina die Deine wird, denn es wäre uns anders ein Greuel vor unserm Gott.‹ Siehe, da kränkte ich das Herz meines Vaters und meiner Brüder nicht, sondern sagte freundlich: ›Ich werde willfahren.‹ Denn ich freute mich über die Maßen und trug Jarach, dem Schreiber des Gottesbuches, auf, mit mir zu tun, wie ihr gesagt hattet, und litt Schmerzen unter seinen Händen und hinterdrein, daß mir die Augen übergingen, alles um Dina's willen. Da ich aber wiederkam, siehe, da sollte es nichts gelten. Da kam zu mir Dina, Dein Kind, weil die Bedingung erfüllt war, daß ich ihr Liebe erwiese auf meinem Lager zu meiner höchsten Lust, sowie zu ihrer nicht geringen, wie ich aus ihrem Munde erfuhr. Damit aber deshalb nicht Zwietracht werde zwischen Deinem und meinem Gott, möge mein Vater nun eilends ansagen Preis und Ehebedingungen für Dina, die meinem Herzen süß ist, auf daß ein groß Fest angerichtet werde zu Schekem in der Burg und wir die Hochzeit begehen alle miteinander mit Lachen und Liedern. Denn es will ausprägen lassen Hemor, mein Vater, dreihundert

Käfersteine mit meinem Namen und Dina's, meiner Gemahlin, Namen zum Gedenken dieses Tages und ewiger Freundschaft zwischen Schekem und Israel. Gegeben in der Burg am fünfundzwanzigsten Tage des Monats der Einbringung der Ernte. Friede und Gesundheit dem Empfänger!«

Die Nachahmung

So der Brief. Jaakob und seine Söhne studierten ihn abseits von den überbringenden Burgleuten, und da Jaakob die Söhne ansah, sagten sie ihm, über welches Verhalten sie für diesen Fall einig geworden waren, und er wunderte sich, konnte aber von Grundsatzes wegen nicht umhin, ihrem Vorschlage zuzustimmen; denn er sah ein, daß die Erfüllung der neuen Bedingung, die sie aufstellten, erstens einen geistlichen Erfolg von Bedeutung vorstellen, zweitens aber Sühne und Genugtuung in sich schließen werde für begangene Missetat. Als sie deshalb wieder mit den Briefträgern zusammensaßen, ließ er Dina's beleidigten Brüdern das Wort, und es war Dan, der es führte und den Sendboten den Beschluß kund und zu wissen tat. Sie seien reich von Gottes wegen, sagte er, und legten auf die Höhe des Mahlschatzes für Dina, ihre Schwester, welche Sichem sehr richtig mit einer Palme und mit einer duftenden Granatblüte verglichen habe, nicht so großes Gewicht. Hierüber möchten Hemor und Sichem selber befinden nach ihrer Würde. Aber Dina sei nicht zu Sichem ›gekommen‹, wie er sich auszudrücken beliebte, sondern sie sei gestohlen worden, und damit sei eine neue Lage geschaffen, die ohne weiteres anzuerkennen sie, die Brüder, nicht gesonnen seien. Darum, damit sie sie anerkennten, sei ihre Vorbedingung, daß, wie Sichem persönlich sich löblicherweise habe beschneiden lassen, nunmehr alles, was Mannesnamen sei zu Schekem, dies tun müsse, Greise, Männer und Knaben, am dritten Tage vom gegenwärtigen an gerechnet, und zwar mit Steinmessern. Wenn das geschehen, wolle man wahrlich Hochzeit halten und ein großes Fest anrichten zu Schekem mit Lachen und Lärmen.

Die Bedingung mutete unbändig an, war aber zugleich leicht auszuführen, und die Sendboten gaben sofort der Überzeugung Ausdruck, daß Hemor, ihr Herr, nicht anstehen werde, das Nötige zu verfügen. Kaum aber waren sie fort, als dem Jaakob plötzlich grasse Ahnungen aufstiegen über den Sinn und Zweck der scheinfrommen Auflage, also, daß er bis in sein Eingeweide erschrak und die Städter am liebsten zurückgerufen hätte. Weder glaubte er, daß die Brüder ihre alten und anfänglichen Gelüste abgetan, noch daß sie auf ihre Rache für Dina's Raub und Entehrung verzichtet hätten; hielt er aber dies zusammen mit ihrer plötzlichen Nachgiebigkeit von neulich und mit ihrer nun lautgewordenen Forderung, erinnerte er sich ferner, wie es in ihren von Trauerschnitten zerrissenen Gesichtern ausgesehen, als ihr Sprecher der Hochzeit und des Festlärmes erwähnt hatte, die man nach erfüllter Bedingung zu Schekem anrichten wolle, so wunderte er sich seiner Begriffsstutzigkeit und darüber, daß er ihrer schwarzen Hintergedanken nicht gleich, während sie sprachen, ansichtig geworden war.

Was ihn verblendet hatte, war die Freude an Imitation und Nachfolge gewesen. Er hatte Abrahams gedacht, und wie er auf des Herrn Befehl und zum Bunde mit ihm sein ganzes Haus, Ismael und alle Knechte, daheim geboren oder erkauft von allerlei Fremden, und alles, was Mannesnamen war in seinem Hause, eines Tages am Fleische beschnitten hatte, und war sicher gewesen, daß auch jene sich gestützt hatten auf diese Geschichte bei ihrem Geheisch, – ja, das hatten sie wohl getan, der Einfall kam ihnen von dort, aber wie dachten sie ihn zu Ende zu führen! Er wiederholte bei sich, was man erzählte, daß nämlich der Herr am dritten Tage, da es schmerzte, den Abraham besucht hatte, um nach ihm zu sehen. Vor der Hütte hatte Gott gestanden, wo Eliezer ihn nicht gewahrt. Doch Abraham sah ihn und lud ihn sehr ein. Da ihn aber der Herr seine Wunde auf- und zubinden sah, sprach er: »Es ist nicht schicklich, daß ich hier stehenbleibe.« So zart hatte Gott sich verhalten gegen Abrahams heilig schamhaftes Beschwer, – und jene nun, welchen Zartsinn gedachten sie den bresthaften Städtern zu erweisen am dritten

Tage, da es schmerzte? Den Jaakob schauderte es ob solcher Imitation, und ihn schauderte wieder beim Anblick ihrer Gesichter, als Nachricht kam von der Burg, die Bedingung sei ohne Besinnen angenommen, und genau nach der Frist, am dritten Tage von gestern, werde das allgemeine Opfer vollzogen werden. Mehr als einmal wollte er die Hände erheben und sie beschwören; aber er fürchtete die Übermacht ihres empörten Bruderstolzes, ihr begründetes Anrecht auf Rache und sah ein, daß ein Vorhaben, das er ihnen einst mit überwältigender Feierlichkeit hatte verweisen mögen, jetzt in den Umständen starke Stützen fand. Wußte er ihnen, vorsichtig gefragt, insgeheim sogar ein wenig Dank dafür, daß sie ihn in ihre Pläne nicht einweihten und ihn rein hielten davon, so daß er, wenn er wollte, nichts davon zu wissen oder auch nur zu ahnen gebrauchte und geschehen lassen konnte, was nun einmal geschehen sollte? Hatte nicht Gott, der König, zu Beth-el in die Harfen gerufen, er, Jaakob, werde Tore besitzen, die Tore seiner Feinde, und hieß das vielleicht, daß, seiner persönlichen Friedensliebe ungeachtet, Eroberung, Kriegstat und Beuterausch dennoch zur Sternenvorschrift seines Lebens gehörten? – Er schlief nicht mehr vor Grauen, Sorge und allerheimlichstem Stolz auf die listige Männlichkeit seiner Sprößlinge. Er schlief auch nicht in der Schreckensnacht, der dritten nach Ablauf der Frist, da er im Zelte lag, in seinen Mantel gehüllt, und mit schreckhaftem Ohr um sich her den gedämpften Lärm bewaffneten Aufbruchs vernahm...

Das Gemetzel

Wir sind am Ende unserer wahrheitsgetreuen Darstellung des Zwischenspiels von Schekem, das später so viel Anlaß zu Sang und beschönigender Sage gab – beschönigend im Sinne Israels, was die Reihenfolge der Geschehnisse betraf, die zum Äußersten führten, wenn auch nicht in betreff dieses Äußersten selbst, an dem es nichts zu beschönigen gab und auf dessen Einzel-Entsetzlichkeit man im Schönen Gespräch sogar mit Prangen und Prahlen bestand. Dank ihrer lästerlichen List hatten die Jaakobsleute, an Zahl den Städtern weit unterlegen, denn sie kamen nur etwa zu fünfzig Mann, mit Schekem leichtes Spiel: sowohl bei Bewältigung der Mauer, die von Wachen fast entblößt war und die sie, noch schweigsam, mit Strick- und Sturmleitern erstiegen, als auch bei dem Tanz, den sie danach, mit plötzlichem Ausbruch alle Heimlichkeit von sich werfend, im Inneren anstellten und zu dem die völlig überrumpelten Einwohner so wenig aufgelegt und behende waren. Was Mannesnamen trug zu Schekem, alt und jung, fieberte, litt und ›band seine Wunde auf und zu‹, den größeren Teil der militärischen Besatzung nicht ausgenommen. Die Ibrim dagegen, gesund am Leibe und moralisch einheitlich entflammt durch die Losung »Dina!«, die sie bei ihrem blutigen Werk beständig ausstießen, wüteten wie Löwen, schienen überall zu sein und trugen von Anfang an in die Seelen der Städter die Vorstellung unabwendbar hereinbrechender Heimsuchung, so daß sie fast auf keinen Widerstand stießen. Namentlich Schimeon und Levi, die Anführer des Ganzen, erregten durch ihr Geschrei, ein studiertes und die innersten Organe erschütterndes Stiergebrüll, jenen Gottesschrecken, der seine Opfer allenfalls in wildem Reißaus, nie und nimmer aber im Kampf ein Mittel erblicken ließ, dem Tode zu entgehen. Man rief: »Wehe! Nicht Menschen sind das! In unserer Mitte ist Sutech! Der ruhmreiche Baal ist in allen ihren Gliedern!« Und auf nackter Flucht wurde man mit der Keule erschlagen. Mit Feuer und Schwert, wörtlich verstanden, arbeiteten die Ebräer, Stadt, Burg und Tempel qualmten, Gassen und Häuser schwammen in Blut. Nur junge Leute von körperlichem Wert wurden zu Gefangenen gemacht, die übrigen erwürgt, und wenn es dabei über das bloße Töten hinaus grausam zuging, so ist den Würgern zugute zu halten, daß sie bei ihrem Tun nicht minder in poetischen Vorstellungen befangen waren als jene Unglücklichen; denn sie erblickten darin einen Drachenkampf, den Sieg Mardugs über Tiâmat, den Chaoswurm, und damit hingen die vielen Verstümmelungen zusammen, das Abschneiden ›vorzuweisender‹

Glieder, worin sie sich beim Morden mythisch ergingen. So
steckte am Ende des Strafgerichts, das kaum zwei Stunden dauerte, Sichem, der Burgsohn, schändlich zugerichtet, kopfüber in
dem Latrinenrohr seines Badezimmers, und auch Weser-ke-Ba-
stets Leichnam, der mit zerfetztem Blumenkragen irgendwo auf
der Gasse in seinem Blute lag, war in hohem Grade unvollstän-
dig, was unter dem Gesichtspunkt seines angestammten Glau-
bens besonders schwer ins Gewicht fiel. Was Hemor, den Alten,
betraf, so war er einfach vor Schreck gestorben. Dina, der nich-
tig-unschuldige Anlaß so vielen Elends, befand sich in den Händen der Ihren.

Das Plündern währte noch lange. Der Brüder alter Wunsch-
traum erfüllte sich: sie durften ihr Herz am Raube laben,
glänzende Beute, sehr nennenswerter städtischer Reichtum fiel
in die Hände der Sieger, also daß ihre Heimkehr am Ende der
letzten Nachtwache, mit den gemachten Gefangenen, die an
Stricken getrieben wurden, mit dem Hochgepäck an goldenen
Opferschalen und Krügen, an Säcken mit Ringen, Reifen, Gürteln, Schnallen und Halsketten, an zierlichem Hausgerät aus Silber, Elektron, Fayence, Alabaster, Kornalin und Elfenbein, zu
schweigen von dem Fange an Feldfrüchten und Vorräten,
Flachs, Öl, Feinmehl und Wein, sich zum schleppenden Trium-
phe gestaltete. Jaakob verließ sein Zelt nicht bei ihrer Ankunft.
Nachts hatte er seine Unruhe lange damit beschäftigt, unter den
heiligen Bäumen beim Lager dem bildlosen Gotte ein Sühneop-
fer darzubringen, das Blut eines Milchlammes auf den Stein rinnen zu lassen und das Fett mit Duftdrogen und Gewürzen zu
verbrennen. Jetzt, da die Söhne, gebläht und glühend, mit der so
gräßlich zurückgeholten Dina bei ihm eintraten, lag er verhüllt
auf dem Angesicht und war lange nicht zu bewegen, die Un-
glückselige oder gar jene Wütriche auch nur anzusehen. »Hinweg!« winkte er. »Toren! ... Vermaledeite!« Sie standen trotzig,
mit aufgeblasenen Lippen. »Sollten wir«, fragte einer, »mit unserer Schwester verfahren lassen als mit einer Hure? Siehe, wir
haben unser Herz gewaschen. Hier ist Lea's Kind. Es ist sieben-
undsiebzigmal gerochen.« Und da er schwieg und sich nicht

enthüllte: »Unser Herr möge die Güter ansehen, die draußen sind. Viele kommen noch außerdem, denn wir haben etliche zurückgelassen, daß sie die Herden einsammeln der Städter auf dem Felde und sie herführen zu den Zelten Israels.« Er sprang auf und hob die geballten Hände über sie, daß sie zurückwichen. »Verflucht sei euer Zorn«, rief er aus aller Kraft, »daß er so heftig ist, und euer Grimm, daß er so störrig ist! Unselige, was habt ihr mir zugerichtet, daß ich stinke vor des Landes Einwohnern wie ein Aas unter Fliegen? Wenn sie sich nun versammeln über uns zur Rache, was dann? Wir sind ein geringer Haufe. Sie werden uns schlagen und vertilgen, mich und mein Haus samt Abrahams Segen, den ihr solltet weitertragen in die Zeitläufte, und wird zerbrochen sein das Gegründete! Blödsichtige! Sie gehen dahin und würgen die Wunden und machen uns schwer für den Augenblick und sind zu arm im Kopfe, um zu gedenken der Zukunft, des Bundes und der Verheißung!«

Sie bliesen nur alle die Lippen auf. Sie wußten nichts, als zu wiederholen: »Sollten wir denn mit unserer Schwester als mit einer Hure handeln?« – »Ja!« rief er außer sich, so daß sie sich entsetzten. »Eher so, denn daß das Leben gefährdet werde und die Verheißung! Bist du schwanger?« fuhr er Dina an, die vernichtet am Boden kauerte... »Wie kann ich's schon wissen«, heulte sie. – »Das Kind soll nicht leben«, entschied er, und sie heulte wieder. Er bestimmte ruhiger: »Israel bricht auf mit allem, was sein ist, und ziehet fort mit den Gütern und Herden, die ihr mit dem Schwerte nahmet für Dina. Denn es ist seines Bleibens nicht an der Stätte dieser Greuel. Ich habe ein Gesicht gehabt zur Nacht, und der Herr sprach zu mir im Traum: ›Mache dich auf und zeuch gen Beth-el!‹ Hinweg! Es wird aufgepackt.«

Gesicht und Befehl waren ihm wirklich geworden, nämlich als er nach dem nächtlichen Opfer, während die Söhne die Stadt plünderten, auf seinem Lager in Halbschlaf gefallen war. Es war ein vernünftiges Gesicht und kam ihm vom Herzen; denn die Asylstätte Luz, die er so wohl kannte, besaß große Anziehungskraft für ihn unter solchen Umständen, und zog er dorthin, so war es, als flüchte er sich zu den Füßen Gottes, des Königs. Flüchtlinge Schekems, der Bluthochzeit entkommen, waren ja nach verschiedenen Richtungen hin unterwegs in die umliegenden Städte, um zu verkünden, was mit der ihren geschehen, und um diese Zeit war es denn auch, daß gewisse Briefe, ausgefertigt von einzelnen Häuptern und Hirten der Städte Kanaans und Emors, hinabgelangten zur Amunsstadt und dem Hor im Palaste, Amenhoteps des Dritten heiliger Majestät, leider vorgelegt werden mußten, obgleich dieser Gott damals durch einen der Zahnabszesse, unter denen er öfters litt, sich nervös herabgesetzt fand und außerdem von dem Bau seines eignen Totentempels drüben im Westen dermaßen in Anspruch genommen war, daß er ärgerlichen Nachrichten aus dem elenden Amulande, wie daß »verlorengingen die Städte des Königs« und »abgefallen sei das Land Pharao's zu den Chabiren, welche alle Länder des Königs plünderten« (denn das stand in den Briefen der Hirten und Häupter), einfach kein Augenmerk widmen konnte. So wurden diese Dokumente, die obendrein durch fehlerhaftes Babylonisch bei Hofe etwas lächerlich angemutet hatten, dem Archiv einverleibt, ohne in Pharao's Geist Entschlüsse zu Maßnahmen gegen jene Räuber gezeitigt zu haben, und auch sonst konnten die Jaakobsleute von Glück sagen. Die Städte, die um sie her lagen, in Gottesschrecken versetzt durch die außergewöhnliche Wildheit ihres Auftretens, unternahmen nichts gegen sie, und Jaakob, der Vater, nachdem er eine allgemeine Reinigung vorgenommen, zahlreiche Götzenbilder, die während dieser vier Jahre in sein Lager eingedrungen waren, eingesammelt und sie eigenhändig unter den heiligen Bäumen vergraben hatte, konnte sich ungestört in Bewegung setzen mit Pack und Troß, hinweg von der Greuelstätte Schekem, über welcher die Geier kreisten, und bereichert hinabschwanken gen Beth-el auf gebauten Straßen.

Dina und Lea, ihre Mutter, ritten dasselbe kluge und starke Kamel. Zu beiden Seiten des Höckers hingen sie in geschmückten Körben unter dem Schattentuch, das über ein Rohrgestänge gebreitet war und das Dina fast immer ganz über sich herabließ, so daß sie im Dunklen saß. Sie war gesegneten Leibes. Das Kind, das sie zur Welt brachte, als ihre Stunde kam, wurde ausgesetzt nach der Männer Beschluß. Sie selbst kümmerte hin und verschrumpfte weit vor der Zeit. Mit fünfzehn Jahren glich ihr unseliges Frätzchen dem einer Alten.

Viertes Hauptstück
Die Flucht

Urgeblök

Schwere Geschichten! Jaakob, der Vater, war schwer und würdig davon wie von Hab und Gut, – von neuen sowohl und frisch vergangenen als auch von alten und uralten, von Geschichten und von Geschichte.

Geschichte ist das Geschehene und was fort und fort geschieht in der Zeit. Aber so ist sie auch das Geschichtete und das Geschicht, das unter dem Boden ist, auf dem wir wandeln, und je tiefer die Wurzeln unseres Seins hinabreichen ins unergründliche Geschichte dessen, was außer- und unterhalb liegt der fleischlichen Grenzen unseres Ich, es aber doch bestimmt und ernährt, so daß wir in minder genauen Stunden in der ersten Person davon sprechen mögen und als gehöre es unserem Fleische zu, – desto sinnig-schwerer ist unser Leben und desto würdiger unseres Fleisches Seele.

Da Jaakob wieder nach Hebron kam, auch Vierstadt genannt, da er kam zum Baum der Unterweisung, gepflanzt und geheiligt von Abram – dem Abiram oder einem, unbekannt welchem –, und heimkehrte zu seines Vaters Hütte, nachdem zwischenein noch Schwerstes geschehen, worauf man die Rede bringen wird zu seiner Stunde: nahm Isaak ab und starb, uralt und blind, ein Greis dieses Erbnamens, Jizchak, Abrahams Sohn, und redete in der Weihestunde des Todes vor Jaakob und allen, die da waren, in hohen und schauerlichen Tönen, seherisch und verwirrt, von ›sich‹ als von dem verwehrten Opfer und von dem Blute des Schafsbocks, das als sein, des wahrhaften Sohnes, Blut habe angesehen werden sollen, vergossen zur Sühne für alle. Ja, dicht vor seinem Ende versuchte er mit dem sonderbarsten Erfolge wie ein Widder zu blöken, wobei gleichzeitig sein blutloses Gesicht eine erstaunliche Ähnlichkeit mit der Physiognomie dieses

Tieres gewann – oder vielmehr war es so, daß man auf einmal dessen gewahr wurde, daß diese Ähnlichkeit immer bestanden hatte –, dergestalt, daß alle sich entsetzten und nicht schnell genug auf ihr Angesicht fallen konnten, um nicht zu sehen, wie der Sohn zum Widder wurde, während er doch, da er wieder zu sprechen anhob, den Widder Vater nannte und Gott. »Einen Gott soll man schlachten«, lallte er mit uralt-poetischem Wort und lallte weiter, den Kopf im Nacken, mit weit offenen, leeren Augen und gespreizten Fingern, daß alle sollten eine Festmahlzeit halten von des geschlachteten Widders Fleisch und Blut, wie Abraham und er es einst getan, der Vater und der Sohn, für welchen eingetreten war das gottväterliche Tier. »Siehe, es ist geschlachtet worden«, hörte man ihn röcheln, faseln und künden, ohne daß man gewagt hätte, nach ihm zu schauen, »der Vater und das Tier an des Menschen Statt und des Sohnes, und wir haben gegessen. Aber wahrlich, ich sage euch, es wird geschlachtet werden der Mensch und der Sohn statt des Tieres und an Gottes Statt, und aber werdet ihr essen.« Dann blökte er noch einmal naturgetreu und verschied.

Sie blieben noch lange auf ihren Stirnen, nachdem er verstummt war, ungewiß, ob er auch wirklich tot sei und nicht mehr blöken und künden werde. Allen war es, als sei das Eingeweide ihnen umgewandt und das Unterste komme ihnen zuoberst, so daß sie hätten erbrechen mögen; denn in des Sterbenden Wort und Wesen war etwas Ur-Unflätiges, greuelhaft Ältestes und heilig Vorheiliges gewesen, was unter allem Geschicht der Gesittung in den gemiedensten, vergessensten und außerpersönlichsten Tiefen ihrer Seele lag und ihnen heraufgekehrt worden war durch Jizchaks Sterben zu ihrer schwersten Übelkeit: ein Spuk und Unflat versunkener Vorzeit vom Tiere, das Gott war, dem Widder nämlich, des Stammes Gott-Ahn, von dem er stammte und dessen göttliches Stammesblut sie voreinst, in unflätigen Zeiten, vergossen und genossen hatten, um ihre tiergöttliche Stammesverwandtschaft aufzufrischen – bevor Er gekommen war, der Gott aus der Ferne, Elohim, der Gott von draußen und drüben, der Gott der Wüste und des

Mondgipfels Gott, der sie erwählt hatte, der die Verbindung abgeschnitten mit ihrer Urnatur, sich ihnen vermählt durch den Ring der Beschneidung und neuen Gottesanfang gegründet hatte in der Zeit. Darum kam es ihnen übel herauf von des sterbenden Jizchaks Widdervisage und seinem Geblök; und auch dem Jaakob war übel. Aber auch schwer gehoben war seine Seele, da er nun, barfuß, bestaubt und geschoren, das Begräbnis zu versehen hatte, die Bräuche und Klagen und Opferschüsseln zur Zehrung für den Toten, zusammen mit Esau, dem Flötenbock, der vom Ziegengebirge gekommen war, mit ihm den Vater zu bestatten in der zwiefachen Höhle und nach seiner kindisch-ungezügelten Art, betränten Bartes, mit den Sängern und Sängerinnen zu heulen: »Hoiadôn!« Gemeinsam nähten sie Jizchak in ein Widderfell mit hochgezogenen Knien und gaben ihn so der Zeit zum Fraße, die ihre Kinder frißt, damit sie sich nicht über sie setzen, aber sie wieder herauswürgen muß, auf daß sie leben in den alten und selben Geschichten als dieselben Kinder. (Denn der Riese merkt's nicht beim Tasten, daß die kluge Mutter ihm nur ein Ding gibt wie ein Stein, in ein Fell gewickelt, und nicht das Kind.) »Weh um den Herrn!« – Das war oft gerufen worden über Jizchak, dem verwehrten Opfer, und aber hatte er gelebt in seinen Geschichten und sie mit Recht in der Ich-Form erzählt, denn es waren die seinen: teils weil sein Ich zurück und hinaus verschwamm ins urbildlich Ehemalige, teils weil das Einst in seinem Fleisch wieder Gegenwart geworden sein und sich der Gründung gemäß wiederholt haben mochte. So hatten Jaakob und alle es gehört und verstanden, als er sich sterbend noch einmal das verwehrte Opfer genannt hatte: es gehört mit doppeltem Ohre gleichsam und doch einfach verstanden, – wie wir ja wirklich mit zwei Ohren eine Rede vernehmen und mit zwei Augen ein Ding sehen, Rede und Ding aber einsinnig erfassen. Dazu war Jizchak ein uralter Greis, der von einem kleinen Knaben sprach, welcher fast wäre geschlachtet worden, und ob dieser einst er selbst, oder ob es ein früherer gewesen war, fiel für das Denken und Wissen schon darum nicht ins Gewicht, weil jedenfalls das fremde

Opferkind seinem Greisenalter nicht fremder und nicht in höherem Grade außer ihm hätte sein können als das Kind, das er einst gewesen.

Der Rote

Sinnig und schwer gehoben also war Jaakobs Seele in den Tagen, da er mit dem Bruder den Vater begrub, denn alle Geschichten standen vor ihm auf und wurden Gegenwart in seinem Geist, wie sie einst wieder Gegenwart geworden waren im Fleisch nach geprägtem Urbild, und ihm war, als wandelte er auf durchsichtigem Grunde, der aus unendlich vielen, ins Unergründliche hinabführenden Kristallschichten bestand, durchhellt von Lampen, die zwischen ihnen brannten. Er aber wandelte oben in seines Fleisches Geschichten, Jaakob, der Gegenwärtige, und sah Esau an, den durch List Verfluchten, der gleichfalls wieder mit ihm wandelte nach seinem Gepräge und Edom, der Rote, war.

Hiermit ist seine Persönlichkeit zweifellos fehlerfrei bestimmt – zweifellos in gewissem Sinn, fehlerfrei unter Vorbehalt, denn die Genauigkeit dieser ›Bestimmung‹ ist die Genauigkeit des Mondlichtes, der viel foppende Täuschung innewohnt und in deren Zweideutigkeit mit der Miene einer durch Sinnigkeit leicht vertieften Einfalt zu wandeln uns nicht ebenso zusteht wie den Personen unserer Geschichte. Wir haben erzählt, wie Esau, der Rotpelz, schon in jungen Jahren von Beerscheba aus Beziehungen zum Lande Edom, zu den Leuten der Ziegenberge, des Waldgebirges Seïr aufgenommen und gepflegt hatte, und wie er später mit Kind und Kegel, mit seinen kanaanitischen Weibern Ada, Ahalibama und Basnath und mit deren Söhnen und Töchtern gänzlich zu ihnen und ihrem Gotte Kuzach übergegangen war. Dieses Ziegenvolk also bestand, es bestand, wer weiß wie lange, als Esau, Josephs Oheim, sich zu ihm schlug, und es hat nur magisch-zweideutige Mondgenauigkeit, wenn die Überlieferung, nämlich das spät zur Chronik befestigte, durch die Generationen hingesponnene Schöne Gespräch ihn als ›Vater der Edomiter‹, als ihren Stammvater also, als den Urbock der Ziegenleute bezeichnet. Das war Esau nicht, nicht dieser, nicht er persönlich – mochte auch das Gespräch und bedingungsweise wohl schon er selbst sich dafür nehmen und halten. Das Edomitervolk war viel älter als Josephs Oheim, den wir wiederholt so nennen, weil es bedeutend sicherer ist, seine Identität nach der absteigenden als nach der aufsteigenden Verwandtschaft zu bestimmen, – unabsehbar älter also als er: denn um die Anfänglichkeit jenes Bela, des Sohnes Beors, den die Tabelle als den ersten König in Edom nennt, steht es mit Sicherheit nicht besser als um die Urkönigschaft Meni's von Ägypterland, einer notorischen Zeitenkulisse. Stammvater Edoms also war der gegenwärtige Esau genaugenommen nicht; und wenn es gesangsweise mit Nachdruck von ihm heißt: »Er ist der Edom«, nicht aber etwa: »Er war der Edom«, so ist die Gegenwartsform dieser Aussage nicht zufällig gewählt, sondern sie erklärt sich damit als zeitlose und über-individuelle Zusammenfassung des Typus. Geschichtlich und also individuell genommen war des Ziegenvolkes Stammbock ein unvergleichlich älterer Esau gewesen, in dessen Fußstapfen der gegenwärtige wandelte – recht ausgetretenen und öfters nachgeschrittenen Fußstapfen, wie hinzuzufügen ist, und Fußstapfen, die, um das letzte zu sagen, wohl nicht einmal die Eigenspur desjenigen waren, von dem das Gespräch mit Recht hätte künden mögen: »Er war der Edom.«

Hier mündet unsere Rede nun freilich ins Geheimnis ein, und unsere Hinweise verlieren sich in ihm: nämlich in der Unendlichkeit des Vergangenen, worin jeder Ursprung sich nur als Scheinhalt und unendgültiges Wegesziel erweist und deren Geheimnis-Natur auf der Tatsache beruht, daß ihr Wesen nicht das der Strecke, sondern das Wesen der Sphäre ist. Die Strecke hat kein Geheimnis. Das Geheimnis ist in der Sphäre. Diese aber besteht in Ergänzung und Entsprechung, sie ist ein doppelt Halbes, das sich zu Einem schließt, sie setzt sich zusammen aus einer oberen und einer unteren, einer himmlischen und einer irdischen Halbsphäre, welche einander auf eine Weise zum Ganzen entsprechen, daß, was oben ist, auch unten ist, was aber im Irdischen vorgehen mag, sich im Himmlischen wiederholt, dieses in jenem sich wiederfindet. Diese Wechselentsprechung nun zweier Hälften, die zusammen das Ganze bilden und sich zur Kugelrundheit schließen, kommt einem wirklichen Wechsel gleich, nämlich der Drehung. Die Sphäre rollt: das liegt in der Natur der Sphäre. Oben ist bald Unten und Unten Oben, wenn man von Unten und Oben bei solcher Sachlage überall sprechen mag. Nicht allein daß Himmlisches und Irdisches sich ineinander wiedererkennen, sondern es wandelt sich auch, kraft der sphärischen Drehung, das Himmlische ins Irdische, das Irdische ins Himmlische, und daraus erhellt, daraus ergibt sich die Wahrheit, daß Götter Menschen, Menschen dagegen wieder Götter werden können.

Dies ist so wahr, wie daß Usiri, der Dulder und Zerstückelte, einst ein Mensch war, nämlich ein König über Ägypterland, dann aber ein Gott wurde – mit der beständigen Neigung freilich, wieder zum Menschen zu werden, wie sich schon in der Daseinsform selbst der ägyptischen Könige, welche alle der Gott als Mensch waren, deutlich erweist. Wenn man aber fragt, was Usir zuallererst und am Anfang gewesen sei, ein Gott oder ein Mensch, so bleibt die Antwort aus; denn einen Anfang gibt es nicht in der rollenden Sphäre. Liegt es doch nicht anders bei seinem Bruder Set, der, wie wir längst in Erfahrung brachten, sein Mörder war und ihn zerstückelte. Dieser Böse, heißt es, war eselsköpfig und von kriegerischer Art, dazu ein Jäger, welcher die Könige Ägyptens zu Karnak, nahe der Amunsstadt, im Bogenschießen unterwies. Andere nannten ihn Typhon, und beizeiten schon hatte man ihm den Glut- und Wüstenwind Chamsin zugeeignet, den Sonnenbrand, das Feuer selbst, so daß er zum Baal Chammon oder zum Gotte der offenen Gluthitze wurde und unter den Phöniziern und Ebräern Moloch hieß oder Melech, der Baale Stierkönig, der mit seinem Feuer die Kinder frißt und die Erstgeburt und welchem Abram den Jizchak darzubringen versucht gewesen war. Wer wollte sagen, daß Typhon-Set, der rote Jäger, ganz zuerst und zuletzt am Himmel zu Hause und niemand anders als Nergal, der siebennamige Feind, Mars, der Rote, der Feuerplanet, gewesen sei? Mit demselben Rechte könnte ein jeder behaupten, zuallererst und zuletzt sei er ein Mensch gewesen, Set, der Bruder König Usiri's, den er vom Throne stieß und ermordete, und erst danach sei er ein Gott und ein Stern geworden, immer bereit freilich und im Begriffe, auch wieder Mensch zu werden, gemäß der schwingenden Sphäre. Er ist beides und keines zuerst: Gottstern und Mensch, wechselnd, in einem. Darum kommt keine andere Zeitform ihm zu als die der zeitlosen Gegenwart, welche die Schwingung der Sphäre in sich beschließt, und mit Recht heißt es immer von ihm: »Er ist der Rote.«

Ist es nun aber so, daß Set, der Schütze, in himmlisch-irdischem Wechsel steht mit Nergal-Mars, dem Feuerplaneten, dann liegt auf der Hand, daß dasselbe Verhältnis schwingender Entsprechung waltet zwischen Usir, dem Gemordeten, und dem Königsplaneten Mardug, ihm, den ebenfalls neulich die schwarzen Augen vom Brunnenrande grüßten, und dessen Gott auch Jupiter – Zeus genannt ist. Von diesem nun geht die Geschichte, daß er seinen Vater, den Kronos, ebenden göttlichen Riesen, der seine Kinder verschlang und nur dank der Anschlägigkeit der Mutter nicht auch dem Zeus ein gleiches getan hatte, mit der Sichel entmannt und vom Throne gestoßen habe, um sich selber als König an seine Stelle zu setzen. Das ist ein Wink für jeden, der in der Erkenntnis der Wahrheit nicht auf halbem Wege haltzumachen wünscht. Denn es bedeutet offenbar, daß Set oder Typhon nicht der erste Königsmörder gewesen war, daß Usir selbst bereits die Herrschaft einer Mordtat verdankte und daß ihm als König geschah, was er als Typhon getan. Dies nämlich ist ein Teil des sphärischen Geheimnisses, daß vermöge der Drehung die Ein- und Einerleiheit der Person Hand in Hand zu gehen vermag mit dem Wechsel der Charakterrolle. Man ist Typhon, solange man in mordbrütender Anwärterschaft verharrt; nach der Tat aber ist man König, in der klaren Majestät des Erfolges, und Gepräge und Rolle des Typhon fallen einem anderen zu. Viele wollen wissen, es sei der rote Typhon gewesen und nicht Zeus, der den Kronos entmannt und gestürzt habe. Aber das ist ein müßiger Zank, denn es ist das gleiche im Schwingen:

Zeus ist Typhon, bevor er siegte. Was aber ebenfalls schwingt, das ist das Wechselverhältnis von Vater und Sohn, so daß nicht immer der Sohn es ist, der den Vater schlachtet, sondern jeden Augenblick die Rolle des Opfers auch dem Sohn zufallen kann, welcher dann umgekehrt durch den Vater geschlachtet wird. Typhon-Zeus also durch Kronos. Das wußte Ur-Abram wohl, als er seinen Eingeborenen dem roten Moloch zu opfern sich anschickte. Offenbar war er der schwermütigen Ansicht, er müsse auf dieser Geschichte fußen und dieses Schema erfüllen. Gott aber verwehrte es ihm. –

Es gab eine Zeit, da Esau, Josephs Ohm, beständig mit seinem eigenen Oheim Ismael, dem verstoßenen Halbbruder Isaaks, zusammensteckte, ihn auffallend oft in seiner Wüstenunterwelt besuchte und mit ihm Pläne schmiedete, von deren Greuelhaftigkeit wir noch hören werden. Diese Hingezogenheit war selbstverständlich kein Zufall, und wenn vom ›Roten‹ die Rede ist, so muß auch von ihm die Rede sein. Seine Mutter hieß Hagar, was ›die Wandernde‹ bedeutet und an und für sich schon eine Aufforderung war, sie in die Wüste zu schicken, damit ihr Name sich erfülle. Den unmittelbaren Anlaß dazu bot jedoch Ismael, dessen unterweltliche Anlagen von jeher viel zu deutlich zutage traten, als daß an seinen Verbleib im Oberlichte der Gottgefälligkeit auf die Dauer zu denken gewesen wäre. Schriftlich heißt es von ihm, er sei ein ›Spötter‹ gewesen, was aber nicht besagen will, daß er ein loses Maul gehabt hätte – es hätte ihn das für die Obersphäre noch nicht untauglich gemacht –, sondern ›spotten‹ bedeutet in seinem Fall eigentlich ›scherzen‹, und es begab sich, daß Abram ›durchs Fenster‹ den Ismael auf unterweltliche Weise mit Isaak, seinem jüngeren Halbbruder, scherzen sah, was keineswegs ungefährlich erschien für Jizchak, den wahrhaften Sohn, denn Ismael war schön wie der Sonnenuntergang in der Wüste. Darum erschrak der zukünftige Vater sehr vieler und fand die Gesamtlage reif für durchgreifende Maßregeln. Das Verhältnis zwischen Sara und Hagar, die sich schon einst ihrer Mutterschaft gegen die noch Unfruchtbare überhoben hatte und schon einmal vor deren Eifersucht hatte fliehen müssen, war andauernd zänkisch, und Sara betrieb alle Tage die Austreibung der Ägypterin und ihrer Frucht, nicht zuletzt weil die Erbfolge ungeklärt war und strittig zwischen dem älteren Sohne der Nebenfrau und dem jüngeren Sohne der rechten: es war sehr die Frage, ob nicht Ismael mit Jizchak oder gar vor ihm hätte erben müssen – greulich zu denken für Sara's eifrige Mutterliebe und auch dem Abiram unbequem. Darum brachte, was er nun auch noch gar von Ismael gesehen hatte, die schwebenden Schalen seiner Entschlüsse zum Ausschwingen, und er gab der überheblichen Hagar ihren Sohn nebst etwas Wasser und Fladen und hieß sie sich umsehen in der Welt ohne Wiederkehr. Wie denn auch anders? Sollte wohl Jizchak, das verwehrte Opfer, am Ende nun doch noch dem feurigen Typhon zum Opfer fallen?

Die Frage will wohlverstanden sein. Sie lautet anzüglich für Ismael, aber mit Recht. Denn in ihm selbst liegt die Anzüglichkeit, und daß er in nicht geheueren Fußstapfen ging und sozusagen ›nicht von gestern‹ war, ist unabweisbar. Die leichteste Abänderung der ersten Silbe seines Namens genügt, um diesen in seinem ganzen Hochmut herzustellen, und daß er in der Wüste ein so guter Bogenschütze wurde, ist sichtlich auch nicht ohne Eindruck auf die Lehrer geblieben, die ihn einem Waldesel verglichen, dem Tiere Typhon-Sets, des Mörders, des bösen Bruders Usiri's. Ja, er ist der Böse, er ist der Rote, und Abraham mochte ihn immerhin austreiben und sein Segenssöhnchen vor seinen feurig-unrichtigen Nachstellungen schützen: als Isaak zeugte in des Weibes Schoß, da kehrte der Rote wieder, um zu leben in seinen Geschichten neben Jaakob, dem Angenehmen, da gab Rebekka das Brüderpaar an den Tag, das ›duftige Gras‹ und das ›stachlige Gewächs‹, Esau, den Rotpelz, den die Lehrer und Wissenden viel heftiger beschimpften, als seine bürgerlich-irdische Person beschimpft zu werden verdiente. Denn Schlange und Satan nennen sie ihn und Schwein dazu, ein wildes Schwein, um aus aller Kraft anzuspielen auf den Keiler, der den Schäfer und Herrn zerriß in Libanons Schlüften. Ja, geradezu einen ›fremden Gott‹ heißt ihn ihre wissende Wut, damit niemand durch die ungeschlachte Gutmütigkeit seiner bürgerlichen Person sich täuschen lasse über das, was er ist im Umschwung der Sphäre.

Sie schwingt, und oft sind sie Vater und Sohn, die Ungleichen, der Rote und der Gesegnete, und es entmannt der Sohn den Vater, oder der Vater schlachtet den Sohn. Oft aber wieder – und niemand weiß, was sie zuerst waren – sind sie auch Brüder, wie Set und Usir, wie Kain und Habel, wie Sem und Cham, und es kann sein, daß sie zu dritt, wie wir sehen, beide Paare bilden im Fleisch, das Vater-Sohnespaar nach der einen, das Brüderpaar nach der anderen Seite. Denn es steht Ismael, der wilde Esel, zwischen Abraham und Isaak. Jenem ist er der Sohn mit der Sichel; diesem der rote Bruder. Wollte denn Ismael den Abram entmannen? Allerdings wollte er das. Denn er war im Begriffe, den Isaak zu unterweltlicher Liebe zu verleiten, und wenn Isaak nicht gezeugt hätte in des Weibes Schoß, so wären nicht Jaakob gekommen und seine Zwölfe, und was wäre dann aus der Verheißung zahlloser Nachkommenschaft geworden und aus Abrahams Namen, der da bedeutet ›Vater sehr vieler‹? Nun aber wandelten sie wieder in der Gegenwart ihres Fleisches, als Jaakob und Esau, und sogar Esau, der Tölpel, wußte so ziemlich, welche Bewandtnis es mit ihm hatte, – wieviel mehr Jaakob, gebildet und sinnreich wie er war?

Von Jizchaks Blindheit

Gebrochen und schwimmenden Blicks ruhten Jaakobs kluge braune, schon etwas müde Augen auf dem Jäger, seinem Zwilling, während dieser ihm half, den Vater zu bestatten, und alle Geschichten standen wieder in ihm auf und wurden sinnende Gegenwart: die Kindheit und wie die Entscheidung, die lange geschwebt hatte, gefallen war über Fluch und Segen und dann über alles Weitere. Seine Augen waren trocken im Sinnen, und zuweilen nur bebte seine Brust von Lebensbedrängnis, und er schnob einwärts. Aber Esau flennte und heulte bei aller Hantierung, und doch hatte er dem Alten, den sie da einnähten, wenig zu danken, nichts als den Wüstenfluch, der nach Vergebung des Segens einzig für ihn übriggeblieben war – zum schwersten Kummer des Vaters, wie Esau sich überzeugt hielt, wie sich überzeugt zu halten ihm Lebensbedürfnis war, weshalb er es denn auch immer wieder wenigstens aus seinem eigenen Munde zu hören begehrte und zehnmal beim Hantieren, schnaubend und sich die Nase wischend, in sein Heulen sprach: »Dich, Jekew, hatte das Weib lieb, aber mich hatte der Vater lieb und aß gern von meinem Weidwerk, so war es. ›Rauhrock‹, sprach er, ›mein Erster, es schmeckt mir, was du erlegt und für mich gebraten hast im geblasenen Feuer. Ja mir mundet's, Rotpelzchen, habe Dank für deine Rüstigkeit! Bleibst mein Erster doch alle Tage hin, und ich will dir's gedenken.‹ So und nicht anders sprach er wohl an die hundert- und tausendmal. Aber dich hatte das Weib lieb und sprach zu dir: ›Jekewlein, mein Erlesener!‹ Und in Mutters Liebe, das wissen die Götter, ist man weicher gebettet als in Vaters Liebe, ich hab's erfahren.«

Jaakob schwieg. Darum stieß Esau weiter in sein Schluchzen, was zu hören seiner Seele notwendig war: »Und ach, und ach, wie sich der Alte entsetzte, als ich kam nach dir und ihm brachte, was ich zugerichtet, damit er sich stärke zum Segen, und er begriff, daß nicht Esau gewesen, der vorher kam! Über die Maßen entsetzte er sich und rief öfters: ›Wer war denn der Jäger, wer war es denn? Jetzt wird er gesegnet bleiben, denn ich hatte mich sehr gestärkt zum Segen! Esau, mein Esau, was fangen wir nun an?«

Jaakob schwieg.

»Schweige nicht, Glatter!« rief Esau. »Schweige nicht dein eigennütziges Schweigen und gib's auch noch schweigend für milde Schonung aus, das macht mir Galle und Wut! War es etwa nicht so, daß der Alte mich liebhatte und sich über die Maßen entsetzte?«

»Du sagst es«, antwortete Jaakob, und Esau mußte sich zufriedengeben. Aber dadurch, daß er es sagte, wurde es nicht wahrer, als es in Wirklichkeit gewesen war; es wurde nicht weniger verwickelt dadurch, sondern blieb halbwahr und zweideutig, und daß Jaakob teils schwieg, teils einsilbig antwortete, war nicht Bosheit und Hinterhalt, sondern Entsagung vor der verwickelten Schwierigkeit der Sachlage, welcher mit heulenden Stoßworten und Naturburschen-Empfindsamkeit nicht beizukommen war – der beschönigenden und selbstbetrügerischen Empfindsamkeit des Hinterbliebenen, der aus dem Verhältnis eines Entschlafenen zu ihm nachträglich das Beste zu machen wünscht. Es mochte schon richtig sein, daß Isaak sich damals entsetzt hatte, als Esau kam, nachdem er schon dagewesen. Denn der Alte mochte befürchtet haben, daß irgendein Fremder im Dunkeln bei ihm gewesen sei, ein ganz unzugehöriger Betrüger, und sich den Segen erschlichen habe, was man freilich als großes Unglück hätte ansehen müssen. Ob er aber auch so entsetzt, und zwar aufrichtig entsetzt gewesen wäre, wenn er sicher gewußt hätte, daß Jaakob Esau's Vorgänger und er des Segens Empfänger gewesen sei, das war eine besondere Frage, nicht so einfach zu beantworten, wie es Esau's Herzensbedürfnis entsprach, und ziemlich genau unter demselben Gesichtswinkel zu beurteilen wie jene andere Frage: ob die Liebe der Eltern sich wirklich so schlicht verteilt hatte, wie Esau es seinem Bedürfnis gemäß wahrhaben wollte – mit ›Jekewlein‹ hier und ›Rotpelzchen‹ da –, Jaakob hatte Gründe, es zu bezweifeln, wenn es auch ihm nicht zukam, sie gegen den Weinenden geltend zu machen.

Oft, wenn der Jüngere sich an die Mutter schmiegte, hatte sie ihm erzählt, welch schweres Tragen es gewesen sei die letzten Monde hindurch, bevor die Brüder gekommen seien, und wie mißgestalt, auf überlasteten Füßen, sie sich kurzatmig hingeschleppt, gestoßen immerfort von den Zweien, die nicht Frieden gehalten in der Höhle, sondern um den Vortritt gehadert hätten. Ihm, Jaakob, behauptete sie, sei eigentlich von Isaaks Gott die Erstgeburt zugedacht gewesen, aber da Esau sie gar so heftig für sich in Anspruch genommen habe, sei Jaakob aus Freundlichkeit und Höflichkeit zurückgetreten, – übrigens auch wohl in dem stillen Bewußtsein, daß unter Zwillingen an dem geringfügigen Altersunterschiede selbst nicht viel gelegen sei, daß dieser die eigentliche Entscheidung noch nicht bedeute und sich die geistlich wahre Erstgeburt, und wessen Opferrauch gerade aufsteigen werde vor dem Herrn, erst draußen und mit der Zeit erweisen werde. Rebekka's Erzählung klang wahrscheinlich. Gewiß, so hätte Jaakob sich wohl verhalten können, und er selbst glaubte sich zu entsinnen, daß er sich so verhalten habe. Was aber die Mutter mit ihrer Darstellung verriet, war eben dies, daß Esau's kleiner und ertrotzter Lebensvorsprung von den Eltern niemals als ausschlaggebend verstanden worden und die Segensanwärterschaft zwischen den Brüdern lange, bis in ihr junges Mannesalter, bis zum Tage des Schicksals in der Schwebe geblieben war, so daß Esau wohl eine gegen ihn gefallene Entscheidung, nicht aber eigentlich sich über eine ungerechte Verkürzung zu beklagen hatte. Lange war, namentlich für den Vater, seine tatsächliche Erstgeburt schwer genug zu seinem Vorteil ins Gewicht gefallen, um alle Abneigung auszugleichen, die sein Charakter einflößte – wobei unter ›Charakter‹ das Körperliche ebenso zu begreifen ist wie das Geistig-Sittliche –, so lange, bis sie das eben nicht mehr tat. Rothaarig war er sofort gewesen über den ganzen Leib, wie der Wurf einer Bezoargeiß, und ausgestattet mit einem vollständigen Zahngebiß: unheimliche Erscheinungen, die aber Isaak in prächtigem Sinn zu deuten und zu begrüßen sich zwang. Er wollte es gern mit dem Erstling halten und war selbst der Gründer und langjährige Hüter jener Annahme, an die Esau sich klammerte: daß nämlich dieser sein Sohn, Jaakob dagegen das Muttersöhnchen sei. Mit dem Glatten, Zahnlosen da, sprach er und gab seiner Seele einen Ruck – denn um die kleine Person eben dieses Zweiten war es wie ein mildes Scheinen, und er lächelte gar klug und friedlich, während der Erste sich in unausstehlichem Gequarre wälzte und seine Brauen dabei zu einer greulichen Arabeske verzog –, mit dem Glatten stehe es offenbar kümmerlich und wenig hoffnungsvoll, dagegen mache der Rauhe den Eindruck heldischer Anlage und werde es sicherlich weit bringen vor dem Herrn. Dergleichen äußerte er täglich fortan, mechanisch, in spruchhaft feststehenden Wendungen, wenn auch bald schon zuweilen mit bebend von innen her verärgerter Stimme; denn Esau verletzte mit seinem widerwärtigen Frühgebiß grausam Rebekka's Brust, so daß bald beide Zitzen völlig wund und entzündet waren und auch der kleine Jaakob mit verdünnter Tiermilch ernährt werden mußte. »Ein Held wird er sein«, sagte Jizchak dazu, »und ist mein Sohn und mein Erster. Aber deiner ist der Glatte, Tochter Bethuels, Herz meiner Brust!« »Herz meiner Brust« nannte er sie in diesem Zusammenhang und hieß das liebe Kind ihren Sohn, aber das rauhe den seinen. Welches bevorzugte er also? Esau. So hieß es später im Hirtenlied, und so wußten es schon damals die Leute in ihrer Landschaft: Jizchak hat Esau lieb, Rebekka den Jaakob, das war die Übereinkunft, die Isaak mit den Worten gegründet hatte und im Worte aufrechterhielt, ein kleiner Mythus innerhalb eines viel größeren und mächtigeren, widersprechend aber in dem Grade diesem größeren und mächtigeren, daß – Jizchak darüber erblindete.

Wie ist das zu verstehen? In dem Sinne, daß die Verquickung von Körper und Seele weit inniger, die Seele etwas viel Körperlicheres, die Bestimmbarkeit des Körperlichen durch das Seelische viel weitgehender ist, als man zeitweise zu glauben gewußt hat. Isaak war blind, oder so gut wie blind, als er starb, das wird nicht zurückgenommen. Zur Zeit der Kindheit seiner Zwillinge aber war sein Sehvermögen durch das Alter bei weitem noch nicht so herabgesetzt, und wenn er es, als die Knaben junge Männer waren, schon viel weiter in der Blindheit gebracht hatte, so darum, weil er dies Vermögen durch Jahrzehnte vernachlässigt, überschont, verhängt und ausgeschaltet hatte, entschuldigt durch eine Neigung zum Bindehautkatarrh, die in seiner Sphäre sehr häufig war (auch Lea und mehrere ihrer Söhne litten ja ihr Leben lang daran), in Wirklichkeit aber aus Unlust. Ist es möglich, daß jemand erblindet oder der Blindheit so nahe kommt, wie Jizchak ihr im Alter wirklich war, weil er nicht gern sieht, weil das Sehen ihm Qual bereitet, weil er sich wohler in einem Dunkel fühlt, worin gewisse Dinge geschehen können, die zu geschehen haben? Wir behaupten nicht, daß solche Ursache solche Wirkung zeitigen könne; wir begnügen uns damit, festzustellen, daß die Ursachen vorhanden waren.

Esau war von tierischer Frühreife. Sozusagen im Knabenalter heiratete er ein übers andere Mal: Töchter Kanaans, Chetiterinnen und Heviterinnen, wie man weiß, zuerst Judith und Ada, dann auch noch Ahalibama und Basnath. Er siedelte diese Weiber auf des Vaters Zeltgehöfte an, war fruchtbar mit ihnen und ließ sie und ihre Brut mit desto vollendeterer Unempfindlichkeit unter der Eltern Augen ihren angestammten Natur- und Bilderdienst treiben, als er selbst des Sinnes bar für Abrams hohes Erbe war, mit den Seïrim im Süden Jagd- und Glaubensfreundschaft geschlossen hatte und offen dem gewitterigen Kuzach frönte. Das schuf, wie es später im Liede hieß und noch immer in der Überlieferung heißt, dem Isaak und der Rebekka »eitel Herzeleid«: beiden also, und zwar notwendig dem Jizchak noch weit mehr als seiner Eheschwester, obgleich diese es war, die ihren Verdruß zu Worte kommen ließ, während Isaak schwieg. Er schwieg, und wenn er sprach, so lauteten seine Worte: »Meiner ist der Rote. Der Erstgeborene ist er, und ich habe ihn lieb.« Aber Isaak, der Segensträger, der Hüter von Abrams Gotteserrungenschaft, in dem die geistlich Seinen den Sohn des Chaldäers und seine Wiederverkörperung sahen, litt schwer unter dem, was er mit ansehen oder wovor er die Augen verschließen mußte, um es nicht zu sehen, litt an seiner eigenen Schwäche, die ihn hinderte, dem Unwesen dadurch ein Ende zu machen, daß er Esau der Wüste anheimgab, wie man es mit Ismael, seinem wildschönen Oheim, gemacht hatte. Der ›kleine‹ Mythus hinderte ihn daran, Esau's tatsächliche Erstgeburt hinderte ihn, die bei dem Schwebezustand, worin damals die Frage, welcher der Zwillinge der Berufene und Erwählte sein werde, noch hing, stark zu Esau's Gunsten ins Gewicht fiel; und so klagte Isaak über seine Augen, über ihren Fluß und das Brennen ihrer Lider, auch daß er trüb sähe, wie der sterbende Mond, daß das Licht ihn schmerze – und suchte das Dunkel. Behaupten wir, Isaak sei ›blind‹ geworden, um den Götzendienst seiner Schwiegertöchter nicht zu sehen? Ach, der war das Geringste von all dem, was ihm das Sehen verleidete, was ihm die Blindheit wünschenswert machte – weil nur in ihr geschehen konnte, was zu geschehen hatte.

Denn je mehr die Knaben heranreiften, desto klarer zeichneten sich, wenn man sah, die Linien des ›großen‹ Mythus ab, in welchem der ›kleine‹, trotz aller Vater-Grundsätzlichkeiten zugunsten des Älteren, in immer wachsendem Grade zu etwas Gezwungen-Unhaltbarem wurde; desto deutlicher wurde, wer beide waren, in welchen Spuren sie gingen und auf welchen Geschichten sie fußten, der Rote und der Glatte, der Jäger und der Häusliche, – und wie hätte wohl Isaak, der selbst zusammen mit Ismael, dem Wildesel, das Brüderpaar gebildet hatte; der selbst nicht Kain gewesen war, sondern Habel, nicht Cham, sondern Sem, nicht Set, sondern Usir, nicht Ismael, sondern Jizchak, der wahrhafte Sohn: wie hätte er wohl sehenden Auges an der Übereinkunft festzuhalten vermocht, er bevorzugte Esau? Darum nahmen seine Augen ab, wie der sterbende Mond, und er lag im Dunkeln, auf daß er betrogen werde samt Esau, seinem Ältesten.

Der große Jokus

In Wahrheit, niemand wurde betrogen, auch Esau nicht. Denn wenn hier heiklerweise von Leuten erzählt wird, die nicht immer ganz genau wußten, wer sie waren, und wenn auch Esau das nicht immer genauestens wußte, sondern sich zuweilen für den Urbock der Seïrleute hielt und in der ersten Person von diesem sprach, – so betraf diese gelegentliche Unklarheit doch nur das Individuelle und Zeitliche und war geradezu die Folge davon, daß, wer der einzelne wesentlich, außer der Zeit, mythischer- und typischerweise war, jeder ganz ausgezeichnet wußte, auch Esau, von dem nicht umsonst gesagt wurde, daß er auf seine Art ein ebenso frommer Mann wie Jaakob war. Er weinte und wütete wohl nach geschehenem ›Betruge‹ und stellte dem gesegneten Bruder tödlicher nach, als Ismael dem seinen nachgestellt hatte, ja, es ist richtig, daß er mit Ismael Mordpläne sowohl gegen Isaak wie gegen Jaakob besprach. Aber er tat das alles, weil es eben so in seiner Charakterrolle lag, und wußte fromm und genau, daß alles Geschehen ein Sicherfüllen ist und daß das Geschehene geschehen war, weil es zu geschehen gehabt hatte nach geprägtem Urbild: Das heißt, es war nicht zum ersten Male, es war zeremoniellerweise und nach dem Muster geschehen, es hatte Gegenwart gewonnen gleichwie im Fest und war wiedergekehrt, wie Feste wiederkehren. Denn Esau, Josephs Oheim, war nicht der Stammvater Edoms.

Darum, als die Stunde kam und die Brüder fast dreißig waren; als Jizchak aus der Dunkelheit seines Zeltes den dienenden Sklaven sandte, einen Jüngling, dem ein Ohr fehlte, da man es ihm mehrerer Leichtsinnsverfehlungen wegen abgeschnitten hatte, wodurch er sehr gebessert worden war; als dieser die Arme auf seiner schwärzlichen Brust vor Esau kreuzte, der mit Knechten auf dem bebauten Felde werkte, und zu ihm sprach: »Nach meinem Herrn verlangt der Herr«, so stand Esau wie angewurzelt, und sein rotes Gesicht färbte sich fahl unter dem Schweiß, der es bedeckte. Er murmelte die Formel des Gehorsams: »Hier bin ich.« In seiner Seele aber dachte er: ›Jetzt geht es an!‹ Und diese Seele war voll von Stolz, Grauen und feierlichem Herzeleid.

Da ging er hinein von sonniger Feldarbeit zum Vater, der mit zwei getränkten Läppchen auf den Augen im Dämmer lag, neigte sich und sprach:

»Mein Herr hat gerufen.«

Isaak antwortete etwas wehleidigen Tones:

»Das ist meines Sohnes Esau Stimme. Bist du es, Esau? Ja, ich habe dich gerufen, denn die Stunde ist da. Tritt nahe heran, mein Ältester, daß ich mich deiner versichere!«

Und Esau kniete hin in seinem Schurz aus Ziegenleder an dem Lager und heftete seine Augen auf die Läppchen, als wollte er sie durchbohren und in die Augen des Vaters dringen, während Isaak ihm Schulter und Arme und Brust betastete und dabei sprach:

»Ja, das sind deine Zotteln und ist Esau's rotes Vlies. Ich sehe es mit den Händen, die es wohl oder übel recht fein schon erlernt haben, zu verrichten das Amt der abnehmenden Augen. Höre nun also, mein Sohn, und mache deine Ohren weit und gastlich für das Wort des blinden Vaters, denn die Stunde ist da. Siehe, schon bin ich bedeckt mit Jahren und Tagen, daß ich wohl nächstens darunter verschwinde, und da längst meine Augen schon abnehmen, kann es als wahrscheinlich gelten, daß ich bald gänzlich abnehmen werde und hinschwinden ins Dunkel, so daß mein Leben Nacht ist und nicht mehr zu sehen. Darum, damit ich nicht sterbe, ehe ich den Segen vergeben und die Kraft von mir gelassen und übertragen das Erbe, so sei es nun, wie es öfters gewesen. Gehe hin, mein Sohn, und nimm dein Schießgerät, das du handhabst rüstig und grausam vor dem Herrn, und streife in Steppe und Flur, ein Wild zu erlegen. Das richte mir zu und mache mir ein Fleischgericht, wie ich es gerne habe, in saurer Milch gekocht am lebendigen Feuer und fein gewürzt, und bring's mir herein, damit ich esse und trinke und meines Leibes Seele sich stärke und ich dich segne mit sehenden Händen. Dies meine Weisung. Geh.«

»Es ist schon geschehen«, murmelte Esau redensartlich, blieb aber auf den Knien und hatte nun tief den Kopf gesenkt, während über ihm die blinden Läppchen ins Leere starrten.

»Bist du noch da?« erkundigte sich Isaak. »Einen Augenblick dachte ich, du wärst schon gegangen, was mich nicht gewundert hätte, da der Vater gewohnt ist, daß jedermann schleunig in Liebe und Furcht seinen Weisungen nachkommt.«

»Es ist schon geschehen«, wiederholte Esau und ging. Aber als er das Fell schon gerafft hatte, das des Zeltes Ausgang bedeckte, ließ er's wieder fallen und kehrte zurück, kniete noch einmal nieder am Lager und sprach mit brechender Stimme:

»Mein Vater!«

»Wie denn und was noch?« fragte Isaak, indem er seine Brauen über den Läppchen emporzog. »Es ist gut«, sagte er dann. »Geh, mein Sohn, denn die Stunde ist da, groß für dich und groß für uns alle. Geh, jage und koche, auf daß ich dich segne!«

Da ging Esau hinaus erhobenen Hauptes und trat vor das Zelt in vollem Stolze der Stunde und verkündete allen, die in Hörweite waren, mit lauter Stimme seine augenblickliche Ehre. Denn die Geschichten sind nicht auf einmal da, sie geschehen Punkt für Punkt, sie haben ihre Entwicklungsabschnitte, und es wäre falsch, sie überall kläglich zu nennen, weil ihr Ende kläglich ist. Geschichten kläglichen Ausgangs haben auch ihre Ehrenstunden und -stadien, und es ist recht, daß diese nicht vom Ende gesehen werden, sondern in ihrem eigenen Licht; denn ihre Gegenwart steht an Kraft nicht im mindesten nach der Gegenwart des Endes. Darum war Esau stolz zu seiner Stunde und rief schallend hinaus:

»Hört es, Leute des Hofs, hört es, Abrams Kinder und Räucherer Ja's, hört auch ihr es, Räucherinnen des Baal, Weiber Esau's nebst eurer Brut, meiner Lenden Frucht! Esau's Stunde ist da. Segnen will der Herr seinen Sohn noch heute! In Steppe und Flur schickt mich Isaak, daß ich ihm mit dem Bogen ein Essen schaffe zur Stärkung um meinetwillen! Fallet nieder!«

Und während die Nächsten, die es hörten, aufs Angesicht fielen, sah Esau eine Magd rennen, daß ihr die Brüste hüpften.

Das war die Magd, die der Rebekka kurzatmig meldete, wessen Esau sich gerühmt. Und wieder diese Magd kam, ganz ohne Atem vom Hin- und Herlaufen, zu Jaakob, der in Gesellschaft eines spitzohrigen Hundes namens Tam die Schafe hütete und gelehnt auf seinen langen, oben gebogenen Stab in Gottesgedanken stand, und keuchte, die Stirn im Grase: »Die Herrin – –!« Da sah Jaakob sie an und antwortete nach längerer Pause sehr leise: »Hier bin ich.« Während der Pause aber hatte er in seiner Seele gedacht: ›Jetzt geht es an!‹ Und seine Seele war voller Stolz, Grauen und Feierlichkeit.

Er gab seinen Stab dem Tam zu bewachen und ging hinein zu Rebekka, die schon in Ungeduld seiner wartete.

Rebekka, Sarai's Nachfolgerin, war eine Matrone mit goldenen Ohrringen von stattlicher, starkknochiger Gestalt und groben Gesichtszügen, welche noch viel von der Schönheit bewahrten, die Abimelek von Gerar einst in Gefahr gebracht. Der Blick ihrer schwarzen Augen, zwischen deren hochgewölbten, mit Bleiglanz ebenmäßig nachgezogenen Brauen ein Paar energischer Falten stand, war klug und fest, ihre Nase von männlich kräftiger Ausbildung, starknüstrig und kühn gebogen, ihre Stimme tief und volltönend und ihre Oberlippe von dunklen Härchen beschattet. Ihr Haar, in schwarzsilbrigen in der Mitte geteilten Locken sich dicht in die Stirn drängend, war verhüllt von dem braunen Schleiertuch, das ihr lang über den Rücken hinabhing, und ihre bernsteinbräunlichen Schultern, an deren stolze Rundung die Jahre sowenig noch gerührt hatten wie an die edel geformten Arme, waren bloß vom Schleier wie von dem gemusterten, ungegürteten, bis zu den Knöcheln reichenden Wollkleide, das sie trug. Ihre kleinen, hochgeäderten Hände hatten noch kürzlich mit rasch verbesserndem Tadel zwischen die der Weiber gegriffen, welche, zu seiten des Webstuhles hokkend, dessen Bäume im Freien an den Boden gepflockt waren, mit Fingern und Hölzern die flächsernen Querfäden durch die längsgespannten gezwängt und gedrängt hatten. Aber sie hatte die Arbeit unterbrechen lassen, die Mägde fortgeschickt und erwartete den Sohn im Innern ihres Herrinnenzeltes, unter dessen härenem Gehänge und auf dessen Matten sie dem verehrend Eintretenden mit raschen Mienen entgegenkam.

»Jekew, mein Kind«, sagte sie leise und tief und zog seine erhobenen Hände an ihre Brust. »Es ist an dem. Der Herr will dich segnen.«

»Mich will er segnen?« fragte Jaakob erbleichend. »Mich, und nicht Esau?«

»Dich in ihm«, sagte sie ungeduldig. »Keine Spitzfindigkeiten! Rede nicht, klügle nicht, sondern tu, wie man dich heißt, damit kein Irrtum geschieht und kein Unglück sich ereignet!«

»Was befiehlt mein Mütterchen, von dem ich lebe, wie zu der Zeit, als ich in ihrem Leibe war?« fragte Jaakob.

»Höre!« sagte sie. »Er hat ihn geheißen, ein Wild zu erlegen und ihm ein Essen davon zu bereiten nach seinem Geschmack, damit er sich stärke zum Segen. Das kannst du schneller und besser. Sofort geh zur Herde, nimm zwei Böcklein, tu sie ab und bring sie mir her. Aus dem besten davon mach' ich dem Vater ein Essen, daß er dir nichts soll liegenlassen. Fort!«

Jaakob geriet ins Zittern und hörte nicht auf zu zittern, bis alles vorüber war. In gewissen Augenblicken hatte er größte Mühe, das Klappern seiner Zähne zu bemeistern. Er sagte:

»Barmherzige Mutter der Menschen! Wie einer Göttin Wort ist jedes deiner Worte für mich, aber was du sagst, ist furchtbar gefährlich. Esau ist haarig überall, und dein Kind ist glatt mit geringen Ausnahmen. Wenn nun der Herr mich begriffe und fühlte meine Glätte: wie stünde ich vor ihm? Genau, als hätte ich ihn betrügen wollen – und hätte seinen Fluch auf dem Halse statt des Segens, ehe ich's gedacht.«

»Klügelst du alsobald schon wieder?!« herrschte sie ihn an. »Auf mein Haupt den Fluch. Ich sorge. Hinweg und die Böcklein her. Ein Mißgriff geschieht...«

Er lief schon. Er eilte zum Berghang, nicht fern vom Lager, wo die Ziegen weideten, griff zwei Kitzen, im Frühling geboren, die um die Geiß sprangen, und tat sie ab mit Kehlschnitt, indem er dem Hüter zurief, es sei für die Herrin. Er ließ ihr Blut hinlaufen vor Gott, warf sie sich über die Schulter an den Hinterbeinen und ging heimwärts, pochenden Herzens. Sie hingen ihm hinten über den Hemdrock, mit ihren noch kindlichen Köpfchen, den geringelten Hörnchen, gespaltenen Schnauzen und verglasten Augen, – früh geopfert, zu Großem bestimmt. Rebekka stand schon und winkte.

»Schnell«, sagte sie, »alles ist vorbereitet.«

Es war ein Herd unter ihrem Dach, aus Steinen gebaut, auf dem schon ein Feuer brannte unter dem Bronzetopf, und war da alles Zubehör der Küche und Wirtschaft. Und die Mutter nahm ihm die Böcklein ab und begann eilig, sie abzuhäuten und zu zerlegen, und hantierte groß und rüstig am flammenden Herd mit der Gabel, rührte, streute und richtete an, und es war Schweigen zwischen ihnen während all dieses Tuns. Da aber das Essen noch kochte, sah Jaakob, wie sie hervortat aus ihrem Kasten gefaltete Kleider, Hemd und Kittel. Das waren Esau's Festkleider, die sie verwahrte, wie Jaakob erkannte; und er erbleichte wieder. Danach sah er sie die Felle der Böcklein, die an der Innenseite noch feucht und klebrig waren vom Blute, mit dem

Messer in Stücke und Streifen zerschneiden und zitterte bei diesem Anblick. Aber Rebekka hieß ihn den langen Hemdrock mit halblangen Ärmeln, den er in jener Zeit alltäglich zu tragen pflegte, ausziehen und zog ihm über die glatten, zitternden Glieder das kurze Untergewand seines Bruders und darüber den feinen blau und roten Wollrock, der nur über eine Schulter ging und die Arme bloß ließ. Dann sprach sie: »Nun komm her!« Und legte ihm, während ihre Lippen sich in leisen Worten bewegten und die energischen Falten zwischen ihren Brauen feststanden, die Fellstücke überall an, wo er bloß und glatt war, um Hals und Arme, um die Unterschenkel und auf die Rücken der Hände, und band sie fest mit Fäden, obgleich sie ohnedies schon klebten auf die unangenehmste Weise. Sie murmelte:

»Ich wickle das Kind, ich wickle den Knaben, vertauscht sei das Kind, verwandelt der Knabe, durch die Haut, durch das Fell.«

Und murmelte abermals:

»Ich wickle das Kind, ich wickle den Herrn, es taste der Herr, es esse der Vater, dir müssen dienen die Brüder der Tiefe.«

Darauf wusch sie ihm eigenhändig die Füße, wie sie es wohl getan, als er klein war, nahm dann Salböl, das nach der Wiese duftete und nach den Blumen der Wiese und das Esau's Salböl war, und salbte ihm den Kopf und danach die gewaschenen Füße, indem sie zwischen den Zähnen sprach:

»Ich salbe das Kind, ich salbe den Stein, es esse der Blinde, zu Füßen, zu Füßen müssen dir fallen die Brüder der Tiefe.«

Dann sagte sie: »Es ist geschehen«, richtete, während er unbeholfen, verstört und tierisch angetan, aufstand, mit gespreizten Armen und Beinen dastand und mit den Zähnen schnatterte, das gewürzte Fleischgericht im Napfe an, tat auch Weizenbrot hinzu und goldklares Öl, das Brot hineinzutauchen, und einen Krug Weins, gab ihm alles in Hand und Arm und sagte: »Nun geh deines Wegs!«

Und Jaakob ging, beladen, behindert und breitbeinig, in

Furcht, die häßlich klebenden Felle möchten sich unter den Fäden verschieben, hoch pochenden Herzens, verzogenen Angesichts und mit niedergeschlagenen Augen. Viele sahen ihn vom Gesinde, wie er so durchs Gehöfte ging, hoben die Hände und wiegten schnalzend die Köpfe, küßten auch wohl ihre Fingerspitzen und sagten: »Siehe, der Herr!« Also kam er vor des Vaters Zelt, legte den Mund an den Vorhang und sprach:

»Ich bin's, mein Vater. Darf dein Knecht seinen Fuß heben zu dir hinein?«

Aus dem Grunde der Wohnung aber kam Isaaks Stimme wehleidigen Tones:

»Wer bist du denn aber? Bist du nicht etwa ein Strauchdieb und eines Strauchdiebes Sohn, daß du vor meine Hütte kommst und sagst Ich von dir? Ich kann ein jeder sagen, aber wer's sagt, darauf kommt's an.«

Jaakob antwortete und klapperte nicht mit den Zähnen, da er sie beim Sprechen zusammenbiß:

»Dein Sohn ist's, der Ich sagt und hat dir gejagt und angerichtet.«

»Das ist was anderes«, erwiderte Jizchak von innen. »So komm herein.«

Da trat Jaakob in das Halbdunkel des Zeltes, in dessen Hintergrund eine erhöhte und bedeckte Lehmbank lief, auf der lag Jizchak, in seinen Mantel gehüllt, die getränkten Läppchen auf den Augen, und lag auf einer Kopfstütze mit bronzenem Halbring, die ihm das Haupt erhob. Er fragte wieder:

»Wer bist du also?«

Und Jaakob antwortete mit versagender Stimme:

»Ich bin Esau, der Rauhe, dein größerer Sohn, und habe getan, wie du geheißen. Sitz auf, mein Vater, und stärke deine Seele; hier ist das Essen.«

Aber Isaak saß noch nicht auf. Er fragte: »Wie, so bald schon ist dir ein Wild begegnet und so rasch schon eines gerannt vor deines Bogens Sehne?«

»Der Herr, dein Gott, hat mir Jagdglück beschert«, antwortete Jaakob, und nur einzelne Silben bekamen Stimme, die anderen waren geflüstert. Er sagte aber »Dein Gott« von Esau's wegen; denn Isaaks Gott war nicht Esau's Gott.

»Wie ist mir denn aber?« fragte Isaak wieder. »Deine Stimme ist ungewiß, Esau, mein Ältester, aber sie klingt mir wie Jaakobs Stimme?«

Da wußte Jaakob nichts zu antworten vor Angst und zitterte nur. Aber Isaak sprach milde:

»Die Stimmen von Brüdern gleichen sich wohl, und die Worte kommen verwandt und gleichlautend aus ihren Mündern. Komm her, du, daß ich dich befühle und sehe mit sehenden Händen, ob du Esau seist, mein Ältester, oder nicht.«

Jaakob gehorchte. Er stellte alles nieder, was ihm die Mutter gegeben, trat nahe und bot sich zum Tasten dar. Und aus der Nähe sah er, daß der Vater sich die Läppchen mit einem Faden am Kopfe festgebunden hatte, damit sie nicht abfielen, wenn er aufsäße, gerade wie Rebekka an ihm befestigt hatte die unangenehmen Felle.

Isaak fuhr ein wenig mit gespreizten, spitzfingrigen Händen in der Luft umher, bevor er auf Jaakob traf, der sich darbot. Dann fanden ihn seine mageren, blassen Hände und fühlten umher, wo kein Kleid war, an den Hals, über die Arme und Handrücken hin zu den Schenkeln hinab und rührten überall an das Bocksfell.

»Ja«, sagte er, »allerdings, das muß mich wohl überzeugen, denn es ist dein Vlies und sind Esau's rote Zotteln, ich seh's mit sehenden Händen. Die Stimme ist ähnlich wie Jaakobs Stimme, aber die Behaarung ist Esau's, und die ist das Ausschlaggebende. Du bist also Esau?«

Jaakob antwortete:

»Du siehst und sagst es.«

»So gib mir zu essen!« sprach Isaak und saß auf. Der Mantel hing ihm über den Knien. Und Jaakob nahm den Eßnapf und kauerte zu des Vaters Füßen und hielt ihm den Napf. Aber Isaak beugte sich erst noch darüber, die Hände zu beiden Seiten auf Jaakobs befellten Händen, und beroch das Gericht.

»Ah, gut«, sagte er. »Gut bereitet, mein Sohn! In saurem

Rahm ist's, wie ich befohlen, und Kardamom ist daran, auch Thymian, sowie etwas Kümmel.« Und er nannte noch mehr Zutaten, die angewandt waren und die seine Nase unterschied. Dann nickte er, griff zu und aß.

Er aß alles auf, es dauerte lange.

»Hast du auch Brot, Esau, mein Sohn?« fragte er kauend.

»Das versteht sich«, antwortete Jaakob. »Weizenfladen und Öl.«

Und er brach vom Brote, tauchte es in Öl und führte es dem Vater zum Munde. Der kaute und nahm wieder Fleisch hinzu, strich sich den Bart und nickte beifällig, während Jaakob hinauf in sein Gesicht blickte und es beim Essen betrachtete. Es war so zart und durchsichtig, dies Gesicht mit den feinen Wangenhöhlen, denen der spärliche graue Bart entkeimte, und der groß und gebrechlich gebauten Nase, deren Nüstern dünn und weit waren und deren gebogener Rücken eines geschliffenen Messers Schneide glich, – so heilig-geistig erschien es trotz den deckenden Läppchen, daß das Kauen und bedürftige Mahlzeiten gar nicht recht dazu passen wollte. Man schämte sich etwas, dem Esser beim Essen zuzusehen, und meinte, er müsse sich schämen, sich dabei zusehen zu lassen. Aber es mochte wohl sein, daß die deckenden Läppchen ihn schützten vor solchem Unbehagen, und jedenfalls kaute er gemächlich mit seinem gebrechlichen Unterkiefer im dünnen Barte, und da nur vom Besten im Napfe war, ließ er überhaupt nichts liegen.

»Gib mir zu trinken!« sagte er dann. Und Jaakob beeilte sich, ihm den Weinkrug zu reichen und ihn selbst dem vom Essen Durstigen an die Lippen zu führen, während dessen Hände auf den Pelzchen von Jaakobs Handrücken lagen. Wie aber Jaakob dem Vater so nahe kam, roch dieser mit seinen weiten dünnen Nüstern die Narde in seinem Haar und den Feldblumengeruch seines Kleides, setzte noch einmal ab und sagte:

»Wahrlich, es ist geradezu täuschend, wie meines Sohnes gute Kleider immer duften! Genau wie Wiese und Feld im jungen Jahr, wenn der Herr sie weithin mit Blumen gesegnet hat zur Lust unserer Sinne.«

Und er hob mit zwei spitzen Fingern das eine Läppchen ein wenig am Rande und sagte:

»Solltest du wirklich Esau sein, mein größerer Sohn?«

Da lachte Jaakob verzweifelt und fragte dagegen:

»Wer denn sonst?«

»Dann ist es gut«, sprach Isaak und nahm einen langen Zug, daß seine zarte Kehle unter dem Bart auf und nieder ging. Dann befahl er, ihm Wasser auf die Hände zu gießen. Als aber Jaakob auch dies getan und ihm die Hände getrocknet hatte, da sagte der Vater:

»So geschehe es denn!«

Und mächtig belebt vom Essen und Trinken, geröteten Angesichts, legte er dem zitternd Kauernden die Hände auf, ihn zu segnen aus allen Kräften, und da seine Seele so sehr gestärkt war von der Mahlzeit, so waren seine Worte voll aller Macht und Reichlichkeit der Erde. Ihr Fett gab er ihm und ihre Weibesüppigkeit und dazu den Tau und das Manneswasser des Himmels, gab ihm die Fülle von Acker, Baum und Rebe und wuchernde Fruchtbarkeit der Herden und doppelte Schur jedes Jahr. Er legte auf ihn den Bund, gab ihm zu tragen die Verheißung und fortzuerben das Gegründete in die Zeitläufte. Wie ein Strom ging seine Rede und hochtönend. Die Herrschaft vermachte er ihm im Kampfe der Welthälften, der lichten und dunklen, den Sieg über den Drachen der Wüste, und setzte ihn ein zum schönen Monde und zum Bringer der Wende, der Erneuerung und großen Lachens. Das feststehende Wort, das schon Rebekka gemurmelt, gebrauchte auch er; uralt und schon zum Geheimnis geworden, paßte es nicht genau und nach dem Verstande auf diesen Fall, da nur zwei Brüder im Spiele waren, aber Isaak sprach es doch weihevoll über ihn aus: dienen sollten dem Gesegneten seiner Mutter Kinder, und hinstürzen würden all seine Brüder zu seinen gesalbten Füßen. Dann rief er dreimal den Namen Gottes, sagte: »So sei und geschehe es!« und ließ den Jaakob aus seinen Händen.

Der stürzte fort, zur Mutter. Aber wenig später kehrte Esau heim mit einem jungen Steinbock, den er geschossen, – und nun war es gar lustig und gräßlich geworden mit der Geschichte.

Jaakob hatte von dem, was folgte, mit eigenen Augen nichts gesehen, noch etwas sehen wollen; er hielt sich damals verborgen. Aber vom Hörensagen hatte er alles genau und erinnerte sich, als sei er dabei gewesen.

Esau befand sich, da er zurückkehrte, noch in seinem Ehrenstande; von dem, was unterdessen sich zugetragen, wußte er schlechterdings nichts, denn so weit war die Geschichte für ihn nicht vorgerückt. In freudigem Dünkel und hochgebläht kam er daher, den Bock auf dem Rücken, den Bogen in haariger Faust, stolzierend, marschierend: er warf die Beine sehr hoch beim Schreiten und wandte finster strahlend den Kopf hin und her, ob man ihn auch sähe in seinem Ruhm und Vorrang, und begann schon von weitem wieder zu prahlen und großzureden, daß es ein Jammer und Jux war für alle, die es hörten. Denn sie liefen zusammen, die den bepelzten Jaakob zum Herrn hatten hineingehen und wieder herauskommen sehen, und auch, die es nicht selbst gesehen. Aber Esau's Weiber und Kinder kamen nicht dazu, obgleich er auch sie wieder aufrief, seiner Größe und Hoffart Zeuge zu sein.

Es liefen die Leute zusammen und lachten, wie er die Beine warf, und scharten sich um ihn in engem Kreise, zu sehen und zu hören, wie er's trieb. Denn er fing an, unter immerwährender Marktschreierei und großem Gehabe seinen Bock zu häuten, auszuweiden und zu zerlegen öffentlich, schlug Feuer, zündete Reisig an, hing den Kessel darüber und rief Befehle aus an die lachenden Leute: ihm zu bringen, wessen er sonst benötigte, sein Ehrengericht zu bereiten.

»Haha und hoho, ihr Gaffer und Andächtige!« rief er aufschneiderisch. »Bringt mir die große Gabel her! Bringt mir sauere Milch von der Zibbe, denn in Schafsmilch schmaust er's am liebsten! Bringt mir Salz vom Salzberge, ihr Faulenzer, Koriander, Knoblauch, Minze und Senfgewürz, ihm den Gaumen zu reizen, denn ich will ihn päppeln, daß ihm die Kraft aus den Poren bricht! Bringt mir auch Brot als Zukost, vom Mehle Scholet, Öl dazu aus gestoßener Frucht und geseihten Wein, ihr Tagediebe, daß mir in den Krug keine Hefe gerate, oder es soll euch der weiße Maulesel stoßen! Lauft und bringt! Denn es ist das Fest von Isaaks Atzung und Segen, Esau's Fest, des Sohnes und Helden, den der Herr geschickt hat, ein Wildbret zu jagen, ihm zur Mahlzeit, und den er segnen will drinnen im Zelte noch diese Stunde!«

So trieb er's weiter mit Mund und Hand, mit Haha und Hoho und bombastischem Fuchteln und schallenden Blähreden von des Vaters Liebe zu ihm und von Rotpelzchens großem Tage, daß die Hofleute sich nur so bogen und krümmten und Tränen lachten und den eigenen Leib mit den Armen umschlangen vor Lachen. Aber da er gar abzog mit seinem Frikassee und es vor sich hertrug wie's Tabernakel und wieder so possenhaft die Beine warf, immerfort prahlend bis vor des Vaters Zelt, da schrien sie vor Jubel, klatschten und stampften und wurden dann still. Denn Esau sagte am Vorhang:

»Ich bin's, mein Vater, und bringe dir, daß du mich segnest. Willst du, daß ich eintrete?«

Und Isaaks Stimme kam heraus:

»Wer ist's, der Ich sagt und will herein zum Blinden?«

»Esau, dein Rauhrock, ist's«, antwortete dieser, »hat gejagt und gekocht zum Zwecke der Stärkung, wie du's befohlen.«

»Du Narr und Räuber«, tönte es da. »Was lügst du vor mir? Esau, mein Erster, war längst schon da, hat mich gespeist und getränkt und hat den Segen dahin.«

Da schrak Esau zusammen, daß er beinah die ganze Tracht hätte fallen lassen und die Rahmbrühe überschwang aus dem Topf vom Zucken und Zutappen und ihn besudelte. Die Leute johlten vor Lachen. Sie schüttelten die Köpfe, weil es allzuviel war der Narretei, wischten sich mit den Fäusten das Wasser aus den Augen und schleuderten es zu Boden. Esau aber stürzte hinein in das Zelt, ungerufen, und dann war Stille, während welcher das Hofvolk draußen die Hände vor die Münder drückte und einander mit den Ellbogen stieß. Nicht gar lange aber, so gab es ein Gebrüll dort drinnen, ganz unerhörter Art, und Esau brach heraus, nicht rot, sondern veilchenblau im Gesicht und mit hocherhobenen Armen. »Verflucht, verflucht, verflucht!«

schrie er aus Leibeskräften, wie man heute wohl rasch hervorstößt bei kleiner, ärgerlicher Gelegenheit. Doch damals und in des zottigen Esau Mund war es ein neuer und frischer Ruf, ursprünglichen Sinnes voll, denn er selbst war wirklich verflucht, statt gesegnet, und festlich betrogen, ein Volksspott wie keiner mehr. »Verflucht«, schrie er, »betrogen, betrogen und untertreten!« Und dann setzte er sich hin zu Boden und heulte mit lang heraushängender Zunge und ließ Tränen rollen, so dick wie Haselnüsse, während die Leute im Kreis um ihn standen und sich die Nieren hielten, so schmerzte sie der große Jokus, wie Esau, der Rote, geprellt ward um seines Vaters Segen.

Jaakob muß reisen

Dann war die Flucht gekommen, Jaakobs Entweichen von Haus und Hof, verfügt und ins Werk gesetzt von Rebekka, von dieser entschlossenen und hochsinnigen Mutter, die ihren Liebling daran gab und einwilligte, ihn vielleicht nie wiederzusehen, wenn er nur den Segen besaß und ihn in die Zeitläufte tragen konnte. Sie war zu klug und weitblickend, um nicht beim feierlichen Betruge vorherzusehen, was folgen mußte; aber wissend nahm sie es auf sich, wie sie es wissend dem Sohne auferlegte, und opferte ihr Herz.

Sie tat es schweigend, denn auch in ihrem das Notwendige vorbereitenden Gespräch mit Isaak herrschte Schweigen über das Wesen der Dinge und Vermeidung des Eigentlichen. Nichts entging ihr. Daß Esau in seiner wirren Seele Rache braute und mit allen Einbildungskräften, die ihm gegeben, darauf sann, das Errichtete umzustoßen, war sicher und stand sozusagen geschrieben von je. Die Art, wie er seine Kainssache betrieb, war ihr bald bekannt. Sie erfuhr, daß er mit Ismael, dem Mann der Wüste, dem Dunkel-Schönen, Verworfenen, meuterisch Fühlung genommen habe. Nichts konnte begreiflicher sein. Sie waren desselben benachteiligten Stammes, der Bruder Jizchaks, der Bruder Jaakobs; in denselben Fußstapfen gingen sie, unangenehm, ausgeschlossen; sie mußten einander finden. Es stand schlimmer, und die Gefahr reichte weiter, als Rebekka vorausgesehen, denn nicht nur auf Jaakob, auch auf Isaak erstreckten sich Esau's Blutwünsche. Sie hörte, er habe dem Ismael vorgeschlagen, dieser solle den Blinden ermorden, dann wolle er, Esau, auf sich den Glatten nehmen. Er scheute die Kainstat, scheute sich, durch sie noch mehr und deutlicher er selbst zu werden. So wollte er, daß der Oheim vorangehe, ihm zur Ermutigung. Daß Ismael Schwierigkeiten machte, gab seiner Schwägerin Frist zum Handeln. Ihm gefiel das nicht. Empfindsame Erinnerungen an die Gefühle, die er dem zarten Bruder einst entgegengebracht und die den Vorwand zu seiner Entfernung hatten hergeben müssen, erschwerten es ihm, so hatte er angedeutet, die Hand gegen Isaak zu erheben. Das solle Esau nur selber tun, dann wolle er, Ismael, dem Jaakob einen Pfeil so genau in den Nacken schießen, daß er durch den Kehlkopf wieder herauskomme und der also Geliebkoste auf der Stelle sein Maß nehmen solle im Grase.

Es sah dem wilden Ismael ähnlich, was er da anregte. Er kam auf Neues, während Esau nur Hergebrachtes im Sinne hatte, nämlich den Brudermord. Er verstand überhaupt nicht, was jener meinte, und glaubte, er rede irr. Vatermord, das kam nicht vor unter den Möglichkeiten seines Denkens, das war nie geschehen, das gab es nicht, der Vorschlag war ohne Hand und Fuß, es war ein in sich absurder Vorschlag. Man konnte einen Vater allenfalls mit der Sichel verschneiden, wie Noah verschnitten worden war, aber ihn umbringen, das war wurzelloses Gefasel. Ismael lachte über des Neffen mundoffene Begriffsstutzigkeit. Er wußte, daß das sehr wohl ein Vorschlag mit Wurzeln war, daß es das sehr wohl gab, daß es vielleicht der Anfang von allem gewesen war und daß Esau im Rückwärtsgehen zu früh stehenblieb und sich mit zu späten Anfängen begnügte, wenn er meinte, das habe es nicht gegeben. Er sagte ihm das, und er sagte noch mehr. Er sagte Dinge, daß Esau beim erstenmal mit gesträubtem Vliese davonlief. Er empfahl ihm, nachdem er den Vater erschlagen, reichlich von seinem Fleische zu essen, um sich seine Weisheit und Macht, den Abramssegen, den jener trage, einzuverleiben, zu welchem Zweck er denn Isaaks Leib auch nicht kochen dürfe, sondern ihn roh verzehren müsse mit Blut und Knochen, – worauf also Esau davonlief.

Er kam zwar wieder, aber die Verständigung von Neffe und Onkel über die Rollenverteilung beim Morden zog sich hin, und so gewann Mutter Rebekka Zeit, vorbeugende Maßregeln zu treffen. Sie sagte dem Isaak nichts von dem, was ihres Wissens nahe Verwandte, noch unbestimmt, gegen ihn im Schilde führten. Nur von Jaakob war zwischen den Gatten die Rede und auch von diesem nicht etwa im Sinne einer Gefahr, die ihm, wie auch Isaak wissen mußte, drohte: niemals also im Hinblick auf den Segensbetrug und Esau's Wut (darüber schwieg man vollkommen), sondern einzig unter dem Gesichtspunkt, Jaakob müsse reisen, und zwar nach Mesopotamien, zum Besuch der aramäischen Verwandtschaft, denn falls er hierbleibe, sei zu befürchten, daß er – auch er noch! – eine verderbliche Heirat eingehe. Auf dieser Ebene verständigten sich die Eltern. Wenn Jaakob ein Weib nähme von den Töchtern des Landes, sagte Rebekka, eine Chetiterin, die Bildergreuel einschleppen werde, wie Esau's Weiber, – sie frage Isaak im Ernst, was ihr dann überhaupt noch das Leben solle. Isaak nickte und bekannte dann: Ja, sie habe recht, aus diesem Grunde müsse Jaakob auf eine Weile von hinnen gehn. Auf eine Weile: so sagte sie es auch dem Jaakob, und sie meinte es ernst damit, sie hoffte es ernst damit meinen zu dürfen. Sie kannte Esau, er war ein wirres, leichtes Gemüt, er würde vergessen. Jetzt sann er Blut, aber er war ablenkbar. Sie wußte, daß er sich bei seinen Ausflügen in die Wüste zu Ismael in dessen Tochter Mahalath vernarrt hatte und sie zum Weibe zu nehmen gedachte. Vielleicht spielte schon jetzt diese friedliche Angelegenheit eine bedeutendere Rolle in seinen kurzen Gedanken als der Racheplan. Wenn es sich zeigte, daß er diesen vollends aus den Augen verloren und sich beruhigt habe, so sollte Jaakob Botschaft von ihr erhalten und an ihre Brust zurückkehren. Vorerst werde ihr Bruder Laban, Bethuels Sohn, siebzehn Tage von hier, im Lande Aram Naharaim, ihn mit offenen Armen aufnehmen um ihretwillen. So ward denn die Flucht bestellt und Jaakob heimlich abgefertigt zur Reise gen Aram. Rebekka weinte nicht. Aber sie hielt ihn lange in jener Morgenfrühe, streichelte seine Backen, behing ihn und die Kamele mit Amuletten, drückte ihn wieder und bedachte in ihrem Herzen, daß, wenn ihr Gott oder ein anderer es so wollte, sie ihn vielleicht nicht wiedersehen werde. So war es bestimmt. Aber Rebekka bereute nichts, weder damals noch später.

Jaakob muß weinen

Wir wissen, wie es dem Reisenden schon am ersten Tage erging, kennen seine Erniedrigung und Erhebung. Aber die Erhebung war innerlich gewesen und ein großes Gesicht der Seele, die Erniedrigung dagegen leiblich und wirklich, wie die Reise es war, die er in ihrem Zeichen und als ihr Opfer zurückzulegen hatte: allein und als Bettler. Der Weg war weit, und er war nicht Eliezer, dem »die Erde entgegengesprungen« war. Er dachte viel an den Alten, Abrams Oberknecht und Boten, der dem Urvater ähnlich gesehen im Angesicht, wie man allgemein sagte, und diesen Weg gezogen war in großer Sendung, um Rebekka zu holen für Isaak. Wie anders war er dahergekommen, stattlich und standesgemäß, mit seinen zehn Kamelen und hoch versehen mit allem, was notwendig und überflüssig, versehen, wie er selbst es gewesen war vor der verfluchten Begegnung mit Eliphas! Warum doch hatte Gott, der König, dies angeordnet? Warum strafte er ihn mit so viel Mühsal und Elend? Denn daß es sich um eine Strafe handle, um Ausgleich und Genugtuung für Esau, schien ihm gewiß, und er dachte viel nach auf der beschwerlich-armseligen Fahrt über das Wesen des Herrn, der zweifellos das Geschehene gewollt und gefördert hatte, ihn aber jetzt dafür plagte und ihn entgelten ließ Esau's bittere Tränen, wenn auch gleichsam nur anstandshalber und in wohlwollend ungenauem Verhältnis. Denn stellte etwa all sein Beschwer, so lästig es war, ein gleichwertig Gebührnis dar für seinen Vorteil und den auf ewig verkürzten Bruder? Bei dieser Frage lächelte Jaakob in den Bart, der ihm unterwegs schon gewachsen war, in seinem schon dunkelbraunen und mageren, vom Schweiße blanken, vom feuchten und schmutzigen Kopftuch umrahmten Gesicht.

Es war Hochsommer, im Monat Ab, eine hoffnungslose Hitze und Dürre. Der Staub lag fingerdick auf Bäumen und Büschen. Schlaff saß Jaakob auf der Rückenhöhe seines unregelmäßig und schlecht genährten Kamels, dessen große, weise, von Fliegen besetzte Augen immer müder und trauriger wurden, und verhüllte sein Antlitz, wenn begegnende Reisende an ihm vorüberzogen. Oder er führte das Tier, zu dessen Entlastung, auch wohl am Zügel, indem er es auf einem der gleichlaufenden Pfade schreiten ließ, aus denen die Straßen bestanden, und selber auf dem benachbarten ging, die Füße im steinigen Puderstaube. Nachts schlief er im Freien, auf dem Felde, zu Füßen eines Baumes, in einem Olivenhain, an einer Dorfmauer, wie es sich traf, und konnte dabei die gute Körperwärme seines Tieres, an das er sich schmiegte, wohl brauchen. Denn öfters waren die Nächte wüstenkalt, und da er ein Zärtling war und ein Kind der Hütte, so erkältete er sich im Schlafe sofort und hustete in der Tagesglut bald wie ein Schwindsüchtiger. Das war ihm sehr hinderlich bei der Gewinnung seines Lebensunterhaltes; denn um zu essen, mußte er sprechen, erzählen, die Leute mit der Schilderung des argen Abenteuers unterhalten, durch das er, so guten Hauses Sohn, in Armut verfallen war. Er erzählte davon in den Ortschaften, auf den Märkten, an den Brunnen draußen, mit deren Wasser man ihm erlaubte, sein Tier zu tränken und sich zu waschen. Knaben, Männer und Weiber mit Krügen umstanden ihn und lauschten seinem von Husten unterbrochenen, sonst aber gewandten und anschaulichen Wort. Er nannte sich, pries seine Herkunft, beschrieb eingehend das Herrenleben, das er daheim geführt, hielt sich auf bei den fetten und würzigen Mahlzeiten, die man ihm vorgesetzt, und gab dann ein Bild von der Liebe und der reichen Genauigkeit, mit der man ihn, des Hauses Erstgeborenen, zur Reise ausgestattet hatte, zur Reise nach Charran im Lande Aram, gen Morgen und Mitternacht, jenseits des Wassers Prath, woselbst ihm Verwandte lebten, deren Ehrenstand unter den Bewohnern des Landes nicht wundernehmen konnte, da sie eine Myriade Kleinvieh besaßen. Zu ihnen also war er von Hause entsandt, und die Beweggründe seiner Sendung hatten sich teils aus handelsgeschäftlichen, teils aus glaubensdiplomatischen Elementen von großer Tragweite zusammengesetzt. Die Geschenke und Tauschgegenstände, die er im Gepäck geführt, den Schmuck seiner Tiere, die Waffen seiner fürstlichen Bedeckung, die leckeren Mundvorräte für ihn und den Troß stellte er im kleinen dar und machte, daß seine eindruckshungrigen Zuhörer, die wohl wußten, daß man aufschneiden könne, aber einmütig darauf verzichteten, zwischen dem gut Aufgeschnittenen und der Wahrheit einen Unterschied zu machen, Augen und Münder aufsperrten. So war er ausgezogen, aber leider, gewisse Gegenden des Landes wimmelten von Räubern. Es waren ganz junge Räuber, doch ungeheuer frech. Als seine Karawane durch einen Hohlweg zog, hatten sie ihr den Vor- und Rückmarsch sowie auch die Möglichkeit seitlichen Ausbrechens abgeschnitten in wimmelnder Überzahl, und ein Kampf hatte sich entsponnen, der zum aufregendsten gehörte von allem, was das Gedächtnis der Menschheit in dieser Art aufbewahren würde, und den Jaakob in seinen Einzelheiten beschrieb, nach Hieb, Wurf und Stich. Der Hohlweg hatte sich mit Leichnamen gefüllt von Mensch und Tier; er selbst allein hatte siebenmal sieben junge Räuber zur Strecke gebracht und von seinen Leuten jeder eine etwas geringere Anzahl. Doch wehe, die Übermacht der Feinde war unbezähmbar gewesen; einer nach dem anderen waren die Seinen um ihn gefallen, und nach mehrstündigem Kampfe schließlich, einsam übriggeblieben, habe er um Odem für seine Nase ersuchen müssen.

Warum man, fragte ein Weib, nicht auch ihn erschlagen habe.

Das war die Absicht gewesen. Schon hatte der Räuber Obmann, der allerjüngste und frechste, das Schwert über ihm geschwungen zum Todesstreich, da hatte er, Jaakob, in höchster

Not seinen Gott angerufen und den Namen des Gottes seiner Väter, und dieses hatte bewirkt, daß des blutdürstigen Knaben Schwert über ihm in der Luft zersplittert war, in siebenmal siebzig Stücke zersprungen. Das hatte dem abscheulichen Kinde den Sinn verwirrt, es mit Schrecken geschlagen, und mit den Seinen hatte es verzweifelt das Weite gesucht, allerdings unter Mitnahme von allem, was Jaakob besessen, so daß dieser nun nackt war. Nackt und treu hatte er seine Reise fortgesetzt, an deren Ziel ihn eitel Balsam erwartete, Milch und Honig und zur Kleidung Purpur und köstliche Leinwand. Jetzt aber, wehe, er hatte bis dahin nicht, wohin sein Haupt zu legen, und nicht, womit zu stillen den gellen Schrei seines Magens, denn längst war in seinem Bauche das Grünkraut zuwenig geworden.

Er schlug sich die Brust, und das taten auch seine Zuhörer auf dem Markt bei den Händlerständen oder bei den Tränken, denn sie waren erhitzt und ergriffen von seiner Erzählung und nannten es eine Schande, daß dergleichen noch vorkomme und die Straßen nicht sicherer seien. Bei ihnen hier, sagten sie, gebe es Wachen auf den Straßen, jede Doppelstunde eine. Und dann gaben sie dem Geschlagenen zu essen, Fladen, Klöße, Gurken, Knoblauch und Datteln, zuweilen selbst ein paar Tauben oder eine Ente, und auch sein Tier bekam Heu vorgeschüttet und sogar Korn, so daß es Kräfte sammeln konnte zur Weiterreise.

So kam er wohl von der Stelle und rückte vor, entgegen dem Jordanlaufe, ins hohle Syrien, zur Orontesschlucht und zum Fuße des Weißen Gebirges, aber langsam ging es, denn die Art seines Broterwerbes war zeitraubend. In den Städten besuchte er die Tempel, redete mit den Priestern über das Göttliche und wußte sie durch seine Bildung und geistreiche Rede für sich einzunehmen, so daß er sich stärken und versehen durfte aus den Vorratskammern des Gottes. Er sah viel Schönes und Heiliges auf seiner Fahrt, sah den Herrscherberg des obersten Nordens wie von feurigen Steinen funkeln und betete an, sah Landstriche köstlich befeuchtet vom Schnee des Gebirges, wo Stämme hochschwanker Dattelpalmen die geschuppten Schwänze von Drachen nachahmten, Zedern- und Sykomorenwälder dunkelten und manche Bäume süße Mehlfrucht in Büscheln anboten. Er sah Städte voll Volksgewimmel, Dimaschki in Obstwald und Zaubergärten. Dort sah er eine Sonnenuhr. Von dort erblickte er auch mit Furcht und Abscheu die Wüste. Sie war rot, wie es sich gehörte. In trüb-rötlichem Dunst erstreckte sie sich gen Morgen, ein Meer der Unreinheit, der Tummelplatz böser Geister, die Unterwelt. Ja, diese wurde dem Jaakob nun zuteil. Gott schickte ihn in die Wüste, weil er Esau laut und bitter hatte aufschreien machen – nach Gottes Willen. Sein Kreislauf, der auf Beth-els Höhe zu einer so tröstlichen Himmelfahrt geführt hatte, war nun auf den Westpunkt der Wende gelangt, wo es in der Welt Höllenunteres ging, und wer wußte wohl, welche Drachennot dort seiner wartete! Er weinte etwas, als er auf seines Tieres Buckel in die Wüste schwankte. Ein Schakal lief ihm voraus, lang, spitzohrig und schmutziggelb, die Rute waagerecht ausgestreckt, eines traurigen Gottes Tier, eine anrüchige Larve. Er lief vor ihm her, indem er den Reiter zuweilen so nahe herankommen ließ, daß diesen sein beizender Dunst traf, wandte den Hundskopf nach Jaakob, sah ihn aus kleinen häßlichen Augen an und trottete weiter, indem er ein kurzes Lachen vernehmen ließ. Jaakobs Wissen und Denken war viel zu beziehungsreich, als daß er ihn nicht erkannt hätte, den Öffner der ewigen Wege, den Führer ins Totenreich. Er hätte sich sehr gewundert, wenn er ihm nicht vorangelaufen wäre, und er vergoß abermals einige Tränen, während er ihm ins Leere, Trostlose jener Strecken folgte, wo das Syrische ins Naharinische übergeht, zwischen Geröll und verfluchten Felsen, durch Steinfelder, lehmige Sandgebreite, verbrannte Steppe und dürre Dickichte von Tamariskengestrüpp. Er wußte ziemlich wohl seinen Weg, den Weg, den Urvater einst in umgekehrter Richtung gezogen war, der Sohn Terachs, als er von dort, wohin Jaakob strebte, gekommen war, nach Westen gewiesen, wie nun dieser nach Osten. Der Gedanke an Abraham tröstete ihn etwas in der Einsamkeit, die übrigens da und dort die Spur menschlicher Fürsorge und der Verkehrsbetreuung trug. Es gab manchmal einen Lehmturm, den man ersteigen mochte, erstens der Umschau wegen und auch in dem Notfall, daß wildes Getier den Wanderer bedrohte. Dann und wann gab es sogar eine Zisternenanlage. Vor allem aber gab es Wegeszeichen, Pfähle und aufgerichtete Steine mit Inschriften, von denen geleitet man selbst bei Nacht zu reisen vermochte, wenn der Mond nur ein wenig schön war, und die zweifellos schon Abram gedient hatten auf seiner Fahrt. Jaakob lobte Gott für die Wohltaten der Gesittung und ließ sich leiten von Nimrods Wegesmalen gegen das Wasser Prath, nämlich gegen den Punkt, den er im Sinne hatte und der der rechte war: wo der Sehr-Breite austrat aus den Schlüften des Gebirges, durch das er von Mitternacht brach, und in der Ebene stille ward. O große Stunde, da Jaakob endlich im Schlamm und Schilfe stehend sein armes Tier hatte schlürfen lassen aus der gelben Flut! Eine Schiffsbrücke führte hinüber, und drüben lag eine Stadt; aber noch war es des Mondgottes Wohnung nicht, noch nicht die Stadt des Weges und Nachors Stadt. Die war noch fern hinter der Steppe draußen im Osten, durch die es weitergehen mußte mit Hilfe der Wegeszeichen, in den Himmelsfeuern des Ab. Siebenzehn Tage? Ach, es waren viel mehr geworden für Jaakob, infolge der Notwendigkeit, ewig sein blutiges Räubermärlein zu erzählen, – er wußte nicht, wie viele, er hatte zu zählen aufgehört, und nur soviel wußte er, daß die Erde ihm keineswegs entgegengesprungen war, sondern eher das Gegenteil getan und seiner müden Wanderschaft das Ziel nach Kräften entzogen hatte. Aber er vergaß niemals – und sprach noch auf dem Sterbebette davon –, wie dieses Ziel dann plötzlich, als er es noch ferne glaubte, in einem Augenblick gerade, als er am wenigsten gehofft hatte, es zu erreichen, unversehens erreicht oder so gut wie erreicht gewesen –, wie dieses Ziel ihm nun dennoch gleichsam entgegengekommen war nebst dem Besten und Teuersten, was es zu bieten hatte und was Jaakob dereinst, nach ungeahnt langem Aufenthalt, davon hatte mit fortführen sollen.

Eines Tages nämlich, es ging schon gegen Abend, die Sonne neigte sich hinter ihm in fahlen Dünsten, und die getürmte Schattensilhouette, die Reiter und Tier auf den Steppengrund warfen, war lang geworden: an diesem Spätnachmittag also, der sich nicht verkühlen wollte, sondern unter einem ehernen Himmelsgewölbe ohne Windhauch in Hitze stand, so daß die Luft, als sei sie im Begriffe, sich zu entzünden, über dem dürren Grase flimmerte und dem Jaakob die Zunge im Schlund verschmachtete, denn er hatte seit gestern kein Wasser gehabt, – gewahrte er, zwischen zwei Hügeln stumpfen Sinnes hervorschauend, welche den Durchlaß einer gestreckten Geländewelle bildeten, in der ebenen Weite fern einen belebten Punkt, den sein auch in Mattigkeit noch scharfes Auge sogleich als eine Schafherde mit Hunden und Hirten, um einen Brunnen versammelt, erkannte. Er schrak auf vor Glück und stieß einen Dankesseufzer zu Ja, dem Höchsten, empor, dachte aber nichts als ›Wasser!‹ dabei und rief auch dies Wort aus dürrer Kehle und unter Schnalzen seinem Tiere zu, das selbst schon den Segen spürte, den Hals streckte, die Nüstern blähte und in freudigem Auftriebe seiner Kräfte den Schritt verlängerte.

Bald war er so nahe, daß er die farbigen Eigentumsmarken auf dem Rücken der Schafe, die Gesichter der Hirten unter ihren Sonnenhauben, das Haar auf ihrer Brust und die Reifen an ihren Armen unterschied. Die Hunde knurrten und schlugen an, indem sie zugleich das Auseinandersprengen der Schafe verhinderten; aber die Männer riefen sie sorglos zur Stelle, denn den einzelnen Reiter fürchteten sie nicht und sahen wohl, daß er sie von weitem schon friedlich und höflich grüßte. Es waren ihrer vier oder fünf gewesen, wie Jaakob sich erinnerte, mit beiläufig zweihundert Schafen von hochgewachsener Fettschwanzrasse, wie er fachmännisch feststellte, und um den Brunnen hatten sie müßig gehockt und gestanden, der noch von dem runden Steine bedeckt gewesen war. Sie führten alle Schleudern, und einer hatte bei sich eine Laute. Jaakob redete damals gleich zu ihnen, indem er sie ›Brüder‹ nannte und ihnen, die Hand an der Stirn, aufs Geratewohl zurief, daß ihr Gott groß sei, obgleich er nicht sicher war, welchem sie unterstanden. Aber hierauf, wie auf das, was er sonst noch sagte, sahen sie einander nur an und schüttelten die Köpfe oder wiegten sie eigentlich von einer Schulter zur anderen, indem sie bedauernd mit der Zunge schnalzten. Da war kein Grund, sich zu wundern, sie verstanden ihn natürlich nicht. Aber siehe, es war einer von ihnen mit einer silbernen Münze auf der Brust, der nannte seinen Namen Jerubbaal und war vom Lande Amurru gebürtig, wie er sagte. Er redete nicht genau wie Jaakob, aber sehr verwandt, so daß sie einander verstanden und Jerubbaal, der Hirte, den Dolmetsch machen konnte, indem er, was jener sagte, den anderen in ihre ummu-ummu-Sprache übersetzte. Sie ließen ihm danken für die Anerkennung, die er der Kraft ihres Gottes gezollt, luden ihn ein, sich zu ihnen zu setzen, und stellten sich selber mit ihren Namen vor. Sie hießen Bullutu, Schamasch-Lamassi, Hund Ea's und so ähnlich. Darauf brauchten sie ihn nicht nach Namen und Herkunft zu fragen; er beeilte sich, ihnen beides bekanntzugeben, fügte auch gleich eine vorläufige bittere Anspielung auf das Abenteuer hinzu, das ihn in Armut gestürzt, und bat vor allem um Wasser für seine Zunge. Er bekam welches aus einer Tonflasche, und so lau es schon war, er spülte es selig hinunter. Sein Kamel aber mußte warten, wie auch die Schafe auf Tränkung zu warten schienen, während der Stein noch auf dem Brunnenloch lag und aus irgendwelchem Grunde niemandem beikam, ihn abzuwälzen.

Woher seine Brüder seien, fragte Jaakob.

»Charran, Charran«, antworteten sie. »Bel-Charran, Herr des Weges. Groß, groß. Der Größte.«

»Jedenfalls einer der Größten«, sagte Jaakob gemessen. »Aber nach Charran will ich ja! Ist es weit?«

Es war nicht im mindesten weit. Dort, hinter dem Bogen der Hügelwelle, lag die Stadt. Mit den Schafen zog man in einer Stunde hin.

»Wunder Gottes!« rief er. »Da bin ich ja angekommen! Nach mehr als siebzehntägiger Reise! Kaum kann ich's fassen!« Und er fragte sie, ob sie denn Laban kennten, da sie von Charran seien, Bethuels Sohn, des Sohnes Nachors?

Den kannten sie gut. Er wohnte nicht in der Stadt, sondern nur eine halbe Stunde von hier. Sie warteten auf seine Schafe.

Und ob er gesund sei?

Ganz gesund. Warum?

»Weil ich von ihm gehört habe«, sagte Jaakob. »Rupft ihr euere Schafe, oder schert ihr sie mit der Schere?«

Sie antworteten alle verächtlich, daß sie natürlich schören. Ob etwa bei ihm zu Hause gerupft werde?

»Doch nicht«, antwortete er. So weit sei man auch zu Beerscheba und dort herum, daß man Scheren habe.

Da kamen sie auf Laban zurück und sagten, sie warteten auf Rahel, seine Tochter.

»Danach wollte ich euch fragen!« rief er. »Wegen des Wartens nämlich! Ich wundere mich längst. Ihr sitzt hier um den verdeckten Brunnen herum und um den Stein des Brunnens gleich Wächtern, statt ihn wegzuwälzen von der Höhle, auf daß euer Vieh trinke. Was soll denn das? Es ist zwar noch etwas früh zum Heimtreiben, aber da ihr einmal hier seid und seid gekommen zur Höhle, könntet ihr doch immerhin wegwälzen den Stein davon und die Schafe euerer Herren tränken, statt zu lungern, auch wenn die Dirne da, die ihr nanntet, Labans Kind also, wie heißt sie, noch zu erwarten ist.«

Er sprach zurechtweisend mit den Knechten und wie ein Mann, der mehr war als sie, obgleich er sie »Brüder« nannte. Denn das Wasser hatte ihm Leib und Seele ermutigt, und er fühlte sich vor ihnen.

Sie sprachen »ummu, ummu« und ließen ihm sagen durch Jerubbaal: Das sei in der Ordnung, daß sie warteten, und sei eine Sache der Schicklichkeit. Sie könnten den Stein nicht abwälzen und tränken und heimtreiben, bevor Rahel komme mit den Schafen ihres Vaters, die sie hüte. Denn es müßten alle Herden zusammengebracht sein, bevor man heimtriebe, und wenn Rahel zuerst an den Brunnen komme, vor ihnen, so warte sie auch, bis sie kämen und wegwälzten.

»Das glaube ich«, lachte Jaakob. »Das tut sie, weil sie allein den Deckel nicht wälzen kann, denn dazu gehören Männerarme.« Aber sie antworteten, es sei gleich, aus welchem Grunde sie warte, auf jeden Fall warte sie, und darum warteten sie auch.

»Gut«, sagte er, »mir fällt ein, daß ihr sogar recht habt und daß es sich für euch wohl nicht anders ziemt. Es ist mir nur leid, daß mein Tier so lange dürsten muß. Wie sagtet ihr, daß die Dirne heiße? Rahel?« wiederholte er... »Jerubbaal, sage ihnen doch, was das heißen will in unserer Sprache! Hat sie denn gar schon gelammt, das Mutterschaf, das uns warten läßt?«

O nein, sagten sie, sie sei rein wie die Lilie auf dem Felde im Frühjahr und unberührt wie das Blatt der Gartenrose im Morgentau und habe mit Männerarmen noch nie nichts zu schaffen gehabt. Sie sei zwölf Jahre alt.

Man merkte wohl, daß sie sie verehrten, und unwillkürlich begann auch Jaakob das zu tun. Er atmete lächelnd auf, denn sein Herz zog sich leicht zusammen in neugieriger Freude auf die Bekanntschaft mit dem Oheimskind. Er plauderte noch eine Weile durch Jerubbaals Vermittelung mit den Männern über hiesige Schafpreise und was man für fünf Minen Wolle erziele und wieviel Sila Getreide ihnen ihre Herrschaft im Monat bewilligte, bis einer sagte: »Da kommt sie.« Jaakob hatte eben angesetzt, zum Zeitvertreib sein Blutmärlein von den jungen Räubern zu erzählen, unterbrach sich aber bei dieser Anzeige und wandte sich in der Richtung um, die der Arm des Hirten wies. Da sah er sie zuerst, seines Herzens Schicksal, die Braut seiner Seele, um deren Augen er dienen sollte vierzehn Jahre, des Lammes Mutterschaf.

Rahel ging mitten in ihrer Herde, die sie dicht umdrängte, während ein Hund mit hängender Zunge am Rande der wolligen Masse strich. Sie hob ihren Krummstab, den sie in der Mitte hielt, die Hirtenwaffe, deren Krücke aus einer metallenen Sichel oder Hacke bestand, grüßend gegen die Entgegenschauenden, legte dabei den Kopf auf die Seite und lächelte, so daß Jaakob zum erstenmal und schon von weitem ihre sehr weißen, getrennt stehenden Zähne sah. Herangekommen, überholte sie die Tiere, die vor ihr trippelten, und trat unter ihnen hervor, indem sie sie mit dem Ende des Stabes auseinandertrieb. »Da bin ich«, sagte sie, und indem sie zuerst ihre Augen nach der Art Kurzsichtiger zusammenkniff, dann aber die Brauen emporzog, fügte sie erstaunt und belustigt hinzu: »Ei, siehe, ein Fremder!« Das unzugehörige Reittier und auch Jaakobs neue Figur mußten ihr längst schon aufgefallen sein, wenn ihre Kurzsichtigkeit nicht übergroß war, doch ließ sie sich's nicht im ersten Augenblick merken.

Die Hirten am Brunnen schwiegen und hielten sich zurück von der Begegnung der Herrenkinder. Auch Jerubbaal schien anzunehmen, daß sie schon miteinander fertig werden würden, und blickte, irgendwelche Kerne kauend, in die Luft. Unter dem Kläffen von Rahels Hund grüßte Jaakob sie mit erhobenen Händen. Sie erwiderte mit raschem Wort, und dann standen sie, im schrägen, farbigen Licht des Spättages, von Schafen umwimmelt und eingehüllt in den gutmütigen Dunst der Tiere, unter dem hohen und weiten, erblassenden Himmel mit ernstesten Gesichtern einander gegenüber.

Labans Tocher war zierlich von Gestalt, man sah es trotz der losen Unförmigkeit ihres gelben Hemd- oder Schürzenkleides, an dem eine rote Borte, mit schwarzen Monden gezeichnet, vom Halse bis zum Saum über den kleinen bloßen Füßen lief. Ohne viel Schnitt und sogar ungegürtet fiel es in angenehmer und naiver Bequemlichkeit an ihr herab, ließ aber, den Schultern eng anliegend, deren rührende Schmalheit und Feinheit erkennen und hatte ebenfalls enge, nur bis zur Mitte der Oberarme reichende Ärmel. Das schwarze Haar des Mädchens war eher verwirrt als lockig. Sie trug es fast kurzgeschnitten, jedenfalls kürzer, als Jaakob es zu Hause bei Frauen je gesehen, und nur zwei längere Strähnen waren geschont und hingen ihr, unten geringelt, von den Ohren und zu beiden Seiten der Wangen auf die Schultern herab. Mit einer davon spielte sie, während sie stand und schaute. Was für ein liebliches Gesicht! Wer beschriebe seinen Zauber? Wer legte das Zusammenspiel süßer und glücklicher Fügungen auseinander, aus denen das Leben, da- und dorthin ins Erbe greifend und unter Zutat des Einmaligen, die Huld eines Menschenantlitzes schafft, – einen Reiz, der auf Messers Schneide schwebt, der, wie man sagen möchte, immer an einem Haare hängt, so daß, wenn auch nur ein kleiner Zug, ein Müskelchen anders säße, nicht etwa immer noch vieles übrig, sondern der ganze, die Herzen dienstbar machende Gefälligkeitsspuk unvorhanden wäre? Rahel war hübsch und schön. Sie war es auf zugleich pfiffige und sanfte Weise, von der Seele her, man sah – und auch Jaakob sah es, denn ihn sah sie an –, daß Geist und Wille, ins Weibliche gewendete Klugheit und Tapferkeit hinter dieser Lieblichkeit wirkten und ihre Quelle waren: so voller Ausdruck war sie und schauender Lebensbereitschaft. Ihm sah sie entgegen, die eine Hand an der Flechte, in der anderen den Stab, der sie überragte, und musterte den reisemageren jungen Mann im verstaubten, verfärbten, zerschlissenen Rock, mit dem braunen Bart im dunkel verschwitzten Gesicht, das nicht das eines Knechtes war, – und dabei schienen die wohl eigentlich zu dicken Flügel ihres Näschens sich drollig zu blähen, und die Oberlippe, die untere ein wenig überhängend, bildete mit ihr in den Mundwinkeln von selbst und ohne Muskelanziehung etwas sehr Liebes, ein ruhendes Lächeln aus. Aber das Hübscheste und Schönste war eben ihr Schauen, war der durch Kurzsichtigkeit eigentümlich verklärte und versüßte Blick ihrer schwarzen, vielleicht ein klein wenig schief geschlitzten Augen: dieser Blick, in den, ohne Übertreibung gesagt, die Natur allen Liebreiz gelegt hatte, den sie einem Menschenblick nur irgend verleihen mag, – eine tiefe, fließende, redende, schmelzende, freundliche Nacht, voller Ernst und Spott, wie Jaakob dergleichen noch nie gesehen hatte oder gesehen zu haben meinte.

»Marduka, still!« rief sie, indem sie sich scheltend zu dem lärmenden Hund niederbeugte. Und dann fragte sie, was Jaakob leicht erraten konnte, ohne es zu verstehen:

»Woher kommt mein Herr?«

Er deutete über seine Schulter, gen Untergang, und sagte: »Amurru.«

Sie sah sich nach Jerubbaal um und winkte ihm lachend mit dem Kinn.

»Von so weit!« sagte sie mit Miene und Mund. Und dann fragte sie offenbar nach näherer Herkunft, beschrieb das Westland als weitläufig und nannte zwei oder drei seiner Städte.

»Beerscheba«, antwortete Jaakob.

Sie stutzte, sie wiederholte. Und ihr Mund, den er schon anfing zu lieben, nannte den Namen Isaaks.

Sein Gesicht zuckte, die sanften Augen gingen ihm über. Er kannte die Labansleute nicht und war nach Gemeinschaft mit ihnen nicht ungeduldig gewesen. Er war ein Friedloser, gestohlen zur Unterwelt, nicht freiwillig war er hier, und zur Glückesrührung war nicht viel Grund vorhanden. Aber seine Nerven gaben nach, zermürbt von den Anforderungen der Wanderschaft. Er war am Ziel, und das Mädchen, die Augen voll süßen Dunkels, das den Namen des fernen Vaters nannte, war seiner Mutter Bruderkind.

»Rahel«, sagte er schluchzend und streckte die Arme nach ihr mit zitternden Händen, »darf ich dich küssen?«

»Warum solltest du das wohl dürfen?« sagte sie und trat lachend erstaunt zurück. Sowenig gab sie schon zu, etwas zu vermuten, wie sie vorhin gleich zugegeben hatte, den Fremden bemerkt zu haben.

Er aber deutete sich, den einen Arm noch nach ihr ausgestreckt, immerfort auf die Brust vor ihr.

»Jaakob! Jaakob!« sagte er. »Ich! Jizchaks Sohn, Rebekka's Sohn, Laban, du, ich, Mutterkind, Bruderkind...«

Sie schrie leise auf. Und während sie, eine Hand gegen seine Brust gestemmt, ihn sich noch vom Leibe hielt, rechneten sie einander, lachend und beide mit Tränen in den Augen, die Verwandtschaft vor, nickten mit den Köpfen, riefen Namen, machten der eine dem andern mit Zeichen die Stammeslinien klar, fügten die Zeigefinger zusammen, kreuzten sie oder legten den linken waagerecht auf die Spitze des rechten.

»Laban – Rebekka!« rief sie. »Bethuel, Nachors Sohn und der Milka! Großvater! Deiner, meiner!«

»Terach!« rief er. »Abram – Isaak! Nachor – Bethuel! Abraham! Urvater! Deiner, meiner!«

»Laban – Adina!« rief sie. »Lea und Rahel! Schwestern! Kusinen! Deine!«

Sie nickten ein übers andere Mal und lachten unter Tränen, einig über ihre Blutsverbundenheit von seinen beiden Eltern, von ihrem Vater her. Sie ließ ihn an ihre Wangen, und er küßte sie feierlich. Drei Hunde sprangen bellend an ihnen hoch, in der Aufregung, die diese Tiere befällt, wenn Menschen, sei es in Gutem oder Bösem, Hand aneinander legen. Die Hirten klatschten Beifall im Takt und frohlockten dabei mit hohlen Kopfstimmen: »Lu,lu, lu!« So küßte er sie, auf eine Wange und dann auf die andere. Er verbot seinen Sinnen, mehr von dem Mädchen dabei zu spüren als allenfalls ihrer Wangen Zartheit; er küßte sie fromm und festlich. Aber wie gut war er doch daran, sie gleich küssen zu dürfen, da die freundliche Nacht ihrer Augen es ihm schon angetan! Da muß manch einer lange schauen, wünschen und dienen, bis sich kaum faßlicherweise ermöglicht und ihm gewährt wird, was dem Jaakob nur so in den Schoß fiel, weil er der Vetter war aus der Ferne.

Da er von ihr ließ, rieb sie sich lachend mit den Handflächen dort, wo sein Reisebart sie gekitzelt, und rief:

»Geschwind also, Jerubbaal! Schamach! Bullutu! Wälzt gleich den Stein von dem Loch, daß die Schafe trinken, und seht zu, daß sie trinken, eure und meine, und tränkt meines Vetters Jaakob Kamel und seid geschickt und gescheit, ihr Männer, indes ich laufen will ohne Verzug zu Laban, meinem Vater, und ihm ansagen, daß Jaakob gekommen ist, sein Schwestersohn. Er ist nicht weit von hier auf dem Felde und wird gelaufen kommen in Eile und Freude, ihn zu umarmen. Macht schnell und zieht nach, ich laufe spornstreichs –«

Das verstand Jaakob alles dem Sinne nach, aus Gebärde und Tonfall, und manches auch wörtlich. Bereits fing er an, die Sprache des Landes zu lernen um ihrer Augen willen. Und während sie schon lief, wehrte er den Hirten laut, damit sie es noch höre und sprach:

»Halt, Brüder, fort vom Stein, das ist Jaakobs Sache! Ihr habt ihn bewacht als gute Wächter, aber ich will ihn fortwälzen von der Grube für Rahel, meine Base, ich allein! Denn noch hat die Reise mir nicht alle Kraft gezehrt aus den Mannesarmen, und es ist recht, daß ich ihre Kraft leihe der Tochter Labans und wälze den Stein, auf daß die Schwärze genommen werde vom Mond und das Rund des Wassers uns schön werde.«

So ließen sie ihn, und er wälzte aus Leibeskräften den Deckel, obgleich es nicht eines Mannes Arbeit war, und brachte allein den gewichtigen Stein beiseite, da doch seine Arme nicht die kräftigsten waren. Da gab es ein Gedränge des Viehs und ein vielstimmig abgetöntes Geblök der Böcke, Schafe und Lämmer, und auch Jaakobs Reittier kam grunzend auf die Beine. Die Männer schöpften und gossen in die Rinnen das lebendige Wasser. Sie überwachten mit Jaakobs Beistand die Tränkung, vertrieben die Satten und ließen herzu die Durstigen, und als alles gesoffen hatte, taten sie den Stein wieder hin auf das Schöpfloch, deckten ihn zu mit Erde und Gras, daß man die Stelle nicht kenne und kein Unberufener sich des Brunnens bediene, und trieben heim alle Schafe zusammen, so Labans wie die ihrer Herrschaft, und Jaakob auf hohem Tier ragte mitten im Gewimmel.

Der Erdenkloß

Nicht lange, so kam ein Mann in einer Mütze mit Nackenschutz gelaufen und blieb dann stehen. Das war Laban, Bethuels Sohn. Er kam immer gelaufen bei solcher Gelegenheit – ein paar Jahrzehnte, ein rasch vergangenes Menschenalter war es her, daß er genau so gelaufen gekommen war, damals, als er Eliezer, den Freiwerber, mit seinen zehn Tieren und Leuten am Brunnen gefunden und zu ihm gesagt hatte: »Komm herein, du Gesegneter des Herrn!« Nunmehr ein Graubart, lief er wieder, da Rahel ihm angezeigt hatte, daß Jaakob da sei von Beerscheba, – kein

Knecht, sondern Abrams Enkel, sein Schwestersohn. Daß er aber stehenblieb und den Mann herankommen ließ, geschah, weil er nichts von einer goldenen Spange an Rahels Stirn hatte bemerken können, noch etwas von Armringen an ihren Händen, wie damals bei Rebekka, und weil er sah, daß der Fremdling nicht als Herr einer ausgerüsteten Karawane kam, sondern sichtbarlich ganz allein auf zerschundenem, magerem Tier. Darum wollte er sich nichts vergeben und dem angeblichen Neffen nicht zu weit entgegenkommen, war voller Mißtrauen und blieb mit verschränkten Armen stehen, sein Annahen zu erwarten.

Jaakob verstand das wohl, beschämt und beklommen, wie er war, im schlechten Bewußtsein seiner Armut und bedürftigen Abhängigkeit. Ach, nicht als reicher Sendbote kam er, der auftreten mochte, alle mit sekelschweren Geschenken aus seinen Satteltaschen bezauberte und sich bitten ließ, doch einen Tag oder zehn zu verweilen. Ein Flüchtling und Unbehauster, fand er sich ein, mit leeren Händen, zu Hause unmöglich, ein Bettler um Obdach, und hätte wohl Anlaß zu zager Demut gehabt. Doch erkannte er gleich seinen Mann, der da finster vor ihm stand, und begriff, daß es nicht weise gewesen wäre, sich allzu elend zu machen vor ihm. Darum sputete er sich nicht sonderlich, vom Tier zu kommen, trat hin vor Laban mit der Würde seines Geschlechts, grüßte ihn anständig und sprach:

»Mein Vater und Bruder! Rebekka schickt mich, deine Schwester, um dir eine Aufmerksamkeit damit zu erweisen, daß sie mich eine Weile unter deinem Dache wohnen heißt, und ich grüße dich in ihrem Namen sowie im Namen Jizchaks, ihres Herrn und des meinen, ferner im Namen gemeinsamer Väter und rufe an Abrams Gott zum Schutze deiner, deines Weibes und deiner Kinder Gesundheit.«

»Gleichfalls«, sagte Laban, der das im wesentlichen verstand. »Und bist also wahrlich Rebekka's Sohn?«

»Wahrlich!« erwiderte jener. »Jizchaks Erstgeborener bin ich, du sagst es genau. Ich empfehle dir, dich nicht beirren zu lassen durch meine Einsamkeit, noch durch mein Kleid, das die Sonne zerriß. Mein Mund wird dir alle diese Sachen erläutern zur rechten Stunde, und du wirst sehen, daß, wenn ich nichts habe, außer der Hauptsache, ich doch ebendiese habe, und daß, wenn du zu mir sprächest: ›Gesegneter des Herrn!‹, du den Nagel auf den Kopf treffen würdest.«

»So laß dich herzen«, sagte Laban finster, nachdem der Hirte Jerubbaal ihm dies in ›ummu-ummu‹ wiedergegeben, legte die Arme auf Jaakobs Schultern, neigte sich neben ihn, erst rechts, dann links, und küßte die Luft. Jaakob gewann sogleich höchst zweideutige Eindrücke von diesem Oheim. Er trug ein Paar böser Zeichen zwischen den Augen, und das eine dieser Augen war blinzelnd zugezogen, während er doch gerade mit diesem fast geschlossenen Auge mehr zu sehen schien als mit dem offenen. Dazu kam, an derselben Seite, ein ausgesprochen unterweltlicher Zug um den Mund, ein gelähmtes Hängen des Mundwinkels im schwarzgrauen Bart, das einem saueren Lächeln ähnelte und den Jaakob ebenfalls bedenklich anmutete. Übrigens war Laban ein starker Mann, dessen volles ergrautes Haar noch unter dem Nackenschutz hervorquoll, angetan mit einem knielangen Leibrock, in dessen Gürtel eine Geißel und ein Messer steckten und dessen enge Ärmel die nervig hochgeäderten Unterarme frei ließen. Sie waren schwarzgrau behaart, wie seine muskulösen Schenkel, und breite, warme, ebenfalls behaarte Hände saßen daran, die Hände eines besitzhaltenden, in düster-erdhafte Gedanken eingeschränkten Mannes, eines rechten Erdenkloßes, wie Jaakob dachte. Dabei hätte der Ohm eigentlich schön sein können von Angesicht mit seinen dick aufliegenden, noch ganz schwarzen Brauen, der fleischigen, mit der Stirn in einer Linie verlaufenden Nase und den vollen Lippen im Bart. Die Augen hatte Rahel offensichtlich von ihm – Jaakob stellte es mit den gemischten Gefühlen des Wiedererkennens, der Rührung, der Eifersucht fest, mit denen man sich über die erbliche Herkunft und Naturgeschichte teurer Lebenserscheinungen belehrt: eine glückliche Belehrung, insofern sie uns in die Intimität solcher Erscheinungen dringen, uns gleichsam hinter sie kommen läßt, aber doch auch wieder auf eine gewisse Weise kränkend, so daß unser Verhalten zu den Trägern solcher Vorbildungen sich aus Ehrfurcht und Abneigung eigentümlich zusammensetzt.

Laban sagte:

»Sei also willkommen und folge mir, Fremder, der du dich, ich will glauben: mit Recht, meinen Neffen heißt. Wir haben einst Raum gehabt für Eliezer, und Stroh und Futter für seine zehn Kamele, so werden wir auch haben für dich und das Kamel, das dein einziges zu sein scheint. Geschenke hat deine Mutter dir also nicht mitgegeben, Gold, Kleider und Würze oder dergleichen?«

»Sie tat es reichlich, dessen kannst du versichert sein«, antwortete Jaakob. »Warum ich die Dinge nicht habe, wirst du hören, wenn ich mir meine Füße gewaschen und etwas gegessen habe.«

Er redete absichtlich anspruchsvoll, um auf sich zu halten vor dem Erdenkloß, und dieser wunderte sich über so viel Zuversicht bei so viel Armut. Sie sprachen dann nichts mehr, bis sie zu dem Anwesen Labans kamen, wo die fremden Hirten sich von ihnen trennten, um gegen die Stadt weiterzutreiben, während Jaakob dem Baas bei der Einpferchung der Schafe zwischen Lehmhürden behilflich war, die man zum Schutz gegen Raubzeug durch Rohrgeflecht erhöht hatte. Vom Dach des Hauses sahen ihnen drei Frauen dabei zu; die eine war Rahel, die zweite Labans Weib und die dritte Lea, die größere Tochter, die schielte. Das Haus, wie überhaupt die ganze Niederlassung (denn das Wohngebäude war noch von einigen Rohrhütten und bienenkorbartig geformten Speicherbaulichkeiten umgeben), machte bedeutenden Eindruck auf Jaakob, den Zeltbewohner, der freilich unterwegs in den Städten weit schönere Wohnhäuser gesehen hatte und auch nicht gewillt war, sich irgendwelche Bewunderung merken zu lassen. Er mäkelte sogar sofort an dem Haus, fand die Holzleiter, die von außen aufs Dach führte, in hingeworfenen Worten unzulänglich und meinte, man müsse eine Backsteintreppe statt ihrer anlegen, auch das Ganze mit Kalk bewerfen und die Fensterlöcher zu ebener Erde mit Holzgittern versehen.

»Es führt eine Treppe vom Hofe hinauf«, sagte Laban. »Mir genügt mein Haus.«

»Sage das nicht!« sprach Jaakob. »Ist der Mensch leicht zufrieden, so ist es auch Gott für ihn und zieht von ihm die Segenshand. Wieviel Schafe hat mein Oheim?«

»Achtzig«, antwortete der Wirt.

»Und Ziegen?«

»An dreißig.«

»Rindvieh gar keines?«

Laban wies aufgebracht mit dem Bart in der Richtung eines Lehm- und Rohrverschlages, der offenbar den Rinderstall darstellte, nannte aber keine Zahl.

»Das müssen mehr werden«, sagte Jaakob. »Mehr von jeder Art Vieh.« Und Laban warf ihm einen zwar finsteren, aber hinter der Finsternis neugierig prüfenden Blick zu. Dann wandten sie sich gegen das Haus.

Das Nachtmahl

Das Haus, überragt von mehreren hohen Pappelbäumen, an deren einem der Blitz die Rinde von oben bis unten geschädigt hatte, war ein roher und in den Ausmaßen ziemlich bescheidener, schon etwas bröckliger Bau aus Lehmziegeln, der aber durch die Luftigkeit des oberen Teiles einen gewissen architektonischen Reiz gewann; denn das mit Erde bedeckte und mit kleinen Aufbauten aus Rohr versehene Dach ruhte nur teilweise, in der Mitte und an den Ecken, auf Mauerwerk, zwischendurch aber auf Holzpfeilern. Besser wäre von einer Mehrzahl von Dächern die Rede gewesen, denn auch in der Mitte war das Haus offen: es bildete ein Karree von vier Flügeln, die einen kleinen Hof umschlossen. Ein paar Stufen aus gestampftem Lehm führten zu der Haustür aus Palmholz.

Zwei oder drei Handwerkssklaven, ein Töpfer und ein Bäkker, der Gerstenteig an die Innenwand seines kleinen Backofens klatschte, arbeiteten zwischen den Wirtschaftsgebäuden auf dem Gehöft, das Onkel und Neffe überschritten. Eine Magd im Lendenschurz trug Wasser. Sie hatte es aus dem nächsten gegrabenen Wasserlauf, namens Bel-Kanal, geschöpft, aus dem Labans umhegtes Gersten- und Sesamfeld dort draußen bewässert wurde und der seinerseits sein Wasser aus einem anderen, dem Ellil-Kanal, empfing. Der Bel-Kanal gehörte einem städtischen Kaufmann, der ihn hatte graben lassen und dem Laban für den Gebrauch des Wassers eine ihn drückende Abgabe an Öl, Korn und Wolle entrichten mußte. Jenseits des Ackers wellte die offene Steppe hin, weit, bis zum Horizont, den der Stufenturm des Mondtempels von Charran überragte.

Die Frauen, vom Dach herabgestiegen, erwarteten den Herrn und seinen Gast in dem Vorraum, den man gleich durch die Haustür betrat und in dessen Lehm-Estrich ein großer Mörser zum Zerstampfen von Korn eingelassen war. Adina, Labans Frau, war eine wenig bedeutende Matrone mit einer Halskette aus bunten Steinen, einem herabhängenden Kopftuch über der anliegenden Haube, die ihr Haar bedeckte, und einem Gesichtsausdruck, der durch seine Freudlosigkeit an den ihres Gatten erinnerte, nur war der Zug ihres Mundes nicht so sehr sauer als bitter. Sie besaß keine Söhne, und das mochte auch wohl zur Erklärung von Labans Düsternis mit herangezogen werden. Später erfuhr Jaakob, daß das Paar in der Frühzeit seiner Ehe sehr wohl ein Söhnchen gehabt, es jedoch anläßlich des Hausbaues geopfert, nämlich lebend in einem Tonkruge, unter Beigabe von Lampen und Schüsseln, im Fundament beigesetzt hatte, um damit Segen und Gedeihen auf Haus und Wirtschaft herabzubeschwören. Doch hatte die Darbringung nicht nur keinen besonderen Segen herbeigezogen, sondern Adina hatte sich auch seitdem außerstande erwiesen, Knaben das Leben zu schenken.

Was Lea betraf, so erschien sie durchaus nicht weniger wohlgebaut, ja sogar größer und stattlicher als Rahel, gab aber ein Beispiel ab für die eigentümliche Entwertung, die ein tadelfreier Gliederwuchs durch ein häßliches Antlitz erfährt. Zwar hatte sie außerordentlich reiches aschfarbenes Haar, das ihr, oben mit einer kleinen Mütze bedeckt, zu schwerem Knoten geballt in den Nacken hing. Aber ihre grüngrauen Augen schielten trübselig an der langen und geröteten Nase herab, und gerötet waren auch die grindigen Lider dieser Augen, sowie ihre Hände, die sie ebenso zu verbergen suchte wie den verqueren Blick ihrer Augen, über den sie beständig mit einer Art schamhafter Würde die Wimpern senkte. ›Da haben wir es: der blöde Mond und der schöne‹, dachte Jaakob bei Betrachtung der Schwestern. Doch sprach er zu Lea und nicht zu Rahel, während man den kleinen gepflasterten Hof überschritt, in dessen Mitte ein Opferstein aufgerichtet war; aber sie schnalzte nur bedauernd, wie schon die Hirten auf dem Felde es getan, und schien ihn auf das Eingreifen eines Dolmetschers zu vertrösten, dessen kannaanitischen Namen sie wiederholt aussprach: eines Haushörigen, Abdcheba geheißen, desselben, wie sich erwies, der vorhin auf dem Außenhof Fladen gebacken hatte. Denn er bediente den Jaakob mit Wasser für die Füße und Hände, als man über die Ziegelstiege, die zum Dach weiterführte, in das offene Oberzimmer gelangt war, wo die Mahlzeit genommen wurde, und erklärte, daß er aus einem zur Herrschaft Urusalim gehörigen Dorfe gebürtig, von seinen Eltern aus purer Not in die Sklaverei verkauft und zu dem stehenden Preise von zwanzig Sekeln, der offenbar sein mäßiges Selbstgefühl bestimmte, schon durch viele Hände gegangen sei. Er war klein, grauhaarig und hohlbrüstig, aber zungengewandt und übersetzte jede Phrase, die Jaakob äußerte, sofort in die Landessprache, worauf er ihm ebenso prompt und fließend die Antwort erläuterte.

Es war ein langer, schmaler Raum, in dem man sich niederließ, ein recht angenehmer, luftiger Aufenthalt: zwischen den dachtragenden Pfeilern hindurch blickte man einerseits auf die sich verdunkelnde Steppe und andererseits in das friedliche Viereck des mit farbigen Tüchern überspannten Innenhofs mit seinem Kieselpflaster und seiner Holzgalerie. Es wurde Abend. Die Magd im Lendenschurz, die Wasser getragen, brachte nun Feuer vom Herde und entzündete drei tönerne Lampen, die auf Dreifüßen standen. Dann trug sie zusammen mit Abdcheba das Essen heran: einen Topf dicken, mit Sesamöl zubereiteten Mehlbreis (»Pappasu, Pappasu!« wiederholte Rahel mit kindlichem Jubel, indem sie auf lüsterne und drollige Art ihr Zünglein zwischen den Lippen spielen ließ und in die Hände klatschte), noch warme Gerstenfladen, Rettiche, Gurken, Palmkohl und zum Trunke Ziegenmilch und Kanalwasser, von dem ein Vorrat in einer großen tönernen Amphore an einem der Dachpfosten hing. Es standen zwei ebenfalls tönerne Kasten an der Außenwand des Raumes, die mit allerlei kupfernen Schalen, Mischgefäßen, einer Handmühle und Bechern besetzt waren. Verschiedenartig, auf unregelmäßige Weise, saß die Familie um eine niedrig erhöhte, mit Rindsleder überzogene Platte zu Tisch: Laban und sein Weib kauerten nebeneinander auf einem Ruhebett, die Töchter saßen mit untergeschlagenen Beinen auf mit Kissen belegten Rohrhockern, und Jaakob hatte einen lehnenlosen Stuhl aus buntbemaltem Ton, vor dem ein ebensolcher Schemel seine Füße stützte. Für das Pappasu gab es zwei aus Kuhhorn gefertigte Löffel, deren man sich abwechselnd bediente, indem jeder, der einen davon benützt hatte, ihn sogleich wieder aus dem Topfe füllte, für den Nachbarn, an den er ihn weitergab. Jaakob, der neben Rahel saß, füllte ihr jedesmal den Löffel so hoch, daß sie lachte. Lea sah es, und ihr Schielen verstärkte sich ins ganz und gar Kummervolle.

Gesprochen wurde während des Essens nichts irgendwie Bedeutendes, sondern nur Dinge, die sich eben auf die Nahrung bezogen. Adina sagte etwa zu Laban:

»Iß, mein Mann, dir gehört alles!«

Oder sie sagte zu Jaakob:

»Greife zu, Ausländer, erfreue deine müde Seele!«

Oder eines der Eltern sagte zu einer Tochter:

»Ich sehe, du nimmst fast alles und läßt der Mehrzahl nichts. Wenn du deine Gier nicht zügelst, so wird die Hexe Labartu dir das Innere umkehren, daß du erbrechen mußt.«

Abdcheba verfehlte nicht, auch diese Kleinigkeiten dem Jaakob genau zu übersetzen, und dieser beteiligte sich schon in der Landessprache an der Unterhaltung, indem er etwa zu Laban sagte:

»Iß, Vater und Bruder, alles ist dein!«

Oder zu Rahel:

»Greif zu, Schwester, erfreue deine Seele!«

Abdcheba sowohl wie die Magd im Schurz nahmen ihr Abendessen gleichzeitig mit der Herrschaft ein, unter dem Bedienen und mit Unterbrechungen, indem sie von Zeit zu Zeit auf den Boden niederhockten, um rasch einen Rettich zu verzehren und abwechselnd aus einer Schale Ziegenmilch dazu zu trinken. Die Magd, Iltani gerufen, strich öfters mit den Fingerspitzen beider Hände die Brosamen von ihren langen Brüsten.

Als abgegessen war, befahl Laban, Rauschtrank für ihn und den Gast zu bringen. Abdcheba schleppte das gegorene Emmerbier in einem Balgschlauch herbei, und als zwei Becher damit gefüllt waren, in denen Strohhalme steckten, weil viel Korn obenauf schwamm, zogen die Frauen sich vor den Männern zurück, nachdem Laban jeder von ihnen flüchtig die Hände aufs Haupt gelegt hatte. Auch von Jaakob verabschiedeten sie sich zur Nacht, und noch einmal blickte er, da Rahel es tat, in die freundliche Nacht ihrer Augen und auf die weißen, getrennt stehenden Zähne ihres Mundes, als sie lächelnd sagte:

»Viel Pappasu – im Löffel – hochauf!«

»Abraham – Urvater – deiner, meiner!« antwortete er wie zur Erklärung, indem er wieder den einen Zeigefinger quer auf die Spitze des anderen legte, und sie nickten, wie vorhin auf dem Felde, während die Mutter bitterlich lächelte, Lea ihrer Nase entlang schielte und des Vaters Miene in trübe blinzelnder Lähmung verharrte. Dann blieben Oheim und Neffe allein im luftigen Oberzimmer, und nur Abdcheba saß noch bei ihnen am Boden, kurzatmig von seinen Dienstleistungen, und hielt seinen Blick abwechselnd auf beider Lippen gerichtet.

»Sprich nun, Gast«, sagte der Hausherr, nachdem er getrunken, »und entdecke mir die Umstände deines Lebens!«

Da berichtete ihm Jaakob all diese Sachen in ausführlicher Rede, ganz nach der Wahrheit und genau, wie alles gewesen war. Höchstens daß er die Begegnung mit Eliphas nach ihrem Verlaufe etwas beschönigte, obgleich er auch hier um der offenkundigen Tatsachen willen, seiner äußeren Nacktheit und Leichtigkeit, im wesentlichen der Wahrheit die Ehre gab. Von Zeit zu Zeit, wenn er eine hinreichende, aber noch überblickbare Menge Stoffes geboten hatte, unterbrach er sich und tat eine Handbewegung gegen Abdcheba hinab, der übersetzte; und Laban, der viel Bier trank während der Erzählung, hörte düster blinzelnd und manchmal kopfnickend alles an. Jaakob sprach sachlich. Er nannte nicht gut noch schlecht, was zwischen ihm, Esau und den Eltern geschehen war, er kündete es frei und gottesfürchtig, denn alles konnte er ausgehen lassen in die große und entscheidende Tatsache, die, wie sie nun auch mochte zustande gekommen sein, auf jeden Fall in voller Wichtigkeit bestand und seiner augenblicklichen Nacktheit und Leichtigkeit jede höhere Wirklichkeit nahm: daß nämlich er und kein anderer des Segens Träger war.

Laban vernahm es mit schwerem Blinzeln. Durch seinen Strohhalm hatte er mit starkem Saugen schon so viel Rauschtrank zu sich genommen, daß sein Gesicht dem abnehmenden Monde glich, wenn er spät in unheildrohender Dunkelröte sich zur Reise erhebt, und der Leib war ihm angeschwollen, weshalb er den Gürtel gelöst, den Rock von den Schultern gelassen hatte und im Hemde saß, die muskelschweren Arme über der halbentblößten, fleischigen und schwarzgrau gelockten Brust gekreuzt. Plump vorgebeugt, mit rundem Rücken, kauerte er auf seinem Bett und tat, als ein in praktisch geschäftlichem Denken geübter Mann, Rückfragen über das Gut, dessen sein Gegenüber sich rühmte und welchem übermäßige Anerkennung zu gewähren er, Laban, sich hütete. Absichtlich zweifelte er es an. Dies

Gut schien ihm nicht schuldenfrei. Gewiß, Jaakob hatte es sattsam betont: im Endergebnis war Esau der Mann des Fluches, und auf seinem Bruder ruhte der Segen. Aber auch mit dem Segen war, in Ansehung der Art und Weise, wie er gewonnen worden, etwas Fluch verbunden, dessen irgendwie geartete Auswirkung sicher war. Man kannte die Götter. Da war einer wie der andere, ob es sich nun um die hiesigen handelte, zu denen Laban selbstverständlich gute Beziehungen unterhalten mußte, oder um den ungenannten oder unbestimmt genannten der Isaaksleute, von dem er wußte, und den er bedingungsweis ebenfalls anerkannte. Die Götter wollten und ließen tun; aber die Schuld war des Menschen. Der Wert, auf den Jaakob sich stützte, war mit Schuld belastet, und es fragte sich, an wem sie ausgehen werde. Jaakob versicherte, er sei vollkommen frei und rein. Er habe kaum gehandelt, sondern geschehen lassen, was hatte geschehen sollen, und auch dies nur unter schweren inneren Widerständen. Belastet war höchstens die energische Rebekka, die alles in die Wege geleitet. »Auf mein Haupt den Fluch!« hatte sie gesagt, allerdings nur für alle Fälle, falls nämlich der Vater des Betruges inne geworden wäre, aber das Wort drückte ihr Verhältnis zu dem Unternehmen überhaupt, die Verantwortlichkeit aus, die sie auf sich genommen, und ihn, das Kind, hatte sie mütterlicherweise ganz schuldlos gehalten.

»Ja, mütterlicherweise«, sprach Laban. Er atmete schwer durch den Mund vom Biere, und sein Oberkörper lastete schräg vornüber. Er richtete ihn auf, da schwankte er und sackte nach der anderen Seite. »Mütterlicherweise, nach Mutter- und Elternart. Nach Götterart.« Eltern und Götter segneten ihre Lieblinge auf dieselbe zweideutige Weise. Ihr Segen war eine Kraft und kam aus der Kraft, denn auch die Liebe – nämlich – war eitel Kraft, und Götter und Eltern segneten ihre Lieblinge aus Liebe mit einem kräftigen Leben, kräftig in Glück und Fluch. Das war die Sache, und das war der Segen. »Auf mein Haupt den Fluch«, das war nur schöne Rede und ein Muttergeschwätz, unwissend darüber, daß Liebe Kraft war und Segen Kraft und Leben Kraft und nichts weiter. War doch Rebekka nur ein Frauenzimmer und er, Jaakob, der Gesegnete, auf dessen Eigentum lag die Grundschuld des Betruges. »An dir wird es ausgehen«, sagte Laban mit schwerer Zunge und wies mit dem schweren Arm, der schweren Hand auf den Neffen. »Du hast betrogen, und du wirst betrogen werden, – Abdcheba, rege dein Maul und übersetze ihm das, Elender, ich habe dich für zwanzig Schekel gekauft, und wenn du schläfst statt zu dolmetschen, so scharre ich dich auf eine Woche in den Erdboden ein bis zur Unterlippe, du Gauch.«

»Halt, pfui«, sagte Jaakob und spie aus. »Verwünscht mich mein Vater und Bruder? Was dünkt dich denn alles in allem: bin ich dein Bein und Fleisch oder nicht?«

»Das bist du«, antwortete Laban, »soweit hat es seine Richtigkeit. Du hast mir zutreffend erzählt von Rebekka und Isaak und Esau, dem Roten, und bist Jaakob, mein Schwestersohn, das ist nachgewiesen. Laß dich herzen. Es ist aber auf Grund deiner Angaben die Sachlage zu prüfen und sind die Folgerungen daraus zu ziehen für dich und mich nach den Gesetzen des Wirtschaftslebens. Ich bin von der Wahrheit deines Berichtes überzeugt, habe aber keinen Anlaß, deine Aufrichtigkeit zu bewundern, denn um deine Lage zu erklären, blieb dir nicht viel anderes übrig, als aufrichtig zu sein. Es trifft also nicht zu, was du früher sagtest, daß Rebekka dich schickt, um mir eine Aufmerksamkeit zu erweisen. Es war vielmehr deines Bleibens nicht zu Hause, weil dir's ans Leben ging von seiten Esau's um deiner und deiner Mutter Taten willen, deren Erfolg ich nicht leugnen will, die dich aber vorderhand einmal zum nackten Bettler gemacht haben. Nicht freiwillig kamst du zu mir, sondern weil du nicht hattest, wohin sonst dein Haupt zu legen. Du bist auf mich angewiesen, und daraus habe ich die Folgerungen zu ziehen. Nicht Gast bist du meinem Hause, sondern Knecht.«

»Mein Oheim spricht rechtlich, ohne der Gerechtigkeit das Salz der Liebe beizumischen«, sagte Jaakob.

»Redensarten«, antwortete Laban. »Das sind die natürlichen Härten des Wirtschaftslebens, denen ich gewohnt bin Rechnung zu tragen. Die Bänker in Charran, es sind zwei Brüder, Ischullanu's Söhne, fordern auch von mir, was sie wollen, weil ich ihr

Wasser dringend benötigte, und sie wissen, daß ich's benötige, so fordern sie beliebig, und wenn ich's nicht leiste, so lassen sie verkaufen mich und meine Habe und streichen ein den Erlös. Daß ich ein Narr wäre in der Welt. Du bist auf mich angewiesen, so will ich dich beuteln. Ich bin nicht reich und gesegnet genug, um mich zu blähen in Liebeslust und offen Haus zu halten für allerlei Friedlose. Ich habe an Armeskräften, mir zu fronen, nur den da, eine kraftlose Kröte, und Iltani, die Magd, die dumm ist wie ein Huhn und wie eine kakelnde Henne, denn der Töpfer ist ein wandernder Mann und nur bei mir auf zehn Tage laut unserm Vertrag, und wenn die Zeit kommt der Ernte oder der Schur, so weiß ich nicht, woher Armeskräfte nehmen, denn ich kann's nicht zahlen. Längst ist es nicht schicklich, daß Rahel, meine kleinere Tochter, die Schafe hütet und leidet Hitze am Tage und Frost bei Nacht. Das sollst du tun um Obdach und Grünkraut und um nichts mehr, denn du weißt nicht wohin und bist nicht der Mann, die Bedingungen vorzuschreiben, das ist die Sachlage.«

»Gern will ich der Schafe pflegen für dein Kind Rahel«, sagte Jaakob, »und dienen um ihretwillen, damit sie ein weicher Leben habe. Ich bin ein Hirte von Hause aus und verstehe mich auf die Zucht und will's wohl recht machen. Ich habe nicht gemeint, den Lungerer abzugeben vor dir und das unnütze Maul; aber da ich höre, daß es für Rahel ist, dein Kind, und daß ich kann einsetzen für sie die Kraft meiner Mannesarme, so bin ich zum Dienen noch einmal so willig.«

»So?« fragte Laban und blinzelte schwer, mit hängendem Mundwinkel, zu ihm hinüber. »Gut«, sagte er. »Du mußt es wohl oder übel, nach den Zwängen des Wirtschaftslebens. Wenn du's aber gern tust, so ist das ein Vorteil für dich, ohne ein Nachteil für mich zu sein. Morgen verbriefen wir's.«

»Siehst du?« sprach Jaakob. »Dergleichen gibt es: Vorteile, die es für beide sind und mildern die natürlichen Härten. Das hättest du nicht gedacht. Du wolltest keine Salzeswürze beimengen der Rechtlichkeit, so tu ich's selber aus eigenem, so nackt und leicht ich im Augenblick bin.«

»Redensarten«, beschloß Laban. »Wir werden's vertraglich aufsetzen und siegeln, daß es seine Ordnung hat und niemand es anfechten kann, indem er sich ungesetzlich benimmt. Geh jetzt, ich bin schläfrig und aufgetrieben vom Biere. Lösche die Lampen, Kröte!« sagte er zu Abdcheba, streckte sich aus auf seinem Bett, deckte sich zu mit dem Rock und schlief ein mit schief offenem Munde. Jaakob mochte sich betten, wo er wollte. Er stieg aufs Dach hinauf, legte sich auf eine Decke unter die Tücher eines Rohrzeltchens, das dort errichtet war, und dachte an Rahels Augen, bis der Schlaf ihn küßte.

Fünftes Hauptstück
In Labans Diensten

Wie lange Jaakob bei Laban blieb

So begann Jaakobs Aufenthalt in Labans Reich und im Lande Aram Naharaim, das er sinnigerweise bei sich selbst das Land Kurungia nannte: erstens, weil es überhaupt und von vornherein Unterweltsland für ihn war, wohin er flüchtig hatte wandern müssen, dann aber, weil sich mit den Jahren herausstellte, daß dieses stromumschlossene Land seinen Mann festhielt und offenbar nie wieder herausgab, daß es sich wirklich und wörtlich als das Nimmerwiederkehr-Land erwies. Denn was heißt das: »Nie und nimmer«? Es heißt: so lange nicht, als das Ich, wenigstens annähernd, noch seinen Zustand und seine Form bewahrt hat und noch es selber ist. Eine Wiederkehr, die nach fünfundzwanzig Jahren geschieht, betrifft nicht mehr das Ich, das, als es auszog, in einem halben oder, wenn's hoch käme, in dreien wiederzukehren erwartete und nach dem Zwischenfall sein Leben dort wieder anknüpfen zu können gedachte, wo es unterbrochen worden war, – sie ist für dies Ich eine Nimmerwiederkehr. Fünfundzwanzig Jahre sind kein Zwischenfall, sie sind das Leben selbst, sie sind, wenn sie in männlichem Jünglingsalter einsetzen, des Lebens Kernstück und Grundstock, und wenn Jaakob auch nach seiner Wiederkehr noch lange lebte und das Schwerste und das Hehrste erfuhr – denn er zählte, unserer genauen Berechnung nach, hundertundsechs Jahre, als er, wiederum in unterweltlichem Lande, feierlich verschied –, so träumte er den Traum seines Lebens doch, man kann es sagen, bei Laban im Lande Aram. Dort liebte er, heiratete er, dort wurden ihm von vier Frauen all seine Kinder bis auf den Kleinsten, zwölf an der Zahl, beschert, dort wurde er schwer von Habe und würdig von Lebensanwuchs, und nie kehrte der Jüngling wieder, sondern ein ergreisender Mann tat es, ein fünfundfünfzigjähriger, ein

Wanderscheich von Osten an der Spitze sehr großer Herden, der ins Westland einzog, gleichwie in ein fremdes Land, und zog gen Schekem.

Daß Jaakob fünfundzwanzig Jahre bei Laban verblieb, ist erweislich wahr und das sicherste Ergebnis jeder klarsinnigen Untersuchung. Lied und Überlieferung zeigen in diesem Punkte ein Denken, dessen Ungenauigkeit wir uns weniger leicht verzeihen würden als ihnen. Sie wollen, Jaakob habe alles in allem zwanzig Jahre bei Laban zugebracht: vierzehn und sechs. Mit dieser Einteilung eben halten sie fest, daß er schon eine Reihe von Jahren, bevor er die staubigen Riegel brach und floh, bei Laban seine Entlassung verlangte, sie jedoch nicht erhielt, sondern unter neuen Bedingungen sich zu weiterem Bleiben verpflichtete. Der Zeitpunkt, als er dies tat, wird durch die Aussage bezeichnet, es sei geschehen, »da Rahel den Joseph geboren hatte«. Wann aber war das? Wären damals nur vierzehn Jahre verflossen gewesen, so hätten in diesen vierzehn, richtiger: in den letzten sieben davon, alle zwölf Kinder, einschließlich Dina's und Josephs und nur ausschließlich Benjamins, ihm müssen geschenkt worden sein, was, da vier Frauen in Tätigkeit waren, an und für sich nicht unmöglich gewesen wäre, nach der von Gott veranstalteten Gebärordnung aber sich nicht so verhalten hat. Dieser zufolge ist schon der leckermäulige Ascher, fünf Jahre älter als Joseph, nach Ablauf der zweimal sieben Jahre geboren, nämlich im achten Ehejahr, und wie sich im einzelnen zeigen wird, ist es nicht möglich, daß Joseph der Rahel früher als zwei Jahre nach des meerliebenden Sebulun Auftreten, nämlich im dreizehnten Ehejahr oder im zwanzigsten Charranjahr, beschert wurde. Wie könnte es anders sein? Er war ein Alterskind Jaakobs, und fünfzigjährig also muß dieser gewesen sein, als ihm der Liebling erschien, mußte folglich zwanzig Jahre damals schon bei Laban verbracht haben. Da aber von den zwanzig nur zweimal sieben, das sind vierzehn, eigentliche Dienstjahre waren, so erübrigen zwischen diesen und dem Zeitpunkt der Kündigung und neuen Kontraktschließung weitere sechs Jahre, die einen vertraglosen Zustand, ein stillschweigendes Weiterlaufen von Jaakobs Leben bei Laban darstellen, die man aber unter dem Gesichtspunkt seines schließlichen Reichtums mit den letzten fünf, wieder unter einem Kontrakte stehenden Aufenthaltsjahren zusammenzählen muß. Denn mögen auch diese fünf das Beste und Wichtigste beitragen, um zu erklären, wie der Mann so über die Maßen reich wurde, so hätten sie schlechterdings nicht genügt, ein Vermögen zu zeitigen, das in Lied und Lehre allezeit mit den üppigsten Kennzeichnungen gefeiert wurde. Zugegeben, daß hierbei starke Übertreibungen untergelaufen sind und daß etwa die Angabe, Jaakob habe zweihunderttausend Schafe besessen, als unhaltbar in die Augen springt. Aber viele Tausende waren es, von seinem Besitzstande an anderen Viehsorten, Metallwerten und Sklaven ganz zu schweigen, und Labans Worte, als er den Schwiegersohn auf der Flucht einholte: er möge ihm zurückgeben, was er ihm ›gestohlen‹ bei Tage und ›gestohlen‹ bei Nacht, hätten nicht einmal einen Schein von Berechtigung für sich gehabt und wären überhaupt ohne Sinn gewesen, wenn Jaakob sich nur auf Grund des neuen Vertrages bereichert, wenn er nicht schon vorher – eben in jener Zwischenzeit – ziemlich weitgehend auf eigene Rechnung gewirtschaftet und so die Grundlage seines späteren Vermögens gelegt hätte.

Fünfundzwanzig Jahre – und sie vergingen dem Jaakob wie ein Traum, wie das Leben vergeht dem Lebenden in Verlangen und Erreichen, in Erwartung, Enttäuschung, Erfüllung und sich aus Tagen zusammensetzt, die er nicht zählt und von denen ein jeder das Seine bringt; die in Warten und Streben, in Geduld und Ungeduld einzeln zurückgelegt werden und zu größeren Einheiten verschmelzen, zu Monaten, Jahren und Jahresgruppen, von denen am Ende eine jede ist wie ein Tag. Es ist strittig, was die Zeit besser und rascher vertreibt: Einförmigkeit oder gliedernde Abwechslung; auf Zeitvertreib, jedenfalls, läuft es hinaus; das Lebende strebt vorwärts, es strebt nach Zurücklegung der Zeit, es strebt im Grunde nach dem Tode, während es nach Zielen und Wendepunkten des Lebens zu streben meint; und sei seine Zeit auch gegliedert und in Epochen geteilt, so ist sie doch auch wieder einförmig eben als seine Zeit, verstreichend unter den immer gleichen Voraussetzungen seines Ichs, so daß beim Zeit- und Lebensvertreib stets beide ihm förderliche Kräfte auf einmal am Werke sind, Einförmigkeit und Gliederung.

Zuletzt steht es recht willkürlich ums Einteilen der Zeit und nicht viel anders, als zöge man Linien im Wasser. Man kann sie so ziehen und auch wieder so, und während man zieht, läuft schon wieder alles zur weiten Einheit zusammen. Wir haben Jaakobs fünf mal fünf Charranjahre bereits verschieden gegliedert in zwanzig und fünf und in vierzehn und sechs und fünf; er mochte sie aber auch einteilen in die ersten sieben bis zu seiner Eheschließung, dazu in die dreizehn, während welcher die Kinder kamen, und dann in die fünf ergänzenden, welche, gleich wie die fünf Schalttage des Sonnenjahres, noch über die zwölf mal dreißig hinausgingen. Auch so also oder noch anders mochte er rechnen. Auf jeden Fall waren es fünfundzwanzig im ganzen, einförmig nicht nur, weil es lauter Jaakobsjahre waren, sondern auch, weil nach allen äußeren Umständen eines dem anderen bis zur Einerleiheit ähnlich und der Wechsel der Gesichtspunkte, unter denen sie hingebracht wurden, nicht vermögend war, ihre verfließende Einförmigkeit zu mindern.

Jaakob und Laban befestigen ihren Vertrag

Ein Abschnitt, eine Art von Epoche stellte sich für Jaakobs Erleben gleich dadurch her, daß der Vertrag, den er am ersten Tage nach seiner Ankunft mit Laban geschlossen, schon nach einem Monat wieder umgestoßen und durch einen neuen ganz anders gearteten und ihn viel fester bindenden ersetzt wurde. Wirklich schritt Laban schon am Morgen nach Jaakobs Ankunft dazu, das Verhältnis des Neffen zu seinem Hause den Entscheidungen gemäß, die er beim Biere in erdgebundener Sachlichkeit darüber getroffen, gesetzlich festzulegen. Man brach früh auf und begab sich zu Esel nach Charran, der Stadt: Laban, Jaakob und der Sklave Abdcheba, der vor dem Schreiber und Rechtsbeamten als

Zeuge dienen mußte. Dieser Richter hatte seinen Stuhl in einem Hofe aufgeschlagen, wo viel Volks sich drängte, denn eine Menge Abmachungen über Käufe und Verkäufe, Pachtungen, Mieten, Tauschgeschäfte, Eheschließungen und Scheidungen galt es urkundlich zu befestigen oder einzuklagen, und der Richter vom Stuhl hatte nebst zwei Kleinschreibern oder Gehilfen, die zu seinen Seiten hockten, alle Hände voll zu tun, den Ansprüchen des städtischen und ländlichen Publikums zu genügen, so daß die Labansleute lange warten mußten, bis ihre übrigens unbedeutende und rasch zu erledigende Sache an die Reihe kam. Laban hatte zuvor noch für einiges Entgelt, etwas Korn und Öl, irgendeinen Mann, der nur in Erwartung solchen Bedarfsfalles hier herumstand, als zweiten Zeugen gewinnen müssen, und dieser denn also bürgte zusammen mit Abdcheba für den Vertrag, und beide siegelten ihn, indem sie die Nägel ihrer Daumen in den Ton der hinten gewölbten Tafel drückten. Laban besaß eine Siegelrolle, und Jaakob, der die seine eingebüßt hatte, siegelte mit seinem Rocksaum. So war der einfache Text beglaubigt, den einer der Kleinschreiber nach dem mechanischen Diktat des Richters hingeritzt hatte: Laban, der Schafzüchter, nahm den und den Mann aus Amurruland, der obdachlos war, Sohn des und des Mannes, bis auf weiteres als Mietssklaven bei sich auf, und alle Kräfte seines Körpers und Geistes hatte dieser in den Dienst von Labans Haus und Betrieb zu stellen gegen keinen anderen Lohn als seines Leibes Notdurft. Ungültigmachung, Prozeß, Klage gab es nicht. Wer es auch sein werde, der, indem er sich ungesetzlich benähme, in Zukunft gegen diesen Vertrag aufstehen werde und ihn anzufechten versuche, dessen Prozeß solle ein Nichtprozeß sein, und er solle mit fünf Minen Silber gebüßt werden. Damit Punktum. Laban hatte für die Kosten der Verbriefung aufzukommen, und er tat es mit ein paar Kupferplättchen, die er unter Schelten auf die Waage warf. Im stillen aber war Jaakobs Verpflichtung unter so wohlfeilen Bedingungen ihm diese kleinen Ausgaben sehr wohl wert, denn er legte dem Segen Jizchaks viel mehr Gewicht bei, als er sich im Gespräch mit seinem Neffen den Anschein gegeben, und es hieße seinen geschäftlichen Verstand unterschätzen, wenn jemand dächte, er sei sich nicht gleich und von vornherein bewußt gewesen, mit der Einstellung Jaakobs in sein Hauswesen einen guten Fang zu tun. Er war ein düsterer Mann, den Göttern nicht wohlgefällig, ohne Zutrauen zu seinem Glück und darum auch wenig erfolgreich bisher in seinen Unternehmungen. Er verkannte keinen Augenblick, daß er einen Gesegneten zum Mitarbeiter vortrefflich brauchen konnte.

Darum war er auch nach geschlossenem Vertrage verhältnismäßig bei Laune, tätigte in den Gassen noch einige Einkäufe an Stoffen, Eßwaren und kleinen Gerätschaften und forderte seinen Begleiter zu Äußerungen des Erstaunens über die Stadt und ihr lärmendes Getriebe auf – über die Dicke ihrer Mauer und Bastionen; die Lieblichkeit der reich bewässerten Gärten, die sie umringten und in denen Weingirlanden sich zwischen den Dattelpalmen hinschlangen; die heilige Pracht E-chulchuls, des umwallten Tempels, und seiner Höfe mit silberbeschlagenen und von bronzenen Stieren bewachten Toren; die Erhabenheit des Turmes, der auf ungeheurer Aufschüttung sich, von Rampen umlaufen, emporstufte, ein siebenfarbiges Ungetüm aus Kacheln, azurblau in der Höhe, so daß das dortige Heiligtum und Absteigequartier des Gottes, wo ihm ein Hochzeitsbett errichtet war, mit dem Blau der oberen Lüfte gleißend zusammenzufließen schien. Aber Jaakob hatte nur einzelne »Hm« und »Ei« für diese Sehenswürdigkeiten. Er war ohne Sinn fürs Städtische und liebte weder Geschrei und Getümmel noch die Prahlerei übertriebener Baulichkeiten, die sich die Miene des Ewigen gaben, aber, mochte der Ziegelberg immer noch so klug mit Erdpech und Schilfmatten gesichert und noch so kundig entwässert sein, seiner Einsicht nach doch zum Verfall bestimmt waren, und zwar binnen einer Frist, die zum mindesten vor Gott sehr geringfügig war. Er hatte Heimweh nach den Weiden von Beerscheba; aber die Anmaßungen der Stadt, die seinen Hirtensinn bedrückten, ließen ihn jetzt beinahe schon Labans Hof als Heimat empfinden, wo er übrigens ein Paar schwarzer Augen zurückgelassen, die ihm in eigentümlichster Bereitschaft entgegengeblickt hatten und mit denen es, wie ihm schien, höchst Wichtiges auszumachen gab. An diese dachte er, während er zerstreut die hinfälligen Anmaßungen betrachtete, an sie und an den Gott, der verheißen hatte, seine Füße zu bewachen in der Fremde und ihn reich heimzuführen, den Gott Abrams, für den er Eifersucht empfand beim Anblick von Bel-Charrans Haus und Hof, dieser von Wildstieren und Schlangengreifen bewachten Festung des Götzenglaubens, in deren innerster, von Steinen funkelnder Zelle aus vergoldetem Zederngebälk die bärtige Statue des Abgottes auf silbernem Sockel stand und sich räuchern und schmeicheln ließ nach königlich ausgebildetem Ritual, – während Jaakobs Gott, den er größer glaubte als alle, größer bis zur Einzigkeit, überhaupt kein Haus auf Erden besaß, sondern unter Bäumen und auf Anhöhen einfältig verehrt wurde. Zweifellos wollte er es nicht anders, und Jaakob war stolz darauf, daß er den städtisch-irdischen Staatsprunk verschmähte und verpönte, weil keiner ihm hätte genugtun können. Aber in diesen Stolz mischte sich der Verdacht, mit dem zusammen er eben die Eifersucht ergab: daß nämlich Gott im Grunde auch recht gern in einem Haus aus Emaille, vergoldeten Zedern und Karfunkelstein, das freilich noch siebenmal schöner hätte sein müssen als des Mondgötzen Haus, hätte wohnen mögen und es nur darum verpönte, weil er es noch nicht haben konnte, weil die Seinen noch nicht zahlreich und stark genug waren, es ihm zu bauen. ›Wartet nur‹, dachte Jaakob, ›und prahlt unterdessen mit der Pracht eures hohen Herrn Bel! Mich hat mein Gott zu Beth-el reich zu machen versprochen, und es steht bei ihm, alle schwerreich zu machen, die ihn glauben, und wenn wir es sind, so werden wir ihm ein Haus bauen, das soll sein eitel Gold, Saphir, Jaspis und Bergkristall außen und innen, so daß davor verbleichen all eurer Herren und Herrinnen Häuser. Schauerlich ist die Vergangenheit und die Gegenwart mächtig, denn sie springt in die Augen. Aber das Größte und Heiligste ist ohne Zweifel die Zukunft, und sie tröstet das bedrückte Herz dessen, dem sie verheißen ist.‹

So spät es war, als Oheim und Neffe nach Hause zurückkehrten, so hielt doch Laban darauf, noch diese Nacht die Kontrakttafel in dem Kellerraum seines Hauses niederzulegen, der als Aufbewahrungsort für solche Urkunden diente; und Jaakob begleitete ihn, auch er eine brennende Lampe in der Hand. Das Gelaß lag unter dem Fußboden des Erdgeschoßzimmers der linken Hausseite, gegenüber der Galerie, wo man gestern zu Abend gegessen, und stellte etwas vor wie ein Archiv, eine Kapelle und eine Begräbnisstätte zugleich; denn Bethuels Gebeine ruhten hier in irdener Truhe, die, umgeben von Schalen und Nahrungsopfern und von Dreifüßen mit Räucherpfannen, inmitten des Raumes stand, und hier irgendwo, noch tiefer unter dem Boden oder in der Seitenwand, mußte sich auch die Tonkruke mit den Resten von Labans dargebrachtem Söhnchen befinden. Es war eine Nische im Hintergrunde des Kellers mit einem Altar in Form eines Backsteinblockes davor, und an den Seiten liefen niedrige und schmale Bänkchen hin, auf deren einem, dem zur Rechten, allerlei Schrifttafeln lagen, Quittungen, Rechnungen und Verträge, die hier in Sicherheit gebracht waren. Auf dem anderen dieser Podeste aber waren kleine Götzlein aufgereiht, wohl zehn oder zwölf, wunderlich zu sehen, mit hohen Mützen teils und bärtigen Kindergesichtern, teils kahlköpfig und bartlos, in Schuppenröcken und mit bloßem Oberfigürchen zum Teil, auf dem sie, hoch unterm Kinn, gar friedlich die Händchen zusammenfügten, und anderen Teiles in nicht von feinster Hand modellierten Faltenkleidern, unter deren Saum ihre plumpen kleinen Zehen zum Vorschein kamen. Das waren Labans Hausgeister und Wahrsagemännlein, seine Teraphim, an denen er innig hing und mit denen der finstere Mann sich in jeder wichtigeren Angelegenheit hier unten beredete. Sie schützten das Haus, wie er dem Jaakob erklärte, zeigten ziemlich zuverlässig das Wetter an, berieten ihn in Fragen des Kaufes und Verkaufes, vermochten Hinweise zu geben, welche Richtung ein verlaufenes Schaf eingeschlagen, und so fort.

Dem Jaakob war keineswegs wohl bei den Gebeinen, den Quittungen und den Götzlein, und er war froh, als man über die Leiter, die hinabführte, und durch das Loch der kleinen Falltür aus dieser Unterwelt in die obere zurückkehrte, um sich schlafen zu legen. Laban hatte sowohl vor Bethuels Truhe Andacht verrichtet, indem er dort frisches Wasser zur Labung des Verstorbenen niedergestellt, ihm ›Wasser gespendet‹ hatte, wie auch die Teraphim durch Verbeugungen geehrt, und es hatte nur gefehlt, daß er auch die geschäftlichen Dokumente angebetet hätte. Jaakob, der weder irgendwelche Todesdevotion noch den Figurendienst billigte, war betrübt über die religiöse Unklarheit und Unsicherheit, die offenbar in diesem Hause herrschte, während man doch bei Laban, dem Großneffen Abrahams und Bruder Rebekka's einen entschieden aufgehellteren Gottessinn hätte sollen voraussetzen dürfen. In Wirklichkeit besaß Laban zwar Nachricht von der Glaubensüberlieferung der westlichen Verwandten, aber es mischte sich in sein Wissen davon so viel Landesübliches, daß umgekehrt dieses als der Hauptbestandteil seiner Überzeugungen und das Abrahamitische als Beimischung anzusprechen war. Obgleich am Quell und Ausgangspunkte der geistlichen Geschichte sitzend, oder eben weil er dort sitzen geblieben war, fühlte er sich ganz als Untertan Babels und seines Staatsglaubens und sprach von Ja-Elohim zu Jaakob nur als von dem »Gott deines Vaters«, indem er ihn auch noch mit dem Obergotte Sinears, Mardug, ganz töricht zusammenwarf. Das enttäuschte den Jaakob, denn er hatte sich die Bildung des Hauses fortgeschrittener gedacht, wie offenbar auch die Eltern daheim das getan hatten, und namentlich um Rahels willen bekümmerte es ihn, in deren hübschem und schönem Kopf es natürlich nicht besser aussah als in dem der Ihren und die im Sinne des Wahren und Rechten zu beeinflussen er vom ersten Tage jede Gelegenheit wahrnahm. Denn vom ersten Tage an, eigentlich seit er sie zuerst am Brunnen erblickt, betrachtete er sie als seine Braut, und es ist nicht zuviel gesagt, daß auch Rahel schon bei jenem kleinen Aufschrei, der ihr entschlüpft war, als er sich als ihr Vetter zu erkennen gegeben, den Freier und Bräutigam in ihm erblickt hatte.

Allgemein und aus guten Gründen war damals die Verwandtenehe, die Heirat unter Geschlechtsangehörigen, gang und gäbe; sie galt als das einzig Ehrbare, Vernünftige und Zuverlässige, und wir wissen wohl, wie sehr der arme Esau mit seinen exzentrischen Heiraten seiner Stellung geschadet hatte. Es war keine persönliche Schrulle gewesen, wenn Abraham darauf bestanden hatte, daß Jizchak, der wahrhafte Sohn, nur ein Weib nehme aus seinem Geschlecht und seines Vaters Hause, nämlich aus dem Nachors von Charran, auf daß man wisse, was man bekäme; und da nun Jaakob in dieses Haus kam, das Töchter barg, wandelte er in Isaaks, genauer in Eliezers, des Freiwerbers, Fußstapfen, und der Gedanke der Freiung war für ihn, wie für Isaak und Rebekka, selbstverständlich mit seinem Besuche verbunden, ja wäre das sofort auch für Laban gewesen, wenn der wirtschaftlich verhärtete Mann es gleich über sich gewonnen hätte, in dem Flüchtling und Bettelarmen den Eidam zu erkennen. Es wäre dem Laban, wie jedem anderen Vater, höchst widerwärtig und gefährlich erschienen, seine Töchter in ein ganz unverwandtes und unbekanntes Geschlecht übergehen zu lassen, sie, wie er gesagt haben würde, »in die Fremde zu verkaufen«. Weit sicherer und würdiger war es, sie blieben auch als Ehefrauen im Schoß der Sippe, und da ein Vetter von seiner, des Vaters Seite vorhanden war, so war dieser, Jaakob also, geradezu der vorbestimmte und natürliche Gatte für sie – das heißt: nicht nur für eine von ihnen, sondern für beide auf einmal: Dies war in Labans Haus die stillschweigend-allgemeine Auffassung, als Jaakob kam: es war im Grunde auch die des Hausherrn, und namentlich war es die Rahels, welche zwar dem Ankömmling zuerst begegnet war und ihre Rolle auf Erden gut genug kannte, um zu wissen, daß sie hübsch und schön war, Lea dagegen blödgesichtig, – aber bei ihrem bereitschaftsvoll prüfenden Schauen am Brunnen, das für Jaakob so ergreifend gewesen war, keineswegs nur an sich gedacht hatte. Das Leben wollte, daß sie im Augenblick von des Vetters Ankunft zu der Schwester und Gespielin in ein Verhältnis weiblichen Wettbewerbes trat, aber nicht in bezug auf die Entscheidungsfrage, wen er wählen werde (wobei es allenfalls ihre Sache sein mochte, zunächst die größere Anziehung für sie beide auszuüben); sondern dies Verhältnis galt ihr erst eigentlich für später und betraf die Frage, wer von ihnen dem Vetter-Gatten die bessere, tüchtigere, fruchtbarere und geliebtere Frau sein werde, eine Frage also, in der sie nichts voraus hatte und die mit etwas mehr oder weniger augenblicklicher Anziehungskraft durchaus nicht beantwortet war.

So also sah man im Hause Labans die Dinge an, und nur Jaakob selbst – dies eben war die Quelle manches Mißverständnisses – sah sie nicht so an. Denn erstens wußte er zwar, daß man außer der Rechten Kebsfrauen und sklavische Beischläferinnen haben könne, die einem halbechte Kinder gebären, aber es war ihm nicht bekannt, und er erfuhr es lange nicht, daß hierzulande, namentlich aber gerade in Charran und Umgegend, die Ehe mit zwei gleichberechtigten Hauptfrauen sehr häufig, ja unter guten Vermögensumständen geradezu üblich war; und ferner waren ihm Herz und Sinn von Rahels Lieblichkeit viel zu erfüllt, als daß er an die etwas ältere, stattlichere und häßliche Schwester auch nur hätte denken mögen – er dachte nicht einmal an sie, wenn er aus Höflichkeit mit ihr sprach, und sie merkte es wohl und senkte bitteren Mundes, in würdigem Kummer die Lider über ihr Schielen, – wie auch Laban es merkte und Eifersucht empfand für seine Ältere, obgleich er den Vetter-Freier kontraktlich zum Mietssklaven herabgesetzt hatte, worüber er sich um der vernachlässigten Lea willen freute.

Jaakob tut einen Fund

So oft wie möglich also sprach Jaakob mit Rahel, aber selten genug konnte es geschehen, denn beiden lag tagsüber viel Arbeit auf, und Jaakob besonders war in der Lage des Mannes, den ein großes Gefühl erfüllt, welches er gern zu seiner einzigen Angelegenheit machen würde, der sich aber außerdem zu strenger Tätigkeit angehalten sieht, und zwar gerade um seiner Liebe willen – welcher doch auch wieder durch die Arbeit Abbruch geschieht, da er sie in ihr vergessen muß. Für einen Mann von Gefühl, wie Jaakob es war, ist das hart, denn im Gefühle möchte er ruhen und ganz diesem leben, darf aber nicht, sondern muß seinen Mann stehen eben dem Gefühle zu Ehren, denn welche Ehre bliebe wohl diesem, täte er's nicht? Wirklich war das ein und dieselbe Angelegenheit, sein Gefühl für Rahel und seine Arbeit in Labans Wirtschaft; denn wie sollte er mit jenem bestehen, falls es ihm in dieser nicht glückte? Laban mußte sich vom Vollgehalte des Wertes, auf den der Neffe sich stützte, durchaus überzeugen, und sehr erwünscht mußte es ihm werden, ihn an sich zu fesseln. Es durfte, mit einem Wort, der Segen Isaaks nicht zuschanden werden, denn das ist Mannes Sache: Hand anzulegen, damit der Segen, den er ererbt, nicht zuschanden werde, sondern zu Ehren bringe das Gefühl seines Herzens.

Damals, zu Anfang von Jaakobs Aufenthalt, war der Weideplatz, zu dem er morgens, einigen Mundvorrat in seiner Hirtentasche, eine Schleuder am Gürtel und die lange Stabwaffe in der Hand, Labans Kleinvieh trieb, um es tagsüber dort mit dem Hunde Marduka zu hüten, nicht weit von seines Oheims Anwesen, nur etwa eine Stunde von ihm entfernt gelegen, und das hatte den Vorteil, daß Jaakob nachts nicht draußen zu bleiben brauchte, sondern bei Sonnenuntergang heimtreiben und auf dem Hofe in Rat und Tat sein Licht leuchten lassen konnte. Das war ihm lieb, denn sein Hirtenamt bot ihm vorderhand wenig Gelegenheit, dem Onkel den Eindruck zu erwecken, daß Segen mit ihm, dem Flüchtling, in die Wirtschaft eingezogen sei. Es fehlte zwar kein Lamm, wenn er abends bei der Einpferchung vor Labans Augen die Herde zählend unter seinem Stocke durchgehen ließ, und nicht nur erzog er den Sommerwurf schnellstens zum Fressen, so daß Laban viel Milch und Dickmilch gewann, sondern heilte auch einen der beiden Böcke, einen wertvollen Springer, mit Liebe und Kunst von den Pokken. Aber Laban nahm dies und anderes als unauffällige Leistungen eines brauchbaren Hirten ohne Dankesbezeigung hin, und auch daß Jaakob gleich nach seinem Dienstantritt die unteren Fensterluken des Hauses mit hübschen Holzgittern ausstattete, ließ er nur eben geschehen. Die Kosten für den Lehm- und Kalkverputz der äußeren Ziegelwände verweigerte er aus Geiz, und so mußte Jaakob darauf verzichten, eine so augenfällige Verschönerung des Besitztums mit seinem Einzuge zu verbinden. Er war recht ratlos in betreff der Segensbewährung; aber eben die innere Spannung dieses Suchens und dringlichen Wünschens mochte ihn wohl zur Offenbarung bereitet und ihn zum Mann des weittragenden Ereignisses gemacht haben, dessen er sich sein Leben lang mit Freuden erinnerte.

Er fand Wasser in der Nähe von Labans Kornfeld, lebendiges Wasser, eine unterirdische Quelle, fand sie, wie er wohl wußte, mit Hilfe des Herrn, seines Gottes, obgleich sich Erscheinungen einmischten, die diesem eigentlich hätten zuwider sein müssen und sich wie ein Zugeständnis seines reinen Wesens an den Ortsgeist, die landläufigen Vorstellungen ausnahmen. Jaakob hatte soeben vorm Hause unter vier Augen mit der lieben Rahel gesprochen, und zwar so galant wie offenherzig. Er hatte ihr gesagt, sie sei reizend wie Hathor von Ägypterland, wie Eset, schön wie eine junge Kuh. Sie leuchte in weiblichem Lichte, hatte er poetisch gesagt, sie erscheine ihm wie eine mit feuchtem Feuer die guten Samen nährende Mutter, und sie zum Weibe zu haben und Söhne mit ihr zu zeugen, sei sein allerinnigster Gedanke. Sie hatte das sehr lieblich aufgenommen, keusch und ehrlich. Der Vetter und Gemahl war gekommen, sie hatte ihn mit den Augen geprüft und liebte ihn aus der Lebensbereitschaft ihrer Jugend. Als er sie jetzt, ihren Kopf zwischen seinen Händen, gefragt hatte, ob es auch sie wohl freuen würde, ihm Kinder zu schenken, hatte sie genickt, wobei die holden schwarzen Augen ihr von Tränen übergegangen waren, und er hatte ihr diese Tränen von den Augen geküßt – seine Lippen waren noch naß davon. Im Zwielicht, da Mond- und Tagesschein sich stritten, erging er sich auf dem Felde, als plötzlich sein Fuß ziehend angehalten wurde und ein eigentümlich brennendes Zucken, als treffe ihn der Blitz, ihm von der Schulter bis zur Zehenspitze lief. Die Augen aufreißend, gewahrte er dicht vor sich eine sehr seltsame Gestalt. Sie hatte einen Fischleib, der silbrig-schlüpfrig im Mond und Tage schimmerte, und auch den Kopf eines Fisches. Darunter aber, bedeckt davon wie von einer Mütze, war ein Menschenkopf mit geringeltem Bart, und auch Menschenfüße hatte das Wesen, die kurz aus dem Fischschwanz hervorwuchsen, und ein Paar kurzer Ärmchen. Es stand gebückt und schien mit einem Eimer, den es mit beiden Händen hielt, etwas vom Boden zu schöpfen und auszugießen – schöpfte und goß, noch einmal und wieder. Dann tat es auf seinen kurzen Füßen ein paar trippelnde Schritte seitwärts und glitt in die Erde, war jedenfalls nicht mehr zu sehen.

Jaakob begriff augenblicklich, daß dies Ea-Oannes gewesen war, der Gott der Wassertiefe, der Herr der mittleren Erde und des Ozeans über der untersten, dieser Gott, dem die Leute des Landes fast alles Wissenswerte ursprünglich zu verdanken behaupteten und den sie für sehr groß erachteten, für ebenso groß wie Ellil, Sin, Schamasch und Nabu. Jaakob seinerseits wußte, daß er gar so groß eben nicht sei im Vergleich mit dem Höchsten, den Abram erkannt, schon darum nicht, weil er eine Gestalt hatte, und zwar eine halb lächerliche. Er wußte, daß, wenn Ea hier in Erscheinung getreten war und ihm etwas gewiesen hatte, dies nur auf Veranstaltung Ja's, des Einzigen, des Gottes Isaaks, geschehen sein könne, der mit ihm war. Was aber der mindere Gott ihm gewiesen hatte mit seinem Benehmen, war ihm ebenfalls ohne weiteres deutlich: nicht nur an und für sich, sondern in allen seinen Folgen und Zusammenhängen, und er nahm sich auf und lief nach dem Hof, um Schürfgerät zu holen, brachte auch Abdcheba, den Zwanzig-Schekel-Mann, auf die Beine, ihm zu helfen, und grub die halbe Nacht, schlief dann nur eine Stunde und fuhr vor Tag wieder fort zu graben, bis er zu seiner Qual die Schafe austreiben und für den ganzen Tag sein Werk im Stich lassen mußte, – er konnte nicht stehen, noch liegen, noch sitzen, während er dieses Tages Labans Schafe weidete.

Es fehlte noch viel, daß die Winterregen begonnen hätten und man mit der Landbestellung wieder hätte den Anfang machen können. Alles lag verbrannt, Laban kümmerte sich nicht um sein Feld, er war auf dem Hof beschäftigt und kam nicht dorthin, wo Jaakob grub, so daß er nichts merkte und ahnte von der Geschäftigkeit, die dieser am Abend wieder aufnahm und beim Scheine des reisenden Mondes fortsetzte, bis Ischtar erschien. An verschiedenen Stellen in kleinem Umkreise setzte er an und mußte tief dringen im Schweiße seines Angesichts durch Lehm und Stein. Als aber im Osten der Himmel erwachte, bevor noch der oberste Rand der Sonne sich über den Gesichtskreis erhoben, siehe, da sprang das Wasser, es sprudelte der Quell, er hatte große Kraft, er sprang drei Spannen hoch in der Höhle empor, begann die hastig und formlos ausgehobene Grube zu füllen, benetzte das Land umher, und sein Wasser schmeckte nach den Schätzen der Unterwelt.

Da betete Jaakob an, und während er noch anbetete, rannte er schon, um Laban zu finden. Als er ihn aber von ferne sah, ging er langsam, trat grüßend vor ihn hin und sprach mit bezwungenem Atem:

»Ich habe Wasser gefunden.«

»Was heißt das?« entgegnete Laban lahm hängenden Mundes.

»Eine Quelle von unten«, war Jaakobs Antwort, »die ich ergrub zwischen Hof und Feld. Sie springt eine Elle hoch.«

»Du bist besessen.«

»Nein. Der Herr, mein Gott, ließ mich finden, laut meines Vaters Segen. Mein Oheim komme und sehe.«

Laban lief, wie er gelaufen war, als ihm Eliezer, der reiche Sendbote, gemeldet worden. Er war lange vor Jaakob, der ihm gemächlich folgte, an der sprudelnden Grube, stand und schaute.

»Das ist Lebenswasser«, sprach er erschüttert.

»Du sagst es«, bestätigte Jaakob.

»Wie hast du das gemacht?«

»Ich glaubte und grub.«

»Dies Wasser«, sagte Laban, ohne den Blick aus der Grube

zu heben, »kann ich in offener Rinne auf mein Feld leiten und es tränken.«

»Dazu wird es sehr gut sein«, erwiderte Jaakob.

»Ich kann«, fuhr Laban fort, »Ischullanu's Söhnen zu Charran den Vertrag kündigen, denn ich brauche ihr Wasser nicht mehr.«

»Durch den Sinn«, sagte Jaakob, »ging auch mir wohl dergleichen schon. Übrigens kannst du einen Teich mauern, wenn du willst, und einen Garten pflanzen mit Dattelpalmen und allerlei Obstbäumen, wie etwa Feigen-, Granatapfel- und Maulbeerbäumen. Wenn es dir einfällt und du durchaus willst, so kannst du darin auch Pistazien, Birnen- und Mandelbäume sowie vielleicht ein paar Erdbeerbäume setzen und hast von den Datteln das Fleisch, den Saft und die Kerne, hast auch Palmmark davon als Zukost, die Blätter zu Flechtwerk, die Rippen zu allerlei Hausrat, den Bast zu Seilen und Webwerk und das Holz zum Bauen.«

Laban schwieg. Er umarmte den Gesegneten nicht, er fiel nicht vor ihm nieder. Er sagte nichts, stand, wandte sich und ging. Auch Jaakob enteilte und fand Rahel, die saß im Stalle am Euter und molk. Der sagte er alles an und sprach in dem Sinn, daß sie nun wahrscheinlich Kinder miteinander würden zeugen können. Da nahmen sie sich bei den Händen und tanzten etwas zusammen und sangen »Hallelu-Ja!«.

Jaakob freit um Rahel

Als Jaakob einen Monat bei Laban war, trat er abermals vor ihn hin und sagte: Da Esau's Zorn unterdessen wohl zum bedrohlichsten Teil schon verraucht sei, so habe er, Jaakob, mit dem Baas zu reden.

»Ehe du redest«, antwortete Laban, »höre du mich an, denn ich war im Begriffe, mich meinerseits mit einem Vorschlage an dich zu wenden. Du bist nun schon einen Umlauf des Mondes lang bei mir, und wir haben auf dem Dache geopfert bei Neulicht, bei Halblicht, bei voller Schönheit und am Tage des Verschwindens. In dieser Zeit habe ich außer dir noch drei Mietssklaven aufgenommen auf eine Weile, die ich bezahle, wie es Recht ist. Denn es ist Wasser gefunden worden nicht ohne dein Zutun, und wir haben angefangen, die Quellstätte zu mauern und die Rinne der Leitung aus Ziegeln zu bauen. Wir haben auch abgesteckt die Maße des Teiches, den wir ausheben wollen, und wenn daran gedacht werden soll, einen Garten zu pflanzen, so wird es viel Arbeit geben, zu welcher ich Armeskräfte brauche, so deine wie derer, die ich noch aufnahm und die ich beköstige und kleide und belohne sie mit acht Sila Getreide täglich. Du hast mir gedient ohne Lohn bis jetzt, aus Verwandtenliebe nach unserm Vertrage. Aber siehe, wir wollen einen neuen machen, denn es ist nicht länger recht vor Göttern und Leuten, daß werden die fremden Knechte belohnt, nicht aber der Neffe. Darum sage, was du verlangst. Denn ich will dir geben, was ich den anderen gebe, und noch etwas mehr, wenn du besiegelst, so viel Jahre bei mir zu bleiben, als die Woche Tage hat und wie man zählt, bis der Acker brachliegen bleibt und die Scholle ruht, daß der Mensch weder säet noch erntet. Also sollst du mir sieben Jahre dienen um den Lohn, den du forderst.«

Dies Labans Rede und Gedankengang, eine rechtliche Rede als Kleid rechtlicher Gedanken. Aber schon die Gedanken – und nicht erst die Rede – des Erdenmenschen sind nur ein Kleid und eine Beschönigung seiner Strebungen und Interessen, die er in rechtliche Form bringt, indem er denkt, so daß er meist lügt, bevor er spricht, und seine Worte so redlich kommen, weil nicht sie erst gelogen sind, sondern bereits die Gedanken. Laban war lebhaft erschrocken, als es schien, daß Jaakob fortwollte, denn seit die Quelle sprang, wußte er, daß Jaakob wirklich ein Segensträger war und ein Mann der gesegneten Hand, und alles war ihm daran gelegen, ihn an sich zu fesseln, damit auch fernerhin seine Geschäfte Nutzen zögen aus dem Segen, den jener trug, wohin er kam. Der Wasserfund war ein gewaltiger Segen, so folgenreich, daß es nur seiner Folgen erste, aber die größte nicht war, wenn Laban dadurch seiner schweren Abgabe an Ischullanu's Söhne ledig geworden war. Denn diese hatten wohl Finten vorgeschützt und erklärt, ohne das Wasser ihres Kanals hätte der Mann sein Feld überhaupt nicht anbauen können, darum, ob er jenes noch brauche oder nicht, sei er gehalten, ihnen das Öl, das Korn und die Wolle zu entrichten ewiglich. Aber der Richter vom Stuhl hatte die Götter gefürchtet und für Laban entschieden, was dieser ebenfalls für eine Einwirkung von Jaakobs Gott zu halten geneigt war. Nun war vieles unterwegs und im Gange, vieles in Angriff genommen, zu dessen Vollendung und Gedeihen Jaakobs segensreiche Gegenwart vonnöten erschien. Das wirtschaftliche Machtverhältnis zwischen den beiden hatte sich zugunsten des Neffen verschoben: Laban glaubte seiner zu bedürfen, und Jaakob, der dies wohl wußte, besaß in der Möglichkeit, mit seinem Weggang zu drohen, ein Druckmittel, dem Labans Erdensinn sofort Rechnung zu tragen bereit war. Darum hatte sich dieser, schon vorbeugend, schon bevor Jaakob Miene machte, sein Druckmittel spielen zu lassen, in seiner Seele beeilt, die Bedingungen, unter denen Rebekka's Sohn für ihn arbeitete, unwürdig zu finden, und war ihm mit rechtlichen Vorschlägen wegen ihrer Verbesserung ins Wort gefallen. Jaakob, der in Wirklichkeit nicht daran denken konnte, schon jetzt nach Hause zurückzukehren, da niemand besser wußte als er, daß die Umstände noch keineswegs reif dafür waren, freute sich dessen, daß der Ohm sich über die Machtlage täuschte, und fühlte sich ihm herzlich verbunden für sein Entgegenkommen, obgleich er einsah, daß dieses weder der Rechtlichkeit noch der Liebe zu ihm persönlich, sondern allein dem Interesse entsprang. Verbunden also fühlte er sich ihm eigentlich für das Interesse, das jenen an ihn, den Gesegneten, band; denn so ist der Mensch, daß die Freundlichkeit, in die solches Interesse sich kleidet, unwillkürlich von ihm auf den anderen als Liebe zurückstrahlt. Außerdem liebte Jaakob den Laban um dessentwillen, was dieser zu vergeben hatte und was er von ihm zu fordern gedachte; denn das war größer als Sila und Sekel. Er sprach:

»Mein Vater und Bruder, wenn du willst, daß ich bleibe und kehre noch nicht zurück zu Esau, dem Versöhnten, und diene dir, so gib mir Rahel, dein Kind, zum Weibe, sie sei mein Lohn.

Denn sie gleicht, was die Schönheit betrifft, ganz einer jungen Kuh, und auch mich sieht sie ihrerseits freundlich an, und wir sind im Gespräch übereingekommen, daß wir Kinder mitsammen zeugen möchten nach unserem Bilde. Darum, so gib sie mir, und ich bin der Deine.«

Laban war keineswegs überrascht. Der Freiungsgedanke, wir sagten das schon, war mit dem Eintreffen des Vetters und Neffen von vornherein nahe verbunden gewesen und nur vermöge der Mißlage Jaakobs in Labans Denken zurückgetreten. Daß Jaakob ihn jetzt, da die Machtverhältnisse eine Änderung zu seinen Gunsten erfahren hatten, zur Sprache brachte, war begreiflich, und dazu war es erfreulich für Laban, den Erdenkloß, der auf der Stelle erkannte, daß jener sich damit seines Vorteils über ihn recht weitgehend wieder begab. Denn durch sein Eingeständnis, daß Rahel ihm lieb sei, gab er sich aufs neue ebensosehr in Labans Hände, wie dieser in den seinen war, und schwächte das Druckmittel seiner Weggangsdrohung. Was aber den Vater ärgerte, war, daß Jaakob von Rahel sprach, nur von ihr, und Lea ganz überging. Er antwortete:

»Rahel soll ich dir geben?«

»Ja, sie. Selbst möchte sie es auch.«

»Nicht Lea, mein größeres Kind?«

»Nein, diese ist mir nicht ganz so lieb.«

»Sie ist die ältere und die nächste, zu freien.«

»Allerdings, sie ist etwas älter. Sie ist auch stattlich und stolz trotz kleiner Mängel ihres Äußeren oder gerade ihretwegen, und wäre wohl tüchtig, mir Kinder zu gebären, wie ich sie wünsche. Aber es ist nun so, daß ich mein Herz gehängt habe an Rahel, dein kleiner Kind, denn sie scheint mir wie Hathor und Eset, sie leuchtet förmlich für mich in weiblichem Lichte, der Ischtar gleich, und ihre lieben Augen gehen mir nach, wo ich wandle. Siehe, es war eine Stunde, da waren meine Lippen naß von Tränen, die sie für mich geweint. Darum gib sie mir, und ich will dir fronen.«

»Es ist selbstverständlich besser, ich gebe sie dir, als daß ich sie einem Fremden gäbe«, sagte Laban. »Aber soll ich etwa Lea, mein älter Kind, einem Fremden geben, oder soll sie vielleicht verdorren ohne Mann? Nimm zuerst Lea, nimm beide!«

»Du bist sehr gütig«, sagte Jaakob, »aber so unbegreiflich es klingen mag, Lea entfacht meine männlichen Wünsche gar nicht, sondern im Gegenteil, und einzig um Rahel ist es deinem Knechte zu tun.«

Da sah Laban ihn eine Weile an mit seinem lahm zugezogenen Auge und sprach dann barsch:

»Wie du willst. Also besiegle mir, daß du willst sieben Jahre bei mir bleiben und mir dienen um diesen Lohn.«

»Sieben mal sieben!« rief Jaakob. »Ein Halljahr Gottes! Wann soll die Hochzeit sein?«

»Nach sieben Jahren«, antwortete Laban.

Man stelle sich Jaakobs Schrecken vor!

»Wie«, sagte er, »ich soll dir dienen um Rahel sieben Jahre, ehe du sie mir gibst?«

»Wie denn sonst?« erwiderte Laban und tat erstaunt aufs äußerste. »Daß ich ein Narr wäre in der Welt und gäbe sie dir gleich, damit du auf und davon gingest mit ihr, wann es dir beliebte, und ich hätte das Nachsehen. Oder wo ist der Kaufpreis und Mahlschatz nebst angemessenen Geschenken, die du mir überliefern willst, daß ich sie der Braut an den Gürtel binde, und die mir bleiben nach der Schrift des Gesetzgebers, wenn du vom Verlöbnis zurücktrittst? Hast du sie bei dir, die Mine Silbers und was es sonst sei, oder wo etwa hast du sie? Du bist ja arm wie die Maus auf dem Felde und ärmer noch. Darum werde es verbrieft und besiegelt vor dem Richter, daß ich dir die Dirne verkaufe um sieben Jahre, die du mir dienen sollst, und wird dir nachgezahlt am Ende der Lohn. Und soll beigesetzt werden die Tafel im Hausheiligtum unter Tag und anbefohlen sein dem Schutze der Teraphim.«

»Einen harten Oheim«, sprach Jaakob, »hat Gott mir beschert!«

»Redensarten!« gab Laban zur Antwort. »Ich bin so hart, wie die Sachlage mir erlaubt zu sein, und wenn sie's fordert, so bin ich weich. Du aber willst die Dirne zum Weib – so zieh ohne sie, oder diene erst!«

»Ich diene«, sprach Jaakob.

Von langer Wartezeit

Also hatte die erste, kurze und vorläufige Epoche von Jaakobs großem Aufenthalt bei Laban sich abgezeichnet, das Vorspiel, das nur einem Monat umfaßte und an dessen Ende der neue, befristete, und zwar langbefristete Rechtsvertrag stand. Es war ein Ehevertrag und dann auch wieder ein Dienstvertrag, eine Mischung aus beiden, wie sie dem Maschkimbeamten oder Richter vom Stuhl wohl noch nicht häufig, aber ähnlich wohl doch das ein oder andere Mal schon mochte vorgekommen sein und die er jedenfalls als rechtsfähig und, kraft des Willens beider Parteien, als rechtsgültig anerkannte. Das Schriftstück, doppelt ausgefertigt, wurde, um den Fall recht klarzustellen, gesprächsmäßig abgefaßt; Jaakobs und Labans Rede und Gegenrede wurde unmittelbar aufgeführt und so das Zustandekommen ihrer gütlichen Abmachung sinnfällig gemacht. Dieser Mann hatte zu dem und dem Manne gesagt: Gib mir deine Tochter zum Weibe, worauf der und der Mann gefragt hatte: Was gibst du mir für sie? Da hatte jener Mann nichts gehabt. Darauf hatte obbesagter Mann gesprochen: Da es dir am Mahlschatz gebricht sowie sogar an jedem Vermögen zur Anzahlung darauf, die ich der Braut könnte an den Gürtel hängen zum Verlöbnis, sollst du mir dienen für sie so viele Jahre, wie die Woche Tage hat. Das soll der Kaufpreis sein, den du mir zahlst, und soll die Braut dein sein zum Beilager nach Ablauf der Frist nebst einer Mine Silbers und einer Magd, die ich der Dirne geben will als Mitgift, und zwar so, daß zwei Drittel der Mine Silbers eingerechnet sein sollen in den Wert der Sklavin und nur noch ein Drittel Mine gezahlt werden soll in bar oder in Gaben des Feldes. Da sprach jener: So soll es sein. Im Namen des Königs, so sei es. Je ein Schriftstück haben sie genommen. Wer sich gegen den Vertrag erhöbe, indem er sich ungesetzlich benähme, dem sollte nichts Gutes daraus erwachsen.

Die Abmachung hatte Hand und Fuß, der Richter durfte sie billig finden, und unter dem rein wirtschaftlichen Gesichtspunkt hatte auch Jaakob sich nicht zu beklagen. Schuldete er dem Ohm eine Mine Silbers zu sechzig Sekel, so reichten sieben Jahre Fron nicht einmal aus, diese Verbindlichkeit zu decken; denn der Durchschnittslohn für einen Mietssklaven belief sich im Jahr nur auf sechs Sekel, und derjenige für sieben Jahre kam also der Schuld Jaakobs nicht gleich. Freilich empfand er tief, wie sehr doch der wirtschaftliche Aspekt hier täusche und daß, wenn es eine gerechte Waage, eine Gotteswaage gegeben hätte, die Schale, in der sieben Lebensjahre lagen, die andere mit der Mine Silbers hoch hätte emporschnellen lassen. Schließlich aber waren es Jahre, die er in Rahels Nähe verbringen sollte, und das breitete große Liebesfreude über das Opfer, wozu noch kam, daß vom ersten Tage an der Vertragserfüllung Rahel ihm rechtlich verlobt und verbunden sein würde, so daß kein anderer Mann sich ihr würde nähern dürfen, ohne sich ebenso schuldig zu machen, als verleitete er eine Ehefrau. Ach, sie würden aufeinander warten müssen sieben Jahre lang, die Geschwisterkinder; eine ganz andere Altersstufe als ihre gegenwärtige würden sie beschritten haben, ehe sie Söhne miteinander würden zeugen dürfen, und das war eine bittere Zumutung, welche entweder von Labans Grausamkeit oder seinem Mangel an Einbildungskraft zeugte, kurz, ihn aufs neue und krasseste als Mann ohne Herz und Sympathie kennzeichnete. Ein zweites Ärgernis war der ungemeine Geiz und der Hang zur Übervorteilung des Nächsten, welche aus der die Mitgift betreffenden Aufstellung des Vertrages sprachen, – diese nach sieben Jahren fällige väterliche Morgengabe, die für den armen Jaakob ein grundschlechtes Geschäft bedeutete, zumal schamloserweise dabei eine Magd unbekannter Beschaffenheit geldlich doppelt so hoch bewertet war, wie irgend jemand ein mittleres Stück Sklave hier oder im Westlande sonst bewertete. Aber weder an dieser noch jener Anstößigkeit war etwas zu ändern. Die Zeit besserer Geschäfte, so empfand Jaakob, würde schon noch kommen, – er spürte in seiner Seele die Verheißung guter Geschäfte und eine geheime Kraft dazu, die sicherlich diejenige übertraf, welche in die Brust dieses Unterweltsteufels von Schwiegervater gelegt war: Labans, des Aramäers, dessen Augen lieblich geworden waren in Rahel, seinem Kinde. Und was die sieben Jahre betraf, so waren sie eben in Angriff zu nehmen und abzuleben. Leichter wäre es gewesen, sie zu verschlafen; aber nicht nur, weil das nicht möglich war, ließ Jaakob den Wunsch nicht aufkommen, sondern weil er fand, es sei immerhin besser, sie tätig zu überwachen.

Das tat er und das sollte auch der Erzähler tun und nicht wähnen, er könne mit dem Sätzchen ›Sieben Jahre vergingen‹ die Zeit verschlafen und überspringen. Es ist wohl Erzählerart, leichthin so auszusagen, und doch sollte keinem der Zauberspruch, wenn er denn schon gesprochen werden muß, anders als schwer von Sinn und zögernd vor Lebensehrfurcht von den Lippen gehen, so daß er auch dem Lauschenden schwer und sinnig wird und er sich wundert, wie sie doch vergehen mochten, die unabsehbaren oder doch nur mit dem Verstande, nicht aber mit der Seele absehbaren sieben Jahre – und zwar als wären's einzelne Tage gewesen. Dies nämlich ist überliefert, daß dem Jaakob die sieben Jahre, vor denen er sich anfangs gefürchtet hatte bis zum Verzagen, wie Tage vergangen seien, und diese Überlieferung ist selbstverständlich zuletzt auf seine eigene Aussage zurückzuführen – sie ist, wie man zu sagen pflegt, authentisch und übrigens vollkommen einleuchtend. Nicht um irgendwelche Siebenschläferei handelte es sich dabei und überhaupt um keinen anderen Zauber als den der Zeit selbst, deren größere Einheiten vergehen, wie die kleinen es tun – weder schnell noch langsam, sondern sie vergehen einfach. Ein Tag hat vierundzwanzig Stunden, und obgleich eine Stunde ein beträchtlicher Block und Zeitraum ist, der viel Leben und Tausende von Herzschlägen umfaßt, so vergehen doch eine so große Anzahl davon, von einem Morgen zum anderen, in Schlafen und Wachen, du weißt nicht wie, und ebensowenig weißt du, wie sieben solcher Lebenstage vergehen, eine Woche also, die Einheit, von der bloße vier genügen, den Mond alle seine Zustände durchlaufen zu lassen. Jaakob hat nicht erzählt, sieben Jahre seien ihm ›so schnell‹ wie Tage vergangen, er wollte das Gewicht eines Lebenstages nicht herabsetzen durch diesen Vergleich. Auch der Tag vergeht nicht ›schnell‹, aber er vergeht mit seinen Tageszeiten, mit Morgen, Mittag, Nachmittag und Abend, einer unter anderen, und das tut, mit seinen Jahreszeiten, von Auferstehung zu Auferstehung, auf die gleiche unqualifizierbare Weise, eines unter anderen, auch das Jahr. – Darum überlieferte Jaakob, die sieben seien ihm vergangen wie Tage vergehen.

Es ist müßig, zu erinnern, ein Jahr bestehe nicht nur aus seinen Zeiten, nicht nur aus dem Kreislauf von Frühling, Grünweide und Schafschur, über Ernte und Sommersglut, ersten Regen und Neubestellung, Schnee und Nachtfrost bis wieder zur rosigen Tamariskenblüte; das sei nur der Rahmen, ein Jahr, das sei ein gewaltiges Filigran von Leben, an Vorkommnissen überreich, ein Meer zu trinken. Ein solches Filigran aus Denken, Fühlen, Tun und Geschehen bildet auch der Tag, auch die Stunde – in kleinerem Maßstabe, wenn man will; aber die Größenunterschiede zwischen den Zeiteinheiten sind wenig unbedingt, und ihr Maßstab bestimmt zugleich auch uns, unser Empfinden, unsere Einstellung und Anpassung, so daß sieben Tage oder auch Stunden unter Umständen schwerer zu trinken sein und ein kühneres Zeitunternehmen darstellen mögen als sieben Jahre. Was denn auch heißt hier kühn! Ob man heiteren Mutes oder voll Zagens in diese Flut steige: nichts lebt, was sich ihr nicht überlassen müßte, – und weiter ist auch nichts nötig. Sie trägt uns dahin auf eine Art, die reißend ist, ohne daß sie unserer Aufmerksamkeit so schiene, und blicken wir zurück, so ist der Punkt, wo wir einstiegen, ›lange her‹, sieben Jahre zum Beispiel, die vergangen sind, wie auch Tage vergehen. Ja, nicht einmal auszusagen und zu unterscheiden ist, wie der Mensch sich der Zeit überlasse, ob froh oder zag; die Notwendigkeit, es zu tun, überherrscht solche Unterschiede und macht sie zunichte. Niemand behauptet, daß Jaakob die sieben Jahre mit Freuden unternommen und angetreten hätte, denn erst nach ihrem Vergehen sollte er ja Kinder zeugen dürfen mit Rahel. Aber das war ein Gedankenkummer, welcher durch rein vitale Gegenwirkungen, die sein Verhältnis zur Zeit – und das Verhältnis der Zeit zu ihm – bestimmten, weitgehend abgeschwächt und aufgehoben wurde. Denn Jaakob sollte hundertundsechs Jahre alt werden, und das wußte zwar nicht sein Geist, aber sein Leib wußte es und seines Fleisches Seele, und so waren sieben Jahre vor ihm zwar nicht so wenig wie vor Gott, doch längst nicht so viel wie vor einem, der nur fünfzig oder sechzig Jahre alt werden soll, und seine Seele konnte die Wartezeit ruhiger ins Auge fassen. Schließlich aber soll noch zur allgemeinen Beruhigung darauf hingewiesen werden, daß es nicht reine Wartezeit war, die er zu bestehen hatte, denn – dazu war sie zu lang. Reines Warten ist Folterqual, und niemand hielte es aus, sieben Jahre oder auch nur sieben Tage lang dazusitzen oder auf und ab zu gehen und zu warten, wie eine Stunde lang zu tun man wohl in die Lage gerät. In größerem und großem Maßstabe kann das darum nicht vorkommen, weil dabei das Warten dermaßen verlängert und verdünnt, zugleich aber so stark mit Leben versetzt wird, daß es für lange Zeitstrecken überhaupt der Vergessenheit anheimfällt, das heißt: ins Unterste der Seele zurücktritt und nicht mehr gewußt wird. Darum mag eine halbe Stunde reinen und bloßen Wartens gräßlicher sein und eine grausamere Geduldsprobe als ein Wartenmüssen, das in das Leben von sieben Jahren eingehüllt ist. Ein nah Erwartetes übt, eben vermöge seiner Nähe, auf unsere Geduld einen viel schärferen und unmittelbareren Reiz aus als das Ferne, es verwandelt sie in nerven- und muskelzerrende Ungeduld und macht Kranke aus uns, die buchstäblich mit ihren Gliedern nicht wissen, wohin, während ein Warten auf lange Sicht uns in Ruhe läßt und uns nicht nur erlaubt, sondern uns zwingt, auch noch an anderes zu denken und anderes zu tun, denn wir müssen leben. So stellt der wunderliche Satz sich her, daß der Mensch, gleichviel mit welchem Grade von Sehnlichkeit er warte, es nicht desto schwerer, sondern desto leichter tut, je ferner in der Zeit das Erwartete gelegen ist.

Die Wahrheit dieser tröstlichen Erwägungen – eine Wahrheit,

die darauf hinausläuft, daß Natur und Seele sich stets zu helfen wissen – erwies und bewährte sich in Jaakobs Fall nun sogar besonders deutlich. Er diente dem Laban vornehmlich als Schafhirt, und ein Hirt, das weiß man ja, hat viel leere Zeit; stundenweise wenigstens, ja halbe Tage lang ist sein Teil eine mußevolle Beschaulichkeit, und falls er auf etwas wartet, so ist sein Warten nicht in viel tätiges Leben eingehüllt. Hier aber zeigte sich die Milde eines Wartens auf lange Sicht; denn es war keineswegs so, daß Jaakob nicht gewußt hätte, ob er sitzen, stehen oder liegen sollte, und auf der Steppe herumgelaufen wäre, den Kopf zwischen den Händen. Sondern sehr ruhig war ihm zumute, wenn auch zugleich etwas traurig, und das Warten bildete nicht die Oberstimme, sondern den Grundbaß seines Lebens. Natürlich dachte er auch an Rahel und an die mit ihr zu zeugenden Kinder, wenn er fern von ihr mit dem Hunde Marduka, den Ellbogen aufgestützt und die Wange in der Hand, oder die Hände im Nakken verschränkt und ein Bein über das aufgestellte andere geschlagen, im Schatten eines Felsens oder Gebüsches lag oder aufrecht in weiter Ebene an seinem Stabe lehnte und um sich die Schafe weiden ließ, – aber doch nicht nur an sie, sondern auch an Gott und an alle Geschichten, die nächsten und fernsten, an seine Flucht und Wanderschaft, an Eliphas und den stolzen Traum zu Beth-el, an das Volksfest von Esau's Verfluchung, an Jizchak den Blinden, an Abram, den Turm, die Flut, Adapa oder Adama im Paradiesesgarten... wobei ihm der Garten einfiel, zu dessen Anpflanzung er Laban, dem Teufel, segensreich verholfen hatte und dessen Erstehen für des Mannes Wirtschaft und Wohlstand einen so großen Fortschritt bedeutete.

Es ist nicht überflüssig zu wissen, daß Jaakob im ersten Kontraktjahr noch nicht, oder nur selten, die Schafe hütete, sondern dies meistens Abdcheba, dem Zwanzig-Schekel-Manne, oder auch den Töchtern Labans überließ und sich für sein Teil, nach des Oheims Wunsch und Befehl, an den Arbeiten beteiligte, die sich aus seinem Segensfunde ergaben: der Herstellung der Wasserleitung und des Teiches, zu der man sich einer natürlichen Bodensenkung bediente, die man mit dem Spaten ausglich, worauf man ihre Wände vermauerte und ihren Boden mit Steinkitt dichtete. Endlich war da der Garten – Laban legte allen Wert darauf, daß auch diese Neuanlage unmittelbar unter des Neffen gesegneten Händen bewerkstelligt werde, denn er war nun überzeugt von der Wirksamkeit des erlisteten Segens und freute sich der Klugheit, mit der er diese Wirksamkeit auf lange hinaus in den Dienst seiner wirtschaftlichen Interessen gestellt hatte. War es denn nicht klar und deutlich, daß Rebekka's Sohn ein Glücksbringer war fast wider seinen Willen und durch seine bloße Gegenwart Zustände belebte, aufregte und in ungeahnten Fluß brachte, denen es scheinbar bestimmt gewesen war, nur immer so weiter zu stocken und sich zu schleppen? Was war das auf einmal für ein Werken und zukunftsreiches Treiben auf Labans Hof und Feld, was für ein Graben, Hämmern, Ackern und Pflanzen! Laban hatte Geld aufgenommen, um der Vergrößerung des Betriebes, den nötigen Einkäufen gewachsen zu sein: Ischullanu's Söhne in Charran hatten ihm welches vorgestreckt, obgleich sie ihren Prozeß gegen ihn verloren hatten. Denn das waren kühle, sachlich denkende und persönlich ganz unempfindliche Leute, welchen die Niederlage in einem Rechtsstreit durchaus nicht als Grund galt, mit dem Manne, der gegen sie Recht behalten, nicht ein neues Geschäft abzuschließen, und zwar gerade auf Grund des wirtschaftlichen Machtmittels, mit dem er sie geschlagen und das ihn nun in ihren Augen zum guten Schuldner machte, so daß sie es unbedenklich beleihen mochten. So geht es zu im Wirtschaftsleben, und Laban wunderte sich nicht darüber. Er brauchte das Bankgeld allein schon zur Bezahlung und Beköstigung von drei neuen Hofleuten, jener Mietssklaven, die das Eigentum eines städtischen Verleihers waren und denen Jaakob die Arbeit anwies, worauf er den Fleiß ihrer Muskeln, selbst Hand anlegend, als Aufseher und Vorsteher überwachte. Denn es versteht sich, daß seine Stellung im Hause, auch ohne irgendwelche Abmachung darüber, keinen Augenblick mit der dieser geschorenen Mietlinge und Markenträger zu vergleichen war, die den Namen ihres Besitzers mit Dauerfarbe in die rechte Hand geschrieben trugen. Da fehlte viel, daß der siebenjährige Kontrakt, der in einer tönernen Kassette unten bei den Teraphim ruhte, ihn zu ihresgleichen gemacht hätte. Er war des Hauses Neffe und Bräutigam, er war außerdem der Quelle Herr und daher Wasserbaumeister und Obergärtner – sogleich gestand Laban ihm diese Eigenschaften zu, und er wußte, warum er es tat.

Er glaubte auch zu wissen, warum er Jaakob mit dem größten Teile der Einkäufe an Gerätschaften, Baustoffen, Sämereien und Schößlingen betraute, die sich mit den Neuerungen ergaben und in denen das Leihgeld angelegt wurde. Er vertraute des Neffen glücklicher Hand, und mit Recht; denn immer noch fuhr er besser dabei und gewann schönere Ware, als wenn er, der Finstere, Segenlose, selbst eingehandelt hätte, obgleich auch Jaakob dabei zu seinem Vorteil kam und schon damals anfing, die freilich noch dünne Grundlage seines späteren Wohlstandes zu legen. Denn er verstand seine Aufgabe beim Handelsverkehr mit städtischen und entfernt hausenden ländlichen Geschäftspartnern nicht allezeit steif und fest in dem Sinne, daß er nur der bevollmächtigte Angestellte und Mittelsmann Labans gewesen wäre, sondern er versah sie im Geiste des Zwischenhändlers und freien Kaufmanns, und zwar eines so guten, gewandten, umgänglichen und wortgewandt einnehmenden, daß er, ob es sich nun um Erwerbungen durch bare Zahlung oder um häufige Tauschgeschäfte handelte, immer einen geringeren oder größeren Gewinn auf eigene Rechnung beiseite brachte, so daß er tatsächlich schon eine kleine Privatherde an Schafen und Ziegen besaß, ehe er recht angefangen hatte, der Herde Labans zu warten. Gott, der König, hatte in die Harfen gerufen, daß Jaakob reich heimkehren solle in Jizchaks Haus, und das war zugleich eine Verheißung und ein Befehl gewesen – das letztere insofern, als Verheißungen ohne des Menschen Zutun sich natürlich nicht wohl erfüllen können. Sollte er Gott, den König, Lügen strafen und sein Wort freventlich zu Schanden machen aus eitel Fahrenlassen und maßloser Bedenklichkeit gegen einen Oheim, der alle Härten des Wirtschaftslebens finster billigte, ohne es je recht verstanden zu haben, für sich selber Vorteil daraus zu ziehen? Jaakob war nicht einmal versucht, sich eines solchen Fehlers schuldig zu machen. Man soll nicht denken, daß er Laban belogen und betrogen und heimlich übervorteilt hätte. Dieser wußte im allgemeinen, wie Jaakob es hielt, und drückte im einzelnen, wenn dieses Verhalten klar zutage lag, buchstäblich und mit hängendem Mundwinkel ein Auge zu. Denn der Mann sah, daß er fast immer noch günstiger zu dem Seinen kam, als er auf eigene plumpe Faust dazu gekommen wäre, und Grund, sich vor Jaakob zu fürchten und ihm durch die Finger zu sehen, hatte er auch. Denn dieser war leicht beleidigt und wollte zart angefaßt sein, in Schonung seiner gesegneten Art. Er sprach es ganz offen aus und verwarnte den Laban ein für allemal in dieser Beziehung: »Wenn du mit mir schmälen und rechten willst«, sagte er, »mein Herr, um jeder Kleinigkeit willen, die für mich abfällt beim Handel in deinem Dienst, und willst scheel blicken, wenn einmal nicht du allein allen Vorteil hast von deines Knechtes Gewitztheit, dann verstimmst du mir das Herz in der Brust und den Segen im Leibe und machst, daß mir deine Angelegenheiten nicht gedeihen unter den Händen. Zu dem Manne Belanu, von dem ich das Saatkorn für dich kaufte, das du benötigst zur Vergrößerung deines Ackers, sprach der Herr, mein Gott, im Traum: ›Es ist Jaakob, der Gesegnete, mit dem du handelst und dessen Haupt und Füße ich hüte. Darum so hüte du dich nun und rechne ihm die fünf Kur Getreide, die er von dir kaufen will um fünf Sekel, mit zweihundertfünfzig Sila das Kur und nicht mit zweihundertvierzig oder gar -dreißig, wie du allenfalls dem Laban rechnen könntest, sonst sei bedroht von mir! Jaakob wird dir geben neun Sila Öl statt eines Sekels und fünf Minen Wolle statt eines weiteren, dazu einen guten Hammel im Werte von anderthalb Sekel und für den Rest ein Lamm seiner Herde. Das alles wird er dir zahlen für deine fünf Kur Saatkorn anstatt fünf Sekel und überdies viel freundliche Blicke und erheiternde Reden, so daß du einen angenehmen Umgang hast mit deinem Käufer. Willst du ihm aber schlechtere Preise machen, so sieh dich vor! Denn dann werde ich unter dein Vieh fahren und es schlagen mit allerlei Pestilenz und werde schlagen dein Weib mit Unfruchtbarkeit und deine schon vorhandenen Kinder mit Blindheit und Blödsinn und sollst mich kennen lernen.‹ Da fürchtete Belanu den Herrn, meinen Gott, und tat, wie er ihn geheißen, so daß ich billiger zu der Gerste kam, als irgendein Mann dazu gekommen wäre und besonders mein Oheim. Denn er prüfe sich doch selbst und frage sich, ob ihm neun Sila Öl durchgegangen wären für einen Sekel und fünf Minen Schafwolle für den zweiten, wo man doch auf dem Markte bekommt zwölf Sila Öl und mehr für diesen Betrag und sechs Minen Wolle, von der Berechnung des Kurs nicht noch einmal zu reden. Und hättest du nicht geben müssen für die übrigen anderthalb Sekel drei Lämmer gut und gern oder ein Schwein und ein Lamm? Darum nahm ich mir zwei Lämmer von deiner Herde und zeichnete sie mit meinem Zeichen und sind nun mein. Was aber ist das zwischen dir und mir? Bin ich nicht deines Kindes Bräutigam, und ist durch sie, was mein ist, nicht auch dein? Wenn du willst, daß mein Segen dir fromme und ich dir diene mit Lust und Verschmitztheit, so muß eine Belohnung mir winken und ein Anreiz mich stacheln, sonst ist meine Seele schlaff und lahm, und mein Segen tritt nicht in deine Dienste.«

»Behalte die Lämmer«, sprach Laban; und so ging es etliche Male zwischen ihnen, bis Laban es vorzog, zu verstummen und Jaakob walten zu lassen. Denn er wollte natürlich nicht, daß dessen Seele schlaff und lahm sei, und mußte ihn hätscheln. Aber froh war er doch, als die Leitung vollendet, der Teich gefüllt, der Garten gepflanzt und das Feld vergrößert war und er Jaakob mit den Schafen hinaus in die Steppe schicken konnte, fort vom Hof, erst näher, dann weiter, so daß er Wochen und Monate lang überhaupt nicht nach Hause kam unter Labans Dach, sondern draußen im Gebreite, in der Nähe einer Zisterne, sich ein eigenes leichtes Dach gegen Sonne und Regen errichtete nebst Hürden aus Lehm und Rohr und einem leichten Turm dabei zu Schutz und Auslug. Da lebte er bei dürftiger Kost mit seinem Hakenstabe und seiner Schleuder, achtete mit Marduka, dem Hunde, der weidend auseinandergezogenen Herde und überließ sich der Zeit, indes er zu Marduka sprach, der sich die Miene gab, ihn zu verstehen, und ihn teilweise auch wirklich verstand, spendete

Wasser seinen Tieren und pferchte sie abends ein, litt Hitze und Frost und fand nicht viel Schlaf; denn Wölfe heulten nachts nach den Lämmern, und schlich ein Löwe sich an, so mußte er tun, als sei er zu zwölfen mit Rasseln und Geschrei, um den Räuber von der Hürde zu jagen.

Von Labans Zunahme

Wenn er heimtrieb, wohl eine Tagereise weit oder zwei, um Rechenschaft abzulegen dem Herrn über Vollzahl und Zuwachs und vor ihm die Schafe hindurchgehen zu lassen unter seinem Stabe, so sah er Rahel, die ebenfalls wartete in der Zeit, und sie gingen beiseite Hand in Hand, wo niemand sie sah, und besprachen sich innig über ihr Los, wie sie so lange aufeinander zu warten hätten und noch immer nicht Kinder miteinander zeugen dürften, wobei bald dieser von jenem sich trösten ließ, bald jener von diesem. Doch meistens war es Rahel, die getröstet sein mußte, denn die Zeit war ihr länger und kam ihrer Seele härter an, da sie nicht hundertundsechs Jahre alt werden sollte, sondern nur einundvierzig, so daß sieben Jahre mehr als doppelt so viel waren vor ihrem Leben wie vor seinem. Darum quollen ihr die Tränen recht aus der Tiefe der Seele, wenn die Brautleute heimlich beisammenstanden, und reichlich gingen die lieben schwarzen Augen ihr davon über, wenn sie klagte:

»Ach Jaakob, du Vetter aus der Ferne, der mir versprochen ist, wie tut deiner kleinen Rahel das Herz weh vor Ungeduld! Siehe, die Monde wechseln, und die Zeit vergeht, und das ist gut und traurig zugleich, denn ich gehe schon ins Vierzehnte, und neunzehn muß ich werden, ehe die Pauken und Harfen uns erschallen und wir einziehen ins Bettgemach und ich vor dir bin, wie vor dem Gott die Makellose im obersten Tempel, und du sprichst: ›Gleich der Frucht des Gartens will ich fruchtbar machen diese Frau.‹ Das ist noch so lange hin nach dem Willen des Vaters, der mich dir verkauft hat, daß ich gar nicht mehr sein werde, die ich bin, bis dahin, und wer weiß, ob nicht vorher ein Dämon mich berührt, so daß ich erkranke und sogar die Zungenwurzel davon betroffen wird und menschliche Hilfe vergebens ist? Wenn ich mich aber auch erhole von der Berührung, so geschieht es vielleicht unter dem Verlust all meines Haares, und die Haut ist mir verdorben, gelb und mit Malen besät, so daß mein Freund mich nicht mehr kennt? Davor fürchte ich mich unsäglich und kann nicht schlafen und werfe die Decke von mir und irre durch Haus und Hof, wenn die Eltern schlummern, und gräme mich wegen der Zeit, daß sie vergeht und nicht vergeht, denn ich fühle so deutlich, daß ich dir fruchtbar sein würde, und bis ich neunzehn bin, könnten wir schon sechs Söhne haben oder auch acht, denn wahrscheinlich würde ich dir zuweilen Zwillinge bringen, und ich weine, weil es so lange anstehen muß.«

Dann nahm Jaakob ihren Kopf zwischen seine Hände und küßte sie unterhalb beider Augen – Labans Augen, die in ihr schön geworden –, küßte ihr da die Tränen fort, so daß seine Lippen naß davon waren, und sprach:

»Ach, meine Kleine, Gute, Kluge, du ungeduldiges Mutterschäfchen, sei nur getrost! Siehe, diese Tränen nehme ich mit mir hinaus ins Feld und in die Einsamkeit als Unterpfand und Gewähr, daß du mein bist und mir vertraut und in Geduld und Ungeduld meiner harrest wie ich deiner. Denn ich liebe dich, und die Nacht deiner Augen ist mir lieb über alles, und die Wärme deines Hauptes, wenn du's an meines lehnst, rührt mich bis ins Innerste. Dein Haar gleicht nach seiner Seidigkeit und Dunkelheit dem Fell der Ziegenherden an den Hängen Gileads, deine Zähne sind wie das Licht so weiß, und aufs lebhafteste erinnern deine Wangen mich an die Zartheit des Pfirsichs. Dein Mund ist wie die jungen Feigen, wenn sie sich am Baum röten, und wenn ich ihn im Kuß verschließe, so hat der Hauch, der aus deinen Nasenlöchern kommt, den Duft von Äpfeln. Du bist überaus hübsch und schön, aber du wirst es noch mehr sein, wenn du neunzehn bist, das glaube du mir, und deine Brüste werden sein wie Trauben der Datteln und wie des Weinstocks Trauben. Denn du bist rein von Geblüt, mein Liebling, und es wird keine Krankheit dich anfechten und kein Dämon dich berühren; der Herr, mein Gott, der mich zu dir geführt und dich mir aufgespart hat, wird es verhüten. Was aber mich betrifft, so ist meine Liebe und Zärtlichkeit für dich unbeugsamer Art und ist eine Flamme, die nicht auslöschen werden die Regen noch so vieler Jahre. Ich denke an dich, wenn ich im Schatten des Felsens oder Gebüsches liege oder an meinem Stabe stehe; wenn ich streife und suche nach dem verlaufenen Schaf, wenn ich das kranke pflege oder trage das müde Lamm; wenn ich mich dem Löwen entgegenstelle oder Wasser schöpfe der Herde. Bei all dem denke ich deiner und töte die Zeit. Denn sie vergeht unaufhörlich bei allem, was ich tue und treibe, und Gott gestattet ihr nicht, auch nur einen Augenblick stille zu stehen, ob ich nun ruhe oder mich rühre. Du und ich, wir warten nicht ins Leere und Ungewisse, sondern wir kennen unsere Stunde, und unsere Stunde kennt uns, und sie kommt auf uns zu. In gewisser Beziehung aber ist es vielleicht nicht schlecht, daß noch einiger Spielraum ist zwischen ihr und uns, denn wenn sie gekommen ist, so wollen wir fortziehen von hier in das Land, wohin Urvater zog, und es wird gut sein, wenn ich bis dahin noch etwas schwerer werde durch gute Geschäfte, damit die Verheißung meines Gottes sich erfülle, er wolle mich reich heimführen in Jizchaks Haus. Denn deine Augen sind mir wie Ischtars, der Göttin der Umarmung, die zu Gilgamesch sprach: ›Deine Ziegen sollen zweifach, deine Schafe Zwillinge werfen.‹ Ja, wenn auch wir einander noch nicht umarmen dürfen und fruchtbar sein, so ist es doch unterdessen das Vieh und hat beim Werfen Gelingen um unserer Liebe willen, so daß ich Geschäfte mache für Laban und mich und schwer werde vor dem Herrn, bevor wir dahinziehen.«

So tröstete er sie und traf mit Feinsinn das Rechte mit dem, was er von den Schafen und ihrer gleichsam stellvertretenden Fruchtbarkeit sagte; denn es war wirklich, als ob die Landesgöttin der Umarmung, im Menschlichen gefesselt durch Labans finstere Härte, sich Luft mache und schadlos halte an der Kreatur, nämlich an der von Jaakob gepflegten, dem Kleinvieh Labans, welches gedieh wie kein anderes, so daß an ihm der Segen Jizchaks sich bewährte wie nie zuvor und Laban dessen immer froher ward, daß er den Neffen zum Knecht gewonnen, denn sein Nutzen war groß, und er staunte schwer ob dieser Blüte, wenn er auf einem Ochsen herausgeritten kam, eine Tagereise weit oder auch zwei, um die Zucht zu mustern, sprach aber nichts, weder im Guten noch im Bösen – auch im Bösen nichts, denn die einfachste Klugheit gebot ihm, einem solchen Züchter und Segensmann durch die Finger zu sehen, sofern auch dieser auf seinen eigenen Nutzen sah und in Handel und Wandel manches persönlich beiseite brachte nach offen verkündetem Grundsatz. Es wäre unweise gewesen, den Grundsatz anzufechten, falls er mit Maßen gehandhabt wurde; denn solch ein Mann wollte zart angefaßt sein, und man durfte ihm nicht den Segen im Leibe verstimmen.

Wirklich war Jaakob als Viehzüchter und Herr des Schafstalls erst recht in seinem Element, weit mehr denn zuvor auf dem Hof als Herr des Wassers und Gartens. Es war ein Hirt von Geblüt und Charaktergepräge, ein Mondmann, kein Sonnen- und Ackersmann; das Weideleben, so viel Plackerei und selbst Gefahren es bot, entsprach den Wünschen seiner Natur, es war würdig und betrachtsam, es ließ ihm Muße, an Gott und Rahel zu denken; und was die Tiere betraf, so liebte er sie mit Herz und Sinn: ja, recht mit seinen sanften und starken Sinnen war er ihnen zugetan, er liebte ihre Wärme, ihr rupfend weit verteiltes und wieder zusammengedrängtes Leben, den idyllischen und vielstimmig abgestuften Chor ihres Geblöks unter der Weite des Himmels, – liebte ihre fromm verschlossenen Physiognomien, die waagerecht abstehenden Ohrlöffel, die weit auseinanderliegenden spiegelnden Augen, zwischen denen die Stirnwolle den oberen Teil der platten Nase bedeckte, das mächtige, heilige Haupt des Widders, das zarter und hübscher gestaltete des Mutterschafs, das unwissende Kindergesicht des Lammes – liebte die zottig gekräuselte, kostbare Ware, die sie friedlich umhertrugen, das immer nachwachsende Vlies, das er ihnen im Frühjahr und Herbst, zusammen mit Laban und den Knechten, auf dem Rükken wusch, um es dann abzuscheren; und Meisterschaft gewann seine Sympathie in der Betreuung und klugen Regelung ihrer Brunst und Fruchtbarkeit, die er mit andächtiger Sorgfalt nach genauer Kenntnis der Schläge und Individuen, der Eigenschaften von Wolle und Körperverhältnissen, in die Bahnen seines Züchterverstandes zu lenken wußte – ohne daß wir behaupten wollen, die wunderbaren Ergebnisse, die er erzielte, seien nur diesem zuzuschreiben gewesen. Denn nicht allein, daß er die Rasse hob und an Woll- wie an Fleischschafen prächtig-wertvollste Stücke gewann, sondern auch die Vermehrung und vielgebärende Fortpflanzungskraft der Herde überstieg alles gewohnte Maß und war außerordentlich unter seinen Händen. Es gab kein unträchtig Muttervieh in seinen Pferchen, sie warfen alle, sie warfen Zwillinge und Drillinge, sie waren fruchtbar mit acht Jahren noch, die Zeit ihrer Brunst währte zwei Monate und die ihrer Trächtigkeit nur vier, ihre Lämmer wurden reif zu Sprung und Empfängnis mit einem Jahre, und fremde Hirten behaupteten, in Jaakobs, des Westländers, Herde bockten bei Vollmond die Schöpse. Das war Scherz und Aberglaube; aber es beweist die augenfällige Außerordentlichkeit von Jaakobs Erfolgen auf diesem Gebiet, die offenbar über den schlichten Fachverstand gingen. Mußte man wirklich das Wirken der Landesgöttin der Umarmung zur Erklärung der neiderregenden Erscheinung heranziehen? Nach unserer Meinung ist statt dessen der Gedanke zu fassen, daß ihre Quelle in dem Herrn des Schafstalles selber lag. Er war ein wartend Liebender; er durfte noch nicht fruchtbar sein mit Rahel; und wie schon oft in der Welt eine solche Hemmung und Stauung der Wünsche und Kräfte ihren Ausweg in großen Geistestaten gefunden hat, so fand sie hier, in ähnlich verblümter Übertragung, ihren Behelf in der Blüte eines der Sympathie und Pflege des Leidenden unterstellten natürlichen Lebens.

Jene Überlieferung, die den gelehrten Kommentar eines Urtextes bildet, der seinerseits die späte schriftstellerische Fassung von Hirten-Wechselgesängen und Schönen Gesprächen darstellt, weiß Übererfreuliches zu melden von Jaakobs glücklichen

Handelsgeschäften in Schafen; sie läßt sich um der Verherrlichung willen Übertreibungen zuschulden kommen, von denen aber wir, zur endgültigen Klarstellung der Geschichte, auch wieder nicht allzuviel abziehen dürfen, um nicht die Wahrheit neuerdings zu verrücken. Die Übertreibung liegt tatsächlich großen Teiles nicht erst in den Glossen und Auskünften der Späteren, sondern sie lag in den Originalgeschehnissen selbst oder eigentlich in den Menschen; denn wir wissen ja, wie diese allezeit zur Maßlosigkeit in der Bewertung und Bezahlung von Gütern neigen, die zu bewundern und zu begehren sie einmal modisch übereingekommen sind. So war es mit Jaakobs Zuchterzeugnissen. Das Gerücht ihrer beispiellosen Vortrefflichkeit verbreitete sich mit der Zeit in der näheren und weiteren Umgebung von Charran unter seines- und Labansgleichen, wobei wir ununtersucht lassen müssen, wieweit eine gewisse Verblendung, bewirkt durch die Segensmacht des Mannes, mit im Spiele war. Auf jeden Fall war die Versessenheit, auch nur ein einziges Jaakobsschaf zu gewinnen, allgemein unter den Leuten. Sie machten eine Ehrensache daraus. Sie pilgerten weither, um mit ihm zu handeln, und wenn sie an Ort und Stelle erkannten, daß das Gerücht geprahlt hatte und daß es sich um gewöhnliche und natürliche Schafe handelte, wenn auch um sehr gute, so zwangen sie sich dennoch um der Mode willen, Wundertiere darin zu sehen, und ließen sich sogar wissentlich von ihm betrügen, indem sie ein Schaf, dem offenkundig schon die Schaufelzähne ausfielen und das also mindestens sechsjährig war, auf seine bloße Versicherung hin für einen Jährling oder einen Vollsetzer nahmen. Sie zahlten ihm, was er verlangte. Es heißt, daß er für ein Schaf einen Esel, ja ein Kamel, sogar einen Sklaven oder eine Sklavin erhalten habe, – Übertreibungen, wenn man solche Geschäfte verallgemeinert und als Regel ansetzt; aber Tauschzugeständnisse solchen Charakters kamen vor, und selbst was die Sklaven als Gegenwert betrifft, ist etwas daran. Denn Jaakob brauchte auf die Dauer Hilfskräfte in seinem Betriebe, Unterhirten, die er seinen Handelspartnern abmietete und deren Preis er in den der gelieferten

Ware: Wolle, Dickmilch, Felle, Sehnen oder lebende Tiere, einrechnete. Im Laufe der Jahre kam es sogar so, daß er einzelne dieser Unterhirten in Ansehung von Weide, Pflege und Bewachung des Viehs ganz selbständig machte und eine feste Abgabe mit ihnen vereinbarte: jährlich sechsundsechzig oder siebzig Lämmer für hundert Schafe, ein Sila Dickmilch für dieselbe Zahl oder anderthalb Minen Wolle für das Stück, – Erträgnisse, die natürlich Labans waren, von denen aber, indem sie durch Jaakobs Hände gingen, manches in diesen Händen zurückblieb, schon weil er aufs neue damit zu wuchern verstand.

War das aller Segen, den Laban, der Erdenkloß, erfuhr durch Jaakobs Walten? Nein – vorausgesetzt, daß die glücklichste und unerhoffteste Zunahme, die der Mann zu verzeichnen hatte, mit des Neffen Anwesenheit ursächlich zusammenhing: eine unbedingt und auf jeden Fall gesicherte Annahme, ob man der freudigen Erscheinung nun eine vernunftgemäße oder geheimnisvolle Deutung geben will. Was wir hier zu berichten haben, würde uns, wenn wir Geschichtenerfinder wären und es, im stillen Einvernehmen mit dem Publikum, als unser Geschäft betrachteten, Lügenmärlein für einen unterhaltenden Augenblick wie Wirklichkeit aussehen zu lassen, sicher als Aufschneiderei und unmäßige Zumutung ausgelegt werden, und der Vorwurf bliebe uns nicht erspart, wir nähmen den Mund zu voll von Fabel und Jägerlatein, nur um noch einen Trumpf aufzusetzen und eine Lauschergutgläubigkeit zu verblüffen, die denn doch ihre Grenzen habe. Desto besser also, daß dies unsere Rolle nicht ist; daß wir uns vielmehr auf Tatsachen der Überlieferung stützen, deren Unerschütterlichkeit nicht darunter leidet, daß sie nicht alle allen bekannt sind, sondern daß einige davon einigen wie Neuigkeiten lauten. So sind wir in der Lage, unsere Aussagen mit einer Stimme abzugeben, die, gelassen, wenn auch eindringlich und ihrer Sache sicher, solche sonst zu befürchtenden Einwürfe von vornherein abschneidet.

Mit einem Worte, Laban, Bethuels Sohn, wurde während der ersten sieben Jahre, die Jaakob ihm diente, wieder Vater, und zwar Vater von Söhnen. Ersatz wurde dem zunehmenden Manne beschert für das verfehlte und offenbar verworfene Opfer von einst, für das Söhnchen in der Kruke: nicht einfacher Ersatz, sondern dreifacher. Denn dreimal nacheinander, im dritten, vierten und fünften Jahre von Jaakobs Aufenthalt, kam Adina, Labans Weib, unscheinbar wie sie war, in Umstände, hegte und heckte mit stolzem Ächzen, was sie empfangen, indes sie das Gleichnis ihres Zustandes, einen hohlen Stein, worin ein kleiner klapperte, um den Hals trug, und kam nieder unter Geheul und Gebeten, in Labans Haus und in seiner Gegenwart, auf je zwei Ziegeln kniend, um Raum zu schaffen für das Kind vor der Pforte ihres Leibes, von hinten mit den Armen umfangen von einer Wehmutter, während die andere zur Bewachung der Pforte neben ihr kauerte. Die Geburten waren glücklich, und trotz Adina's vorgerückten Jahren brachte kein Zwischenfall ihrem Leben Gefahr. Wiederholt hatte man dem roten Nergal Verköstigung dargebracht, ihn mit Bier, Emmerbroten und sogar Schafopfern bestimmt, seine vierzehn krankheitstragenden Diener an jeder Einmischung in diese Angelegenheit zu hindern. So kam es, daß in keinem der drei Fälle das Innere der Kreißenden sich umkehrte oder die Hexe Labartu darauf verfiel, ihr den Leib zu verschließen. Es waren drei starke Knaben, die sie zur Welt brachte und deren ungestüme Ansprüche Labans längst so langweiliges Haus nun zu einer rechten Wiege des Lebens machten. Der eine ward Beor, der zweite Alub und der dritte Muras genannt. Adina's Natur aber litt nicht nur nicht unter den ohne Pause einander folgenden Schwangerschaften und Entbindungen, sondern sogar jünger und weniger unscheinbar war die Frau danach anzusehen und putzte sich eifrig mit Kopfbinden, Gürteln und Halsgehängen, die Laban für sie einhandelte zu Charran in der Stadt.

Labans schwerfälliges Herz war hoch erbaut. Der Mann strahlte, so gut es ihm gegeben war. Das gelähmte Hängen seines Mundwinkels verlor im Ausdruck an Sauerkeit und nahm das Gepräge satten und selbstgefälligen Lächelns an. Hält man die Blüte seiner Wirtschaft, den prachtvollen Gang seiner Geschäfte zusammen mit der glückhaften Fruchtbarkeit seiner Lenden, der gnadenvollen Aufhebung des Fluches, der so lange, als Folge einer falschen geistlichen Spekulation, sein Hauswesen verdüstert hatte, so wird jede Geblähtheit begreiflich, die er an den Tag legte. Er zweifelte nicht, daß, wie all sein Glück, auch das Erscheinen der Söhne in genauem Zusammenhang stand mit Jaakobs Nähe und Hauszugehörigkeit, mit Jizchaks Segen, und er hätte sehr unrecht getan, daran zu zweifeln. Mochte immerhin die schon vorher gehobene Stimmung der beiden Gatten, und namentlich Labans, ob der guten Geschäfte, die dem Neffen dort draußen gelangen, ihre eheliche Tätigkeit dergestalt belebt haben, daß die Schleusen der Fruchtbarkeit sich wieder öffneten: so oder so war dies jedenfalls auf des Jaakob Wirken zurückzuführen. Aber das hinderte Laban nicht an persönlichem Stolz. War ja er es gewesen, der kluggewandten Sinnes, mit Kunst und Weisheit, den Segensträger ans Haus zu fesseln gewußt hatte – diesen Flüchtling und Bettler, von dem Gedeihen offenbar ausging, wohin er kam, und sogar ob er nun wollte oder nicht. Daß er des Oheims Vaterglück nicht einmal besonders angelegentlich gewollt haben mochte, schloß Laban aus den gemäßigten Bezeigungen von Freude und Bewunderung, die Jaakob ihm bei den Geburten Beors, Alubs und des Muras darzubringen für gut befand.

»Das sage mir, Neffe und Eidam«, sprach Laban wohl bei diesen Gelegenheiten, wenn er hinauskam aufs Feld, die Herden zu besuchen, auf dem Rücken eines Ochsen, oder wenn Jaakob zu Rechnungslegungen auf dem Hofe weilte. »Das sage mir, ob ich zu preisen bin, und ob die Götter dem Laban lächeln oder nicht, da sie mir Söhne erwecken aus meiner Kraft auf meine grauen Tage, und mein Weib Adina bringt sie strotzend zur Welt, ob sie gleich vorher schon unscheinbar anmutete!«

»Freue dich immerhin!« antwortete Jaakob dann. »Aber etwas gar so Besonderes ist das nicht vor unserem Gott. Abram war hundert Jahre alt, als er den Jizchak zeugte, und der Sarai ging es bekanntlich schon gar nicht mehr nach der Weiber Weise, als der Herr ihnen dies Lachen zurichtete.«

»Du hast eine dürre Art«, sagte Laban, »große Dinge herabzusetzen und einem Manne die Freude zu schmälern.«

»Es kommt uns nicht zu«, erwiderte Jaakob kühl, »allzuviel Aufhebens zu machen von Glücksfällen, an denen wir uns ein Verdienst zuschreiben dürfen.«

Sechstes Hauptstück
Die Schwestern

Der Üble

Da nun die sieben Jahre zu Ende gingen und der Zeitpunkt sich näherte, daß Jaakob Rahel erkennen sollte, faßte er es kaum und freute sich über die Maßen, und sein Herz schlug mächtig, wenn er der Stunde gedachte. Denn Rahel war nun neunzehn und hatte seiner gewartet in der Reinheit ihres Geblütes, gefeit durch sie gegen böse Berührung und Krankheit, die sie dem Bräutigam hätte zerstören können, so daß vielmehr in Ansehung ihrer Blüte und Lieblichkeit alles sich erfüllt hatte, was Jaakob ihr zärtlich verkündigt, und sie reizend zu sehen war vor den Töchtern des Landes mit ihrer in zierlichen Maßen vollkommenen und angenehmen Gestalt, ihren weichen Flechten, den dicken Flügeln ihres Näschens, dem kurzsichtig-süßen Schauen ihrer schrägen, mit freundlicher Nacht gefüllten Augen und namentlich dem lächelnden Aufliegen ihrer Oberlippe auf der unteren, das eine so hold ansprechende Bildung der Mundwinkel bewirkte. Ja, lieblich war sie vor allen; wenn wir aber aussagen, wie Jaakob selbst es stets bei sich selber sagte, daß sie es am meisten war vor Lea, ihrer größeren Schwester, so will das nicht heißen, daß diese häßlicher gewesen wäre als alle; sondern nur den nächsten Vergleich bildete sie, und nur unter dem Gesichtspunkt des Lieblichen fiel er zu Lea's Ungunsten aus, – während doch sehr wohl ein Mann zu denken gewesen wäre, der, diesem Gesichtspunkte weniger unterworfen als Jaakob, der Älteren trotz der entzündlichen Blödigkeit ihrer blauen Augen, über deren Schielen sie stolz und bitter die Lider senkte, sogar den Vorzug gegeben hätte wegen der Fülle und Blondheit ihres schwer geknoteten Haares und der Stattlichkeit ihres zur Mutterschaft tüchtigen Leibes. Auch ist, schon zu Ehren der kleinen Rahel, nicht genug zu betonen, daß diese sich keineswegs über die ältere Schwester erhob, indem sie etwa gegen sie auf ihr einnehmendes Lärvchen gepocht hätte, nur weil sie des schönen Mondes Kind und Gleichnis war und Lea des abnehmenden. So unbelehrt war Rahel nicht, daß sie nicht auch das blöde Gestirn im Recht seines Zustandes geehrt hätte, ja, im Grunde ihres Gewissens mißbilligte sie es, daß Jaakob die Schwester so ganz verwarf und so zügellos-einseitig nur ihr sein ganzes Gefühl zuwandte, obgleich sie weibliche Genugtuung darüber auch wieder nicht ganz aus ihrem Herzen verbannen konnte.

Das Fest des Beilagers war auf den Vollmond der Sommersonnenwende angesetzt worden, und auch Rahel bekannte, daß sie sich freute auf den hohen Tag. Aber wahr ist, daß sie sich auch wieder traurig zeigte in den vorhergehenden Wochen und an Jaakobs Wange und Schulter stille Tränen vergoß, ohne auf sein inniges Fragen anders zu antworten als mit mühsamem Lächeln und einem Kopfschütteln so rasch, daß ihr die Tränen von den Augen sprangen. Was hatte sie auf dem Herzen? Jaakob verstand es nicht, obgleich auch er damals oft traurig war. Trauerte sie um ihr Magdtum, weil nun die Zeit ihrer Blüte zur Neige ging und sie ein Baum sein sollte, der Früchte trug? Das wäre jene Lebenstrauer gewesen, die keineswegs unvereinbar ist mit dem Glück und die Jaakob zu jener Zeit häufig empfand. Denn des Lebens Hochzeitspunkt ist des Todes Punkt und ein Fest der Wende, da der Mond den Tag seiner Höhe und Fülle begeht und kehrt von nun an sein Angesicht wieder der Sonne zu, in die er versinken soll. Jaakob sollte erkennen, die er liebte, und zu sterben beginnen. Denn nicht bei Jaakob allein sollte fortan alles Leben sein, und nicht allein stehen sollte er länger als Einziger und Herr der Welt; sondern in Söhne sollte er sich lösen und für seine Person des Todes sein. Doch würde er sie lieben, die sein zerteiltes und verschieden gewordenes Leben trugen, weil es das seine war, das er erkennend ergossen hatte in Rahels Schoß.

Zu dieser Zeit hatte er einen Traum, an den er sich, seiner eigentümlich friedlichen und versöhnlichen Traurigkeit wegen, lange erinnerte. Er träumte ihn in warmer Tammuznacht, die er auf dem Felde bei den Hürden verbrachte, während als schmal gebordete Barke der Mond schon am Himmel schwamm, der, zu runder Schönheit gediehen, die Nacht der Wonne bescheinen sollte. Ihm war, als sei er noch auf der Flucht von zu Hause, oder sei es wieder; als müsse er neuerdings in die rote Wüste reiten, und vor ihm her trabte, die Rute waagerecht ausgestreckt, der Spitzohrige, Hundsköpfige, sah sich um und lachte. Es war zugleich immer noch so und wieder so; die Situation, dereinst nicht recht zur Entwicklung gekommen, hatte sich wiederhergestellt, um sich zu ergänzen.

Es war Felsgeröll verstreut, wo Jaakob ritt, und dürres Gestrüpp war alles, was wuchs. Der Üble lief in Windungen zwischen den Brocken und Büschen hin, verschwand dahinter, erschien wieder und sah sich um. Da er aber einmal verschwunden war, blinzelte Jaakob. Und da er nur eben geblinzelt hatte, saß vor ihm das Tier auf einem Stein und war ein Tier noch immer nach seinem Kopf, dem üblen Hundskopf mit spitz hochstehenden Ohren und schnabelhaft vorspringender Schnauze, deren Maulspalte bis zu den Ohren reichte; sein Leib aber war menschlich gestaltet bis zu den wenig bestaubten Zehen und angenehm zu sehen wie eines feinen, leichten Knaben Leib. Er saß auf dem Brocken in lässiger Haltung, etwas vorgeneigt und einen Unterarm auf den Oberschenkel des eingezogenen Beines gelehnt, so daß eine Bauchfalte sich über dem Nabel bildete, und hielt das andere Bein vor sich hingestreckt, die Ferse am Boden. Dies ausgestreckte Bein mit dem schlanken Knie und dem langen und leicht geschwungenen, feinsehnigen Unterschenkel war am wohlgefälligsten zu sehen. Aber an den schmalen Schultern schon, der oberen Brust und dem Halse begannen dem Gotte Haare zu wachsen und wurden zum lehmgelben Pelz des Hundskopfes mit dem weit gespaltenen Maul und den kleinen, hämischen Augen, der ihm anstand, wie eben ein blödes Haupt einem stattlichen Körper ansteht: entwertend und traurig, so daß dies alles, Bein und Brust, nur lieblich gewesen *wäre*, es aber mit diesem Haupte nicht war. Auch witterte Jaakob, da er herangeritten, in aller Schärfe die beizende Schakalausdünstung, die traurigerweise ausging von des Hundsknaben Gestalt. Und wundersam-traurig war es vollends, als jener das breite Maul auftat seiner Schnauze und mit kehlig-mühsamer Stimme zu reden anhob:

»Ap-uat, Ap-uat.«

»Bemühe dich nicht, Sohn des Usiri«, sagte Jaakob. »Du bist Anup, der Führer und Öffner der Wege, ich weiß es. Ich hätte mich gewundert, wenn ich dir hier nicht begegnet wäre.«

»Es war ein Versehen«, sagte der Gott.

»Wie meinst du?« fragte Jaakob.

»Aus Versehen zeugten sie mich«, sprach jener mühsamen Maules, »der Herr des Westens und Nebthot, meine Mutter.«

»Das bedauere ich«, antwortete Jaakob. »Doch wie geschah es nur?«

»Sie hätte nicht meine Mutter sein sollen«, erwiderte der Jüngling, indes sein Maul allmählich gewandter wurde. »Sie war die Unrechte. Die Nacht war schuld. Sie ist eine Kuh, es ist ihr alles einerlei. Sie trägt die Sonnenscheibe zwischen den Hörnern, zum Zeichen, daß jeweils die Sonne in sie eingeht, den jungen Tag mit ihr zu erzeugen, doch das Gebären so vieler heller Söhne hat ihrer Dumpfheit und Gleichgültigkeit niemals Abbruch getan.«

»Ich versuche einzusehen«, sprach Jaakob, »daß das gefährlich ist.«

»Sehr gefährlich«, versetzte nickend der andere. »Blind und in kuhwarmer Güte umfängt sie alles, was in ihr geschieht, und läßt es voll dumpfen Gleichmuts geschehen, ob es gleich nur geschieht, weil es dunkel ist.«

»Schlimm«, sagte Jaakob. »Welche wäre denn aber die Rechte gewesen, dich zu empfangen, wenn es nicht Nebthot war?«

»Das weißt du nicht?« fragte der Hundejüngling.

»Ich kann nicht genau unterscheiden«, antwortete Jaakob, »was ich von mir aus weiß und was ich von dir erfahre.«

»Wüßtest du's nicht«, gab jener zurück, »so könnte ich's dir nicht sagen. Im Anfang, nicht ganz im Anfang, aber ziemlich im Anfang, waren Geb und Nut. Das war der Erde Gott und die

Himmelsgöttin. Sie zeugten vier Kinder: Usir, Set, Eset und Nebthot. Eset aber ward des Usir Eheschwester und Nebthot des roten Setech.«

»Soviel ist klar«, sagte Jaakob. »Und hätten die vier diese Anordnung nicht scharf genug im Auge behalten?«

»Zwei von ihnen nicht«, erwiderte Anup. »Leider, nein. Was willst du, wir sind zerstreute Wesen, unaufmerksam und träumerisch-sorglos von Hause aus. Sorge und Vorsicht sind schmutzig-irdische Eigenschaften, doch andererseits, was hat nicht die Sorglosigkeit schon angestiftet im Leben.«

»Nur zu wahr«, bestätigte Jaakob. »Man muß achtgeben. Wenn ich offen sein soll, so liegt es nach meiner Meinung daran, daß ihr nur Abgötter seid. Gott weiß stets, was er will und tut. Er verspricht und hält, er errichtet einen Bund und ist treu bis in Ewigkeit.«

»Welcher Gott?« fragte Anup. Aber Jaakob erwiderte ihm:

»Du verstellst dich. Wenn Erd' und Himmel sich vermischen, so ergibt das allenfalls Helden und große Könige, aber keinen Gott, weder vier noch einen. Geb und Nut, du gibst zu, daß sie nicht ganz am Anfang waren. Woher kamen sie?«

»Aus Tefnet, der großen Mutter«, antwortete es schlagfertig vom Stein.

»Gut, du sagst es, weil ich's weiß«, fuhr Jaakob im Traume fort. »Aber war Tefnet der Anfang? Woher kam Tefnet?«

»Es rief sie der Unentstandene, Verborgene, des Name ist Nun«, erwiderte Anup.

»Ich habe dich nicht nach seinem Namen gefragt«, erwiderte Jaakob. »Aber jetzt fängst du an, vernünftig zu reden, Hundsknabe. Ich hatte nicht die Absicht, mit dir zu rechten. Immerhin bist du ein Abgott. Wie war es also mit deiner Eltern Irrtum?«

»Die Nacht war schuld«, wiederholte der Übelriechende, »und er, der die Geißel trägt und den Hirtenstab, war sorglos zerstreut. Die Majestät dieses Gottes trachtete nach Eset, seiner Eheschwester, und unversehens stieß sie in der blinden Nacht auf Nebthot, des Roten Schwester. Da umfing sie dieser große

Gott, vermeinend, es sei die Seine, und beide umfing in vollkommenem Gleichmut die Liebesnacht.«

»Kann so etwas vorkommen!« rief Jaakob. »Was geschah?«

»Es kann leicht vorkommen«, antwortete der andere. »Die Nacht weiß in ihrem Gleichmut die Wahrheit, und nichts sind vor ihr die aufgeweckten Vorurteile des Tages. Denn es ist ein Frauenleib wie der andere, gut zum Lieben, zum Zeugen gut. Nur das Angesicht unterscheidet den einen vom andern und macht, daß wir wähnen, in diesem zeugen zu wollen, aber in jenem nicht. Denn das Angesicht ist des Tages, der voller aufgeweckter Einbildungen ist, aber vor der Nacht, die die Wahrheit weiß, ist es nichts.«

»Du sprichst roh und gefühllos«, sagte Jaakob gequält. »Man hat Gründe, sich dermaßen stumpfsinnig zu äußern, wenn man einen Kopf hat wie du und ein Angesicht, vor das man die Hand halten muß, um überhaupt zu bemerken und zuzugeben, daß dein Bein hübsch und schön ist, wie du es vor dich hinstreckst.«

Anup blickte hinab, zog den Fuß ein zu dem anderen und schob die Hände zwischen seine Knie.

»Laß du mich aus dem Spiel!« sagte er dann. »Ich werde meinen Kopf schon noch los. Willst du also wissen, was weiter geschah?«

»Was denn?« fragte Jaakob.

»Es war«, setzte jener fort, »Usir, der Herr, für Nebthot in der Nacht wie Set, ihr roter Gemahl, und sie für ihn ganz wie Eset, die Herrin. Denn er war zum Zeugen gemacht und sie zum Empfangen, und sonst war der Nacht alles gleichgültig. Und sie entzückten einander im Zeugen und Empfangen, denn da sie zu lieben glaubten, zeugten sie nur. Da ward diese Göttin schwanger von mir, während Eset, die Rechte, es hätte werden sollen.«

»Traurig«, sprach Jaakob.

»Da der Morgen kam, stoben sie auseinander«, berichtete das Jünglingstier; »aber alles hätte gut gehen können, wenn nicht die Majestät dieses Gottes ihren Lotuskranz bei Nebthot vergessen hätte. Den fand der rote Set und brüllte. Seitdem trachtete er dem Usir nach dem Leben.«

»Du berichtest es, wie ich's weiß«, erinnerte sich Jaakob. »Dann kam die Geschichte mit der Lade, nicht wahr, in die der Rote den Bruder lockte, und brachte ihn um vermittelst ihrer, so daß Usir, der tote Herr, im verlöteten Sarge stromabwärts ins Meer schwamm.«

»Und Set wurde König der Länder auf dem Throne Gebs«, ergänzte Anup. »Aber das ist es nicht, wobei ich verweilen will und was diesem deinem Traum sein Gepräge verleiht. Denn der Rote blieb ja nicht lange König der Länder, da Eset den Knaben Hor gebar, der ihn schlug. Aber siehe, als sie nun suchen ging und klagend die Welt durchirrte nach dem Gemordeten, Verlorenen und rief ohn' Unterlaß: ›Komm in dein Haus, komm in dein Haus, Geliebter! O schönes Kind, komm in dein Haus!‹, da war Nebthot bei ihr, das Weib seines Mörders, die der Geopferte irrtümlich umfangen, – auf Schritt und Tritt war sie bei ihr, und sie vertrugen sich innig im Schmerz und klagten zusammen: ›O du, dessen Herz nicht mehr schlägt, ich will dich sehen, o schöner Herrscher, ich will dich sehen!‹«

»Das war friedlich und traurig«, sagte Jaakob.

»Allerdings«, erwiderte der auf dem Stein, »das ist das Gepräge. Denn wer war noch bei ihr und half ihr beim Suchen, Irren und Klagen, damals sowohl wie auch später, da Set den versteckten Leichnam gefunden und ihn zerstückelt hatte in vierzehn Stücke, die Eset suchen mußte, damit der Herr beisammen sei in seinen Gliedern? Das war ich, Anup, der Sohn der Unrechten, die Frucht des Gemordeten, der mit ihr war beim Irren und Suchen, immer an Esets Seite, und sie legte den Arm um meinen Hals beim Wandern, daß ich sie besser stützte, und wir klagten zusammen: ›Wo bist du, linker Arm meines schönen Gottes, wo du doch, Schulterblatt und Fuß seiner Rechten, wo bist du, sein edles Haupt und sein heilig Geschlecht, das ganz verloren scheint, so daß wir es ersetzen wollen durch eine Nachbildung aus Sykomorenholz?‹«

»Unflätig sprichst du, recht wie ein Totengott der beiden Länder«, sagte Jaakob. Aber Anup erwiderte:

»In deinem Stande sollte man Sinn haben für solche Angelegenheiten, denn du bist Bräutigam und sollst zeugen und sterben. Denn im Geschlecht ist der Tod und im Tod das Geschlecht, das ist das Geheimnis der Grabkammer, und das Geschlecht zerreißt die Wickelbinden des Todes und steht auf gegen den Tod, wie es mit dem Herrn Usiri geschah, über welchem Eset als Geierweibchen schwebte und ließ Samen fließen aus dem Toten und begattete sich mit ihm, indes sie klagte.«

›Da tut man am besten, zu erwachen‹, dachte Jaakob. Und indes er noch zu sehen glaubte, wie der Gott sich vom Steine schwang und verschwand, wobei der Ruck des Aufstehens und das Verschwinden ganz eines waren, erwachte er zur Sternennacht bei den Pferchen. Der Traum von Anup, dem Schakal, verwischte sich ihm bald, kehrte gleichsam mit seinen Einzelheiten zurück in das einfache Reiseerlebnis der Wirklichkeit, so daß Jaakob nur an dieses sich noch erinnerte. Und nur eine versöhnliche Traurigkeit blieb noch eine Weile von dem Traum in seiner Seele haften, darum, daß Nebthot, die fälschlich Umarmte, mit Eset gesucht und geklagt und die Verfehlte vom irrtümlich Gezeugten sich hatte schützen und stützen lassen.

Jaakobs Hochzeit

Mit Laban beredete Jaakob sich damals öfter über das nahe Bevorstehende und über das Fest des Beilagers, wie der Baas es im genauen damit zu halten gedachte, und vernahm, daß dieser es großartig vorhatte mit den Anstalten und eine Hochzeit ausrichten wollte, die ihre Art haben würde, der Kosten ungeachtet.

»An den Beutel«, sagte Laban, »wird es mir gehen, da doch der Mäuler so viele geworden sind auf dem Hof, und ich soll sie stopfen. Doch soll mich's nicht reuen, denn siehe, die Wirtschaftslage ist nicht ausgemacht schlecht, sondern von mittlerer Gunst dank verschiedenen Umständen, unter denen Isaaks Segen, der mit dir ist, allenfalls auch wohl etwa zu nennen wäre. Darum habe ich mehren können die Armeskräfte und habe zwei Mägde gekauft zu der Schlampe Iltani: Silpa und Bilha, ansehnliche Dirnen. Die will ich am Tage der Hochzeit meinen Töchtern schenken: die Silpa der Lea, meiner Ältesten, und meiner Zweiten die Bilha. Und da du nun freist, wird die Magd auch dein, und sie will ich dir zur Mitgift geben, und in ihren Wert sollen eingerechnet sein zwei Drittel der Mine Silbers, laut unserm Vertrage.«

»Sei geherzt deswegen«, sagte Jaakob achselzuckend.

»Das ist das wenigste«, fuhr Laban fort. »Denn auf meine Rechnung allein wird das Fest kommen, das ich ausrichten will, und will Leute einladen auf den Sabbat daher und dorther und Musikanten zuziehen, die spielen und tanzen sollen, und will zwei Rinder und vier Schafe auf den Rücken legen und die Gäste mit Rauschtrank letzen, daß sie die Dinge doppelt erblicken. Das wird mir an den Beutel greifen, aber ich will's tragen, ohne sauer zu sehen, denn es ist meiner Tochter Hochzeit. Fernerhin habe ich vor, der Braut etwas zu schenken, was sie kleiden und worüber sie sich sehr freuen wird. Ich habe es schon vorzeiten von einem Wandernden gekauft und immer in der Truhe verwahrt, denn es ist kostbar: ein Schleier, daß sich die Braut verschleiere und sich der Ischtar heilige und sei eine Geweihte, du aber hebst ihr den Schleier. Einer Königstochter soll er gehört haben vorzeiten und soll gewesen sein das Jungfrauengewand eines Fürstenkindes, so kunstfertig ist er über und über bestickt mit allerlei Zeichen der Ischtar und des Tammuz; sie aber soll ihr Haupt darein hüllen, die Makellose. Denn eine Makellose ist sie und soll sein wie der Enitu eine, gleich der Himmelsbraut, die die Priester alljährlich beim Ischtarfest zu Babel dem Gotte zuführen und führen sie hinauf vor allem Volk über des Turmes Treppen und durch die sieben Tore und nehmen ihr ein Stück ihres Schmuckes und ihres Gewandes an jedem Tore und am letzten das Schamtuch, und führen die heilig Nackende ins oberste Bettgemach des Turmes Etemenanki. Da empfängt sie den Gott auf dem Bette in dunkelster Nacht, und überaus groß ist das Geheimnis.«

»Hm«, machte Jaakob, denn Laban riß seine Augen auf und spreizte die Finger zu Seiten des Kopfes und tat so weihevoll, wie es dem Erdenkloß gar nicht zu Gesicht stehen wollte für des Neffen Sinn. Laban fuhr fort:

»Es ist wohl fein und lieblich, wenn der Bräutigam Haus und Hof sein eigen nennt oder ist hoch gehalten in seiner Eltern Haus und kommt herrlich daher, die Braut einzuholen und sie mit Gepränge zu führen auf dem Land- oder Wasserwege in sein Eigen und Erbe. Du aber bist, wie du weißt, nichts als ein Flüchtling und Unbehauster, zerfallen mit den Deinen, und sitzest ein bei mir als Eidam, so will ich's auch zufrieden sein. Es wird keinen Brautzug geben zu Lande oder zu Wasser, sondern ihr bleibt bei mir nach dem Mahl und nach dem Gelage; aber wenn ich zwischen euch getreten bin und habe eure Stirnen berührt, so wollen wir's halten nach dem Landesbrauch dieses Falles und dich mit Gesang um den Hof führen ins Bettgemach. Da sollst du sitzen auf dem Bette, eine Blüte in der Hand, und der Braut harren. Denn wir führen auch sie, die Makellose, rund um den Hof mit Fackeln und Gesang, und an der Kammertür löschen wir die Fackeln, und ich führe dir zu die Geweihte und lasse euch, daß du ihr die Blüte reichest im Dunkeln.«

»Ist das Brauch und Rechtens?« fragte Jaakob.

»Weit und breit, du sagst es«, erwiderte Laban.

»So will ich's mir lieb sein lassen«, erwiderte Jaakob. »Ich nehme übrigens an, daß doch wohl eine Fackel wird brennen bleiben oder eines Lämpchens Docht, damit ich meine Braut sehen kann, wenn ich ihr die Blüte reiche und nachher.«

»Schweig!« rief Laban. »Ich möchte wissen, was dir einfällt, so unkeusch zu reden und noch dazu vor dem Vater, dem es ohnehin bitter und peinlich ist, sein Kind einem Manne zuzuführen, daß er es aufdecke und beschlafe. Halte wenigstens vor mir deine geile Zunge im Zaum und verschließe in dich deine übergroße Lüsternheit! Hast du nicht Hände, zu sehen, und mußt du die Makellose auch noch mit Augen verschlingen, um dir die Lust zu schärfen durch ihre Scham und das Zittern ihrer Jungfräulichkeit? Achte das Geheimnis der obersten Turmeszelle!«

»Entschuldige«, sagte Jaakob, »und vergib mir! Ich habe es nicht so unkeusch gemeint, wie es sich ausnimmt in deinem

Munde. Ich hätte die Braut nur gern mit Augen gesehen. Aber wenn es Brauch ist weit und breit, wie du es vorschreibst, so will ich's vorerst zufrieden sein.« –

Also kam der Tag der vollen Schönheit heran und das Fest des Beilagers, und bei Laban, dem glückhaften Schafzüchter, gab es ein Schlachten, Kochen, Braten und Brauen in Hof und Haus, daß es ein Dunst und Geprassel war und allen die Augen flossen vom beizenden Qualm der Feuer, die unter Kesseln und Öfen brannten; denn Laban sparte an Holzkohle und heizte fast nur mit Dornen und Mist. Herrschaft und Ingesinde, Jaakob mit eingeschlossen, regten die Hände, Bewirtung herzustellen für viele und anzurichten das Dauergelage; denn sieben Tage sollte die Hochzeit währen, und unerschöpflich mußten sich unterdessen, sollte nicht Spott und Schande über die Wirtschaft kommen, die Vorräte an Kuchen, Kringeln und Fischbrot, an Dicksuppen, Musen und Milchspeisen, Bier, Fruchtwassern und starken Schnäpsen erweisen – der Hammelbraten und Rindskeulen hier nicht einmal zu gedenken. Sie sangen Lieder bei ihren Hantierungen für Uduntamku, den Feisten, welcher dem Essen vorsteht, den Gott des Bauches. Alle sangen und schafften sie: Laban und Adina, Jaakob und Lea, die Schlampe Iltani und Bilha und Silpa, der Töchter Mägde, Abdcheba, der Zwanzig-Schekel-Mann, und die jüngst erworbenen Knechte. Labans späte Söhne liefen jauchzend im Hemdchen durchs Getriebe, glitschten aus im vergossenen Schlachtblut und besudelten sich, daß ihnen der Vater die Ohren drehte und sie heulten wie Schakale; und nur Rahel saß still und untätig für sich im Hause, denn sie durfte den Bräutigam jetzt nicht sehen, noch er die Braut, und betrachtete das kostbare Schleiergewirk, das ihr der Vater geschenkt und das sie tragen sollte beim Feste. Es war herrlich zu sehen, ein Prunkstück der Webekunst und der Kunst des Stikkens, – ein unverdienter Glückszufall schien es, daß dergleichen in Labans Haus und Truhe geraten war; der Mann, der es ihm wohlfeil überlassen, mußte sich in bedrängten Umständen befunden haben.

Es war groß und weitläufig, ein Kleid und Überkleid, mit

weiten Ärmeln zum Hineinfahren, wenn man wollte, und so geschnitten, daß ein Teil davon verhüllend über das Haupt zu ziehen oder auch um Haupt und Schultern zu winden war, oder man mochte es über den Rücken hinabhängen lassen. Sonderbar ungewiß war das jungfräuliche Gewand in den Händen zu wiegen, denn es war leicht und schwer zugleich und von ungleicher Schwere da und dort: leicht durch sein äußerst blaßblaues Grundgewebe, so fein gesponnen, als sei es ein Hauch der Luft, ein Nebel und Nichts, in einer Hand zusammenzupressen, daß man es nicht mehr sähe, und wieder von überall eingesprengter Schwere, durch die Bildstickereien, die es bunt und glitzernd bedeckten, ausgeführt in dichter, erhabener Arbeit, golden, bronzen, silbern und in allerlei Farbe des Fadens: weiß, purpurn, rosa, olivenfarben, auch schwarz und weiß und bunt zusammengefügt, wie man in Schmelzfarben malt, – die sinnigsten Zeichen und Bilder. Ischtar-Mami's Figur war oft und in verschiedener Ausführung dargestellt, nackt und klein, wie sie mit den Händen Milch aus ihren Brüsten preßt, Sonne und Mond zu ihren Seiten. Überall kehrte vielfarbig der fünfstrahlige Stern wieder, der ›Gott‹ bedeutet, und silbern glänzte öfters die Taube, als Vogel der Liebes- und Muttergöttin, im Gewebe. Gilgamesch, der Held, zu zwei Dritteilen Gott und zu einem Mensch, war da zu sehen, wie er im Arm einen Löwen drosselt. Deutlich erkannte man das Skorpionmenschenpaar, das am Ende der Welt das Tor bewacht, durch welches die Sonne zur Unterwelt eingeht. Man sah unterschiedliches Getier, einst Buhlen der Ischtar, verwandelt von ihr, einen Wolf, eine Fledermaus, dieselbe, die einst Ischallanu, der Gärtner, gewesen. In einem bunten Vogel aber erkannte man Tammuz, den Schäfer, den ersten Gesellen ihrer Wollust, dem sie Weinen bestimmt hatte Jahr für Jahr, und nicht fehlte der feuerhauchende Himmelsstier, den Anu entsandte gegen Gilgamesch um Ischtars enttäuschten Verlangens und brünstiger Klage willen. Da Rahel das Kleid ließ durch ihre Hände gehen, sah sie einen Mann und ein Weib sitzen zu beiden Seiten eines Baumes, nach dessen Früchten sie die Hände streckten; aber im Rücken des Weibes bäumte sich eine Schlange. Und ein heiliger Baum wiederum war gestickt: an dem standen zwei bärtige Engel gegeneinander und berührten ihn zur Befruchtung mit den schuppigen Zapfen der männlichen Blüte; über dem Lebensbaum aber schwebte, von Sonne, Mond und Sternen umgeben, das Zeichen der Weiblichkeit. Auch waren Sprüche mit eingestickt, in breit-spitzen Zeichen, die lagen und schräg oder gerade standen und sich verschiedentlich kreuzten. Und Rahel entzifferte: »Ich habe mein Kleid ausgezogen, soll ich's wieder anziehen?«

Sie spielte viel mit dem bunten Gespinst, dem Schleierprunkgewande; sie schlang es um sich, drehte und wendete sich darin und drapierte sich erfinderisch mit seiner bilderreichen Durchsichtigkeit. Das war ihre Unterhaltung, während sie eingezogen wartete und die anderen das Fest rüsteten. Zuweilen erhielt sie Besuch von Lea, ihrer Schwester. Auch diese versuchte dann die Schönheit des Schleiers an ihrer Person, und danach saßen sie zusammen, das Gewebe in ihren Schößen, und weinten, indes sie einander streichelten. Warum weinten sie? Das war ihre Sache. Doch so viel sagen wir, daß jede es aus besonderem Grunde tat.

Wenn Jaakob sich schwimmenden Blickes erinnerte und alle Geschichten, die sich in seine Miene geschrieben und von denen sein Leben schwer und würdig war, in ihm auferstanden und sinnende Gegenwart wurden, wie es geschah, als er mit dem roten Zwilling den Vater begrub: der Tag und die Geschichte waren dann gegenwartsmächtig vor allen, die ihm eine so schrecklich sinnverstörende Niederlage und Demütigung seines Gefühles zugefügt hatten, daß seine Seele es lang nicht verwand und eigentlich erst wieder zum Glauben an sich selber genas in einem Gefühl, das die Auferstehung des damals zerrissenen und geschändeten war, – vor allem lebendig waren ihm dann seiner Hochzeit Tag und Geschichte.

Sie hatten sich alle gewaschen an Haupt und Gliedern, die Labansleute, im Segenswasser des Teichs, hatten sich gesalbt und gekräuselt nach Gebühr, das Feierkleid angetan und viel Duftöl verbrannt, die einlangenden Gäste mit süßem Dunst zu empfangen. Die waren gekommen, zu Fuß, zu Esel und auf Karren, gezogen von Rindern und Maultieren, Männer allein und Männer mit Frauen, auch sogar Kinder, wenn man sie nicht hatte zu Hause lassen können: Bauern und Viehzüchter der Umgegend, gesalbt und gekräuselt und in Festkleidern ebenfalls, Leute, dem Laban gleich, von schweren Sitten wie er und ebenso wirtschaftlich denkend. Sie hatten gegrüßt, die Hand an der Stirne, nach der Gesundheit gefragt und sich dann niedergelassen in Haus und Hof, um Kessel und behangene Tische, auf daß man Wasser gösse über ihre Hände und sie schnalzend begönnen das Dauermahl, unter Anrufen von Schamasch und Lobpreisungen Labans, des Gastgebers und Hochzeitvaters. Im äußeren Wirtschaftshofe zwischen den Speichern sowohl wie auf dem inneren, gepflasterten, rings um den Stein der Darbringung, auf des Hauses Dach und in der umlaufenden Holzgalerie ward das Gelage gehalten, und beim Opferstein hielten sich die zu Charran gemieteten Musikanten, Harfenisten, Pauker und Cymbelspieler, die auch tanzen konnten. Der Tag war windig, der Abend war es noch mehr. Wolken glitten über den Mond und verbargen ihn zeitweise ganz, was nicht wenigen, ohne daß sie es geradezu aussprachen, als schlimmes Zeichen erschien; denn es waren einfache Leute und unterschieden nicht zwischen einer Verdunkelung des Antlitzes durch Wolken und eigentlicher Verfinsterung. Der schwüle Wind, der seufzend durchs Haus strich, sich pfeifend im Rohr der Speicherhütten verfing, die Pappeln knarren und rauschen ließ, wühlte in den Gerüchen der Hochzeit, den Salbendünsten der Tafelnden, dem Speisebrodem, vermischte sie, trieb sie in Schwaden umher und schien die rauchenden Flammen von den Dreifüßen reißen zu wollen, auf denen man Nardengras und Budulhuharz verbrannte. Dies windverwirrte Gedünst und Spezereien, Festschweiß und Bratenwürze meinte Jaakob allezeit beizend in seiner Nase zu spüren, wenn er der Geschehnisse gedachte von damals.

Er saß mit den Labansleuten unter anderen Schmausenden im Obersaal, dort, wo er vor sieben Jahren zuerst das Brot mit der fremden Verwandtschaft gebrochen, saß mit dem Hofherrn, seinem fruchtbaren Weibe und ihren Töchtern zu Tische vor allerlei Nachkost und Gaumenkurzweil, die auf dem Tuche gehäuft war, als Süßbrot, Datteln, Knoblauch und Gurken, und tat den Gästen Bescheid, die gegen ihn und die Wirte den Becher mit Rauschtrank hoben. Rahel, seine Braut, die er gleich empfangen sollte, saß neben ihm, und zuweilen küßte er den Saum des Schleiers, der sie in bildbeschwerten Falten verhüllte. Sie hob ihn kein einzigmal zum Essen und Trinken; vor dem Mahle, schien es, hatte man die Geweihte gespeist. Sie saß still und stumm, neigte nur demütig das verhangene Haupt, wenn er den Schleier küßte, und auch Jaakob saß stumm und festbetäubt, eine Blüte in der Hand, ein weißblühendes Myrtenzweiglein aus Labans bewässertem Garten. Er hatte Bier getrunken und Dattelwein, sein Sinn war benommen, und seine Seele wollte sich nicht in Gedanken lösen und nicht sich erheben zu betrachtender Dankbarkeit, sondern war schwer in seinem geölten Leibe, und sein Leib war seine Seele. Er wollte gern denken und recht erfassen, wie Gott dies alles bereitet, wie er dem Flüchtling einst die Geliebte entgegengeführt, das Menschenkind, das er nur sehen mußte, um es für sein Herz zu erwählen ewiglich und es zu lieben in alle Zeit und Zukunft, über es selbst hinaus, in den Kindern noch, die es bringen würde seiner Zärtlichkeit. Er trachtete, sich seines Sieges zu freuen über die Zeit, die bittere Wartezeit, mutmaßlich ihm auferlegt zur Sühne für Esau's Verkürzung und bitteres Weinen; ihn Gott, dem Herrn, lobpreisend zu Füßen zu legen, diesen Sieg und Triumph, denn seiner war es, und Gott hatte durch ihn und seine nicht untätige Geduld die Zeit, das siebenköpfige Ungetüm, bezwungen, wie einst den Chaoswurm, so daß nun Gegenwart war, was innig wartender Wunsch gewesen, und Rahel neben ihm saß im Schleier, den er heben sollte über ein kleinstes. Er trachtete, mit der Seele seines Glückes teilhaftig zu sein. Aber mit dem Glücke ist es wie mit dem Warten darauf, welches, je länger es währte, desto weniger reines Warten war, sondern versetzt mit Lebenmüssen und geschäftlicher Strebsamkeit. Kommt nun das tätig erwartete Glück, so ist es auch nicht aus Götterstoff, wie es in der Zukunft schien, sondern ist leibliche Gegenwart worden und hat Leibesschwere, wie alles Leben. Denn das Leben im Leibe ist niemals Seligkeit, sondern halbschlächtig und zum Teil unangenehm, und wenn das Glück leibliches Leben wird, so wird es mit ihm die Seele, die es erharrte, und ist nichts anderes mehr als der Leib mit ölgetränkten Poren, zu dessen Sache das einst ferne und selige Glück nun geworden.

Jaakob saß und spannte die Schenkel und dachte an sein Geschlecht, zu dessen Sache das Glück nun geworden und das sich über ein kleinstes gewaltig sollte bewähren dürfen und müssen im heiligen Dunkel der Bettkammer. Denn sein Glück war Hochzeitsglück und ein Fest der Ischtar, umräuchert von Würzdampf, begangen mit Völlerei und Trunkenheit, während es einst Gottes Sache gewesen war und geruht hatte in seiner Hand. Wie es dem Jaakob einst leid gewesen war ums Warten, wenn er es vergessen mußte in Leben und Regsamkeit, so war's ihm leid um Gott, welcher der Großherr des Lebens und aller ersehnten Zukunft war, aber die Herrschaft der verwirklichten Stunde hingeben mußte den Sonder- und Abgöttern der Leiblichkeit, in deren Zeichen die Stunde stand. Darum küßte Jaakob das nackte Bildnis der Ischtar, wenn er den Saum hob vom Schleier Rahels, die neben ihm saß als reines Opfer der Zeugung.

Ihm gegenüber saß Laban, vorgebeugt gegen ihn, die schweren Arme auf die Tischplatte gestützt, und betrachtete ihn schwer und unverwandt.

»Freue dich, Sohn und Schwestersohn, denn deine Stunde ist da und der Tag des Lohnes, und soll dir gezahlt werden der Lohn nach Recht und Vertrag für sieben Jahre, die du gefront hast meinem Haus und Betriebe zu des Wirtschaftshaupts leidlicher Zufriedenheit. Und ist nicht Ware noch Geld, sondern ein Mägdlein zart, meine Tochter, deren dein Herz begehrt, die sollst du haben nach Herzenslust, und soll dir gehorsamen in den Armen. Mich wundert's, wie dir das Herz schlagen mag, denn die Stunde ist groß für dich, eine Lebensstunde wahrhaftig, gleichzuachten deines Lebens größesten, sollte ich meinen, groß wie die Stunde, da du im Zelte vom Vater den Segen gewannst, wie du mir einst erzähltest, Schlaukopf und einer Schlauköpfin Sohn!«

Jaakob hörte nicht.

Laban aber neckte ihn derb vor den Gästen und sprach:

»Sage doch, Eidam, he, hör mal, wie ist dir's zu Mute? Graust es dir wohl vor dem Glücke, daß du die Braut umfangen sollst, und hast du nicht Angst wie damals, als es um den Segen ging und du eintratest beim Vater mit schlotternden Knien? Sagtest du nicht, es sei dir der Schweiß die Schenkel hinuntergelaufen vor Not und Furcht, und gar die Stimme hätte es dir verschlagen, da du den Segen gewinnen solltest vor Esau, dem Verfluchten? Glückspilz, daß dir die Freude nur nicht einen Streich spielt, wenn es gilt, und verschlägt dir die Zeugungskraft! Die Braut könnt' es übel vermerken.«

Da lachten sie dröhnend im Obersaal, und Jaakob küßte lächelnd noch einmal das Bild der Ischtar, der Gott die Stunde gegeben. Laban aber stand schwerfällig auf und wankte etwas und sprach:

»Nun, wohlan denn, sei es darum, schon ist's Mitternacht, tretet heran, ich tu' euch zusammen.«

Da drängten sich alle herzu, um zu sehen, wie Braut und Bräutigam vor dem Brautvater knieten auf dem Estrich, um zu hören, wie Jaakob Rede stand nach dem Brauch. Denn Laban befragte ihn, ob dies Weib seine Ehefrau sein solle und er ihr Mann, und ob er ihr wolle die Blüte reichen, was er bejahte. Und fragte, ob er wohlgeboren sei, ob er reich machen wolle diese Frau und ihren Schoß fruchtbar. Und Jaakob antwortete, er sei der Sohn eines Großen und wolle ihren Schoß füllen mit Silber und Gold und fruchtbar machen diese Frau gleich der Frucht des Gartens. Da berührte Laban ihrer beider Stirnen, trat zwischen sie und legte ihnen die Hände auf. Dann hieß er sie aufstehen und einander umarmen, so waren sie vermählt. Und führte die Geweihte zurück zur Mutter, den Eidam aber nahm er bei der Hand und führte ihn vor den nachdrängenden Gästen, die anfingen zu singen, die Ziegelstiege hinab in den gepflasterten Hof, da setzten die Musikanten sich an die Spitze. Nach diesen kamen Knechte mit Fackeln und nach ihnen Kinder in Hemden mit Räucherfäßchen, die zwischen Ketten hingen. In den Wolken Wohlgeruchs, die sie aufwirbelten, ging Jaakob, geleitet von Laban, und hielt in der Rechten den weißblühenden Myrtenzweig. Er sang nicht mit die hergebrachten Lieder, die im Gehen erschollen, und nur wenn Laban ihn in die Seite stieß, daß er den Mund auftue, summte er etwas. Laban aber sang mit in schwerem Baß und hatte die Lieder am Schnürchen, die süß und verliebt waren und von dem liebenden Paare handelten, von ihm und ihr im allgemeinen, die im Begriffe sind, Beilager zu halten, und es beiderseits kaum erwarten können. Von dem Zug war die Rede, in dem man wirklich ging: er nahte von der Steppe her, und Rauch von Lavendel und Myrrhe stieg. Das war der Bräutigam, sein Haupt trug die Krone, seine Mutter hatte ihn mit greisen Händen geschmückt für seinen Hochzeitstag. Auf Jaakob paßte das nicht, seine Mutter war fern, er war nur ein Flüchtling, und es traf nicht zu auf seinen Sonderfall, was sie sangen, daß er die Geliebte führe ins Haus seiner Mutter, ins Gemach derer, die ihn geboren. Aber ebendeshalb, so schien es, sang Laban es so gewaltig mit, um das Muster zu Ehren zu bringen vor der mangelhaften Wirklichkeit und Jaakob den Unterschied spüren zu lassen. Und dann war es der Bräutigam des Liedes, der sprach, und die Braut war es, die ihm inbrünstig antwortete, und sie tauschten entzückte Lob- und Sehnsuchtsreden. Schließlich aber beschworen sie jedermann und legten Fürbitte ein das eine fürs andere, daß man sie nicht vorzeitig wecke, wenn sie in Wollust entschlafen seien, sondern ruhen lasse den Bräutigam und ausgiebig schlummern die Braut, bis sie von selber sich wieder regten. Bei den Rehen und Hirschkühen des Feldes beschworen sie die Leute darum im Liede, das alle im Schreiten mit innerer Anteilnahme sangen, und auch die räuchernden Kinder sangen es durchdringend mit, ohne es genau zu verstehen. So ging der Zug in der windigen, mondverfinsterten Nacht um Labans Anwesen, einmal und zweimal und kam vors Haus und vor des Hauses Türe aus Palmholz, da preßte er sich hindurch, die Musikanten voran, und kam vors Bettgemach zu ebener Erde, das auch eine Tür hatte, und Laban führte den Jaakob hinein an seiner Hand. Er ließ hinleuchten mit den Fackeln, damit Jaakob sich umsähe im Zimmer und erkenne, wo Tisch und Bett standen. Dann wünschte er ihm gesegnete Manneskraft und wandte sich zum Gefolge, das sich in der Tür staute. Sie zogen davon, indem sie den Gesang wieder anstimmten und Jaakob blieb allein.

Deutlicher erinnerte er sich an nichts noch nach Jahrzehnten, im hohen Alter noch und noch auf dem Sterbebett, wo er weihevoll davon kündete, als wie er allein gestanden hatte in der Finsternis des Brautgemachs, darin es wehte und zog; denn der Nachtwind fuhr heftig durch die Fensterluken unter der Decke herein und wieder hinaus durch die nach dem inneren Hof gelegenen Luken, verfing sich in den Stoff- und Teppichgehängen, womit man, wie Jaakob im Fackelschein gesehen, die Wände geschmückt hatte, und erregte Geflatter und Schlagen. Es war der Raum, unter dem das Archiv und Grabgelaß mit den Teraphim und den Quittungen gelegen war; mit dem Fuß spürte Jaakob durch den dünnen Teppich hindurch, den man zur Hochzeit hier ausgebreitet, den Griffring der kleinen Falltür, durch die man hinabgelangte. Auch das Bett hatte er gesehen und trat zu ihm mit ausgestreckter Hand. Es war das beste Bett im Hause, eines von dreien, Laban und Adina hatten darauf gesessen bei jener ersten Abendmahlzeit vor sieben Jahren: ein Sofa auf Füßen, die mit Metall umkleidet waren, und auch die gerundete Kopfstütze war aus polierter Bronze. Man hatte Decken aufs Holzgestell gebreitet und Leinwand darüber getan, wie Jaakob fühlte, und Kissen lehnten auch an der Kopfstütze; nur schmal war das Bett. Auf der Tischplatte, nahebei, war Bier und ein Imbiß bereitgestellt. Zwei Stuhltaburetts gab es im Zimmer, die auch mit Stoff überhangen waren, und Lampenständer zu Häupten des Bettes. Doch war kein Öl in den Lampen.

Dies prüfte Jaakob in wehender Finsternis und stellte es fest, indes das Geleite mit Lärm und Getrampel das Haus und den Hof erfüllte, die Braut zu holen. Dann setzte er sich auf das Bett, die Blüte in der Hand, und lauschte. Sie ließen wieder das Haus zum Umzuge, Harfen und Cymbeln voran, mit Rahel, der Liebreizenden, der all sein Herz gehörte und die im Schleier ging. Laban führte sie an der Hand, wie vordem ihn, vielleicht auch Adina, und wieder klangen die verliebten Hochzeitslieder im Chor, bald näher, bald ferner. Da sie sich endgültig näherten, sangen sie:

»Mein Freund ist mein, er ist gänzlich mein eigen.
Ich bin ein verschlossener Garten, voll lockender Früchte,
der feinsten Würzdüfte voll.
Komm, Geliebter, in deinen Garten!
Pflücke kühn seine lockenden Früchte, schlürfe in dich das
Labsal ihres Saftes!«

Da waren die Füße derer, die es sangen, vor der Tür, und die Tür öffnete sich ein wenig, daß Gesang und Geklimper einen Augenblick ungehindert hereindrang, und die Verschleierte war im Zimmer, eingelassen von Laban, der gleich die Tür wieder schloß; und sie waren allein im Dunkeln.

»Bist du es, Rahel?« fragte Jaakob nach einer kurzen Weile, während er gewartet hatte, daß die draußen sich etwas verzögen... Er fragte es, wie einer fragt: »Bist du zurück von der Reise?«, wo doch der Angeredete vor ihm steht und es nicht gut anders sein kann, als daß er zurück ist, so daß die Frage nur Unsinn ist, um die Stimme antönen zu lassen, und jener nicht antworten, sondern nur lachen kann. Doch hörte Jaakob, wie sie bejahend den Kopf neigte, kannte es an dem leichten Rauschen und Klappern des leicht-schweren Schleiergewandes.

»Du Liebe, Kleine, mein Täubchen und Augapfel, Herz meiner Brust«, sagte er innig. »Es ist so finster und weht... Ich sitze hier auf dem Bette, wenn du es nicht gesehen hast, geradeaus ins Zimmer hinein und dann etwas rechts. Komm doch, aber stoße dich nicht an dem Tisch, sonst tritt danach ein schwarzblauer Fleck auf deiner zärtlichen Haut hervor, und du stößt auch das Bier um. Ich bin nicht durstig nach ihm, das nicht, ich bin nur durstig nach dir, mein Granatapfel – wie gut, daß sie dich zu mir geführt haben und ich nicht länger allein sitze im Winde.

Kommst du jetzt? Ich ginge dir gerne entgegen, aber ich darf wohl nicht, denn es ist Brauch und Rechtens, daß ich dir sitzend die Blüte reiche, und obgleich niemand uns sieht, wollen wir einhalten das Vorgeschriebene, damit wir recht vermählt sind, wie wir es unbeugsam gewünscht durch so viele Wartejahre.«

Dies überwältigte ihn; seine Stimme brach sich. Die Vorstellung der Zeit, die er ausgestanden in Geduld und Ungeduld um dieser Stunde willen, ergriff ihn mächtig mit tiefer Rührung, und der Gedanke, daß sie mit ihm gewartet hatte und auch ihrerseits sich am Ziel ihrer Wünsche sah, jagte ihm in der Rührung das Herz auf. Das ist die Liebe, wenn sie vollständig ist: Rührung und Lust auf einmal, Zärtlichkeit und Begehren, und während dem Jaakob vor Erschütterung die Tränen aus den Augen quollen, spürte er zugleich die Spannung seiner Mannheit.

»Da bist du«, sagte er, »du hast mich gefunden im Dunkeln, wie ich dich fand nach mehr als siebzehntägiger Reise, und kamst daher unter den Schafen und sprachst: ›Ei, siehe, ein Fremder!‹ Da erkoren wir einander unter den Menschen, und ich habe gedient um dich sieben Jahre, und die Zeit liegt zu unseren Füßen. Hier, mein Reh, meine Taube, hier ist die Blüte! Du siehst und findest sie nicht, so führe ich deine Hand zum Zweiglein, daß du es nimmst, und ich gebe es dir: da sind wir eines. Deine Hand aber behalte ich, da ich sie so liebe und liebe den Knöchel ihres Gelenkes, mir wohlbekannt, daß ich ihn wiedererkenne zu meiner Freude im Finstern, und ist mir deine Hand wie du selbst und wie dein ganzer Leib – der aber ist wie eine Garbe Weizens, mit Rosen umkränzt. Liebling, meine Schwester, laß dich doch herab zu mir an meine Seite, ich rücke, so ist Platz für zwei, und wäre für dreie Platz, wenn es not täte. Aber wie gut ist Gott, daß er uns läßt zu zweien sein, abseits von allen, mich bei dir und dich bei mir! Denn ich liebe nur dich um deines Antlitzes willen, das ich jetzt nicht sehe, aber tausendmal sah und vor Liebe küßte, denn seine Lieblichkeit ist es, die deinen Leib kränzt wie mit Rosen, und wenn ich denke, daß du Rahel bist, mit der ich oft gewesen, aber so noch nicht; auf die ich gewartet, und die auf mich gewartet und auch jetzt auf mich wartet und auf meine Zärtlichkeit, so kommt mich ein Entzücken an, stärker als ich, so daß es mich überwältigt. Dunkelheit hüllt uns dichter ein als der Schleier, mit dem sie dich Reine geschmückt, und unseren Augen ist Finsternis vorgebunden, so daß sie nicht über sich selber hinaussehen, und sind blind. Aber nur sie sind es, Gott sei Dank, und sonst keiner unserer Lebenssinne. Hören wir ja einander, wenn wir sprechen, und die Finsternis scheidet uns nicht mehr. Sage mir doch, meine Seele, bist auch du entzückt von der Größe der Stunde?«

»In Wonne bin ich dein, lieber Herr«, sagte sie leise.

»Das hätte können Lea sagen, deine größere Schwester«, erwiderte er. »Nicht dem Sinne nach, aber der Mundart nach, begreiflicherweise. Die Stimmen von Schwestern gleichen sich wohl, und verwandt lautend kommen die Worte aus ihren Mündern. Denn derselbe Vater zeugte sie in derselben Mutter, und sind ein wenig unterschieden in der Zeit und wandeln getrennt, aber sind eins im Schoße des Ursprungs. Siehe, ich fürchte mich etwas vor meinen blinden Worten, denn ich hatte leicht sagen, es vermöchte die Finsternis nichts über unsere Rede, da ich doch spüre, daß die Dunkelheit in meine Worte dringt und sie tränkt, so daß ich etwas vor ihnen erschrecke. Laß uns preisen die Unterscheidung, und daß du Rahel bist und ich Jaakob bin und zum Beispiel nicht etwa Esau, mein roter Bruder! Die Väter und ich, wir haben wohl nachgesonnen manche Zeit bei den Hürden, wer Gott sei, und unsere Kinder und Kindeskinder werden uns folgen im Sinnen. Ich aber sage zu dieser Stunde und mache hell meine Rede, daß die Finsternis von ihr zurückweicht: Gott ist die Unterscheidung! Darum, so hebe ich dir nun den Schleier, Geliebte, daß ich dich sehe mit sehenden Händen, und lege ihn besonnen auf einen Sessel, der hier steht, denn er ist kostbar an Bildern, und wir wollen ihn vererben durch die Geschlechter, und sollen ihn tragen die Lieblinge unter den Zahllosen. Siehe, hier ist dein Haar, schwarz, aber lieblich, ich kenne es so genau, ich kenne seinen Duft, der einzig ist, ich führe es an meine Lippen, und was vermag da die Finsternis? Sie kann sich nicht drängen zwischen meine Lippen und dein Haar. Hier sind deine

Augen, lächelnde Nacht in der Nacht, und ihre zarten Höhlen, und ich erkenne die sanften Gegenden unterhalb ihrer, von wo ich so manchesmal Tränen der Ungeduld wegküßte, daß meine Lippen naß waren. Hier sind deine Wangen, weich wie Vogelflaum und wie die köstlichste Wolle ausländischer Ziegen. Hier deine Schultern, die meinen Händen fast stattlicher erscheinen, als sie den Augen wohl vorkommen am Tage, deine Arme hier und hier –«

Er verstummte. Da seine sehenden Hände ihr Antlitz verließen und fanden ihren Leib und die Haut ihres Leibes, rührte Ischtar sie beide an bis ins Mark, es hauchte der Himmelsstier, und sein Odem war ihrer beider Odem, der sich vermischte. Und war dem Jaakob das Labanskind eine herrliche Gesellin diese ganze wehende Nacht hindurch, groß in der Wollust und rüstig zu zeugen, und empfing ihn öfters und abermals, so daß sie's nicht zählten, die Hirten aber antworteten einander, es sei neunmal gewesen.

Später schlief er am Boden auf ihrer Hand, denn das Bett war schmal, und er wollte ihr Platz und Bequemlichkeit lassen zu ihrer Ruhe. Darum schlief er neben der Bettstatt kauernd, die Wange auf ihrer Hand, die am Rande lag. Der Morgen dämmerte. Trübrot und stille geworden stand er vor den Luken und erfüllte mit langsamer Aufhellung das Brautgemach. Es war Jaakob, der zuerst erwachte: vom Tagesschein, der unter seine Lider drang, und von der Stille, denn bis tief in die Nacht war viel Lärmens und Lachens gewesen in Haus und Hof vom fortwährenden Gelage, und erst gegen Morgen, als die Neuvermählten schon schliefen, war Ruhe geworden. Auch hatte er's unbequem, wenn auch mit Freuden, – so erwachte er leichter. Er regte sich, spürte ihre Hand, gedachte, wie alles stand, und wandte den Mund hin, die Hand zu küssen. Dann hob er den Kopf, um nach der Lieben zu sehen und nach ihrem Schlummer. Mit Augen, schwer und klebrig vom Schlaf, die noch geneigt waren, sich zu verdrehen, und ihren Blick noch nicht finden wollten, schaute er hin. Da war's Lea.

Er senkte die Augen und schüttelte lächelnd das Haupt. Ei,

dachte er, während es ihm doch schon zu grausen begann um Herz und Magen; ei siehe, ei sieh! Spöttischer Morgentrug, possierliches Blendwerk. Den Augen war Finsternis vorgehangen – nun, da sie frei sind, stellen sie sich blöde an. Sind wohl Schwestern einander heimlich so ähnlich, obgleich die Ähnlichkeit gar nicht nachweisbar ist in ihren Zügen, und wenn sie schlafen, wird man's gewahr? Sehen wir nun also besser hin!

Aber er sah noch nicht hin, denn er fürchtete sich, und was er bei sich redete, war nur Geschwätz des Grausens. Er hatte gesehen, daß sie blond war und ihre Nase etwas gerötet. Er rieb sich die Augen mit den Knöcheln und zwang sich zu schauen. Es war Lea, die schlief.

In seinem Kopf taumelten die Gedanken. Wie kam Lea hierher, und wo war Rahel, die man zu ihm eingelassen und die er erkannt hatte diese Nacht? Er strauchelte rückwärts vom Bette weg, in die Mitte des Zimmers, und stand da im Hemd, die Fäuste an den Wangen. »Lea!« schrie er aus verschnürter Kehle. Sie saß schon aufrecht. Sie blinzelte, lächelte und senkte die Lider über die Augen, wie er es oftmals bei ihr gesehen. Ihre eine Schulter und Brust waren bloß; die waren weiß und schön.

»Jaakob, mein Mann«, sagte sie, »laß es so sein nach des Vaters Willen. Denn er hat's gewollt und also geordnet, und die Götter sollen mir geben, daß du's ihm und ihnen noch dankst.«

»Lea«, stammelte er, indem er auf seine Gurgel deutete, seine Stirn und sein Herz, »seit wann bist du es?«

»Immer war ich's«, antwortete sie, »und war dein diese Nacht, seit ich eintrat im Schleier. Immer war ich dir zärtlich bereit, so gut wie Rahel, seit ich dich zuerst vom Dache erblickt, und hab' dir's bewiesen, denke ich wohl, diese ganze Nacht. Denn sage selbst, ob ich dir nicht gedient habe, wie nur irgendein Weib es könnte, und war wacker in der Lust! Ich bin im Innersten sicher, daß ich empfangen habe von dir, und wird ein Sohn sein, stark und gut, und soll geheißen sein Re'uben.«

Da dachte Jaakob nach und besann sich, wie er sie für Rahel gehalten diese Nacht, und ging hin an die Wand und legte den Arm daran und die Stirn auf den Arm und weinte bitterlich.

So stand er eine längere Weile, zerrissenen Gefühls, und jedesmal, wenn sich ihm der Gedanke erneuerte, wie er geglaubt und erkannt hatte, wie all sein Glück nur Trug gewesen und ihm die Stunde der Erfüllung geschändet worden war, für die er gedient und die Zeit besiegt hatte, so war ihm, als wollte sein Magen und Hirn sich umkehren, und er verzweifelte an seiner Seele. Lea aber wußte nichts mehr zu sagen und weinte nur manchmal ebenfalls, wie sie schon vorher mit der Schwester geweint. Denn sie sah, wie wenig sie es gewesen war, die ihn ein übers anderemal empfangen hatte, und nur der Gedanke, daß sie wahrscheinlich nun einmal jedenfalls einen starken Sohn namens Ruben von ihm empfangen habe, stärkte ihr zwischenein das Herz.

Da ließ er sie und stürzte aus dem Zimmer. Fast wäre er gestrauchelt über Schläfer, die draußen lagen und überall in Haus und Hof, in der Unordnung des gestrigen Festmahls, auf Dekken und Matten oder auch auf dem bloßen Boden, und in ihrem Rausche schliefen. »Laban!« rief er und stieg über die Leiber hinweg, die unwirsch grunzten, sich räkelten und weiterschnarchten. »Laban!« wiederholte er leiser seinen Ruf, denn Qual und Erbitterung und ungestümes Verlangen nach Rechenschaft vermochten nicht die Rücksicht in ihm zu ertöten auf die Schläfer des frühen Morgens nach schwerem Gelage. »Laban, wo bist du?« Und er kam vor Labans, des Hausherrn, Kammer, wo er einlag bei seinem Weibe Adina, pochte und rief: »Laban, komm heraus!«

»Eh, eh!« antwortete Laban drinnen. »Wer ist es, der mich ruft ums Morgenrot, nachdem ich getrunken?«

»Ich bin's, du mußt herauskommen!« antwortete Jaakob.

»So, so«, sagte Laban. »Der Eidam ist's. Er sagt zwar ›ich‹, wie ein Kind, als ob daraus allein schon ein Mensch sich vernehmen könnte, aber ich erkenne seine Stimme und will hinausgehen, zu hören, was er mir schon ums Frührot zu künden hat, ungeachtet ich gerade des besten Schlafes genoß.« Und trat hervor im Hemd, verwirrten Haares und blinzelnd.

»Ich schlief«, wiederholte er. »Ich schlief vorzüglich und

wohltuend. Was schläfst nicht auch du oder treibst, was dein Stand dir gebeut?«

»Es ist Lea«, sprach Jaakob bebenden Mundes.

»Selbstredend«, entgegnete Laban. »Reißest du mich darum bei Tagesgrauen aus zukömmlichem Schlummer nach schwerem Trunk, um mir zu künden, was ich so gut weiß wie du?«

»Du Drache, du Tiger, teuflischer Mann!« rief Jaakob außer sich. »Ich sage dir's nicht, damit du's erfährst, sondern um dir zu zeigen, daß auch ich es nun weiß, und um dich zur Rede zu stellen in meiner Qual.«

»Achte vor allem auf deine Stimme und senke sie viel tiefer!« sprach Laban. »Das muß ich dir gebieten, wenn du's dir nicht gebieten läßt von den Umständen, die sämtlich dafür sprechen. Denn nicht genug, daß ich dein Ohm und Schwieger bin und dein Brotherr obendrein, den zeternd anzuhauchen dir keineswegs zusteht, so liegen auch Haus und Hof voller schlafender Hochzeitsgäste, wie du siehst, die wollen in ein paar Stunden mit mir ausziehen zur Jagd, daß sie ihre Belustigung haben in der Wüste und im Röhricht des Sumpfes, wo wir den Vögeln Netze stellen wollen, dem Rebhuhn und der Trappe, oder fangen auch einen Keiler ab und bringen ihn zur Strecke, daß wir eine Spende Rauschtranks ausgießen über ihn. Dazu stärken sich meine Gäste im Schlummer, der mir heilig ist, und abends wird weitergezecht. Du aber, wenn du am fünften Tage hervorgehst aus der Brautkammer, sollst dich uns ebenfalls anschließen zur fröhlichen Jagd.«

»Ich will nichts wissen von fröhlicher Jagd«, versetzte Jaakob, »und mir steht mein armer Sinn nicht danach, den du verwirrt und geschändet, daß es von der Erde zum Himmel schreit. Denn du hast mich über die Maßen betrogen, betrogen schändlich und grausam und hast heimlich Lea zu mir eingelassen, deine Ältere, statt Rahel, um die ich dir gedient. Was fange ich an mit mir und dir?«

»Höre«, erwiderte Laban. »Es gibt Worte, die du lieber nicht solltest auf die Zunge nehmen und solltest Scheu tragen, sie laut werden zu lassen, denn in Amurruland sitzt, wie ich weiß, ein rauher Mann, der weint und rauft sich das Vlies und trachtet dir nach dem Leben, der könnte wohl reden von Betrug. Es ist unangenehm, wenn ein Mann sich für den anderen schämen muß, weil dieser es nicht tut, und so steht es augenblicklich zwischen dir und mir, infolge deiner schlecht gewählten Worte. Ich hätte dich betrogen? In welchem Anbetracht? Habe ich eine Braut bei dir eingeführt, die nicht mehr unberührt gewesen wäre und wäre nicht würdig gewesen, über die sieben Treppen zu schreiten in die Arme des Gottes? Oder habe ich dir eine gebracht, die nicht rechtschaffen und tüchtig gewesen wäre am Leibe oder ein Jammern angestellt hätte wegen des Schmerzes, den du ihr angetan, und wäre dir nicht willig und dienlich gewesen in der Lust? Habe ich dich dergestalt betrogen?«

»Nein«, sagte Jaakob, »dergestalt nicht. Lea ist groß im Zeugen. Aber du hast mich hintergangen und hinter das Licht geführt, so daß ich nicht sah und Lea für Rahel hielt diese ganze Nacht, und habe der Unrechten meine Seele und all mein Bestes gegeben, daß es mich reut, wie ich nicht sagen kann. So hast du Wolfsmensch an mir getan.«

»Und du nennst es Betrug und vergleichst mich ungescheut mit Tieren der Wüste und bösen Geistern, weil ich es mit der Sitte hielt und als rechtlicher Mann mich nicht unterfing, dem heilig Hergebrachten die Stirn zu bieten? Ich weiß nicht, wie es zugeht in Amurruland oder im Lande des Königs Gog, aber in unserem Lande ist es nicht üblich, daß man die Jüngste ausgebe vor der Ältesten, das schlüge dem Herkommen ins Gesicht, und ich bin ein gesetzlicher Mann, ein Mann des Anstandes. So tat ich, wie ich tat, und handelte klüglich wider deine Unvernunft und wie ein Vater, der weiß, was er seinen Kindern schuldet. Denn du hast mich schnöde gekränkt in meiner Liebe zur Ältesten, da du mir sagtest: ›Lea entfacht meine männlichen Wünsche nicht.‹ Verdientest du etwa deswegen keine Lektion und Zurechtweisung? Da hast du nun gesehen, ob sie dich entfacht oder nicht!«

»Ich habe gar nichts gesehen!« rief Jaakob. »Es war Rahel, die ich umfing!«

»Ja, das hat sich gezeigt in der Frühe«, erwiderte Laban höhnisch, »aber das ist es eben, daß Rahel, meine Kleine, sich nicht zu beklagen hat. Denn Lea's war die Wirklichkeit, aber die Meinung war Rahels. Doch habe ich dich auch die Meinung gelehrt für Lea, und welche du nun in Zukunft umfangen wirst, deren wird sowohl die Wirklichkeit wie auch die Meinung sein.«

»Willst du mir Rahel denn geben?« fragte Jaakob...

»Selbstredend«, sprach Laban. »Wenn du sie willst und willst mir zahlen für sie das Gesetzliche, so sollst du sie haben.«

Da rief Jaakob:

»Aber ich habe dir gedient um Rahel sieben Jahre!«

»Du hast«, antwortete Laban mit Würde und Festigkeit, »mir gedient um ein Kind. Willst du auch das zweite, was mir genehm sein sollte, so mußt du zahlen abermals!«

Jaakob schwieg.

»Ich will«, sagte er dann, »den Kaufpreis beschaffen und sehen, daß ich beibringe den Mahlschatz. Ich werde eine Mine Silber leihen von Leuten, die ich vom Handel kenne, und will auch wohl aufkommen für dies und jenes Geschenk, der Braut an den Gürtel zu binden, denn es ist mir unversehens etwelche Habe zugewachsen in all dieser Zeit, und ganz so mausearm bin ich nicht mehr wie seinerzeit, als ich erstmals freite.«

»Schon wieder sprichst du ohne jedwedes Feingefühl«, versetzte Laban mit würdigem Kopfschütteln, »und redest liederlich daher von Dingen, die du tief im Busen verschließen solltest, und solltest froh sein, wenn nicht andere die Rede darauf bringen und rechten mit dir, anstatt daß du laut davon schwätzest und richtest es neuerdings an in der Welt, daß ein Mann sich schämen muß für den anderen, weil's dieser nicht tun mag. Ich will nichts wissen von unversehenem Zuwachs und dergleichen Ärgernis. Ich will kein Silber von dir als Mahlschatz und keine wem immer gehörige Ware als Brautgeschenk, sondern dienen sollst du mir auch für das zweite Kind, so lange als für das erste.«

»Wolfsmann!« rief Jaakob und bezähmte sich kaum. »So willst du mir Rahel erst geben nach anderen sieben Jahren?!«

»Wer sagt das?« erwiderte Laban von oben herab. »Wer hat

hier etwas Ähnliches auch nur angedeutet? Du allein redest Ungereimtes und vergleichst mich ganz voreilig mit einem Werwolf, denn ich bin Vater und will nicht, daß mein Kind nach dem Manne schmachtet, bis er betagt ist. Gehe du jetzt an deinen Ort und halte dich ehrenhaft da die Woche hin. Dann soll dir in aller Stille beigetan sein auch die zweite, und als ihr Ehegemahl dienst du mir um sie andere sieben Jahre.«

Jaakob schwieg und senkte das Haupt.

»Du schweigst«, sprach Laban, »und gewinnst es nicht über dich, mir zu Füßen zu fallen. Ich bin wahrlich neugierig, ob es mir noch gelingen wird, dein Herz zur Dankbarkeit zu erweichen. Daß ich hier im Hemde stehe ums Frührot, aufgestört aus notwendigem Schlummer, und Geschäfte mit dir ordne, reicht offenbar nicht hin, ein solches Gefühl in dir zu erzeugen. Ich habe noch nicht erwähnt, daß du mit dem anderen Kinde auch die zweite der Dirnen bekommst, die ich kaufte. Denn die Silpa schenke ich der Lea zur Mitgift und der Rahel die Bilha, und will es auch im zweiten Falle so halten, daß zwei Drittel der Mine Silbers, die ich euch geben will, sollen eingerechnet sein. So hast du vier Weiber über Nacht und hast ein Frauenhaus wie der König von Babel und wie Elams König, da du eben noch dürr und allein auf dem Hage saßest.«

Jaakob schwieg immer noch.

»Harter Mann«, sagte er endlich mit einem Seufzer. »Du weißt nicht, was du mir angetan, du weißt und bedenkst es nicht, ich muß mich wohl davon überzeugen, und bildest es dir nicht ein in deinem ehernen Sinn! Ich habe meine Seele und all mein Bestes vergeudet an die Unrechte diese Nacht, das preßt mir das Herz zusammen der Rechten wegen, der's zugedacht war, und soll Lea's pflegen noch die Woche hin, und wenn mein Fleisch müde ist, denn ich bin nur ein Mensch, und es ist satt und meine Seele allzu schläfrig zum Hochgefühl, so soll ich die Rechte haben, Rahel, mein Kleinod. Du aber denkst, somit ist's gut. Aber es kann nie gutgemacht werden, was du an mir und an Rahel getan, deinem Kinde, und zuletzt auch an Lea, die sitzt auf dem Bette und weint, weil ich nicht sie im Sinne gehabt.«

»Soll das heißen«, frug Laban, »daß du nach der Hochzeitswoche mit Lea nicht mehr Manns genug sein wirst, fruchtbar zu machen die zweite?«

»Nicht doch, da sei Gott vor«, antwortete Jaakob.

»Das übrige sind Grillen«, beschloß Laban, »und ist überfeines Gefasel. Bist du zufrieden mit unserm neuen Vertrage, und soll's also gelten oder nicht, zwischen mir und dir?«

»Ja, Mann, es soll gelten«, sprach Jaakob und ging wieder zu Lea.

Von Gottes Eifersucht

Dies sind die Geschichten Jaakobs, eingeschrieben in seine Greisenmiene, wie sie an seinen verschwimmenden, sich in den Brauen verfangenden Augen vorüberzogen, wenn er in feierliches Sinnen verfiel, sei es allein oder vor den Leuten, die unweigerlich eine heilige Scheu ankam vor solchem Ausdruck, so daß sie sich anstießen und zueinander sprachen: »Still, Jaakob besinnt seine Geschichten!« Manche davon haben wir schon ausgebreitet und endgültig richtiggestellt, sogar solche schon, die weit voranliegen, auch Jaakobs Rückreise ins Westland und nach seiner Ankunft daselbst; aber siebzehn Jahre bleiben hier auszufüllen mit ihren reichen Geschichten und Wechselfällen, an deren Spitze Jaakobs Doppelhochzeit mit Lea und Rahel und das Erscheinen des Ruben standen.

Re'uben aber war Lea's und nicht Rahels; jene gebar dem Jaakob den Ersten, der seine Erstgeburt später verscherzte, da er wie ein dahinschießendes Wasser war, und nicht empfing ihn und trug ihn Rahel, nicht schenkte ihn dem Jaakob die Braut seines Gefühls, noch war sie's, nach Gottes Willen, die ihm den Schimeon brachte, den Levi und Dan und Jehuda und irgendeinen von zehnen bis Sebulun, obgleich sie ihm doch nach Ablauf der Festwoche, da Jaakob am fünften Tage von Lea hervorgegangen war und sich beim geselligen Vogelfang etwas erfrischt hatte, ebenfalls beigetan worden war, wovon wir nicht weiter erzählen. Denn es ist schon erzählt, wie Jaakob Rahel empfing; nach Labans, des Teufels, Veranstaltung empfing er sie erstmals in Lea, und war in der Tat eine Doppelhochzeit, die er da hielt, – das Beilager mit zwei Schwestern: die eine war's wirklich, aber die andere der Meinung nach, und was heißt da wirklich? In diesem Betracht war Re'uben allerdings Rahels Sohn, mit ihr erzeugt. Und doch ging sie leer aus, die so bereit und eifrig war, und Lea ward stark und rund und fügte zufrieden die Hände darüber zusammen, das Haupt in Demut zur Seite geneigt und die Lider gesenkt, daß man ihr Schielen nicht sähe.

Sie kam nieder auf den Ziegelsteinen mit größter Begabung, es war die Sache von ein paar Stunden, das reine Vergnügen. Re'uben schoß gleich daher wie ein Wasser; als Jaakob, eilig benachrichtigt, vom Felde kam (denn es war die Zeit der Sesamernte), war das Neugeborene schon gebadet, mit Salz abgerieben und eingewickelt. Er legte die Hand darauf und sprach in Gegenwart aller Hofleute das Wort: »Mein Sohn.« Laban drückte ihm seine Achtung aus. Er ermunterte ihn, sich ebenso rüstig zu halten wie er selbst, und sich drei Jahre hintereinander einen Namen zu machen, worauf die Wöchnerin in ihrem Frohmut vom Lager herüberrief: Zwölf Jahre lang, ohne Pause, wolle sie fruchtbar sein. Rahel hörte es.

Sie war nicht von der Wiege zu bringen, die, eine Schaukel, an Stricken von der Decke hing, so daß Lea sie vom Bette regieren konnte mit ihrer Hand. Zur anderen Seite saß Rahel und betrachtete das Kind. Wenn es schrie, hob sie es auf und gab es der Schwester an die schwellende, von Milchadern durchzogene Brust, sah unersättlich zu, wie jene es nährte, daß es rot ward und gedunsen vor Sattigkeit, und preßte im Schauen die Hände auf die eigene zarte Brust.

»Arme Kleine«, sagte Lea dann wohl zu ihr. »Gräme dich nicht, auch du kommst an die Reihe. Und es sind deine Aussichten ganz unvergleichlich besser als die meinen, denn du bist's, auf der die Augen ruhen unseres Herrn, und auf einmal, daß er bei mir wohnt, kommen wohl vier Nächte oder sechs, daß er sich zu dir tut, wie soll dir's fehlen?«

Aber ob auch die Aussichten für Rahel waren, es war Lea, nach Gottes Willen, an der sie sich erfüllten, denn kaum, daß sie vom Ersten genesen, war sie schon wieder fruchtbar, und während sie auf dem Rücken den Ruben trug, trug sie in ihrem Leibe den Schimeon, und war ihr kaum übel, da er zu wachsen begann, und fand nichts zu seufzen, da er sie hoch verunstaltete, sondern rüstig und wohlgemut war sie bis zum äußersten und arbeitete in Labans Fruchtgarten bis zur Stunde, da sie mit etwas veränderter Miene befahl, die Ziegelsteine zu richten. Da trat Schimeon auf mit Leichtigkeit und nieste. Alle bewunderten ihn; am meisten Rahel, und wie weh tat es ihr, ihn zu bewundern! Es war noch etwas anderes mit diesem als mit dem ersten; denn wissentlich und unbetrogen hatte Jaakob ihn mit Lea erzeugt, und war der ihre ganz und unzweifelhaft.

Und Rahel, was war es mit dieser Kleinen? Wie hatte sie doch dem Vetter so ernst und lustig entgegengeschaut in lieblicher Tapferkeit und Lebensbereitschaft; wie zuversichtlich gewünscht und gefühlt, daß sie ihm Kinder bringen werde nach ihrer beider Bilde, zuweilen auch Zwillinge! Nun ging sie leer aus, da Lea schon das Zweite wiegte, – wie mochte das sein?

Der Buchstabe der Überlieferung ist der einzige Anhalt, der sich uns bietet, wenn es gilt, diese wehmütige Lebenserscheinung zu erklären. Er lautet in Kürze dahin: weil Lea unwert gewesen sei vor Jaakob, habe Gott sie fruchtbar gemacht und Rahel unfruchtbar. Ebendarum. Das ist ein Erklärungsversuch wie ein anderer; er trägt Vermutungscharakter, nicht denjenigen der Ermächtigung, denn eine unmittelbare und maßgebliche Äußerung El Schaddai's über den Sinn seiner Verfügung, sei es gegen Jaakob oder einen anderen Beteiligten, liegt nicht vor und ist zweifellos nicht ergangen. Dennoch käme es uns nur zu, jene Deutung zu verwerfen und eine andere dafür einzusetzen, wenn wir eine bessere wüßten, was nicht der Fall ist; vielmehr halten wir die gegebene im Kern für richtig.

Der Kern ist, daß Gottes Maßregel sich nicht, oder nicht zuerst, gegen Rahel richtete, auch nicht um Lea's willen getroffen wurde, sondern eine belehrende Züchtigung für Jaakob selbst bedeutete, welcher nämlich damit in dem Sinne verwiesen wurde, daß die wählerische und weiche Selbstherrlichkeit seines Gefühls, die Hoffart, mit der er es hegte und kundtat, nicht die Billigung Elohims besaß – und zwar obgleich diese Neigung zu Auserwählung und zügelloser Vorliebe, dieser Gefühlsstolz, der sich der Beurteilung entzog und von aller Welt andächtig hingenommen zu werden begehrte, sich auf ein höheres Vorbild berufen konnte und tatsächlich die irdische Nachahmung davon darstellte. Obgleich? Eben weil Jaakobs Gefühlsherrlichkeit eine Nachahmung war, wurde sie bestraft. Wer es hier unternimmt, zu reden, muß nach seinen Ausdrücken sehen; aber auch nach scheuer Prüfung des bevorstehenden Wortes bleibt kein Zweifel, daß der höchste Beweggrund für die hier erörterte Maßnahme die Eifersucht Gottes auf ein Vorrecht war, welches er durch ebendiese Maßnahme, durch die Demütigung von Jaakobs Gefühlsherrlichkeit, als Vorrecht zu kennzeichnen gedachte. Diese Deutung mag Tadel erfahren und wird kaum dem Einwand entgehen, ein so kleines und leidenschaftliches Motiv wie das der Eifersucht sei unverwendbar zur Erklärung göttlicher Anordnungen. Solcher Empfindlichkeit steht es jedoch frei, die ihr anstößige Regung als ein geistig unverzehrtes Überbleibsel aus früheren und wilderen Werdezuständen des Gotteswesens zu verstehen – anfänglichen Zuständen, auf die an anderem Orte einiges Licht geworfen wurde und in denen die Gesichtsbildung Jahu's, des Kriegs- und Wetterherrn einer braunen Schar von Wüstensöhnen, die sich seine Streiter nannten, weit mehr arge und ungeheuere Züge als solche der Heiligkeit aufgewiesen hatte.

Der Bund Gottes mit dem in Abram, dem Wanderer, tätigen Menschengeist war ein Bund zum Endzwecke beiderseitiger Heiligung, ein Bund, in welchem menschliche und göttliche Bedürftigkeit sich derart verschränken, daß kaum zu sagen ist, von welcher Seite, der göttlichen oder der menschlichen, die erste Anregung zu solchem Zusammenwirken ausgegangen sei, ein Bund aber jedenfalls, in dessen Errichtung sich ausspricht, daß Gottes Heiligwerden und das des Menschen einen Doppelprozeß darstellen und auf das innigste aneinander ›gebunden‹ sind. Wozu, so darf man fragen, wohl sonst ein Bund? Die Weisung Gottes an den Menschen: »Sei heilig, wie ich es bin!« hat die Heiligwerdung Gottes im Menschen bereits zur Voraussetzung; sie bedeutet eigentlich: »Laß mich heilig werden in dir, und sei es dann auch!« Mit anderen Worten: Die Läuterung Gottes aus trüber Tücke zur Heiligkeit schließt, rückwirkend, diejenige des Menschen ein, in welchem sie sich nach Gottes dringlichem Wunsche vollzieht. Diese innige Verknüpfung der Angelegenheiten aber und daß Gott seine wirkliche Würde nur mit Hilfe des Menschengeistes erlangt, dieser aber wieder nicht würdig wird ohne die Anschauung der Wirklichkeit Gottes und die Bezugnahme auf sie – ebendiese hoch-eheliche Verquickung und Wechselseitigkeit der Bezüge, geschlossen im Fleische, verbürgt durch den Ring der Beschneidung, macht es begreiflich, daß gerade die Eifersucht als Restbestand leidenschaftlicher Vor-Heiligkeit am allerlängsten in Gott zurückgeblieben ist, sei es als Eifer auf Abgötter oder etwa auf das Vorrecht der Gefühlsüppigkeit, – was aber im Grunde dasselbe ist.

Denn was wäre das zügellose Gefühl des Menschen für den Menschen, wie Jaakob es sich für Rahel gönnte und dann, in womöglich verstärkter Übertragung, für ihren Erstgeborenen, anderes als Abgötterei? Was dem Jaakob durch Laban geschah, mag noch mit Recht, zum Teile wenigstens, als notwendiger Gerechtigkeitsausgleich in Hinsicht auf Esau's Schicksal verstanden werden, als eine Aufrechnung zu Lasten dessen, dem zu gefallen die Störung des Gleichgewichtes erfolgt war. Bedenkt man aber andererseits Rahels dunkles Los, und erfährt man dann gar, was der junge Joseph auszustehen hatte, dem es nur durch äußerste Klugheit und anmutigste Geschicklichkeit in der Behandlung Gottes und der Menschen gelang, den Dingen die Wendung zum Guten zu geben, so bleibt kein Zweifel, daß es sich um Eifersucht reinsten Wassers und eigentlichsten Sinnes handelt, – nicht um die allgemeine und abgezogene auf ein Vorrecht, sondern um höchst persönliche Eifersucht auf die Gegenstände des abgöttischen Gefühls, in welchen es rächend getroffen wurde, – mit einem Worte: um Leidenschaft. Nenne man das einen Wüstenrest, so bleibt doch wahr, daß gerade erst in der Leidenschaft das tosende Wort vom ›lebendigen Gott‹ sich recht erfüllt und bewährt. Nachdem man gesehen, wird man sagen, daß Joseph, so sehr sonst seine Fehler ihm schadeten, für diese Lebendigkeit Gottes sogar mehr Sinn besaß und gewandter Rücksicht darauf zu nehmen wußte als sein Erzeuger. –

Von Rahels Verwirrung

Die kleine Rahel nun verstand von alldem nicht das mindeste. Sie hing an Jaakobs Halse und weinte: »Schaffe mir Kinder, wo nicht, so sterbe ich!« Er antwortete: »Liebe Taube, was soll das? Deine Ungeduld stimmt deinen Mann etwas ungeduldig, und ich hätte nicht gedacht, daß sich je dergleichen Gefühl wider dich erheben würde in meinem Herzen. Es hat wirklich keine Vernunft, daß du mir anhängst mit Bitten und Tränen. Bin ich doch nicht Gott, der dir deines Leibes Frucht nicht geben will.«

Er schob es auf Gott und deutete damit an, daß er es nicht fehlen lasse und daß ihn erwiesenermaßen auch sonst keine Schuld treffe; denn er war fruchtbar in Lea. Der Jüngeren aufgeben, sich an Gott zu halten, kam aber der Feststellung gleich, daß es an ihr liege, und eben darin äußerte sich seine Ungeduld wie auch in dem Beben seiner Stimme. Natürlich war er gereizt, denn es war töricht von Rahel, ihn um etwas zu beschwören, was er selbst sich so sehnlich wünschte, ohne ihr seinerseits enttäuschter Hoffnung wegen Vorwürfe zu machen. Dennoch war der Armen vieles zugute zu halten in ihrem Kummer, denn blieb sie fruchtlos, so war sie übel daran. Sie war die Freundlichkeit selbst, aber daß sie die Schwester nicht hätte beneiden sollen, ging über Weibesnatur, und Neid ist eine Gefühlsverschmelzung, in der außer der Bewunderung leider noch anderes vorkommt, so daß die Rückwirkung von drüben auch nicht die beste sein kann. Das mußte das geschwisterliche Verhältnis untergraben und fing schon an, es zu tun. Die Stellung der mütterlichen Lea überwog diejenige der unergiebigen Mitfrau, die immer noch wie ein Mägdlein umherging, so sehr in den Augen aller Welt, daß jene fast eine Heuchlerin hätte sein müssen, um jedes Anzeichen von dem Bewußtsein ihrer vorwaltenden Würde aus ihrem Verhalten zu verbannen. Der Redensart nach, einfältig wie sie sein mochte, war die mit Kindern gesegnete Frau die ›Geliebte‹, die dürre aber kurzweg die ›Gehaßte‹ – ein greulicher Sprachgebrauch in Rahels Ohren, greulich, weil ganz und gar unzutreffend auf ihren Fall, und nichts als menschlich wäre es denn also, daß ihr die Wahrheit in stummem Zustande nicht Genüge tat, sondern daß sie sie aussprechen mußte. So war es leider: Bleich und mit blitzenden Augen berief sie sich auf Jaakobs nie verhohlene Vorliebe für sie und seine öfteren Besuche zur Nacht, – ein wunder Punkt dies nun wieder bei Lea, auf dessen Berührung es nur eine zuckende Antwort gab: Was es jener denn nütze? Und um die Freundschaft war es getan.

Beklommen stand Jaakob in der Mitte.

Auch Laban sah finster. Es war ihm wohl recht, daß das Kind, das Jaakob hatte verschmähen wollen, nun so in Ehren stand; doch war es ihm auch wieder leid um Rahel, und außerdem begann er für seinen Säckel zu fürchten. Der Gesetzgeber hatte aufschreiben lassen, wenn eine Frau kinderlos hingehe, müsse der Schwiegervater ihren Kaufpreis zurückzahlen, denn solche Ehe sei nur ein Fehlschlag gewesen. Laban durfte hoffen, daß Jaakob das nicht wisse, aber dieser konnte es jeden Tag erfahren, und eines Tages, wenn keine Hoffnung mehr blieb für Rahel, mochte es dahin kommen, daß Laban oder seine Söhne den Jaakob für sieben Dienstjahre in bar würden entschädigen müssen, – das lag dem Manne im Magen.

Darum, als Lea auch im dritten Ehejahr schwanger ward – es war der Knabe Levi, der sich da ankündigte –, nichts aber auf Rahels Seite sich regte, so war es Laban zuallererst, der darauf hinwies, daß hier Abhilfe zu schaffen sei, und der forderte, daß man Maßregeln treffe, indem er Bilha's Namen ins Gespräch warf und verlangte, daß Jaakob sich ihr beitue, damit sie gebäre auf Rahels Schoß. Es wäre ein Irrtum, zu glauben, Rahel selbst hätte diesen übrigens naheliegenden Gedanken aufgebracht oder vornehmlich vertreten. Die Empfindungen, die sie ihm entgegenbrachte, waren zu zwiespältig, als daß sie mehr hätte für ihn tun können, als ihn dulden. Aber wahr ist, daß sie mit Bilha, ihrer Magd, einem anmutigen Ding, vor deren Reizen später Lea völlig das Feld räumen mußte, sehr vertraulich und herzlich stand; und ihre Begierde nach Mutterwürde überwog denn auch die natürlichen Hemmungen, die es ihr bereitete, eigenhändig zu tun, was einst der harte Vater getan, und dem Vettergatten eine nächtliche Stellvertreterin zuzuführen.

Es war eigentlich umgekehrt: Sie führte den Jaakob an der Hand bei Bilha ein, nachdem sie die Kleine, die vor Glückestrubel nicht wußte, wo ihr der Kopf stand, und übermäßig duftete, zuvor schwesterlich geküßt und zu ihr gesagt hatte: »Wenn es denn sein muß, Herzchen, so bist du mir die Rechte. Werde zu Tausenden!« Diese übertreibende Wunschphrase war nur eine Gratulation des Sinnes, daß Bilha sich empfänglich erweisen möge statt ihrer Herrin, und das tat das Kind unverzüglich: sie kündete ihr Gelingen der Mutter ihrer Frucht, damit diese es dem Vater, den Eltern kündete; ihre Leibeshöhe war während der folgenden Monate nur in geringem Rückstande hinter Lea's Lebenstracht, und in aller Augen konnte Rahel, die diese Zeit hin voller Zärtlichkeit für Bilha war, ihr oft den Leib streichelte und das Ohr an die Wölbung legte, die Achtung lesen, die der Erfolg ihres Opfers ihr eintrug.

Arme Rahel! War sie wohl glücklich? Ein anerkannter Brauch für den Notfall half ihr, den oberen Ratschluß bis zu einem gewissen Grad zu entkräften, aber ihre Würde wuchs, Verwirrung für ihr bereitwillig-sehnsüchtiges Herz, im Leib einer Fremden. Es war eine halbe Würde, ein halbes Glück, ein halber Selbstbetrug, notdürftig gestützt durch die Sitte, doch ohne Halt in Rahels Fleisch und Blut; und halbecht würden die Kinder, die Söhne sein, die Bilha ihr bringen würde, ihr und dem fruchtlos geliebten Mann. Rahels war die Lust gewesen, und einer anderen würden die Schmerzen sein. Das war bequem, aber hohl und abscheulich, ein stiller Greuel, nicht für ihr Denken, das dem

Gesetz und der Üblichkeit folgte, aber für ihr redliches und tapferes kleines Herz. Sie lächelte wirr.

Sie leistete übrigens freudig und fromm alles, was zu leisten ihr vergönnt und vorgeschrieben war. Sie ließ Bilha auf ihren Knien gebären – das Zeremoniell verlangte es. Sie umschlang sie von hinten mit den Armen und beteiligte sich viele Stunden lang an ihrem Arbeiten, Stöhnen und Schreien, Wehmutter und Kreißende in einer Person. Es kam die kleine Bilha hart an, einen vierundzwanzigstündigen Tag dauerte die Niederkunft, und am Ende war Rahel fast ebenso erschöpft wie die fleischliche Mutter, aber das war ihrer Seele eben recht.

So kam der Jaakobssprosse zur Welt, der Dan genannt wurde, nur wenige Wochen nach Lea's Levi, im dritten Ehejahr. Aber im vierten, da Lea von dem entbunden wurde, den sie Lobgott oder Jehuda hießen, brachten Bilha und Rahel mit vereinten Kräften dem Gatten ihren Zweiten dar, der schien ihnen danach angetan, ein guter Ringkämpfer zu werden, weshalb sie ihn Naphtali nannten. So hatte Rahel in Gottes Namen zwei Söhne. Danach gab es vorläufig keine Geburten mehr.

Die Dudaim

Jaakob hatte die ersten Jahre seines Ehestandes fast ganz auf Labans Hof verbracht und draußen auf den Weiden die Unterhirten und Pächter walten lassen, indem er jene nur dann und wann mit scharfer Musterung heimsuchte, von diesen die Abgaben an Vieh und Waren einnahm, die Labans waren, aber nicht ganz, ja nicht einmal immer zum größten Teil; denn vieles draußen und selbst auf dem Hof, wo Jaakob mehrere neue Vorratshütten zur Berge eigener Handelswerte errichtet hatte, gehörte schon Labans Eidam, und nachgerade wäre von der Verschränkung zweier blühender Wirtschaften zu reden gewesen, einer vielfach in sich gewickelten Interessenverrechnung, die Jaakob offenbar übersah und beherrschte, die aber dem schweren Blicke Labans längst nicht mehr recht durchsichtig war, ohne daß er es über sich vermocht hätte, dies einzugestehen: teils aus Besorgnis, seinem Verstand eine Blöße zu geben, teils auch aus der alten Furcht, durch kritische Einmischung seinem Sachwalter den Segen im Leibe zu verstimmen. Zu gut ging es ihm selbst bei alldem; er mußte durch die Finger sehen, und tatsächlich wagte er kaum noch, geschäftlich den Mund aufzutun – gar zu überwältigend-augenscheinlich bewährte sich Jaakobs Gotteskindschaft. Sechs Söhne und Wasserspender hatte er sich in vier Jahren erweckt; das war das Doppelte dessen, was Laban in Segensnähe hatte vor sich bringen können. Seine geheime Hochachtung war fast grenzenlos; sie wurde durch Rahels Verschlossenheit nur wenig eingeschränkt. Man mußte den Mann walten lassen, und ein Glück nur, daß er an Aufbruch und Abwanderung kaum noch zu denken schien.

In Wirklichkeit entfremdete Jaakobs Seele sich niemals dem Gedanken der Heimkehr und der Auferstehung aus dieser Grube und Unterwelt von Labansreich; nach zwölf Jahren hatte sie das so wenig getan wie nach zwanzig und fünfundzwanzig. Aber er nahm sich Zeit, in dem organischen Bewußtsein, Zeit zu haben (denn er sollte hundertundsechs Jahre alt werden), und hatte sich entwöhnt, den Reisegedanken an den Zeitpunkt des mußmaßlichen Absterbens von Esau's Wut zu binden. Auch hatte sich eine gewisse Verwurzelung seines Lebens in Naharina's Boden notwendig vollzogen, denn vieles hatte er hier erlebt, und die Geschichten, die uns an einem Ort widerfahren, sind Wurzeln gleich, die wir in seinen Grund senken. Hauptsächlich aber urteilte Jaakob, er habe aus seinem Untergang in die Labanswelt noch nicht genug Nutzen gezogen, sei noch nicht schwer genug in ihr geworden. Die Unterwelt barg zweierlei: Kot und Gold. Den Kot hatte er kennengelernt: in Gestalt grausamer Wartezeit und des noch grausameren Betruges, mit dem Laban, der Teufel, in der Brautnacht ihm die Seele gespalten. Auch mit dem Reichtum hatte er angefangen, sich zu beladen, – aber nicht hinlänglich, nicht ausgiebig; was nur zu tragen war, galt es aufzupacken, und Laban, der Teufel, mußte noch Gold lassen, sie waren nicht quitt, er mußte gründlicher betrogen sein: nicht um der Rache Jaakobs willen, sondern schlechthin, weil es sich so gehörte, daß zuletzt der betrügerische Teufel spottgründlich betrogen war, – nur sah unser Jaakob das durchschlagende Mittel noch nicht, das Vorgeschriebene recht zu erfüllen.

Das hielt ihn hin, und seine Geschäfte beschäftigten ihn. Er war jetzt wieder viel draußen in Feld und Steppe, bei den Hirten und Herden, vertieft in Erzeugung und Handel auf Labans und seine Rechnung; und das mochte ein Grund sein unter anderen, weshalb eine Stockung eintrat im Strom des Kindersegens, obgleich des öfteren die Frauen mit ihren Knaben und auch die schon heranwachsenden Labanssöhne mit ihm bei den Pferchen waren und bei ihm wohnten in Zelten und Hütten. Es war so, daß Rahel, notdürftig zu dem Ihren gekommen, die Eifersucht auf Bilha, die Nothelferin, nicht mehr unterdrückte und keinen Umgang mehr duldete des Herrn und der Magd, wobei sie auch beide ihrem Verbote willig fand. Sie selbst blieb verschlossen ins fünfte, ins sechste Jahr, auf immer, wie es unseligerweise schien; und Lea's Leib hielt Brache – gar sehr zu ihrem Verdruß, aber er ruhte einfach, ein Jahr und zwei Jahre, so daß sie zu Jaakob sprach:

»Ich weiß nicht, was das ist, und was mir für Schimpf geschieht, daß ich öde und nutzlos bin! Hättest du nur mich, so geschähe das nicht, und ich wäre nicht ungesegnet geblieben zwei Jahre lang. Aber da ist die Schwester, die unserem Herrn alles ist, und nimmt mir meinen Mann, so daß ich nur mit Mühe umhinkann, sie zu verwünschen, da ich sie doch liebe. Vielleicht verdirbt mir dieser Widerstreit das Geblüt, daß ich nicht Frucht trage, und dein Gott mag nicht mehr meiner gedenken. Was aber der Rahel recht war, das sei mir billig. Nimm Silpa, meine Magd, und wohne ihr bei, daß sie auf meinem Schoß gebäre und ich Söhne gewinne durch sie. Bin ich schon unwert vor dir, so will ich doch Kinder haben auf alle Weise, denn sie sind mir wie Balsam auf den Wunden, die mir deine Kälte schlägt.«

Jaakob widersprach kaum ihren Klagen. Seine Bekundung, auch sie sei ihm wert, trug offen das Gepräge mattester Höflichkeit. Man muß das tadeln. Konnte er sich denn nicht ein wenig überwinden zur Güte gegen die Frau, durch die er freilich schweren Seelenbetrug erlitten, und mußte er jedwedes warme Wort, das er ihr gäbe, sogleich für Raub an seinem teueren, gehätschelten Gefühl erachten? Der Tag sollte kommen, da er bitter zu büßen hatte für die Hoffart seines Herzens; der aber war fern, und vorher sollte sogar seinem Gefühl noch der Tag seines höchsten Triumphes dämmern...

Den Vorschlag mit Silpa hatte Lea wahrscheinlich nur der Form wegen gemacht und um ihren eigentlichen Wunsch, Jaakob möchte sie öfter besuchen, darein zu kleiden. Aber der Gefühlvolle fühlte das nicht, er fühlte hoffärtig darüber hinweg und erklärte sich nur einfach bereit und einverstanden, durch Zuziehung Silpa's den Kindersegen aufzufrischen. Er fand Befreiung dafür bei Rahel, die solche nicht weigern konnte, zumal auch die hochbusige Silpa, die eine gewisse Ähnlichkeit mit ihrer Herrin besaß und es denn auch nie zu wirklicher Gunst bei Jaakob brachte, sich fußfällig bei ihr, der Liebsten, entschuldigte. Da empfing Lea's Magd den Herrn mit Demut und sklavischer Emsigkeit, ward schwanger und gebar auf den Knien der Herrin, die ihr seufzen half. Im siebenten Ehejahr, dem vierzehnten von Jaakobs Labanszeit, gebar sie den Gad und befahl ihn dem Glücke; dazu im achten und fünfzehnten den naschhaften Ascher. So hatte Jaakob acht Söhne.

In diese Zeit, da Ascher geboren war, fiel das Vorkommnis mit den Dudaim. Es war Re'uben, der das Glück hatte, sie zu finden, – schon achtjährig damals, ein dunkler, muskulöser Knabe mit entzündeten Augenlidern. Er beteiligte sich bereits an den frühsommerlichen Erntearbeiten, zu denen auch Laban und Jaakob von der Schafschur hereingekommen waren und die das Hofvolk zuzüglich einiger vorübergehend angestellter Lohnarbeiter streng in Atem hielten. Laban, der Schafzüchter, dessen landwirtschaftliche Betätigung sich bei Jaakobs erstem Eintreffen auf die Bestellung eines Sesamfeldes beschränkt hatte, baute seit dem Wasserfunde auch Gerste, Hirse, Emmer und namentlich Weizen: sein Weizenfeld, von einem Lehmzaun eingefaßt, von Gräben und Dämmen durchzogen, war der bedeutendste seiner Äcker. Sechs Morgen groß, wölbte er sich über eine flache Hügelwelle hin, und seine Krume war fett und kraftvoll: ließ man sie ruhen von Zeit zu Zeit, wie Laban nach heilig-vernünftiger Regel nicht verfehlte zu tun, so trug er mehr als dreißigfältige Frucht.

Es war ein Segensjahr, dieses Mal. Das fromme Werk der Bestellung, des Pfluges und der säenden Hand, der Hacke, der Egge, des spendenden Schöpfeimers war göttlich gelohnt worden. Ehe die Ähren ansetzten, war dem Labansvieh köstliche Grünweide beschert gewesen, fern war die Gazelle, der Rabe der Frucht geblieben, nicht hatte die Heuschrecke das Land bedeckt noch die Hochflut es weggerissen. Reich stand im Ijjar die Ernte, zumal Jaakob, obgleich bewußtermaßen kein Ackersmann, auch auf diesem Gebiet seine Segensanschlägigkeit bewährt und durch Rat und Tat eine dichtere Besäung, als sonst wohl üblich, herbeigeführt hatte, wodurch zwar die Körnerzahl der Ähre sich etwas verringerte, doch nicht so sehr, daß nicht das Gesamterträgnis größer gewesen wäre – hinlänglich größer, daß Laban, wie wenigstens Jaakob ihm rechnerisch klarzumachen wußte, immer noch im Vorteil blieb, wenn seinem Eidam persönlich ein gemessener Teil der Ernte zufiel.

Alle waren sie draußen zum Werken, selbst Silpa, die zwischenein dem Gad und Ascher die Brust gab, und nur die Töchter des Hauses waren daheim geblieben, das Abendmahl vorzubereiten, Lea und Rahel. In Sonnenhauben aus Schilfrohr, den Zottenschurz um die Lenden, schweißblank am Leibe und Gotteslieder singend, sichelten die Feldleute mit ausholenden Armen das Korn. Andere aber schnitten Stroh oder banden die Garben, luden sie auf Esel und Ochsenkarren, daß der Segen zur Tenne käme, gedroschen würde vom Rindvieh, geworfelt, geseiht und aufgeschüttet. Auch Ruben, der Knabe, hatte beim Arbeitsfeste unter den Kindern Labans schon seinen Mann gestellt. Als ihm nun die Arme erlahmten, am goldenen Nachmittag, schlenderte er abseits am Rande des Feldes. Da, an der Lehmmauer, fand er die Alraune.

Es gehörte Scharfblick und Unterricht dazu, sie zu erkennen. Das rauhe Kraut mit den eiförmigen Blättern erhob sich nur wenig über den Boden, unscheinbar für das nichtbelehrte Auge. An den Beerenfrüchten aber, den Dudaim eben, dunkel und von der Größe der Haselnüsse, erkannte Ruben, was da im Grunde steckte. Er lachte und dankte. Gleich griff er zum Messer, zog einen Kreis und grub ringsherum, bis der Wurzelstock nur noch an dünnen Fasern hing. Dann sprach er zwei schützende Worte und löste mit raschem Ruck die Rübe vom Erdreich. Er hatte erwartet, daß sie schreien würde, was aber nicht geschah. Dennoch war es ein rechtes und wohlschaffenes Zaubermännchen, das er am Schopfe hielt: fleischigweiß, mit zwei Beinen, kinderhandgroß, bärtig und überall zäsrig behaart, – ein Kobold zum Wundern und Lachen. Der Knabe kannte seine Eigenschaften. Sie waren zahlreich und nützlich; besonders aber, so wußte es Ruben, kamen sie den Weibern zugute. Darum dachte er sogleich seinen Fund der Lea zu, seiner Mutter, und lief springend nach Hause, ihn ihr zu bringen.

Lea freute sich sehr. Sie lobte den Ältesten mit Schmeichelworten, gab ihm Datteln in die Faust und ermahnte ihn, vorm Vater und auch vorm Großvater nicht groß von der Sache zu schwatzen. »Schweigen ist nicht lügen«, sagte sie, und es sei unnötig, daß alle gleich wüßten, was man im Hause habe, – genug, daß alle ein Gutes davon spüren würden. »Ich will's schon warten«, beschloß sie, »und ihm entlocken, was es zu bieten hat. Danke, Ruben, mein Erster, du Sohn der Ersten, Dank, daß du ihrer gedachtest! Andere gibt es, die gedenken nicht ihrer. Von ihnen hast du das Gelingen. Spring nun deiner Wege!«

Somit entließ sie ihn und meinte, ihren Schatz für sich zu behalten. Rahel aber, ihre Schwester, hatte spioniert und alles gesehen. Wer spionierte wohl später auch so und plapperte sich fast um den Hals? Es lag in ihr, nebst vieler Anmut, und an ihr Fleisch und Blut gab sie's weiter. Sie sagte zu Lea:

»Was hat dir denn unser Sohn gebracht?«

»Mein Sohn«, sagte Lea, »hat mir fast nichts gebracht, oder irgend etwas. Warst du hier zufällig in der Nähe? Er hat mir einen Käfer gebracht in seiner Narrheit und ein buntes Steinchen.«

»Er hat dir ja ein Erdmännchen mit Kraut und Früchten gebracht«, sagte Rahel.

»Allerdings, das auch«, erwiderte Lea. »Hier ist es. Du siehst, es ist feist und lustig. Mein Sohn hat es mir gefunden.«

»Ach ja, du hast recht, nun sehe einer, wie feist und lustig es ist!« rief Rahel. »Und wie viele Dudaim es trägt, voll von Samen!« Sie hatte schon die gestreckten Hände neben ihrem hübschen Gesicht zusammengefügt, die Wange daran lehnend. Es fehlte nur, daß sie die Hände nach vorn getan und damit gebettelt hätte. Sie fragte:

»Was willst du machen damit?«

»Ich will ihm natürlich ein Hemdlein anlegen«, antwortete Lea, »nachdem ich es gewaschen und gesalbt, und es in ein Gehäuse tun und seiner treulich warten, damit es dem Hause fromme. Es wird das Gelichter der Lüfte verscheuchen, daß keines davon in einen Menschen fahre oder in ein Vieh des Stalles. Es wird uns das Wetter künden und Dinge erforschen, die gegenwärtig verborgen sind oder noch in der Zukunft liegen. Es wird stichfest machen die Männer, wenn ich's ihnen zustecke, wird ihnen Gewinn bringen im Gewerbe und es anstellen, daß sie recht bekommen vorm Richter, selbst wenn sie im Unrecht sind.«

»Was redest du?« sagte Rahel. »Ich weiß von selbst, daß es dazu nütze ist. Was willst du aber sonst damit tun?«

»Ich will ihm das Kraut und die Dudaim scheren«, erwiderte Lea, »und einen Sud daraus machen, der schläfert ein, wenn einer nur daran riecht, und riecht er lange, so raubt's ihm die Sprache. Das ist ein starker Aufguß, mein Kind, wer davon einnimmt überreichlich, ob Mann oder Weib, der stirbt des Todes, ein wenig aber ist gut gegen Schlangenbiß, und muß einer sich schneiden lassen am Fleische, so ist's, als wär's eines anderen Fleisch.«

»Das ist ja alles ganz nebensächlich«, rief Rahel, »und was dir im Sinne liegt allererst, davon redest du nicht! Ach, Schwesterlein Lea«, rief sie und fing an zu schmeicheln und mit den Händen zu betteln wie ein kleines Kind. »Äderchen meines Augens, du stattlichste unter den Töchtern! Gib mir von den Dudaim deines Sohnes einen Teil, daß ich fruchtbar werde, denn die Enttäuschung, daß ich's nicht werde, gräbt mir das Leben ab, und so bitterlich schäme ich mich meines Minderwertes! Siehe, du weißt, meine Hindin, Goldhaarige unter den Schwarzköpfen, was es auf sich hat mit dem Sud, und wie er es antut den Männern, und ist wie Himmelswasser auf die Dürre der Weiber, daß sie selig empfangen und niederkommen mit Leichtigkeit! Du hast sechs Söhne im ganzen, und ich habe zwei, die nicht mein sind, was sollen dir da die Dudaim? Gib sie mir, meine Wildeselin, wenn nicht alle, so doch einige bloß, daß ich dich segne und dir zu Füßen falle, denn mein Verlangen danach ist fieberhaft!«

Lea aber drückte die Alraune an ihre Brust und sah die Schwester mit drohend schielenden Augen an.

»Das ist doch stark«, sagte sie. »Kommt daher, die Liebste, und hat gekundschaftet und will meine Dudaim. Hast du nicht genug, daß du mir meinen Mann nimmst täglich und stündlich, und willst obendrein noch die Dudaim meines Sohnes? Es ist unverschämt.«

»Mußt du so häßlich reden«, versetzte Rahel, »und will es dir gar nicht anders gelingen, auch wenn du dich bemühst? Bringe mich doch nicht außer mir, indem du alles entstellst, da ich zärtlich mit dir sein möchte um unserer Kindheit willen! Ich hätte dir Jaakob genommen, unseren Mann? Du hast ihn mir genommen in der heiligen Nacht, da du dich heimlich zu ihm tatest statt meiner, und er flößte dir blindlings den Ruben ein, den ich hätte empfangen sollen. So wäre er mein Sohn jetzt, wenn es recht zugegangen wäre, und hätte mir gebracht Kraut und Rübe, und wenn du mich angingest um etwas davon, so gäbe ich dir.«

»Ei, was du sagst!« sprach Lea. »Hättest du wahrlich empfangen meinen Sohn? Warum hast du denn seitdem nicht empfangen und willst nun zaubern in deiner Not? Nichts gäbest du mir, ich weiß es genau! Hast du je, wenn Jaakob dir schöntat und wollte dich zu sich nehmen, zu ihm gesprochen: ›Lieber, gedenke doch auch der Schwester!‹? Nein, sondern schmachtetest hin und gabst ihm gleich deine Brüste zu spielen, und war dir um nichts zu tun als um deine Buhlschaft. Jetzt aber bettelst du: ›Ich gäbe dir‹!«

»Ach, wie häßlich!« erwiderte darauf Rahel. »Wie abstoßend häßlich ist es, was du deiner Natur nach zu reden gezwungen bist, – ich leide darunter, aber auch du tust mir leid um deinetwillen. Es ist ja ein Fluch, alles entstellen zu müssen, wenn man nur den Mund auftut. Daß ich Jaakob nicht zu dir schickte, wenn er ruhen wollte bei mir, das war keineswegs, weil ich ihn dir nicht gönnte, sein Gott und unseres Vaters Götter sind meine Zeugen! Sondern unfruchtbar bin ich ihm ins neunte Jahr zu meiner Trostlosigkeit, und jede Nacht, da er mich erwählt, hoffe ich inbrünstig auf Segen und darf's nicht versäumen. Du aber, die du's leichtlich versäumen magst ein und das andere Mal, was hast du im Sinne? Du willst ihn bezaubern für dich mit den Dudaim und mir nicht davon geben, so daß er mein vergißt und du alles hast und ich nichts. Denn ich hatte seine Liebe, und du hattest die Frucht, so gab es noch eine Art von Gerechtigkeit. Du aber willst beides haben, so Liebe wie Frucht, und ich soll Staub essen. So gedenkst du der Schwester!«

Und sie setzte sich auf die Erde und weinte laut.

»Ich nehme nun meines Sohnes Erdmännlein und gehe von hinnen«, sprach Lea kalt.

Da sprang Rahel auf, vergaß ihre Tränen und rief halblaut und inständig:

»Tu das bei Gott nicht, sondern bleib und höre! Er will mit mir sein diese Nacht, er hat es morgens gesagt, als er von mir ging. ›Süßeste‹, sprach er, ›danke für diesmal! Heute will der Weizen geschnitten sein, aber nach des Feldtages Arbeitsglut will ich kommen, du Liebste, und mich baden in deiner Mondesmilde.‹ Ach, wie er spricht, unser Mann! Bildlich und weihevoll ist seine Rede. Lieben wir ihn nicht beide? Ich aber lasse ihn dir die Nacht um die Dudaim. Ausdrücklich lass' ich ihn dir, wenn du mir einige gibst, und verberge mich abseits, während du sprechen sollst: ›Rahel mag nicht und ist satt des Geschnäbels. Bei mir, sagt sie, sollst du schlafen.‹«

Lea errötete und erblaßte.

»Ist das wahr«, sprach sie stockend, »und willst du ihn mir verkaufen um die Dudaim meines Sohnes, daß ich soll zu ihm sagen können: ›Heut bist du mein‹?«

Antwortete Rahel:

»Du sagst es genau.«

Da gab Lea ihr die Alraune, Kraut und Rübe, alles zusammen, gab sie ihr in die Hand vor Eile und sprach flüsternd mit wogender Brust:

»Nimm, geh und laß dich nicht blicken!«

Sie selbst aber, da Feierabend ward und die Leute vom Felde kamen, ging dem Jaakob entgegen und sprach:

»Bei mir sollst du liegen zur Nacht, denn unser Sohn fand eine Schildkröte, die bettelte Rahel mir ab um diesen Preis.«

Jaakob antwortete:

»Ei, bin ich wohl eine Schildkröte wert und ein geflammtes Kästchen, das sich gewinnen läßt aus ihrer Schale? Ich erinnere mich nicht, gar so fest entschlossen gewesen zu sein, heute bei Rahel zu wohnen. So hat sie das Gewisse erkauft für das Ungewisse, was ich loben muß. Seid ihr einig in meinem Betreff, so soll's also sein. Denn wider Weibesrat soll der Mann sich nicht setzen, noch löcken wider der Frauen Beschluß und Befinden.«

Siebentes Hauptstück
Rahel

Das Öl-Orakel

Es war Dina, das Frätzchen, die damals erzeugt wurde, – ein unglückliches Kind. Lea's Leib aber ward neu eröffnet durch sie; nach vierjähriger Pause kam die Rüstige wieder in Zug. Im zehnten Ehejahr gebar sie Issakhar, den knochigen Esel, im elften den Sebulun, der wollte kein Hirte sein. – Arme Rahel! Sie hatte die Dudaim, und Lea gebar. So wollte es Gott und wollte es noch eine Weile so, bis sein Wille sich wendete oder vielmehr auf eine neue Stufe trat; bis ein weiteres Teilstück seines Schicksalsplans offenkundig ward und Jaakob, dem Segensmanne, ein Glück zuteil wurde – lebensvoll-leidensträchtig, wie sein zeitbefangener Menschensinn sich nicht träumen ließ, da er's empfing. Laban, der Erdenkloß, hatte wohl recht gehabt, als er beim Biere schwer gekündet, daß Segen Kraft sei und Leben Kraft und nichts weiter. Denn das ist dünner Aberglaube, zu meinen, das Leben von Segensleuten sei eitel Glück und schale Wohlfahrt. Bildet der Segen doch eigentlich nur den Grund ihres Wesens, welcher durch reichliche Qual und Heimsuchung zwischenein gleichsam golden hindurchschimmert.

Im zwölften Ehejahr oder dem neunzehnten von Jaakobs Labanszeit wurde kein Kind geboren. Im dreizehnten aber und zwanzigsten kam Rahel in Hoffnung.

Welch eine Wende und welch ein Anbruch! Man stelle sich doch ihr ängstlich-ungläubiges Frohlocken vor und Jaakobs kniefälliges Hochgefühl! Sie war einunddreißig Jahre alt zu der Zeit; niemand hatte vermeint, daß Gott ihr dies Lachen noch aufgespart hätte. In Jaakobs Augen war sie Sarai, die einen Sohn haben sollte nach des dreifachen Mannes Verkündigung, wider alle Wahrscheinlichkeit, und mit Urmutters Namen nannte er sie, zu ihren Füßen, aufblickend durch Tränen der Andacht in ihr bläßlich sich entstellendes Antlitz, das ihm lieblicher schien als je. Ihre Frucht aber, die lange verweigerte, endlich empfangene, dieses Kind, das ihrer Zuversicht durch einen unbegreiflichen Bann so viele Jahre war vorenthalten worden, nannte er, während sie es trug, mit dem uralten, archaischen Namen einer amtlich kaum noch recht anerkannten, im Volke aber beliebt gebliebenen Jünglingsgottheit: Dumuzi, echter Sohn. Lea hörte es. Sie hatte ihm sechs echte Söhne und eine ebenfalls durchaus echte Tochter gebracht.

Sie wußte ohnedies Bescheid. Zu ihren vier Ältesten, damals zehn bis dreizehn Jahre alt, so gut wie erwachsen, stämmige und höchst brauchbare, männlich veranlagte junge Leute, wenn auch ziemlich unschön von Angesicht und alle mit einer Neigung zur Lidentzündung, sagte sie klar und offen:

»Söhne Jaakobs und Lea's, mit uns ist's aus. Wenn jene ihm einen Sohn gebiert – und ich wünsche ihr Heil, die Götter sollen mein Herz behüten –, so sieht der Herr uns nicht mehr an, euch nicht und die Kleinen nicht, noch die Kinder der Mägde und mich nun schon gar nicht, ob ich auch zehnmal die Erste wäre. Denn die bin ich, und siebenfach haben sein Gott und meines Vaters Götter mir Muttergelingen gegeben. Sie aber ist die Liebste, drum ist sie ihm auch die Erste und einzig Rechte, so stolz ist sein Sinn, und ihren Sohn, der noch nicht am Lichte ist, nennt er Dumuzi, ihr habt's gehört. Dumuzi! Es ist wie ein Messer in meine Brust und wie ein Backenstreich in mein Antlitz, wie eine Strieme ist es in das Antlitz eines jeden von euch, doch müssen wir's dulden. Knaben, so steht es. Wir müssen gefaßt sein, ihr und ich, und unsere Herzen in beide Hände nehmen, daß sie nicht stürmisch ausarten wider das Unrecht. Wir müssen lieben und ehren den Herrn, ob wir in Zukunft auch nur ein Wegwurf sein werden in seinen Augen und er durch uns hindurchblicken wird, als seien wir Luft. Und auch jene will ich lieben und will mein Herz pressen, daß es sie ja nicht verwünsche. Denn es ist zärtlich dem Schwesterlein und innig gesinnt dem Kindgespiel, aber die Liebste, die den Dumuzi gebären will, hat es eine heftige Neigung zu verwünschen, und so geteilt sind meine Empfindungen für sie, daß mir schlecht ist und übel davon im Leibe und ich mich selber nicht kenne.«

Ruben, Schimeon, Levi und Jehuda liebkosten sie ungeschickt. Sie grübelten mit den rötlichen Augen und kauten die Unterlippe. Damals fing es an. Damals bereitete sich in Rubens Herzen die rasche Zornestat vor, die er einst tun sollte für Lea und die der Anfang war vom Ende seiner Erstgeburt. Damals senkte sich in die Herzen der Brüder der Keim des Hasses gegen das Leben, das selbst erst ein Keim war; die Saat geschah, die aufgehen sollte als unnennbares Herzeleid für Jaakob, den Gesegneten. Mußte es denn so sein? Hätte nicht Friede und heiterer Sinn können herrschen im Jaakobsstamm und alles einen gelinden und gleichen Gang nehmen in ebener Verträglichkeit? Leider nicht, wenn geschehen sollte, was geschah, und wenn die Tatsache, daß es geschah, auch zugleich der Beweis dafür ist, daß es geschehen sollte und mußte. Das Geschehen der Welt ist groß, und da wir nicht wünschen können, es möchte lieber friedlich unterbleiben, dürfen wir auch die Leidenschaften nicht verwünschen, die es bewerkstelligen; denn ohne Schuld und Leidenschaft ginge nichts voran.

Wieviel Aufhebens gemacht wurde von Rahels Zustand, das war allein schon ein Ärger und Greuel für Lea, nach deren rüstigen Schwangerschaften niemals ein Hahn gekräht hatte. Rahel war gleichsam heilig geworden durch die ihre, eine Auffassung, deren Urheber natürlich Jaakob war, der aber kein Hausgenosse, von Laban angefangen, bis hinab zum letzten Hofsklaven und Stallräumer, sich zu entziehen vermochte. Man ging auf den Zehenspitzen um sie herum, man sprach nicht anders zu ihr als mit süßlich, wehleidiger Stimme, indem man schiefen Kopfes Handbewegungen beschrieb, als streichelte man den Luftraum, der ihre Gestalt umgab. Nichts fehlte, als daß man Palmzweige und Teppiche hingebreitet hätte, wo sie ging, damit ihr Fuß nicht an einen Stein stoße; und bläßlich lächelnd ließ sie die Hofmacherei sich gefallen, weniger aus Eigenliebe als um der Jaakobsfrucht willen, mit der sie endlich gesegnet war: zu Ehren

Dumuzi's, des Echten. Aber wer unterscheidet wohl Demut und Hoffart der Gesegneten?

Behangen mit Amuletten, durfte sie keine Hand rühren in Haus, Hof, Garten und Feld. Jaakob verbot es. Er weinte, wenn sie nicht essen oder das Gegessene nicht behalten konnte; denn wochenweise ging es ihr kläglich, und man befürchtete sehr den hämischen Einfluß irgendwelchen Gelichters. Beständig legte Adina, ihre Mutter, ihr Salbenverbände auf, die sie nach alten Rezepten herstellte und deren Kräfte zwiefach waren: sowohl zauberhaft schützend und abschreckend wie auch auf natürliche Weise heilsam und schmeidigend wirkten die Gemenge. Sie zerrieb Nachtschatten, Hundszunge, Gartenkresse und die Wurzel der Pflanze Namtars, des Herrn der sechzig Krankheiten, rührte das Pulver mit reinem, eigens besprochenem Öle an und massierte der Hoffenden die Nabelgegend damit von unten nach oben, indem sie auf verwaschene, alles ineinanderziehende und halb sinnlose Weise murmelte:

»Der böse Utukku, der böse Alu mögen beiseite treten; böser Totengeist, Labartu, Labaschu, Herzkrankheit, Bauchgrimmen, Kopfkrankheit, Zahnschmerz, Asakku, schwerer Namtaru, geht aus dem Hause, beim Himmel und bei der Erde sollt ihr beschworen sein!«

Im fünften Monat bestand Laban darauf, daß Rahel zu einem Sehe-Priester des Sin-Tempels E-chulchul nach Charran gebracht werde, damit er ihr und dem Kinde durch Wahrsagung die Zukunft deute. Jaakob wahrte nach außen hin seine Grundsätze, indem er sich dagegen aussprach und seine Teilnahme verweigerte, brannte aber im Grunde nicht weniger als die Verwandten auf den Spruch und war der erste, zu wünschen, daß nichts versäumt werde. Überdies war der alte Seher und Hausbetreter Rimanni-Bel, das ist: ›Bel, erbarme dich meiner‹, ein Sohn und Enkel von Sehern, um den es sich handelte, ein besonders volkstümlicher und kunsterfahrener Weissager und Ölkundiger, der nach allgemeinem Urteil meisterhaft sah und zu dem immerdar großer Zudrang herrschte; und wenn Jaakob es selbstverständlich ablehnte, als Fragender vor ihn zu treten und dem Monde zu opfern, so war er doch viel zu neugierig auf alles, was, unter welchem Gesichtspunkt immer, über Rahels Zustand und Aussichten etwa zu sagen war, als daß er die Eltern nicht nachsichtig hätte gewähren lassen sollen.

Sie waren es also, Laban und Adina, die auf dem Wege nach Charran zu beiden Seiten den Zaum des Esels hielten, auf dem die Schwangere saß, und ihn behutsam führten, daß sein Fuß nicht stolpere und nicht die Bleiche erschüttert werde. Hintennach aber zerrten sie das Schaf, das sie opfern wollten. Jaakob, der ihnen gewinkt hatte, blieb zu Hause, um nicht den Prunkgreuel zu sehen von E-chulchul und nicht ein Ärgernis zu nehmen am zugehörigen Hause der Buhlweiber und Liebesknaben, die sich den Fremden überließen für schweres Geld, zu Ehren des Abgottes. Er wartete, ohne eigene Verunreinigung, den Spruch des Sehersohnes ab, die Becherweissagung, die jene nachdenklich heimbrachten, und lauschte schweigend ihren Erzählungen, wie es ihnen im Tempelbezirk und vor dem Angesichte Rimanni-Bels, des Ölbeschauers, oder Rimuts, wie er sich nennen ließ um der Kürze willen, ergangen war. »Nennet mich Rimut, ganz bündig!« hatte der Milde gesagt. »Denn ich heiße zwar Rimanni-Bel, damit Sin sich meiner erbarme, aber ich selbst bin voller Erbarmen mit denen, die um ihrer Not und ihres Zweifels willen zu opfern wissen, darum sagt einfach ›Erbarmen‹ zu meiner Anrede, die Abkürzung steht mir zu Gesichte.« Und dann hatte er sich erkundigt, was sie mitgebracht an Notwendigem, die Makellosigkeit untersucht des Darzubringenden und sie angewiesen, noch die und die Brandspezereien zu erstehen bei den Handelsständen des Haupthofes.

Ein angenehmer Mann, dieser Rimanni-Bel oder Rimut in seinen weißen Linnengewändern und seiner ebenfalls linnenen Kegelmütze, – ein Greis schon, doch ranken und nicht von Speck entstellten Leibes, mit weißem Bart, einer geröteten Knollennase und scherzhaften Äuglein, in die zu blicken erheiternd wirkte. »Wohlschaffen bin ich«, hatte er geäußert, »und ohne Tadel an Gliedern und Eingeweiden, wie das Opfertier, wenn es angenehm ist, und wie das Schaf, wenn nichts dagegen zu sagen. Ich bin eben nach Wuchs und Maßen, und weder ist gekrümmt mein Bein nach außen oder innen, noch fehlt mir auch nur ein einziger Zahn, noch muß ich mich schieläugig nennen oder hodenkrank. Nur meine Nase ist etwas rot, wie ihr seht, doch allein aus Lustigkeit und aus keiner anderen Ursache, denn ich bin nüchtern wie klares Wasser. Ich könnte nackend vor den Gott treten, wie es ehemals üblich war, so hören und lesen wir. Jetzt stehen wir vor ihm in weißem Linnen, und auch des bin ich froh, denn es ist rein und nüchtern ebenfalls und steht meiner Seele an. Ich hege keinen Neid auf meine Brüder, die Beschwörungspriester, die in rotem Untergewande und Überwurf handeln, gehüllt in Schreckensglanz, um die Dämonen in Verwirrung zu setzen, die Lauerer und das Gelichter. Auch sie sind nützlich und notwendig und ihrer Einkünfte wert, doch möchte Rimanni-Bel (das bin ich) nicht einer von ihnen sein noch der Wasch- und Salbenpriester einer, noch ein Besessener, noch auch ein Klage- und Schreipriester, noch etwa ein solcher, dessen Mannbarkeit Ischtar in Weiblichkeit verwandelt hat, so heilig es sein mag. Sie alle erwecken mir nicht eine Spur von Mißgunst, so recht ist mir meine Haut, und auch keine andere Art von Wahrsagekunst möchte ich üben als einzig und allein die ölkundige, denn das ist mit Abstand die vernünftigste, klarste und beste. Unter uns gesagt, es ist bei der Leberschau sowohl als beim Pfeilorakel viel Willkür im Spiel, und auch die Deutung von Träumen und Gliederzuckungen entbehrt nicht der Fehlerquellen, so daß ich mich im stillen oft etwas lustig darüber mache. Euch angehend, Vater, Mutter und schwangeres Kind, so habt ihr den rechten Weg eingeschlagen und geklopft an die rechte Tür. Denn mein Ahn ist Emmeduranki, der König zu Sippar war vor der Flut, der Weise und der Bewahrer, dem die großen Götter die Kunst verliehen, Öl auf Wasser zu beschauen und zu erkennen, was sein wird, nach des Öles Benehmen. In schnurgerader Linie, vom Vater auf den Sohn, leite ich von ihm meinen Ursprung her, und ist lückenlos die Überlieferung, denn immer ließ der Vater den Sohn, den er liebte, auf Tafel und Schreibstift schwören vor Schamasch und Adad und ließ ihn lernen das Werk ›Wenn der Sohn der Seher‹ bis herab zu Rimut, dem Heiteren, Tadellosen (das bin ich). Und ich erhalte von dem Schaf das Hinterteil, das Fell und einen Topf Fleischbrühe, daß ihr's im voraus wißt; ferner die Sehnen und die Hälfte der Eingeweide nach den Tafeln und gemäß den Aufstellungen. Die Lenden, die rechte Keule und ein schönes Bratenstück erhält der Gott, und was übrig ist, danach heben wir gemeinsam die Hände beim Tempelmahl, seid ihr's zufrieden?«

So Rimut, der Sehersohn. Und sie hatten geopfert auf dem mit Weihwasser besprengten Dach, hatten aufgetragen vier Krüge Wein und zwölf Brote sowie Mus aus Dickmilch und Honig auf den Tisch des Herrn und Salz gestreut. Dann hatten sie Feuerswürze gestreut auf den Räucherkandelabern und das Schaf geschlachtet: der Opferer hielt es, der Priester schlug's, und dargebracht wurde das Schuldige. Wie anmutig Rimut, der Alte, in der Untadeligkeit seiner Glieder den Schlußtanz vollführt hatte vorm Altar in besonnenen Sprüngen! Laban und die Frauen wußten nicht genug Rühmens davon zu machen vor Jaakob, der ihnen schweigend lauschte, in stiller Begier nach dem Spruch und in Ungeduld, die er geheimhielt.

Ja, der Spruch und des Öles Aussage – es stand dunkel und mehrdeutig darum; viel klüger war man nicht in ihrem Besitze als vorher, denn sie lauteten tröstlich und drohend zugleich, aber so mußte Zukunft wohl lauten, wenn sie redete, und man hatte doch immerhin einen Laut von ihr, wenn es auch nur ein Summen war und ein Reden mit ungetrennten Lippen. Rimanni-Bel hatte den Zedernstab genommen und die Schale, hatte gebetet und gesungen und Öl gegossen in Wasser sowie Wasser in Öl und mit schiefem Kopfe die Bildungen des Öles betrachtet im Wasser. Aus dem Öl waren zwei Ringe herausgekommen, groß einer und einer klein: so würde Rahel, des Schafzüchters Tochter, allem Anscheine nach einen Knaben gebären. Aus dem Öl war ein Ring gekommen gegen Osten und war stehengeblieben: so würde gesund werden die Gebärerin. Aus dem Öl war beim Schütteln eine Blase gekommen: so würde ihr Schutzgott bei ihr stehen in der Not, denn es würde schwer sein. Aus der Not würde der Mensch entkommen, denn das Öl war gesunken und gestiegen, da man Wasser hineingoß, es hatte sich zerteilt und zurückkehrend wieder vereint, so würde der Mensch, wenn auch nach argem Leiden, dennoch gesund werden. Da aber das Öl, als man Wasser hineingegossen, untergesunken und dann wieder hochgekommen war und den Rand des Bechers erfaßt hatte, so würde zwar erstehen der Kranke, aber der Gesunde werde des Todes sein. »Doch nicht der Knabe!« konnte Jaakob sich nicht enthalten zu rufen... Nein, für das Kind lag es vielmehr umgekehrt, den Winken des Öles zufolge, die aber gerade hier nicht leicht begreiflich waren dem Menschensinn. Das Kind werde in die Grube fahren und dennoch leben, es werde sein wie das Korn, das nicht Frucht trägt, es stürbe denn. Dieser Sinn, hatte Rimut versichert, sei unzweifelhaft nach der Art, wie das Öl, als er Wasser hineingegossen, zuerst entzweigegangen war, dann aber sich wieder vereinigt und an seinem Rande nach der Sonne zu eigentümlich geglänzt habe, denn dies bedeute Erhebung des Hauptes aus dem Tode. Recht verständlich sei es nicht, hatte der Seher gesagt, er selber verstehe es nicht, er mache sich nicht weiser vor ihnen, als er sei, aber der Wink sei verlässig. In Ansehung dagegen der Frau, so werde sie der Probe und Gegenprobe zufolge den Stern ihres Knaben nicht sehen, wenn er am höchsten stände, es sei denn, sie hüte sich vor der Zahl Zwei. Denn dies sei überhaupt eine Unglückszahl, aber für des Schafzüchters Tochter besonders, und dem Öle nach solle sie die Reise nicht antreten im Zeichen Zwei, sie werde sonst sein wie ein Heer, das das Haupt seines Feldes nicht erreiche.

So der Spruch und des Spruches Gemurmel, das Jaakob kopfnickend anhörte, indem er zugleich die Achseln zuckte. Was sollte man anfangen damit? Es war wichtig zu hören, weil es sich auf Rahel bezog und ihr Kind, im übrigen aber mußte man es auf sich beruhen lassen und es der Zukunft anheimgeben, was sie aus ihrem Gemurmel zu machen gedachte. Hierin wahrten Schicksal und Zukunft sich ohnehin weitgehend freie Hand. Vieles konnte geschehen und nicht geschehen, und es würde immer noch mit dem Spruche leidlich in Einklang zu bringen sein, so daß man erkennen mochte, so also sei es gemeint gewesen. Jaakob grübelte manche Stunde noch über das Wesen des Orakels im allgemeinen und redete auch vor Laban davon, der aber nichts wissen wollte. War es seiner Natur nach die Enthüllung eines Zukünftigen, an dem nichts zu ändern war, oder war es eine Anweisung zur Vorsicht und eine Mahnung dem Menschen, das Seine zu tun, daß ein verkündigtes Unglück nicht eintrete? Dies hätte vorausgesetzt, daß Ratschluß und Schicksal nicht feststanden, sondern daß es dem Menschen gegeben war, sie zu beeinflussen. War dies aber der Fall, so war die Zukunft nicht außer dem Menschen, sondern in ihm, und wie war sie dann lesbar? Übrigens war es oft vorgekommen, daß durch vorbeugende Maßregeln das unglücklich Verkündete geradezu herbeigeführt worden war, ja, ohne diese Maßregeln offenbar gar nicht hätte geschehen können, wodurch die Warnung sowohl wie das Schicksal zum Dämonenspott wurde. Das Öl hatte gesprochen, Rahel werde, wenn auch sehr schwer, eines Sohnes genesen. Wenn man nun aber die Kreißende vernachlässigte, keine Beschwörungen sprach, ihr die notwendigen Salbungen vorenthielt: wie würde dann das Schicksal es anfangen, seinem glückhaften Spruche treu und es selber zu bleiben? Dann würde sündigerweise das Böse geschehen gegen das Schicksal. Aber war dann nicht auch Sünde der Versuch, das Gute herbeizuführen gegen das Schicksal?

Laban mißbilligte solche Quengeleien. Das sei nicht wohl gedacht, sagte er, sondern schief, überfein und mäkelsüchtig. Die Zukunft sei eben die Zukunft, das heiße: sie sei noch nicht und stehe also nicht fest, aber sie werde eines Tages sein und dann so und so, sie stehe also in einer gewissen Weise fest, nämlich nach Maßgabe ihrer Eigenschaft als Zukunft, und mehr sei nicht darüber zu sagen. Ein Spruch über sie sei erhellend und lehrreich dem Herzen, und es seien die Sehepriester bestellt und bezahlt, ihn zu spenden nach jahrelanger Schulung, unter der Schirmherrschaft des Königs der vier Weltgegenden zu Babel-Sippar an beiden Seiten des Stromes, Günstlings des Schamasch und Lieblings des Mardug – Königs von Schumer und Akkad, der da wohne in einem Palaste mit klaftertiefen Unterbauten und in einem Thronsaal von unnennbarer Pracht. Darum mäkle nicht!

Jaakob schwieg schon. Gegen den Nimrod von Babel trug er eine tiefe, vom Urwanderer her vererbte Ironie im Herzen. Darum ließ es ihm den Spruch nicht heiliger erscheinen, daß Laban sich zu seinen Gunsten auf den Großmächtigen berief und darauf, daß dieser selbst nicht den Finger rührte, ohne die Sehe-Priester zu Rate gezogen zu haben. Laban hatte den Spruch bezahlt mit einem Schaf und allerlei Nahrung für den Mondgötzen, und schon darum mußte er an dem Erwerbe hängen. Jaakob, der nicht gezahlt hatte, verhielt sich notwendig freier dagegen; aber es freute ihn auch wieder, daß er, ohne zu zahlen, etwas zu hören bekommen hatte, und was die Zukunft betraf, so stand sie, dachte er, wenigstens in der einen Frage heute schon fest, ob Rahels Frucht ein Knabe oder ein Mädchen war. In Rahels Schoß war das ausgemacht, nur, daß man es noch nicht sah. Es gab also feststehende Zukunft, und daß Rimanni-Bels Öl auf einen Knaben gedeutet hatte, war immerhin stärkend. Im übrigen war Jaakob dankbar für praktische Anweisungen, die der Seher erteilt hatte; denn als ein rechter Priester und Hausbetreter war er zugleich der Heilkunst kundig und hatte, obgleich ohne Frage ein Widerspruch bestand zwischen diesen seinen beiden Eigenschaften (denn was vermochte die Medizin gegen die Zukunft?), für die Niederkunft nicht mit erprobten Ratschlägen gespart, in denen das Ärztlich-Rezeptmäßige und das Rituell-Beschwörerische einander zu voller Wirksamkeit ergänzten.

Die kleine Rahel hatte es nicht leicht. Lange bevor ihre Stunde kam, die dann beinahe ihr Stündlein geworden wäre, begannen die Praktiken, und sie mußte trinken, was ihr nicht schmeckte, zum Beispiel viel Öl, das das Pulver zerstoßener Schwangerschaftssteine enthielt, und viele Auflagen dulden auf ihren Körper, Salbenpakete aus Erdpech, Schweinefett, Fischen und Kräutern, ja ganze Teile von unreinen Tieren, die, wie die Salben, mit Fäden auf ihren Gliedern festgebunden wurden. Ein Sühnezicklein lag außerdem immer zu ihren Häupten, wenn sie schlief, als Ersatzopfer an ihrer Statt für die Gierigen. In ihrer

Nähe bei Tag und Nacht stand eine Tonpuppe der sumpfentstiegenen Labartu, im Munde ein Ferkelherz, um die Abscheuliche aus dem Körper der Schwangeren, den sie bezogen, hinüberzulocken in ihr Bild, das man von drei zu drei Tagen mit dem Schwerte zerschlug und im Mauerwinkel vergrub, wobei man nicht hinter sich blicken durfte. Das Schwert steckte in einem feurigen Kohlenbecken, das ebenfalls, obgleich die Jahreszeit schon sehr warm war und der Tammuz-Monat sich näherte, Tag und Nacht neben Rahel stehen mußte. Ihr Bett war mit einer kleinen Mauer aus Mehlbrei umgeben, und daß drei Getreidehaufen in ihrer Kammer lagen, entsprach gleichfalls dem Rate Rimanni-Bels. Als die Vorwehen sich meldeten, beeilte man sich, die Seiten des Bettels mit Ferkelblut und die Haustür mit Gips und Asphalt zu bestreichen.

Die Geburt

Es war Sommer damals, der Monat des Herrn der Hürde, des Zerrissenen, schon einige Tage vorgeschritten. Jaakob war, seit der große Augenblick, da die Echte und Liebste ihm gebären sollte, zu erwarten stand, nicht mehr von ihrer Seite gewichen, hatte auch eigenhändig an ihrer Vorpflege teilgenommen, indem er die Salbenverbände erneuerte und einmal sogar das Labartubild zerschlagen und vergraben hatte – Maßregeln und Bräuche, die zwar nicht von dem Gott seiner Väter kamen, aber über den Götzen und seinen Seher allenfalls doch von ihm kommen konnten und jedenfalls die einzigen waren, die es zu befolgen gab. Öfters hatte Rahel, bleich, abgezehrt und stark nur in Leibesmitte, wo die Frucht in unwissender Erbarmungslosigkeit all ihre Kräfte und Säfte zu ihrem Gedeihen an sich zog, lächelnd seine Hand dorthin geführt, wo er des Kindes dumpfe Stöße ertasten konnte, und durch die Fleischesdecke hatte er Dumuzi, den echten Sohn, begrüßt und ihm zugeredet, sich bald ein Herz zu fassen zum Tageslicht, aber gewandt und schonend zu entschlüpfen der Berge, damit nicht über Gebühr zu leiden habe die Bergerin. Da nun ihr armes Gesicht sich lächelnd verzerrte und sie mit kurzem Atem zu wissen gab, sie fühle, es nahe, geriet er in größte Aufregung, rief die Eltern und Mägde herbei, befahl, die Ziegel zu rüsten, lief hin und her in gegenstandsloser Geschäftigkeit, und sein Herz war voller Flehen.

Rahels Bereitwilligkeit und guter Mut sind nicht genug zu rühmen. In freudiger Tapferkeit, entschlossen, sich tüchtig zu erweisen im Tun und Dulden, trat sie ein ins Werk der Natur. Nicht um des äußeren Ansehens willen, und weil sie vor den Leuten nicht länger die Kinderlose, Gehaßte vorstellen sollte, war sie so rührig, sondern aus tieferen, körperlicheren Ehrengründen; denn nicht nur die Menschengemeinschaft weiß von Ehre, das Fleisch selbst kennt sie und besser als jene, wie Rahel erfahren hatte, als sie schmerzlos und schandenhalber in Bilha Mutter geworden war. Ihr Lächeln, da es anging, war nicht das wirre von damals, worin sich das traurige Gewissen ihres Fleisches gemalt hatte. Von Glück und Kurzsichtigkeit verklärt ruhten ihre hübschen und schönen Augen dabei in denen Jaakobs, dem sie gebären sollte in Ehren; denn diese Stunde war es gewesen, der sie entgegengeblickt in schauender Lebensbereitschaft, als einst auf dem Felde zuerst der Fremde vor ihr gestanden hatte, der Vetter aus der Fremde.

Arme Rahel! So frohen Mutes war sie, so voll guten Willens zur Rüstigkeit beim Werk der Natur und so wenig wohl wollte ihr diese, so schwer ließ sie's die Tapfere ankommen! War Rahel, die so redlich ungeduldig gewesen nach Mutterschaft und so überzeugt von ihrer Begabung dazu, in Wahrheit, das heißt: im Fleische, gar nicht geschaffen dafür, viel weniger als Lea, die Ungeliebte, so daß des Todes Schwert über ihr schwebte, wann sie niederkam, und schon beim zweitenmal auf sie fiel und sie erwürgte? Kann so Natur mit sich selbst im Streite liegen und so verhöhnen, was sie selbst an Wünschen und frohem Glauben ins Herz gelegt? Offenbar. Rahels Freudigkeit ward nicht angenommen und ihr Glaube Lügen gestraft, das war das Schicksal dieser Bereitwilligen. Sieben Jahre hatte sie mit Jaakob gewartet im Glauben und war dann dreizehn Jahre lang unbegreiflich enttäuscht worden. Nun aber, da die Natur ihr das Ersehnte denn endlich zugestand, tat sie's zu so gräßlichem Preis, wie Lea, Bilha und Silpa zusammen für all ihre Mutterehren nicht hatten zahlen müssen. Sechsunddreißig Stunden, von Mitternacht zu Mittag und wieder durch eine ganze Nacht bis zum anderen Mittag, währte das Schreckenswerk, und hätte es nur noch eine Stunde oder eine halbe gewährt, so wäre der Atem ihr ausgegangen. Gleich schon zu Anfang war es dem Jaakob ein Kummer, Rahels Enttäuschung zu sehen; denn schnell, lustig und rüstig hatte sie's abzumachen gedacht und kam nun alsbald nicht von der Stelle. Die ersten Anzeichen schienen getrogen zu haben; vielstündige Pausen unterbrachen die Vorwehen, fruchtlose Zeiträume der Leere und Stille, in denen Rahel nicht litt, aber sich schämte und langweilte. Oft sagte sie zu Lea: »Bei dir war es, Schwester, ein ander Ding!«, und diese mußte es zugeben, wobei sie Jaakob, den Herrn, mit einem Blick streifte. Dann packte Schmerzensdrang die Wöchnerin, grausamer und länger von Mal zu Mal, doch wenn er ging, so schien die harte Arbeit vergebens getan. Sie vertauschte die Ziegelsteine mit dem Bett und dieses wieder mit den Steinen. Die Stunden, die Nachtwachen, die Tageszeiten kamen und gingen; sie schämte und grämte sich ob ihrer Untüchtigkeit. Rahel schrie nicht, wenn es sie packte und überhaupt nicht mehr lassen wollte; sie biß die Zähne zusammen und werkte in stummer Redlichkeit nach ihren besten Kräften, denn sie wollte den Herrn nicht erschrecken, dessen weiches Herz sie kannte und der ihr in den Zwischenzeiten der Ermattung mit zerrissener Seele Hände und Füße küßte. Was half ihr die Redlichkeit? Die ward nicht angenommen. Da es ausartete, schrie sie doch, und zwar ungeheuer wild, wie es ihr nicht zu Gesichte stand und nicht paßte zur kleinen Rahel. Denn um diese Zeit, da abermals Morgen wurde, war sie nicht bei sich und sie selber nicht mehr, und man hörte ihrem gräßlichen Brüllen wohl an, daß nicht sie es war, die schrie, denn die Stimme war völlig fremd, sondern daß die Dämonen es waren, die das Ferkelherz im Munde der Tonpuppe noch immer nicht hatte hinüberlocken können von ihr in die Puppe.

Es waren Krampfwehen, die nichts förderten, sondern die heilig Jammervolle nur in unlöslicher Höllenqual gepackt hielten, so daß die schreiende Maske ihres Antlitzes blau war und ihre Finger sich in der Luft verkrallten. Jaakob irrte durch Haus und Hof und stieß sich überall, da er die Daumen in den Ohren und die acht anderen Finger vor den Augen hatte. Er rief zu Gott – nicht länger um einen Sohn, es lag ihm nicht mehr an einem solchen, sondern daß Rahel sterben möge und friedlich daliegen, befreit von der Höllennot. Laban und Adina, da ihre Tränke, Salbungen und Streichungen nichts hatten fruchten wollen, zählten in tiefer Betretenheit Beschwörungen auf und erinnerten unter dem Schreien der Kreißenden in rhythmischen Worten Sin, den Mondgott, daran, wie er einst eine Kuh bei der Geburt unterstützt habe: so nun möge er auch lösen die Verschlingung dieser Frau und beistehen der Magd in Kindesnöten. Lea hielt sich aufrecht in einem Winkel der Wochenstube, die Arme am Körper, die Hände aus den Gelenken erhoben, und erblickte schweigend mit ihren schielenden blauen Augen auf den Todes- und Lebenskampf der Liebsten Jaakobs.

Und dann kam aus Rahel ein letzter Schrei, von äußerster Dämonenwut, wie man ihn nicht zweimal ausstoßen kann, ohne des Todes zu sein, und nicht zweimal vernehmen, ohne den Verstand zu verlieren, – und Labans Weib bekam anderes zu tun, als von Sins Kuh zu rezitieren, denn ausgetreten war Jaakobs Sohn, sein elfter und erster, hervorgegangen aus dem dunkelblutigen Schoße des Lebens – Dumuzi-Absu, des Abgrundes rechter Sohn. Bilha war es, Dans und Naphtali's Mutter, die bleich und lachend gelaufen kam auf den Hof, wohin Jaakob sinnlos gerannt war, und es mit flatternder Zunge meldete dem Herrn, daß ein Kind uns geboren, ein Sohn uns gegeben sei, und daß Rahel lebe; und er schleppte sich am ganzen Leibe zitternd zur Wöchnerin, fiel bei ihr hin und weinte. Schweißbedeckt und wie vom Tode verklärt, sang sie ein kurzatmig Lied der Erschöpfung. Zerfleischt war die Pforte ihres Leibes, sie hatte sich die Zunge zerbissen, und ihres Herzens Leben war matt bis zum Verlöschen. Das war der Lohn ihrer Freudigkeit.

Sie hatte nicht die Kraft, den Kopf nach ihm zu wenden noch auch zu lächeln, aber sie streichelte seinen Scheitel, indes er bei ihr kniete, und ließ dann die Augen seitwärts gehen nach der Hängewiege, zum Zeichen, er solle nach dem Leben des Kindes sehen und die Hand legen auf den Sohn. Das Gebadete hatte schon aufgehört zu greinen. Es schlief, in Windeln gewickelt. Es hatte glattes schwarzes Haar auf dem Köpfchen, das beim Austritt die Mutter zerrissen, lange Wimpern und winzige Händchen mit genau ausgebildeten Nägeln. Es war nicht schön zu der Zeit; wie hätte wohl mögen von Schönheit die Rede sein bei einem so kleinen Kind. Und doch sah Jaakob etwas, was er nicht gesehen bei Lea's Kindern und nicht wahrgenommen bei den Kindern der Mägde, sah mit dem ersten Blick, was sein Herz, je länger er hinblickte, bis zum Überströmen mit andächtigem Entzücken füllte. Es war um dies Neugeborene, unnennbar, gleichwie ein Scheinen von Klarheit, Lieblichkeit, Ebenmaß, Sympathie und Gottesannehmlichkeit, das Jaakob, wenn nicht zu erfassen, so doch zu erkennen meinte nach seiner Bewandtnis. Er tat seine Hand auf den Knaben und sprach: »Mein Sohn.« Wie er es aber berührte, schlug es seine Augen auf, die damals blau waren und das Licht widerstrahlten der Sonne seiner Geburt in des Himmels Scheitelpunkt, und nahm mit dem winzigen, genau ausgebildeten Händchen den Finger Jaakobs. Den hielt es in zartester Umklammerung, während es weiterschlief, und auch Rahel, die Mutter, schlief einen tiefen Schlaf. Jaakob aber stand gebückt, ein hauchzart Gehaltener, und blickte in seines Söhnchens Klarheit wohl eine Stunde lang, bis es greinend nach Nahrung verlangte, da hob er's hinüber.

Sie nannten es Joseph, auch Jaschup, das meint die Mehrung und Zunahme, wie wenn wir unsere Söhne Augustus heißen. Mit Gott war sein ganzer Name Joseph-el oder Josiphja, doch auch die erste Silbe davon verstanden sie gern schon als Hindeutung aufs Höchste und nannten seinen Namen Jehoseph.

Da nun Rahel den Joseph geboren hatte, war Jaakob sehr zart und hochgestimmt; er redete nicht anders denn mit feierlich bewegter Stimme, und die Selbstgefälligkeit seines Gefühls war sträflich. Da um die Mittagsstunde, in der das Kind erschienen, östlich das Tierkreiszeichen der Jungfrau heraufgekommen war, das, wie er wußte, in dem Verhältnis der Entsprechung zum Ischtar-Sterne, der planetarischen Offenbarung himmlischer Weiblichkeit, stand, so versteifte er sich darauf, in Rahel, der Gebärerin, eine himmlische Jungfrau und Muttergöttin zu sehen, eine Hathor und Eset mit dem Kind an der Brust – in dem Kinde aber einen Wunderknaben und Gesalbten, mit dessen Auftreten der Anbruch gelächtervoller Segenszeit verbunden war und der da weiden werde in der Kraft Jahu's. Es bleibt nichs anderes übrig, als ihm Maßlosigkeit und Überschwang zur Last zu legen. Eine Mutter mit dem Kinde ist wohl ein heilig Bild, aber die einfachste Rücksicht auf gewisse Empfindlichkeiten hätte Jaakob hindern müssen, aus dem Bilde ein ›Bild‹ in des Wortes anstößigstem Sinn und aus der kleinen Rahel eine astrale Gottesmagd zu machen. Er wußte natürlich, daß sie nicht nach gewöhnlicher und irdischer Bedeutung des Wortes eine Jungfrau war. Mit was für Dingen hätte das auch zugehen sollen! Wenn er von ›Jungfrau‹ sprach, so war das nur mythisch-sternkundiges Gerede. Aber er bestand auf dem Gleichnis mit allzu wörtlichem Entzücken und bekam Tränen des Eigensinns dabei in die Augen. Ebenso hätte es, da er Schafzüchter war und obendrein die Liebste seines Herzens Rahel hieß, als ein ganz leidliches und sogar anmutiges Gedankenspiel hingehen mögen, daß er ihren Säugling ›das Lamm‹ nannte. Aber der Tonfall, in dem er es tat und von dem Lamme redete, das aus der Jungfrau hervorgegangen, hatte nichts mit Scherz zu tun, sondern schien für den kleinen Balg in der Hängewiege die Heiligkeit des fleckenlosen Erstlingsopfers aus der Herde in Anspruch zu nehmen. Alle wilden Tiere, schwärmte er, würden das Lamm bestürmen, aber es werde sie alle besiegen, und Freude werde darüber bei Engeln und Menschen auf der ganzen Erde sein. Auch ein Reis und einen Zweig, der aus der zartesten Wurzel gebrochen sei, nannte er den Sohn, denn damit verband sich seinem überpoetischen Sinn die Vorstellung des Weltenfrühlings und ebenjener nun angebrochenen Segenszeit, in welcher der Himmelsknabe die Gewalttätigen schlagen werde mit dem Stabe seines Mundes.

Was für Übertreibungen des Gefühls! Und dabei hatte für Jaakob der ›Anbruch der Segenszeit‹, soweit seine eigene persönliche Zeit dabei in Frage kam, eine sehr praktische Bedeutung. Er bedeutete Reichtumssegen – Jaakob war sicher, in der Geburt des Sohnes der Rechten eine Gewähr dafür sehen zu dürfen, daß es nun mit seinen Geschäften in Labans Diensten, so viel sie ihm unter der Hand schon abgeworfen hatten, entscheidend und in sehr steiler Kurve aufwärtsgehen, daß die kotige Unterwelt ihm nach dieser Wende rückhaltlos alles gewähren werde, was sie an Goldesschätzen zu bieten hatte: womit dann freilich wieder ein höherer und gefühlvollerer Gedanke nahe zusammenhing, nämlich derjenige beladener Heimkehr zur Oberwelt, ins Land seiner Väter. Ja das Erscheinen Jehosiphs kam einem Wendepunkt im Sternenlauf seines Lebens gleich, mit welchem genaugenommen sein Aufstieg aus Labans Reich hätte zusammenfallen müssen. Das aber konnte nicht sein und stimmte nicht ohne weiteres. Weder war Rahel reisefähig (denn sie erholte sich, bleich und schwach, nur sehr schwer von der fürchterlichen Entbindung), noch war es vorläufig das Kind, ein Säugling, dem die mühselige Eliezer-Fahrt von mehr als siebzehn Tagen unmöglich zugemutet werden durfte. Es ist erstaunlich und legt das Lachen nahe, mit welcher Gedankenlosigkeit über diese Dinge zuweilen geurteilt und berichtet wird. So kann man hören, Jaakob habe vierzehn Jahre bei Laban verbracht, sieben und sieben; am Ende sei Joseph geboren worden, und dann sei er heimgereist. Dabei heißt es ausdrücklich, bei der Begegnung mit Esau am Jabbok seien auch Rahel und Joseph herzugetreten und hätten sich vor dem Edom geneigt. Wie aber sollte ein Säugling wohl hintreten und sich verneigen? Damals war Joseph fünf Jahre alt, und diese fünf Jahre waren es, die Jaakob nach den zwanzig dort noch verlebte, und zwar unter neuem Kontrakt. Er konnte nicht reisen, aber er konnte so tun, als ob er sofort zu reisen gedächte, um einen Druck auszuüben auf Laban, den Erdenkloß, dem nur mit Druck und eherner Ausnützung der Härten des Wirtschaftslebens überhaupt beizukommen war.

Darum redete Jaakob vor Laban und sprach:

»Mein Vater und Oheim neige gefälligst etwas sein Ohr meinem Wort.«

»Bevor du redest«, fiel Laban geschwinde ein, »höre du lieber mich, denn ich habe Vordringliches zu sagen. Es kann nicht weitergehen so wie jetzt, und ist keine gesetzliche Ordnung mehr zwischen den Menschen, das ist auf die Dauer ein Greuel vor mir. Du hast mir gedient um die Weiber sieben und sieben Jahre nach unserm Vertrage, der ruht bei den Teraphim. Seit einigen Jahren aber, ich glaube seit sechsen, sind überaltert Abkommen und Urkunde, und ist kein Recht mehr, sondern nur noch Gewohnheit und Schlendrian, daß keiner mehr weiß, woran er sich halten soll. So ist unser Leben geworden wie ein Haus, das man baut ohne Richtschnur, und ist, offen gesagt, wie das der Tiere. Ich weiß wohl, denn die Götter haben mich sehend geschaffen, daß du auf deine Rechnung gekommen bist, da du mir dientest ohne Bedingungen und ohne verbrieften Lohn; denn du hast auf deine Seite gebracht allerlei Güter und Wirtschaftswerte, die ich nicht zählen will, da sie nun dein sind, und wenn die Kinder Labans, Beor, Alub und Muras, meine Söhne, ein Maul darüber zogen, so verwies ich's ihnen. Denn es ist eine Leistung ihres Lohnes wert, nur muß man ihn regeln. Darum nun, so wollen wir hingehen und einen neuen Vertrag schließen auf vorläufig aber sieben Jahre, und siehst mich verhandlungsbereit in betreff jeder Bedingung, die du gesonnen bist, mir zu stellen.«

»Das kann nicht sein«, erwiderte Jaakob kopfschüttelnd, »und leider vergeudet mein Oheim seine kostbaren Worte, was er hätte vermeiden können, wenn er mich gleich gehört hätte. Denn nicht um neuen Vertrages willen rede ich vor Laban, sondern von wegen Urlaubs und der Entlassung halber. Zwanzig Jahre habe ich dir gedient, und wie ich's tat, davon zu zeugen muß ich dir anheimgeben, denn ich selbst kann's nicht tun, weil ich schicklicherweise die Worte nicht brauchen darf, die einzig am Platze. Dir aber stünden sie sogar sehr gut zu Gesicht.«

»Wer leugnet's?« sprach Laban. »Du hast mir überaus leidlich gedient, davon ist nicht die Rede.«

»Und bin alt und grau worden in deinen Diensten ohne Not«, fuhr Jaakob fort, »denn der Grund, warum ich aus Jizchaks Hause ging, und verließ meinen Ort: Esau's Zorn, der ist längst verraucht, und es weiß der Jäger in seinem Kindergemüt überhaupt nichts mehr von den alten Geschichten. Seit Jahr und Tag hätte ich können dahinziehen in mein Land zu jeder Stunde, aber ich tat's nicht. Und warum tat ich's nicht? Dafür gibt es wieder nur Worte, die ich nicht brauchen darf, denn sie sind lobend. Nun aber hat Rahel, die Himmelsmagd, in der du schön worden bist, mir den Dumuzi geboren, Joseph, meinen und ihren Sohn. Den will ich nehmen nebst meinen anderen Kindern, Lea's und der Mägde, und will sammeln, was mir zugewachsen in deinen Diensten, und aufsitzen und reisen, daß ich in mein Land und an meine Stätte komme und endlich denn auch einmal mein eigenes Haus versorge, da ich so lange ausschließlich für dich gewacht.«

»Das würde ich im wahrsten Sinne des Wortes bedauern«, versetzte Laban, »und was an mir liegt, das soll geschehen, damit es nicht statthabe. Es äußere mein Sohn und Neffe doch frisch und unmittelbar von seiner Leber weg, was er verlangt in Hinsicht auf neue Bedingungen, und ich versichere bei Anu und Ellil, daß ich das Äußerste noch, was er auch nur einigermaßen vernünftigerweise wird fordern können, mir in aller Wohlgeneigtheit werde durch den Sinn gehen lassen.«

»Ich weiß nicht, was dich vernünftig dünken würde«, sagte Jaakob, »in Anbetracht dessen, was du besaßest, ehe ich zu dir kam, und wie sich's ausgebreitet hat unter meinen Händen, so daß sogar dein Weib Adina mit einbezogen wurde ins Wachstum und dir mit unerwarteter Rüstigkeit drei Söhne brachte auf deine grauen Tage. Du wärest imstande und ließest dir's unvernünftig vorkommen, drum schweige ich lieber und ziehe.«

»Sprich, und du wirst bleiben«, erwiderte Laban.

Da nannte denn Jaakob seine Forderung und sprach aus, was er wollte, wenn er das ein oder andere Jahr noch bliebe. Laban hatte manches erwartet, doch dieses nicht. Er war im ersten Augenblick wie vor den Kopf geschlagen, und sein Sinn rang hastig danach, die Forderung erstens recht zu verstehen und zweitens durch die nötigsten Gegenzüge sofort ihre Tragweite einzuschränken.

Es war die berühmte Geschichte mit den gesprenkelten Schafen, tausendmal wiedererzählt an Brunnen und Feuern, tausendmal besungen und ausgetauscht im Schönen Gespräch zu Ehren Jaakobs und als Meisterstreich geistreicher Hirtenanschlägigkeit, – diese Geschichte, deren auch Jaakob selbst im Alter, wenn er alles besann, nicht gedenken konnte, ohne daß seine feinen Lippen sich lächelnd im Barte kräuselten... Mit einem Wort, Jaakob verlangte die zweifarbigen Schafe und Ziegen, die schwarz-weiß gefleckten – nicht die vorhandenen – die Sache ist recht zu verstehen! –, sondern was scheckig fallen würde in Zukunft von Labans Herden, das sollte sein Lohn sein und geschlagen werden zu dem Privatbesitz, den er sich von langer Hand her in des Oheims Diensten erworben. Es lief auf die Teilung der von nun an zu züchtenden Tiere hinaus zwischen Baas und Knecht, wenn auch nicht gerade zu gleichen Hälften; denn die große Masse der Schafe war weiß und nur eine Minderzahl scheckig, so daß denn Jaakob auch tat, als handle es sich um eine Art von Ausschuß. Doch wußten beide genau, die da handelten, daß die Gesprenkelten geil und fruchtbar waren vor den Weißen, und Laban sprach das auch aus mit Entsetzen und Hochachtung, gebrochen von des Neffen Kunst und Unverschämtheit im Fordern.

»Dir fallen Dinge ein!« sagte er. »Es ist, daß einem Manne Hören und Sehen vergehen könnte bei deinen Artikeln! Die Gesprenkelten also, die hervorragend Geilen? Es ist stark. Nicht daß ich nein dazu sagte, mißhöre mich nicht! Ich gab dir die Forderung frei und stehe zu meinem Wort. Wenn es die Bedingung ist, auf die du dich hart versteifst, und ziehest sonst hin und reißest die Töchter von meinem Herzen, Lea und Rahel, deine

Weiber, daß ich Alter sie nimmermehr wiedersehe, so sei's, wie du sagst. Doch geht es mir, offen gestanden, nahe bis an mein Leben.«

Und Laban setzte sich nieder als wie gelähmt.

»Höre!« sprach Jaakob. »Ich sehe, es kommt dich hart an, was ich verlange, und ist nicht ganz nach deinem Gefallen. Da du nun aber meiner Mutter leiblicher Bruder bist und hast mir Rahel gezeugt, die Sternenjungfrau, die Rechte und Liebste, so will ich bedingen meine Bedingung, daß sie dich weniger erschrecke. Wir wollen durch deine Herde gehen und auslesen alles sprenkliche und bunte Vieh und auch das schwarze und es abseits tun von dem weißen, so daß die einen von den andern nichts wissen. Was danach zweifarben fällt, das sei mein Lohn. Bist du's also zufrieden?«

Laban sah ihn an und blinzelte.

»Drei Tagereisen!« rief er plötzlich. »Drei Tagereisen Raum soll gelegt sein zwischen die Weißen und die Gefleckten und Schwarzen und soll getrennte Zucht und Wirtschaft sein zwischen ihnen, so daß die einen nichts von den anderen wissen, so will ich's haben! Und soll so besiegelt sein zu Charran vor dem Richter und hinterlegt unter Tag bei den Teraphim, das ist meine unweigerliche Gegenbedingung.«

»Hart für mich!« sagte Jaakob. »Ja, recht, recht hart und bedrückend. Doch bin ich's gewohnt von Anbeginn, daß mein Oheim streng und trocken denkt in wirtschaftlichen Dingen und ohne Rücksicht auf verwandtschaftliche Beziehungen. So nehme ich deine Bedingung an.«

»Du tust wohl daran«, antwortete Laban, »denn nie wäre ich davon abgegangen. Laß übrigens hören und sage mir: Welche Herde gedenkst du zu weiden und über welche den Stab zu führen für deine Person, die gesprenkelte oder die weiße?«

»Es ist recht und natürlich«, sprach Jaakob, »daß jeder das Eigentum hüte, das ihm fruchten soll, ich also die Scheckigen.«

»Nicht also!« rief Laban. »Dies nun aber gewiß nicht! Du hast gefordert, und zwar gewaltig. Nun bin ich an der Reihe und stelle auf dagegen, was mir das wenigste dünkt und billigste zur

Wahrung der Wirtschaftsehre. Du verdingst dich mir neu durch diesen Vertrag. Bist du aber mein Knecht, so will es die Wirtschaftsvernunft, daß du den Stab hältst über das Vieh, das mir frommen soll, das weiße, nicht über das, das dir wirft, das scheckige. Das mögen weiden Beor, Alub und Muras, meine Söhne, die mir Adina strotzend gebracht hat auf ihre älteren Tage.«

»Hm«, sagte Jaakob, »auch das möge hingehen, ich will mich nicht zänkisch dawidersetzen, du kennst meine Sanftmut.«

So trafen sie ihr Abkommen, und Laban wußte nicht, welche Rolle er spielte und daß er vom Wirbel bis zur Zehe der betrogene Teufel war. Der schwerfällig berechnende Mann! Den Jizchaksegen wollte er sich nutzbar halten, dies vor allem, und rechnete, daß dieser stärker war als die natürliche Tüchtigkeit der Gefleckten. Unter Jaakobs Händen, das wußte er, würde die weiße Herde, von welcher, nach Absonderung der bunten und schwarzen, gesprenkelte Lämmer nicht zu erwarten waren, ergiebiger gedeihen als die zweifarbige unter der soliden, doch ungenialen Hut seiner Söhne. Der Erdenkloß! Er nahm zwar klüglich Bedacht auf den Segen, doch tat er's wieder nicht hinlänglich, um sich das rechte Bild zu machen von Jaakobs Witz und Erfindungsgeist und von dem Plane sich etwas träumen zu lassen, der hinter des Eidams Forderung sowohl wie seinen Zugeständnissen stand: von der tiefsinnigen und im voraus durch gründliche Versuche erhärteten Idee, die allem zum Grunde lag.

Denn man darf nicht glauben, daß Jaakob auf seinen profunden Schlich, wie geschecktes Vieh zu erzielen sei, auch wenn weißes allein mit weißem sich mischte, erst nach geschlossenem Vertrage verfallen wäre, um diesen recht für sich auszubeuten. Der Gedanke war ursprünglich zweckfrei gewesen, ein Spiel des Witzes, erprobt rein um der Wissenschaft willen, und jener Abschluß mit Laban galt eben nur seiner geschäftsklugen Anwendung. Der Einfall ging in die Zeit vor Jaakobs Hochzeit zurück, da er ein wartend Liebender und sein Züchterverstand am wärmsten und hellsten gewesen war, – er war jenem Dauerzustande sympathievoller Eingebung und inniger Intuition entsprungen. Wirklich sind Gefühl und Ahnung nicht genug zu schätzen, mit denen er die Natur zum Eingeständnis eines ihrer wunderlichsten Geheimnisse reizte und sie experimentell darauf festlegte. Er entdeckte das Phänomen des mütterlichen Sich-Versehens. Er probte aus, daß der Anblick von Scheckigem sich bei der läufigen Kreatur auf die Frucht warf, die sie bei solchem Anblick empfing, und daß Scheckig-Zweifarbenes danach zutage trat. Seine Neugier war, man muß das betonen, rein ideeller Art, und mit durchaus geistreichem Vergnügen verzeichnete er im Gange seiner Versuchsreihen die zahlreichen Fälle bestätigenden Gelingens. Ein Instinkt bestimmte ihn, seine Einsicht in den Sympathiezauber vor aller Welt und auch vor Laban geheimzuhalten; aber wenn auch der Gedanke, aus dem verborgenen Wissen eine Quelle entscheidend-ausgiebiger Selbstbereicherung zu machen, sich zeitig anschloß, so war er doch sekundär und verdichtete sich erst, als der Zeitpunkt neuen Vertragsschlusses mit dem Schwiegervater heranrückte.

Den Hirten freilich im Schönen Gespräch war die Praktik alles, der Pfiff und Kniff geriebener Übervorteilung. Wie Jaakob den Maßregeln Labans ein Schnippchen geschlagen und ihm systematisch das Seine ausgespannt; wie er Stäbe von Pappeln und Haselsträuchern genommen, weiße Streifen daran geschält und sie in die Tränkrinnen vor die Tiere gelegt habe, die zu trinken kamen, wobei sie sich zu begatten pflegten; wie sie über den Stäben empfangen und dann gesprenkelte Lämmer und Zicklein geworfen hätten, obgleich sie selber einfarben gewesen; und wie Jaakob dies namentlich beim Lauf der Frühlingsherde angestellt habe, während die Spätlinge, weniger werte Ware also, Labans sein mochten: das sangen und sprachen sie einander zu mit Lautenbegleitung und hielten sich die Seiten vor Lachen über die kostbare Prellerei. Denn sie besaßen nicht Jaakobs Frömmigkeit und mythische Bildung und kannten den Ernst nicht, mit dem er dies alles durchgeführt: erstens, um nach Menschenpflicht Gott dem König beim Erfüllen seiner Wohlstandsverheißung behilflich zu sein, und dann, weil Laban, der Teufel, betrogen sein mußte, der ihn betrogen hatte im Dunkeln mit der stattlichen, doch hundsköpfigen Lea; weil es galt, der Vorschrift gerecht zu werden, nach der man die Unterwelt nicht anders verließ als mit den Schätzen beladen, die dort so reichlich neben dem Kote ausgebreitet lagen.

So war es also: Es waren drei Herden, die weideten, – die weiße, die Jaakob hütete, die bunte und die schwarze, über die Labans Söhne den Stab führten, und Jaakobs Eigenbesitz an Vieh, ihm zugewachsen im Laufe der Jahre in Handel und Wandel, den seine Unterhirten und Knechte ihm hüteten und zu welchem jeweils geschlagen wurde, was scheckig fiel von seiten der Sprenklichen und der bezauberten Weißen. Und wurde der Mann auf diese Weise dermaßen schwer, daß es ein Gerede und eine Ehrfurcht war durch diese ganze Gegend hin, wieviel Schafe, Mägde und Knechte, Kamele und Esel er nachgerade sein eigen nannte. Er war zuletzt viel reicher als Laban, der Erdenkloß, und als alle Wirtschaftshäupter, die dieser einst zur Hochzeit geladen.

Der Diebstahl

Ach, wie sich Jaakob erinnerte, wie tief und deutlich! Jedermann erkannte es, der ihn stehen und feierlich sinnen sah, und dämpfte seine Lebensäußerungen in Ehrfurcht vor so geschichtenvoller Lebensschwere. Denn nun war die Lage des reichen Jaakob überaus heikel geworden, – Gott selbst, El, der Höchste, hatte eingesehen, daß sie vor lauter Segen unhaltbar geworden war, und ihm entsprechende Weisungen gegeben im Gesicht. Nachrichten kamen vor den Gesegneten – allzu glaubwürdige, die die Gesinnung seiner Schwäger, der Labanserben, Beors, Alubs sowie des Muras, gegen ihn, den Erstarkten, betrafen: mürrische – Äußerungen dieser drei, bedrohliche Äußerungen, überliefert von Unterhirten und Knechten, die sie wieder von Leuten der Vettern bei Begegnungen auf dem Hofe erfahren hatten, Äußerungen, deren starker Wahrheitsgehalt sie nicht weniger beunruhigend erscheinen ließ. »Jaakob, dieser Mann, ein entfernter Verwandter«, hatten sie geäußert, »ist dahergekommen vor unserer Zeit als ein Bettler und Unbehauster, der nichts hatte denn seine Haut, und aus Sanftmut hat der Vater ihn beherbergt und eingestellt um der Götter willen, den Lungerer. Und nun siehe an, wie das Ding sich gewendet hat vor unseren Nasen! Hat er sich doch gemästet von unserm Fleisch und Blut und das Gut unseres Vaters an sich gebracht und ist fett und reich worden, daß es zu den Göttern stinkt, denn es ist ein Diebstahl vor ihnen und ein Unterschleif vor den Erben Labans. Es ist Zeit, daß etwas geschehe zur Wiederherstellung der Gerechtigkeit auf dem oder jenem Wege im Namen der Landesgötter: Anu's, Ellils und des Marudug, nicht zu vergessen des Bel Charran, denen wir anhangen nach unserer Väter Weise, während leider unsere Schwestern, des Fremden Weiber, es zum Teile auch mit seinem Gott halten und dem Herrn seiner Sippe, der ihn zaubern lehrt, daß ihm die Frühlinge sprenklich fallen und das Gut unseres Vaters sein wird nach einem schmutzigen Vertrage. Aber wir wollen doch sehen, wer sich stärker erweist auf diesem Grunde und in diesen Gebreiten, wenn es ernst wird: die Landesgötter, die hier von alters zu Hause sind, oder sein Gott, der kein Haus hat außer Beth-el, das nur ein Stein ist auf einem Hügel. Denn es könnte geschehen, daß ihm etwas zustieße hierzulande um der Gerechtigkeit willen und daß ein Löwe ihn zerrisse auf dem Felde, was nicht gelogen wäre, denn wir sind Löwen in unserem Zorn. Laban, unser Vater, ist zwar übergetreu und fürchtet den Vertrag, der ruht bei den kleinen Göttern des Hauses. Aber man könnte ihm sagen, ein Löwe sei es gewesen, und er wird es zufrieden sein. Denn es hat der Räuber aus Westland zwar stämmige Söhne, von denen zweie, Schimeon und Levi, brüllen können, daß man erbebt. Aber auch uns haben die Götter Erz in die Arme gegeben zum Schlagen, ob wir gleich Kinder sind eines Ergrauten, und wir könnten zuschlagen unversehens und ohne Ansage, bei der Nacht, wenn er schläft, und sagen, der Löwe sei es gewesen, – der Vater wird's unschwer glauben.«

So die Reden der Labanssöhne untereinander, Reden, nicht für Jaakob bestimmt, aber ihm zugetragen von Unterhirten und

Knechten gegen Belohnung; und er schüttelte voll sachlicher Mißbilligung den Kopf darüber, in der Erwägung, daß diese Burschen gar nicht das Leben gehabt hätten und keinen Odem in ihren Nasen ohne den Isaakssegen, dem alle Blüte Labans zu danken war, und daß sie sich solcher Ränke hätten schämen sollen gegen ihn, ihren wahren Erzeuger. Außerdem aber war es Besorgnis, was er empfand, und von Stund an trachtete er, in Labans Miene zu lesen, wie es um ihn, den Baas, selber stünde und um seine Gesinnung: ob er wohl aufgelegt sei, zu glauben, ein wildes Tier habe Jaakob zerrissen, wenn die Schwäger es aussagten. Er las in des Mannes Angesicht, als dieser herauskam auf einem Ochsen, die Zucht zu besehen, und fand, er müsse noch einmal lesen, ritt selber zum Hof, um zu bereden die Schafschur, und las aufs neue in dem schweren Gesicht. Und siehe, es war nicht mehr gegen ihn wie gestern und ehegestern, er erwiderte sein forschendes Blicken gar nicht, finster und schwer hingen seine Züge herab, und nicht ein einziges Mal erhob der Mann seine Augen zu Jaakob, sondern unter den Wülsten der Brauen gingen dieselben niedrig beiseite, wenn er das Notwendigste sprach zu dem Eidam, so daß nach der zweiten Lesung dem Jaakob klar und gewiß war: der Mann würde nicht allein glauben an das reißende Tier, sondern diesem sogar auch noch finsteren Dank wissen in seinem Herzen.

Da wußte Jaakob genug und vernahm Gottes Stimme im Traum, sobald er nur schlief, die lautete: »Mach, daß du fortkommst!« Und drängte ihn: »Pack alles auf, was du hast, lieber heut als morgen, und nimm deine Weiber und Kinder und alles, was dein geworden durch mich in all der Zeit, und zieh schwankend und schwer in die Heimat fort, in Richtung auf das Gebirge Gilead, ich will mit dir sein.«

Es war eine großzügige Weisung; die Überlegung und Anordnung im einzelnen war des Menschen Teil, und mit stiller Umsicht begann Jaakob seine Flucht aus der Unterwelt ins Werk zu setzen. Vor allem ließ er seine Frauen aufs Feld kommen, wo er hütete, Lea und Rahel, die Haustöchter, um sich mit ihnen zu verständigen und sicherzugehen in betreff ihrer Anhänglichkeit.

Denn was die Kebsen betraf, Bilha und Silpa, so kam es auf ihre Meinung nicht an, sie würden Bescheid erhalten.

»So ist es«, sagte er zu den Frauen, als sie zu dritt vorm Zelte saßen auf ihren Fersen, »so und so. Nach dem Leben trachten mir eure späten Brüder um meiner Habe willen, welche die eure ist, und eurer Kinder Erbe. Lese ich aber in eures Vaters Miene, ob er mich schützen wird vor der Bösen Rat, so finde ich, daß er nicht auf mich blickt wie gestern und ehegestern, sondern überhaupt nicht; denn er läßt hängen die eine Hälfte seines Gesichtes als wie gelähmt, und die andere will auch nichts von mir wissen. Nämlich warum? Ich habe ihm gedient mit allen Kräften. Dreimal sieben und vier Jahre lang, er aber hat mich betrogen, wie er konnte, und mir den Lohn verändert, wie es ihm einfiel, unter Berufung auf die Härten des Wirtschaftslebens. Aber der Gott zu Beth-el, meines Vaters Gott, hat nicht zugelassen, daß er mir Schaden täte, sondern die Dinge zu meinen Gunsten gewandt. Und wenn es hieß: Die Sprenklichen sollen dein Lohn sein, siehe, so sprangen die Böcke, und die ganze Herde trug Sprenkliche, also daß eures Vaters Gut ihm entwandt wurde und ward mir gegeben. Darum soll ich nun sterben, und es soll heißen: Ein Löwe hat ihn zerrisssen. Der Herr zu Beth-el aber, dem ich den Stein salbte, will, daß ich lebe und sehr alt werde, darum hat er mich im Traum gewiesen, zu nehmen, was mein ist, und in der Stille fortzuziehen über das Wasser in meiner Väter Land. Ich habe geredet. Redet nun ihr!«

Da zeigte sich denn, daß die Frauen einhellig der Meinung Gottes waren – wie hätten sie einer anderen sein sollen? Armer Laban! Er hätte wohl den kürzeren gezogen, selbst wenn es etwas wie eine Entscheidung gewesen wäre, vor die sie sich gestellt sahen, was kaum der Fall war. Sie waren Jaakobs. Der Kaufpreis war gezahlt worden für sie in vierzehn Jahren. Wäre alles mit üblichen Dingen zugegangen, so hätte ihr Käufer und Herr sie längst von hinnen geführt aus ihres Vaters Haus in den Schoß seiner eigenen Sippe. Sie waren die Mütter von achten seiner Kinder geworden, ehe denn nun das Natürliche eintrat und Jaakob die Rechte geltend machte, die er seit langem erworben. Sollten sie ihn ziehen lassen mit den Söhnen und Dina, der Lea-Tochter, um ihrerseits dem Vater anzuhangen, der sie verkauft hatte? Sollte er allein fliehen mit den Reichtümern, die sein Gott ihrem Vater entwandt hatte zu ihnen und ihren Kindern? Oder sollten sie seinen Fluchtplan dem Vater, den Brüdern verraten und ihn verderben? Alles unmöglich. Eines unmöglicher als das andere. Vor allem liebten sie ihn ja, liebten ihn um die Wette seit dem Tage seiner Ankunft, und zum Wettstreit in der Hingabe war nie ein Augenblick günstiger gewesen als dieser. Darum schmiegten sie sich an ihn von beiden Seiten und sprachen gleichzeitig:

»Ich bin dein! Wie jene denkt, weiß und frage ich nicht. Ich aber bin dein, wo du auch bist und wohin du gehst. Stiehlst du dich fort, so stiehl auch mich hinweg nebst allem, was Abrahams Gott dir zugewandt, und Nabu, der Führer, der Gott der Diebe, sei mit uns!«

»Dank euch!« erwiderte Jaakob. »Gleichmäßigen Dank euch beiden! Laban kommt heraus, mit mir seine Herde zu scheren den dritten Tag von heute. Danach zieht er hinüber drei Tagereisen weit, seine Sprenklichen zu scheren mit Beor, Alub und Muras. Indes er zieht, sammle ich das Meine, das in der Mitte ist zwischen hier und dort, die Herden, die Gott mir geschenkt, und den sechsten Tag von heute, wenn Laban fern ist, stehlen wir uns hinweg in all unsrer Schwere gegen das Wasser Prath und gen Gilead. Geht, ich liebe euch ungefähr gleichmäßig! Aber du, Rahel, mein Auge, trage Sorge um das Lamm der Jungfrau, Jehosiph, den wahrhaften Sohn, daß die Reise ihm möglichst sanft sei, und sinne auf warme Hüllen für ihn in Voraussicht kalter Nächte, denn das Reis ist zart wie die Wurzel, aus der es unter Krämpfen und Schmerzen gebrochen. Geht und bewegt bei euch alle meine Worte!«

So, und genauer noch, wurde die Flucht verabredet, deren Jaakob noch im Alter mit listiger Erregung gedachte. Aber mit Rührung gedachte er dessen und sprach davon bis an seinen Tod, was Rahel, die Kleine, damals getan in lieblicher Einfalt und Durchtriebenheit. Sie tat es in aller Selbständigkeit, ohne jemandes Mitwissen, und auch ihm, dem Jaakob, gestand sie es erst später, um sein Gewissen nicht an ihrer Tat zu beteiligen, so daß er reinen Herzens schwören könne vor Laban... Was tat sie? Da man sich fortstahl und die Welt im Zeichen Nabu's stand, so stahl auch sie. Da Laban den Hof verlassen, um zu scheren, stieg sie hinab zu stiller Stunde durch die Falltür ins Gelaß der Gräber und Quittungen, nahm Labans kleine Hausgötter, die Teraphim, einen nach dem anderen an den bärtigen und weiblichen Köpfchen, steckte sie unter ihren Arm und in ihre Gürteltasche, behielt auch ein paar in der Hand und schlüpfte ungesehen damit hinweg ins Frauenquartier, um die Tönernen mit Hausrat zuzudecken und mitzunehmen auf die diebische Reise. Denn in ihrem Köpfchen sah es verworren aus, und das war es gerade, was Jaakobs Herz mit Rührung erfüllte, als er alles erfuhr, – mit Rührung und Kummer. Zur Hälfte und nach ihrem mündlichen Bekenntnis war sie, aus Liebe zu ihm, wohl seinem Gotte, dem Höchst-Einzigen, gewonnen und hatte dem Landesüblichen abgesagt. Zur anderen Hälfte aber und im geheimen Herzen war sie noch götzendienerisch und dachte zum mindesten: Sicher ist sicher. Für alle Fälle nahm sie dem Laban die Ratgeber und Wahrsager weg, damit sie ihm nicht Auskunft gäben über die Pfade der Flüchtigen, sondern diesen Schutz gewährten gegen Verfolgung, worin nach landläufiger Annahme eine ihrer Kräfte und Tugenden bestand. Sie wußte, wie Laban an diesen Männlein und Ischtar-Weiblein hing, wie hoch er sie hielt, und dennoch stahl sie sie ihm um Jaakobs willen. Kein Wunder, daß Jaakob sie feuchten Auges küßte, als sie ihm später die Tat gestand, und sie nur ganz nebenbei aufs sanfteste etwas vermahnte von wegen ihrer Verworrenheit und darob, daß sie ihn mit leiblichen Eiden sich hatte verschwören lassen vor Laban, als dieser ihn einholte: denn blindlings setzte er damals ihrer aller Leben zum Pfande dafür, daß die Götter sich nicht unter seinem Dache befänden.

Die Teraphim nämlich bewährten ihre schützende Tugend in diesem Falle durchaus nicht – vielleicht weil sie sie nicht gegen ihren rechtmäßigen Besitzer zu kehren wünschten. Daß Jizchaks Sohn mit den Weibern, den Mägden, dem zwölfköpfigen Nachwuchs und all dem Seinen geflohen sei, und zwar natürlich gen Westen, erfuhr Laban schon den dritten Tag, kaum daß er zur Schur bei den Sprenklichen und Schwarzen angekommen war, erfuhr er es von Hüterknechten, die sich für die Treue ihres Mundes besseren Lohn erhofft hatten, als ihnen zuteil wurde: im Gegenteil, sie hätten fast noch Prügel bekommen. Der Wütende hastete nach Hause, wo er den Raub der Idole feststellte, und nahm von da, mit seinen Söhnen und einer Anzahl Bewaffneter, sogleich die Verfolgung auf.

Ja, es war ganz wie vor fünfundzwanzig Jahren, auf Jaakobs Herreise, als er den Eliphas auf den Fersen gehabt hatte: wieder sah er sich furchtbar verfolgt, um so furchtbarer wiederum, als die nachsetzende Macht viel leichter beweglich war als er mit seinem langsam im Staube sich vorwärtsschiebenden Heerwurm von Kleinvieh, Packtieren und Ochsenkarren, und in den Schrecken, der ihn befiel, als die Späher und Horcher in seinem Rücken ihm das Herannahen Labans meldeten, mischte sich ein geistiges Wohlgefallen an Entsprechung und Ebenmaß. Sieben Tage, so steht es fest, brauchte Laban, den Eidam einzuholen, und dieser hatte der Reise übelsten Teil, die Wüste, schon hinter sich, war schon auf den waldigen Höhen des Gebirges Gilead angelangt, von wo er nur noch hinabzusteigen brauchte, um ins Tal des Jordan, der da ins Meer des Lot oder das Salzmeer fließt, zu gelangen, – als sein Vorsprung verbraucht war und er sich zur Begegnung und Auseinandersetzung bequemen mußte.

Der Schauplatz, die dauernde Landschaft, Strom, Meer und Dunstgebirge, sind Zeugen und schweigend schwörende Bürgen der Geschichten, von denen Jaakobs Sinn schwer und würdig war, die sein Sinnen so scheugebietend machten und die wir umständlich, will sagen: mit ihren Umständen erzählen, wie sie ihm nachprüfbar richtig hier geschahen in standhaltender Übereinstimmung mit Berg und Tal. Hier war es, alles ist richtig und stimmt, wir selbst sind hinabgefahren, ungeheuer, in die Tiefe und haben vom Abendstrande des scheußlich schmeckenden Lotmeeres alles mit Augen gesehen, daß es in Ordnung ist und übereinstimmt mit sich selber. Ja, diese bläulichen Höhen im Morgen jenseits der Lauge sind Moab und Ammon, die Länder der Kinder Lots, der Ausgestoßenen, die seine Töchter ihm abgewonnen im Beischlaf. Dort hinten, im fernen Süden des Meers, dämmert Edomgebiet, Seïr, das Bocksland, von wo Esau verworren aufbrach, dem Bruder entgegen, und traf ihn am Jabbok. Hat es seine Richtigkeit mit den Bergen Gileads, wo Laban den Eidam einholte, und ihrem örtlichen Verhältnis zum Wasser Jabbok, an das Jaakob danach gelangte? Vollkommen. Das Gilead im Ostjordanland ließen die Leute mit seinem Namen wohl weit hinaufreichen gen Norden, bis zum Jarmukfluß, der unfern des Sees Kinnereth oder Genezareth sein reißend Wasser mit dem des Jordan vereinigt. Aber das Gebirge Gilead besonders sind jene Höhen, die sich westöstlich an beiden Ufern des Jabbok erstrecken, und von ihnen steigt man hinab zu seinen Gebüschen und zu der Furt, die Jaakob den Seinen zum Übergang wählte; er aber blieb zurück über Nacht und erlitt das einsame Abenteuer, das seinen Gang für alle Zeit etwas hinkend machte. Wie einleuchtend übrigens, daß er, da hier der Eintritt ins heiße Ghor des Stromes erfolgte, mit seinem ermatteten Anhang an Menschen und Tieren nicht erst hinabzog ins eigentlich Heimatliche, sondern gerade durchging gen Westen, ins Tal von Sichem zu Füßen Garizims und Ebals, wo er zur Ruhe zu kommen hoffte. Ja, alles stimmt nachprüfbar überein mit sich selbst und bezeugt auf die Dauer, daß kein Falsch ist in den Liedern der Hirten und ihrem Schönen Gespräch. –

Es wird immer unklar bleiben, wie Laban, dem Erdenkloß, eigentlich zumute war bei seiner schnaubenden Verfolgung; denn wie er sich an ihrem Ziele benahm, das bot dem Jaakob manche recht angenehme Überraschung, und wiederum stand es, so fand er später, in schöner Entsprechung zu Esau's unverhofftem Benehmen bei ihrer Begegnung. Ja, Labans Gemütszustand beim Aufbruch war offenbar ebenso verworren gewesen wie der des Roten. Er schnaubte und führte Waffen gegen den Ausgerückten, dann aber hieß er dessen Handlungsweise nur töricht, und bei ihrer Unterredung gestand er dem Neffen, ein Gott, der Gott seiner Schwester, habe ihn heimgesucht im Traume und ihn bedroht, er möge beileibe mit Jaakob nicht anders als freundlich reden. Das mag sein, denn es genügte dem Laban, vom Gotte Abrams und Nachors überhaupt zu wissen, um ihm ebensoviel Daseinswirklichkeit zuzuerkennen wie der Ischtar oder dem Adad, wenn er sich auch nicht zu den Seinen zählte. Ob er, der Unzugehörige, aber wirklich Jeho, den Einzigen, im Traume gesehen und gehört hatte, bleibt strittig; Lehrer und Kommentatoren haben sich befremdet darüber geäußert, und wahrscheinlicher ist, daß er gewissen Empfindungen und Furchtgedanken, die ihn auf dem Wege überkommen, Überlegungen, die er in stiller Seele angestellt, ausdrucksvollerweise den Namen eines Traumgesichtes gab, – auch Jaakob unterschied hier wenig und billigte die Redeweise. Fünfundzwanzig Jahre hatten den Laban gelehrt, daß er es mit einem Segensmanne zu tun habe, und wenn nichts begreiflicher ist, als daß er schnaubte, weil Jaakob mit seiner Person auch die Segenswirkung hinwegstahl, um derentwillen Laban so große Opfer gebracht, so versteht sich nicht weniger leicht, daß sein erstes Vorhaben, ihm gewalttätig zu begegnen, sehr bald durch scheue Bedenken gedämpft wurde. Auch war gegen die Mitnahme der Frauen, seiner Töchter, so gut wie nichts einzuwenden. Sie waren gekauft, sie waren Jaakobs mit Leib und Seele, und Laban selbst hatte einst den Bettler verachtet, der nicht gehabt hatte, wohin sie führen im Hochzeitszuge aus dem Haus ihrer Eltern. Wie hatten nun die Götter es anders gefügt und dem Manne gestattet, ihn auszuplündern! Indem er ihm auffahrend nachsetzte, glaubte er kaum, er tue es, um ihm den Reichtum mit Waffengewalt wieder abzunehmen, sondern ihn trieb es dunkel, den Schrecken über den endgültigen Verlust all dessen, was aus seiner Hand in die Jaakobs übergegangen war, dadurch zu lindern, daß er von dem glücklichen Diebe doch wenigstens Abschied nähme und zu einem Frieden mit ihm käme – dann würde ihm wohler sein. Und nur in einem Punkte schnob er wirklich Empörung und Wiederherausgabe: das war der Diebstahl der Teraphim. Unter den vagen und wirren Motiven seiner Verfolgungswut war dies das feste und handgreifliche: seine Hausgötzlein wollte er wiederhaben, und wer zu dem chaldäischen Geschäfts- und Vertragsmenschen trotz all seiner plumpen Härte ein wenig Neigung fassen konnte, den mag es noch heute kränken und wehmütig anmuten, daß er sie niemals wiederbekam.

In seltsam friedlichen und geräuschlosen Formen vollzog sich die Vereinigung von Flüchtling und Verfolger, da man doch, nach Labans Aufbruchsgebärde zu schließen, etwas wie einen Zusammenprall hätte erwarten sollen. Die Nacht fiel ein über Gilead, und auf feuchter Höhenwiese hatte Jaakob soeben sein Lager aufspannen, die Kamele anpflocken, das Kleinvieh zusammenpferchen lassen, damit es sich aneinander wärme, als Laban schweigend anlangte, in schattenhaftem Schweigen auch sein Zelt aufschlagen ließ nahebei und darin verschwand, um diese Nacht überhaupt nichts mehr von sich merken zu lassen.

In der Frühe aber ging er hervor und schweren Schrittes hinüber zu Jaakobs Gehänge, vor welchem dieser ihn etwas ratlos erwartete, und sie berührten Stirne und Brust und ließen sich nieder.

»Es trifft sich höchst dankenswert«, eröffnete Jaakob die heikle Unterredung, »daß ich meinen Vater und Oheim noch einmal sehe. Möchten doch die Beschwerden der Reise sein körperliches Wohlsein in nichts zu mindern vermögend gewesen sein!«

»Ich bin rüstig über meine Jahre«, erwiderte Laban. »Zweifellos warst du dir dessen bewußt, als du mir diese Reise auferlegtest.«

»Wie nun das?« fragte Jaakob.

»Wie nun das? Menschensohn, geh in dich und frage dich, wie du an mir getan hast, daß du dich wegstiehlst heimlich von mir und unserm Vertrage und führst mir roh die Töchter hinweg wie Schwertesbeute! Meiner Auffassung nach hättest du immerdar sollen bei mir bleiben nach dem Vertrage, der mich mein Blut kostete, aber an dem ich heilig festhielt nach Landessittsamkeit. Wenn es dich aber nicht litt und du fortbegehrtest so ungestüm in dein Erb und Eigen, warum tatest du deinen Mund nicht auf und redetest nicht vor mir wie ein Sohn? Wir hätten so spät noch nachgeholt, was im rechten Augenblick deine Umstände verhinderten, und hätten euch geleitet mit Cymbeln und Harfen auf dem Land- oder Wasserwege nach stattlicher Üblichkeit. Was aber hast du getan? Mußt du denn immer stehlen, bei Tag und Nacht, – und hast du kein Herz im Leibe und kein fühlsam Eingeweide, daß du mir Altem nicht gönnst, meine Kinder zu küssen zum letztenmal? Ich will dir sagen, wie du getan hast, du hast ganz töricht getan, das ist das Wort, das mir einfällt für deine Handlungsweise. Und wenn ich wollte und nicht gestern eine Stimme zu mir gekommen wäre im Traum – es war möglicherweise deines Gottes Stimme – und hätte mir abgeraten, mich mit dir einzulassen, so glaube du nur, daß meine Söhne und Knechte genug Erz hätten in ihren Armen, um dir die Torheit einzutränken, da wir dich einholten auf Diebesflucht!«

»O ja«, erwiderte Jaakob da, »was wahr ist, muß wahr bleiben. Meines Brotherrn Söhne sind Eber und junge Löwen und hätten wohl gern schon seit längerem an mir gehandelt nach Eber- und Löwenart, wenn nicht am Tage, so doch in der Nacht, wenn ich schlief, du aber hättest willig geglaubt, ein reißend Tier sei's gewesen, und hättest mich baß beweint. Fragst du, warum ich gezogen bin in der Stille und habe nicht lange Worte gemacht? Sollte ich mich denn nicht fürchten vor dir, daß du's nicht zugeben würdest und würdest die Weiber, deine Töchter, von mir reißen, mindestens aber mir neue Bedingungen auferlegen für die Reiseerlaubnis und mir abnehmen mein Hab und Gut? Denn mein Oheim ist hart, und sein Gott ist das unerbittliche Wirtschaftsgesetz.«

»Und warum hast du mir meine Götter gestohlen?!« rief

Laban plötzlich, und die Zornesadern schwollen zolldick auf seiner Stirn...

Jaakob war sprachlos und sagte auch, daß er es sei. Im Grunde war seiner Seele leichter, da Laban sich durch eine so widersinnige Behauptung ins Unrecht setzte, – das war günstig für Jaakob.

»Götter?« wiederholte er staunend. »Die Teraphim? Ich soll dir deine Bilder entwandt haben aus dem Gelaß? Das ist das Stärkste und Lächerlichste, was mir je vorgekommen! Nimm doch deine Vernunft zu Hilfe, Mann, und überlege dir, was du mir vorwirfst! Welchen Wert und Belang sollen für mich denn deine Götzlein haben, die Irdenen, daß ich sollte daran zum Missetäter werden? Meines Wissens sind sie gedreht auf der Töpferscheibe und an der Sonne getrocknet wie ander Gerät und taugen mir nicht einmal, einem Sklavenkinde den Lauf der Nase zu stillen, wenn's Schnupfen hat. Ich rede von mir, bei dir mag es etwas anderes sein. Aber da sie dir scheinen abhanden gekommen, so wär' es nicht fein, ihre Tugend vor dir allzu hoch zu veranschlagen.«

Laban erwiderte:

»Das ist nur falsch und weise von dir, daß du tust, als gäbest du keinen Deut auf sie, damit ich glaube, du habest sie nicht gestohlen. Es kann kein Mensch den Teraphim so wenig Tugend beimessen, daß er sie nicht gerne stähle, das ist unmöglich. Und da sie nicht sind, wo sie waren, so bist du's, der sie stahl.«

»Jetzt hör mich an!« sagte Jaakob. »Es ist sehr gut, daß du da bist und hast's nicht für Raub gehalten, hinter mir drein zu ziehen so viele Tage um dieser Sache willen, denn sie muß geklärt werden bis aufs letzte, das verlange ich, der Beschuldigte. Mein Lager liegt dir offen. Gehe hindurch, wie du magst, und suche! Kehre alles um ohne Scheu und ganz nach Gefallen, ich gebe dir freieste Hand. Und bei wem du deine Götter findest, ob nun ich es sei oder der Meinen einer, der sei des Todes hier gleich vor aller Augen, und mir sei es gleich, ob du willst, daß es durchs Eisen, durchs Feuer oder durch Verscharren geschehe. Fang an bei mir und sei umsichtig! Ich bestehe auf genauester Untersuchung.«

Ihm war wohl, weil er alles auf die Teraphim abstellen konnte, so daß nur von diesen überall noch die Rede war und er groß und beleidigt dastehen würde am Ende der Untersuchung. Er ahnte nicht, wie schlüpfrig der Boden war unter seinen Füßen, und wie tödlich er sich vermaß. Daran war Rahel schuldig in ihrer Unschuld; aber mit größter Gewandtheit und Festigkeit kam sie auf für ihren Leichtsinn und den, den sie schuf.

Laban nämlich antwortete: »Wahrlich, so sei es!«, erhob sich eifervoll und fing an, das Lager abzusuchen, daß er seine Irdenen fände. Wir wissen genau die Reihenfolge, in der er vorging – anfangs mit heftiger Gründlichkeit, dann aber, nach Stunden vergeblicher Mühe, langsam ermattend und verzagend; denn bei steigender Sonne ward ihm sehr heiß, und ob er auch ohne Obergewand suchte, im Hemde mit offener Brust und aufgestülpten Ärmeln, so troff ihm doch bald der Schweiß unter der Mütze hervor, und war sein Gesicht so rot, daß man hätte den Schlagfluß befürchten mögen für den schweren Alten – alles von wegen der Teraphim! Hatte denn Rahel kein Herz für ihn, daß sie ihn so sich quälen ließ und ihn so festen Auges zum besten hielt? Aber man muß die Übertragungs- und Einflüsterungskräfte bedenken, die von Jaakobs bedeutender Person und seinen geistlichen Vorstellungen ausgingen auf seine ganze Umgebung und besonders auf die, die ihn liebten. Durch seines Geistes Macht und Eigensinn spielte Rahel selbst eine heilige Rolle, nämlich die der Sternenjungfrau und Mutter des segenbringenden Himmelsknaben; desto geneigter also war sie, auch die übrige Welt und auch die Gestalt ihres Vaters in Jaakobs Lichte zu sehen und die gesetzliche Rolle anzuerkennen, die ihm darin beschieden war. Für sie, wie für den Geliebten, war Laban ein betrügerischer Teufel und Schwarzmonddämon, der letztlich selber betrogen wurde, und zwar in noch größerem Stil, als er selber betrogen hatte; und Rahel zuckte darum nicht mit den Wimpern dabei, weil es ein frommer, sinniger und gesetzlicher Akt war, der sich vollzog und in dem auch Laban mit mehr oder weniger Bewußtsein und Zustimmung seine heilige Rolle spielte. Sie hatte sowenig Mitleid mit ihm, wie Jizchaks Hofvolk mit Esau gehabt hatte beim großen Jokus.

Laban war nächtlich angelangt und hatte sich in der Frühe zu Jaakob begeben – zweifellos, um von ihm zu fordern, was sie hatte. Daß sich der Vater von der Unterredung erhoben und angefangen habe zu suchen, meldete ihr eine kleine Dienerin, die sie zum Spähen entsandt hatte und die, um schneller zu rennen, den Saum ihres Rockes zwischen die Zähne nahm, so daß sie vorne ganz bloß war beim Laufen. »Laban sucht!« rief sie flüsternd. Da sputete sich Rahel, nahm die Teraphim, die in ein Tuch gewickelt waren, und trug sie hinaus vor ihr schwärzliches Zelt, wo Lea's Reitkamel und ihr eigenes angepflockt waren, erlesene Tiere von fratzenhafter Schönheit, mit urklugen Schlangenköpfen an ihren geschwungenen Hälsen und Füßen so breit wie Kissen, so daß sie im Sande nicht einsanken. Reichliche Streu hatten die Knechte ihnen untergetan, darauf lagen sie, hochmütig malmend. Unter die Streu aber schob Rahel ihr Gestohlenes, vergrub es ganz darin und setzte sich dann, wo sie es verwühlt hatte, obenauf, vor die Kamele, die ihr käuend über die Schultern schauten. So wartete sie auf Laban.

Dieser, so wissen wir, hatte in Jaakobs Hütte zu suchen begonnen und von des Eidams Reisehausrat das Unterste zuoberst gekehrt, die Fußmatte gelüftet, die Matratze des Gurtbettes aufgehoben, Hemden, Mäntel und Wolldecken geschüttelt und die Kassette mit den Steinen zu Jaakobs Brettspiel ›Böser Blick‹, das er mit Rahel zu spielen liebte, zu Boden fallen lassen, so daß fünf Figuren zerbrachen. Von da hatte er sich mit wütendem Achselzucken in Lea's Wohnung und in die Silpa's und Bilha's begeben und beim Stöbern keine Heimlichkeit der Weiber geschont, wobei er sich zitternd mit ihren Pinzetten gestochen und sich den Bart mit grüner Farbe beschmiert hatte, die sie brauchten, um sich die Augenwinkel länger zu malen; so ungeschickt war er vor Eifer und in dem dunklen Bewußtsein, daß es seine Rolle sei, sich lächerlich zu machen.

Dann kam er dahin, wo Rahel saß, und sprach:

»Gesundheit, mein Kind! Du hast nicht gedacht, mich zu sehen.«

»Vollkommene Gesundheit!« antwortete Rahel. »Mein Herr sucht?«

»Ich suche Gestohlenes«, sagte Laban, »durch all eure Hütten und Hürden hin.«

»Ja, ja, wie schlimm!« nickte sie und die beiden Kamele sahen ihr mit einem dünkelhaft hämischen Lächeln ihrer Gesichter über die Schultern. »Warum hilft Jaakob, unser Mann, dir nicht beim Suchen?«

»Er würde nichts finden«, versetzte Laban. »Ich muß ganz alleine suchen und mich mühen in der steigenden Sonne zu Gilead auf dem Berge.«

»Ja, ja, wie schlimm!« wiederholte sie. »Mein Hüttlein ist jenes. Sieh dich um darin, wenn du mußt und meinst. Aber sei vorsichtig mit meinen Töpfen und Löffeln! Schon ist dein Bart etwas grün!«

Laban bückte sich und ging hinein. Bald kam er wieder heraus zu Rahel und den Tieren, seufzte und schwieg.

»Ist nichts Gestohlenes dort?« fragte sie.

»Nicht für mein Auge«, erwiderte er.

»Dann muß es woanders sein«, sagte Rahel. »Gewiß wundert mein Herr sich längst, daß ich nicht aufstehe vor ihm nach Ehrfurcht und Schicklichkeit. Es ist nur, weil ich mich eben unmustern fühle, so daß ich behindert bin in meiner Bewegungsfreiheit.«

»Wie denn unmustern?« wollte Laban wissen. »Ist dir heiß und kalt in abwechselnder Reihenfolge?«

»Nicht doch, unpäßlich bin ich«, erwiderte sie.

»Worin besteht es denn aber?« fragte er wieder. »Hast du den Zahnwurm oder eine Beule?«

»Ach, lieber Herr, es geht mir nach Frauenart, ich erleide die Regel«, antwortete sie, und die Kamele lächelten überaus hämisch und dünkelhaft über ihren Schultern.

»Weiter nichts?« sprach Laban, »nun, das zählt nicht. Es ist mir geradezu lieb, daß du die Regel hast, lieber, als wärest du schwanger. Denn zum Gebären taugst du nicht sonderlich. Gesundheit! Ich muß das Gestohlene suchen.«

Damit ging er und suchte sich halb zuschanden bis in den Nachmittag, als die Sonne schon schräg fiel. Da kam er wieder zu Jaakob, schmutzig, erschöpft und aufgelöst und ließ seinen Kopf hängen.

»Nun denn, wo waren die Götzen?« fragte Jaakob.

»Scheinbar nirgends«, erwiderte jener, hob seine Arme und ließ sie fallen.

»Scheinbar?« erbitterte Jaakob sich da; denn seine Mühle hatte nun Oberwasser, groß stand er da und mochte den Mund voll nehmen ganz nach Gefallen. »Sagst du ›scheinbar‹ zu mir und willst es nicht als Beweis anerkennen meiner Unschuld, daß du das Deine nicht fandest, da du gesucht zehn Stunden lang und hast mir das Lager um und um gewühlt in deiner Wut, mich zu töten oder einen von mir? All meinen Hausrat hast du betastet – mit meiner Erlaubnis, gewiß, ich hab' dir's freigestellt, aber daß du's tatest, war dennoch sehr unfein. Und was hast du gefunden von dem Deinen? Lege es nieder hier und klage mich an vor deinem und meinem Volk, daß die öffentliche Stimme richte zwischen uns beiden! Wie du dich doch erhitzt und besudelt hast, nur um mich umzubringen! Und was habe ich dir getan? Ich war ein Jüngling, als ich zu dir kam, und bin nun würdigen Alters, wenn ich auch hoffe, daß der Einzige mir noch ein langes Leben beschert – so viel Zeit habe ich hingebracht in deinen Diensten und war dir ein Großknecht, wie die Welt ihn nicht sah –, das läßt der Zorn mich dir sagen, da ich's sonst in mich verschloß aus Verschämtheit. Ich habe dir Wasser gefunden, daß du frei wurdest von Inschullanu's Söhnen und abwerfen konntest das Bänkerjoch, und bist aufgeblüht wie die Rose im Tale Saron und in Frucht gestanden wie die Dattelpalme in der Tiefebene Jericho. Deine Ziegen haben zweifach geworfen und deine Schafe Zwillinge. Wenn ich je einen Widder deiner Herde gegessen habe, so schlage mich, denn Kräuter habe ich mir gerupft mit den Gazellen und mich mit dem Vieh versorgt an der Tränke. So habe ich gelebt für dich und dir gedient vierzehn

Jahre um deine Töchter und sechs um nichts und wieder nichts und fünf um den Ausschuß deiner Herde. Am Tage bin ich vor Hitze verschmachtet und habe des Nachts gebebt vor Frost in der Steppe, und geschlafen habe ich überhaupt nicht vor Achtsamkeit. Wenn aber unglücklicherweise eine Berührung geschah in der Hürde, oder es mordete ein Löwe, so ließest du mich nicht schwören zu meiner Reinigung, sondern aufkommen mußte ich für den Ausfall, und tatest, als stähle ich Tag und Nacht. Und hast mir den Lohn verändert völlig nach Gutdünken und mir Lea untergeschoben, da ich glaubte, die Rechte zu umfangen, das wird mir in den Gliedern liegen mein Leben lang! Wäre der Gott meiner Väter nicht auf meiner Seite gewesen, Jahu, der Gewaltige, und hätte mir einiges zugewandt, so wäre ich, Gott behüte, ebenso nackend von dir gegangen, wie ich zu dir kam. Das aber hat Er denn doch nicht gewollt und hat seines Segens nicht spotten lassen. Niemals hat er zu einem Fremden gesprochen, aber zu dir hat er gesprochen um meinetwillen und dich gewiesen, mit mir nicht anders zu reden denn freundlich. Ja, das nenne ich freundlich reden, daß du kommst und brüllst, ich hätte dir deine Götter gestohlen; da du sie aber nicht findest, trotz maßlosen Suchens, so ist's nur scheinbar!«

Laban schwieg und seufzte.

»Du bist so falsch und weise«, sagte er müde, »daß kein Aufkommen ist wider dich, und soll keiner anbinden mit dir, denn du setzest ihn so oder so ins Unrecht. Wenn ich mich umsehe, so ist mir's als wie im Traum. Alles ist mein, was ich sehe, die Töchter, die Kinder, die Herden und Wagen und Tiere und Knechte sind mein, aber sie sind eingegangen in deine Hände, ich weiß nicht wie, und du ziehst damit hinweg von mir, das dünkt mich träumerisch. Siehe, mir ist versöhnlich zu Sinn, ich möchte mich vertragen mit dir und einen Bund mit dir machen, daß wir auseinanderkommen in Frieden und ich mich nicht verzehren muß all meine Lebtage um deinetwillen.«

»Das läßt sich hören«, antwortete Jaakob, »und wenn du so sprichst, so lautet es anders als ›scheinbar‹ und dergleichen Kränkung. Es ist ganz nach meinem Sinn, was du sagst, denn siehe, du hast mir die Jungfrau gezeugt, des Sohnes Mutter, in der du schön worden bist, und nicht soll die Furcht Labans mir fremd sein, das wäre verwerflich. Einzig um dir den Abschied nicht schwer zu machen, bin ich in der Stille gegangen und habe das Meine fortgestohlen, aber es soll mir sehr lieb sein, wenn wir gütlich auseinanderkommen und auch ich fortan in Gemütsruhe deiner gedenken kann. Ich will einen Stein aufrichten – soll ich? Ich tue das mit Vergnügen. Und es sollen vier deiner Knechte und vier von meinen uns einen Steinhaufen machen zum Gelöbnismahl, daß wir essen vor Gott und uns vertragen vor ihm – bist du's zufrieden?«

»Ich glaube: ja«, sagte Laban. »Denn ich sehe nichts anderes.«

Da ging Jaakob hin und stellte einen schönen, langen Stein gerade auf, damit Gott zugegen sei; acht Männer aber mußten den Bundeshaufen zusammentragen aus allerlei Bergschutt und kleinem Geröll, und unter vier Augen aßen sie darauf ein Hammelgericht mit dem Fettschwanz inmitten der Schüssel. Aber Jaakob ließ Laban beinahe den ganzen Fettschwanz essen und kostete nur. So aßen sie miteinander, allein unter dem Himmel, und vertrugen sich über dem trennenden Haufen mit Blick und Hand. Zum Gegenstande des Eides machte Laban die Töchter, da er nicht recht wußte, was er sonst dazu machen sollte. Jaakob mußte schwören bei seiner Väter Gott und der Furcht Isaaks, daß er seine Weiber nicht wolle mißhandeln und keine andere nehmen außer ihnen – Haufe und Mahl sollten Zeuge sein. Es war aber dem Laban nicht so sehr um die Töchter; die schützte er vor aus Sehnsucht, in irgend leidlicher Form zu Ende zu kommen mit dem Gesegneten, damit er schlafen könnte.

Er blieb noch auf dem Berge die Nacht mit den Seinen. Am Morgen umarmte er die Frauen, sprach auch einen letzten Spruch über ihnen und wandte sich heimwärts. Jaakob aber seufzte einmal erleichtert und einmal gleich hinterher aus neuer Besorgnis. Denn, sagt das Wort, ist der Mensch einem Löwen entronnen, so begegnet er gleich einem Bären. Und nun kam der Rote.

Zwei Frauen waren schwanger in Jaakobs Reisezuge, als er nach den schweren Geschichten von Schekem hinabzog gen Beth-el und weiter von dort in Richtung auf Kirjath Arba und Isaaks Haus: zwei, die ins Licht der Ereignisse ragen, denn ob von den Weibern des Sklavengesindels, das man nicht unterscheidet, gerade noch mehrere schwanger waren, darüber kann man nichts aussagen. Schwanger war Dina, das unselige Kind; fruchtbar war sie von Sichem, dem Unseligen, und ein harter Beschluß hing über ihrer traurigen Fruchtbarkeit, so daß sie verhüllt ritt. Und schwanger war Rahel.

Welche Freude! – Ach, mäßigt nur euren Jubel, erinnert euch und verstummt! Rahel starb. So wollte es Gott. Die liebliche Diebin, sie, die dem Jaakob am Brunnen entgegengetreten war, hervor aus der Mitte der Labansschafe mit kindlich tapferem Schauen, sie kam auf der Wanderung nieder und ertrug es nicht, da sie es schon das erstemal mit Not hatte ertragen können, verlor den Atem und starb. Die Tragödie Rahels, der Rechten und Liebsten, ist die Tragödie der nichtangenommenen Tapferkeit.

Man hat fast den Mut nicht, mit Jaakobs Seele zu fühlen an dieser Stelle, da ihm die Herzensbraut auslöschte und hinging als Opfer für seinen Zwölften, – sich einzubilden, wie ihm der Verstand geschlagen war und wie tief in den Staub getreten die weiche Hoffart seines Gefühls. »Herr«, rief er, da er sie sterben sah, »was tust du?« Er hatte gut rufen. Das Gefährliche aber, und was uns im voraus ängstigt, war, daß Jaakob sich durch Rahels Zerstörung sein teures Gefühl, diese selbstherrliche Vorliebe durchaus nicht entreißen ließ, daß er sie keineswegs mit hinabsenkte in das rasch ausgehobene Grab am Wege, sondern sie, als wollte er dem Waltenden beweisen, daß er durch Grausamkeit nichts gewönne, in ihrem ganzen üppigen Eigensinn auf Rahels Erstgeborenen, den neunjährigen, bildschönen Joseph, warf, so daß er diesen denn also zwiefach und vollkommen übermütig liebte und so dem Schicksal eine neue furchtbare Blöße bot. Es ist zum Nachdenken, ob der Gefühlvolle eigentlich mit Bewußtsein

Freiheit und Ruhe mißachtet, wissentlich das Verhängnis gegen sich aufruft und nicht anders als in Ängsten und unter dem Schwerte zu leben wünscht. Offenbar ist ein solcher vermessener Wille das Zubehör der Gefühlsseligkeit, denn daß diese große Leidensbereitschaft voraussetzt und es nichts Unvorsichtigeres gibt als die Liebe, sollte jedermann wissen. Der hier waltende Widerspruch der Natur ist eben nur der, daß es weiche Seelen sind, die dies Leben wählen, gar nicht geschaffen, zu tragen, was sie herausfordern, – während die, die es tragen könnten, nicht daran denken, ihr Herz bloßzustellen, so daß ihnen nichts geschehen kann.

Rahel hatte zweiunddreißig Jahre gezählt, als sie unter heiligen Qualen den Joseph gebar, und siebenunddreißig, als Jaakob die staubigen Riegel brach und sie entführte. Sie zählte einundvierzig, als sie noch einmal in Hoffnung kam und so von Schekem auf Reisen gehen mußte, – das heißt: wir sind es, die zählen; in ihrer Gewohnheit und der ihrer Sphäre lag es nicht, das zu tun; sie hätte sich lange besinnen müssen, um annähernd zu sagen, wie alt sie sei, – das war eine allgemein wenig beachtete Frage. Im Morgen der Welt ist die dem Abendländer natürliche zeitrechnerische Wachsamkeit fast unbekannt; viel gleichmütiger überläßt man dort Zeit und Leben sich selbst und dem Dunkel, ohne sie einer messenden und zählenden Ökonomie zu unterwerfen, und ist auf die Frage nach dem persönlichen Alter so wenig vorbereitet, daß der Fragende eines achselzuckend-unbekümmerten Schwankens der Antwort um ganze Jahrzehnte gewärtig sein und etwa hören mag: »Vierzig vielleicht oder siebzig?« – Auch Jaakob war sich über sein eigenes Alter recht sehr im unklaren und nahm keinen Anstoß daran. Zwar waren gewisse Jahre, die er im Labanslande verbracht, gezählt worden, aber andere nicht; und außerdem wußte er nicht und ließ es auf sich beruhen, wie alt er bei seinem Eintreffen gewesen war. Rahel angehend, so hatte die stehende Gegenwart liebender Lebensgemeinschaft ihn nicht einmal die natürlichen Veränderungen gewahr werden lassen, welche die Zeit, überwacht und gezählt oder nicht, an ihrer hübschen und schönen Person zu bewirken sich nicht hatte hindern lassen, indem sie das liebliche Halbkind von einst in eine reife Frau hinübergewandelt hatte. Für ihn, wie das zu gehen pflegt, war Rahel noch immer die Braut vom Brunnen, die mit ihm Wartende der sieben Jahre, der er die Tränen der Ungeduld von den Lidern geküßt; er sah sie wie mit übersichtigen Augen, ungenau, in dem Bilde, das seine Augen einst zärtlich getrunken und dessen Wesentliches ja dann auch von der Zeit nicht hatte berührt werden können: Die freundliche Nacht der Augen war da, die sich gern kurzsichtig zusammenzogen, die zu dicken Flügel des Näschens, die Bildung der Mundwinkel, ihr ruhendes Lächeln, dies besondere Aufeinanderliegen der Lippen, das auf den vergötterten Knaben gekommen war, vor allem aber das Pfiffige, Sanfte und Tapfere in der Charakterhaltung des Labanskindes, der Ausdruck entgegenschauender Lebenswilligkeit, der am Brunnen gleich, auf den ersten Blick, dem Jaakob das Herz im Busen emporgehoben hatte und so stark und lieblich wieder hervorgetreten war, als sie ihm im Lager vor Schekem ihre Umstände vertraut hatte.

›Noch einen dazu!‹ ›Mehre ihn, Herr!‹, das war der Sinn des Namens gewesen, den die zu Tode Erschöpfte dem Erstgeborenen gegeben hatte. Und nun, da Joseph gemehrt werden sollte, fürchtete sie sich nicht, sondern war froh bereit, alles auszustehen, was sie damals ausgestanden, um der Mehrung und ihrer weiblichen Ehre willen. Hier kam ihrem Frohmut wohl eine eigentümliche und organische Vergeßlichkeit der Frauen zu Hilfe, von denen wohl manche in Kindesnöten es laut verschwört, je wieder den Mann zu erkennen, um das nicht noch einmal zu leiden – und ist doch schwanger von neuem schon übers Jahr; denn jener Schmerzenseindruck verfliegt dem Geschlecht auf besondere Weise. Jaakob dagegen hatte die Hölle von damals durchaus nicht vergessen und erschrak, wenn er dachte, daß Rahels Leib nach neunjähriger Brache noch einmal einem so grausamen Aufbruch unterworfen sein sollte. Zwar freute ihn die Ehre, und auch die Idee, daß die Zahl seiner Söhne auf die der Tierkreistempel solle gebracht werden, unterhielt seinen Geist. Doch wollte er es auch wieder wie Störung empfinden, daß dem erklärten Liebling, dem Jüngsten, ein Jüngerer nachzufolgen sich unterfing; denn den Jüngsten kleidet die Lieblingsschaft immer am besten, und etwas wie Eifersucht für Joseph, den Reizenden, mischte sich also in Jaakobs väterliche Erwartung, – kurzum, er war, als hätte eine begreifliche finstere Ahnung ihn gleich umschwebt, ob Rahels Eröffnung von Anfang an nicht sonderlich glücklich.

Es war noch zur Zeit der Winterregen, im Kislew, daß sie's ihm sagte: Das Schicksal Dina's, des Frätzchens, stand da noch in weitem Felde. Er hüllte die Gesegnete in Schonung und verehrende Sorgsamkeit ein wie nur je, tat den Kopf zwischen die Hände vor Trauer, wenn sie erbrechen mußte, und rief zu Gott, da er sie bläßlich sich vermindern und nur ihre Leibeswölbung wachsen sah; denn der kraß-natürliche Eigennutz der Kindesfrucht zeigte sich hier in aller bewußtlosen Grausamkeit. Das Ding in der Höhle wollte stark werden ganz unbedingt, erbarmungslos und einzig auf sich bedacht zog es Säfte und Kräfte an sich auf Kosten der Tragenden, es fraß sie auf, ohne sich Böses noch Gutes dabei zu denken, und wenn es seine Auffassung der Sachlage zu äußern gewußt oder auch nur eine gehabt hätte, so hätte sie dahin gelautet, die Mutter sei nur ein Mittel zu seiner Munterkeit, nichts weiter als Schutz und nährende Berge seiner Erstarkung, bestimmt, als nutzlose Hülse und Schale am Wege liegenzubleiben, wenn es, das einzig wichtige Ding, erst ausgeschlüpft sein werde. Es konnte das weder sagen noch denken, doch seine innerste Meinung war es ganz unverkennbar, und Rahel lächelte entschuldigend dazu. Es ist nicht immer so, daß Mutterschaft in diesem Grade gleichbedeutend mit Opfer ist, es muß nicht sein. In Rahel aber erwies die Natur diese Gesinnung, hatte es schon in Josephs Falle deutlich getan, doch nicht so unumwunden und Jaakob nicht so erschreckend wie diesmal.

Seine Erbitterung gegen die älteren Söhne, gegen Schimeon und Levi zumal, die störrigen Dioskuren, ob ihrer Schekemer Schreckenstat kam namentlich aus seiner Angst um Rahel. Nie wäre es ihm in den Sinn gekommen, mit der schwachen Schwangeren, in der nur die Frucht stark war, auf Reisen zu gehen. Nun hatten die tollen Buben ihm dies angerichtet um ihrer Ehre und Rache willen. Die Sinnlosen! Genau jetzt mußten sie Männer erschlagen im Zorn und Stiere lähmen im Mutwillen. Sie waren Lea-Kinder, wie Dina, für die sie würgten. Was ging sie die Zartheit der Liebsten und Rechten an und des Vaters Sorge um sie? Nicht mit einem ihrer wilden Gedanken hatten sie Rücksicht darauf genommen. Nun war es an dem, man mußte fort. Acht Monde und mehr waren es schon, daß Rahel sich ihm eröffnet hatte; es waren gezählte Monde, Rahel-Monde; während sie wuchsen und abnahmen, wuchs in ihr das Kind und sie nahm ab. Das runde Jahr hatte in Blumen von vorn begonnen, man stand im sechsten Monde, dem Ellul, Hochsommerglut herrschte, gute Wanderzeit war das nicht, aber dem Jaakob blieb keine Wahl. Rahel mußte aufs Reittier – er gab ihr einen klugen Esel, damit nicht ihr Zustand der Schaukelbewegung des Kamelrittes ausgesetzt werde. Sie saß auf des Tieres Hinterhand, wo es am wenigsten stößt, und zwei Knechte mußten es führen, denen Prügelstrafe drohte, falls es strauchelte oder sein Fuß nur an einen Stein rührte. So brach man auf mit den Herden. Das Endziel war Hebron, wohin der Großteil des Stammes gerade durchziehen sollte. Für sich selbst, die Frauen und einigen Anhang aber hatte Jaakob als Zwischenziel und nächste Zuflucht die Stätte Beth-el ins Auge gefaßt, deren Heiligkeit ihm gegen Verfolgung und Angriff Schutz gewähren würde, an der er aber auch im Gedenken an die Nacht der Haupterhebung und des Rampentraumes wieder zu ruhen wünschte.

Dies war Jaakobs Fehler. Er hatte zwei Leidenschaften: Gott und Rahel. Hier kam die eine der anderen in die Quere, und während er sich der geistlichen hingab, beschwor er das Verhängnis auf die irdische herab. Er hätte können gerade auf Kirjath Arba ziehen, das bei stetiger Reise in vier oder fünf Tagen zu erreichen gewesen wäre; und wäre wirklich Rahel auch dort gestorben, so wäre es wenigstens nicht so hilflos und arm am Wegesrande geschehen. Aber er verweilte sich mit ihr mehrere Tage lang bei der Stätte Luz zu Beth-el auf dem Hügel, wo er einst im Elend geschlafen und hoch geträumt hatte; denn in Not und Gefahr war er auch jetzt und ganz in der Verfassung, sich wieder von oben das Haupt erheben und großen Zuspruch geschehen zu lassen. Der Gilgal war unverletzt, mit dem schwärzlichen Sternenstein in der Mitte. Jaakob zeigte ihn den Seinen und wies ihnen auch die Stelle, wo er geschlafen hatte und überschwenglichen Gesichtes gewürdigt worden war. Der Stein, der ihm dazu das Haupt erhoben und den er gesalbt hatte, war nicht mehr da, was ihn verstimmte. Er richtete einen anderen auf, den er mit Öl besprengte, und beschäftigte sich überhaupt diese ganzen Tage hin mit allerlei dienstlichen Handlungen, Feuerdarbringungen und Libationen, mit deren Vorbereitung er es genau nahm; denn er bestand darauf, die Stätte, die er über alle Bedeutung hinaus, die man ihr hierzulande schon immer beigelegt, als einen Ort der Gegenwart erkannt hatte, würdig und praktisch zum Dienste auszugestalten und nicht nur einen Feuerherd aus Erde zu erbauen, um Nahrung für Ja darauf in Rauch aufgehen zu lassen, sondern auch das hervorragende Felsgestein der Hügelkuppe zu einem Gottestisch mit hinanführenden Stufen und einer Plattform zuzuhauen, in deren Mitte eine Spendeschale nebst Ablaufsrinne eingebohrt und gewetzt werden mußte. Das war mühsam, und der die Arbeiten leitende Jaakob ließ es sich Zeit kosten. Die Seinen sahen ihm zu, den Anweisungen lauschend; aber auch aus Luz, dem Städtchen, kamen viele Neugierige herauf und füllten liegend oder auf ihren Fersen sitzend den freien Platz vor dem Altar, indem sie nachdenklich und unter halblautem Meinungsaustausch die Vorkehrungen des wandernden Gottkünders und Freipriesters beobachteten. Sie sahen nichts auffallend Neues, doch war ihnen des würdigen Fremden Absicht deutlich, dem Üblichen einen ausnehmend starken und selbst abweichenden Sinn beizulegen. Zum Beispiel bedeutete er sie, die Hörner an den vier Ecken seines Darbringungstisches seien nicht Mondhörner, durchaus nicht die Stierhörner des Mardug-Baal; es seien Widderhörner. Darüber wunderten sie sich und besprachen es vielfach. Da er den Herrn anrief, Adonai, glaubten sie eine Zeitlang, es handle sich um den Schönen, Zerrissenen und Erstandenen, mußten sich aber dann überzeugen, daß jemand anders gemeint sei. Den Namen des El erfuhren sie nicht. Daß er Jisrael heiße, erwies sich als Irrtum; so hieß vielmehr der Mann Jaakob selbst, erstens für seine Person und dann zusammen mit allen, deren Glaubenshaupt er war; daher ging eine Weile die Meinung um, er selbst sei der Gott der Widderhörner oder gebe vor, es zu sein, doch wurde das richtiggestellt. Man konnte kein Bild von dem Gotte machen, denn er hatte zwar einen Körper, aber keine Gestalt; er war Feuer und Wolke. Das sagte einigen zu, anderen widerstand es. Auf jeden Fall war dem Manne Jaakob anzusehen, daß er sich über sein Gotteswesen bedeutende Gedanken machte, wenn auch eine gewisse Besorgtheit, eine Art von Gram dabei in seinen klugen und feierlichen Mienen zu beobachten war. Er sah wundervoll aus, als er dort oben eigenhändig das Zicklein stach, das Blut hinlaufen ließ und die Hörner, die keine Mondhörner waren, damit bestrich. Auch Wein und Öl wurden reichlich vor dem Unbekannten vergossen und Brote herangebracht – der Opferer mußte reich sein, was viele einnahm für ihn sowohl als für seinen Gott. Des Zickleins beste Stücke ließ er in Rauch aufgehen, der lieblich duftete von Samim und Besamim; vom Übrigen wurde ein Mahl gekocht, und teils um daran teilnehmen zu dürfen, teils auch in wirklicher Gewonnenheit durch des Wanderers große Person, erklärten mehrere Städter, fortan dem Gotte Jisraels opfern zu wollen, wenn auch nur nebenbei und unter Wahrung des angestammten Dienstes. Fast allen hatte während dieser Handlungen und Annäherungen die unglaubliche Schönheit des jüngsten Jaakobssohnes, Joseph geheißen, es angetan. Sie küßten die Fingerspitzen, wo er sich zeigte, schlugen die Hände über dem Kopf zusammen, segneten ihre Augen und wollten vor Lachen vergehen, da er sich selbst mit bezwingender Unverschämtheit als den Liebling der Eltern bezeichnete und diese Vorzugsstellung mit seinen körperlichen und geistigen Reizen begründete. Sie genossen den schelmischen Übermut mit jener pädagogischen Verantwortungslosigkeit, die unser Verhältnis zu anderer Leute Kindern bestimmt.

Die Spätstunden dieser Tage verbrachte Jaakob in betrachtender Zurückgezogenheit, indem er sich auf Offenbarungsträume vorbereitete, die ihm zur Nacht etwa vergönnt sein mochten. Solche stellten sich auch ein, wenn auch nicht in der überwältigenden Anschaulichkeit dessen, den er als Jüngling hier geträumt. Groß, allgemein, erhebend und unbestimmt redete die Stimme zu ihm von Fruchtbarkeit und Zukunft, vom Fleischesbunde mit Abram und am eindringlichsten von dem Namen, den der Schläfer sich mit angstvoller Kraft am Jabbok errungen und den sie ihm gewaltig bestätigte, indem sie seinen alten und ursprünglichen gleichsam verbot und austilgte und den neuen zu ausschließlicher Geltung erhob, was den Lauschenden mit herzaufstörendem Neuerungsgefühle erfüllte, als geschehe ein Schnitt, das Alte falle zurück, und in jungem Anfange ständen Zeit und Welt. Dies drückte sich in seiner Miene aus im Wandel des Tages, und es scheuten ihn alle. Tief und mühsam beschäftigt, schien er Rahels dringlichen Zustand vergessen zu haben, und niemand unterstand sich, ihn zu mahnen, am wenigsten die Hochhoffende, die ihr leibliches Interesse an schleunigem Weiterkommen hinter sein geistiges Sinnen liebend-bescheiden zurückstellte. – Endlich befahl er den Aufbruch.

Vom Ölberge bei Jebus, das auch Uru-schalim hieß und wo ein chetitischer Mann namens Putichepa im Auftrage des ägyptischen Ammun den Hirten und Steuereinnehmer machte, hätte man den Reisezug beobachten können und tat es wohl auch, wie er als winzige Figurengruppe im Bogen sich hinbewegte von Beth-el her durch das weite, sommerlich verbrannte Hügelland, die Stätte Jebus links liegenließ und die Richtung nach Süden, aufs Haus des Lachama oder Beth-Lachem, nahm. Jaakob hätte nicht übel Lust gehabt, in Jebus einzukehren, um sich mit den Priestern über die im Westen des Landes beheimatete Sonnengottheit Schalim zu unterhalten, nach der die Stadt ihren zweiten Namen hatte; denn auch ein Gespräch über fremde und falsche Götter regte ihn geistlich an und war seiner inneren Arbeit am Bilde des Wahren und Einzigen zuträglich; aber die Geschichten von Schekem und was die Söhne an der Besatzung und ihrem Hauptmanne Beset getan, war sehr möglicherweise längst zu den Ohren des Ammunmannes und Hirten Putichepa gelangt und legte dem Reisenden Vorsicht auf. Dagegen mochte er zu Beth-Lachem, dem Brothause, mit den Räucherern des Lachama das Wesen dieser Erscheinungsform des Erstandenen und des Ernährers erörtern, zu dessen Kult schon Abraham freundlich interessierte und bedingt-verwandtschaftliche Glaubensbeziehungen unterhalten hatte. Er freute sich, die Stadt von ihrem Sitze grüßen zu sehen. Es war später Nachmittag. Unter einer bläulich-gewitterigen Wolkenwand hervor sandte die gen Westen gesunkene und verdeckte Sonne breite Lichtbündel strahlenförmig auf die Berglandschaft herab, so daß die umringte Siedelung droben weiß darin erschimmerte. Staub und Stein waren verklärt von dieser abgeblendeten und feierlich gebrochenen Offenbarung des Lichtes, die Jaakobs Herz mit stolzer und frommer Empfindung des Göttlichen erfüllte. Zur Rechten, hinter einer Mauer aus lockeren Steinen, lagen Weinberge, violett getönt. Kleine Fruchtfelder füllten die Lücken zwischen dem Geröll zur Linken des Weges. Ferneres Gebirge wollte sich in einer Art von durchsichtigem Dämmern verfärben und entstofflichen. Ein sehr alter, großenteils hohler Maulbeerbaum neigte seinen Stamm, von aufeinandergestellten Steinen gestützt, über den Weg. Hier ritt man eben vorbei, als Rahel ohnmächtig vom Tiere sank.

Seit Stunden schon hatten die Wehen leise begonnen, aber um Jaakob nicht zu beunruhigen, die Reise nicht aufzuhalten, hatte sie es verschwiegen. Jetzt, unvermittelt, kam die Not mit einem Stoß und Schlage so wild und reißend über sie, daß der Schwachen, von ihrer kräftigen Frucht Ausgehöhlten sogleich die Sinne vergingen. Jaakobs hoch und prächtig gesatteltes Dromedar ging ungeheißen in die Knie, um seinen Reiter absitzen zu lassen. Er rief nach einem alten Sklavenweibe, einer Gutäerin von jenseits des Tigris, die, gelehrt in Weiberangelegenheiten, schon im Labanshause manche Niederkunft als Wehmutter geleitet hatte. Man legte die Kreißende unter den Maulbeerbaum und schleppte Polster. Wenn es die Würze nicht war, die man ihr zu atmen gab, so waren es neue Schmerzen, die sie aus der Bewußtlosigkeit aufriefen. Sie versprach, ihr nicht wieder anheimzufallen.

»Wach und arbeitsam will ich sein fortan«, sprach sie kurzatmig, »damit ich's fördere und dir die Reise nicht lange stocken lasse, lieber Herr. Daß es jetzt über mich kommen mußte, nahe dem Ziel! Aber siehe, man wählt die Stunde nicht.«

»Hat nichts auf sich, meine Taube«, erwiderte Jaakob leicht. Und unwillkürlich murmelte er einen Text, mit dem man zu Naharin Ea anging in Nöten: »Ihr habt uns geschaffen, möge denn abgewehrt werden Krankheit, Sumpffieber, Schüttelfrost, Unglück.« Auch die Gutäerin sagte dergleichen auf, indem sie der Herrin ein erprobtes Amulett aus eigenem Besitze umhing, zu denen, die sie schon trug; da es aber die arme Rahel wieder hart ankam, redete sie ihr in ihrem gebrochenen Babylonisch schwätzend zu und sprach:

»Sei nur getrost, Fruchtbare, und halte aus, wenn's dir auch zusetzt wie wild! Diesen Sohn wirst du auch haben, zu dem einen, das sehe ich in meiner Weisheit, und soll dein Auge nicht auslaufen, ehe du ihn erschaust; denn das Kind ist sehr rege.«

Rege war es, das einzig wichtige Ding. Aufs entschiedenste erachtete es seine Stunde für gekommen, strebte hinaus ans Licht und wollte abwerfen die Mutterhülle. Es gebar sich gleichsam selbst, ungeduldig den schmalen Schoß bestürmend, kaum unterstützt, trotz herzlicher Willensbereitschaft, von der, die es selig empfangen und mit ihrem Leben herangenährt hatte, aber es nicht hervorzubringen wußte. Es half wenig, daß die Alte ihr summend und ratend die Glieder ordnete zu nützlichem Tun, sie anwies, wie sie zu atmen, wie Kinn und Knie zu halten habe. Die Stürme der Qual rissen alle Arbeitsordnung dahin, daß sich die Gepeinigte regellos krampfig wand und warf, in kaltem Schweiß und mit bläulichen Lippen, in sich selber verbissen. »Ai! Ai!« schrie sie und rief abwechselnd die Götter Babels und den des Erzeugers an. Als es Nacht geworden und die Barke des Mondes silbern heraufgeschwommen war überm Gebirge, sagte sie, aus einer Ohnmacht erwachend:

»Rahel wird sterben.«

Alle schrien auf, die umher kauerten, Lea, die Muttermägde und was an Weibern sonst zugelassen war, und streckten beschwörend die Arme aus. Dann setzte verstärkt ihr eintöniges Sprüchemurmeln wieder ein, das wie das Summen eines Bienenschwarms fast ohne Unterbrechung das Geschehen begleitete. Jaakob, in dessen Arm der Kopf der Verzagenden lag, brachte erst nach längerer Pause tonlos hervor:

»Was sagst du!«

Sie schüttelte den Kopf mit dem Versuch eines Lächelns. Ein Stillstand war eingetreten, während dessen der Lebensstürmer in seiner Höhle mit sich zu Rate zu gehen schien. Da die Nothelferin diese Ruhe halb guthieß und meinte, sie könne lange währen, wollte Jaakob vorschlagen, daß man benutze die Unterbrechung, eine sanfte Trage herstelle für Rahel und weiterziehe das geringe Stück Feldweges, nach Beth-Lachem in die Herberge. Aber Rahel wollte nicht so.

»Hier hat's begonnen«, sprach sie mit mühsamen Lippen, »hier soll sich's vollenden. Und wer weiß, ob überall Raum für uns ist in der Herberge? Wehmutter irrt. Gleich will ich wieder rüstig ans Schaffen gehen, daß ich dir unseren Zweiten bringe, Jaakob, mein Mann.«

Die Ärmste, es konnte von Rüstigkeit auf ihrer Seite auch nicht im entferntesten die Rede sein, und sie täuschte sich selbst nicht darüber mit solchen Worten. Was sie im tiefsten dachte und wußte, hatte sie ausgesprochen, und sie ließ ihr Wissen und heimliches Denken neuerdings durchblicken, als sie im Laufe der Nacht, zwischen zwei Zeiten wüster Marter, mit schon herzschwach gedunsenen und schwer beweglichen Lippen auf den Namen zu sprechen kam, den man dem Zweiten verleihen solle. Sie fragte den Jaakob nach seinen Ansichten, und er erwiderte:

»Siehe, er ist der Sohn der einzig Rechten und soll Ben-Jamin heißen.«

»Nein«, sagte sie, »sei nicht böse, ich weiß es besser. Ben-Oni soll dieses Lebenden Name sein. So sollt ihr heißen den Herrn, den ich dir bringe, und er soll Mami's gedenken, die ihn schön ausbildete nach deinem und ihrem Bilde.«

Es gehörte Jaakobs Übung in weitläufigen geistigen Kombinationen dazu, daß er sie, fast ohne nachdenken zu müssen, verstand. Mami oder ›Die weise Ma-ma‹ war ein volkstümlicher Name Ischtars, der Göttermutter und Menschenbildnerin, von der man sagte, daß sie Männlein und Weiblein schön forme nach ihrem eigenen Bilde; und aus Schwäche und Witz ließ Rahel die Person der göttlichen Bildnerin und ihr eigenes Mutter-Ich undeutlich ineinanderlaufen, was um so leichter geschah, als Joseph sie oftmals ›Mami‹ nannte. Der Name ›Ben-Oni‹ aber bedeutete für den Wissenden, dessen Gedanken den rechten Bogen schlugen, ›Sohn des Todes‹. Sie wußte gewiß nicht mehr, daß sie sich schon verraten hatte, und wollte den Jaakob behutsam nötigen, beizeiten Fühlung zu nehmen mit dem, was ihres Wissens herankam, damit es ihn nicht träfe als jäher Schlag und er den Verstand verlöre.

»Benjamin, Benjamin«, sagte er weinend. »Mitnichten Benoni!« Und hier war es, wo er zum erstenmal, über sie hin und hinauf in die silbrige Weltennacht, gleichsam als Eingeständnis seines Begreifens, die Frage richtete:

»Herr, was tust du?«

In solchen Fällen erfolgt keine Antwort. Aber der Ruhm der Menschenseele ist es, daß sie durch dieses Schweigen nicht an Gott irre wird, sondern die Majestät des Unbegreiflichen zu erfassen und daran zu wachsen vermag. Seitwärts summte und litaneite das chaldäische Weiber- und Sklavenvolk seine Zaubereien, mit denen es starke und unverständige Mächte zum menschlich Wünschenswerten anzuhalten hoffte. Aber Jaakob hatte nie so deutlich begriffen wie in diesen Stunden, warum dies falsch war, und warum Abram sich von Ur in Bewegung gesetzt hatte. Sein Aufblick ins Ungeheuere war entsetzensvoll, aber nicht ohne Kraft des Schauens, und seine Arbeit am Göttlichen, die sich immer als ein Ausdruck von Besorgnis in seiner Miene abzeichnete, erfuhr in dieser furchtbaren Nacht eine Förderung, die eine gewisse Verwandtschaft mit Rahels Qualen hatte. Auch war es ganz nach dem Sinn ihrer Liebe, daß Jaakob, ihr Mann, doch geistlichen Vorteil hatte von ihrem Sterben.

Das Kind kam zur Welt gegen Ende der letzten Nachtwache, als der Himmel sich bleich erhellte, vor Morgenrot. Gewaltsam mußte die Alte es aus dem armen Schoße reißen, denn es erstickte. Rahel, die nicht mehr schreien konnte, verging in Ohnmacht. Viel Blut stürzte nach, so daß der Puls an ihrer Hand nicht mehr schlug, sondern nur wie ein dünnes Rinnsal dahinlief, das sich verlor. Doch sah sie des Kindes Leben und lächelte. Sie lebte noch eine Stunde. Als man den Joseph vor sie brachte, erkannte sie ihn nicht.

Daß sie zum letzten Male die Augen aufschlug, war, als der Osten sich eben zu röten begann, und auch in ihr Antlitz fiel Morgenrot. Sie blickte in Jaakobs Angesicht auf, das über ihr war, kniff etwas die Lider zusammen und lallte:

»Ei, siehe, ein Fremder!... Warum solltest du mich wohl küssen dürfen? Ist es, weil du der Vetter bist aus der Ferne, und weil wir Urvaters Kinder sind beide zumal? Darum, so küsse mich, und es frohlocken die Hirten am Brunnenstein: Lu, lu, lu!«

Er küßte sie zitternd zum letztenmal. Sie sprach ferner:

»Siehe, du wälztest den Stein für mich mit Manneskraft, Jaakob, mein Lieber. Wälze ihn nun von der Grube ein andermal und bette ein das Labanskind, denn ich gehe von dir dahin. – Wie ist doch alle Last von mir genommen, Kindeslast, Lebenslast, und es wird Nacht. – Jaakob, mein Mann, verzeihe, daß ich dir unfruchtbar war und brachte dir nur zwei Söhne, aber die zweie doch, Jehosiph, den Gesegneten, und Todessöhnchen, das Kleine, ach, ich gehe so schwer von ihnen dahin. – Und auch von dir gehe ich schwer, Jaakob, Geliebter, denn wir waren einander die Rechten. Ohne Rahel mußt du's nun sinnend ausmachen, wer Gott ist. Mache es aus und leb wohl. – Und verzeih auch«, hauchte sie schließlich, »daß ich die Teraphim stahl.« Da ging der Tod über ihr Antlitz und löschte es aus.

Das Summen der Beschwörer verstummte auf ein Zeichen von Jaakobs Hand. Alle fielen auf ihre Stirnen. Aber er saß, ihr Haupt in seinen Armen noch immer, und seine Tränen fielen still und unversieglich auf ihre Brust. Über eine Weile fragten sie ihn, ob man nun solle eine Bahre richten und die Tote nach Beth-Lachem oder Hebron führen, sie zu begraben.

»Nein«, sprach er, »hier hat's begonnen, hier soll's vollendet sein, und wo Er's tat, da soll sie liegen. Hebet ein Grab aus und höhlt ihr die Grube an der Mauer dort! Nehmet fein Leinen aus dem Gepäck, sie einzuhüllen, und erlest einen Stein zum Mal auf das Grab und zu ihrem Gedenken. Danach wird Israel weiterziehen, ohne Rahel und mit dem Kinde.«

Während die Männer gruben, lösten Weiber ihr Haar und legten die Brüste bloß, mischten Staub mit Wasser, sich damit zu besudeln um dieses Leides willen, und stimmten zur Flöte die Klage an »Weh um die Schwester«, indem sie die Hand auf den Scheitel warfen und mit der anderen die Brüste schlugen. Jaakob aber hielt Rahels Haupt im Arm, bis sie sie ihm nahmen.

Als über der Liebsten die Erde sich geschlossen, an der Stelle, wo Gott sie ihm nahm, am Wege, zog Jisrael weiter fort und schlug zwischenein sein Lager auf bei Migdal Eder, einem Turme der Urzeit. Da sündigte Ruben mit Bilha, der Kebse, und ward verflucht.

Ende
des ersten Romans

Thomas Mann

Die Essaybände

Essays

Band 1: Ausgewählte Schriften zur Literatur Begegnungen mit Dichtern und Dichtung
In Zusammenarbeit mit Hunter Hannum herausgegeben von Michael Mann

Band 2: Politische Reden und Schriften
Ausgewählt, eingeleitet und erläutert von Hermann Kurzke

Band 3: Schriften über Musik und Philosophie
Ausgewählt, eingeleitet und erläutert von Hermann Kurzke
3 Bände: 1906, 1907, 1908

Goethe's Laufbahn als Schriftsteller
Zwölf Essays und Reden zu Goethe
Band 5715

Betrachtungen eines Unpolitischen
Mit einem Vorwort von Hanno Helbling
Band 9108

Wagner und unsere Zeit
Aufsätze, Betrachtungen Briefe
Herausgegeben von Erika Mann
Mit einem Geleitwort von Willi Schuh
Band 2534

Die Briefbände

Thomas Mann Briefwechsel mit seinem Verleger Gottfried Bermann Fischer 1932–1955
Herausgegeben von Peter de Mendelssohn
Band 1566

Briefe
Herausgegeben von Erika Mann
Band 1: 1889–1936
Band 2136
Band 2: 1937-1947
Band 2137
Band 3: 1948-1955 und Nachlese
Band 2138

Fischer Taschenbuch Verlag

fi 119 / 4

Thomas Mann
Gesammelte Werke in dreizehn Bänden
Herausgegeben von Hans Bürgin und Peter de Mendelssohn

»Wenn ich einen Wunsch für den Nachruhm meines Werkes habe, so ist es der, man möge davon sagen, daß es lebensfreundlich ist, obwohl es vom Tode weiß.« Thomas Mann

Dreizehn Dünndruckbände in Kassette: 10310

Band I
Buddenbrooks
Verfall einer Familie

Band II
Königliche Hoheit
Roman
Lotte in Weimar
Roman

Band III
Der Zauberberg
Roman

Band IV
Joseph und seine Brüder
Die Geschichten Jaakobs
Der junge Joseph

Band V
Joseph und seine Brüder
Joseph in Ägypten
Joseph, der Ernährer

Band VI
Doktor Faustus
Das Leben des deutschen Tonsetzers Adrian Leverkühn erzählt von einem Freunde

Band VII
Der Erwählte
Roman
Bekenntnisse des Hochstaplers Felix Krull
Der Memoiren erster Teil

Band VIII
Erzählungen
Fiorenza
Dichtungen

Band IX
Reden und Aufsätze 1

Band X
Reden und Aufsätze 2

Band XI
Reden und Aufsätze 3

Band XII
Reden und Aufsätze 4

Band XIII
Nachträge